Stephen KING

Tripulação de esqueletos

Tradução
Louisa Ibañez

2ª edição
7ª reimpressão

Copyright © 1985 by Stephen King,
Publicado mediante acordo com o autor através de Ralph M. Vicinanza, Ltd.

*Grafia atualizada segundo o Acordo Ortográfico da Língua Portuguesa
de 1990, que entrou em vigor no Brasil em 2009.*

Título original
Skeleton Crew

Capa
Rodrigo Rodrigues

Copidesque
Bruno Fiuza

Revisão
Joana Milli
Tamara Sender

CIP-Brasil. Catalogação-na-fonte
Sindicato Nacional dos Editores de Livros, RJ

K64t
    King, Stephen
        Tripulação de esqueletos / Stephen King ; tradução
    de Louisa Ibañez. – 2ª ed. – Rio de Janeiro : Objetiva, 2013.

        Tradução de: Skeleton Crew.
        ISBN 978-85-60280-92-6

        1. Contos de terror. 2. Ficção americana. I. Ibañez,
    Luiza II. Título.

	CDD: 813
11-7995	CDU: 821.111(73)-3

Todos os direitos desta edição reservados à
EDITORA SCHWARCZ S.A.
Praça Floriano, 19, sala 3001 — Cinelândia
20031-050 — Rio de Janeiro — RJ
Telefone: (21) 3993-7510
www.companhiadasletras.com.br
www.blogdacompanhia.com.br
facebook.com/editorasuma
instagram.com/editorasuma
twitter.com/Suma_BR

*Este livro é para
Arthur e Joyce Greene*

Sumário

Agradecimentos	9
Introdução	13
O nevoeiro	20
Aqui há tigres	168
O macaco	174
Caim rebelado	216
O atalho da Sra. Todd	223
A excursão	251
A festa de casamento	279
Paranoico: um canto	296
A balsa	300
O processador de palavras dos deuses	333
O homem que não apertava mãos	354
Um mundo de praia	375
A imagem do Ceifeiro	395
Nona	403
Para Owen	441
Sobrevivente	443
O caminhão do tio Otto	466
Entregas matinais (leiteiro nº 1)	484
O carrão: uma história sobre o jogo da lavanderia (leiteiro nº 2)	489
Vovó	505
A balada do projétil flexível	538
O Braço de Mar	594
Notas	617

Agradecimentos

O autor agradece às seguintes companhias pela permissão para reimprimir material sob seu controle: Famous Music Publishing Companies, pela letra de "That's Amore", de Jack Brooks e Harry Warren, copyright © 1953 da Paramount Music Corporations, copyright renovado em 1981 da Paramount Music Corporation. Sherlyn Publishing Co., Inc., pela letra de "I'm Your Boogie Man", de Harry Wayne Casey e Richard Finch, copyright © 1976 da Sherlyn Publ. Co., Inc. e Harrick Music Co. Todos os direitos reservados. Tree Publishing Co., Inc., pela letra de "Okie From Muskogee", de Merle Haggard, copyright © 1969 da Tree Publishing Co., Inc. Assegurado o copyright internacional. Todos os direitos reservados.

"O Nevoeiro", publicado pela primeira vez em *Dark Forces*, editado por Kirby McCauley, copyright © 1980, de Stephen King.

"Aqui Há Tigres", copyright © 1968, 1985, de Stephen King.

"O Macaco", copyright © 1980, de Montcalm Publishing Company.

"Caim Rebelado", copyright © 1968, 1985, de Stephen King.

"O Atalho da Sra. Todd", publicado pela primeira vez na revista *Redbook*, copyright © 1984, de Stephen King.

"A Excursão", publicado pela primeira vez na revista *Twilight Zone*, copyright © 1981, de Stephen King.

"A Festa de Casamento", publicado pela primeira vez em *Ellery Queen's Mystery Magazine*, copyright © 1980, de Stephen King.

"Paranoico: Um Canto", copyright © 1985, de Stephen King.

"A Balsa", publicado pela primeira vez na revista *Gallery*, copyright © 1982, de Stephen King.

"O Processador de Palavras dos Deuses" (como "The Word Processor"), publicado pela primeira vez na revista *Playboy*, copyright © 1983, de Stephen King.

"O Homem Que Não Apertava Mãos", publicado pela primeira vez em *Shadows 4*, editado por Charles L. Grant, publicação da Doubleday & Co., Inc., copyright © 1982, de Stephen King.

"Um Mundo de Praia", publicado pela primeira vez em *Weird Tales*, copyright © 1985, de Stephen King.

"A Imagem do Ceifeiro", publicado pela primeira vez em *Starling Mystery Stories*, copyright © 1969, de Stephen King.

"Nona", publicado pela primeira vez em *Shadows*, editado por Charles L. Grant, publicado por Doubleday & Co., Inc., copyright © 1978, de Stephen King.

"Para Owen", copyright © 1985, de Stephen King.

"Sobrevivente", publicado pela primeira vez em *Terrors*, editado por Charles L. Grant, publicado por Doubleday & Co., Inc., copyright © 1982, de Stephen King.

"O Caminhão do Tio Otto", publicado pela primeira vez na revista *Yankee*, copyright © 1983, de Stephen King.

"Entregas Matinais (Leiteiro nº 1)", copyright © 1985, de Stephen King.

"O Carrão: Uma História sobre o Jogo da Lavanderia (Leiteiro nº 2)", publicado pela primeira vez em *New Terrors 2*, editado por Ramsey Campbell, copyright © 1984, de Stephen King.

"Vovó", publicado pela primeira vez na revista *Weird Book*, copyright © 1984, de Stephen King.

"A Balada do Projétil Flexível", publicado pela primeira vez em *Fantasy & Science Fiction Magazine*, copyright © 1984, de Stephen King.

"O Braço de Mar" (como "Do the Dead Sing?"), publicado pela primeira vez na revista *Yankee*, copyright © 1981, de Stephen King.

I'm your boogie man
that's what I am
and I'm here to do
whatever I can...

— K.C. AND THE SUNSHINE BAND

Você me ama?

Introdução

Espere — apenas alguns minutos. Quero falar com você... e depois vou lhe dar um beijo. Espere...

1

Aqui estão mais alguns contos, se você os desejar. Eles abrangem um longo período de minha vida. O mais antigo, "A Imagem do Ceifeiro", foi escrito quando eu tinha 18 anos, no verão antes de ir para a faculdade. Aliás, a ideia me veio no quintal de nossa casa em West Durham, Maine, jogando basquete com meu irmão e, ao relê-la, me senti um pouco triste por aqueles velhos tempos. O mais recente, "A Balada do Projétil Flexível", foi terminado em novembro de 1983. Trata-se de um intervalo de 17 anos, mas suponho que isto não conte, em comparação a carreiras tão longas e produtivas de escritores tão diversos, como Graham Greene, Somerset Maugham, Mark Twain e Eudora Welty. Contudo, é um período mais longo do que o de Stephen Crane e mais ou menos com a mesma duração da carreira de H. P. Lovecraft.

Há um ou dois anos, um amigo perguntou-me por que eu ainda me preocupava. Segundo ele, meus romances estavam dando um bom dinheiro, o que não acontecia com os contos.

— O que você acha disso? — perguntei.

Ele bateu no número então corrente da *Playboy*, que tinha ocasionado a conversa. Havia uma história minha na revista ("O Processador de Palavras dos Deuses", que você encontrará aqui, em algum lugar), e eu mostrei a ele, com o que imaginei ser um justificado orgulho.

— Vou lhe mostrar — respondeu meu amigo —, caso você não se incomode de me dizer quanto recebeu pelo conto.

— Não me incomodo — falei. — Recebi dois mil dólares. Não é exatamente pouca merda, Wyatt.

(Seu nome não é realmente Wyatt, mas não quero deixá-lo desconcertado, se é que você já não percebeu.)

— Não, você não ganhou dois mil — disse Wyatt.

— Não? Esteve espiando minha conta bancária?

— Negativo. No entanto, sei que levou 1.800 dólares pelo conto, porque seu agente fica com dez por cento.

— Pode crer, Wyatt — respondi. — Ele merece. Foi ele quem me botou na *Playboy*. Eu sempre quis ter um conto publicado na *Playboy*. Certo, foram 1.800 dólares em vez de dois mil, grande coisa.

— Não, você recebeu 1.710 dólares.

— *O quê?*

— Bem, você não me contou que seu administrador comercial fica com cinco por cento do líquido?

— Está bem, está bem: 1.800 pratas menos 90. De qualquer modo, ainda acho que 1.710 dólares não está nada mau...

— Só que a coisa não é bem assim — continuou o sádico. — Na *realidade*, seu lucro se reduz a uns miseráveis 855 dólares.

— *O quê?*

— Quer me dizer que você não está incluído na categoria de 50 por cento de imposto, mané?

Fiquei calado. Ele sabia que eu estava.

— E — prosseguiu ele, gentilmente — *de fato* foi cerca de 769 dólares e 50 centavos, não foi?

Assenti com relutância. O Maine possui um imposto de renda que requer que os residentes de minha categoria paguem ao estado dez por cento de seus impostos federais. E dez por cento de 855 dólares são 85 dólares e 50 centavos.

— Quanto tempo levou para escrever seu conto? — insistiu Wyatt.

— Cerca de uma semana — falei, contrafeito.

Na verdade, eu tinha levado cerca de duas, reescrevendo o conto umas duas vezes, mas não ia contar isso a *Wyatt*.

— Quer dizer que, nessa semana, você ganhou 769 dólares e 50 centavos — disse ele. — Sabe quanto um encanador faz por semana em Nova York, mané?

14

— Não — respondi. Odeio que me chamem de mané. — Nem você!

— Claro que sei — replicou ele. — Mais ou menos 769 dólares e 50 centavos, após deduzidos os impostos. E, sendo assim, no meu entendimento, o que você teve aí foi uma perda total.

Wyatt riu como o diabo e depois perguntou se eu tinha mais cerveja na geladeira. Eu disse que não.

Vou mandar para o velho Wyatt um exemplar deste livro, com um recadinho anexado. O recado dirá: *Não vou lhe contar quanto me pagaram por este livro, mas saiba de uma coisa, Wyatt: meu ganho total com "O Processador de Palavras dos Deuses" — líquido — agora passa dos 2.300 dólares, sem sequer contar os 769 dólares e 50 centavos de que você tanto relinchou em minha casa do lago.* Assinarei a nota *Mané* e acrescentarei um P.S.: *De fato, havia mais cerveja na geladeira, e eu a bebi depois que você foi embora naquele dia.*

Bem feito para ele.

2

Só que não é pelo dinheiro. Admito que fiquei desconcertado ao receber dois mil dólares por "O Processador de Palavras dos Deuses", mas também fiquei desconcertado ao receber 40 dólares por "A Imagem do Ceifeiro", quando o conto foi publicado em *Starling Mystery Stories*, ou ao receber 12 exemplares de cota do autor quando "Aqui Há Tigres" foi publicado na *Ubris,* a revista literária estudantil da Universidade do Maine (sendo eu de natureza benévola, sempre presumi que *Ubris* fosse a maneira londrina de escrever *Hubris*).*

Quer dizer, você fica satisfeito com o dinheiro; não vamos descer aqui à fantasia absoluta (ou, pelo menos, ainda não). Quando comecei a publicar contos de ficção em revistas masculinas como *Cavalier, Dude* e *Adam* com alguma regularidade, estava com 25 anos e minha mulher com 23. Já tínhamos um filho e havia outro a caminho. Eu trabalhava de 50 a 60 horas semanais em uma lavanderia, ganhando um dólar e

---

* Insolente. (N. da T.)

75 por hora. *Orçamento* não seria a palavra mais adequada em nossa vida de então; a situação era antes uma versão modificada da Marcha da Morte de Bataan. Os cheques que vinham daqueles contos (pela publicação, nunca pela aceitação) pareciam sempre chegar na hora exata de comprarmos o antibiótico para a infecção no ouvido do bebê ou mantermos o telefone no apartamento por mais um mês, batendo mais um recorde! Dinheiro — vamos encarar — é muito útil e muito traiçoeiro. Como diz Lily Cavenaugh, em *O Talismã* (e era uma passagem de Peter Straub, não minha): "Não dá para ser magro demais ou rico demais." E, se você não acredita, é porque você nunca foi muito gordo ou muito pobre.

Tanto faz, porque se você não liga para dinheiro, é um otário. Se não pensa nas contas do fim do mês, é um otário. Se não pensa na coisa em termos de salário-hora, salário-ano e mesmo salário-resto-da-vida, então é um otário. No fim das contas, você nem mesmo trabalha por amor, embora fosse formidável pensar o contrário. Você trabalha porque não trabalhar seria suicídio. E, por mais duro que seja, há compensações que eu nunca contaria para Wyatt, porque ele não entenderia.

Vamos pegar "O Processador de Palavras dos Deuses", por exemplo. Não é o melhor conto que já escrevi; nada para um dia ganhar prêmios. Mas também não é ruim. Chega a ser divertido. Eu conseguira meu próprio processador apenas um mês antes (um enorme Wang, por quê? Vai encarar?) e ainda explorava o que ele podia ou não fazer. Em particular, sentia-me fascinado pelos botões INSERT e DELETE, que tornam as rasuras e corretores praticamente obsoletos.

Houve um dia em que eu estava derrubado. Que diabo, acontece nas melhores famílias! Tudo dentro de mim que não estivesse pregado acabava saindo ou por cima ou por baixo, em geral quase à velocidade do som. Ao anoitecer, sentia-me pior do que nunca — arrepios, febre, juntas doloridas. Quase todos os músculos do abdômen estavam distendidos e minhas costas doíam.

Passei aquela noite no quarto de hóspedes (que fica a quatro rápidos passos do banheiro) e dormi das nove até quase duas da madrugada. Então acordei, certo de que não dormiria mais o resto da noite. Fiquei na cama só porque estava indisposto demais para me levantar. Assim, lá estava eu, e comecei a pensar em meu processador de palavras, em IN-

SERT e DELETE. Pensei: "Não seria engraçado o cara escrever uma frase, depois apertar DELETE, e o sujeito da oração ser suprimido do mundo?" É assim que quase todas as minhas histórias começam: "Não seria engraçado se...?" E, embora a maioria delas seja de arrepiar os cabelos, jamais contei uma a alguém (em vez de escrevê-las) que não provocasse pelo menos algumas risadas, pouco importando o que eu visse como intenção final daquela história.

Enfim, para começar, pensei em DELETE, não exatamente elaborando um conto, mas vendo imagens em minha cabeça. Estava vendo esse cara (que, para mim, é sempre O Cara, até que a história comece a ser montada em palavras, quando você tem que dar um nome a ele) deletando quadros pendurados na parede, cadeiras na sala de visitas, a cidade de Nova York e o conceito de guerra. Então, pensei nele inserindo coisas e fazendo com que essas coisas, simplesmente, saltassem para o mundo.

Pensei a seguir: "Se lhe der uma esposa que é uma peste... ele talvez possa deletá-la... e talvez inserir alguém que valha a pena." Adormeci em seguida e, pela manhã, estava bem novamente. A indisposição tinha ido embora, mas não a história. Escrevi-a e você verá que não resultou como o dito anteriormente poderia sugerir, mas o caso é que... bem, isso nunca acontece.

Não preciso esfregar na sua cara, preciso? A gente não faz isso por dinheiro; é porque evita que nos sintamos mal. Qualquer homem ou mulher que recuse algo assim é um otário ou otária, só isso. A história me pagou, permitindo que eu voltasse a dormir, quando pensei que não conseguiria. Retribuí, tornando-a concreta, como ela queria ser. O resto não passa de efeitos colaterais.

3

Espero que goste deste livro, Leitor Habitual. Desconfio que não o apreciará tanto quanto apreciaria um romance, porque a maioria dos leitores esqueceu o real prazer que o conto proporciona. Ler um bom e longo romance, em muitos sentidos, é como manter um longo e satisfatório caso amoroso. Recordo da baldeação entre Maine e Pittsburgh, durante a produção de *Creepshow* e de ter viajado principalmente de carro, devido ao meu medo de voar, aliado à greve de controladores aéreos e à subsequente demissão dos grevistas pelo Sr. Reagan (parece que Reagan só é um ardente sindicalista quando os sindicatos em questão ficam na Polônia). Eu estava com *Pássaros Feridos*, de Colleen McCullough, em oito fitas cassete e, no decorrer de umas cinco semanas, não estava mais tendo um caso amoroso com esse livro: eu me sentia *casado* com ele (minha parte favorita era quando a velha e perversa senhora apodrecia, tornando-se pasto de vermes em cerca de 16 horas).

Um conto é algo inteiramente diverso — um conto é como o rápido beijo de um estranho, no escuro. Naturalmente, nada tem de caso amoroso ou casamento, mas beijos podem ser doces, e é justamente sua brevidade que o torna interessante.

Escrever contos não tem se tornado mais fácil para mim no correr dos anos; pelo contrário, ficou mais difícil. Em primeiro lugar, porque o tempo para criá-los diminuiu. Em segundo, porque eles ficam querendo inchar (tenho um sério problema com inchaços — costumo escrever como uma dieta para gordinhas). Também parece ter ficado mais difícil encontrar a voz para tais histórias — na maioria das vezes, O Cara costuma dar o fora.

Acho que a questão é insistir. É melhor ficar beijando e ter o rosto esbofeteado algumas vezes do que desistir inteiramente.

4

Tudo bem. Já está bom por aqui. Posso agradecer a algumas pessoas? (Você pode pular esta parte, se quiser.)

Obrigado a Bill Thompson, por tocar isso adiante. Ele e eu montamos *Sombras da Noite*, o primeiro livro de contos — e foi dele a ideia de montar este. Bill mudou-se para a Arbor House desde então, mas continuo gostando dele, lá ou em qualquer outro lugar. Se realmente ainda existe um cavalheiro na cavalheiresca profissão de editar livros, é esse cara. Que Deus abençoe seu coração irlandês, Bill.

Obrigado a Phyllis Grann, da Putnam, por manter a corda bamba retesada.

Obrigado a Kirby McCauley, meu agente e outro irlandês, que vendeu a maioria dos contos e extraiu de mim o mais longo deles — "O Nevoeiro" — como um guindaste.

Isto está começando a parecer um discurso de aceitação do Oscar, mas foda-se.

Também há agradecimentos aos editores de revistas — Kathy Sagan, da *Redbook*; Alice Turner, da *Playboy;* Nye Willden, da *Cavalier;* o pessoal da *Yankee;* Ed Ferman — meu chapa! — da *Fantasy & Science Fiction.*

Devo agradecimentos a muita gente e poderia dizer todos os nomes, porém não vou entediá-lo com mais nenhum. A maioria dos agradecimentos é para você, Leitor Habitual, como sempre — porque, no fim, tudo é dedicado a você. Sem você, isto seria um ponto morto. Se algum destes contos servir para você, se eles o distraem, se o ajudam a passar a tediosa hora do almoço, a viagem de avião ou a hora na sala de castigo por atirar bolinhas de papel mascado, aí está a retribuição.

5

Muito bem — terminou o comercial. Agarre meu braço agora. Agarre com força. Iremos a vários lugares escuros, mas acho que conheço o caminho. É só não largar meu braço. E, se por acaso, receber um beijo meu no escuro, não dê muita importância; é apenas porque o amo.

E agora, ouça:

15 de abril de 1984
Bangor, Maine

O nevoeiro

1. A chegada da tempestade

Foi assim que aconteceu. Na noite em que a pior onda de calor da história do norte da Nova Inglaterra finalmente cedeu — a noite de 19 de julho — toda a região oeste do Maine foi devastada pelas mais terríveis tempestades que já testemunhei.

Morávamos em Long Lake e vimos a primeira dessas tempestades abrindo caminho sobre a água, em nossa direção, pouco antes do anoitecer. Durante uma hora o ar havia ficado absolutamente parado. A bandeira americana colocada por meu pai em nosso iate, em 1936, jazia flácida contra seu mastro. Nem mesmo sua bainha oscilava. O calor era como uma coisa sólida, parecendo tão profundo quanto uma soturna água de poço. Naquela tarde, nós três tínhamos ido nadar, porém a água não causava alívio, a menos que se nadasse até o fundo. Acontece que nem eu nem Steffy queríamos ir para o fundo, porque Billy não podia. Billy tem cinco anos.

Comemos um lanche frio às 17h30, beliscando desanimadamente sanduíches de presunto e salada de batata no passadiço que dá para o lago. Ninguém parecia querer algo além de Pepsi, que estava em um balde de aço com cubos de gelo.

Depois do lanche, Billy voltou a brincar na escada horizontal por algum tempo. Eu e Steff ficamos sentados, sem falar muito, fumando e espiando o soturno e plano espelho do lago até Harrison, no lado oposto ao nosso. Alguns barcos a motor zumbiam para lá e para cá. Os pinheiros na margem oposta pareciam empoeirados e murchos. A oeste, nuvens enormes e purpúreas acumulavam-se lentamente, maciças como um exército. Relâmpagos faiscavam dentro delas. Na casa ao lado, o rádio de Norton, sintonizado naquela estação de música clássica, transmitida do topo do Monte Washington, soltava uma alta torrente de estática sempre que brilhava algum relâmpago. Norton era um advogado de Nova Jersey, e a casa dele em Long Lake era apenas uma cabana de verão, sem qualquer fornalha ou calefação. Dois anos antes, tivemos uma disputa sobre divisas, que acabou indo parar no tribunal do condado. Eu venci. Norton disse que eu venci porque ele era um forasteiro. Não havia muita amizade entre nós.

Steff suspirou desanimada e abanou acima dos seios com a barra de sua frente única. Duvidei que aquilo a refrescasse muito, mas melhorava bastante a vista.

— Não quero assustá-la — falei —, mas acho que vem uma tempestade e tanto por aí.

Ela olhou para mim, duvidando.

— Já tivemos trovoadas na noite de anteontem e ontem também, David. Não deram em nada.

— Esta noite vai ser diferente.

— Você acha?

— Se a coisa ficar feia, vamos para o andar de baixo.

— Acha mesmo que haverá temporal?

Meu pai tinha sido o primeiro a construir uma moradia que resistisse o ano inteiro, naquele lado do lago. Quando era um pouco maior do que um garoto, ele e seus irmãos haviam construído uma casa de verão onde agora estava a nossa, mas em 1938 uma tempestade de verão a derrubara até os alicerces, com paredes de pedra e tudo. Só o iate escapara. Um ano mais tarde, ele havia começado a casa grande. Agora, as árvores é que sofrem nos temporais fortes. Envelheceram e o vento as derruba. É a maneira de a mãe natureza limpar a casa periodicamente.

— Para ser franco, não sei — falei, em tom sincero. Eu só tinha ouvido histórias sobre a grande tempestade de 38. — Mas o vento pode soprar do lago como um trem expresso.

Billy apareceu pouco depois, queixando-se de que não estava divertido brincar na escada horizontal, porque ele estava "todo suado". Afaguei seus cabelos, desmanchando-os, e lhe dei outra Pepsi. Mais trabalho para o dentista.

As nuvens carregadas estavam chegando mais perto, levando embora o azul do céu. Agora não havia mais dúvida de que uma tempestade estava vindo. Norton desligara seu rádio. Billy sentou-se entre mim e sua mãe, observando o céu, fascinado. Os trovões ribombavam, rolando lentamente através do lago, ecoando e voltando a nós. As nuvens se torciam e rolavam, negras, púrpuras, venosas e negras novamente. Elas cobriram, gradualmente, todo o lago, e pude ver uma delicada coifa de chuva que caía delas. Tudo ainda muito distante. Enquanto olhávamos, provavelmente devia estar chovendo em Bolster's Mills, talvez até em Norway.

O ar começou a se mover, primeiro intermitente, erguendo a bandeira e deixando-a cair de novo. Começou a refrescar e a brisa se firmou, primeiro esfriando a transpiração de nossos corpos, depois parecendo congelá-la.

Foi então que avistei o véu prateado cruzando o lago. Em segundos, apagou Harrison da vista e veio direto até nós. Os barcos a motor tinham desaparecido do cenário.

Billy levantou-se de sua cadeira, uma réplica em miniatura de nossas cadeiras de diretor, com seu nome pintado às costas.

— Papai! Olhe!

— Vamos entrar — falei, levantando-me e passando o braço em torno de seus ombros.

— Você viu, papai? O que era aquilo?

— Um ciclone. Vamos entrar.

Steff lançou um olhar rápido e assustado para meu rosto.

— Vamos, Billy — disse em seguida. — Faça o que seu pai mandou.

Entramos pelas portas deslizantes de vidro que dão para a sala de estar. Fechei as portas, empurrando-as em seus trilhos, depois parei e olhei novamente para fora. O véu prateado já fizera três quartos do trajeto através do lago. Reduzira-se a uma espécie de xícara de chá girando loucamente entre o céu negro, cada vez mais baixo, e a superfície da água, que ficara cor de chumbo, raiada de branco cromado. O lago começava a parecer sombriamente o oceano, com ondas enormes que quebravam e lançavam espuma acima das docas e quebra-mares. Lá fora, no meio, ondas espumosas jogavam suas cristas de um lado para o outro.

Observar o ciclone era hipnótico. Estava quase sobre nós quando um relâmpago riscou com tanta luminosidade que eu vi tudo em negativo por 30 segundos. O telefone fez um assustado *ting*! e, quando me virei, vi minha esposa e meu filho parados bem à frente da janela panorâmica que nos dá uma ampla vista do lago a noroeste.

Tive uma daquelas terríveis visões — creio que são reservadas exclusivamente para maridos e pais — em que a janela panorâmica se estilhaçava com um som grave de tosse seca, disparando flechas de vidro à barriga nua de minha esposa, ao rosto e pescoço de meu garoto. Os horrores da Inquisição não são nada comparados às sinas que nossa mente pode imaginar para os entes queridos.

Agarrei os dois com firmeza e os puxei dali.

— O que diabos vocês estão fazendo? Saiam daí!

Steff me olhou assustada. Billy apenas olhou para mim como se parcialmente despertado de um sono profundo. Levei-os para a cozinha e apertei o interruptor da luz. O telefone tilintou novamente.

Então, o vento chegou. Era como se a casa houvesse decolado como um 747. Era um assobio, arquejante e agudo, às vezes aprofundando-se em um rugido grave, antes de glissar para um uivo ululante.

— Vá para baixo! — falei para Steff, agora precisando gritar, a fim de ser ouvido.

Diretamente acima da casa, os trovões faziam colidir gigantescas pranchas e Billy encolheu-se, agarrado à minha perna.

— Venha você também! — gritou Steff.

Assenti, fazendo gestos para acalmá-la. Precisei arrancar Billy de minha perna.

— Vá com sua mãe. Quero apanhar umas velas, para o caso de faltar luz.

Ele a seguiu e eu comecei a abrir armários. Velas são coisas engraçadas, sabem como é. Você as deixa à vista, todas as primaveras, sabendo que uma tempestade de verão pode cortar a energia. No entanto, quando chega a hora, elas se escondem.

Agora, eu vasculhava o quarto armário, passando pelos 15 gramas de erva que comprara com Steff, quatro anos antes, da qual ainda não tínhamos fumado muito, passando pelas dentaduras chacoalhantes de dar corda de Billy, compradas na Loja de Novidades de Auburn, e pelas fotos espalhadas que Steff sempre esquecia de colar em nosso álbum. Olhei debaixo de um catálogo da Sears e atrás de uma boneca Kewpie, de Taiwan, que eu ganhara na Feira de Freyburg derrubando garrafas de leite com bolas de tênis.

Encontrei as velas atrás da boneca Kewpie, com seus olhos vidrados de cadáver. Ainda estavam embrulhadas no celofane. Quando fechei a mão em torno delas, as luzes apagaram-se e a única eletricidade era a que provinha do céu. A sala de refeições iluminava-se em uma série de *flashes* rápidos, brancos e purpúreos. Ouvi Billy começando a chorar lá embaixo e o murmúrio sufocado de Steff tentando acalmá-lo.

Eu tinha que dar mais uma espiada na tempestade.

O ciclone já devia ter passado sobre nós ou se dissolvera junto à margem, mas eu não conseguia ver além de 20 metros na superfície do lago. A água estava totalmente agitada. Vi a doca de alguém — dos Jasse, talvez — arrancada com seus esteios principais, virando-se alternadamente para o céu e enterrando-se na água encapelada.

Desci. Billy correu e agarrou-se às minhas pernas. Levantei-o no colo e o abracei. Depois, acendi as velas. Sentamo-nos no quarto de hóspedes, abaixo do saguão de meu pequeno estúdio, e nos entreolhamos, à tremeluzente claridade amarelada das velas, enquanto ouvíamos a tormenta urrar e sacudir nossa casa. Uns 20 minutos mais tarde, ouvimos um ruído de madeira lascando, depois a queda, quando um dos grandes pinheiros foi derrubado nas proximidades. Em seguida, houve silêncio.

— Será que já terminou? — perguntou Steff.

— Talvez — respondi. — Talvez, apenas por algum tempo.

Subimos ao andar de cima, cada um carregando uma vela, como monges indo às vésperas. Billy carregava a sua, com cuidado e orgulho. Carregar uma vela, carregar o fogo, era uma grande coisa para ele. Ajudava-o a esquecer o medo.

Estava muito escuro para avaliar os danos em volta da casa. Já passara da hora de Billy dormir, mas nenhum de nós sugeriu levá-lo para a cama. Sentados na sala de estar, ouvíamos o vento e olhávamos os relâmpagos.

Cerca de uma hora mais tarde, o temporal voltou. Durante três semanas, a temperatura passara dos 32 graus e, em seis daqueles 21 dias, o Serviço Nacional de Meteorologia, sediado no aeroporto de Portland, anunciara temperaturas acima de 35,5 graus. Tempo esquisito. Além do extenuante inverno que havíamos atravessado e da primavera atrasada, algumas pessoas tinham desencavado aquela velha piada sobre os efeitos retardados dos testes com a bomba A nos anos 50. Isso é, naturalmente, o fim da picada. A mais velha piada de todas.

A segunda rajada de vento não foi tão violenta, mas ouvimos a queda de várias árvores, enfraquecidas pela primeira investida. Quando o vento começou a enfraquecer novamente, uma delas desabou pesadamente no telhado, como um punho que caísse sobre a tampa de um ataúde. Billy deu um salto e olhou apreensivamente para o alto.

— Ele aguenta, campeão — falei.

Billy sorriu nervosamente.

Por volta das dez da noite, chegou a última rajada de vento. Foi violenta. O vento ululava quase tão alto como da primeira vez e os relâmpagos pareciam explodir em toda a nossa volta. Mais árvores caíram e ouvimos um ruído de estilhaço, de uma queda perto d'água, que fez Steff sufocar um grito. Billy acabara dormindo em seu colo.

— O que foi isso, David?

— Acho que foi o iate.

— Ai! Ai, meu Deus!

— Vamos todos para baixo novamente, Steffy — falei.

Tomei Billy nos braços e levantei-me com ele. Os olhos de Steff estavam arregalados e cheios de medo.

— Será que vamos ficar bem, David?

— Sim.

— Fala sério?

— Sim.

Fomos para baixo. Dez minutos mais tarde, quando a rajada final atingiu o auge, houve uma barulheira de vidros espatifados no andar de cima — a janela panorâmica. Talvez a minha visão de horas antes não tivesse sido assim tão louca. Steff, que estivera cochilando, acordou com um gritinho agudo, enquanto Billy se remexia inquietamente na cama de hóspedes.

— A chuva entrará em casa — disse ela. — Acabará com os móveis.

— Se entrar, entrou. Está tudo no seguro.

— Isso não torna as coisas melhores — disse ela, em voz perturbada e reprovadora. — A cômoda de sua mãe... nosso sofá novo... a TV colorida...

— Shhh — falei. — Durma.

— Não posso — respondeu ela, mas dormiu cinco minutos depois.

Fiquei acordado por outra meia hora, tendo uma vela acesa como companhia, ouvindo o temporal caminhar e falar lá fora. Tive a sensação de que, pela manhã, haveria uma porção de residentes das margens do lago ligando para seus agentes de seguro, um bocado de motosserras zumbindo, enquanto os moradores das cabanas cortavam as árvores que haviam caído em seus tetos e varado suas janelas, bem como inúmeros caminhões amarelos da companhia de eletricidade rodando os arredores.

O temporal agora diminuía, sem nenhum sinal de nova rajada. Fui para o andar de cima, deixando Steff e Billy na cama, e examinei a sala de estar. A porta de vidro deslizante aguentara o rojão. Entretanto, no lugar onde antes estava a janela panorâmica, agora havia um buraco denteado e recheado de folhas de bétula. Era o topo da velha árvore que crescia junto à entrada lateral para o porão desde que eu conseguia me lembrar. Olhando para seu topo, agora visitando nossa sala de estar, podia entender o que Steff quis dizer ao falar que o seguro não tornava as coisas melhores. Eu amava aquela árvore. Havia sido uma rude veterana de muitos invernos, a única árvore no lado da casa dando para o lago que ficara isenta de minha própria motosserra. Enormes estilhaços de vidro em cima do tapete refletiam insistentemente a claridade de minha vela. Lembrei-me de avisar a Steff e Billy. Teriam que usar chinelos aqui. Os dois gostavam de perambular descalços pela manhã.

Voltei ao andar de baixo. Dormimos os três na cama de hóspedes, com Billy entre nós dois. Sonhei que via Deus caminhando através de Harrison, no lado oposto do lago, um Deus tão gigantesco que, da cintura para cima, ficava perdido em um cristalino céu azul. No sonho, eu podia ouvir o estalo lacerante e o ruído de árvores lascadas se quebrando, enquanto Deus achatava as árvores com seus passos. Ele circulava o lago, seguia para o lado de Bridgton, em nossa direção. Todos os chalés e casas de verão explodiam em chamas branco-púrpura, como relâmpagos, e logo a fumaça encobria tudo. A fumaça encobria tudo como um nevoeiro.

2. Depois da tempestade. Norton.
Uma viagem à cidade

— *Poxa!* — exclamou Billy.

Ele estava em pé junto à cerca divisória entre nossa propriedade e a de Norton, com os olhos cravados em nossa entrada para carros, mais abaixo. Essa entrada de carros segue por uns 200 metros até uma estrada de terra batida, que, por sua vez, segue até uma estrada asfaltada e com duas pistas, chamada Estrada Kansas. Da Estrada Kansas, pode-se ir a qualquer lugar que se queira, desde que seja Bridgton.

Vi o que Billy olhava e meu coração gelou.

— Não chegue mais perto, campeão. Você já está perto o bastante! Billy não discutiu.

A manhã era brilhante e tão límpida como um toque de sino. O céu, que mostrara uma tonalidade suja e obscura durante a onda de calor, recuperara um vívido azul quase outonal. Havia uma brisa leve, desenhando alegres manchas de sol na rodovia e movendo-as de um lado para o outro. Perto de onde estava Billy, ouvia-se um permanente ruído sibilante e, sobre a relva, estava o que, à primeira vista, seria tomado por um confuso enrodilhado de serpentes. Os cabos de força que vinham até nossa casa haviam caído emaranhados, a cerca de seis metros de distância, e jaziam sobre um retalho queimado de relva. Os cabos contorciam-se preguiçosamente e cuspiam. Se as árvores e o gramado não estivessem tão encharcados pelas chuvas torrenciais, a casa poderia ter ido pelos ares. Do jeito que estava, havia apenas aquele retalho negro, onde os fios tinham tocado diretamente.

— Isso pode *letrocutar* uma pessoa, papai?

— Há-há. Pode sim.

— E o que a gente faz com isto?

— Nada. Vamos esperar pela companhia de eletricidade.

— E quando é que eles chegam?

— Não sei. — Garotos de cinco anos têm uma infinidade de perguntas a fazer. — Acho que eles andam muito ocupados esta manhã. Quer dar uma caminhada até o fim da entrada de carros comigo?

Ele começou a andar e então parou, olhando nervosamente para os fios. Um deles se revirara e caíra de lado preguiçosamente, como que em um aceno.

— Papai, a *letricidade* pode andar no chão?

Uma pergunta sensata.

— Pode, mas não se preocupe. A eletricidade quer o chão, não você, Billy. Nada vai lhe acontecer, se ficar longe dos fios.

— Ela quer o chão — murmurou Billy, caminhando para mim.

Seguimos pela entrada de carros, de mãos dadas. A coisa havia sido pior do que eu imaginara. Vi árvores caídas sobre a alameda em quatro pontos diferentes, uma delas de pequeno porte, outra mediana e uma mais antiga, cujo tronco deveria medir um metro e meio. O musgo aderira a ela como um corpete enlameado.

Galhos, alguns quase despidos das folhas, jaziam por toda parte, em desordenada profusão. Eu e Billy fomos até a estrada de terra batida, atirando os ramos menores para o meio do mato, às margens da alameda. Aquilo me recordava certo dia de verão, talvez uns 25 anos antes; talvez eu não fosse muito mais velho do que Billy agora. Todos os meus tios estavam ali e haviam passado o dia nos bosques, com machados e machadinhas, cortando mato. Mais tarde, todos haviam se acomodado em volta da mesa de cavaletes que meus pais usavam para piqueniques e entregaram-se a uma refeição monstro de cachorros-quentes, hambúrgueres e salada de batata. A cerveja rolara como água, e meu tio Reuben mergulhou inteiramente vestido no lago, inclusive com os sapatos. Naquele tempo, ainda havia cervos nos bosques.

— Posso descer até o lago, papai?

Ele já se cansara de atirar galhos, de modo que a coisa a se fazer com um garotinho, quando se cansa, é deixá-lo fazer algo diferente.

— Claro.

Voltamos juntos e então Billy foi para a direita, contornando a casa e mantendo uma grande distância dos fios caídos. Eu tomei a esquerda e fui à garagem, pegar minha serra. Como desconfiara, já podia ouvir a cantiga desagradável de outras serras, abaixo e acima, na margem do lago.

Completei o tanque, tirei a camisa e ia voltar para a alameda quando Steff saiu. Ela olhou nervosamente para as árvores caídas, atravancando a entrada de carros.

— Está muito difícil?

— Posso dar um jeito. E lá dentro?

— Bem, já limpei os vidros partidos, mas você terá que fazer algo com aquelas árvores, David. Não podemos ficar com uma árvore na sala de estar.

— Não — eu disse. — Acho que não podemos.

Entreolhamo-nos ao sol da manhã e demos risadinhas. Coloquei a serra na área cimentada e a beijei, segurando suas nádegas com firmeza.

— Não faça isso — murmurou ela. — Billy está...

Ele surgiu gritando, enquanto dobrava a esquina da casa.

— Papai, papai! *Cê* tem que ver o...

Steff vira os fios soltos e gritou para ele tomar cuidado. Ainda a boa distância deles, Billy estacou de súbito e fitou a mãe, como se ela estivesse doida.

— Eu estou bem, mamãe — disse ele, naquele cuidadoso tom de voz que se emprega para acalmar os muito velhos e senis.

Depois caminhou para nós, mostrando o quanto estava bem. Steff começou a tremer em meus braços.

— Está tudo bem — falei em seu ouvido. — Ele sabe sobre esses fios.

— Sim, mas pessoas morrem — respondeu ela. — Tem anúncios na televisão o tempo todo, alertando sobre fios soltos, pessoas... Billy, quero que vá imediatamente para dentro!

— Ah, mãe, poxa! Quero mostrar o iate ao papai!

Billy tinha os olhos quase esbugalhados de excitação e desapontamento. Acabara de testemunhar uma amostra do apocalipse pós-tempestade e queria partilhá-la.

— Entre agora mesmo! Aqueles fios são perigosos e...

— Papai disse que eles querem o chão, não a mim...

— Não discuta comigo, Billy!

— Vou descer e dar uma espiada, campeão. Desça você também.
— Pude sentir Steff me repreendendo. — Vá pelo outro lado, filho.

— Tá bem! Legal!

Billy passou por nós correndo e desceu a escada de pedra que seguia para o oeste da casa, pulando os degraus de dois em dois. Desapareceu de vista com a fralda da camisa esvoaçando ao vento, e uma exclamação pairou no ar — "Uau!" — quando localizou outra peça de destruição.

— Ele já sabe sobre os fios, Steffy. — Tomei-a delicadamente pelos ombros. — Ele tem medo deles. Isso é bom. Deixa-o em segurança.

Uma lágrima deslizou pelo rosto dela.

— Estou com medo, David.

— Ora, vamos! Já passou.

— Será? No inverno passado... e a primavera tardia... Na cidade, deram o nome de primavera negra... Eles disseram que nunca houve outra assim por aqui desde 1888...

"Eles" certamente significava a Sra. Carmody, dona do Antiquário de Bridgton, uma loja de quinquilharias que Steff gostava de vasculhar de vez em quando. Billy adorava acompanhá-la. Em um dos sombrios e poeirentos quartos dos fundos, corujas empalhadas com olhos orlados de dourado estendiam as asas para sempre, enquanto os pés agarravam--se eternamente a troncos envernizados; guaxinins empalhados formavam um trio à volta de uma "corrente", que não passava de um comprido fragmento de espelho empoeirado, e um lobo comido de traças, espumando serragem em vez de saliva em torno do focinho, arreganhava a boca em arrepiante e eterno rosnado. A Sra. Carmody garantia que o lobo tinha sido abatido por seu pai, quando bebia no arroio Stevens, em certa tarde de setembro de 1901.

As expedições à loja de antiguidades da Sra. Carmody faziam bem a minha esposa e meu filho. Ela curtia uma feira cheia de vidros espelhados, enquanto ele curtia a morte, sob o nome de taxidermia. Contudo, eu ainda achava que a velha exercia uma influência bastante desagradável sobre a mente de Steff, que, em todos os outros sentidos, era prática e obstinada. A Sra. Carmody encontrara o ponto fraco de Steff, seu calcanhar de aquiles mental. Aliás, Steff não era a única na cidade que ficava fascinada com os pronunciamentos góticos da Sra. Carmody e seus remédios populares (sempre prescritos em nome de Deus).

Água com guimbas de cigarros é boa para contusões, se seu marido é do tipo que gosta de usar os punhos, depois de uns três drinques. Pode-se saber que tipo de inverno vai chegar, contando-se os anéis das lagartas em junho ou medindo a espessura dos favos de mel em agosto. E agora, que o bom Deus nos proteja e guarde, A PRIMAVERA NEGRA DE 1888 (acrescente tantos pontos de exclamação quantos achar necessário). Eu também ouvira a história. É do tipo que gostam de passar adiante por aqui — se a primavera for fria o suficiente, o gelo nos lagos eventualmente ficará negro como um dente cariado. É coisa rara, ocorre dificilmente uma vez a cada século. Eles gostam de falar nisso para os outros, mas duvido que com maior convicção do que a Sra. Carmody.

— Tivemos um inverno duro e uma primavera tardia — falei. — Agora, estamos tendo um verão muito quente. Houve esta tempestade furiosa, mas já terminou. Você está fora de si, Stephanie.

— Essa não foi uma tempestade comum — disse ela, na mesma voz roufenha.

— Não — eu disse. — Nisso, concordo com você.

Bill Giosti é que me contara a história da Primavera Negra, ele possuía e dirigia — já havia uma temporada — o Giosti's Mobil, em Casco Village. Ele dirigia a casa com seus três filhos beberrões (e ajuda ocasional dos quatro netos beberrões... quando estes podiam largar um pouco a lanternagem de suas motos para neve e motocicletas off-road). Bill estava com 70 anos, aparentava 80 e podia beber como se tivesse 23, se estivesse no clima. Eu e Bill havíamos levado o Scout para encher o tanque, no dia seguinte ao de uma tempestade surpresa em meados de maio, que deixou a região com quase 30 centímetros de neve molhada e compacta, que cobriu a grama e flores recentes. Giosti andara entornando uns copos e estava feliz em passar adiante a história da Primavera Negra, com floreios pessoais. Enfim, às vezes temos neve em maio — ela vem e vai embora dois dias mais tarde. Não é nenhum fenômeno.

Steff voltara a olhar pensativamente para os fios caídos.

— Quando será que o pessoal da companhia de eletricidade vai vir?

— Assim que for possível. Não vai demorar muito. Só quero que não se preocupe com Billy. Ele tem a cabeça no lugar. Esquece de guardar as roupas, mas não vai pisar em cima de um monte de fios caídos. Billy é um garoto vivo, saudável e inteligente. — Toquei um canto de sua boca e a forcei ao começo de um sorriso. — Está melhor agora?

— Você sempre torna as coisas melhores — disse ela, fazendo com que me sentisse bem.

Do lado da casa dando para o lago, Billy gritava para nós irmos lá ver alguma coisa.

— Venha — convidei. — Vamos apreciar os estragos.

Ela resmungou soturnamente.

— Se eu quiser ver um estrago, basta me sentar na minha sala de estar.

— Então faça um garotinho feliz.

Descemos de mãos dadas a escada de pedra. Mal havíamos chegado à primeira curva, quando Billy surgiu correndo da direção contrária, quase se chocando conosco.

— Vá com calma! — disse Steff, franzindo de leve as sobrancelhas.

Em sua mente, talvez o visse escorregando para aquele mortal ninho de fios eletrizados em vez de contra nós dois.

— Vocês têm que ver! — ofegou Billy. — O iate está todo arrebentado! Tem um cais em cima das pedras... e árvores no abrigo de barcos... *Jesus Cristo*!

— Billy Drayton! — gritou Steff.

— Desculpe, mãe... mas você tem que... uau! — E ele se foi.

— Tendo se pronunciado, o mensageiro do apocalipse parte — falei, e isso fez Steff rir baixinho novamente. — Escute, assim que cortar aquelas árvores da entrada de carros, irei até os escritórios da companhia de eletricidade, em Portland Road. Direi ao pessoal da Central Maine Power o que temos por aqui. Está bem?

— Certo — disse ela, agradecida. — Quando acha que pode ir?

Exceto pela árvore maior — a que tinha o carpete de musgo —, eu teria cerca de uma hora de trabalho. Incluindo a grandona, haveria tarefa para até as 11 horas, mais ou menos.

— Bem, então eu trago almoço para você aqui. E quando for, quero que me traga algumas coisas do supermercado... estamos quase sem leite e manteiga. Além disso... hum, acho que terei de fazer uma lista.

Mostrem um desastre a uma mulher e ela começa a querer estocar coisas, como um esquilo. Dei-lhe um abraço e concordei. Contornamos a casa. Bastou-me um olhar e entendi por que Billy ficara atônito.

— Céus! — exclamou Steff, em voz fraca.

De onde estávamos, havia altura suficiente para avistar praticamente uns 250 metros de margem do lago — a propriedade dos Bibber à esquerda, depois a nossa e a de Brent Norton à direita.

O velho e gigantesco pinheiro que havia protegido nosso abrigo de barcos fora dividido ao meio, de alto a baixo. O que sobrara parecia um lápis brutalmente afiado. O interior da árvore mostrava um branco brilhante e indefeso, contra a casca escura do tronco, envelhecida pela idade. Com 30 metros de altura ao todo, o velho pinheiro teve a metade superior parcialmente submergida nas águas rasas de nosso abrigo. Ocorreu-me que tivemos muita sorte por nosso pequeno Star-Cruiser não haver afundado sob o pinheiro. Na semana anterior, seu motor andara falhando e o barco continuava na marina de Naples, esperando pacientemente a volta para casa.

Do outro lado de nosso pequeno trecho virado para a água, o iate que meu pai construíra — o mesmo que um dia acolhera um Chris-Craft de 18 metros, quando a fortuna familiar dos Drayton estava mais alta do que hoje em dia — jazia debaixo de outra árvore enorme. Como vi, era a que se erguia junto à linha divisória das propriedades, no lado de Norton. Aquilo fez brotar em mim o primeiro fluxo de raiva. Havia cinco anos aquela árvore estava morta e havia muito tempo ele devia tê-la derrubado. Agora, cobria três quartos do trajeto da queda, nosso barco sustentando-a. A parte de cima do iate ganhou um jeito trôpego, como que meio de porre. Do buraco produzido pela árvore, o vento espalhara telhas de madeira por toda a ponta de terra onde se erguia o barco. A descrição de Billy — "arrebentada" — encaixava-se perfeitamente.

— A árvore de Norton! — exclamou Steff.

Sua voz estava tão furiosa e indignada, que acabei sorrindo, apesar de meu sofrimento. O mastro da bandeira jazia na água. E a *Old Glory** jazia encharcada a seu lado, em um emaranhado de passadeira. E eu já podia adivinhar a resposta de Norton: "Me processe."

Billy estava de pé no quebra-mar rochoso, examinando a doca que fora parar em cima das pedras. Era pintado em joviais listras amarelas e azuis. Olhando para nós por cima do ombro, ele gritou, jubiloso:

— É o dos Martin, não é?

— Sim, é — respondi. — Quer entrar na água e pescar a bandeira, Bill?

— Claro!

---

* Alcunha para a bandeira dos Estados Unidos. Foi cunhada pelo capitão William Driver, de Salem, Massachusetts, em 1831, e foi muito usada durante o período no qual a bandeira possuía 48 estrelas, entre 1912 e 1959. (N. da E.)

À direita do quebra-mar havia uma pequena praia arenosa. Em 1941, antes que Pearl Harbor ajustasse uma conta de sangue com a Depressão, meu pai contratara um homem para trazer aquela areia fina em seu caminhão — foram seis viagens lotadas — e a espalhar em uma espessura que me chegava até o peito, cerca de metro e meio, digamos. O homem cobrara 80 pratas pelo trabalho e a areia nunca se movera dali. Só que, atualmente, ninguém mais pode criar uma praia arenosa em sua propriedade. Agora, com todo o escoamento de esgotos, provenientes da onda industrial de construções, matando a maioria dos peixes e tornando os restantes impróprios para o consumo, o pessoal da conservação ambiental proibiu a instalação de praias de areia. É que elas podiam alterar a ecologia do lago e, por enquanto, é contra a lei que alguém faça isso, exceto os donos de loteamentos.

Billy foi recolher a bandeira — e então parou. No mesmo instante, senti Steff olhar tensa em minha direção, e pude ver com meus próprios olhos. O lado do lago onde ficava Harrison havia desaparecido. Estava sepultado debaixo de um nevoeiro branco-brilhante, como uma nuvem de tempo bom que houvesse caído na terra.

O sonho daquela noite me voltou à cabeça e, quando Steff me perguntou o que era aquilo, a palavra que quase me saltara dos lábios era *Deus*.

— David?

Não era possível avistar o menor trecho de margem naquele lado, mas os muitos anos olhando para o Long Lake me fizeram crer que a orla não estivesse tão escondida — talvez apenas metros. A borda do nevoeiro era quase tão reta como uma régua.

— O que é aquilo, papai? — gritou Billy, afundando na água até os joelhos e tentando puxar a bandeira encharcada.

— Um banco de nevoeiro — respondi.

— Em cima do *lago*? — exclamou Steff, duvidando.

Pude sentir em seus olhos a influência da Sra. Carmody. Maldita mulher! Meu momento pessoal de inquietação estava passando. Afinal de contas, sonhos são coisas insubstanciais, como o próprio nevoeiro.

— Claro. Você já viu nevoeiro sobre o lago antes.

— Nunca uma coisa assim. Aquilo parece mais uma nuvem.

— É por causa da claridade do sol — falei. — Como nuvens que vemos de um avião, ao voarmos acima delas.

— Como é possível? — insistiu ela. — Só temos nevoeiro no tempo úmido.

— Temos um justamente agora — respondi. — Harrison tem, pelo menos. É só uma sobra da tempestade, nada mais. Encontro de duas frentes. Qualquer coisa nesse sentido.

— Você tem certeza, David?

Dei uma risada e passei o braço por seu pescoço.

— Não. A verdade é que estou dizendo besteiras como um louco. Se tivesse certeza, estaria anunciando o tempo, no noticiário das seis. Ande, vá fazer sua lista de compras.

Ela me lançou outro olhar de dúvida, virou-se para o banco de nevoeiro por um instante, com a mão fazendo sombra sobre os olhos, depois balançou a cabeça.

— Esquisito — disse, e começou a andar.

Para Billy, o nevoeiro já havia deixado de ser novidade. Ele conseguiu pescar da água a bandeira encharcada e um enredado de passadeira. Espalhamos tudo na grama para secar.

— Me disseram que a gente nunca pode deixar a bandeira encostar no chão, papai — disse ele, no tom sério de vamos-resolver-esta-questão.

— É mesmo?

— Há-há. Victor McAllister disse que eles *letrocutam* gente que faz isso.

— Pois diga a Vic que ele está recheado daquilo que faz a grama ficar verde.

— Esterco, certo?

Billy é um garoto brilhante, mas estranhamente sisudo. Para o campeão, tudo tem que ser encarado com seriedade. Espero que viva o bastante para aprender que, neste mundo, essa é uma atitude perigosa.

— Certo, mas não conte para sua mãe o que eu disse. Quando a bandeira secar, nós a tiramos daqui. Podemos até dobrá-la em chapéu de bico, e assim ninguém nos acusará de nada.

— Vamos consertar o telhado do iate e ter um mastro de bandeira novo, papai?

Pela primeira vez, Billy parecia ansioso. Talvez já tivesse visto destruição suficiente em tão pouco tempo. Apertei-lhe o ombro.

— Tudo a seu tempo, campeão.

— Posso ir até a casa dos Bibber e ver o que aconteceu por lá?

— Vá, mas não demore muito. Eles também devem estar limpando tudo e, às vezes, isso deixa as pessoas um pouco zangadas.

Era como, no momento, me sentia em relação a Norton.

— Está bem. Tchau! — E ele saiu correndo.

— Procure não atrapalhar ninguém, campeão. Ei, Billy!

Ele olhou para trás.

— Lembre-se dos fios eletrizados. Se encontrar outros, fique longe deles, entendido?

— Claro, papai.

Continuei ali por um momento, primeiro verificando os estragos, depois tornando a observar o nevoeiro. Ele agora parecia mais perto, porém era difícil afirmar com segurança. Se estava mais perto, desafiava todas as leis da natureza, porque o vento — uma brisa muito suave — soprava contra ele. Isso, claro, era completamente impossível. O nevoeiro era de uma alvura surpreendente. A única coisa com que podia compará-lo seria neve caída de pouco, jazendo em ofuscante contraste com o brilho azul forte do céu invernal. Contudo, a neve reflete centenas e centenas de brilhos ao sol, como diamantes, e aquele peculiar banco de nevoeiro, embora cintilante e de aparência límpida, não faiscava. A despeito do que tinha dito Steff, não é incomum o surgimento de nevoeiro em dias límpidos, mas, havendo grande quantidade, a umidade suspensa em geral produz um arco-íris. E ali não havia nenhum arco-íris.

A inquietação voltou, me intrigando, mas antes que me concentrasse nela ouvi um surdo som mecânico — *vut-vut-vut!* —, seguido por um "Merda" quase inaudível. O som mecânico repetiu-se, agora sem xingamento. Da terceira vez, o som abafado foi seguido por "Porra!", naquele mesmo tom sufocado de estou-sozinho-mas-puto-da-vida.

Vut-vut-vut-vut...

...Silêncio...

...então: "Filha da mãe."

Comecei a rir. O som se transmite longe por aqui e todo o zumbido das motosserras estava razoavelmente distante. Distante o suficiente para que eu pudesse identificar os tons não-tão-doces de meu vizinho do lado, o prestigioso advogado e proprietário de terreno na margem, Brenton Norton.

Cheguei um pouco mais perto da água, fingindo caminhar para o cais que servia à nossa doca. Agora, podia ver Norton. Estava na clareira ao lado de sua varanda telada, em pé sobre um tapete de velhas agulhas de pinheiro, vestindo um jeans salpicado de tinta e uma camiseta branca sem mangas. Seu corte de cabelo de 40 dólares estava em desalinho, o suor lhe pingava do rosto. Ele estava agachado, apoiando-se em um joelho, trabalhando na sua motosserra. Era muito maior e mais moderna do que a minha, pequena e que me custara 79,95 dólares. De fato, aquela serra parecia ter tudo, menos um botão de partida. Norton puxava um cordel, produzindo os apáticos *vut-vut-vut*, e nada mais. Fiquei profundamente satisfeito ao ver que uma bétula amarela havia caído em cima de sua mesa de piquenique, partindo-a ao meio.

Norton deu um tremendo puxão no cordel do arranque.

Vut-vut-vutvutvut-VAT!VAT!VAT!... VAT!... Vut.

— Você conseguiu, por um instante, cara.

Outro hercúleo puxão.

Vut-vut-vut.

— Filha da puta — sussurrou Norton, ferozmente, mostrando os dentes para sua moderna motosserra.

Voltei para casa, contornando o prédio, sentindo-me realmente bem pela primeira vez, desde que me levantara. Minha serra começou a funcionar ao primeiro puxão do cordel, e então fui trabalhar.

Por volta das 10 horas, senti um tapinha em meu ombro. Era Billy, com uma lata de cerveja em uma das mãos e a lista de Steff na outra. Enfiei a lista no bolso de trás do meu jeans e peguei a cerveja, que não estava estupidamente gelada, mas pelo menos estava gelada. Bebi quase metade de uma vez — raramente cerveja me cai tão bem — e ergui a lata, em um cumprimento a Billy.

— Obrigado, campeão.

— Posso beber um pouquinho?

Deixei-o beber um gole. Ele fez uma careta e devolveu-me a lata. Bebi o restante e me surpreendi no instante em que ia amassar a lata ao meio. Havia mais de três anos estava em vigor a lei sobre devolução de latas e garrafas, mas velhas manias custam a desaparecer.

— Mamãe escreveu uma coisa no fim da lista, mas não entendo a letra dela — disse Billy.

Tornei a examinar a lista. "Não consigo pegar a woxo no rádio", dizia a nota de Steff. "Será que a tempestade tirou a estação do ar?"

woxo é o nosso automatizado distribuidor de rock na fm. É transmitido de Norway, cerca de 30 quilômetros ao norte, sendo tudo o que nosso velho e fraco rádio fm conseguia pegar.

— Diga a ela que é possível — falei, após ler a pergunta para ele.

— Pergunte a sua mãe se consegue pegar Portland, na faixa am.

— Está bem, papai. Posso ir com você, quando for à cidade?

— Claro. E mamãe também, se ela quiser.

— Certo.

Billy correu de volta à casa, levando a lata vazia. Abri meu caminho até a árvore grandalhona. Fiz o primeiro corte, serrei através dele e depois desliguei a serra por alguns momentos, para esfriar — a árvore era realmente muito grossa para ela, mas pensei que tudo daria certo, se fosse com calma. Perguntei-me se a estrada de terra indo até Kansas não estaria livre de árvores tombadas e, logo que pensei isso, um caminhão alaranjado da companhia de eletricidade rodou à minha vista, sem dúvida indo para a extremidade mais distante de nossa estradinha. Aquilo dava a entender que tudo estava indo bem. A estrada permanecia livre e, por volta do meio-dia, o pessoal da eletricidade estaria ali, para dar um jeito naqueles fios eletrizados e caídos.

Cortei fora uma boa tora da árvore, arrastei-a para um lado da alameda e a deixei cair à margem. O pedaço de madeira rolou pela encosta, desaparecendo dentro do matagal que havia crescido, muito tempo antes, quando meu pai e os irmãos dele — todos eles artistas, porque os Drayton sempre tinham sido uma família de artistas — o haviam capinado.

Limpei o suor do rosto com o braço e ansiei por outra cerveja — só uma serve apenas para dar o gostinho. Tornei a empunhar a serra e pensei na woxo fora do ar. Era daquela direção que tinha vindo o esquisito banco de névoa. Também era aquela a direção de Shaymore (os locais pronunciavam *Shammore*). E em Shaymore estava sediado o Projeto Ponta de Flecha.

Era essa teoria do velho Bill Giosti sobre a chamada Primavera Negra: o Projeto Ponta de Flecha. Na parte oeste de Shaymore, não muito afastado de onde a cidade se delimita com Stoneham, havia uma pequena reserva do governo, cercada de arame, com sentinelas e câmeras de televisão em circuito fechado, além de só Deus sabe o que mais. Pelo menos, era o que eu tinha ouvido; na realidade, nunca vira o lugar, embora a Estrada Velha de Shaymore passe ao longo do lado leste das terras do governo, por cerca de dois quilômetros.

Ninguém sabia ao certo de onde surgira o nome Projeto Ponta de Flecha e ninguém poderia dizer, com cem por cento de segurança, se aquele era realmente o nome do projeto — se é que havia algum projeto. Bill Giosti dizia que havia, mas quando se perguntava onde conseguira tal informação, ele ficava evasivo. Dizia que sua sobrinha trabalhava na Companhia Telefônica Continental e tinha ouvido coisas. E tudo ficava nisso.

— Coisas atômicas — dissera Bill nesse dia, debruçando-se à janela do Scout e soltando um saudável bafo de álcool em meu rosto. — É nisso que andam envolvidos por lá. Disparando átomos no ar e coisas assim.

— O ar está cheio de átomos, Sr. Giosti — replicara Billy. — Foi o que a Sra. Neary disse. A Sra. Neary disse que tudo está cheio de átomos.

Bill Giosti deu a meu filho um longo olhar injetado de sangue, que finalmente o desinflou.

— Aqueles são átomos *diferentes*, filho.

— Ahnn... — murmurou Billy, entregando os pontos.

Dick Muehler, nosso agente de seguros, afirmava que o Projeto Ponta de Flecha era uma estação agrícola, com uma temporada mais prolongada de crescimento e tomates maiores — acrescentou sabiamente, antes de voltar a me explicar como ajudar minha família de modo mais eficiente, morrendo jovem. Janine Lawless, nossa agente postal, disse que lá havia um trabalho de pesquisa geológica, tendo algo a ver com óleo de xisto. Tinha certeza do que dizia porque o irmão do seu marido trabalhara para um homem que havia...

E quanto à Sra. Carmody... ela provavelmente tendia mais para o ponto de vista de Bill Giosti. Não apenas átomo, mas átomos *diferentes*.

Cortei mais dois bons pedaços da enorme árvore e os larguei de um lado, antes de Billy voltar com um nova lata de cerveja em uma das mãos e um bilhete de Steff na outra. Se existe alguma coisa que o

Grande Bill adore fazer, mais do que entregar mensagens, não imagino o que seja.

— Obrigado — falei, pegando as duas coisas.

— Posso tomar um gole?

— Só um. Você tomou dois da última vez. Não quero ver você andando embriagado por aí, às dez horas da manhã.

— Dez e quinze — disse ele, sorrindo timidamente por cima da borda da lata.

Sorri de volta — não que aquela fosse uma grande piada, convenhamos, mas Billy as faz muito raramente —, então li o bilhete.

"Peguei a JBQ no rádio", escrevera Steff. "Não se embriague antes de ir à cidade. Beba mais uma lata, mas é só, antes do almoço. Acha que nossa estrada está desimpedida?"

Devolvi o bilhete a Billy e peguei minha cerveja.

— Diga a ela que a estrada está livre, porque acabou de passar um caminhão da companhia de eletricidade. Eles estão vendo se chegam até aqui.

— Está bem.

— Campeão?

— O que é, pai?

— Diga a ela que está tudo certo.

Ele tornou a sorrir, talvez primeiro repetindo aquilo para si mesmo.

— Certo — respondeu.

Correu de volta à casa e fiquei vendo-o se afastar, pernas se movimentando rapidamente, as solas da sandália aparecendo. Eu o amo. É seu rosto, às vezes a maneira como os olhos se erguem para os meus, que me faz sentir que tudo está realmente certo. Mentira, claro — as coisas não andam certas e nunca andaram —, mas meu filho me faz acreditar na mentira.

Bebi um pouco de cerveja, pousei a lata cuidadosamente em cima de uma pedra e tornei a pegar a serra. Uns 20 minutos mais tarde, senti um leve toque no ombro e me virei, esperando ver Billy outra vez. Não era ele, mas Brent Norton. Desliguei a serra.

Norton não mostrava sua aparência costumeira. Parecia acalorado, cansado e infeliz, além de desconcertado de alguma forma.

— Olá, Brent — falei.

Nossas últimas trocas de palavras haviam sido rudes, de maneira que eu me sentia um tanto inseguro quanto à forma de agir. Tinha um curioso pressentimento de que ele tinha estado parado atrás de mim pelos últimos cinco minutos, mais ou menos, pigarreando educadamente, sob o rugido agressivo da serra. Naquele verão, eu não o observei muito de perto. Reparei agora que havia perdido peso, mas não lhe fizera bem. No entanto, deveria, porque ele teve uns bons dez quilos a mais. Sua esposa falecera no último novembro. Câncer. Aggie Bibber contara a Steff. Aggie era a nossa legista local. Cada vizinhança tinha a sua. Em vista da maneira casual de Norton ser violento com a esposa e depreciá-la (agindo com a desdenhosa calma de um matador veterano, inserindo *banderillas* no lombo de um touro velho e desconjuntado), eu diria que ele havia ficado satisfeito em perdê-la. Se interrogado, eu poderia inclusive especular que ele andara se exibindo no último verão com uma moça 20 anos mais nova pelo braço e um sorriso tolo de meu-galo--morreu-e-foi-pro-céu estampado na face. Só que, em vez do sorriso tolo, havia apenas uma nova carga de rugas, enquanto o peso perdido se revelava nos lugares errados, deixando pelancas e dobras que contavam sua própria história. Por um fugaz momento, senti vontade apenas de levar Norton até um ponto banhado de sol, sentá-lo ao lado de uma das árvores caídas, com minha lata de cerveja na mão, e fazer um esboço a carvão de sua figura.

— Olá, Dave — disse ele, após um longo momento de silêncio constrangedor, um silêncio ainda mais palpável na ausência da barulheira da serra. Ele parou, depois soltou: — Aquela árvore. Aquela maldita árvore. Sinto muito. Você tinha razão.

Dei de ombros.

— Outra árvore caiu em meu carro — acrescentou ele.

— Lamento sab... — comecei, mas então tive uma horrível suspeita. — Não fora em cima do T-Bird, foi?

— Exatamente, foi.

Norton tinha um Thunderbird 1960, parecendo saído da fábrica, com apenas 50 mil quilômetros rodados. Azul noite, por dentro e por fora. Ele só o dirigia nos verões; mesmo assim, raramente. Adorava aquele carro, da maneira como alguns homens adoram trens elétricos, modelos de navios ou pistolas de tiro ao alvo.

— Que merda — falei, e era sincero.

Ele balançou a cabeça lentamente.

— Eu quase não o trazia para cá. Estava para vir com a caminhonete, você sabe. Depois disso, que diabo! Vim com o carro, e um maldito pinheiro, um enorme pinheiro podre, caiu em cima dele. O teto ficou todo amassado. Pensei que poderia cortá-la... a árvore, quero dizer... mas não consegui fazer minha serra funcionar... Paguei 200 dólares por aquela droga... e... Pensei que poderia cortá-la... a árvore, quero dizer... mas não consegui fazer minha serra funcionar... Paguei 200 dólares por aquela droga... e...

Sua garganta começou a emitir leves estalidos. A boca se movia como se ele fosse desdentado e mascasse tâmaras. Por um desamparado segundo, pensei que ele ia ficar ali e debulhar-se em lágrimas. Como uma criança em um terreno baldio. Então, conseguiu meio que se recompor, deu de ombros e se virou, como que olhando para as toras de madeira que eu havia cortado.

— Bem — falei —, podemos dar uma olhada em sua serra. Seu carro está no seguro?

— Está — disse ele —, como o seu iate.

Entendi o que Norton queria dizer e recordei novamente o que Steff tinha dito sobre seguros.

— Escute, Dave, estive pensando se você não poderia me emprestar seu Saab, para ir até a cidade. Queria comprar pão, alguma coisa fria para comer e cerveja. Bastante cerveja.

— Eu e Billy vamos até lá no Scout — falei. — Se quiser, pode ir conosco. Isto é, se me der uma ajuda para puxar este resto de árvore para um lado da estrada.

— Com prazer.

Ele agarrou uma ponta, mas não teve forças para erguê-la. Tive que fazer a maior parte do trabalho. Juntos, conseguimos jogar tudo dentro do mato. Norton respirava fundo e ofegava, as bochechas quase roxas. Depois de todos os puxões que ele dera na serra, tentando fazê-la funcionar, fiquei um pouco preocupado com seu coração.

— Tudo bem? — perguntei, e ele assentiu, ainda respirando com dificuldade. — Então, vamos até lá em casa. Eu te arranjo uma cerveja.

— Obrigado — disse ele. — Como vai Stephanie?

Norton começava a readquirir parte da antiga e bajuladora pomposidade que me desagradava.

— Muito bem, obrigado.

— E seu filho?

— Também está ótimo.

— Fico satisfeito em saber.

Steff saiu e um momento de surpresa passou por seu rosto ao ver quem vinha comigo. Norton sorriu, os olhos rastejando pela apertada camiseta que ela usava. Bem, afinal, ele não mudara tanto assim.

— Olá, Brent — disse ela, cautelosamente.

A cabeça de Billy surgiu debaixo do braço dela.

— Olá, Stephanie. Olá, Billy.

— O T-Bird de Brent levou uma pancada e tanto na tempestade — contei a ela. — Em cima do teto, foi o que ele disse.

— Ah, não!

Norton repetiu a história, enquanto bebia uma de nossas cervejas. Eu bebericava uma terceira, que em nada me afetava; aparentemente, havia transpirado as anteriores tão depressa quanto as bebera.

— Ele vai à cidade comigo e Billy.

— Bem, acho que vão demorar um pouco. Terão que ir ao Shop-and-Save em Norway.

— É mesmo? Por quê?

— Bem, se em Bridgton não há energia...

— Mamãe disse que todas as registradoras e outras coisas só funcionam com eletricidade — acrescentou Billy.

Era um bom motivo.

— Você ainda tem a lista?

Bati no bolso de trás da calça. Steff se virou para Norton.

— Sinto muito sobre Carla, Brent. Todos nós sentimos.

— Obrigado — disse ele. — Muito obrigado.

Houve um novo momento de constrangido silêncio, quebrado por Billy.

— Já podemos ir, papai?

Reparei que agora vestia jeans e calçava tênis.

— Sim, acho que podemos. Está pronto, Brent?

— Me dê mais uma cerveja para a estrada e estarei.

Steff franziu as sobrancelhas. Ela nunca aprovara aquela filosofia de uma-para-a-estrada ou de homens que dirigem com uma lata de cerveja descansando entre as pernas. Concordei de leve e ela deu de ombros. Não era minha intenção tornar a criar um caso com Norton agora. Steff lhe trouxe a cerveja.

— Obrigado — disse ele, não realmente agradecendo, mas apenas dizendo uma palavra. Da mesma forma que a gente agradece a uma garçonete, em um restaurante. Depois se virou para mim: — Em frente, Macduff.

— Já vamos — falei, e passamos para a sala de estar.

Norton me seguiu, soltou exclamações sobre a galharia da bétula, mas eu não estava interessado naquilo ou no preço para recolocar os vidros quebrados naquele instante. Olhava para o lago, através da porta deslizante envidraçada que dava para nosso passadiço. A brisa refrescara um pouco e a temperatura aumentara uns cinco graus, enquanto eu serrava a árvore. Achei que o singular nevoeiro observado pela manhã já devia ter se dispersado, porém lá estava ele. Mais próximo, também. Já tinha chegado à metade do lago.

— Reparei nisso mais cedo — disse Norton, em tom entendido. — Deve ser alguma inversão de temperatura, creio eu.

Eu não estava gostando daquilo. Tinha a firme convicção de que jamais vira nevoeiro semelhante. Uma parte de minha inquietação era devida àquela enervante borda reta frontal. Na natureza nada é tão exato; o homem é que inventou ângulos retos. Parte do nevoeiro era de uma brancura ofuscante, sem nenhuma variação, mas tampouco sem as cintilações provocadas pela umidade. Deveria estar a meio quilômetro de distância agora, sendo mais evidente do que nunca o contraste de sua alvura com os tons de azul do céu e do lago.

— Vamos, papai! — disse Billy, puxando-me pela calça.

Voltamos todos à cozinha. Brent Norton dedicou um último olhar à árvore que tombara em nossa sala de estar.

— Pena que não era uma macieira, hein? — comentou Billy, inteligentemente. — Foi o que minha mãe disse. É engraçado, não acha?

— Sua mãe sabe mesmo dizer coisas engraçadas, Billy.

Enquanto falava, Norton desmanchou-lhe os cabelos em um gesto negligente e seus olhos tornaram a se voltar para a frente da camiseta de Steff. Sim, aquele era um homem com quem eu jamais simpatizaria.

— Ouça, por que não vem conosco, Steff? — perguntei.

Sem nenhum motivo concreto, de repente eu a queria comigo.

— Não. Acho que vou ficar aqui e arrancar algumas ervas daninhas do jardim — respondeu ela. Seus olhos pousaram em Norton e se voltaram para mim. — Esta manhã, creio ser a única coisa por aqui que funciona sem eletricidade.

Norton riu, demasiado caloroso. Captei a mensagem de Steff, mas tentei de novo.

— Tem certeza?

— Absoluta. O velho abaixa-e-levanta me fará bem.

— Está certo. Não tome sol demais.

— Vou usar meu chapéu de palha. Vamos comer sanduíches quando você voltar.

— Ótimo.

Ela ergueu a face para que eu a beijasse.

— Tome cuidado. Talvez haja coisas tombadas na Estrada Kansas também, sabe como é.

— Vou ter cuidado.

— Você também, Billy, tome cuidado — recomendou ela, dando-lhe um beijo na bochecha.

— Certo, mãe.

Ele disparou pela porta de tela, que se fechou com estrondo às suas costas. Eu e Norton saímos em seguida.

— Podíamos ir até sua casa e cortar a árvore que caiu em cima do Bird — sugeri.

De repente, eu conseguia pensar em um monte de razões para adiar aquela ida à cidade.

— Só olho novamente para aquela árvore depois que almoçar e tomar mais algumas destas — disse ele, erguendo a lata de cerveja. — O estrago está feito, Dave, meu chapa.

Também não gostei de ele me chamando de "chapa".

Acomodamo-nos os três no banco dianteiro do Scout (no canto mais distante da garagem, meu castigado limpa-neve Fisher cintilava amarelado, como o fantasma do Natal por vir) e dei marcha a ré, esmagando punhados de gravetos e galhos ali atirados pela tempestade. Steff estava na trilha de cimento que leva à parte da horta, no fim da extremidade oeste de nossa propriedade. Segurava a tesoura em uma das mãos enluvadas e, na outra, a pinça de arrancar ervas daninhas. Enfiara na cabeça seu velho e frouxo chapéu de sol, cuja aba lançava uma faixa de sombra em seu rosto. Buzinei duas vezes, levemente. Ela ergueu a mão segurando a tesoura, em resposta. Arrancamos com o carro. Não vejo minha esposa desde então.

Tivemos que parar uma vez no trajeto para a Estrada Kansas. Depois que o caminhão da companhia de eletricidade passara, um pinheiro de tamanho razoável caíra atravessado na alameda. Eu e Norton descemos e o movemos o suficiente para o Scout esgueirar-se. Ficamos com as mãos negras no processo. Billy queria ajudar, mas acenei para que ficasse quieto, receando que pudesse ser atingido nos olhos. Velhas árvores sempre me faziam lembrar dos *Ents*, na maravilhosa saga *O senhor dos anéis*, de Tolkien — só os *Ents* que tinham ficado maus. Árvores velhas querem machucá-lo. Pouco importa se você está usando calçados próprios para a neve, esquiando pelo país ou apenas dando um passeio na floresta. Árvores velhas querem machucá-lo e, se pudessem, creio que o matariam.

A própria Estrada Kansas estava desimpedida, mas vimos a fiação caída em vários lugares. Uns 250 metros após o Acampamento Vicki-Linn, havia um poste de energia totalmente caído no acostamento, os fios grossos enrolados como novelos de lã em volta do topo, como uma cabeleira desarrumada.

— Uma tempestade e tanto!

Norton empregava sua voz afetada e treinada dos tribunais, só que agora não bancava o entendido, estava apenas solene.

— Foi mesmo!

— Veja, papai!

Billy apontava para o que havia sobrado do celeiro dos Ellitch. Por 12 anos ele esteve capengando no quintal dos fundos de Tommy Ellitch, coberto até a cintura por girassóis, virgas-áureas e Lolly-venha-me-ver. A cada outono, eu pensava que ele não aguentaria outro inverno, mas na primavera continuava lá. Só que agora não estava mais. Restaram apenas uma pilha de destroços e um teto que fora despido da maioria das telhas. Chegara sua vez. E, por algum motivo, aquilo ecoou de forma solene e até mesmo agourenta dentro de mim. A tempestade chegara e o tinha arrasado completamente.

Norton terminou sua cerveja, amassou a lata na mão e deixou cair indiferentemente no piso do Scout. Billy abriu a boca para dizer algo, mas tornou a fechá-la — bom garoto. Norton era de Nova Jersey, onde não havia nenhuma lei garrafa-e-lata; acho que podia ser perdoado por amassar o meu níquel, quando eu mesmo mal me lembrava de deixar as minhas latas intactas.

Billy começou a mexer nos botões do rádio e eu lhe pedi para ver se a woxo estava de volta. Ele girou o dial até FM 92, conseguindo apenas um zumbido apático. Olhou para mim e encolheu os ombros. Refleti um momento. Que outras estações mais estariam do outro lado daquela peculiar frente de nevoeiro?

— Tente a wblm — falei.

Ele girou o dial até outra extremidade, passando pela wjbq-fm e a wigy-fm no caminho. Estavam em atividade, como sempre... mas a wblm, a mais importante estação de rock progressivo do Maine, estava fora do ar.

— Estranho — falei.

— O quê? — perguntou Norton.

— Nada. Só pensei em voz alta.

Billy voltara para a programação musical da wbjq. Pouco tempo depois, chegávamos à cidade.

No shopping, a Lavanderia Norge estava fechada, sendo impossível a uma lavanderia automática funcionar sem eletricidade, mas a Farmácia Bridgton e o Supermercado Federal de Alimentos estavam abertos. O pátio de estacionamento estava lotado e, como sempre acontecia no meio do verão, havia um bocado de carros com placa de outros estados. Vi grupinhos de pessoas aqui e ali ao sol, comentando a tempestade, mulheres com mulheres, homens com homens.

Avistei a Sra. Carmody, aquela dos animais empalhados e da história da água com guimbas de cigarro. Fazia sua entrada triunfal no supermercado, vestindo um assombroso terninho amarelo-canário. De um dos braços pendia uma bolsa do tamanho de uma pequena mala de mão. Então, um idiota pilotando uma Yamaha rugiu ao meu lado, deixando de bater em meu para-choque dianteiro por escassos centímetros. Usava uma jaqueta jeans, óculos escuros espelhados, e não tinha capacete.

— Veja só esse imbecil de merda! — rosnou Norton.

Circulei pelo estacionamento uma vez, à procura de uma boa vaga. Não havia nenhuma. Já estava me conformando a ter que dar uma longa caminhada até o outro lado do estacionamento, quando dei sorte. Um Cadillac verde-limão, do tamanho de um pequeno veleiro, esgueirava-se de uma vaga, na faixa mais próxima das portas do supermercado. Assim que ele saiu, entrei na vaga.

Entreguei a Billy a lista de compras de Steff. Ele tinha cinco anos, mas sabia ler letras de forma.

— Pegue um carrinho e vá começando. Quero ligar para sua mãe. O Sr. Norton o ajudará. Não vou demorar.

Saímos, e Billy imediatamente agarrou a mão do Sr. Norton. Fora ensinado a não cruzar o pátio do estacionamento sem segurar a mão de um adulto, quando pequenino, e ainda não perdera o hábito. Norton pareceu surpreso por um momento, depois sorriu de leve. Quase o perdoei por haver despido Steff com os olhos. Os dois entraram no supermercado.

Caminhei para a cabine telefônica, que ficava na parede entre a lavanderia e a farmácia. Uma mulher suada, em um conjunto de blusa e calção púrpura, sacolejava o gancho do telefone, para baixo e para cima. Fiquei atrás dela, de mãos nos bolsos, perguntando-me por que estava tão inquieto sobre Steff e por que a inquietação se misturava àquela linha de nevoeiro esbranquiçado, mas sem brilho, às estações de rádio fora do ar... e ao Projeto Ponta de Flecha.

A mulher do conjunto púrpura tinha os ombros gordos queimados de sol e cobertos de sardas. Parecia um suado bebê alaranjado. Bateu com o fone no gancho, virou-se para a farmácia e então me viu.

— Guarde sua moeda — disse. — Aí só dá zumbido — acrescentou, se afastando com seu ar rabugento.

Quase dei um tapa na testa. Claro que as linhas estavam interrompidas em algum ponto. Algumas eram subterrâneas, mas apenas uma minoria. Mesmo assim, tentei o telefone. Naquela área, os telefones públicos são o que Steff chama de Telefones Públicos Paranoicos. Em vez de colocar logo a moeda, primeiro é preciso ouvir o toque de chamada e então se disca o número. Quando alguém atende, há uma interrupção automática durante a qual é preciso colocar a moeda, antes que a outra pessoa desligue. São irritantes mas, nesse dia, pouparam minha moeda. Não havia sinal de discagem. Como dissera a senhora, só tinha zumbido.

Desliguei e caminhei lentamente em direção ao supermercado, a tempo de ver um pequeno acidente curioso. Um casal de velhinhos caminhava em direção à porta de entrada, conversando. E, ainda papeando, eles bateram de cara na porta. Eles pararam de falar subitamente e a mulher reclamou em voz alta, surpresa. Olharam um para o outro comicamente e então começaram a rir, e o velho abriu a porta para sua mulher puxando-a com algum esforço — essas portas elétricas são pesadas —, e eles entraram. Quando a eletricidade falta, você é pego de surpresa das mais diversas formas.

Empurrei a porta de entrada e a primeira coisa que percebi foi a falta do ar-condicionado. No verão, em geral eles ligam o ar no máximo, o suficiente para você bater os dentes de frio se ficar lá dentro mais de uma hora seguida.

Como a maioria dos supermercados modernos, o Federal havia sido construído como um pequeno labirinto — as técnicas modernas de marketing transformam todos os consumidores em ratinhos de estimação. Tudo aquilo de que realmente precisamos, os produtos de consumo básicos, como pão, leite, carne, cerveja e refeições congeladas, ficam no lado mais distante do estabelecimento. Para chegar lá, tem que passar por todos os itens de consumo impulsivo conhecidos do homem moderno — tudo, desde isqueiros Cricket a ossos de borracha para cães.

Além das portas de entrada, está o corredor de hortifrutigranjeiros. Ergui os olhos, examinando até o final, mas não havia sinal de Norton ou de meu filho. A velha que colidira contra a porta examinava as uvas. Seu marido segurava uma sacola de feira para colocar as compras.

Caminhei pelo corredor até o final e dobrei para a esquerda. Encontrei-os no terceiro corredor, Billy meditando diante das prateleiras com caixas de gelatina e pudins instantâneos. Norton estava diretamente atrás dele, examinando a lista de Steff. Tive que sorrir por causa de sua expressão de perplexidade.

Caminhei até eles, passando por carrinhos de compras meio lotados (aparentemente, Steff não fora a única pessoa tomada pelo impulso armazenador dos esquilos) e clientes que estavam ali apenas bisbilhotando os artigos. Norton apanhou duas latas de recheio de torta, na prateleira mais alta, e as colocou no carrinho.

— Como está se saindo? — perguntei, e ele olhou para mim, com indisfarçável alívio.

— Muito bem, não é mesmo, Billy?

— Claro — respondeu Billy, mas não resistiu e acrescentou, em um tom bem presunçoso: — Só que tem muita coisa que o Sr. Norton também não consegue ler, papai.

— Deixe-me ver — falei, apanhando a lista.

Norton havia feito um visível e ordenado sinal ao lado de cada artigo que ele e Billy já haviam posto no carrinho — uma meia dúzia deles, incluindo o leite e um engradado com seis Cocas. Havia ainda mais umas dez coisas que ela queria.

— Temos que voltar à seção de hortifrutigranjeiros — falei. — Steff quer tomates e pepinos.

Billy começou a manobrar o carrinho para irmos e Norton comentou:

— Devia dar uma espiada na fila do caixa, Dave.

Fui até lá e olhei. Era o tipo de coisa que às vezes vemos em fotos no jornal, em um noticiário enfadonho, com uma legenda humorística embaixo. Havia apenas dois caixas funcionando, e a fila dupla de pessoas esperando para checar suas compras se estendia além da maioria das prateleiras de pão quase vazias, depois virava para a direita e se perdia de vista na direção dos frigoríficos de alimentos congelados. Todas as novíssimas máquinas registradoras computadorizadas estavam cobertas com capas. Em cada uma das filas em funcionamento, uma jovem aborrecida somava os preços em uma calculadora de bolso movida a pilha. Junto a cada uma delas, estava um dos dois gerentes do Federal — Bud Brown e Ollie Weeks. Eu simpatizava com Ollie, mas bem menos com Bud Brown, que parecia se achar o Charles de Gaulle do mundo dos supermercados.

Quando cada jovem terminava de calcular uma batelada de compras, Bud ou Ollie pregava um clipe no dinheiro ou cheque do cliente e o jogava na caixa que estavam usando como depósito de dinheiro. Todos pareciam cansados e calorentos.

— Espero que tenha trazido um bom livro — disse Norton, juntando-se a mim. — Vamos ficar um bocado de tempo na fila.

Tornei a pensar em Steff, sozinha em casa, e tive outro acesso de inquietude.

— Vá pegar suas compras — falei. — Eu e Billy damos conta do resto disto.

— Quer que traga mais algumas cervejas para você também?

Eu já pensara nisso, mas, a despeito da reaproximação, não queria passar a tarde com Brent Norton, embriagando-me. Não com a confusão em que estavam as coisas em volta da casa.

— Sinto muito — respondi —, vai ter que ficar para outra vez, Brent.

Acho que seu rosto ficara de alguma forma tenso.

— Está bem — disse ele laconicamente.

Afastou-se e eu o segui com os olhos, mas então Billy me puxou pela camisa.

— Você falou com a mamãe?

— Negativo. O telefone não estava funcionando. Acho que a tempestade derrubou os fios telefônicos.

— Está preocupado com ela?

— Não — menti. Estava preocupado, claro, mas não imaginava por que deveria estar. — Não, claro que não estou. E você?

— Nãááááo...

Billy estava preocupado. Seu rosto tinha uma expressão ansiosa. Devíamos ter voltado nessa hora. Contudo, mesmo assim talvez já fosse tarde demais.

3. A chegada do nevoeiro

Conseguimos chegar até as frutas e vegetais como salmões abrindo caminho corrente acima. Vi alguns rostos familiares — Mike Hatlen, um dos nossos conselheiros municipais; a Sra. Reppler, da escola primária (ela, que aterrorizou gerações de crianças da terceira série, no momento fazia pouco dos melões); a Sra. Turman, que às vezes tomava conta de Billy, quando eu e Steff saíamos — porém a maioria se compunha de veranistas, comprando artigos que dispensavam cozimento e brincando entre si sobre "aquela vida dura". Todos os frios haviam desaparecido, tão completamente como as folhetins de dez centavos nos bazares de caridade: nada sobrara, exceto algumas embalagens de salsichão, de massa de macarrão e uma solitária e fálica linguiça.

Apanhei os tomates, pepinos e um pote de maionese. Ela também queria bacon, mas já tinha acabado. Levei algumas embalagens de salsichão como substituto, embora jamais tivesse conseguido comer aquilo com qualquer entusiasmo legítimo, desde que o FDA (Administração de Alimentos e Medicamentos) informara que cada embalagem continha uma pequena dose de sujeira de insetos — um pequeno extra por seu dinheiro.

— Veja — disse Billy, ao contornarmos a esquina para o quarto corredor. — Homens do Exército.

Eram dois, seus uniformes pardacentos contrastando com o fundo muito mais vivo das roupas de verão esportivas. Raramente víamos o pessoal do Exército ligado ao Projeto Ponta de Flecha e somente a 40 ou mais quilômetros de distância. Aqueles dois mal pareciam ter idade suficiente para fazer a barba.

Tornei a olhar para a lista de Steff e vi que tínhamos tudo no carri... não, quase tudo. No fim da lista, quase como uma ideia de última hora, ela rabiscara: *Garrafa de Lancers?* Aquilo soava bom para mim. Uns dois copos de vinho aquela noite, depois de Billy ir para a cama, e depois talvez um longo e lento período fazendo amor, antes de dormirmos.

Larguei o carrinho e abri caminho até o vinho. Apanhei uma garrafa e, quando voltava, passando diante das grandes portas duplas que conduziam à área de estocagem, ouvi o firme rugido de um gerador de bom tamanho.

Decidi que provavelmente seria grande o bastante para manter as embalagens frias, mas não o suficiente para fazer funcionar as portas, caixas registradoras e o equipamento elétrico restante. Parecia o barulho de uma motocicleta, atrás daquelas portas.

Norton apareceu justamente quando entramos na fila, equilibrando duas embalagens de seis cervejas light, uma embalagem de pão e a linguiça que eu localizara minutos antes. Entrou na fila comigo e Billy. Estava muito quente no supermercado, com o ar-condicionado fora de funcionamento, e perguntei-me por que nenhum dos rapazes que embalavam as compras pelo menos escancarara as portas. Eu tinha visto

Buddy Eagleton dois corredores atrás, com seu avental vermelho, sem fazer nada além de empilhar artigos. O gerador rugiu monotonamente. Eu estava começando a ficar com dor de cabeça.

— Coloque suas coisas aqui, antes que deixe cair algo — falei.

— Obrigado.

As filas agora chegavam aos alimentos congelados; havia pessoas cortando-a a todo instante, entre muitos "com licença" e "por favor".

— Isto vai ser uma merda — disse Norton morosamente.

Franzi a testa de leve. Esse tipo de linguagem é rude demais para cair nos ouvidos de Billy, em minha opinião.

O barulho do gerador amorteceu um pouco, quando a fila avançou alguns metros. Eu e Norton mantínhamos uma conversa incoerente, evitando a feia disputa de propriedade que nos levara ao tribunal do distrito e preferindo temas como as chances do Red Sox e o tempo. Por fim, exaurido nosso pequeno estoque de conversa fiada, ficamos calados. Billy estava irrequieto ao meu lado. A fila arrastava-se. Agora, tínhamos refeições congeladas à direita e, à esquerda, os vinhos e champanhes mais caros. À medida que a fila avançou para os vinhos mais baratos, brinquei ligeiramente com a ideia de pegar uma garrafa de Ripple, o vinho de minha flamejante juventude. Não o peguei. Afinal, minha juventude nunca fora assim tão flamejante.

— Poxa, por que eles não andam mais depressa, papai? — perguntou Billy.

Meu filho continuava com aquela expressão ansiosa no rosto. De súbito, brevemente, a névoa de inquietação que me invadira abriu uma brecha e algo terrível espiou do outro lado — a face brilhante e metálica do terror. Então, passou.

— Fique calmo, campeão — falei.

Tínhamos chegado às prateleiras de pão — no ponto em que a fila dupla dobrava para a esquerda. Agora, eu podia ver os corredores para as caixas registradoras, as duas em funcionamento e as outras quatro abandonadas, cada uma com um pequeno aviso sobre a esteira rolante imóvel, dizendo POR FAVOR, ESCOLHA OUTRA CAIXA e WINSTON. Além das caixas, ficavam as enormes paredes envidraçadas, dando para o pátio de estacionamento e o cruzamento das Rotas 117 e 302, mais além. A vista era parcialmente obscurecida pelas costas dos avisos em cartolina branca, anunciando artigos em promoção e a última cortesia da casa, um conjunto de livros com o título *Enciclopédia da Mãe Natureza*. Estávamos na fila que, eventualmente, nos levaria ao caixa onde Bud Brown estava parado. Havia ainda umas 30 pessoas à nossa frente. A mais identificável era a Sra. Carmody, com seu terninho amarelo berrante. Ela parecia um anúncio de febre amarela.

De repente, um barulho agudo começou a distância, aumentando rapidamente de volume até transformar-se no louco ulular de uma sirene policial. Soou uma buzinada no cruzamento, houve um chiado de freios e borracha queimada. Eu não conseguia ver — o ângulo não permitia —, mas a sirene chegou ao auge quando se aproximou do supermercado, começando a diminuir à medida que a viatura policial se afastava. Algumas pessoas saíram da fila para espiar, mas não muitas. Já haviam esperado demais para perder seus lugares.

Norton saiu — suas compras estavam em meu carrinho. Após alguns momentos, retornou e voltou para a fila outra vez.

— Confusão local — disse.

Então, o alarme de incêndios da cidade começou a soar, lentamente passando para um guincho todo próprio, caindo e tornando a subir. Billy tomou minha mão — apertou-a.

— O que é, papai? — perguntou, acrescentando imediatamente: — Mamãe está bem?

— Deve ser algum incêndio na Estrada Kansas — disse Norton. — Aqueles malditos fios derrubados pela tempestade... Os carros de bombeiros passarão daqui a pouco.

Aquilo deu algo para a minha inquietação concentrar-se. Havia fios eletrizados caídos em *nosso* quintal.

Bud Brown disse algo à moça da caixa que ele supervisionava; ela havia se virado, para ver o que ocorria. A moça enrubesceu e voltou a digitar em sua calculadora.

Eu não queria estar naquela fila. De repente, eu não queria estar ali, de maneira alguma. Contudo, ela recomeçava a mover-se e parecia tolice deixá-la agora. Passamos juntos pelos mostruários de cigarros.

Alguém passou pela porta de entrada, um adolescente. Achei que era o moleque que quase havíamos atingido, o da Yamaha, sem capacete.

— O nevoeiro! — gritou ele. — Vocês deviam ver o nevoeiro! Está vindo pela Estrada Kansas!

As pessoas se viraram para fitá-lo. Ele ofegava, como se houvesse corrido uma longa distância. Ninguém disse nada.

— Bem, vocês deviam ver — repetiu ele, agora soando defensivo.

Algumas pessoas olharam para ele, outras moveram os pés, mas ninguém queria perder o lugar na fila. Aquelas que ainda não estavam na fila abandonaram seus carrinhos e passaram pelos corredores vazios das caixas desativadas para ver se descobriam sobre o que ele falava. Um sujeito grandalhão, com um chapéu de verão exibindo uma faixa estampada (do tipo que a gente raramente vê, exceto em comerciais de cerveja, tendo churrasco ao fundo para compor o cenário), escancarou a porta de saída e várias pessoas — dez, talvez uma dúzia — saíram com ele. O garoto foi com elas.

— Não deixem todo o ar condicionado escapar — disse um dos garotos do Exército, com voz típica de falsete.

Houve algumas risadinhas. Eu não ri. Tinha visto o nevoeiro cruzando o lago.

— Por que não vai dar uma olhada, Billy? — sugeriu Norton.

— Não — falei de imediato, sem qualquer razão concreta.

A fila tornou a avançar. As pessoas espichavam o pescoço, procurando o nevoeiro que o garoto mencionara, porém nada havia à vista, exceto o céu azul vivo. Ouvi alguém dizer que ele devia estar brincando. Alguém mais respondeu que tinha visto uma esquisita linha de nevoeiro sobre o Long Lake, cerca de uma hora antes. O primeiro apito ululou e gritou. Não gostei daquilo. Dava a sensação de Dia do Juízo Final, soando daquela maneira.

Mais pessoas saíram. Algumas chegaram a abandonar seu lugar na fila, o que acelerou um pouco o processo. Então, o velho grisalho John Lee Frovin, que trabalha como mecânico no posto Texaco, entrou encurvado e gritou:

— Ei! Alguém aí tem uma câmera?

Olhou em torno, depois tornou a sair com sua espinha encurvada. Aquilo causou certo rebuliço. Se a coisa valia uma foto, também valia a pena ver o que era. Foi quando a Sra. Carmody gritou, com sua voz roufenha, mas potente:

— Não saiam!

As pessoas se viraram para olhá-la. A forma ordenada das filas desorganizara-se inteiramente, com gente que saía para espiar o nevoeiro, que se afastava da Sra. Carmody ou que andava de um lado para outro, procurando os amigos. Uma mulher jovem e bonita, com uma blusa de malha de ginástica de algodão e calça comprida verde-escura, olhava para a Sra. Carmody de maneira pensativa e avaliadora. Alguns oportunistas aproveitavam-se da confusão e furavam a fila, avançando uma ou duas vagas. A caixa ao lado de Bud Brown virou a cabeça novamente para olhar e ele lhe bateu um dedo comprido no ombro.

— Preste atenção ao que está fazendo, Sally.

— Não saiam! — gritou a Sra. Carmody. — É a morte! Sinto que a morte está lá fora!

Bud e Ollie Weeks, que a conheciam, pareceram impacientes e irritados, mas alguns veranistas à volta dela afastaram-se alguns passos, pouco ligando para seus lugares na fila. Nas cidades grandes, as *bag-ladies**

parecem ter o mesmo efeito sobre os demais, como se fossem portadoras de alguma doença contagiosa. Quem sabe? Talvez sejam mesmo.

Então as coisas começaram a acontecer em ritmo acelerado e confuso. Um homem entrou aos tropeções no supermercado, empurrando a porta de entrada até o fim. Seu nariz sangrava.

— Há alguma coisa naquele nevoeiro! — gritou.

Billy encolheu-se contra mim — fosse por causa do nariz sangrento do homem ou pelo que ele dizia, eu não sei.

— Há alguma coisa naquele nevoeiro! — repetiu ele. — Alguma coisa no nevoeiro agarrou John Lee! Alguma coisa... — Ele recostou-se em uma amostra de adubo para jardim, amontoada junto às vidraças, e sentou-se ali. — *Alguma coisa no nevoeiro pegou John Lee e eu o ouvi gritando!*

A situação mudou. Já nervosas pela tempestade, pela sirene policial e o alarme de incêndios, pelo sutil deslocamento que qualquer interrupção da força elétrica provoca na psique americana e pelo ambiente de cada vez maior inquietude quando as coisas, de algum modo, se

---

* Mulheres sem-teto que perambulam carregando seus pertences em uma sacola de supermercado. (N. da T.)

transformam (não sei como expressá-lo melhor do que isto), as pessoas começaram a se mover como um único corpo.

Não saíram correndo. Se eu dissesse isso, estaria dando uma impressão absolutamente errônea. Não foi exatamente um pânico. Eles não correram — ou, pelo menos, a maioria não correu. Andaram. Algumas chegaram às enormes paredes envidraçadas, no ponto mais afastado das caixas, e olharam para fora. Outras saíram pela porta de entrada, algumas ainda carregando suas compras. Inquieto e diligente, Bud Brown começou a gritar:

— Ei! Vocês ainda não pagaram! Ei, você! Volte aqui com esses pães para cachorro-quente!

Alguém riu dele, um som louco e guinchado, que provocou sorrisos dos demais. Contudo, mesmo enquanto sorriam, aquelas pessoas estavam perplexas, confusas e nervosas. Então, alguém mais deu uma risada e Brown ficou vermelho. Arrancou uma caixa de cogumelos de uma senhora que passava a seu lado, para espiar na vidraça — os segmentos de vidro agora tomados por filas de gente eram como as pessoas que vemos espiando através de furos, nos tapumes dos locais em construção —, e a mulher gritou:

— Devolva meus cogumelinhos!

O bizarro termo afetivo fez com que dois homens nas proximidades caíssem na gargalhada — e agora havia em tudo aquilo algo do velho manicômio inglês Bedlam. A Sra. Carmody trovejou novamente para que ninguém saísse. O alarme de incêndio ululou ofegante, como uma velha que tivesse levado um susto com um ladrão dentro de casa. Billy desatou a chorar.

— O que é aquele homem cheio de sangue, papai? O que é?

— Está tudo bem, Grande Bill. É só o nariz dele. Ele está bem.

— O que ele quis dizer com alguma coisa no nevoeiro? — perguntou Norton.

Vi que ele franzia a testa inteiramente, sem dúvida a sua maneira de parecer confuso.

— Estou com medo, papai — disse Billy, através de lágrimas. — Será que a gente não podia ir para casa?

Alguém passou a meu lado, me dando um encontrão que me fez perder ligeiramente o equilíbrio, e eu peguei Billy nos braços. Eu também estava ficando assustado. A confusão aumentava. Sally, a caixa supervisionada por Bud Brown, começou a afastar-se, mas ele a agarrou pela gola de sua bata vermelha e a trouxe de volta. O tecido rasgou-se. Sally avançou para ele, pronta a desferir-lhe uma bofetada, o rosto contorcido de fúria.

— *Tire essas mãos de cima de mim, caralho!* — gritou ela.

— Ah, cale a boca, sua putinha! — exclamou Brown, parecendo absolutamente espantado.

Tornou a estender a mão para agarrá-la, mas Ollie Weeks disse com rispidez:

— Bud! Calma, cara!

Alguém mais gritou. Não houvera pânico ainda — não de todo —, mas ia haver, logo. As pessoas disparavam para fora, por ambas as portas. Houve um barulho de vidro quebrado e garrafas de Coca rolaram pelo chão subitamente, esguichando o conteúdo.

— Cristo, o que *está* acontecendo? — exclamou Norton.

Foi quando começou a escurecer... ah, não, não foi bem isso. No momento não pensei que estivesse anoitecendo, mas sim que as luzes do supermercado tivessem se apagado. Ergui os olhos para as luzes fluorescentes, em um rápido ato reflexo, e não fui o único. A princípio, até me lembrar da falta de energia elétrica, pareceu-me que tinha sido isso que havia modificado a qualidade da iluminação. Então, lembrei que havíamos ficado sem energia o tempo todo, desde nossa chegada ao supermercado, mas que as coisas antes não pareciam escuras. Então adivinhei, mesmo antes de as pessoas espremidas contra janelas envidraçadas começarem a gritar e apontar.

O nevoeiro estava chegando.

Vinha da Estrada Kansas pelo pátio de estacionamento e, apesar daquela proximidade, não parecia diferente de quando o percebemos pela primeira vez, na margem oposta do lago. Era branco e brilhante, mas sem reflexos. Movia-se depressa, tendo quase eclipsado o sol. Onde o sol estivera, havia agora uma moeda de prata no céu, como uma lua cheia no inverno, vista através de uma fina camada de nuvens.

O nevoeiro chegou numa velocidade preguiçosa. Vê-lo fazia-me lembrar de uma certa maneira da chuva torrencial da noite passada. Na natureza há forças poderosas que dificilmente vemos — terremotos, ciclones, furacões —, eu não chegara a ver todos eles, mas tinha visto o suficiente para intuir que se moviam com aquela preguiçosa, hipnotizante, velocidade. São coisas que nos mantêm enfeitiçados, como Billy e Steff ficaram, diante da janela panorâmica, na noite anterior.

Ele rolava imparcialmente pela estrada negra de duas pistas, apagando-a de vista. A residência dos McKeon, belamente restaurada em estilo colonial holandês, foi engolida por inteiro. Durante um momento, o segundo pavimento do arruinado prédio de apartamentos ao lado conseguiu se destacar naquela brancura, porém desapareceu também. O aviso MANTENHA À DIREITA, nos pontos de entrada e saída do pátio de estacionamento do Federal, sumiu de vista, enquanto as letras negras pareciam flutuar por um instante no limbo, depois que o fundo branco-sujo do aviso desapareceu. Em seguida, foi a vez de os carros no pátio de estacionamento também começarem a desaparecer.

— Cristo, o que *está* acontecendo? — repetiu Norton, e havia um tom de nervosismo em sua voz.

O nevoeiro chegou, devorando com igual facilidade o céu azul e a recente pintura negra do piso do estacionamento. Mesmo estando a seis metros de distância, a linha de demarcação era absolutamente nítida. Fiquei com a idiota sensação de estar assistindo a uma peça extraordinariamente boa de efeitos visuais, algo fantasiado por Willys O'Brian ou Douglas Trumbull. Aconteceu depressa demais. O céu azul pareceu ter sido abocanhado, transformando-se em uma faixa, depois em um fino risco de lápis. Então desapareceu totalmente. O branco opaco pressionou-se contra o vidro da enorme vitrine. O máximo que eu conseguia ver era até o cesto para papéis, talvez a um metro e meio de distância, porém não muito mais além. A única coisa que eu distinguia era o para-choque dianteiro de meu Scout, mas isso era tudo.

Uma mulher gritou, muito alto e longamente. Billy se apertou com mais força contra mim. Seu corpo tremia como um monte de fios de alta-tensão soltos com eletricidade passando por eles.

Um homem deu um berro e se atirou por um dos corredores vazios em direção à porta. Acho que isso finalmente desencadeou o estouro. As pessoas se precipitaram para o nevoeiro.

— *Ei!* — rugiu Brown. Não sei se estava irritado, assustado, ou as duas coisas. Seu rosto ficara quase púrpura e as veias salientavam-se no pescoço, quase tão grossas como cabos de bateria. — *Ei, vocês aí não podem levar essa mercadoria! Voltem aqui com a mercadoria, isso é roubo!*

Todos continuaram correndo para fora, mas alguns largaram as mercadorias que levavam. Uns poucos riam, excitados. Penetraram todos no nevoeiro e, entre os que ficaram para trás, ninguém mais tornou a vê-los. Pela porta aberta infiltrava-se um cheiro vagamente acre. As pessoas começaram a se amontoar diante dela, começaram uns empurrões e encontrões. Meus ombros começavam a doer de segurar Billy. Ele era grandinho; Steff às vezes o chamava de seu bezerrinho.

Norton começou a se afastar, com ar preocupado, estupidificado. Dirigia-se para a porta. Passei Billy para o outro braço, a fim de agarrar o de Norton, antes que ele me fugisse do alcance.

— Não, cara, eu não faria isso — falei.

Ele se virou para mim.

— O quê?

— É melhor esperar para ver.

— Ver o quê?

— Sei lá — respondi.

— Não está pensando que... — ele começou.

Um guincho saído do nevoeiro o interrompeu. Norton calou a boca. O apertado amontoado junto à porta de saída afrouxou-se. O burburinho de conversas excitadas, gritos e chamados diminuiu. O rosto das pessoas junto à porta pareceu subitamente achatado e pálido, bidimensional.

O guincho se estendeu prolongadamente, competindo com o alarme de incêndio. Parecia impossível que qualquer par de pulmões humanos contivesse ar suficiente para aguentar uivo semelhante.

— Ai, meu Deus — murmurou Norton, passando as mãos pelos cabelos.

O guincho terminou subitamente. Não foi diminuindo; parou de repente. Outro homem saiu, um sujeito corpulento, em calças de trabalho de brim. Acho que pretendia resgatar quem guinchara. Por um momento, ele surgiu lá fora, visível através do vidro e do nevoeiro, como uma figura discernida através do leite em um copo. Então (e, que me conste, fui o único a ver isto) algo além dele pareceu mover-se, uma sombra cinzenta em toda aquela brancura. Tive a impressão de que, em vez de penetrar no nevoeiro, o homem de calça de brim foi *puxado* para seu interior, as mãos se debatendo no alto, como que surpreso.

Por um instante, houve silêncio total no supermercado.

Uma constelação de luas brilhou subitamente no exterior. As luzes de sódio do pátio do estacionamento, sem dúvida supridas por cabos subterrâneos, foram acesas naquele momento.

— Não vão lá fora! — disse a Sra. Carmody, em sua melhor voz de corvo agourento. — Será a morte para quem sair!

Imediatamente, ninguém parecia disposto a discutir ou rir.

Outro grito brotou do exterior, este abafado e soando algo distante. Billy novamente me abraçou de medo .

— David, o que está acontecendo? — perguntou Ollie Weeks. Havia deixado o posto junto à caixa e mostrava grandes gotas de suor no rosto redondo e liso. — O que é isto?

— Não faço a menor ideia — respondi.

Ollie parecia francamente assustado. Era solteiro, morava em uma aconchegante casinha perto de Highland Lake e gostava de beber no bar em Pleasant Mountain. No rechonchudo mindinho de sua mão esquerda, ostentava um anel com uma estrela de safiras. No último fevereiro, ele ganhara algum dinheiro na loteria estadual e então comprou o anel. Eu sempre tive a impressão de que Ollie sentia certo medo de garotas.

— Não estou entendendo nada — disse ele.

— Não dá para entender — falei. — Ouça, Billy, tenho que pôr você no chão. Vou ficar segurando sua mão, mas você está quebrando meus braços, entende?

— Mamãe — sussurrou ele.

— Ela está bem — respondi, pois tinha que dizer alguma coisa.

O velhote que tem uma loja de artigos usados perto do Restaurante Jon's passou por nós, enfiado na velha suéter com a sigla da universidade que não tirava do corpo o ano inteiro. Disse, em voz alta:

— Deve ser uma daquelas nuvens de poluição. As fábricas em Rumford e South Paris. Produtos químicos.

Enquanto falava, embrenhou-se no corredor 4, além das prateleiras de medicamentos e papel sanitário.

— Vamos sair daqui, David — disse Norton, sem a menor convicção. — O que acha de nós...?

Houve um baque surdo. Um baque estranho, estremecido, que senti principalmente nos pés, como se todo o edifício houvesse subitamente afundado um metro no chão. Várias pessoas gritaram, de medo e surpresa. Ouviu-se um tinido de garrafas caindo das prateleiras e estilhaçando-se no piso ladrilhado. Um pedaço de vidro em forma de cunha caiu de um dos segmentos da ampla vitrine frontal, e vi as molduras de madeira sacudindo as pesadas seções envidraçadas, que saltaram e racharam em alguns pontos.

O alarme de incêndio cessou no meio do apito.

O silêncio que se seguiu foi a quietude cheia de expectativa de gente esperando algo mais, qualquer outra coisa. Eu estava chocado e entorpecido. Minha mente executou uma estranha conexão cruzada com o passado. Recuou até quando Bridgton era pouco mais que uma encruzilhada e meu pai me mantinha ao seu lado enquanto conversava junto ao balcão e eu espiava, através do vidro, os doces de um dólar e a goma de mascar a dois centavos. Era o degelo de janeiro. Não havia outro som além da água derretida que pingava, caindo das calhas de estanho galvanizado nas barricas para águas pluviais, a cada lado da loja. Eu olhava para os pés de moleque, botões e cata-ventos. Os místicos globos amarelos de luz no alto, mostrando projetadas sombras monstruosas do batalhão de moscas mortas no último verão. Um garotinho chamado David Drayton e seu pai, o famoso artista Andrew Drayton, cuja pintura *Christine solitária* estava na Casa Branca. Um garotinho chamado David Drayton olhando para os doces e figurinhas da goma de mascar Davy Crockett, sentindo uma vaga vontade de urinar. E lá fora o urgente, encapelado, nevoeiro amarelo do degelo de janeiro.

A recordação foi embora, mas muito devagar.

— Ei, vocês todos! — disse Norton em voz alta. — Todos vocês, ouçam-me!

As pessoas olharam em torno. Norton erguia as duas mãos, os dedos estendidos, como um candidato político acolhendo saudações.

— Pode ser perigoso alguém ir lá fora! — gritou ele.

— Por quê? — gritou uma mulher de volta. — Meus filhos ficaram em casa! Preciso voltar para junto deles!

— Quem sair daqui morrerá! — repetiu agudamente a Sra. Carmody.

Estava em pé junto aos sacos de fertilizantes de 12 quilos empilhados abaixo da janela envidraçada, e seu rosto parecia projetar-se para adiante de algum modo, como se ela estivesse inchando.

Um adolescente deu um empurrão e ela caiu sentada em cima dos sacos, com um grunhido de surpresa.

— Pare de ficar falando assim, velha maluca! Pare de dizer besteiras!

— Por favor! — gritou Norton. — Se apenas esperarmos alguns momentos, até tudo se acalmar, então veremos...

Uma confusão de gritos conflitantes acolheu suas palavras.

— Ele tem razão! — gritei, procurando me fazer ouvir acima do barulho. — Vamos tentar manter a calma!

— Acho que foi um terremoto — disse um homem de óculos. Tinha voz suave. Em uma das mãos segurava um pacote de hambúrgueres e um saco de pãezinhos. Na outra, prendia a de uma menininha, talvez um ano mais nova do que Billy. — Sinceramente, acho que foi um terremoto.

— Houve um em Naples, há cerca de quatro anos — disse um gordo residente local.

— Aquilo foi em Casco — contradisse imediatamente sua esposa, empregando o tom indisfarçável de veterana contestadora.

— Naples — insistiu o gordo, porém com menos segurança.

— Casco! — declarou a mulher com firmeza, e ele desistiu.

Em algum lugar uma lata que fora atirada até a borda da prateleira, pelo baque, terremoto ou fosse o que fosse, caiu finalmente, com atrasado alarido. Billy desatou a chorar.

— Quero ir para *casa*! Quero a minha MÃE!

— Não pode fazer esse garoto se calar? — perguntou Bud Brown, com os olhos indo rapidamente, mas sem destino, de um lado para outro.

— Quer que eu lhe dê um tiro nos dentes, boca de matraca? — falei.

— Vamos, Dave, isso não resolve nada — disse Norton, distraidamente.

— Sinto muito — falou a mulher que gritara antes. — Sinto muito, mas não posso ficar aqui. Preciso ir para casa ver meus filhos.

Ela olhou em torno de nós, uma mulher loura, de rosto bonito e cansado.

— Wanda ficou cuidando do pequeno Victor, compreendam. Ela só tem oito anos e, às vezes, esquece... esquece que deveria... bem, tomar conta dele, sabem como é. E o pequeno Victor... ele gosta de ligar os bicos de gás do fogão, para ver aparecer a luzinha vermelha... ele gosta daquela luzinha... e às vezes puxa as tomadas da parede... o pequeno Victor faz isso... e Wanda fica... entediada de cuidar dele, após algum tempo... ela só tem oito anos... — A mulher interrompeu-se e ficou olhando para nós. Imagino que lhe tenhamos parecido apenas um bando de olhos impiedosos que a observavam, não seres humanos, em absoluto, apenas olhos. — *Será que ninguém vai me ajudar?* — gritou ela. Seus lábios começaram a tremer. — Ninguém aqui... ninguém leva uma senhora em casa?

Não houve resposta. As pessoas arrastaram os pés. Ela olhou rosto por rosto, com suas feições compungidas. O gordo residente local ensaiou um meio passo à frente, mas a esposa o puxou de volta, com um gesto rápido, a mão se fechando no punho dele como uma algema.

— Você? — a mulher loura perguntou a Ollie. Ele abanou a cabeça. — E você? — ela se virou para Bud. Ele pousou a mão na calculadora Texas sobre o balcão e nada disse. — Você? — perguntou ela a Norton.

Norton começou a dizer algo, em sua voz pomposa de advogado, algo sobre ninguém ser louco para sair dali e... e ela então o ignorou, permitindo que ele se afastasse.

— Você? — perguntou a mim.

Tornei a colocar Billy no colo e o mantive nos braços, como um escudo a proteger-me daquela terrível face descomposta.

— Espero que todos vocês apodreçam no inferno — disse ela.

Não gritou. Sua voz estava apática pelo cansaço. Caminhou para a porta de saída e a empurrou, usando as duas mãos. Eu quis dizer-lhe algo, chamá-la de volta, mas minha boca estava muito seca.

— Ei, dona, escute... — começou o adolescente que gritara para a Sra. Carmody.

Ele lhe segurou o braço. A mulher loura baixou os olhos para aquela mão que a prendia e ele a soltou, envergonhado. Ela deslizou para dentro do nevoeiro. Nós a vimos ir e ninguém disse nada. Vimos o nevoeiro abraçá-la, torná-la insubstancial, não mais um ser humano, porém o rascunho à tinta de um ser humano, desenhado no papel mais branco do mundo, e ninguém disse nada. Por um momento, foi como as letras do aviso MANTENHA À DIREITA, que tinha parecido flutuar no nada; seus braços, pernas e o pálido cabelo louro desapareceram. Permanecendo apenas as enevoadas reminiscências de seu vestido de verão vermelho. Como se dançassem em um limbo branco. Então, o vestido também desapareceu, e ninguém disse nada.

4. A área de estocagem. Problemas com os geradores. O que aconteceu ao rapaz embalador

Billy começou a agir histericamente e com malcriação, gritando pela mãe de maneira rouca e exigente através de lágrimas, instantaneamente regredindo à idade de dois anos. Seu lábio superior estava coberto de ranho. Levei-o dali, descendo por um dos corredores centrais, com o braço em torno de seus ombros, tentando acalmá-lo. Caminhei com ele ao longo da comprida vitrine branca para carnes, que ocupava toda a largura do supermercado, na parte dos fundos. O açougueiro, Sr. McVey, ainda estava lá. Cumprimentamo-nos com um aceno de cabeça, o melhor que podíamos fazer, em vista das circunstâncias.

Sentei-me no chão, coloquei Billy no colo e mantive seu rosto contra meu peito, embalando-o e falando com ele. Contei a ele todas as mentiras que os pais reservam para as situações difíceis, aquelas que soam tão plausíveis para uma criança, e as contei em um tom de absoluta convicção.

— Aquele não é um nevoeiro igual aos outros — disse Billy. Ergueu o rosto para mim, os olhos circundados de sombras e marejados de lágrimas. — Não é igual, é, papai?

— Não, acho que não — falei, não querendo mentir sobre aquilo.

Crianças não lidam com o choque à maneira dos adultos; elas harmonizam-se com ele, talvez por viverem em um estado de choque quase permanente até cerca de 13 anos de idade. Billy começou a cochilar. Eu o mantive nos braços, achando que fosse acordar de novo, mas ele realmente pegou no sono. Talvez tivesse ficado acordado parte da noite anterior, ao dormirmos os três em uma só cama, pela primeira vez desde que ele era bebê. E talvez — senti algo como um frio turbilhão me varando ao pensar nisso —, talvez ele tivesse pressentido algo que estava para ocorrer.

Quando tive certeza de que ele dormia profundamente, o coloquei no chão e saí em busca de alguma coisa com que pudesse cobri-lo. Em sua maioria, as pessoas continuavam na parte de dentro e da frente do supermercado, espiando o espesso lençol de nevoeiro. Norton reuniu um pequeno grupo de ouvintes e estava ocupado em fasciná-los com sua palavra eloquente — ou, pelo menos, tentava. Bud Brown permanecia rigidamente em seu posto, mas Ollie Weeks já havia abandonado o seu.

Havia poucas pessoas pelos corredores, perambulando como fantasmas, os rostos sebosos pelo choque. Entrei na área de estocagem, através das grandes portas duplas entre a vitrine de carnes e o refrigerador de cerveja.

O gerador rugia com firmeza, através de sua divisória de compensado, mas tinha algo errado. Pude sentir o cheiro dos vapores de diesel, e eram muito fortes. Caminhei para a divisória, poupando a respiração. Por fim, desabotoando a camisa, tapei a boca e o nariz com parte dela.

A área de estocagem era comprida e estreita, fracamente iluminada por dois conjuntos de luzes de emergência. Havia caixas de papelão amontoadas por toda parte — alvejante de um lado, caixas de refrigerantes no lado mais distante da divisória, caixotes de molho para carne e ketchup empilhados. Um destes havia caído e o papelão parecia sangrar.

Abri a porta que dava para o compartimento do gerador e entrei. A máquina estava obscurecida por nuvens densas e oleosas de fumaça azul. O tubo de exaustão passava por um buraco na parede. Algo devia ter bloqueado a saída externa do tubo. Havia um interruptor simples, um botão de liga/desliga, e eu o acionei. O gerador estremeceu, arrotou, tossiu e morreu. Depois emitiu uma série de pequenos estouros, cada vez mais sufocados, me lembrando a teimosa motosserra de Norton.

As luzes de emergência se apagaram e me vi na escuridão. Fiquei logo assustado e desorientado. Minha respiração parecia um vento rasteiro, agitando palha. Bati com o nariz na porta de compensado e meu coração cambaleou. Havia vidraças nas portas duplas, mas, por algum motivo, tinham sido pintadas de preto, de modo que a escuridão era quase total. Perdi a direção e colidi com uma pilha de caixas de alvejante. As caixas de papelão oscilaram e caíram. Uma passou rente à minha cabeça, me fazendo recuar um passo e tropeçar em outra, que tinha caído às minhas costas. Caí, levando uma forte pancada na cabeça, o que me fez ver estrelas brilhando no escuro. Um belo espetáculo.

Fiquei ali, me xingando e esfregando a cabeça, dizendo a mim mesmo para ficar calmo e sair daquele lugar, voltar para Billy, me convencendo de que nada macio e escorregadio se fecharia em volta de meu tornozelo ou prenderia a minha mão. Disse a mim mesmo para não perder o controle ou terminaria dando voltas ali dentro, em pânico, derrubando as coisas e criando uma louca pista de obstáculos para mim mesmo.

Levantei-me com cautela, procurando algum feixe de luz entre as portas duplas. Encontrei, um fraco, mas indiscutível, risco de claridade na escuridão. Caminhei para a luz, mas então parei.

Havia um som, um som suave, deslizante. Parou, depois recomeçou, com um furtivo baquezinho. Tudo dentro de mim ficou bambo. Como por mágica, voltei aos quatro anos de idade. Aquele som não vinha do supermercado, mas de trás de mim. De fora. Onde estava o nevoeiro. Alguma coisa se deslocava e deslizava, rastejando sobre os blocos de concreto. E, talvez, procurando um jeito de entrar.

Aliás, talvez já tivesse entrado e procurasse por mim. Em mais de um momento eu poderia estar sentindo sobre meu sapato o que quer que estivesse emitindo aquele som. Ou em meu pescoço.

O som se repetiu. Agora, eu tinha certeza, era do lado de fora. Isso, contudo, não tornou nada melhor. Ordenei a minhas pernas que se movessem e elas recusaram a ordem. Então, a qualidade do ruído mudou. Alguma coisa *arranhou* em meio à escuridão. Meu coração saltou no peito e eu saltei em direção àquela fina linha de luz vertical. Bati contra as portas com os braços estirados e irrompi no supermercado.

Três ou quatros pessoas estavam bem junto às portas duplas — Ollie Weeks era uma delas — e elas saltaram para trás, surpresas. Ollie apertou o peito.

— David! — disse, em voz agoniada. — Meu Deus, você quer me tirar dez anos de... — Parou ao ver meu rosto. — O que há com você?

— Vocês ouviram? — perguntei. Minha voz soava estranha a meus próprios ouvidos, aguda e estridente. — Algum de vocês ouviu?

Eles nada tinham ouvido, claro. Estavam vindo saber por que o gerador parara de trabalhar. Quando Ollie me disse isso, um dos rapazes que embalavam mercadorias junto ao caixa surgiu carregando um monte de lanternas. Olhou de Ollie para mim, curiosamente.

— Eu desliguei o gerador — falei, explicando por quê.

— O que foi que ouviu? — um homem perguntou. Trabalhava no departamento rodoviário da cidade, seu nome era Jim qualquer coisa.

— Não sei. Era um ruído rastejante. Gosmento. Não quero ouvi-lo de novo.

— Foram seus nervos — disse o outro sujeito com Ollie.

— Não. Não foram meus nervos.

— Ouviu o ruído antes de as luzes se apagarem?

— Não, só depois. Mas...

Não adiantava explicar, podia ver pela maneira como me olhavam. Não queriam mais notícias ruins, nada amedrontador ou fora do normal. Já haviam tido o suficiente disso. Apenas Ollie parecia acreditar em mim.

— Vamos entrar e ligar o gerador novamente — disse o empacotador, estendendo as lanternas.

Ollie pegou a sua, com ar duvidoso. O rapaz me ofereceu uma, com um brilho ligeiramente sarcástico nos olhos. Devia ter uns 18 anos. Após pensar um momento, peguei a lanterna. Eu ainda precisava encontrar alguma coisa com que cobrir Billy.

Ollie abriu as portas, escancarando-as e deixando entrar um pouco de claridade. As caixas de papelão dos alvejantes jaziam espalhadas em torno da porta entreaberta da divisória de compensado. O sujeito chamado Jim farejou o ar.

— Parece enfumaçado. Acho que fez bem em desligá-lo.

Os fachos das lanternas saltitaram e dançaram pelas caixas de papelão acondicionando enlatados, papel higiênico e ração para cães. Os fachos luminosos surgiam enfumaçados nas emanações que enchiam o recinto, enviadas de volta à área de estocagem por causa do exaustor bloqueado. O empacotador dirigiu brevemente sua luz para a ampla porta de descarregamento de mercadorias, na extrema direita.

Ollie e os dois homens entraram no compartimento do gerador. Os fachos de suas lanternas andavam inquietamente de um lado para o outro, me lembrando de algo de uma história de aventuras para garotos — e eu ilustrara uma série delas quando ainda cursava a universidade. Piratas enterrando o seu ouro sangrento à meia-noite ou talvez o cientista louco e seu assistente esquartejando um corpo. Sombras deformadas e enormes por causa das luzes instáveis e conflitantes das lanternas dançavam nas paredes. O gerador tiquetaqueava irregularmente enquanto esfriava.

O empacotador aproximava-se da porta de descarregamento, iluminando o caminho à sua frente.

— Se fosse você, eu não iria até aí — falei.

— Ah, claro, eu sei que *você* não iria.

— Experimente agora, Ollie — disse um dos homens.

O gerador estremeceu, depois rugiu.

— Céus! Desligue logo! Raios, como isso *fede*!

O gerador morreu novamente. O empacotador retornava da porta de descarga no momento em que eles saíam do compartimento do gerador.

— Há alguma coisa bloqueando esse exaustor, não há dúvida — comentou um dos homens.

— Pois eu sei o que fazer — disse o empacotador. Seus olhos brilhavam ao clarão das lanternas e, em seu rosto, havia uma expressão de que-se-danem, tantas vezes desenhada por mim como parte do frontispício em minha série de aventuras para garotos. — Liguem o gerador o tempo suficiente, até que eu levante a porta de descarga, lá atrás. Vou desentupir esse exaustor, dar um jeito no que quer que o esteja bloqueando.

— Não acho que seja uma boa ideia, Norm — disse Ollie, hesitante.

— A porta é elétrica? — perguntou o chamado Jim.

— Claro — respondeu Ollie —, mas não creio que seria sensato...

— Então, tudo bem — declarou o outro sujeito. Ajeitou o boné de beisebol na cabeça. — Deixe comigo.

— Não, você não entendeu — tornou a dizer Ollie. — Francamente, acho que ninguém deveria...

— Não se preocupe — disse o outro a Ollie, em tom indulgente, começando a se afastar.

Norm, o empacotador, estava indignado.

— Ei, a ideia foi minha! — exclamou.

Imediatamente, como que por mágica, eles começaram a discutir sobre quem faria aquilo, em vez de se devia ou não ser feito. Mas, é claro, nenhum deles tinha ouvido ainda aquele desagradável som deslizante.

— Parem com isto! — gritei bem alto.

Eles se viraram para mim.

— Vocês parecem não entender ou então estão fazendo o máximo para *não* entender! Este não é um nevoeiro comum. Ninguém mais entrou no supermercado desde que ele chegou aqui, notaram? Se abrirem aquela porta de descarga e alguma coisa entrar...

— Alguma coisa como? — perguntou Norm, com o perfeito ar desdenhoso e machão dos 18 anos.

— Seja lá o que tenha feito o barulho que ouvi.

— Sr. Drayton — disse Jim —, desculpe-me, mas acho que não ouviu coisa alguma. Sei que é um artista muito importante, com ligações em Nova York e Hollywood, mas, para mim, isso não o torna diferente de mais ninguém. Pelo que vejo, você entrou aqui no escuro e talvez tenha ficado... um pouco confuso, digamos.

— Sim, talvez tenha mesmo — respondi. — E talvez, se você quiser dar suas voltinhas lá fora, devia começar se certificando de que aquela senhora encontrou os filhos sã e salva.

Sua atitude — bem como a de seu companheiro e a de Norm, o empacotador — estava me deixando nervoso e mais assustado ao mesmo tempo. Eles tinham nos olhos o tipo de brilho que alguns homens exibem, quando saem matando ratos a tiros, nos terrenos baldios da cidade.

— Ei — disse o companheiro de Jim —, quando quisermos conselhos, nós pediremos.

Ollie falou, hesitante:

— O gerador não tem tanta importância assim, entendam. Os alimentos postos nas caixas de refrigeração aguentam bem por 12 horas e até mais, sem que...

— Muito bem, garoto, vamos em frente — cortou Jim bruscamente. — Eu ligo o motor, depois você levanta a porta, para que isto aqui não fique fedorento demais. Eu e Myron estaremos ao lado da saída do exaustor. Dê um grito, quando ele ficar desimpedido.

— Certo — disse Norm, se afastando animadamente.

— Isto é loucura — falei. — Vocês deixaram aquela senhora ir embora sozinha e...

— Não vi você mexendo sua bunda para acompanhá-la — falou Myron, o companheiro de Jim. Um rubor opaco, cor de tijolo, rastejava para fora de sua gola —, mas vai deixar que este garoto arrisque a vida por um gerador que nem mesmo é importante?

— Por que não calam a boca, porra! — gritou Norm.

— Ouça, Sr. Drayton — disse Jim, e sorriu para mim friamente. — Quero lhe dizer uma coisa. Se tem algo mais a dizer, é melhor antes contar seus dentes, porque estou me cansando de ouvir suas besteiras.

Ollie olhou para mim, visivelmente amedrontado. Dei de ombros. Eles estavam loucos, nada mais. Seu senso de proporção desaparecera temporariamente. Fora dali, estavam confusos e assustados. Aqui, havia um problema direto e mecânico: um gerador birrento. Podiam resolver o problema. Se o resolvessem, ficariam menos confusos e impotentes. Portanto, iam resolvê-lo.

Jim e seu amigo Myron concluíram que eu me sentia derrotado e tornaram a entrar no compartimento do gerador.

— Pronto, Norm? — perguntou Jim.

Norm assentiu, depois percebeu que eles não ouviriam seu gesto com a cabeça.

— Estou pronto — respondeu.

— Norm — falei. — Não seja tolo!

— Não deviam fazer isso — acrescentou Ollie.

Norm olhou para nós e, de repente, vi seu rosto muito mais jovem do que 18 anos. Era o rosto de um menino. Seu pomo de adão subiu e desceu convulsivamente, me fazendo perceber que ele estava apavorado. Abriu a boca para dizer algo — pensei que queria desistir —, mas então o gerador rugiu para a vida novamente. Quando passou a trabalhar com ruído uniforme, Norm investiu contra o botão à direita da porta e ela começou a chacoalhar para o alto, em seus dois trilhos de aço. As luzes de emergência tinham se acendido assim que o gerador entrou em funcionamento. Agora ficavam apagadas, enquanto o mecanismo que levantava a porta sugava a corrente.

As sombras recuaram e desmancharam-se. A área de estocagem começou a encher-se com a suave luz esbranquiçada de um dia carregado de final do inverno. Percebi de novo aquele cheiro estranho e acre.

A porta para o desembarque de mercadorias subiu meio metro, depois mais meio. Além dela, pude ver a plataforma quadrada de cimento, as bordas contornadas por uma faixa amarela. O amarelo desbotava e desaparecia, a um metro de distância. O nevoeiro era incrivelmente espesso.

— Subiu! — berrou Norm.

Anéis de nevoeiro, brancos e finos como renda flutuante, esgueiraram-se para o interior. O ar estava frio. Estivera bastante fresco durante toda a manhã, especialmente após o pegajoso calor das últimas três semanas, porém havia sido uma friagem de verão. Agora, fazia *frio*. Como se estivéssemos em março. Estremeci. Então, pensei em Steff.

O gerador morreu. Jim apareceu, justamente quando Norm mergulhou sob a porta. Ele viu aquilo. Eu vi. E Ollie também.

Um tentáculo rastejou da orla oposta da plataforma cimentada do descarregamento e agarrou Norm em volta da barriga. Fiquei boquiaberto. Ollie engoliu em seco, emitindo um ruído surpreso — *hã!* O tentáculo afinava-se para a espessura de 30 centímetros — era como uma cobra de capim — no ponto onde se enrolara à perna de Norm, engrossando para um metro, talvez um e vinte, onde desaparecia o nevoeiro. Era cinza-azulado na parte superior, sombreado com um rosado cor de carne na inferior. E havia filas de ventosas no lado de baixo, se movendo e encolhendo como centenas de pequeninas bocas enrugadas.

Norm olhou para baixo. Viu o que o agarrara. Seus olhos se esbugalharam.

— Tirem isso de mim! Ei, tirem isso de mim! Pelo amor de Deus, tirem essa coisa horrível de mim!

— Ai, meu Deus! — gemeu Jim.

Norm agarrou-se à parte inferior da porta, ancorando-se nela. O tentáculo pareceu inchar, da maneira como fica um braço se o flexionamos. Norm foi puxado para a porta de aço corrugado — sua cabeça se chocou fragorosamente contra ela. O tentáculo inchou ainda mais. As pernas e o torso de Norm começaram a escorregar para o exterior. A borda inferior da porta arrancou as fraldas da camisa para fora de suas calças. Ele se agarrou furiosamente e se jogou para a frente, como um homem que fizesse flexões com a barriga para cima.

— Me ajudem! — ele estava soluçando. — Vocês aí, caras, me ajudem, por favor, por favor!

— Meu Deus do céu! — disse Myron.

Ele havia saído do compartimento do gerador para ver o que acontecia. Sendo eu o mais próximo, agarrei Norm pela cintura e puxei, com toda a força que pude, me sustentando nos saltos dos sapatos. Por um momento, ele recuou um pouco, mas foi só um momento. Era como espichar uma tira de borracha ou bala puxa-puxa. O tentáculo cedeu, mas não o soltou de todo. Então, três outros tentáculos flutuaram para fora do nevoeiro, em nossa direção. Um deles enrolou-se em torno do avental vermelho do Federal que Norm usava, e o rasgou inteiro. O pano desapareceu no nevoeiro, enrolado naquela garra, me fazendo pensar em algo que minha mãe dizia quando eu e meu irmão lhe pedíamos alguma coisa que ela não queria dar — doces, uma revista em quadrinhos, algum brinquedo: — "Vocês precisam tanto disso como uma galinha precisa de uma bandeira." Pensei naquilo e pensei no tentáculo agitando o avental vermelho de Norm. Comecei a rir. Fiquei rindo, exceto que meu riso e os gritos de Norm soavam como a mesma coisa. Talvez ninguém mais soubesse que estava rindo, a não ser eu.

Por um instante, os outros dois tentáculos deslizaram sem direção, de um lado para outro, sobre a plataforma de carga, emitindo aqueles ruídos surdos de arranhões que eu ouvira anteriormente. Então, um deles encontrou a coxa esquerda de Norm e enovelou-se em torno dela. Eu o senti tocar meu braço. Era quente, liso e pulsante. Creio que se uma daquelas ventosas tivesse me agarrado, eu também teria sido puxado para dentro do nevoeiro. Mas não, foi Norm que elas pegaram. E o terceiro tentáculo enrodilhou-se em seu outro tornozelo. Agora, o rapaz estava sendo puxado de mim.

— Me ajudem! — gritei. — Ollie! Alguém aí! Me ajudem aqui!

Eles não ajudaram. Não sei o que faziam, mas o fato é que não ajudaram. Olhei para baixo e vi o tentáculo em torno da cintura de Norm procurando sua pele. As ventosas o estavam *comendo*, no ponto em que a camisa havia sido arrancada das calças. Tão vermelho como seu avental, o sangue começou a fluir da trincheira feita pelo tentáculo pulsante.

Bati a cabeça contra a borda mais baixa da porta parcialmente erguida.

As pernas de Norm estavam novamente do lado de fora. Um tênis tinha saído de seu pé. Um novo tentáculo destacou-se do nevoeiro, enrolou a ponta firmemente em volta do tênis e o puxou para si. Os dedos de Norm se agarraram à porta, mantendo-se ali com firmeza, em um apertão mortal. Seus dedos estavam lívidos. Ele não gritava mais: estava além disso. Sua cabeça se sacudia para trás e para os lados, em um gesto interminável de negação, enquanto seus compridos cabelos negros se agitavam violentamente.

Olhando por cima do seu ombro, vi novos tentáculos se aproximando, dezenas deles, uma verdadeira floresta. Em sua maioria eram pequenos, mas havia uns poucos gigantescos, tão grossos como a árvore com o colete musgoso que estava caída em nossa entrada de carros naquela manhã. Os maiores tinham ventosas rosadas que pareciam do tamanho de tampões de esgoto. Um daqueles grandes bateu na plataforma de carga com um forte e prolongado *trrrrap!*, logo depois começando a mover-se indolentemente para nós, como uma gigantesca minhoca cega. Dei um puxão desesperado, e o tentáculo que segurava a panturrilha direita de Norm deslizou um pouco. Foi tudo, mas, antes que ele reassumisse seu aperto, vi que estava comendo a perna do rapaz.

Um dos tentáculos roçou meu rosto delicadamente e então oscilou no ar, indeciso. Pensei então em Billy. Meu filho dormia lá dentro do supermercado, perto do comprido e branco frigorífico para carnes do Sr. McVey. Eu tinha ido até ali em busca de algo com que o cobrir. Se uma daquelas coisas me prendesse, não restaria ninguém para cuidar dele — exceto Norton, talvez.

Pensando nisso, larguei Norm e caí sobre as mãos e os joelhos.

Eu tinha o corpo metade para dentro e metade para fora, diretamente abaixo da porta erguida. Um tentáculo passou à minha esquerda, parecendo caminhar sobre as ventosas. Aderiu-se a um dos musculosos braços de Norm, fez uma brevíssima pausa e então enovelou-se apertadamente.

Agora, Norm parecia algo extraído do pesadelo de um louco encantador de serpentes. Tentáculos se contorciam inquietamente sobre ele, em todos os sentidos... e estavam também à minha volta. Obriguei-

-me a um desajeitado salto, para trás e para um lado, caí sobre um ombro e rolei. Jim, Ollie e Myron continuavam ali. Pareciam figuras de cera no museu de Madame Tussaud, com rostos pálidos e olhos muito brilhantes. Jim e Myron estavam ao lado da porta para o compartimento do gerador.

— Liguem o gerador! — gritei para eles.

Ninguém se moveu. Eles olhavam fixamente para o quadrado de descarga, com uma entorpecida e mórbida avidez.

Tateei pelo chão, agarrei a primeira coisa ao alcance — uma caixa de alvejante — e a atirei em Jim. A caixa lhe bateu no estômago, logo acima da fivela do cinto. Ele grunhiu e apertou a barriga. Seus olhos mostraram outra expressão, algo parecido com normalidade.

— Vá ligar a porra do gerador! — gritei, tão alto que me doeu a garganta.

Ele não se moveu. Em vez disto, começou a se defender, aparentemente decidido que, com Norm devorado vivo por algum insano horror proveniente do nevoeiro, chegara o momento de se desculpar.

— Sinto muito — ganiu. — Eu não sabia, como diabo poderia saber? Você disse que ouviu alguma coisa, mas eu não entendi direito, acho que deveria ter-se explicado melhor. Pensei que, sei lá, poderia ser uma ave, qualquer coisa assim...

Foi então que Ollie se moveu, empurrando-o para o lado com seu ombro maciço e precipitando-se para o compartimento do gerador. Jim tropeçou em uma das caixas de alvejantes e caiu, justamente como me acontecera no escuro.

— Sinto muito — repetiu.

Seu cabelo vermelho lhe caíra sobre a testa. As faces estavam pálidas como queijo. Os olhos eram os de um garotinho aterrorizado. Segundos mais tarde, o gerador tossiu e ganhou vida.

Voltei à porta de descarga. Norm já fora quase todo, mas ainda assim se agarrava horrendamente com uma das mãos. Seu corpo era um novelo de tentáculos e o sangue fluía calmamente para o concreto, em gotas do tamanho de moedas. Sua cabeça agitava-se de um lado para o outro e os olhos dilatavam-se de terror, obstinadamente fixos no nevoeiro.

Outros tentáculos agora rastejavam e engatinhavam pelo piso interno. Estavam muito perto do botão que controlava a porta de descarga para chegar a pensar em me aproximar dele. Um daqueles tentáculos se fechou em torno de uma garrafa de meio litro de Pepsi e a levou para fora. Outro deslizou em volta de uma caixa de papelão, apertando-a. A caixa se rompeu, e rolos de papel higiênico, dois conjuntos envoltos em celofane, foram cuspidos para o alto, desceram e rolaram por todos os cantos. Tentáculos apoderaram-se deles avidamente.

Um dos tentáculos maiores deslizou para mais perto. Sua ponta se ergueu do solo e pareceu farejar o ar. Começou a avançar para Myron e ele se afastou em passinhos miúdos, com os olhos girando loucamente nas órbitas. Um gemido agudíssimo escapou de seus lábios sem cor.

Olhei em volta procurando algo, qualquer coisa de comprimento suficiente para passar acima dos tentáculos sondantes e apertar o botão cravado na parede. Avistei uma vassoura de faxineiro, recostada contra uma pilha de engradados de cerveja, e agarrei-a.

A mão ilesa de Norm se soltou. Ele caiu com um baque surdo sobre a cimentada plataforma de descarga, procurando alucinadamente onde se agarrar com aquela mão. Seus olhos encontraram os meus por um instante. Estavam infernalmente brilhantes e conscientes. Norm sabia o que lhe acontecia. Em seguida, foi puxado para o nevoeiro, rolando e aos trambolhões. Houve outro grito, abafado. Norm desaparecera.

Apertei a ponta do cabo da vassoura contra o botão e o motor uivou. A porta começou a deslizar para baixo. Tocou primeiro o tentáculo mais grosso, aquele que estivera investigando na direção de Myron. A borda de aço bateu em sua pele — couro, sei lá — e então o partiu. Uma gosma negra começou a escorrer daquilo. O tentáculo se contorceu loucamente, chicoteando o piso de concreto da área de estocagem, como um chicote obsceno, antes de se achatar. Um momento depois, desaparecia. Os outros começaram a se retrair.

Um deles tinha um saco de dois quilos e meio de ração para cães, e não o largou. A porta que descia o cortou em dois, antes de encaixar-se em sua fenda no piso. A ponta amputada do tentáculo se comprimiu convulsivamente, cada vez apertando mais o saco, até rasgá-lo e enviar pedaços de ração para todos os lados. Em seguida, começou a saltitar no chão, como peixe fora d'água, se enrolando e desenrolando, porém cada vez mais devagar, até ficar imóvel. Cutuquei-o com a ponta da vassoura. Aquele pedaço de tentáculo teria cerca de um metro de comprimento, mas agarrou furiosamente o cabo da vassoura por um instante, depois afrouxando a pressão e caindo flácido em meio àquela confusa mistura de papel higiênico, ração para cães e caixas de alvejante.

Não havia outro som além do rugido do gerador e de Ollie, chorando dentro do compartimento de compensado. Eu podia vê-lo sentado em um banquinho, com o rosto enterrado nas mãos.

Então, tive consciência de outro som. Era o mesmo som suave e deslizante que ouvira no escuro. Só que, agora, ele estava dez vezes mais alto. Era o som dos tentáculos se contorcendo do outro lado da porta de descarregar, procurando um jeito de entrar.

Myron deu dois passos em minha direção.

— Escute — disse. — Você precisa compreender que...

Dei-lhe um soco no rosto. Ele estava tão surpreso, que nem tentou apará-lo. Meu punho fechado caiu logo abaixo de seu nariz e esmagou-lhe o lábio superior contra os dentes. O sangue fluiu de sua boca.

— Você o matou! — gritei. — Olhou bem para aquilo? Olhou bem para o que você fez?

Comecei a esmurrá-lo, em loucos socos de esquerda e direita, não como me fora ensinado nas aulas de pugilismo da universidade, apenas batendo. Ele recuou, esquivando-se de alguns golpes, mas levando outros, com um entorpecimento que parecia uma espécie de resignação ou punição. Aquilo me deixou ainda mais furioso. Tirei sangue de seu nariz. Consegui acertá-lo embaixo dos olhos, e aquilo ia ficar lindamente roxo. Tornei a atingi-lo duramente no queixo. Depois disso, seus olhos ficaram turvos e semiapáticos.

— Escute — repetia ele —, escute, escute...

Então, esmurrei-o no estômago, o ar escapou de seu corpo e ele parou de dizer "escute, escute". Não sei quanto tempo eu continuaria a esmurrá-lo, se alguém não me agarrasse pelos braços. Libertei-me com um puxão e me virei. Esperando que fosse Jim, porque queria esmurrá-lo também.

Não era Jim, mas Ollie, com o rosto redondo mortalmente pálido, à exceção dos círculos escuros em torno dos olhos — olhos que ainda brilhavam com as lágrimas.

— Não, David — disse. — Não bata mais nele. Isso não resolve nada.

Jim estava de pé a um lado, o rosto parecendo uma máscara de apática perplexidade. Chutei a caixa de alguma coisa contra ele. A caixa bateu em uma de suas botas e ricocheteou de volta.

— Você e seu amigo são dois imbecis! — exclamei.

— Vamos, David — disse Ollie, entristecido. — Pare com isso.

— Seus dois imbecis, vocês mataram aquele garoto!

Jim baixou os olhos para as botas. Sentado no chão, Myron segurava a barriga de cerveja. Eu respirava com dificuldade. O sangue fervia em meus ouvidos e todo o meu corpo tremia. Sentei-me em duas caixas de papelão, coloquei a cabeça entre os joelhos e apertei as pernas com força, pouco acima dos tornozelos. Fiquei assim por algum tempo, os cabelos caídos no rosto, esperando para ver se ia perder os sentidos, vomitar ou qualquer coisa.

Após alguns momentos, a sensação passou e ergui os olhos para Ollie. Seu elegante anel cintilou com faíscas mortiças ao pálido clarão das luzes de emergência.

— Está bem — falei, em tom monótono. — Já acabei.

— Ainda bem — disse Ollie. — Temos que pensar no que faremos em seguida.

Com o exaustor entupido, a área de estocagem começava a feder novamente.

— Desligue o gerador. É a primeira coisa a fazer.

— Certo, e vamos dar o fora daqui — disse Myron. Fitou-me com ar suplicante. — Sinto muito sobre o garoto, mas você precisa compreender...

— Não compreendo coisa nenhuma. Você e seu amigo, voltem para o supermercado, mas esperem lá, perto do freezer de cerveja. E não digam uma palavra a ninguém. Pelo menos por enquanto.

Os dois saíram obedientemente, lado a lado, e passaram pelas portas de vaivém. Ollie desligou o gerador e, justamente quando as luzes começavam a falhar, avistei um acolchoado — o tipo de coisa utilizada nas mudanças, para proteger artigos quebráveis — atirado em cima de uma pilha de engradados com garrafas de refrigerante. Estendi o braço e peguei para Billy.

Houve o som de pés lentos e arrastados quando Ollie saiu do compartimento do gerador. Como a grande maioria dos homens com excesso de peso, sua respiração tinha um som levemente ofegante.

— David? — perguntou, em voz trêmula. — Ainda está aí?

— Bem aqui, Ollie. Cuidado com todas essas caixas de alvejante caídas.

— Hã-hã.

Eu o guiei com minha voz e em uns 30 segundos ele se destacou da escuridão e agarrou meu ombro. Ele deu um longo e trêmulo suspiro.

— Céus, vamos sair daqui. — Eu podia sentir em seu hálito o cheiro dos chicletes que ele costumava mascar. — Esta escuridão... é horrível.

— Também acho, mas espere um minuto, Ollie. Preciso falar com você e não quero que aqueles dois cretinos ouçam.

— Dave... eles não obrigaram Norm. Lembre-se disto.

— Norm era um garoto, eles não. Mas está bem, acabou. Vamos ter que contar a eles, Ollie. Às pessoas no supermercado.

— Podem entrar em pânico... — disse Ollie, sua voz cheia de dúvida.

— Talvez sim, talvez não. Mas, se ficarem sabendo, vão pensar duas vezes se quiserem ir para a rua. Aliás, é o que a maioria quer. Por que não? Quase todos deixaram alguém em casa. Eu deixei. Precisamos fazê-los compreender a que se arriscam, se saírem daqui.

A mão de Ollie apertava meu braço com força.

— Está bem — respondeu. — Eu ficava me perguntando... todos aqueles tentáculos... como um polvo ou coisa assim... A que estavam presos, David? *A que aqueles tentáculos estavam presos?*

— Não sei, mas não quero aqueles dois contando aos outros à sua maneira. Isso, sim, *causaria* o pânico. Vamos.

Olhei em torno e, logo depois, localizei a fina estria vertical de claridade entre as portas. Começamos a caminhar naquela direção, arrastando os pés, nos desviando das caixas de papelão espalhadas pelo chão, com uma das mãos rechonchudas de Ollie agarrando meu braço. Ocorreu-me que todos nós havíamos perdido nossas lanternas.

Quando alcançamos as portas, Ollie disse, debilmente:

— O que nós vimos... é impossível, David. Sabe disso, não? Mesmo que um furgão fechado do Boston Seaquarium chegasse até aqui e descarregasse um daqueles polvos gigantescos, como em *Vinte mil léguas submarinas*, o bicho morreria. *Tinha que morrer.*

— Exato — respondi. — Você tem toda a razão.

— Então, o que aconteceu? Hein? O quê? O que será esse maldito nevoeiro?

— Não sei, Ollie.

Nós dois saímos.

5. Um desentendimento com Norton.
Uma discussão junto ao freezer de cerveja. Verificação

Jim e seu bom amigo Myron estavam logo ali, perto das portas, cada um com uma Budweiser na mão. Olhei para Billy, vi que ele ainda dormia, e o cobri com a áspera manta acolchoada. Ele se mexeu levemente, murmurou algo, depois aquietou-se. Olhei para meu relógio. 12h15. Aquilo parecia totalmente impossível. Para mim, era como se tivessem passado cinco horas, desde que entrara naquele lugar em busca de algo para cobrir Billy. No entanto, a coisa toda, do começo ao fim, durara apenas cerca de 35 minutos.

Voltei para onde estava Ollie, com Jim e Myron. Ollie tomava uma cerveja e me ofereceu uma. Apanhei-a e virei metade da lata imediatamente, como tinha feito naquela manhã, cortando a árvore. Fiquei um pouco tonto.

Jim era Jim Grondin. O sobrenome de Myron era LaFleur — o que tinha seu lado cômico, sem dúvida. Myron, a flor, tinha sangue coagulado nos lábios, queixo e rosto. O olho com a contusão começava a inchar. A moça da camisa de atletismo cor de uva perambulou por perto, sem destino, e lançou um olhar cauteloso a Myron. Eu poderia ter-lhe dito que ele só era perigoso para rapazes adolescentes que queriam provar sua masculinidade, mas poupei o fôlego. Afinal, Ollie estava certo — eles só tinham feito o que julgavam ser melhor, embora de maneira cega e amedrontada, em vez de agirem em benefício do real interesse comum. Agora *eu* precisava deles para fazer o que julgava ser melhor. Não achei que isso seria problema. Os dois estavam esvaziados de coragem, nenhum deles — em especial Myron, a flor — serviria para alguma coisa por algum tempo. Algo que estivera em seus olhos, quando procuravam fazer Norm sair para desentupir o exaustor, agora havia desaparecido. A valentia os abandonara.

— Vamos ter que contar alguma coisa a esta gente — falei.

Jim abriu a boca para protestar.

— Eu e Ollie omitiremos qualquer parte que você e Myron tiveram, mandando Norm lá fora, se os dois confirmarem o que vamos dizer sobre... bem, sobre aquilo que o pegou.

— Está bem — disse Jim, pateticamente ansioso. — Claro, se não contarmos, as pessoas podem querer ir para fora... como aquela mulher... aquela mulher que... — Ele limpou a boca com a mão e depois bebeu mais cerveja rapidamente. — Oh, céus, que coisa!

— David — disse Ollie —, e se... — interrompeu-se, depois se obrigou a continuar: — e se eles entrarem aqui? Os tentáculos?

— Como poderiam entrar? — exclamou Jim. — Vocês fecharam a porta.

— Claro — replicou Ollie —, mas toda a parede fronteira deste lugar é de vidro puro.

Meu estômago se contorceu, como se um elevador tivesse despencado 20 andares, comigo em seu interior. Eu sabia daquilo, mas, de alguma forma, conseguira ignorá-lo. Olhei para onde Billy dormia. Pensei naqueles tentáculos, enxameando sobre Norm. Pensei naquilo acontecendo a Billy.

— Vidro puro... — sussurrou Myron LaFleur. — Jesus Cristo em uma biga de guerra a motor...

Deixei os três parados junto ao freezer, cada um às voltas com uma segunda lata de cerveja, e fui procurar Brent Norton. Encontrei-o em uma reservada conversa com Bud Brown, perto do caixa número 2. Os dois — Norton com seus cabelos grisalhos de corte elegante e boa aparência de garotão, Brown com sua cara austera da Nova Inglaterra — pareciam algo extraído de uma caricatura da *New Yorker*.

Umas vinte pessoas vagavam incessantemente no espaço entre o final das entradas para os caixas e a comprida vitrine panorâmica. Muitas enfileiravam-se junto ao vidro, olhando para o nevoeiro. À minha mente retornou a visão de espectadores reunidos junto a um prédio em construção.

A Sra. Carmody estava sentada na esteira rolante parada de uma das entradas dos caixas, fumando um Parliament com filtro. Seus olhos me mediram, me viram procurando e se desviaram. Ela dava a impressão de estar sonhando acordada.

— Brent! — chamei.

— David! Por onde é que andou?

— Eu queria falar a você justamente sobre isso.

— Aquelas pessoas, lá no fundo, estão bebendo cerveja — apontou Brown, em tom taciturno. Soava como um homem anunciando que filmes pornô estavam sendo exibidos em uma reunião de diáconos.

— Posso vê-las pelo espelho de segurança. Francamente, isso não pode continuar.

— Brent?

— Pode me dar licença por um instante, Sr. Brown?

— Naturalmente. — Brown dobrou os braços sobre o peito e espiou de forma carrancuda pelo espelho convexo. — Isto não pode continuar e *vai* parar, eu lhes prometo!

Eu e Norton caminhamos para o freezer de cerveja, no canto mais distante do supermercado, passando ao lado dos utensílios domésticos e afins. Olhei por cima do ombro e, inquieto, reparei nos batentes de madeira emoldurando as altas seções retangulares de vidro, que estremeciam, se contorciam e trincavam. Lembrei que uma das janelas nem ao menos estava inteira. Um pedaço de vidro, em formato de cunha, havia caído do canto superior, no momento daquele baque surdo e esquisito. Se pudéssemos encher o buraco com panos ou alguma coisa — talvez um bom punhado daqueles *tops* para senhoras, a 3,59 dólares, que eu vira perto dos vinhos...

Meus pensamentos foram bruscamente interrompidos e tive que colocar as costas da mão sobre a boca, como que sufocando um arroto. O que eu realmente procurava sufocar era a repugnante inundação de horríveis risadinhas que queriam escapar, quando pensei em enfiar um punhado de blusas em um buraco, para impedir a entrada daqueles tentáculos que haviam agarrado Norm. Eu vira um daqueles tentáculos — um pequeno — espremer um saco de ração para cães, até o saco simplesmente explodir.

— Tudo bem, David?

— Quê?

— Seu rosto... Dá a impressão de que acabou de ter uma ideia boa ou terrível.

De repente, algo me passou pela cabeça.

— Escute, Brent, o que aconteceu àquele homem que entrou aqui como louco, gritando sobre algo no nevoeiro pegando John Lee Frovin?

— O sujeito com o nariz sangrando?

— Sim, ele mesmo.

— Desmaiou e o sr. Brown o fez voltar a si com alguns sais para cheirar, do estojo de primeiros socorros. Por quê?

— Ele disse alguma coisa mais quando acordou?

— Continuou com aquela alucinação. O Sr. Brown o levou para o escritório. O cara estava amedrontando algumas mulheres e pareceu satisfeito em ir. Alguma coisa sobre o vidro. Quando o sr. Brown disse que no escritório do gerente havia apenas uma janela pequena, assim mesmo reforçada com tela aramada, o sujeito pareceu contente em ir para lá. Presumo que ainda nem tenha saído.

— O que ele dizia não era nenhuma alucinação.

— Não, claro que não.

— E aquele baque que sentimos?

— Não foi alucinação, David, mas...

Brent está assustado, fiquei repetindo para mim mesmo. Não se aborreça com ele, já se aborreceu o suficiente esta manhã, e basta. Vá com calma, porque bem sabe como Brent agiu durante aquela briga idiota sobre as divisas entre as duas propriedades... primeiro altivo, depois sarcástico e, finalmente, quando se tornou claro que ele ia perder, intolerável. Nada de aborrecimentos agora, porque irá precisar dele. Ele talvez não consiga ligar a própria motosserra, mas parece a figura paterna do mundo ocidental e, se disser a esta gente para não entrar em pânico, ninguém entrará. Portanto, não discuta com ele.

— Está vendo aquelas portas duplas além do freezer de cerveja?

Ele espiou, franzindo a testa.

— Um daqueles bebendo cerveja não é o outro gerente-assistente? Weeks? Se Brown descobrir, posso lhe garantir que esse homem estará procurando outro emprego muito em breve.

— Quer me ouvir, Brent?

Ele se virou para mim, com expressão ausente.

— O que estava dizendo, Dave? Sinto muito.

Em pouco, estaria sentindo muito mais.

— Vê aquelas portas?

— Sim, claro que vejo. O que há com elas?

— Dão para a área de estocagem, que ocupa toda a fachada oeste do prédio. Billy pegou no sono e fui até lá, ver se encontrava alguma coisa com que pudesse cobri-lo...

Contei-lhe tudo, omitindo apenas a discussão sobre se Norm devia ter ido lá fora ou não. Contei-lhe o que havia entrado... e finalmente o que havia saído, gritando. Brent Norton recusou-se a acreditar. Não — ele se recusou, inclusive, a pensar no que eu lhe dizia. Levei-o até Jim, Ollie e Myron. Os três confirmaram a história, embora Jim e Myron, a flor, estivessem ficando de porre.

Novamente, Norton recusou-se a acreditar e mesmo a aceitar aquilo. Respondeu apenas:

— Não! Não, não e não! Perdoem-me, senhores, mas isso é absolutamente ridículo. Ou isso é uma brincadeira de mau gosto — declarou altivo, com seu sorriso radiante, mostrando que sabia aceitá-la tão bem quanto qualquer um —, ou vocês estão sendo vítimas de alguma hipnose coletiva.

Minha raiva cresceu novamente e procurei contê-la, com dificuldade. Não creio que, normalmente, eu seja um homem de temperamento irascível. Entretanto, aquelas não eram circunstâncias normais. Precisava pensar em Billy e no que acontecia — no que já acontecera — a Stephanie. Eram coisas que constantemente emergiam no fundo de minha mente.

— Muito bem — falei. — Vamos voltar lá. Há um pedaço de tentáculo caído no chão. A porta o decepou quando foi arriada. E você também poderá *ouvi-los*. Estão se roçando contra aquela porta. Fazem um ruído semelhante ao do vento na hera.

— Não — respondeu ele, calmamente.

— Como? — Eu realmente pensei que o tinha escutado mal. — O que foi que disse?

— Eu disse que não. Que não vou até lá. A brincadeira já foi longe demais.

— Juro para você que não é nenhuma brincadeira, Brent!

— Claro que é! — bufou ele. Seus olhos passaram por Jim, Myron e descansaram brevemente em Ollie Weeks, que lhe sustentou o olhar com calma impassividade, e finalmente voltaram para mim. — Isto é o que vocês, gente daqui, provavelmente consideram "uma bela piada". Não é, David?

— Brent... escute...

— Não! Escute você! — Sua voz começou a se elevar para um brado de tribunal. Era uma voz que tinha alcance, bom alcance, de maneira que vários dos que perambulavam por ali espiaram, querendo saber o que acontecia. Norton apontou o dedo para mim, enquanto falava. — É uma piada. Uma casca de banana, e eu sou o sujeito que deve escorregar nela. Vocês não caem exatamente de amores por forasteiros, certo? Estão sempre mancomunados. Foi o que aconteceu quando levei você aos tribunais para recuperar o que era meu por direito. Você venceu aquela, tudo bem. Por que não? Seu pai era o famoso artista e esta é a sua cidade. Eu apenas pago meus impostos e gasto meu dinheiro aqui!

Ele não estava mais representando, se exibindo no seu treinado vozeirão de tribunal. Agora quase gritava, estava já perdendo todo o controle. Ollie Weeks deu meia-volta e se afastou, agarrado à sua cerveja. Myron e seu amigo Jim olhavam para Norton com verdadeiro espanto.

— Quer dizer que devo ir até lá e olhar para um daqueles brinquedos de borracha que custam 99 centavos, enquanto estes dois manés ficam olhando e morrendo de rir?

— Ei, você quer ver quem está chamando de mané? — disse Myron.

— Se quer saber a verdade, estou *contente* por aquela árvore ter caído no seu iate. *Contente!* — Norton sorria ferozmente para mim. — Afundou-o direitinho, não foi? Fantástico! E agora, saia do meu caminho.

Ele tentou me empurrar para passar. Agarrei-o pelo braço e o empurrei contra o freezer de cerveja. Uma mulher abriu a boca, espantada. Dois engradados caíram.

— Ouça bem, Brent. Aqui dentro há vidas em jogo e meu filho está nisto também. Portanto, ouça, ou juro que acabo com sua raça!

— Vá em frente — disse Norton, ainda rindo, com uma espécie de insana intimidação. Seus olhos injetados e grandes, saltando das órbitas. — Mostre a todos como é grandão e valente, espancando um homem que sofre do coração e tem idade para ser seu pai!

— Espanque-o assim mesmo! — exclamou Jim. — Foda-se o coração dele. Aliás, acho que um trapaceiro nova-iorquino barato como ele nem tem coração.

— Fique fora disto — falei para Jim, e então baixei o rosto até Norton. Estava à distância de um beijo, se tivesse isso em mente. O freezer estava desligado, mas ainda irradiava friagem. — Pare de jogar verde, homem. Sabe muito bem que estou dizendo a verdade!

— Eu não... sei de... nada... — ofegou ele.

— Se a hora e o lugar fossem outros, eu deixaria isso passar. Pouco me importa que você esteja apavorado, porque eu também estou. Só que preciso de você, droga! Deu para entender? Eu preciso de você!

— Me larga!

Agarrei-o pela camisa e o sacudi.

— Será que você não entendeu? Todos vão começar a sair do supermercado e caminhar direto para aquela coisa lá fora! Pelo amor de Deus, procure entender!

— Me larga!

— Não, enquanto não for até lá nos fundos comigo e vir por si mesmo.

— Já lhe disse que *não* vou! É tudo uma piada, uma brincadeira de mau gosto. Não sou tão idiota como imaginam e...

— Então, eu mesmo o levarei lá.

Agarrei-o pelo ombro e cangote. A costura da camisa, debaixo de um braço, se rasgou com um macio ruído ronronado. Arrastei-o até as portas duplas. Norton deu um grito lamuriento. Algumas pessoas tinham se amontoado em um grupo, talvez 15 ou 18, mas ficaram à distância. Nenhuma delas mostrava sinais de interferir.

— Ajudem-me! — gritou Norton, os olhos saltando atrás das lentes dos óculos.

Seu cabelo bem penteado havia se desmanchado outra vez, formando dois pequenos tufos atrás das orelhas. As pessoas arrastavam os pés e espiavam.

— Por que está gritando? — falei em seu ouvido. — É só uma brincadeira, não? Foi por isso que o trouxe à cidade, quando você pediu, e também por isso lhe confiei Billy para a travessia do pátio do estacionamento... porque eu arranjei todo este nevoeiro, aluguei uma máquina de fabricar nevoeiro em Hollywood, que me custou 15 mil dólares e mais oito mil para trazê-la até aqui, tudo isso só para fazer uma brincadeira de mau gosto com você. Pare de dizer tolices e abra os olhos!

— Me...lar...gue...! — gritou ele.

Já estávamos quase junto às portas.

— Ei, ei! O que é isto? O que está fazendo?

Era Brown. Afobado, ele abriu caminho às cotoveladas através do grupo de espectadores.

— Diga a ele para me largar! — pediu Norton, em voz rouca. — Ele está maluco!

— Não, ele não está maluco. Eu gostaria que estivesse, mas infelizmente não está.

Era Ollie e eu o abençoaria por ter dito isso. Contornando o corredor às nossas costas, ele se aproximou e encarou Brown. Os olhos de Brown desceram até a cerveja que Ollie segurava.

— Você está *bebendo* — exclamou, em tom de surpresa, mas não inteiramente desprovido de prazer. — Perderá seu emprego por isto!

— Ora, vamos, Bud — falei, soltando Norton. — Esta não é uma situação comum.

— Os regulamentos não mudam — declarou Brown, enfático. — Providenciarei para que a firma saiba disto. É a minha obrigação.

Nesse meio-tempo, Norton se esgueirou para longe e permaneceu a alguma distância, procurando endireitar a camisa e alisar o cabelo para trás. Seus olhos iam nervosamente de Brown para mim.

— *Ei!* — gritou Ollie de repente, erguendo a voz e produzindo um trovejar profundo que eu jamais suspeitara daquele homem grandalhão, porém delicado e não assumido. — *Ei! Vocês todos no supermercado! Aproximem-se e escutem isto! É do interesse de todos vocês!* — Olhou de frente para mim, ignorando totalmente Brown. — Estou me saindo bem?

— Está ótimo.

As pessoas começaram a se amontoar. O grupo original de espectadores de minha discussão com Norton duplicou, depois triplicou.

— Tem uma coisa que é melhor que todos vocês saibam — começou Ollie.

— Largue essa cerveja imediatamente — disse Brown.

— E você, cale essa boca imediatamente! — falei, dando um passo em direção a ele.

— Não sei o que vocês pensam que estão fazendo — replicou ele, ao mesmo tempo que dava um passo compensatório para trás —, mas posso lhes dizer que isto será comunicado à Companhia Federal de Alimentos! Tudo! E quero que entendam uma coisa: *pode haver culpados!*

Seus lábios repuxavam-se nervosamente, mostrando os dentes amarelados, e tive até pena dele. Brown apenas tentava enfrentar a situação, nada mais. Como Norton, que impunha a si mesmo a mordaça mental. Myron e Jim haviam tentado, mas transformando tudo aquilo em uma charada de machões — se o gerador pudesse ser consertado, o nevoeiro se dissiparia. Aquela era a maneira de Brown. Ele estava... Protegendo a loja.

— Pois vá em frente e anote os nomes — falei —, mas, por favor, sem falatórios.

— Anotarei os nomes suficientes — respondeu ele. — E o seu encabeçará a lista, seu... seu boêmio!

— O Sr. David Drayton tem algo a dizer-lhes — falou Ollie —, e acho melhor que todos ouçam, caso estejam pretendendo ir para casa.

Em vista disto, contei a eles o que havia acontecido, mais ou menos como havia contado a Norton. Houve alguns risos a princípio, depois uma profunda inquietação, assim que terminei.

— É uma mentira e você sabe — disse Norton.

Sua voz empenhava-se em ser enfática, mas caiu na estridência. Aquele era o homem a quem eu contara primeiro, esperando ganhar sua credibilidade. Que piada!

— Claro que é uma mentira — assentiu Brown. — Maluquice. De onde imagina que vieram esses tentáculos, Sr. Drayton?

— Não sei, mas, a esta altura, a pergunta nem tem importância. Eles estão aqui. Há um...

— Acho que eles brotaram de algumas dessas latas de cerveja. Não posso imaginar outra coisa.

Sua tirada conseguiu uma dose apreciável de risadas, mas logo tudo foi silenciado pela voz forte e enferrujada da Sra. Carmody.

— É a morte! — exclamou ela, e os que riam calaram-se prontamente.

Ela avançou para o centro da espécie de círculo que se formara, as calças amarelo-canário parecendo irradiar uma luminosidade própria, a gigantesca bolsa oscilando contra uma coxa de elefante. Seus olhos negros passaram arrogantemente à sua volta, afiados e perniciosamente cintilantes como os de uma pega. Duas graciosas jovens de cerca de 16 anos, usando camisetas brancas com ACAMPAMENTO WOODLANDS escrito nas costas, encolheram-se e afastaram-se dela.

— Vocês ouvem, mas não escutam! Escutam e não acreditam! Qual de vocês quer ir lá fora e constatar por si mesmo? — Os olhos dela percorreram o grupo e depois caíram em mim. — E o que exatamente você pretende fazer sobre isto, Sr. David Drayton? O que pensa que pode fazer?

Ela sorriu, como uma caveira, acima do traje canário.

— É o fim, estou lhes dizendo. O fim de tudo. Estamos no Fim dos Tempos. O dedo que se move escreveu, não em fogo, mas em linhas de nevoeiro. A terra se abriu e vomitou suas abominações...

— Não podem fazê-la calar a boca? — explodiu uma das adolescentes, começando a chorar. — Ela me dá medo!

— Está com medo, queridinha? — perguntou a Sra. Carmody, virando-se para ela. — Ah, não, você agora não está com medo. No entanto, quando as criaturas imundas que o Ímpio lançou à face da Terra vierem buscá-la...

— Acho que já basta, Sra. Carmody — disse Ollie, segurando-lhe o braço. — Foi um belo discurso.

— Tire as mãos de mim! É o fim, estou dizendo! É a morte! Morte!

— É um monte de merda — disse irritadamente um homem de óculos e chapéu de pescador.

— Não, senhor — interveio Myron. — Sei que tudo parece algo saído de uma viagem alucinógena, mas é a pura verdade, nua e crua. Eu mesmo vi.

— Eu também — disse Jim.

— E eu — assegurou Ollie.

Conseguiu acalmar a Sra. Carmody, pelo menos por algum tempo. No entanto, ela continuou por perto, abraçando sua enorme bolsa e exibindo o sorriso alucinado. Ninguém queria ficar muito perto dela — os outros murmuravam entre si, não gostando da corroboração. Vários olharam para trás, na direção das grandes vidraças da fachada, de maneira inquieta e especulativa. Fiquei contente em ver aquilo.

— Mentiras — disse Norton. — Vocês todos mentem, uns para os outros, nada mais do que isso.

— O que está sugerindo é totalmente inacreditável, Sr. Drayton — disse Brown.

— Não precisamos estar aqui, ruminando o assunto — repliquei. — Venham à área de estocagem comigo. Deem uma olhada. E escutem também...

— Os clientes não têm permissão de entrar na...

— Bud — disse Ollie —, vá com ele. Vamos resolver isto.

— Está bem — acrescentou Brown. — Sr. Drayton? Vamos acabar logo com essa tolice!

Empurramos as portas duplas e penetramos na escuridão.

O som era desagradável — talvez maligno.

Brown também sentiu isso, apesar de sua cabeça-dura de ianque. Senti sua mão agarrar meu braço imediatamente, a respiração suspensa por um momento e depois reiniciada com certa dificuldade.

Era um sussurro abafado, vindo da direção da porta de descarga — um som que quase nos acariciava. Virei-me cautelosamente em um dos pés e por fim esbarrei em uma das lanternas. Abaixei-me, apanhei-a e acendi. O rosto de Brown estava inteiramente tenso, e ele ainda nem os vira — apenas os ouvia. Eu, no entanto, já os vira e podia imaginá-los, se contorcendo e escalando a superfície de aço corrugado da porta, como trepadeiras vivas.

— O que acha agora? Totalmente impossível?

Brown passou a língua pelos lábios e olhou para a tremenda confusão de caixas e sacos.

— Eles fizeram isto?

— Mais ou menos. Quase tudo. Venha cá.

Ele foi — com relutância. Apontei o facho da lanterna para a murchada e enrolada seção do tentáculo, ainda no chão perto da vassoura. Brown se abaixou para olhar.

— Não toque nisso — falei. — Ainda pode estar vivo.

Ele se ergueu rapidamente. Peguei a vassoura e, com parte das cerdas, cutuquei o tentáculo. A terceira ou quarta cutucada fez com que ele se desenrolasse em espasmos, revelando duas ventosas intactas e parte de uma terceira. Em seguida, o fragmento tornou a enovelar-se com uma velocidade muscular e ficou imóvel. Brown emitiu um som sufocado de repugnância.

— Viu o suficiente?

— Vi — respondeu. — Vamos sair daqui.

Seguimos a luz vacilante até as portas duplas e as empurramos. Todos os rostos se voltaram para nós e o zumbido das conversas morreu. As feições de Norton pareciam queijo velho. Os olhos negros da Sra. Carmody cintilaram. Ollie bebia cerveja, seu rosto ainda mostrava filetes de suor escorrendo. As duas jovens com ACAMPAMENTO WOODLANDS escrito nas camisetas estavam bem perto uma da outra, como potros antes de uma tempestade. Olhos. Tantos olhos. Eu poderia pintá-los, pensei com um calafrio. Nada de rostos, apenas olhos na escuridão. Poderia pintá-los, mas ninguém acreditaria que fossem reais. Bud Brown entrelaçou afetadamente, diante de si mesmo, as mãos de dedos longos.

— Pessoal — disse —, parece que temos um problema de certa magnitude por aqui.

6. Mais discussões. A Sra. Carmody. Fortificações. O que aconteceu à Sociedade Pé no Chão

As quatro horas seguintes transcorreram em uma espécie de sonho. Houve uma longa e quase histérica discussão depois da confirmação de Brown, ou, talvez, a discussão não tivesse sido tão longa quanto pareceu; possivelmente era apenas a soturna necessidade de as pessoas ruminarem a mesma informação, procurando vê-la de cada ponto de vista plausível, roendo-a como um cachorro rói um osso, a fim de chegar ao tutano. Foi uma longa viagem até que todos acreditassem. Pode-se constatar a mesma coisa em qualquer reunião de março, nas cidades da Nova Inglaterra.

Havia a Sociedade da Terra Plana, encabeçada por Norton. Era uma minoria vocal de mais ou menos dez pessoas que não acreditavam em nada daquilo. Norton continuava insistindo que havia apenas quatro testemunhas no caso do empacotador sendo carregado para fora pelos que ele chamava Tentáculos do Planeta X (um bom motivo para risos no começo, mas logo perdeu a graça; em sua crescente agitação, Norton não parecia percebê-lo). Ele acrescentou que, pessoalmente, não confiava em nenhum dos quatro. Disse ainda que 50 por cento das testemunhas estavam, naquele momento, completamente bêbadas. Esta era uma verdade inquestionável. Jim e Myron LaFleur, com todo o freezer de cerveja e a prateleira de vinhos à disposição, estavam bêbados como gambás. Considerando o que acontecera a Norm e a participação dos dois naquilo, eu não os censurei. Eles logo ficariam sóbrios novamente.

Ollie continuou a beber sistematicamente, ignorando os protestos de Brown. Após algum tempo, Brown desistiu, contentando-se em soltar uma ocasional e malévola ameaça sobre a Companhia. Nem parecia conceber que a Federal Foods, Inc., com estabelecimentos em Bridgton, North Windham e Portland, talvez nem existisse mais. Pelo que sabíamos, o litoral leste poderia ter deixado de existir. Ollie bebia sem parar, porém não ficava bêbado. Ele suava a bebida com a mesma rapidez com que a ingeria.

Por fim, quando a discussão com os Terra Plana começou a ficar sarcástica, Ollie tomou a palavra.

— Se não acredita nisso, Sr. Norton, muito bem. Eu lhe direi o que fazer. Saia por aquela porta da frente e contorne o prédio até os fundos. Lá se encontra uma enorme pilha de cascos de cerveja e refrigerantes, recebidos em devolução. Eu, Norm e Buddy os colocamos lá ainda esta manhã. Traga-nos de volta umas duas daquelas garrafas e então saberemos que o senhor foi realmente até a pilha, faça isso e juro que comerei a minha camisa.

Norton começou a vociferar.

Ollie interrompeu-o, com a mesma voz suave e uniforme.

— Se quer saber, o senhor só está prejudicando, se continuar falando assim. Aqui há gente que deseja ir para casa, assegurar-se de que seus familiares estão bem. Neste momento, minha irmã e sua filha de um ano estão em casa, em Naples. Eu gostaria de ter certeza disso, claro. No entanto, se todos começarem a acreditar no senhor e tentarem ir para casa, o que aconteceu a Norm também acontecerá a eles.

Ele não convenceu Norton, mas sim alguns dos seus partidários e aqueles que estavam em cima do muro — embora suas palavras não dissessem tanto quanto seus olhos, aqueles seus olhos obcecados. Creio que a lucidez de Norton dependia de não ser convencido ou de imaginar que não o fora. Contudo, não aceitou a proposta de Ollie para ir lá fora e trazer alguns dos cascos nos fundos do prédio. Aliás, ninguém a aceitou. Eles ainda não estavam dispostos a sair, pelo menos ainda não. Norton e seu pequeno grupo de Terra Plana (a esta altura, reduzido a um ou dois) afastaram-se de nós o mais longe que podiam, reunindo-se perto das embalagens de carnes. Um deles tropeçou na perna de meu filho, ainda adormecido, acordando-o.

Fui até lá e Billy agarrou-se a meu pescoço. Quando tentei deitá-lo outra vez, ele me apertou com mais força.

— Não faça isso, papai! Por favor!

Encontrei um carrinho de compras e o coloquei no assento para crianças. Ele parecia enorme ali. A coisa seria cômica, se não fossem seu rosto pálido, os cabelos escuros espalhados pela testa, logo acima das sobrancelhas, seus olhos espantados. Provavelmente, fazia uns dois anos que ele não ocupava o assento de criancinhas nos carrinhos de compra de supermercado. São pequeninas coisas que nos passam de leve pela mente, sem que a percebamos bem, mas, quando finalmente notamos a mudança, sempre recebemos um choque desagradável.

Nesse meio-tempo, com o recuo dos Pés no Chão, a discussão encontrara outro para-raios — agora era a Sra. Carmody e, compreensivelmente, ela se viu sozinha.

À claridade mortiça e lúgubre, ela parecia uma bruxa naquelas berrantes calças amarelas, na espalhafatosa blusa, com os braços pesados de chacoalhantes pulseiras de quinquilharia — cobre, casco de tartaruga, adamantina — e sua enorme bolsa. Seu rosto enrugado aparecia sulcado por fortes linhas verticais. O crespo cabelo grisalho se achatava sobre o couro cabeludo, amarrado por três prendedores e torcido na nuca. Sua boca era uma corda franzida.

— Não existe defesa contra a vontade de Deus! Isto estava para vir. Eu vi os sinais. Aqui há gente que eu avisei, porém ninguém é mais cego do que aqueles que não querem ver.

— Afinal, o que quer dizer? O que você propõe? — interrompeu-a Mike Hatlen, impacientemente.

Era membro do conselho municipal, embora no momento não parecesse, com seu quepe de iatista e as bermudas amarrotadas nos fundilhos. Bebericava uma cerveja, o que a maioria dos homens agora também fazia. Bud Brown desistira de protestar, mas estava realmente anotando nomes — queria manter certa vigilância sobre todos quantos pudesse.

— Propor? — ecoou a Sra. Carmody, aproximando-se de Hatlen. — Propor? Ora, estou propondo que se prepare para encontrar o seu Deus, Michael Hatlen. — Virou-se e olhou para todos nós. — Preparem-se para o encontro com seu Deus!

— Preparem-se para encontrar é o caralho — disse Myron La-Fleur, em bêbado rosnado, perto do freezer de cerveja. — Velha, acho que sua língua deve ser pendurada pelo meio, para funcionar pelas duas extremidades.

Houve um rumor de concordância. Billy olhou nervosamente em volta e eu passei um braço em torno de seus ombros.

— Tenho o direito de falar! — exclamou ela. Seu lábio superior encurvou-se para trás, revelando dentes tortos e amarelados de nicotina. Pensei nos empoeirados animais empalhados de sua loja, bebendo eternamente no espelho que funcionava como seu riacho. — Os incrédulos duvidarão até o fim! Contudo, uma monstruosidade capturou aquele pobre rapaz! Coisas no nevoeiro! Todas as abominações saídas de um pesadelo! Monstros sem olhos! Horrores lívidos! Ainda duvidam? Pois então saiam! Cheguem lá fora e digam "como vai?".

— Acho que devia se calar, Sra. Carmody — falei. — Está assustando meu filho.

O homem com a garotinha sentia o mesmo. A menina, de pernas gorduchas e joelho esfolado, escondera o rosto contra a barriga do pai e tapava os ouvidos com as mãos. O Grande Bill não chorava, mas estava perto disso.

— Só há uma chance — disse a Sra. Carmody.

— Que chance, senhora? — perguntou Mike Hatlen polidamente.

— Um sacrifício — respondeu a Sra. Carmody. Ela parecia rir na claridade mortiça. — Um sacrifício de sangue.

Sacrifício de sangue — as palavras ficaram suspensas no ar, girando lentamente. Ainda agora, quando vejo com mais clareza, digo a mim mesmo que ela se referia ao cachorro de estimação de alguém — havia lá dois deles, trotando pelo supermercado, apesar dos regulamentos proibindo sua entrada. Ainda agora digo isso a mim mesmo. Na penumbra, ela parecia uma louca remanescente do puritanismo da Nova Inglaterra... mas desconfio que era motivada por algo mais profundo e mais sombrio que o mero puritanismo. O puritanismo tivera seu próprio e soturno avô, o velho Adão, com mãos sangrentas.

Ela abriu a boca para dizer algo mais, porém um homem baixinho e bem-vestido, com calças vermelhas e elegante camisa esporte, esbofeteou-lhe o rosto, de mão espalmada. Ele repartia o cabelo no lado esquerdo, em uma linha de perfeita simetria. Usava óculos e tinha a aparência indiscutível do turista de verão.

— Cale essa boca suja — falou, em voz macia, sem inflexões.

A Sra. Carmody levou a mão à boca, depois estendeu-a para nós, em uma acusação sem palavras. Havia sangue em sua palma. Entretanto, os olhos negros pareciam dançar em louca alegria.

— A senhora estava provocando! — exclamou uma mulher. — Eu teria feito o mesmo!

— Eles cuidarão de vocês — disse a Sra. Carmody, mostrando-nos a palma suja de sangue. O filete de sangue agora escorria de uma ruga que ia da boca ao queixo, assemelhando-se a um pingo de chuva descendo por uma calha.

— Talvez agora não. Esta noite. Esta noite, quando escurecer. Eles virão juntos da noite e levarão mais alguém. É com a noite que virão. Vocês os ouvirão chegando, rastejando e engatinhando. E quando eles estiverem aqui vocês suplicarão à Mãe Carmody que lhes mostre o que fazer!

O homem das calças vermelhas ergueu a mão lentamente.

— Aproxime-se e me bata — sussurrou ela, exibindo seu sorriso sangrento para ele. A mão do homem oscilou. — Bata, se tiver coragem!

A mão dele caiu. A Sra. Carmody afastou-se, sozinha. Então Billy começou a chorar escondendo o rosto contra mim, enquanto a menininha fazia o mesmo com o pai.

— Quero ir para casa — disse ele. — Quero ver minha mãe.

Tentei consolá-lo da melhor forma que pude. Provavelmente, não me saí tão bem quanto desejaria.

Por fim, a conversa se voltou para caminhos menos amedrontadores e destrutivos. As enormes vidraças frontais do supermercado, evidentemente o seu ponto fraco, foram então mencionadas. Mike Hatlen perguntou que outras entradas havia e Ollie Brown as apontou com presteza — duas portas para descarregamento de mercadorias, além daquela que Norm abrira. As portas principais de entrada e saída. E a janela do gabinete do gerente (de vidro espesso e reforçado, seguramente trancada).

Falar sobre tais coisas causou um efeito paradoxal. Fez o perigo parecer mais real, embora ao mesmo tempo fizesse com que todos se sentissem melhor. O próprio Billy sentiu isso. Perguntou se podia comer uma barra de chocolate. Respondi que não havia problema, desde que não se aproximasse das grandes vidraças.

Quando ele se distanciou, não ouvindo mais o que dizíamos, um homem perto de Mike Hatlen perguntou:

— Muito bem, o que faremos com aquelas vidraças? A velha pode ser totalmente maluca, mas pode ter razão sobre algo se movendo depois do anoitecer.

— Talvez, até lá, o nevoeiro já tenha se dissipado — disse uma mulher.

— Talvez — assentiu o homem. — E talvez não.

— Têm alguma ideia? — perguntei a Bud e Ollie.

— Um momento — disse o homem perto de Hatlen. — Eu sou Dan Miller, de Lynn, Massachusetts. Vocês não me conhecem nem haveria motivos para conhecerem, mas tenho uma propriedade em Highland Lake. Comprei-a ainda este ano. O preço foi praticamente um assalto, mas eu tinha que comprá-la e comprei. — Houve algumas risadinhas. — Bem, vi uma boa pilha de sacos de adubos e fertilizantes para gramado lá adiante. Sacos de 15 quilos, em sua maioria. Podíamos usá-los como sacos de areia. Deixando vãos para espiarmos...

Agora, havia mais pessoas assentindo e falando animadamente. Eu quase disse alguma coisa, mas me contive. Miller tinha razão. Colocar aqueles sacos como ele dizia não faria mal nenhum, talvez até ajudasse de alguma forma. Minha mente, no entanto, recuou àquele tentáculo comprimindo o saco de ração para cães. Pensei que um dos tentáculos maiores poderia fazer o mesmo com um saco de 15 quilos contendo fertilizante para gramados. De qualquer modo, um sermão a respeito não contribuiria para levantar o ânimo de ninguém.

As pessoas começaram a se dispersar, comentando a tarefa a ser feita, e Miller gritou:

— Esperem! Esperem! Vamos organizar isto, enquanto estamos todos juntos!

As pessoas voltaram, compondo um grupo indefinido de 50 ou 60, na esquina formada pelo freezer de cerveja, as portas da área de estocagem e o lado esquerdo das carnes embaladas, onde o Sr. McVey sempre colocava os artigos que ninguém quer, como timo de vitela, ovos escoceses, miolos de carneiro e geleia de mocotó. Billy abriu caminho através do emaranhado de adultos com a inconsciente agilidade de um menino de cinco anos em um mundo de gigantes, e me estendeu uma barra de chocolate.

— Quer esta, papai?

— Obrigado.

Peguei o chocolate. Tinha sabor doce e gostoso.

— Talvez seja uma pergunta idiota — continuou Miller. — Mas temos que esgotar todas as alternativas. Alguém tem arma de fogo?

Houve uma pausa. As pessoas entreolharam-se e deram de ombros. Um velho de cabelos grisalhos, que se apresentou como Ambrose Cornell, disse que tinha uma espingarda no porta-malas do carro.

— Se quiser, posso tentar buscá-la.

— Não creio que seja uma boa ideia agora, Sr. Cornell — disse Ollie.

Cornell deu um grunhido.

— Também digo o mesmo, filho, mas pensei que devia me oferecer.

— Bem, na verdade não foi essa a minha ideia — falou Dan Miller —, mas achei que...

— Um momento — disse uma mulher.

Era a que vestia camisa de atletismo cor de uva, com calças compridas verde-escuro. Tinha cabelo louro acinzentado e uma bela silhueta. Uma jovem muito bonita. Abriu a bolsa e tirou de seu interior um revólver de tamanho médio. Os reunidos fizeram um *ahhhh!*, como se tivessem acabado de assistir a um ótimo truque de um mágico. A jovem, que já enrubescera, agora enrubesceu muito mais. Tornou a remexer na bolsa e encontrou uma caixa de munição para Smith & Wesson.

— Meu nome é Amanda Dumfries — disse a Miller. — Esta arma... foi ideia de meu marido. Ele achava que eu devia tê-la para me proteger. Ando com ela, sem balas, há dois anos.

— Seu marido está aqui, senhora?

— Ah, não. Ele está em Nova York, a negócios. Está sempre viajando a negócios e por isto queria que eu andasse com a arma.

— Bem — disse Miller —, se pode usá-la, devia ficar com ela. Que calibre é? Trinta e oito?

— Sim, 38. Aliás, nunca disparei uma arma na vida, exceto uma vez, fazendo tiro ao alvo.

Miller pegou a arma, examinou-a e abriu o tambor, após alguns momentos. Checou para ver se não estava carregada.

— Muito bem — disse. — Temos uma arma. Quem atira bem? Porque eu não.

Os reunidos entreolharam-se. A princípio, ninguém disse nada. Então, com relutância, Ollie confessou:

— Eu costumo praticar bastante tiro ao alvo. Tenho um Colt 45 e um Llama 25.

— Você? — exclamou Brown. — Humm... Quando escurecer, estará bêbado demais para ver alguma coisa.

Ollie replicou, em voz extremamente clara:

— Por que não cala a boca de uma vez e anota os nomes?

Brown o encarou fixamente, com olhos arregalados. Abriu a boca. Depois decidiu — sabiamente, creio eu — tornar a fechá-la.

— É sua — disse Miller, pestanejando ligeiramente ao entregá-la.

Estendeu a arma a Ollie, que a checou de novo, agora de modo mais profissional. Colocou a arma no bolso dianteiro das calças e deslizou a caixa de cartuchos para o bolso da camisa, onde ela deixou um volume semelhante a um maço de cigarros. A seguir, Ollie recostou-se contra o freezer, o rosto redondo ainda com suor saindo pelos poros, e abriu uma lata de cerveja. A sensação de que eu estava vendo um Ollie totalmente insuspeito permanecia.

— Obrigado, Sra. Dumfries — disse Miller.

— Não foi nada — respondeu ela.

Fugazmente, pensei que se eu fosse seu marido e dono daqueles olhos verdes, unidos àquele corpo escultural, talvez não viajasse tanto.

Entregar uma arma à esposa podia ser encarado como um ato ridiculamente simbólico.

— Isto também pode parecer idiota — disse Miller, virando-se para Brown com sua prancheta e Ollie com sua cerveja —, mas neste lugar há qualquer coisa semelhante a um lança-chamas?

— Ahhh, *merda* — soltou Buddy Eagleton, imediatamente ficando tão vermelho como ficara Amanda Dumfries.

— O que é? — perguntou Mike Hatlen.

— Bem... até a semana passada, tínhamos uma caixa inteira daqueles maçaricos. Do tipo que se usa em casa para soldar canos vazando, emendar canos de descarga ou coisas assim. Lembra-se deles, Brown?

Brown assentiu, com ar taciturno.

— Todos vendidos? — perguntou Miller.

— Não, de maneira nenhuma. Só vendemos três ou quatro, depois devolvemos os restantes. Que merda. Quero dizer, uma pena.

Enrubescendo tão profundamente que ficou quase roxo, Buddy Eagleton voltou para os bastidores de onde saíra.

Tínhamos fósforos, naturalmente, bem como sal (alguém comentou vagamente ter ouvido que sal era o que devia ser posto em sanguessugas ou coisa assim) e todos os tipos de esfregões, além de vassouras de cabos compridos. Em sua maioria, as pessoas continuavam animadas, mas Jim e Myron estavam bêbados demais para emitir qualquer nota dissonante. Encontrei os olhos de Ollie e vi neles uma tranquila desesperança, que era pior do que medo. Nós dois tínhamos visto os tentáculos. A ideia de jogar sal neles ou de tentar parti-los com os cabos dos esfregões era engraçada, de um jeito macabro.

— Mike — disse Miller —, por que não toma conta desta pequena aventura? Quero falar com Ollie e Dave um minuto.

— Será um prazer. — Hatlen bateu no ombro de Dan Miller. — Alguém precisava dar as ordens e você se saiu muito bem. Seja bem-vindo à cidade.

— Isto significa que terei alguma redução em meus impostos? — perguntou Miller.

Era um homenzinho engraçado, com cabelos ruivos começando a recuar na cabeça. Parecia o tipo do sujeito com quem logo simpatizamos, mal o conhecemos e — apenas talvez — o tipo do sujeito que não dá para você desgostar depois de ele estar em cena por algum tempo. O tipo do sujeito que sabe fazer tudo melhor do que a gente.

— Nem pense nisso — respondeu Hatlen, rindo.

Hatlen afastou-se. Miller baixou os olhos para meu filho.

— Não se preocupe com Billy — falei.

— Cara, nunca estive tão preocupado em toda a minha vida — respondeu ele.

— Exato — concordou Ollie.

Deixou uma lata vazia no freezer de cerveja, depois pegou outra e a abriu. Houve um sibilo suave de gás escapando.

— Reparei na maneira como vocês dois se olhavam — disse Miller.

Terminei minha barra de chocolate e peguei uma cerveja, para ajudar a descer.

— Vou dizer o que eu acho — começou Miller. — Devíamos recrutar uma meia dúzia de pessoas para enrolar panos naqueles cabos de esfregão e depois amarrá-los com barbante. A seguir, acho que devíamos ter umas duas daquelas latas de fluido para isqueiro à disposição. Se cortarmos a parte superior das latas, poderemos fazer tochas com grande rapidez.

Assenti. Aquilo era bom. Evidentemente, não bom o suficiente — não para quem viu Norm ser puxado para fora do supermercado —, mas já era melhor do que sal.

— Pelo menos, seria alguma coisa para eles se preocuparem — disse Ollie.

Miller comprimiu os lábios.

— A coisa é assim tão ruim? — perguntou.

— Exatamente — assentiu Ollie, e virou sua cerveja.

Por volta das 16h30 daquela tarde os sacos de fertilizante e de adubo estavam no lugar, bloqueando as enormes vidraças, exceto por estreitos visores para vigilância. Um vigia fora colocado junto a cada pilha de sacos e, ao lado de cada vigia, havia uma lata de fluido para isqueiro, já sem o topo, e um suprimento de tochas, feitas com cabos de esfregões. Havia cinco visores e Dan Miller organizou um rodízio de sentinelas para cada um. Às 16h30, eu estava sentado numa pilha de sacos, em um dos visores, com Billy ao meu lado. Estávamos olhando o nevoeiro.

Logo além da vidraça, havia um banco vermelho, onde as pessoas às vezes esperavam que as viessem apanhar, com os sacos de artigos comprados junto delas. Mais adiante ficava o pátio de estacionamento. O nevoeiro desenrolava-se lentamente, espesso e pesado. *Havia* uma umidade nele, mas como parecia opaca e sombria! Só em olhar para aquilo, eu me sentia acovardado e perdido.

— Você sabe o que está acontecendo, papai? — perguntou Billy.

— Não, meu bem — falei.

Ele ficou calado por um momento, contemplando as mãos que jaziam flácidas sobre as pernas de seu jeans.

— Por que não aparece alguém e nos salva? — perguntou finalmente. — A Polícia Estadual, o FBI ou alguém?

— Não sei.

— Você acha que mamãe está bem?

— Billy, eu não sei — respondi, e passei o braço em torno dele.

— Eu queria muito que ela estivesse aqui — disse Billy, lutando com as lágrimas. — Eu me arrependo de quando fui mau com ela.

— Billy — comecei, mas tive que parar, porque senti um gosto salgado na garganta e minha voz queria tremer.

— Isto vai acabar? — perguntou ele. — Vai, papai, vai?

— Não sei — respondi.

Ele colocou o rosto no meu ombro e eu segurei sua nuca, senti a curva delicada de seu crânio, logo abaixo dos cabelos fartos. Me peguei recordando a noite de meu casamento. Observando Steff tirar o singelo vestido castanho que usara após a cerimônia. Havia um enorme hematoma em sua coxa, por batê-la contra a quina de uma porta, no dia anterior. Recordei que tinha olhado para o hematoma, pensando, *Quando ela ganhou isso, ainda era Stephanie Stepanek*, e sentindo algo semelhante a deslumbramento. Depois, fizemos amor e, lá fora, caía neve de um opaco e cinzento céu de dezembro.

Billy estava chorando.

— Shh, Billy, shh... — falei, balançando sua cabeça contra mim.

Mas ele continuou chorando. Era o tipo de choro que só as mães sabem como controlar.

Uma noite prematura caiu no interior do Supermercado Federal. Hatlen e Miller, além de Bud Brown, distribuíram lanternas de pilha, todo o estoque, cerca de 20. Norton reivindicou-as clamorosamente para seu grupo e recebeu duas. As luzes vagavam aqui e ali pelos corredores, como fantasmas inquietos.

Aconcheguei Billy contra mim e espiei pelo visor. A qualidade leitosa e translúcida da claridade exterior não mudara muito: os sacos empilhados é que deixavam o supermercado tão escuro. Por várias vezes julguei ter visto algo, mas era apenas o nervosismo. Um dos outros vigias levantou um hesitante alarme falso.

Billy tornou a ver a Sra. Turman e correu para o colo dela com rapidez, embora não a tivéssemos chamado para ficar com ele durante todo o verão. A Sra. Turman tinha uma das lanternas e a entregou para ele, com ar amável.

Em pouco tempo, Billy tentava escrever o seu nome, em luz, sobre as opacas faces do vidro dos acondicionadores de alimentos congelados. Ela parecia tão feliz em vê-lo quanto Billy em vê-la, e em pouco tempo estavam entretidos um com o outro. Hattie Turman era uma mulher alta e magra, de bela cabeleira ruiva, começando a mostrar alguns fios grisalhos. Seus óculos pendiam sobre o busto em uma decorativa corrente do tipo, creio eu, de uso ilegal para qualquer um, exceto para as mulheres de meia-idade.

— Stephanie está aqui, David? — perguntou ela.

— Não. Ficou em casa.

Ela assentiu.

— Alan também. Quanto tempo vai ficar de vigia aqui?

— Até as 18 horas.

— Viu alguma coisa?

— Não. Apenas o nevoeiro.

— Se quiser, fico com Billy até as 18 horas.

— Você gostaria, Billy?

— Sim, muito — respondeu ele, movendo a lanterna acima da cabeça, em lentos arcos, e vendo a luz brincar no teto.

— Deus protegerá sua Steff e Alan também — disse a Sra. Turman.

Em seguida, afastou-se, levando Billy pela mão. Falou com tranquila segurança, mas não havia convicção em seus olhos.

Por volta das 17h30, surgiram sons de uma animada discussão, perto dos fundos do supermercado. Alguém reclamava de algo que outra pessoa dissera, quando se ouviu uma voz — creio que de Buddy Eagleton — gritando:

— Vocês estão loucos se forem lá fora!

Vários fachos de lanternas se concentraram no núcleo da controvérsia e as pessoas se encaminharam para a frente do supermercado. O riso guinchado e desdenhoso da Sra. Carmody cortou a penumbra, tão abrasivo como dedos raspando a superfície de um quadro-negro.

Acima do burburinho, soou o vozeirão de tenor de Norton, como em uma sala de tribunal.

— Deixem-nos passar, por favor! Deixem-nos passar!

O homem na vigia perto de mim abandonou seu posto para ver o que significava aquela gritaria. Resolvi continuar onde estava. O que quer que estivesse acontecendo aproximava-se aos poucos.

— Por favor — dizia Mike Hatlen. — Por favor, vamos discutir este assunto francamente!

— Não há nada a discutir! — proclamou Norton. Agora, seu rosto destacava-se na penumbra. Estava determinado, feroz e inteiramente deplorável. Ele empunhava uma das lanternas destinadas aos Pés no Chão. Os tufos cacheados de seu cabelo ainda se erguiam atrás das orelhas, como topetes de um cuco. Encabeçava uma procissão muito pequena: cinco pessoas das dez originais. — Nós vamos sair — declarou.

— Não insista nessa loucura — disse Miller. — Mike tem razão. Será que não podemos conversar? O Sr. McVey vai preparar um churrasco com algumas galinhas na grelha de gás, podemos todos sentar, comer e apenas...

Ficou diante de Norton e foi empurrado por ele. Miller não gostou disso. Seu rosto ficou vermelho, depois mostrou uma expressão dura.

— Muito bem, faça o que quiser — disse —, mas é como se assassinasse estas outras pessoas.

Com toda a naturalidade de grande solucionador ou de obcecado inquebrantável, Norton replicou:

— Nós mandaremos ajuda para vocês.

Um dos seguidores murmurou sua concordância, mas o outro preferiu afastar-se quietamente. Agora, havia apenas Norton e mais quatro. Talvez não fosse tão ruim. O próprio Cristo só conseguiu encontrar 12.

— Ouçam — disse Mike Hatlen. — Sr. Norton... Brent... pelo menos esperem o churrasco. Comam alguma coisa quente antes.

— E dar a ele uma chance para continuar falando? Já estive em tribunais o suficiente para cair nessa. Já conseguiu convencer meia dúzia de minha gente.

— Sua gente? — Hatlen quase rosnou. — *Sua* gente? Meu Deus, que espécie de conversa é esta? Eles são *pessoas*, nada mais. Isto não é uma brincadeira e muito menos uma sala de tribunal. Existem *coisas*, na falta de outra palavra, lá fora. De que adianta querer matar-se?

— Você disse coisas — respondeu Norton, parecendo superficialmente divertido. — Onde? Seu pessoal já ficou duas horas vigiando. Quem viu alguma coisa?

— Bem, lá nos fundos, na área de...

— Não, não, não — disse Norton, sacudindo a cabeça. — Essa história já foi repetida demais. Nós vamos sair...

— Não — sussurrou alguém.

O sussurro ecoou e espalhou-se, dando a impressão do roçar de folhas mortas ao crepúsculo de um anoitecer outonal. *Não, não, não...*

— Você vai nos impedir? — perguntou uma voz esganiçada. Era um membro da "gente" de Norton, para usar sua palavra: uma senhora de idade, usando óculos bifocais. — Você vai nos impedir?

— Não, ninguém os impedirá — respondeu Mike. — Acho que ninguém os impedirá.

Cochichei no ouvido de Billy. Ele olhou para mim, assustado e contestador.

— Vá agora — falei. — E volte depressa.

Ele foi.

Norton passou as mãos pelos cabelos, em um gesto mais calculado do que qualquer um já feito por um ator da Broadway. Eu simpatizaria mais com ele ao vê-lo puxando inutilmente o cordel de sua serra em cadeia, praguejando e imaginando-se não observado. Naquele momento, como também agora, não saberia dizer se ele acreditava ou não no que estava fazendo. Lá no fundo, acho que Norton sabia o que podia acontecer. Creio que a lógica de sua falação da boca para fora, durante a vida inteira, agora finalmente se voltava contra ele, como um tigre que se tornou mau e mesquinho.

Norton olhou em volta inquietantemente, parecendo desejar que houvesse algo mais a dizer. Então, guiou seus quatro seguidores para uma das alamedas das caixas registradoras. Além da mulher idosa, havia um rapaz rechonchudo de uns 20 anos, uma jovem e um homem de jeans e boné de golfe.

Os olhos de Norton encontraram os meus, dilataram-se ligeiramente e então começaram a desviar-se.

— Espere um minuto, Brent — falei.

— Não quero discutir mais isso. E, certamente, não com você.

— Eu sei que não quer. Só quero lhe pedir um favor.

Olhei em torno e vi Billy, que voltava correndo.

— O que é isso? — perguntou Norton, desconfiado, ao vê-lo entregar-me um pacote embrulhado em celofane.

— Linha para varal de roupa — falei. Eu tinha uma vaga noção de que todos no supermercado agora olhavam para nós, mais ou menos enfileirados no outro lado das caixas registradoras e seus corredores. — É o pacote grande. O de 90 metros.

— E daí?

— Achei que você poderia amarrar uma extremidade em sua cintura, antes de sair. Irei soltando a linha. Quando a sentir bem esticada, basta atá-la em torno de alguma coisa, não importa o quê. Uma maçaneta de porta de carro serviria.

— Para quê, meu Deus?

— Assim ficarei sabendo que você chegou até 90 metros, pelo menos — respondi.

Algo brilhou em seus olhos, porém apenas momentaneamente.

— Não — disse ele.

Dei de ombros.

— Está bem. De qualquer modo, boa sorte.

O homem do boné de golfe disse, de repente:

— Eu farei isso, senhor. Não há motivo para recusar.

Norton girou para ele, como se fosse dizer algo ríspido. O homem do boné de golfe estudou-o calmamente. Em *seus* olhos nada havia brilhando. Norton também percebeu isso e não disse nada.

— Obrigado — falei.

Abri o envoltório com meu canivete e o cordel se soltou do pacote, em alças rígidas. Encontrei uma das extremidades e a amarrei em torno da cintura de Boné de Golfe, com um nó frouxo. O homem imediatamente o desfez, para amarrar a linha em seguida com um apertado nó cego. Não havia um som no supermercado. Norton oscilava inquietamente, ora com um pé, ora com outro.

— Quer levar meu canivete? — perguntei ao homem do boné de golfe.

— Eu tenho um. — Ele olhou para mim com o mesmo tranquilo desdém. — Vá soltando sua linha. Quando esticar bem, eu a prenderei.

— Todos prontos? — perguntou Norton, alto demais.

O rapaz roliço sobressaltou-se, como se estivesse assustado. Não recebendo resposta, Norton se virou para sair.

— Brent — falei, estendendo a mão. — Boa sorte, também.

Ele estudou minha mão, como se ela fosse algum duvidoso objeto estranho.

— Nós enviaremos ajuda — disse finalmente.

Empurrou a porta de saída. Aquele cheiro ralo e acre entrou novamente. Os outros saíram junto com ele.

Mike Hatlen aproximou-se e ficou ao meu lado. Os cinco componentes do grupo de Norton penetraram no nevoeiro leitoso, de movimentos lentos. Norton disse algo e eu deveria ter ouvido, mas o nevoeiro tinha um estranho efeito amortecedor. Percebi apenas o som de sua voz e duas ou três sílabas isoladas como uma voz no rádio, ouvida de alguma distância. Eles se afastaram.

Hatlen segurou a porta entreaberta. Dei linha, mantendo-a o mais folgada que pude, pensando na promessa do homem, que a ataria se ficasse tensa. Ainda não havia som algum. Billy permanecia ao meu lado, imóvel, mas parecendo vibrar com sua própria corrente interior.

De novo, houve aquela singular sensação de que os cinco não só desapareciam, adentrando o nevoeiro, como tinham ficado invisíveis. Por um momento, suas roupas pareciam ficar em pé sozinhas, mas depois sumiram. Só se ficava realmente impressionado com a densidade antinatural do nevoeiro quando se viam pessoas sendo engolidas por ele em um espaço de segundos.

Dei mais linha. Um quarto dela se foi, depois metade. Parou de ser puxada por um instante. De coisa viva em minhas mãos tornou-se morta. Contive a respiração. Em seguida, a linha foi puxada novamente. Deixei-a escorregar entre os dedos e, de repente, lembrei-me de meu pai, levando-me para ver *Moby Dick*, o filme com Gregory Peck, em Brookside. Acho que sorri um pouco.

Três quartos da linha já tinham ido agora. Eu podia ver sua extremidade, caída ao lado de um dos pés de Billy. Então, ela novamente parou de mover-se em minhas mãos. Ficou imóvel por talvez cinco segundos, e então, cerca de um metro e meio desenrolou-se. De repente, entortou-se violentamente para a esquerda, tangendo a borda da porta de saída.

Seis metros de linha desenrolaram-se bruscamente, quase me cortando a palma esquerda. E lá de fora, do meio do nevoeiro, chegou um grito agudo e oscilante. Era impossível dizer o sexo de quem gritara.

A corda forcejou outra vez em minhas mãos. E de novo. Deslizou através do espaço da entrada, para a direita, depois de volta à esquerda. Mais alguns metros de linha se foram, quando soou um uivo ululante vindo do exterior, provocando um gemido de meu filho. Hatlen ficou horrorizado, de olhos esbugalhados. Um canto de sua boca envergou-se para baixo, trêmulo.

O uivo foi cortado abruptamente. Não houve som algum pelo que pareceu uma eternidade. Então, a velha senhora gritou — desta vez não havia dúvidas sobre quem gritara —: "*Tirem isso de mim!*", bradou ela. "*Ai, meu Deus, meu Deus, tire isso...*"

Então sua voz também foi interrompida.

Quase toda a corda deslizou de forma brusca por meu punho fechado frouxamente, agora me queimando a pele com vigor. Então, ficou inteiramente bamba, enquanto um som brotava do nevoeiro — um grunhido alto e espesso — que deixou seca toda a saliva em minha boca.

Eu jamais ouvira um som como aquele, porém o mais aproximado deveria ser o de um filme rodado nas estepes africanas ou em um pântano sul-americano. Era o som de um gigantesco animal. Ele se repetiu, surdo, dilacerante e selvagem. Novamente... e depois diminuiu para uma série de baixos murmúrios. Então, houve silêncio total.

— Feche a porta — disse Amanda Dumfries, a voz trêmula. — Por favor.

— Só um minuto — falei.

Comecei a puxar a linha de volta. Ela saiu do nevoeiro e amontoou-se em torno de meus pés, formando uma confusão de dobras e alças. Faltando um metro para o final, a linha para varal de roupas, nova e branca, ficou vermelho vivo.

— Morte! — gritou a Sra. Carmody. — A morte para quem for lá fora! Viram agora?

O final da linha de varal era uma mistura de fibras e pequenos tufos de algodão, emaranhada e mascada. Os tufos de algodão apresentavam diminutas gotas de sangue.

Ninguém contradisse a Sra. Carmody.

Mike Hatlen deixou que a porta de vaivém se fechasse.

7. A primeira noite.

O Sr. McVey trabalhava em Bridgton como açougueiro desde que eu tinha 12 ou 13 anos, porém eu nunca soube seu primeiro nome ou qual seria sua idade. Ele instalara uma grelha a gás sob um dos pequenos exaustores — os ventiladores agora estavam parados, mas presumivelmente ainda proporcionavam alguma ventilação — e, por volta das 18h30, o cheiro de galinha sendo preparada ao fogo enchia o supermercado. Bud Brown não fez objeções. Talvez ele estivesse em estado de choque, porém o mais provável é que reconhecesse o fato de que sua carne fresca e as aves abatidas não estavam ficando nem um pouco mais frescas. O cheiro da galinha era convidativo, mas muitas pessoas não quiseram comer. Pequenino, metódico e limpo em suas roupas brancas, o Sr. McVey preparou as galinhas assim mesmo e colocou os pedaços, de dois em dois, em pratos de papel que foi alinhando no topo do balcão de carnes, como em uma lanchonete.

A Sra. Turman trouxe um prato para mim e outro para Billy, guarnecidos com bocados de salada de batata. Comi o melhor que pude, mas Billy nem tocou no seu.

— Você precisa comer, garotão — falei.

— Não estou com fome — disse ele, pondo o prato de lado.

— Como é que vai ficar grande e forte, se não...

Sentada logo atrás de Billy, a Sra. Turman abanou a cabeça para mim.

— Está bem — falei. — Pelo menos, pegue um pêssego e coma. Certo?

— E se o Sr. Brown disser alguma coisa?

— Se ele disser alguma coisa, venha me contar.

— Está bem, papai.

Ele se afastou lentamente. De certa forma, parecia ter encolhido. Meu coração doeu ao vê-lo caminhar daquela maneira. O Sr. McVey continuou preparando galinhas, parecendo não ligar para o fato de bem poucos estarem comendo, mas feliz no ato de prepará-las. Como creio ter dito, existem muitas maneiras de lidar com uma situação como esta. É difícil imaginar que existam, mas existem.

A Sra. Turman e eu nos sentamos no meio do corredor dos remédios. As pessoas se sentavam em grupinhos por todo o supermercado. Ninguém permanecia sozinho, com exceção da Sra. Carmody; o próprio Myron e seu amigo Jim estavam juntos — os dois estavam desmaiados perto do freezer de cerveja.

Seis novos homens agora estavam a postos nas vigias. Um deles era Ollie, mascando uma coxa de galinha e bebendo uma cerveja. As tochas confeccionadas com cabos de esfregão encontravam-se ao lado de cada posto de vigilância, tendo ao lado uma lata de fluido para isqueiro... mas duvido que alguém continuasse confiando naquelas tochas como antes. Não depois daquele surdo e terrivelmente vital grunhido, não depois da linha para varal de roupas mascada e encharcada de sangue. Se o que quer que estivesse lá fora decidisse nos capturar, conseguiria.

— O quão ruim vai ser esta noite? — perguntou a Sra. Turman.

Sua voz era calma, mas os olhos estavam doentios e assustados.

— Sinceramente, Hattie, não sei o que dizer.

— Deixe Billy comigo, o quanto quiser. Eu... Davey, acho que estou morrendo de medo. — Ela deu uma risadinha seca. — Sim, acho que estou mesmo. Mas, se tiver Billy comigo, isso me fará bem. Eu vou ser boa com ele.

Seus olhos cintilavam. Inclinei-me e bati-lhe no ombro.

— Estou tão preocupada com Alan! — suspirou ela. — Alan está morto, Davey. No fundo do coração, sei que ele está morto.

— Não, Hattie. Você não sabe nada disso.

— Sinto que é verdade. Não sente alguma coisa em relação a Stephanie? Não tem um... pressentimento, ao menos?

— Não — eu disse, mentindo entre dentes.

Um som estrangulado brotou da sua garganta e ela apertou a boca com a mão. Seus óculos refletiram a claridade soturna e mortiça.

— Billy está voltando — murmurei.

Ele comia um pêssego. Hattie Turman bateu no piso ao seu lado e disse que quando ele terminasse iria mostrar-lhe como fazer um homenzinho com o caroço do pêssego e um pedaço de linha. Billy sorriu abatido para ela, e a Sra. Turman lhe devolveu o sorriso.

Às 20 horas, seis novos homens estavam de vigia. Ollie chegou até onde eu me sentava.

— Onde está Billy?

— Com a Sra. Turman, lá nos fundos — respondi. — Eles estão fazendo brincadeiras. Já passaram pelos bonequinhos de caroço de pêssego e máscaras com sacolas de compras ou bonecas feitas de maçã. Agora, o Sr. McVey está mostrando a ele como fazer bonecos com limpadores de cachimbo.

Ollie sorveu um comprido gole de cerveja. Depois disse:

— As coisas estão se movendo lá fora.

Olhei fixamente para ele. Ele também me encarou.

— Não estou bêbado — disse. — Tentei me embriagar, mas não consegui. Gostaria de tomar um pileque, David.

— O que quer dizer com coisas que se movem lá fora?

— Não posso afirmar com certeza. Perguntei a Walter e ele disse ter a mesma impressão, de que partes do nevoeiro ficavam mais escuras a cada minuto: por vezes apenas uma pequena mancha, em outras uma grande área escura, como uma equimose. Depois, tudo voltava a ficar cinzento. Aliás, a coisa está serpeando de um lado para o outro. O próprio Arnie Simms afirmou ter a sensação de que acontecia algo lá fora, e Arnie é quase tão cego como um morcego.

— E quanto aos outros?

— São todos gente de fora do estado, estranhos para mim — replicou Ollie. — Não perguntei a nenhum deles.

— Como tem certeza de que vocês não estavam apenas vendo coisas?

— Certeza absoluta — disse ele. Assentiu na direção da Sra. Carmody, sentada sozinha no final do corredor. Nada do que aconteceu lhe diminuíra o apetite, porque havia um cemitério de ossos de galinha em seu prato. Ela devia estar bebendo sangue ou suco de laranja. — Acho que ela estava certa sobre uma coisa — concluiu Ollie. — Nós descobriremos. Quando anoitecer, nós descobriremos.

Mas não precisamos esperar até o anoitecer. Quando aconteceu, Billy viu bem pouco, porque a Sra. Turman o manteve nos fundos do supermercado. Ollie ainda estava sentado comigo, no momento em que um dos homens da fachada deu um grito agudo e recuou de seu posto, girando os braços. Eram quase 20h30, lá fora o nevoeiro branco-pérola escurecera para o tom opaco de um crepúsculo de novembro.

Algo havia caído na parte externa da vidraça de uma das vigas.

— *Ai, meu Deus!* — gritou o homem que ficara vigiando ali. — *Livre-me disto! Livre-me disto!*

Ele disparou a correr em círculos, os olhos saltando das órbitas, com um filete de saliva no canto da boca, cintilando nas sombras que se adensavam. Então, caminhou diretamente até o corredor mais distante, além da área dos alimentos congelados.

Houve gritos em resposta. Algumas pessoas correram para a frente do supermercado, querendo saber o que acontecia. Muitas recuaram até os fundos, não se preocupando e não querendo ver o que quer que rastejava sobre a parte externa das vidraças.

Encaminhei-me para aquele posto de vigia, com Ollie ao meu lado. A mão dele estava no bolso que guardava a arma da Sra. Dumfries. Nesse momento, outro vigia gritou — não só de medo, como de repugnância.

Eu e Ollie nos esgueiramo por um dos corredores dos caixas. Agora, era possível ver o que afugentara o sujeito do seu posto. Eu não podia dizer o que era, mas conseguia ver a coisa. Assemelhava-se a uma das pequenas criaturas em uma tela de Bosch — um de seus diabólicos murais. Havia algo quase comicamente horrível sobre aquilo, pois se parecia um pouco com uma daquelas estranhas criações de vinil e plástico, compradas a 1,89 dólar para assustar os amigos... de fato, justamente o tipo de coisa que Norton me acusara de haver colocado na área de estocagem.

Deveria ter por volta de meio metro de comprimento, era segmentado, com a tonalidade rósea de carne queimada que cicatrizou. Olhos bulbosos espiavam em duas direções opostas ao mesmo tempo, localizados nas extremidades de talos curtos, semelhantes a membros. A coisa aderia à vidraça com suas gordas ventosas. Do lado contrário, projetava-se algo que tanto podia ser um órgão sexual como um ferrão. E, de seu dorso, brotavam enormes asas membranosas, como as da mosca doméstica. Elas se moviam muito lentamente, quando eu e Ollie nos aproximamos do vidro.

Na vigia à nossa esquerda, onde o homem havia emitido aquele desagradável grasnido, três daquelas coisas rastejavam sobre o vidro. Moviam-se vagarosamente, deixando pegajosos rastros de lesma para trás. Seus olhos — se é que eram olhos — encaixavam-se na ponta dos talos da grossura de dedos. O maior talvez tivesse um metro e meio de comprimento. Às vezes eles rastejavam uns contra os outros.

— Veja essas malditas coisas — disse Tom Smalley, com repugnância.

Ele estava na vigia à nossa direita. Não respondi. Os insetos agora estavam sobre todas as vigias, o que significava que provavelmente deviam rastejar por todo o prédio... como vermes em um pedaço de carne. Não era uma imagem agradável, e eu podia perceber como toda a galinha que conseguira comer agora esforçava-se para subir do meu estômago.

Alguém soluçava. A Sra. Carmody bradava sobre abominações vindas do centro da Terra. Alguém lhe disse, iradamente, que devia calar a boca se soubesse o que era melhor para ela. A mesma merda de sempre.

Ollie tirou do bolso a arma da Sra. Dumfries e eu agarrei o braço dele.

— Não seja louco! — falei.

Ele se libertou com um safanão.

— Sei o que estou fazendo — respondeu.

Bateu na vidraça com o cano da arma, mostrando no rosto uma expressão de nojo. A velocidade das asas da criatura aumentou, até se tornar apenas uma imagem borrada — se não soubéssemos, pensaríamos que eles não eram seres alados, em absoluto. Depois, simplesmente afastaram-se voando.

Alguns dos outros viram o que Ollie havia feito e seguiram sua ideia. Começaram a bater nas vidraças com cabos de esfregões. As coisas voavam e iam embora, mas voltavam logo depois. Aparentemente, elas tinham tanto cérebro quanto a mosca comum. O quase pânico dissolveu-se em um rumor de conversas. Ouvi alguém perguntando a outra pessoa o que achava que aquelas coisas fariam, se pousassem em um ser humano. Aí estava uma pergunta cuja resposta não me interessava saber.

As batidas nas vidraças começaram a diminuir. Ollie se virou para mim e ia dizer alguma coisa, mas, tão logo abriu a boca, algo saiu do nevoeiro e abocanhou um daqueles seres que rastejavam na vidraça. Acho que gritei, não tenho bem certeza.

Era uma coisa voadora. Fora isso, eu não poderia afirmar mais nada. O nevoeiro pareceu escurecer, exatamente da maneira como Ollie havia descrito, só que a mancha não diminuiu; solidificou-se em algo de asas de couro que se agitavam, com um corpo albino, de olhos avermelhados. Chocou-se contra a vidraça com força suficiente para fazê-la estremecer. Seu bico se abriu. Pescou a coisa rosada com ele e se foi. Todo o incidente não durou mais do que cinco segundos. Tive uma crua e final impressão da coisa rosada estrebuchando e debatendo-se enquanto descia pela garganta, da maneira como um peixe pequeno estrebucha e se debate no bico de uma gaivota.

Houve um novo baque contra a vidraça, depois outro. As pessoas recomeçaram a gritar, a maioria correndo em tropel para os fundos do supermercado. Ouvimos então um grito mais agudo de dor, e Ollie disse:

— Ai, meu Deus, aquela senhora idosa caiu e os outros simplesmente correram por cima dela!

Ollie correu de volta aos corredores das caixas registradoras. Eu me virei para segui-lo, mas então vi uma coisa que me fez parar bruscamente onde estava.

Bem no alto, à minha direita, um dos sacos de adubo para jardim escorregava lentamente. Tom Smalley estava bem abaixo dele, espiando para o nevoeiro lá fora, através de sua vigia.

Outro daqueles insetos rosados pousou sobre o espesso vidro da vigia onde eu e Ollie estivéramos. Uma das coisas voadoras precipitou-se para baixo e o agarrou. A velha que havia sido pisoteada começou a gritar em voz aguda, quebrada.

Aquele saco. Aquele saco escorregando...

— Smalley! — gritei. — Cuidado! Olhe para cima!

Na confusão geral, ele nem chegou a me ouvir. O saco oscilou e então caiu, atingindo-o em cheio na cabeça. Smalley caiu brutalmente, batendo com o queixo na prateleira que corria abaixo daquela vidraça.

Uma das coisas albinas voadoras procurava abrir caminho através do buraco em cunha que havia no vidro. Eu podia ouvir o arranhar suave que ela fazia, agora que um pouco da gritaria cessara. Seus olhos vermelhos cintilaram na cabeça triangular, ligeiramente virada de banda. Um bico enorme e em gancho se abriu e fechou com voracidade. Tinha certa semelhança com as figuras de pterodáctilos que vemos nos livros de dinossauros, porém mais parecido a algo saído do pesadelo de um lunático.

Peguei uma das tochas, enfiei-a em uma das latas com fluido para isqueiro, encharquei-a e deixei cair um pouco do líquido no chão.

A criatura voadora fez uma pausa no topo da pilha dos sacos de adubo, olhando em torno, equilibrando-se lenta e malignamente, ora em uma das patas com garras, ora em outra. Era uma criatura imbecil, tenho certeza disso. Tentou duas vezes abrir as asas, que batiam contra as paredes, e então se dobravam sobre si mesmas, acima das costas arquejadas, como as asas de um grifo. À terceira tentativa, perdeu o equilíbrio e caiu desajeitadamente de seu poleiro, ainda procurando distender as asas. Pousou sobre as costas de Tom Smalley. Com um movimento de suas garras, a camisa de Tom se rasgou de alto a baixo. O sangue começou a fluir.

Eu estava lá, a menos de um metro de distância. Minha tocha pingava fluido de isqueiro. Emocionalmente, sentia-me impelido a matar aquela coisa, se pudesse... e então percebi que não tinha fósforos para acender a tocha. Usara o último acendendo um charuto para o Sr. McVey, uma hora antes.

A essa altura, o lugar era um pandemônio. As pessoas tinham visto a coisa empoleirada nas costas de Smalley, algo que ninguém no mundo já vira antes. Ela esticou a cabeça para diante, em ângulo inquisidor, depois arrancou um pedaço da carne da nuca de Smalley.

Eu me dispunha a usar a tocha como porrete, quando sua extremidade envolta em panos ficou repentinamente em chamas. Dan Miller estava ali, segurando um isqueiro, com um emblema da Marinha gravado. Seu rosto estava duro como rocha, tomado de horror e fúria.

— Mate-o! — disse ele, em voz rouca. — Mate-o, se puder!

Ollie estava ao lado dele. Empunhava o 38 da Sra. Dumfries, mas sem ângulo de tiro. A coisa estendeu as asas e bateu-as uma vez — aparentemente, não para voar, apenas para se firmar melhor sobre sua presa —, e então suas asas membranosas, que pareciam de couro branco, envolveram toda a parte superior do corpo do pobre Smalley. A seguir, vieram os sons — sons mortais de dilaceramento, que não consigo descrever de maneira alguma.

Tudo isto aconteceu em segundos. Foi então que bati com minha tocha contra a coisa. Tive a sensação de atingir algo sem mais substância do que uma pipa. No momento seguinte, a criatura inteira ardia. Ela emitiu um grasnido agudo e distendeu as asas, a cabeça se contorceu e os olhos avermelhados rolaram no que eu sinceramente desejava que fosse uma grande agonia. A criatura alçou voo, fazendo um som semelhante ao de lençóis pendurados em um varal, sacudidos por uma firme brisa de primavera. Tornou a emitir aquele grasnido enferrujado.

As cabeças se ergueram para seguir seu voo em chamas, agonizante. Creio que nada, em tudo aquilo, permanece tão vívido em minha memória, como aquela coisa-ave em chamas, voando em ziguezagues acima dos corredores do Supermercado Federal, deixando cair pedaços carbonizados e fumacentos de si mesma, aqui e ali. Finalmente, colidiu com a prateleira de molhos para macarrão, espalhando molho de tomate para todo lado, como poças de sangue. Havia se tornado pouco mais que cinza e ossos. O cheiro que desprendia era de algo carbonizado, forte e repugnante. E, acentuando isto, como um contraponto, havia o difuso e acre odor do nevoeiro, insinuando-se através do buraco no vidro.

Houve o mais absoluto silêncio por um momento. Ficamos unidos pelo negro assombro daquele voo mortal, vivamente iluminado. Então, alguém deu um grito ululante. Outras pessoas gritaram também. E, de alguma parte nos fundos do supermercado, pude ouvir meu filho chorando.

A mão de alguém agarrou-me. Era de Bud Brown. Seus olhos saltavam nas órbitas, esbugalhados. Os lábios repuxavam-se para trás, sobre a dentadura postiça, como em um rosnado.

— Uma daquelas outras coisas — disse ele, e apontou.

Um dos insetos esgueirara-se através do buraco e agora estava empoleirado sobre um saco de adubo para jardim, zumbindo as asas como uma mosca-varejeira — a gente podia ouvi-lo, soava como um ventilador elétrico barato nas lojas de departamentos —, os olhos salientes em seus talos. O corpo rosa e perniciosamente roliço aspirava depressa.

Movi-me para ele. Minha tocha ainda fumegava. Entretanto, a Sra. Reppler, a professora da terceira série, foi mais rápida. Teria uns 55 anos, talvez 60, e era magra como um palito. Seu corpo tinha uma aparência estorricada e seca, que sempre me fazia pensar em um bife duro, tipo sola de sapato.

Ela empunhava uma lata de Raid em cada mão, como um pistoleiro em uma comédia existencial. Proferiu um rosnado de raiva digno de um homem das cavernas, esmagando o crânio do inimigo. Segurando as latas de inseticidas sob pressão com os braços inteiramente estirados, apertou os botões. Um espesso jato de inseticida cobriu a coisa. O inseto contorceu-se de agonia, agitando-se e girando loucamente, para afinal cair dos sacos, ricochetear no cadáver de Tom Smalley — que estava morto, sem a menor sombra de dúvida — e por fim cair no chão. Suas asas zumbiam alucinadamente, mas não o levariam a lugar algum, porque estavam fartamente impregnadas de Raid. Momentos depois, o movimento das asas diminuía, até elas cessarem de bater por completo. A coisa estava morta.

Agora, ouviam-se pessoas chorando. E gemendo. A velha senhora que fora pisoteada estava gemendo. Também havia risos. As gargalhadas dos condenados. A Sra. Reppler ficou ao lado de sua presa, o peito magro subindo e descendo rapidamente.

Hatlen e Miller encontraram um daqueles carrinhos de plataforma que os arrumadores de prateleiras usavam para mover artigos embalados pelo supermercado e, juntos, o levantaram até o alto dos sacos de adubo para jardim, bloqueando o buraco em forma de cunha que havia na vidraça. Uma medida temporária, porém conveniente.

Amanda Dumfries aproximou-se como uma sonâmbula. Tinha um balde de plástico em uma das mãos. Na outra, segurava uma escova de roupas em forma de vassourinha, ainda fechada em seu envoltório transparente. Inclinando-se, os olhos ainda dilatados e apáticos, ela varreu a coisa morta e rosada — inseto, lesma, fosse o que fosse — para dentro do balde. Podia-se ouvir o roçar áspero do envoltório da escova de roupas varrendo o chão. Ela caminhou para a porta de saída. Não havia nenhum inseto ali. Abrindo-a um pouco, a Sra. Dumfries jogou o balde lá fora. Ele caiu de banda e rolou de um lado para outro, em arcos decrescentes. Uma das criaturas rosadas saiu zumbindo de dentro da noite, pousou em cima do balde e começou a rastejar sobre ele.

A mulher desatou a chorar. Aproximando-me, passei um braço em torno dos seus ombros.

Por volta de 1h30 da madrugada, eu estava sentado com as costas contra a lateral esmaltada de branco do balcão de carnes, quase cochilando. A cabeça de Billy repousava em meu colo. Ele dormia profundamente. Não muito longe dali, Amanda Dumfries dormia, tendo o blusão de alguém como travesseiro.

Algum tempo após a morte chamejante da coisa-ave, eu e Ollie tínhamos voltado à área de estocagem e reunido meia dúzia de mantas acolchoadas, semelhantes àquela com que cobrira Billy anteriormente. Várias pessoas dormiam sobre elas. Também trouxemos um bom número de pesados caixotes de laranjas e peras: juntos, quatro de nós conseguimos içá-los para o alto das pilhas de sacos com adubo para jardim, em frente ao buraco da vidraça. As criaturas precisariam esforçar-se bastante para deslocar um daqueles caixotes, cada um dos quais pesava cerca de 45 quilos.

Entretanto, as aves e os seres semelhantes a besouros não eram as únicas coisas lá fora. Havia o bicho de tentáculos que arrastara Norm. Havia ainda aquele cordel para varal de roupas, esmagado, dando o que pensar. Havia a coisa invisível que proferira aquele rugido grave e gutural, também dando o que pensar. Tínhamos ouvido sons semelhantes desde então — por vezes bem distantes —, mas até que ponto era "distante", através do efeito amortecedor do nevoeiro? Às vezes eles eram suficientemente próximos para estremecer o prédio, dando a sensação de que os ventrículos do nosso coração tivessem sido subitamente inundados de água gelada.

Billy sobressaltou-se em meu colo e gemeu. Afaguei seus cabelos e ele gemeu mais alto. Depois pareceu reencontrar as águas menos perigosas do sono. Meu próprio cochilo era entrecortado, de maneira que eu voltara a ficar de olhos arregalados. Desde o anoitecer, conseguira dormir apenas 90 minutos, assim mesmo com o sono povoado de pesadelos. Em um daqueles sonhos fragmentados, eu me via novamente na noite anterior, Billy e Steff estavam diante da janela panorâmica, olhando para as águas negro-acinzentadas, para o rodopiante e prateado tornado que prenunciava a tormenta. Tentei aproximar-me deles, convencido de que um vento forte poderia quebrar a janela e atirar flechas de vidro mortais por toda a sala de estar. No entanto, por mais que corresse, não conseguia alcançá-los. Então, surgiu uma ave da tromba-d'água, um gigantesco *oiseau de mort* escarlate, cuja envergadura de asas pré-históricas sombreava todo o lago, de leste a oeste. Seu bico se abriu, revelando uma goela do tamanho do Túnel Holland. E, quando a ave se precipitava para minha esposa e meu filho, uma voz grave e sinistra começou a sussurrar incessantemente: *O Projeto Ponta de Flecha... O Projeto Ponta de Flecha... O Projeto Ponta de Flecha...*

Não que eu e Billy fôssemos os únicos a dormir mal. Havia outros que gritavam dormindo e outros que continuavam gritando, depois de acordados. A cerveja desaparecia do freezer em grande velocidade. Buddy Eagleton a carregara novamente, com garrafas do estoque nos fundos do prédio, sem qualquer comentário. Mike Hatlen veio me dizer que o Sominex, os remédios para dormir, desaparecera. Os frascos não tinham se esgotado — tinham simplesmente desaparecido. Ele achava que algumas pessoas podiam ter apanhado seis ou oito frascos.

— Ainda tem um pouco das pílulas Nytol sobrando — acrescentou. — Quer um frasco, David?

Meneei a cabeça em negativa e agradeci.

No último corredor, o da Caixa Registradora 5, tínhamos os vinhos. Havia umas sete pessoas lá, todas de fora do estado, com exceção de Lou Tattinger, que dirigia a Lavadora de Carros Pine Tree. Lou não precisava de nenhuma desculpa para farejar a rolha, como se diz. A brigada dos vinhos já estava perfeitamente anestesiada.

Ah, sim... havia ainda seis ou sete pessoas que tinham ficado malucas. Malucas, aliás, não é bem o termo: talvez eu apenas não consiga encontrar a palavra mais adequada. Contudo, aquelas eram as pessoas que haviam mergulhado em absoluto estupor, sem precisar de cerveja, vinho ou pílulas. Elas nos fitavam com olhos vagos, semelhantes a maçanetas reluzentes. O duro cimento da realidade, seus alicerces, tinha se desfeito através de algum inimaginável terremoto, e aqueles pobres-diabos haviam caído com eles. Com o tempo, alguns poderiam recuperar-se. Caso houvesse tempo.

O resto de nós havia feito nossos compromissos mentais e, em alguns casos, imagino que fossem bastante estranhos. A Sra. Reppler, por exemplo, estava convencida de que aquilo tudo era um sonho — ou pelo menos foi o que disse. E ela se expressou com bastante convicção.

Olhei na direção de Amanda. Eu começava a experimentar um sentimento forte por ela — incômodo, mas não de todo desagradável. Seus olhos eram de um verde incrivelmente brilhante... e por algum tempo a ficara vigiando, para ver se tiraria um par de lentes de contato, mas, pelo visto, a cor era verdadeira. Sentia vontade de fazer amor com ela. Minha esposa estava em casa, talvez viva, mais provavelmente morta, de qualquer modo sozinha, e eu a amava. Queria voltar para ela com Billy, acima de tudo, mas também queria transar com aquela mulher chamada Amanda Dumfries. Tentei dizer a mim mesmo que era produto da situação em que nos encontrávamos — e talvez fosse mesmo —, porém isso não alterou o desejo.

Continuei dormitando e despertando, até acordar de todo, por volta das 3 horas da madrugada. Amanda se deslocara para uma posição fetal, com os joelhos encostando no peito, as mãos entrelaçadas entre as coxas. Parecia dormir profundamente. Sua blusa de ginástica se erguera levemente em um lado, mostrando a pele muito alva. Vendo aquilo, comecei a ter uma desconfortável e totalmente inútil ereção.

Tentei me distrair, levando as ideias para outra direção. Pensei em como quisera pintar Brent Norton no dia anterior. Nada tão importante como um quadro, mas... apenas sentá-lo em um tronco, com minha cerveja na mão, e rascunhar seu rosto cansado e suado, as duas asas de seu cabelo, cuidadosamente penteado, projetando-se desordenadamente na parte traseira da cabeça. Poderia ter sido um bom quadro. Eu precisei de 20 anos vivendo com meu pai para aceitar a ideia de que ser bom poderia ser bom o suficiente.

Sabem o que é talento? É a maldição da expectativa. Quando crianças, temos que lidar com isso, vencê-la de algum modo. Se sabemos escrever, achamos que Deus nos colocou na Terra para superarmos Shakespeare. Ou, se sabemos pintar, talvez achemos — eu achei — que Deus nos colocou na Terra para superarmos nosso pai.

Acontece que eu não era tão bom quanto ele. Continuei tentando ser como ele, talvez por mais tempo do que deveria. Tive uma exposição em Nova York e me saí muito mal — os críticos de arte me arrasaram na comparação com meu pai. Um ano mais tarde, era com o desenho comercial que sustentava a mim e Steff. Ela estava grávida, de maneira que me sentei e falei comigo mesmo a respeito. O resultado dessa conversa foi a convicção de que a arte de verdade seria sempre um hobby para mim, nada mais.

Fiz a publicidade do xampu Garota de Ouro — aquele em que a Garota está montada em sua bicicleta, aquele em que ela joga *frisbee* na praia, aquele em que ela está na sacada de seu apartamento com um drinque na mão. Ilustrei contos para a maioria das grandes revistas semanais, porém entrei nesse meio fazendo ilustrações rápidas para contos nas mais vulgares revistas masculinas; também fiz alguns pôsteres para cinema. O dinheiro ia entrando. Conseguíamos manter nossas cabeças lindamente acima d'água.

Tive uma última exposição em Bridgton, bem no último verão. Expus nove telas que havia pintado em cinco anos, tendo vendido seis. A que não venderia de maneira alguma mostrava o Supermercado Federal, por alguma estranha coincidência. A perspectiva era da extremidade mais distante do pátio de estacionamento. Em meu quadro, o pátio estava vazio, exceto por uma fileira de latas de feijão Campbell, cada uma maior que a antecedente, à medida que se aproximavam do olho do espectador. A última parecia ter dois metros e meio de altura. O quadro tinha o título de *Feijões e falsa perspectiva*. Um homem da Califórnia, alto executivo em uma fábrica de raquetes e bolas de tênis, entendido em todo tipo de equipamento esportivo, ficou encantado com o quadro e não aceitava uma negativa como resposta, apesar do cartão NEV (Não está à venda) enfiado no canto inferior esquerdo, na moldura descartável de madeira. Ofereceu 600 dólares e subiu até quatro mil. Afirmou querer o quadro para o seu escritório. Recusei as ofertas e ele se foi, irritado e pasmo. Ainda assim, não desistiu de todo, deixando seu cartão para o caso de eu mudar de ideia.

Aquele poderia ser um dinheiro bem-empregado — foi no ano em que aumentei a casa e comprei o 4X4 —, mas eu simplesmente não tinha como vendê-lo. Não poderia vendê-lo, já que o considerava minha pintura mais bem-feita e, além disso, queria tê-lo comigo, para poder contemplá-lo, depois que alguém me perguntasse, com crueldade totalmente inconsciente, quando é que me dedicaria a algo mais sério.

Então, em certo dia do outono passado, mostrei casualmente o quadro a Ollie Weeks. Ele me pediu para fotografá-lo e usá-lo como propaganda, durante uma semana. Foi esse o fim de minha falsa perspectiva. Ollie reconhecera minha pintura pelo que era na realidade, com isso forçando-me a fazer o mesmo. Era uma peça perfeitamente válida, como espirituosa arte comercial. Nada mais. E, graças a Deus, nada menos.

Deixei que ele fizesse o que queria e então liguei para o tal executivo, em sua casa de San Luis Obispo. Falei que, se ainda quisesse a pintura, poderia tê-la por 2.500. Ele a queria, e eu a despachei para a costa. A partir daí, aquela voz de decepcionada expectativa — aquela ludibriada voz infantil nunca satisfeita diante de um adjetivo como bom — tem andado bastante silenciosa. E, exceto por roncos — semelhantes aos sons daquelas criaturas invisíveis lá fora, em algum ponto dentro da noite enevoada —, desde essa época essa voz quase se calou. Talvez alguém possa me dizer: por que o silenciar daquela voz infantil e exigente se parece tanto com a morte se aproximando?

Por volta das 4 horas, Billy acordou — parcialmente, pelo menos — e olhou em torno com olhos remelentos, cheios de visível incompreensão.

— Ainda estamos aqui?

— Sim, meu bem — respondi. — Ainda estamos.

Ele começou a chorar, com uma fraca impotência que era horrível. Amanda acordou e olhou para nós.

— Ei, garoto — disse ela, e o puxou delicadamente para si. — Tudo vai parecer um pouco melhor quando a manhã chegar.

— Não — disse Billy. — Não vai. Não vai. Não vai!

— Shhh! — disse ela. Seus olhos encontraram os meus, acima da cabeça dele. — Shhh... Já está passando da sua hora de dormir.

— Eu quero a minha *mãe*!

— Claro que quer — disse Amanda. — Eu sei.

Billy remexeu-se em seu colo, até poder olhar para mim, o que ficou fazendo por algum tempo. Então, tornou a dormir.

— Obrigado — falei. — Ele precisava de você.

— Ele nem ao menos me conhece.

— Não faz diferença.

— O que você acha? — perguntou ela. Seus olhos verdes fixaram-se insistentemente nos meus. — O que acha, de verdade?

— Pergunte-me quando amanhecer.

— Estou perguntando agora.

Abri a boca para responder, mas então Ollie Weeks materializou-se da penumbra, como algo saído de um conto de horror. Tinha uma lanterna, com uma das blusas para senhoras cobrindo a lente, e apontava o facho para o teto. A luminosidade produzia sombras estranhas em seu rosto abatido.

— David — sussurrou.

Amanda olhou para ele, primeiro sobressaltada, depois novamente amedrontada.

— O que é, Ollie? — perguntei.

— David — ele tornou a sussurrar. Depois: — Venha. Por favor.

— Não quero deixar Billy. Ele acabou de adormecer.

— Eu ficarei com ele — ofereceu-se Amanda. — É melhor você ir.

— Depois, em voz mais baixa: — Meu Deus, isto nunca vai terminar!

8. O que aconteceu aos soldados. Com Amanda. Uma conversa com Dan Miller

Acompanhei Ollie. Ele tomou a direção da área de estocagem. Ao passarmos junto ao freezer, apanhou uma cerveja.

— O que é, Ollie?

— Quero que você veja isso.

Empurrou as portas duplas e entramos. Elas deslizaram e se fecharam atrás de nós, com pequena agitação de ar. Estava frio, eu não gostava daquele lugar, não depois do que aconteceu com Norm. Uma parte de minha mente insistia em recordar que ali ainda havia um pequeno pedaço de tentáculo morto, jazendo no chão, em algum lugar.

Ollie retirou a blusa que amortecia o facho da lanterna. Ele dirigiu a luz para o alto. A princípio, tive a impressão de que alguém pendurara dois manequins em um dos canos de aquecimento que corriam junto ao teto. Achei que tinham sido pendurados em cordas de piano ou coisa assim, um truque de crianças, no Dia das Bruxas.

Então reparei nos pés, pendendo cerca de dois metros acima do piso de cimento. Havia duas pilhas de caixas de papelão derrubadas. Ergui os olhos para os dois rostos, e um grito começou a brotar em minha garganta, porque aquelas não eram as faces dos bonecos das lojas de departamentos. As duas cabeças estavam viradas para um lado, como se apreciassem uma piada muito engraçada, uma piada que os fizera rir até ficarem arroxeados.

Suas sombras. Suas sombras encompridavam-se na parede atrás deles. Suas línguas. Suas línguas saltadas para fora.

Ambos usavam uniforme. Eram os rapazes que eu percebera anteriormente e que não tornara a ver mais. Os rapazes do Exército, sediados em...

O grito. Eu podia ouvi-lo, começando em minha garganta como um gemido, crescendo como uma sirene policial, mas então Ollie segurou meu braço, pouco acima do cotovelo.

— Não grite, David! Ninguém sabe disto, além de mim e você. E é assim que eu quero que fique.

De alguma forma, consegui me conter.

— Aqueles garotos do Exército — murmurei.

— Do Projeto Ponta de Flecha — disse Ollie. — Não há dúvida. — Algo frio foi enfiado na minha mão. A lata de cerveja. — Beba isto. Está precisando.

Sequei a lata.

— Voltei aqui para ver se tínhamos cartuchos extras para aquela grelha a gás que o Sr. McVey usou. Vi estes caras. Ao que me parece, devem ter preparado os laços e subiram para o alto dessas duas pilhas de caixas de papelão. Devem ter amarrado as mãos, um ao outro, e então se equilibraram, também um ao outro, enquanto davam a volta na corda que estava amarrada aos seus pulsos. Assim... assim ficariam com as mãos atrás deles, entende? A seguir, ao que me parece enfiaram as cabeças nos laços e os apertaram com força, inclinando as cabeças para um lado. Talvez um deles tivesse contado até três e pularam juntos. Eu não sei.

— Não poderia ser feito — falei, sentindo a boca seca.

Entretanto, as mãos dos dois estavam amarradas às costas de ambos, claro. Eu não conseguia afastar os olhos daquilo.

— Poderia. Se eles estivessem mesmo decididos, poderiam, David.

— Está bem, mas por quê?

— Acho que você sabe por quê. Não algum turista, os veranistas, gente como o tal Miller, mas há gente daqui que poderia fazer uma bela suposição.

— O Projeto Ponta de Flecha?

— Fico em pé junto àquelas registradoras o dia inteiro e ouço um bocado de coisas — disse Ollie. — Durante toda esta primavera andei ouvindo comentários sobre essa maldita coisa Ponta de Flecha, nenhum deles favorável. O gelo negro nos lagos...

Pensei em Bill Giosti, inclinado à janela de meu carro, bafejando álcool morno em meu rosto. Não apenas átomos, mas átomos *diferentes*. Agora, aqueles cadáveres pendendo dos canos suspensos. As cabeças ladeadas. Os sapatos pendentes. As línguas saltadas para fora, como salsichas.

Com renovado horror, percebi que novas portas de percepção haviam sido abertas dentro de mim. Novas? Nem tanto. Velhas portas de percepção. A percepção de uma criança que ainda não aprendeu a se proteger, desenvolvendo a visão afunilada que deixa cerca de 90 por cento do universo do lado de fora. Crianças veem tudo em que pousam os olhos, ouvem tudo dentro do alcance de sua audição. Mas, se a vida é uma elevação de consciência (como um trabalho principiante de tapeçaria que minha esposa fez, nas exposições do curso secundário), então é também a redução do input.

O terror é a dilatação da perspectiva e da percepção. O horror consistia em saber que eu nadava para um lugar que a maioria de nós abandonou, ao passarmos das fraldas para as calças à prova de urina. Eu podia discernir isto também no rosto de Ollie. Quando a racionalidade começa a desmoronar, os circuitos do cérebro humano podem ficar sobrecarregados. Axônios ficam brilhantes e febris. Alucinações tornam-se reais: a poça de mercúrio onde a perspectiva faz com que linhas paralelas pareçam encontrar-se está realmente lá; os mortos caminham e falam; uma rosa começa a cantar.

— Ouvi comentários de dezenas de pessoas — disse Ollie. — Justine Robards. Nick Tochai. Ben Michaelson. Não se pode guardar segredos em cidades pequenas. As notícias se espalham. Às vezes, é como uma fonte: simplesmente borbulha saindo da terra e ninguém faz ideia de onde veio a água. Ouve-se alguma coisa na biblioteca e passa-se adiante, ou algo na marina, em Harrison, e só Deus sabe mais onde ou por quê. Mas durante toda a primavera e verão estive ouvindo falar: Projeto Ponta de Flecha, Projeto Ponta de Flecha.

— Mas estes dois... — eu disse. — Meu Deus, Ollie, eles eram duas crianças!

— No Vietnã, havia crianças que costumavam arrancar orelhas. Eu vi. Eu estive lá.

— Mas... o que os impeliria a fazer isto?

— Não sei. Talvez eles soubessem de algo. Talvez apenas suspeitassem. Talvez percebessem que as pessoas aqui, eventualmente, começariam a interrogá-los. Se houver um eventualmente.

— Se você estiver certo — falei —, deve ter sido algo realmente terrível.

— Aquela tempestade — disse Ollie, em sua voz suave e uniforme. — Talvez tenha libertado alguma coisa por lá. Talvez tenha havido algum acidente. Eles bem poderiam estar lidando com alguma coisa. Certas pessoas dizem que trabalhavam com *lasers* e *masers* de alta intensidade. Às vezes, eu ouvia falar em energia de fusão. E suponhamos... suponhamos que eles tenham aberto um buraco, diretamente para outra dimensão?

— Ora, isso é tolice! — exclamei.

— Eles são? — perguntou Ollie, apontando para os corpos.

— Não. A questão agora é: o que faremos?

— Acho que devemos tirá-los daí e escondê-los — disse Ollie prontamente. — Colocá-los debaixo de uma pilha de artigos que as pessoas não queiram: ração para cães, detergente para louça, coisas assim. Se isto vazar, só servirá para piorar a situação. Daí por que o chamei, David. Achei que era o único em quem podia confiar.

— Isto é como os criminosos de guerra nazistas, matando-se em suas celas, depois da guerra perdida — murmurei.

— Há-há. Foi o mesmo que pensei.

Caímos em silêncio e, de repente, aqueles suaves ruídos rastejantes recomeçaram do outro lado da porta de aço, na área de estocagem de mercadorias — o som dos tentáculos tateando-a maciamente. Aproximamo-nos um do outro. Eu tinha a pele arrepiada.

— Ok — eu disse.

— Vamos fazer isso o mais rápido que pudermos — Ollie disse. Seu anel de safira brilhando silenciosamente enquanto ele movia a lanterna. — Eu quero sair daqui logo.

Ergui os olhos para as cordas. Eles haviam usado o mesmo tipo de cordel para varal de roupas que o homem do boné de golfe tinha me permitido amarrar em torno de sua cintura. Os laços haviam penetrado na carne estufada de seus pescoços e tornei a me perguntar o que poderia ter feito os dois irem adiante com aquilo. Eu compreendia o que Ollie quisera dizer ao falar que, se a notícia do duplo suicídio vazasse, a situação iria piorar. Para mim, ela já piorara — e eu não acreditaria que isso fosse possível.

Houve um estalido metálico. Ollie abrira sua faca, uma boa e pesada ferramenta, própria para abrir caixões de papelão. E, naturalmente, cortar cordas.

— Eu ou você? — perguntou ele.

Engoli em seco.

— Um para cada — respondi.

E nós fizemos.

Quando voltei, Amanda tinha sumido e quem estava com Billy era a Sra. Turman. Ambos dormiam. Segui descendo por um dos corredores e então ouvi uma voz:

— Sr. Drayton! David!

Era Amanda, em pé junto à escada para o escritório do gerente, seus olhos brilhando como esmeraldas.

— O que houve? — perguntou ela.

— Nada — respondi.

Ela aproximou-se e pude sentir um vago cheiro de perfume. E, ah, como a desejava!

— Seu mentiroso — disse ela.

— Não aconteceu nada. Foi um falso alarme.

— Se é assim que prefere... — Ela me tomou a mão. — Acabei de subir ao escritório. Está vazio e a porta tem chave.

Seu rosto parecia perfeitamente calmo, mas os olhos tremulavam, quase bravios, enquanto uma pulsação batia firmemente em sua garganta.

— Eu não...

— Vi a maneira como você olhou para mim — disse ela. — Não há a mínima necessidade de falarmos a respeito. A Sra. Turman está com seu filho.

— Eu sei.

Ocorreu-me que aquele era um meio — talvez não o melhor, mas ainda assim um meio — de afastar a maldição do que eu e Ollie havíamos acabado de fazer. Não o melhor meio, porém o único.

Subimos o estreito lance de escadas para o escritório. Estava vazio, conforme ela dissera. E havia uma chave na porta. Girei-a. Na escuridão, ela era apenas uma forma difusa. Estendi os braços, toquei-a e a puxei para mim. Estava trêmula. Fomos para o chão, primeiro ajoelhados, beijando-nos. Pus a mão em concha sobre seu seio rijo e senti as fortes batidas de seu coração através da blusa de ginástica. Pensei em Steffy dizendo a Billy para não tocar nos fios de eletricidade soltos. Pensei no hematoma em sua coxa, quando ela tirou o vestido castanho, em nossa noite de núpcias. Pensei na primeira vez em que a vira, pedalando sua bicicleta pela rua de pedestres na Universidade do Maine, em Orono, quando me dirigia para uma das aulas de Vincent Hartgen, com meu portfólio debaixo do braço. E minha ereção era enorme.

Deitamos e ela disse:

— Me ama, David. Me aquece.

Quando gozou, ela enterrou as unhas em minhas costas e me chamou por um nome que não era o meu. Não me importei. Isso nos deixava quites.

Quando descemos, iniciava-se uma espécie de vacilante alvorecer. A escuridão além das vigias passou relutantemente para um cinza opaco, depois para cromo, em seguida para o vivo, incorpóreo e opaco branco de uma tela de cinema *drive-in*. Mike Hatlen dormia em uma cadeira dobrável, arranjada em algum lugar. Dan Miller, sentado no chão a alguma distância, comia uma rosquinha. Do tipo polvilhado com açúcar cristal.

— Sente-se, Sr. Drayton — convidou.

Olhei em torno, procurando Amanda, mas ela já se distanciava, a meio caminho para o fim do corredor. Não olhou para trás. Nosso ato de amor no escuro já parecia algo extraído de uma fantasia, impossível de acreditar, mesmo naquele singular alvorecer. Sentei-me.

— Pegue uma rosquinha — disse Miller, estendendo-me a caixa.

— Todo esse açúcar é morte certa. Pior do que cigarros.

Minhas palavras o fizeram rir um pouco.

— Sendo assim, pegue duas.

Fiquei surpreso ao constatar que ainda me sobrara um pouco de riso — Miller o fizera brotar e gostei dele por isso. Peguei duas de suas rosquinhas. Eram deliciosas. Arrematei-as com um cigarro, embora normalmente não tenha o hábito de fumar pela manhã.

— Preciso voltar para junto de meu garoto — falei. — Ele deve estar acordando.

Miller assentiu.

— Aqueles insetos rosados — disse ele. — Foram-se todos. Também as aves. Hank Vannerman disse que o último se chocou contra a vidraça por volta das quatro. Aparentemente, a... vida selvagem... fica muito mais ativa durante a escuridão.

— Diga isso a Brent Norton — falei. — Ou a Norm.

Ele tornou a assentir e ficou calado por um longo momento. Então, acendeu um cigarro de seu maço e olhou para mim.

— Não podemos ficar aqui, Drayton — disse.

— Há comida. E bastante bebida.

— Os suprimentos nada têm a ver com isso e sabe muito bem. O que faremos, se uma dessas feras maiores lá de fora resolver invadir o supermercado, em vez de apenas se chocar contra ele, durante a noite? Tentaremos expulsá-la a cabo de vassoura e fluido para isqueiro?

Claro que ele tinha razão. De certo modo, talvez o nevoeiro nos estivesse protegendo. Escondendo-nos. Só que o esconderijo poderia não durar muito. Havíamos permanecido no Federal umas 18 horas, mais ou menos, e eu podia sentir uma espécie de letargia me invadindo, não muito diferente da que sentira uma ou duas vezes ao tentar nadar uma distância muito grande. Havia uma urgência em ficar seguro, em continuar ali, cuidar de Billy (*e talvez transar com Amanda Dumfries no meio da noite*, murmurou uma voz), ver se o nevoeiro terminaria subindo e deixando tudo como estivera antes.

Eu podia perceber isto também nos outros rostos e, de repente, ocorreu-me que, no Federal, agora talvez houvesse pessoas que não sairiam dali, em hipótese alguma. A própria ideia de cruzarem a porta de saída, depois de tudo o que acontecera, bastaria para congelá-las.

Miller talvez estivesse vendo esses pensamentos me cruzarem o rosto.

— Quando este maldito nevoeiro chegou, havia umas 80 pessoas aqui dentro. Desse número, subtraímos o empacotador, Norton, as quatro pessoas que saíram com ele e aquele Smalley. Isso deixa 73.

E subtraindo-se os dois soldados, agora repousando sob uma pilha de sacos de ração Purina para filhotes de cachorro, temos 71.

— Depois, subtraímos as que apenas optaram por sair — prosseguiu ele. — São dez ou 12. Dez, digamos. Ficamos com 63. *Mas* — ele ergueu um dedo sujo de açúcar —, destas 63, temos cerca de 20 que simplesmente não sairão. Terão que ser postas para fora a gritos e pontapés.

— O que prova tudo isso?

— Que temos que sair daqui, só isso. Estou saindo. Por volta do meio-dia, creio. Estou planejando levar comigo o maior número de pessoas que puder. Gostaria que você e o garoto também fossem.

— Depois do que aconteceu a Norton?

— Norton foi como um cordeiro ao abatedouro. Isto não significa que o mesmo aconteça comigo ou com quem me acompanhar.

— E como o evitaria? Só temos uma arma.

— O que é uma sorte. Mas, se conseguirmos ir pelo cruzamento, talvez possamos chegar ao Sportman's Exchange, na Main Street. Lá existem mais armas do que possa imaginar.

— Em tudo isso há "se" e "talvez" demais.

— Drayton — disse Miller —, esta é uma situação cheia de "se".

A frase lhe rolou maciamente da língua, mas ele não tinha que cuidar de um garotinho.

— Ouça, vamos dar um tempo, está bem? Não dormi muito esta noite, mas pude refletir sobre algumas coisinhas. Quer ouvi-las?

— Claro.

Ele ficou em pé e espreguiçou-se.

— Façamos uma caminhada até as vidraças.

Passamos pela alameda da caixa registradora mais próxima das prateleiras para pães e paramos diante de uma das vigias. O homem de guarda ali informou:

— Os insetos foram embora.

Miller deu-lhe uma palmada nas costas.

— Vá tomar um café, companheiro. Eu fico em seu lugar.

— Está bem. Obrigado.

O homem se afastou. Eu e Miller ficamos em sua vigia.

— Agora, diga-me o que vê lá fora — falou ele.

Eu espiei. O recipiente para lixo fora derrubado durante a noite, provavelmente por algumas daquelas rapinantes coisas-ave, espalhando por todo o asfalto uma confusão de papéis, latas e copos de papelão da lanchonete. Além disso, eu podia ver a fila de carros mais próximos do supermercado dissolvendo-se em brancura. Era tudo quanto enxergava, e foi o que disse a ele.

— Aquela caminhonete Chevrolet é minha — disse Miller. Ele apontou e vi apenas uma sombra azulada no nevoeiro. — Mas você deve lembrar que ontem, quando estacionou, o pátio estava apinhado, não?

Tornei a olhar para meu Scout e recordei que só conseguira o espaço próximo ao supermercado porque alguém mais saía com seu carro. Assenti, e Miller disse:

— Agora, some algo mais a esse fato, Drayton. Norton e seus quatro... como é mesmo que os chamou?

— Terra Plana.

— Exato, perfeito. Eles não eram outra coisa. Deixaram o supermercado, certo? Avançaram por quase o comprimento total daquela linha para varal de roupas. Então, ouvimos os rugidos, como se lá fora houvesse uma manada de elefantes. Certo?

— Não soava como elefantes — falei. — Soava como...

Como algo vindo do lodo primordial foi a frase que me veio à mente, mas eu não queria dizer isso a Miller, não depois de haver batido nas costas daquele sujeito e dizer-lhe para ir tomar um café, como um treinador dispensando um jogador da grande partida. Eu poderia ter dito isso a Ollie, mas não a Miller.

— Não sei o que parecia — completei, desanimado.

— Certo, mas dava a impressão de algo *grande*.

— Sim.

— É, pareceu grande pra cacete.

— Pois então, como é que não ouvimos carros sendo jogados de um lado para o outro? Nem metal rangendo? Vidros se quebrando?

— Bem, foi porque... — Interrompi-me. Ele me pegara. — Não sei!

— Não havia jeito dos carros estarem lá fora quando sei-lá-o-quê os atingiu — disse Miller. — Vou lhe dizer o que eu acho. Acho que não ouvimos nenhum carro batendo porque um bocado deles já podia ter sumido. Simplesmente... sumido! Penetrado na terra, evaporado, seja o que for. Alguma coisa forte o suficiente para estilhaçar estas vigas, modificar-lhes o formato e derrubar artigos das prateleiras. E o alarme da cidade parou ao mesmo tempo.

Eu tentava visualizar metade do pátio do estacionamento desaparecendo. Procurava visualizar-me caminhando lá fora e deparando com um recente desnível na terra onde estivera o piso do pátio, com suas vagas de estacionamento demarcadas em ordenadas linhas amarelas. Um desnível, uma ondulação... ou talvez um precipício sem fim, abrindo-se em meio ao branco e descaracterizado nevoeiro...

— Se você estiver certo — falei, após uns dois segundos —, até onde acha que conseguiria ir em sua caminhonete?

— Eu não pensava nela, mas em seu carro de tração nas quatro rodas. Aquilo era algo para digerir, porém não agora.

— O que mais tem em mente?

Miller estava ansioso para prosseguir.

— O que tenho em mente é a farmácia ao lado. O que acha?

Abri a boca para dizer que não tinha a mínima ideia de aonde ele queria chegar, mas depois a fechei de súbito. A Farmácia Bridgton estava em atividade ao chegarmos ali na véspera. Não a parte de lavanderia automática, mas a drogaria estivera de portas escancaradas para deixar entrar um pouco de ar fresco, aquelas portas com retentores de borracha — a falta de energia evidentemente os deixara sem ar-condicionado. A entrada para a farmácia não devia ficar a mais de seis metros das portas do Supermercado Federal. Então, por que...

— Por que ninguém de lá apareceu aqui? — perguntou-me Miller.

— Já se passaram 18 horas, não? Será que não sentiram fome? Seguramente, não estão comendo pílulas e supositórios.

— Lá também há alimentos — respondi. — Eles estão sempre vendendo comida nas ofertas. Às vezes, biscoitos em forma de animais, quando não tortas crocantes, todos os tipos de coisas. Além disso, há o balcão dos doces.

— Não creio que se enchessem dessas coisas, quando se tem de tudo aqui.

— Aonde quer chegar?

— Minha ideia é de que pretendo sair daqui, mas sem servir de jantar para algum fugitivo de um filme B de terror. Quatro ou cinco de nós poderiam ir até lá, verificar o que aconteceu na drogaria. Uma espécie de balão de ensaio.

— Isso é tudo?

— Não. Há mais uma coisa.

— O quê?

— Ela — disse Miller apenas, e apontou o polegar para um dos corredores centrais. — Aquela cadela nojenta. Aquela feiticeira.

Era para a Sra. Carmody que ele apontara o polegar. Ela não estava mais sozinha: agora tinha a companhia de duas mulheres. Por suas roupas vistosas, deduzi que deviam ser turistas ou veranistas, senhoras que haviam saído de casa para "apenas ir até a cidade, comprar algumas coisas" e agora estavam cheias de preocupação com os maridos e filhos. Senhoras ansiosas para agarrar-se a qualquer apoio. Talvez até mesmo o sombrio consolo propiciado pela Sra. Carmody.

O terninho dela brilhava com o mesmo resplendor maligno. Ela falava, gesticulava, o rosto duro e taciturno. As duas senhoras de roupas vistosas (não tanto quanto a Sra. Carmody, nada disso, e sua gigantesca sacola-bolsa, ainda firmemente presa debaixo do braço pastoso) a ouviam com enlevo.

— Ela é outro motivo que me faz querer sair daqui, Drayton. Lá pela noite, essa bruxa terá seis pessoas ao seu lado. Se aqueles insetos cor-de-rosa e os pássaros voltarem esta noite, amanhã cedo ela estará liderando uma verdadeira congregação. Então, é hora de nos preocuparmos sobre quem essa mulher indicará aos outros para ser sacrificado, a fim de que a situação melhore. Talvez eu, você ou aquele tal de Hatlen. Talvez seu garoto.

— Isso é idiotice — falei.

Seria mesmo? O arrepio gelado subindo por minhas costas dizia que não necessariamente. A boca da Sra. Carmody se movia sem parar. Os olhos das senhoras turistas estavam fixos em seus lábios franzidos. Seria realmente idiotice? Pensei nos poeirentos animais empalhados bebendo em seu riacho espelhado. A Sra. Carmody tinha poder. A própria Steff, normalmente teimosa e firme de opiniões, invocava com desassossego o nome daquela velha.

Aquela cadela nojenta, assim Miller a chamara. *Aquela bruxa.*

— Neste supermercado, as pessoas estão vivendo uma experiência neurótica, sem dúvida — disse Miller. Fez um gesto para as vigas pintadas de vermelho, emoldurando os segmentos de vidraças... torcidas, estilhaçadas e fora do alinhamento. — Suas mentes provavelmente estão como essas vigas. A minha também está, porra. Passei metade desta noite pensando que talvez tivesse ficado biruta, que provavelmente vestia uma camisa de força, em Danvers, a cabeça povoada de besouros, aves-dinossauros e tentáculos, mas que tudo acabaria assim que o atencioso enfermeiro aparecesse para me injetar uma dose de Torazina no braço. — Seu rosto miúdo estava tenso e pálido. Ele olhou para a Sra. Carmody e depois tornou a me encarar. — Eu lhe digo que isso poderia acontecer. À medida que as pessoas forem fraquejando, essa mulher parecerá cada vez melhor para algumas delas. E não quero estar por perto se isso acontecer.

Os lábios da Sra. Carmody continuavam a mover-se. A língua dançava em torno dos seus dentes desiguais de velha. Ela parecia uma bruxa. Com um chapéu pontudo na cabeça, ficaria perfeita. O que estaria dizendo aos seus dois pássaros capturados, em suas plumagens de verão?

Projeto Ponta de Flecha? Primavera Negra? Abominações das entranhas da Terra? Sacrifício humano?

Cascata.

Dava tudo no mesmo...

— E então, o que me diz?

— Eu vou até o seguinte ponto — respondi. — Tentaremos chegar até a farmácia. Eu, você, Ollie, caso ele queira ir, mais uma ou duas pessoas. Então, voltaremos a discutir o assunto.

Mesmo isso me dava a sensação de passar um elefante pelo buraco de uma agulha. Eu não faria bem algum a Billy me matando. Por outro lado, em nada o ajudaria ficando ali sentado. Seis metros até a drogaria. Não era tão ruim assim.

— Quando? — perguntou ele.

— Dê-me uma hora.

— Certo — disse Miller.

9. A expedição à farmácia

Contei à Sra. Turman, contei a Amanda e depois contei a Billy. Ele parecia melhor esta manhã: havia comido dois biscoitos e uma tigela de sucrilhos para desjejum. Em seguida, apostei corrida com ele, indo e vindo por dois dos corredores, chegando mesmo a fazê-lo rir um pouco. Crianças são tão adaptáveis que às vezes chegam a nos assustar. Ele estava muito pálido, a carne sob os olhos ainda aparecia inchada das lágrimas vertidas à noite e o rosto tinha uma horrível expressão *desgastada*. De certa maneira, ficara parecendo o rosto de um velho, como se uma excessiva carga de grande voltagem emocional houvesse corrido por ele, por tempo demais. Contudo, continuava vivo e ainda capaz de rir... pelo menos até recordar onde estava e o que estava acontecendo.

Depois dos exercícios de aquecimento, sentamo-nos com Amanda e Hattie Turman. Bebemos Gatorade em copos de papel e contei a ele que ia até a drogaria, com mais algumas pessoas.

— Não quero que vá — disse Billy imediatamente, com o rosto anuviado.

— Vai dar tudo certo, Grande Bill. Eu lhe trarei uma revistinha do Homem-Aranha.

— Eu quero que você fique *aqui*.

Seu rosto agora não estava apenas sombrio, mas fechado. Tomei-lhe a mão. Ele a puxou. Tornei a pegá-la.

— Ouça, Billy, temos que sair daqui, mais cedo ou mais tarde. Você entende isso, não entende?

— Quando o nevoeiro for embora...

Ele falou sem a menor convicção. Bebeu seu Gatorade lentamente e sem prazer algum.

— Até agora ficamos quase um dia inteiro aqui, Billy.

— Eu quero a mamãe!

— Bem, talvez este seja o primeiro passo, a fim de você voltar para ela.

— Não encha o garoto de esperanças, David — disse a Sra. Turman.

— Ora, que diabo! — gritei para ela. — O menino precisa ter esperanças em alguma coisa!

Ela baixou os olhos.

— Sim. Acho que precisa.

Billy pareceu não perceber a troca de palavras.

— Papai... Papai, há coisas lá fora. *Coisas.*

— Nós sabemos disso, Billy, mas muitas delas, não todas, mas muitas parecem chegar só quando é noite.

— Elas vão esperar — disse ele. Seus olhos estavam enormes, fixos nos meus. — Ficam esperando no nevoeiro... e quando a gente não pode voltar para cá, elas comem a gente. Como nas histórias de fadas. — Ele se apertou contra mim, com uma força selvagem, cheia de pânico. — Por favor, papai, não vá!

Afastei-lhe os braços o mais delicadamente que pude e lhe disse que tinha de ir.

— Eu vou, mas voltarei, Billy.

— Está bem — disse roucamente, mas não tornou a olhar para mim.

Billy não acreditava que eu voltaria. Estava escrito em seu rosto, agora não mais carregado, porém infeliz e pesaroso. Perguntei-me outra vez se estaria fazendo a coisa certa, ao colocar-me em risco. Então, aconteceu-me olhar para o fim do corredor central e vi lá a Sra. Carmody. Ela conquistara um terceiro ouvinte, um homem de barba grisalha, de olhos inquietos e injetados de sangue. Sua testa talhada e as mãos trêmulas quase gritavam a palavra ressaca. Era nada mais nada menos do que o nosso amigo Myron LaFleur. O sujeito que não sentira o menor remorso ao enviar um menino para fazer o serviço de um homem.

Aquela cadela louca. Aquela bruxa.

Beijei Billy e o abracei com força. Depois caminhei para a parte frontal do supermercado — mas não pelo corredor dos utensílios domésticos. Não queria passar sob os olhos dela.

Havia feito três quartos do trajeto, quando Amanda emparelhou comigo.

— Tem mesmo que fazer isso? — perguntou ela.

— Sim, acho que tenho.

— Perdoe-me se lhe digo isso, mas o que está pretendendo me parece pura tolice machista.

Havia manchas ruborizadas no alto de suas faces, e seus olhos estavam mais verdes do que nunca. Ela estava altamente — não, extremamente — irritada.

Peguei-lhe o braço e repeti minha discussão com Dan Miller. O enigma dos carros e o fato de ninguém da farmácia ter-se juntado a nós não a impressionaram muito. Foi a história sobre a Sra. Carmody que a convenceu.

— Ele pode estar certo — ela falou.

— Acredita realmente nisso?

— Não sei... Aquela mulher irradia uma sensação de veneno. E se as pessoas estiverem apavoradas pelo tempo suficiente, vão se apegar a quem quer que lhes prometa uma solução.

— Mas... sacrifício humano, Amanda?

— Os astecas faziam isso — declarou ela calmamente. — Ouça, David. Você tem que voltar. Se alguma coisa acontecer... *qualquer coisa...* volte para cá. Dê meia-volta e venha correndo. Não para mim, o que aconteceu esta noite foi legal, mas isso foi a noite passada. Volte para seu garoto.

— Sim, eu voltarei.

— É o que espero — disse ela, e agora tinha a aparência de Billy, infeliz e envelhecida.

Ocorreu-me que a maioria de nós devia ter tal aparência. Menos a Sra. Carmody. Ela parecia de algum modo mais jovem e revitalizada. Era como se ela tivesse se encontrado... Aliás, era como se já tivesse conseguido. Como se... estivesse alimentando-se daquilo.

Só às 9h30 da manhã é que nos pusemos a caminho. Éramos sete: Ollie, Dan Miller, Mike Hatlen, o anterior amigo de Myron LaFleur,

Jim (também de ressaca, mas parecendo determinado a encontrar algum meio de se redimir), Buddy Eagleton e eu. O sétimo membro era Hilda Reppler. Miller e Hatlen fizeram o possível para que ela desistisse de ir. Ela não tinha nada a ver com aquilo. Eu nem ao menos tentei. Desconfiava que Hilda Reppler podia ser mais competente do que qualquer um de nós, talvez com exceção de Ollie. Ela carregava uma pequena sacola de lona para compras, lotada com um arsenal de Raid e Black Flag, em latas de spray, todas já sem as tampas e prontas para entrar em ação. Na mão livre, empunhava uma raquete de tênis, retirada de uma mostra de artigos esportivos, no Corredor 2.

— O que vai fazer com isso, Sra. Reppler? — perguntou Jim.

— Não sei — respondeu ela. Tinha uma voz grave, de som irritante e cheia de decisão —, mas parece adequada em minha mão. — Encarou-o mais de perto e seu olhar era frio. — Jim Grondin, não é? Por acaso não foi aluno meu?

Os lábios de Jim estiraram-se em um desconfortável sorriso amarelo.

— Sim, senhora. Eu e minha irmã Pauline.

— Bebeu muito na noite passada?

Muito mais alto do que ela e provavelmente pesando uns 50 quilos mais, Jim ficou vermelho até a raiz de seus cabelos cortados rente à cabeça.

— Há... hum... não...

Ela se virou bruscamente, interrompendo-o.

— Acho que estamos prontos — declarou.

Todos nós levávamos alguma coisa, embora qualquer um pudesse considerar aquilo um curioso sortimento de armas. Ollie tinha a arma de Amanda, Buddy Eagleton, um pé de cabra apanhado em algum lugar nos fundos do supermercado, e eu, um cabo de vassoura.

— Muito bem! — exclamou Miller, levantando a voz. — Ei, pessoal, vocês querem me ouvir por um minuto?

Umas 12 pessoas tinham vagado até a porta de saída para ver o que estava acontecendo. Formavam um grupo disperso e, à sua direita, vimos a Sra. Carmody com seus novos amigos.

— Pretendemos ir até a drogaria, ver como anda a situação por lá. Esperamos poder trazer algo da farmácia para ajudar a Sra. Clapham.

Era a senhora que tinha sido pisoteada na véspera, quando chegaram os insetos. Havia fraturado uma perna e sentia dores intensas. Miller passou os olhos por nós.

— Não queremos correr riscos — disse. — Ao primeiro sinal de algo ameaçador, voltamos correndo para o supermercado...

— E atraindo todos os demônios do inferno sobre as nossas cabeças! — gritou a Sra. Carmody.

— Ela tem razão! — secundou uma das veranistas. — Vocês farão com que eles nos percebam! Farão com que eles venham para cá! Por que vocês não deixam tudo em paz?

Houve um murmúrio de assentimento por parte de alguns dos que se haviam reunido para ver nossa saída.

— É isso que você chama de paz, senhora? — perguntei.

Ela baixou os olhos, confusa. A Sra. Carmody deu um passo à frente. Seus olhos chispavam.

— Você morrerá lá fora, David Drayton! Está querendo deixar seu filho órfão?

Erguendo o rosto, ela nos fustigou com os olhos. Buddy Eagleton olhou para baixo e, ao mesmo tempo, ergueu seu pé de cabra, como se quisesse atacá-la.

— Todos vocês morrerão lá fora! Não percebem que chegou o fim do mundo? O Capeta foi solto! A Estrela da Desgraça arde, e cada um que pisar fora dessa porta será feito em pedaços! Então, eles virão em busca dos que sobraram. Justamente como disse essa boa mulher! E vocês vão deixar que isso aconteça? — Ela agora apelava para os espectadores, e um leve murmúrio correu entre eles. — Depois do que aconteceu ontem aos incrédulos? Isto é a morte! *É a morte! É a...*

Uma lata de ervilhas voou subitamente através dos corredores das caixas registradoras e atingiu a Sra. Carmody no seio direito. Ela cambaleou para trás, com um guincho assustado. Amanda adiantou-se.

— Cale a boca! — disse. — Cale a boca, sua coruja miserável!

— Ela está a serviço de Satanás! — bradou a Sra. Carmody. Um sorriso torto bailou em seu rosto. — Com quem dormiu esta noite, senhora? Com quem se deitou esta noite? A mãe Carmody vê, oh, sim, ela enxerga o que os outros não veem!

No entanto, o momento de fascínio que ela criara havia se quebrado, e os olhos de Amanda permaneceram firmes.

— Vamos andando ou querem ficar aqui o dia inteiro? — perguntou a Sra. Reppler.

E nós fomos. Que Deus nos ajude, mas fomos.

Dan Miller seguia à frente. Ollie era o segundo e eu encerrava a fila, com a Sra. Reppler à minha frente. Acho que nunca senti tanto medo na vida, e a mão firmemente apertada em torno do meu cabo de vassoura estava escorregadia de suor.

Senti aquele cheiro acre e difuso do nevoeiro, um odor antinatural. Quando chegou a minha vez de passar pela porta, Miller e Ollie já tinham se dissolvido no *fog*, e Hatlen, que era o terceiro, mal podia ser vislumbrado.

Apenas seis metros, repetia para mim mesmo. *Apenas seis metros.*

A Sra. Reppler caminhava devagar e firmemente diante de mim, com sua raquete de tênis oscilando de leve na mão direita. À nossa esquerda, havia uma parede vermelha de blocos de concreto. À direita, a primeira fila de carros, esboçando-se no nevoeiro como navios fantasmas. Outro depósito de lixo materializou-se naquela brancura e, mais além, ficava um banco onde, às vezes, as pessoas costumavam esperar pela vez de falar em um telefone público. *Apenas seis metros, provavelmente Miller já até chegou lá, e seis metros são apenas dez ou 12 passos, de modo que...*

— Ai, meu Deus! — gritou Miller. — Ai, meu Deus do céu, vejam só isto!

Miller havia chegado lá, claro.

Buddy Eagleton estava à frente da Sra. Reppler e se virou para correr, com olhos esbugalhados e brilhantes. Ela lhe deu uma leve estocada no peito com sua raquete de tênis.

— Aonde *você* pensa que vai? — perguntou, com uma voz um pouco ríspida.

Esse foi todo o pânico que houve. Os restantes de nós se juntaram em torno de Miller. Dei uma espiada sobre o ombro e vi o Federal sendo engolido pelo nevoeiro. A parede vermelha de concreto desbotara para um leve tom rosado, depois desapareceu por completo, provavelmente a quatro metros e pouco da Farmácia Bridgton, ao lado da porta de saída.

Senti-me mais isolado, mais completamente só do que nunca na minha vida, era como se houvesse perdido o útero materno.

A farmácia havia sido palco de uma carnificina.

Eu e Miller, naturalmente, estávamos bem perto daquele cenário — praticamente em cima dele. Todas as coisas no nevoeiro operavam primeiramente pelo sentido do olfato. E não podia ser de outro modo. A visão teria sido praticamente inútil para elas. A audição funcionava um pouco melhor mas, como falei, o nevoeiro tinha um meio de confundir a acústica, fazendo com que um som próximo parecesse distante e — por vezes — que o distante parecesse perto. As coisas no nevoeiro seguiam seu sentido mais acurado. Seguiam os próprios narizes.

Nós, que estávamos no supermercado, tínhamos sido salvos mais pela falta de energia elétrica do que por qualquer outra coisa. As portas automáticas não funcionavam. De certa forma, o supermercado estivera hermeticamente selado quando o nevoeiro chegou. As portas da farmácia, no entanto... estavam escancaradas. O corte da energia acabara com o seu ar-condicionado, de maneira que eles haviam aberto as portas, para que uma brisa entrasse. Só que algo mais também entrou lá.

Um homem de camiseta castanha jazia de bruços na soleira. De início, pensei que a camiseta fosse marrom, mas então vi alguns trechos brancos na parte inferior e compreendi que, uma vez, toda ela fora branca. O castanho era sangue seco. Havia outra coisa mais errada com ele, algo que fiquei remoendo mentalmente. Mesmo quando Buddy Eagleton se virou e vomitou ruidosamente, não percebi o que era. Creio que quando uma coisa como aquela... quando *finalmente* acontece a alguém, nossa mente a rejeita inicialmente... a menos que estejamos em uma guerra.

A cabeça tinha sido arrancada, era isso. As pernas estavam estiradas para dentro da farmácia e a cabeça deveria descambar para fora, pendendo sobre o degrau inferior. Só que não havia cabeça.

Jim Grondin já tinha visto o suficiente. Deu meia-volta, com a mão tapando a boca, os olhos injetados postos loucamente nos meus. Depois, aos tropeções, tomou a direção do supermercado.

Os outros não deram por isso. Miller já havia entrado e Mike Hatlen o seguiu. A Sra. Reppler se postou ao lado das portas duplas, empunhando sua raquete de tênis. Ollie tomou posição no outro lado, com a arma de Amanda em punho, apontada para o piso.

— Acho que estou perdendo toda a esperança, David — disse ele, em voz comedida.

Buddy Eagleton apoiava-se fracamente no balcão no telefone público, como alguém que acabou de receber más notícias de casa. Seus ombros largos sacudiam-se com a força de seus soluços.

— Não nos exclua por enquanto — falei para Ollie.

Cruzei a porta. Não queria entrar lá, mas havia prometido uma revista de histórias em quadrinhos a meu filho.

A Farmácia Bridgton era um pandemônio. Havia livros e revistas jogados por toda parte. Vi uma revista do Homem-Aranha e outra do Incrível Hulk quase aos meus pés: sem pensar, apanhei-as e enfiei-as no bolso traseiro da calça para Billy. Frascos e caixas espalhavam-se pelos corredores. Uma mão pendia de uma prateleira.

Fui invadido por um total senso de irrealidade. Os destroços... *a carnificina* — já eram ruins o suficiente. Contudo, o local também dava a impressão de ter sido o cenário de alguma festa de loucos. Estava tudo agarrado e engrinaldado com o que, a princípio, tomei por filetes. Contudo, não eram largos e chatos, porém mais semelhantes a barbantes muito grossos ou canos muito finos. Ocorreu-me que eram quase do mesmo branco brilhante que o próprio nevoeiro, e então um calafrio gelado me subiu pela espinha. Aquilo não era papel crepom. O quê? Revistas e livros pendiam no ar, oscilando em alguns daqueles fios.

Mike Hatlen cutucava uma estranha coisa negra com um pé. Era comprida e eriçada.

— Que merda é essa? — perguntou a ninguém em particular.

De repente, eu soube. Soube o que havia matado todos os que foram azarados o suficiente para estarem na farmácia quando o nevoeiro chegou. Pessoas com azar bastante para serem farejadas. *Fora...*

— Para fora! — falei. Minha garganta estava completamente seca, e as duas palavras saíram como uma bala coberta de fiapos. — Para fora daqui! Vamos!

Ollie olhou para mim.

— David... ?

— São teias de aranha — falei.

Então, dois gritos brotaram do nevoeiro. O primeiro, talvez, de medo. O segundo de dor. Era Jim. Se houvesse débitos a pagar, ele os estava saldando.

— Saiam! — gritei para Mike e Dan Miller.

Foi quando algo se desenrolou do nevoeiro. Era impossível distingui-lo contra o fundo branco, mas eu podia ouvi-lo. Soava como um chicote de couro, desenrolando-se sem muita pressa. Depois pude vê-lo, quando se enrolou em torno da coxa do jeans de Buddy Eagleton.

Ele gritou e agarrou a primeira coisa ao alcance, que aconteceu ser o telefone. O receptor estirou-se em todo o comprimento do fio, depois ficou balançando de um lado para outro.

— *Ai, Deus, isso DÓI!* — gritou Buddy.

Ollie agarrou-o e eu vi o que acontecia. No mesmo instante, compreendi por que o homem caído na soleira estava sem a cabeça. O fino cabo branco que se torcia em volta da perna de Buddy, como uma corda de seda, *estava afundando em sua carne*. A perna de seu jeans fora cortada perfeitamente e agora lhe escorregava perna abaixo. Uma nítida incisão circular em sua carne estava orlada de sangue, à medida que o cabo se aprofundava.

Ollie o puxou com força. Houve um vago som e Buddy ficou livre. Seus lábios haviam ficado azuis com o choque.

Mike e Dan vinham chegando, porém lentos demais. Então, Dan colidiu com vários fios pendurados e ficou preso, exatamente como um inseto em um papel pega-moscas. Libertou-se com um tremendo safanão, deixando um pedaço de sua camisa pendurado nas teias.

De repente, todo o ar se encheu com aqueles estalos langorosos de chicotadas, e os finos cabos brancos pendiam para baixo, em torno de todos nós. Eram cobertos com a mesma substância corrosiva. Esquivei-me de dois deles, mais por sorte do que por qualquer outra coisa. Um caiu aos meus pés e ouvi um fraco chiado do piso se queimando. Outro flutuou no ar, e calmamente a Sra. Reppler esgrimiu sua raquete de tênis contra ele. O entrançado ficou preso. Ouvi um agudo *tuing! tuing!* quando a corrosão devorou os fios da rede trançada, arrebentando-os. Soava como se alguém dedilhasse rapidamente as cordas de um violino. Um instante depois outros daqueles cabos se enrolaram na parte superior do cabo da raquete e ela foi atirada dentro do nevoeiro.

— Para trás! — gritou Ollie.

Começamos a nos mover. Ollie tinha um braço em torno de Buddy. Dan Miller e Mike Hatlen ladeavam a Sra. Reppler. Os fios brancos da teia continuavam a esvoaçar do nevoeiro, praticamente invisíveis, só sendo distinguidos contra o fundo vermelho de concreto.

Um deles enrolou-se em torno do braço esquerdo de Mike Hatlen. Outro saltou em volta de seu pescoço, com uma série de rápidos estalidos no ar. Sua jugular se abriu, em brusca e esguichada explosão, e ele foi arrastado, com a cabeça pendurada. Um de seus tênis lhe saiu do pé e caiu de lado.

Buddy escorregou repentinamente para adiante, quase derrubando Ollie de joelhos.

— Ele desmaiou, David! Ajude-me!

Agarrei Buddy pela cintura e o puxamos, os dois juntos, de maneira desajeitada, aos tropeções. Mesmo inconsciente, Buddy ainda se mantinha agarrado ao seu pé de cabra, a perna que o fio de teia de aranha envolvera pendia de seu corpo em um terrível ângulo. A Sra. Reppler se virara.

— Cuidado! — gritou, em sua voz enferrujada. — Atrás de vocês! Cuidado!

Quando comecei a me virar, um daqueles fios flutuou acima da cabeça de Dan Miller, depois a alcançou. Ele usou as mãos para agarrá-lo e arrancá-lo.

Uma das aranhas saíra do nevoeiro, às nossas costas. Era do tamanho de um cão de grande porte, negra, com filetes amarelos. *Uniforme de jóquei*, pensei doidamente. Seus olhos eram vermelho-púrpura, como romãs. Ela trotou diligentemente em nossa direção, sobre o que seriam 12 ou 14 pernas de inúmeras articulações — não era uma aranha terráquea comum, ampliada para o tamanho visto em filmes de terror: era algo inteiramente diverso, talvez nem fosse mesmo uma aranha. Se a visse, Mike Hatlen teria compreendido o que era a coisa negra e eriçada que estivera cutucando na farmácia.

Ela se aproximou de nós, fiando sua teia de um orifício ovalado na parte superior do corpo. Os fios flutuaram em nossa direção, em formato quase de leque. Olhando para aquele pesadelo, tão semelhante às fatais aranhas negras que meditavam sobre suas moscas e insetos

mortos nas sombras do nosso iate, senti minha mente tentando soltar-
-se completamente de seus ancoradouros. Agora, acredito que somente
o pensamento em Billy me permitia manter qualquer semelhança de
lucidez. Eu emitia sons. Ria. Chorava. Gritava. Não sei.

Ollie Weeks, no entanto, era como uma rocha. Ergueu a arma de
Amanda, tão calmamente como se estivesse em uma cabine de tiro ao
alvo, esvaziando-a em tiros espaçados contra a criatura, à queima-roupa.
Seja qual for o inferno de onde ela viera, não era invulnerável. Uma
seiva negra esguichou do seu corpo e ela soltou um som terrivelmente
lamurioso, tão grave que você mais o sentia do que ouvia, como uma
nota grave de um sintetizador. Depois, deslizou de volta ao nevoeiro
e desapareceu. Poderia ter sido um fantasma, de uma terrível viagem
alucinógena... exceto pelas poças de pegajosa matéria negra que deixara
para trás.

Houve um som metálico, quando Buddy finalmente deixou sua
alavanca cair ao solo.

— Ele está morto — disse Ollie. — Largue-o, David. A filha da
puta acertou-lhe a artéria femoral e ele morreu. Por Deus, vamos sair
daqui.

Seu rosto estava mais uma vez escorrendo suor e seus olhos saltavam de sua cara redonda. Uma das teias escorregou com facilidade pelas
costas de sua mão e Ollie girou o braço, partindo-a. O fio deixou um
risco sanguinolento em sua pele.

— Cuidado! — gritou a Sra. Reppler.

Nós nos viramos para ela. Outro daqueles bichos saíra do nevoeiro
e envolvera as pernas em torno de Dan Miller, em um um abraço loucamente apaixonado. Miller lutava com ele a socos. Quando me abaixei e
apanhei a alavanca de Buddy, a aranha começara a envolver Dan Miller
em sua teia mortal. Os esforços dele se tornaram hercúleos, uma salti-
tante dança da morte.

A Sra. Reppler caminhou para a aranha com uma lata de repelente
de insetos na mão espichada. A aranha estendeu as pernas para ela. A
Sra. Reppler apertou o botão e uma nuvem do produto esguichou em
um de seus olhos cintilantes, semelhante a uma pedra preciosa. Aquele
lamento em nota grave soou novamente. A aranha pareceu estremecer
de alto a baixo e começou a recuar, suas patas peludas arranhando o pa-

vimento. Arrastou o corpo de Dan atrás de si, aos trancos e barrancos. A Sra. Reppler jogou a lata de repelente contra ela. A lata bateu no corpo da aranha, ricocheteou e caiu no solo. A aranha tropeçou no lado de um pequeno carro esporte, com força suficiente para fazê-lo oscilar sobre suas molas, em seguida desaparecendo.

Cheguei até a Sra. Reppler, que mal se mantinha sobre os pés, mortalmente pálida. Passei o braço em torno dela.

— Obrigada, meu rapaz — disse. — Sinto-me um pouco fraca.

— Está tudo bem — falei em voz rouca.

— Eu o salvaria, se pudesse.

— Eu sei disso.

Ollie se juntou a nós. Corremos para as portas do supermercado, em meio àqueles fios que caíam à nossa volta. Um deles encontrou a bolsa de compras da Sra. Reppler e afundou na lateral de lona. Ela se agarrou carrancudamente ao que lhe pertencia, puxando pela alça com as duas mãos, mas não teve êxito. A bolsa escapou-lhe dos dedos e foi arrastada para o nevoeiro, lá desaparecendo.

Quando alcançamos a porta de entrada, uma aranha menor, mais ou menos do tamanho de um filhote de cocker spaniel, escapou do meio do nevoeiro, ao longo do prédio. Não produzia teia nenhuma; talvez ainda não fosse madura o suficiente para isso.

Enquanto Ollie inclinava um ombro musculoso contra a porta, para que a Sra. Reppler pudesse entrar, atirei a barra de aço contra a coisa, como uma azagaia, empalando-a. Ela se contorceu desvairadamente, as pernas agitando-se no ar, os olhos vermelhos encontrando os meus, como se me marcassem...

— David! — gritou Ollie, ainda mantendo a porta entreaberta.

Corri para lá e entrei. Ele me seguiu.

Rostos pálidos e amedrontados olharam para nós. Éramos sete na ida. Apenas três voltavam. Ollie recostou-se contra a pesada porta de vidro, o tórax imenso arfando. Começou a recarregar a arma de Amanda. Sua camisa branca de assistente do gerente se colara ao corpo, e grandes manchas acinzentadas de suor espalhavam-se debaixo de seus braços.

— E então? — perguntou alguém, em voz grave e rouca.

— Aranhas — respondeu a Sra. Reppler, carrancuda. — As bastardas nojentas levaram minha sacola de compras.

Então, Billy correu para meus braços, chorando. Levantei-o no colo e o abracei. Com força.

10. O feitiço da Sra. Carmody. A segunda noite no supermercado. O confronto final

Era o meu turno de dormir e, durante quatro horas, não me lembrei de absolutamente nada. Amanda me contou que falei bastante, tendo gritado uma ou duas vezes, mas não me recordo de haver sonhado. Quando acordei, era de tarde. Sentia uma sede terrível. Uma parte do leite estragara, mas ainda havia algum em bom estado. Bebi um litro e pouco.

Amanda aproximou-se de onde eu me encontrava com Billy e a Sra. Turman. O velho que se oferecera para ir apanhar uma arma no porta-malas de seu carro vinha com ela — Cornell, recordei. Ambrose Cornell.

— Como está, filho? — perguntou ele.

— Tudo bem. — No entanto, eu continuava sedento e minha cabeça doía. Deslizei um braço em torno de Billy e depois olhei de Cornell para Amanda. — O que foi?

— O Sr. Cornell está preocupado com aquela Sra. Carmody — disse Amanda. — E eu também.

— Por que não vem dar uma volta comigo, Billy? — convidou Hattie.

— Não quero ir — respondeu ele.

— Vá, Grande Bill — falei, e ele se foi, relutante. — E agora, o que há sobre a Sra. Carmody?

— Ela está atiçando os ânimos — disse Cornell. Encarou-me com a taciturnidade de um velho. — Acho que precisamos botar um ponto final nisso. Da maneira como pudermos!

— Agora há quase uma dúzia de pessoas com ela — comentou Amanda. — Parece algum louco serviço religioso.

Recordei minha conversa com um amigo escritor que morava em Otisfield e que sustentava esposa e dois filhos criando galinhas e escrevendo um livro de bolso por ano — histórias de espionagem. Havíamos comentado o crescimento da popularidade de livros envolvendo o sobrenatural. Gault dissera que, nos anos 40, *Histórias Fantásticas* somente se pagava e nos anos 50 afundara de vez. Quando as máquinas falham, dissera ele (enquanto sua esposa examinava ovos contra a luz e galos cantavam queixosos do lado de fora), quando a tecnologia falha, quando sistemas religiosos convencionais falham, as pessoas precisam contar com algo. Até mesmo um zumbi cambaleando através da noite pode parecer agradabilíssimo, comparado à comédia de horror existencial da camada de ozônio dissolvendo-se sob o ataque conjunto de um milhão de latas de desodorante, com spray fluorocarbonado.

Há 26 horas estávamos acuados ali e ainda não tínhamos conseguido fazer nada que valesse a pena. Nossa única expedição ao exterior resultara em 50 por cento de baixas. Portanto, não era de admirar que a Sra. Carmody talvez estivesse aumentando seu rebanho.

— Ela realmente conseguiu 12 pessoas? — perguntei.

— Bem, foram apenas oito — disse Cornell —, mas a verdade é que ela nunca se cala! Parece estar imitando aqueles discursos de dez horas que Fidel Castro costumava fazer. É uma maldita metralhadora giratória!

Oito pessoas. Não muitas, nem mesmo um número suficiente para preencher uma banca de jurados. Contudo, eu compreendia a preocupação que eles mostravam no rosto. Bastava tornar aquela gente a única e maior força política no supermercado, em especial agora que Dan e Mike não estavam mais ali. A ideia de que o maior e único grupo em nosso fechado sistema estava ouvindo sua arenga sobre os abismos do inferno e os sete frascos sendo abertos produzia em mim uma terrível sensação de claustrofobia.

— Ela começou a falar sobre sacrifício humano outra vez — disse Amanda. — Bud Brown foi até lá e lhe disse que cessasse com aquelas sandices em seu supermercado. E dois homens que estão com ela, um deles era aquele Myron LaFleur responderam que quem devia se calar era ele, porque este ainda era um país livre. Brown não se calou, de modo que houve um... bem, acho que você qualificaria de duelo pugilístico.

— Brown ficou com o nariz sangrando — disse Cornell. — Os dois falavam sério.

— Imagino que não a ponto de realmente matarem alguém — falei.

— Não sei até onde irão — disse Cornell suavemente — se este nevoeiro não sumir. De qualquer modo, prefiro não saber. Pretendo dar o fora daqui.

— É mais fácil falar do que fazer.

No entanto, algo começou a brotar em minha mente. *Cheiro*. Ali estava a chave. Havíamos ficado inteiramente a sós no supermercado. Os insetos poderiam ter sido atraídos pela luz, como acontecia aos insetos mais comuns. As aves tinham simplesmente seguido seu suprimento alimentar. No entanto, as coisas de maior porte nos tinham deixado em paz, a menos que nos mostrássemos a elas de algum modo. A carnificina na Farmácia Bridgton só ocorrera porque as portas haviam ficado escancaradas — eu tinha certeza disso. A coisa ou coisas que tinham agarrado Norton e seu grupo soavam tão grandes como uma casa, porém ela ou elas não haviam se aproximado do supermercado. E isso significa que talvez...

De repente, eu quis falar com Ollie Weeks. Precisava falar com ele.

— Pretendo sair daqui ou morrer na tentativa — disse Cornell. — Não planejo passar o resto do verão dentro deste supermercado.

— Já houve quatro suicídios — disse Amanda subitamente.

— Como?

A primeira coisa a me cruzar a mente, em um relance de quase culpa, foi que os corpos dos soldados tinham sido descobertos.

— Pílulas — disse Cornell, lacônico. — Eu e mais dois ou três sujeitos carregamos os corpos para os fundos do prédio.

Tive que sufocar um riso agudo. Estávamos ficando com um regular necrotério nos fundos do supermercado.

— O pessoal está diminuindo — disse Cornell. — Quero ir embora.

— Não conseguiria chegar a seu carro. Acredite em mim.

— Nem mesmo àquela primeira fila? Fica mais próxima do que a drogaria.

Não lhe dei resposta. Não naquela hora.

Cerca de uma hora mais tarde, encontrei Ollie saqueando a geladeira e bebendo uma Busch. Seu rosto era impassível, mas ele parecia vigiar a Sra. Carmody. Aparentemente, ela era incansável e estava mesmo discutindo de novo a possibilidade do sacrifício humano, só que agora ninguém mais lhe dizia para calar-se. Algumas das pessoas que na véspera a tinham mandado calar a boca, se agora não estavam do seu lado, pelo menos estavam dispostas a ouvi-la — superando as restantes em número.

— É bem capaz de essa mulher já tê-los convencido amanhã de manhã — comentou Ollie. — Talvez não... mas se tiver, quem você acha que ela escolheria?

— Ouça, Ollie — falei. — Creio que talvez meia dúzia de nós consiga escapar daqui. Não sei até que distância chegaremos, mas acho que, pelo menos, poderíamos sair.

— Como?

Contei-lhe minha ideia. Era bastante simples. Se disparássemos até o meu Scout e entrássemos nele, as coisas não captariam nenhum cheiro humano. Pelo menos, não se permanecêssemos com os vidros das janelas fechados.

— E se eles forem atraídos por outro cheiro? — perguntou Ollie. — O da fumaça de descarga, por exemplo.

— Nesse caso, estaremos fritos — concordei.

— O movimento — acrescentou Ollie. — Um carro se movendo através do nevoeiro também poderia atraí-los, David.

— Não acredito. Não haveria o cheiro de uma presa. Aliás, acho que este é o único jeito de sairmos daqui.

— Você não tem certeza.

— Claro que não.

— E para onde iria?

— Primeiro? Até em casa, buscar minha esposa.

— David...

— Está bem. Verificar. Ter *certeza*.

— As coisas lá fora talvez estejam em toda parte, David. Podem capturá-lo no minuto em que sair de seu Scout para a porta de sua casa.

— Se isso acontecer, o Scout é de vocês. Seu. Só lhe peço que cuide de Billy, o melhor que puder e enquanto puder.

Ollie terminou sua cerveja e deixou a lata cair de volta no freezer, onde ela chocalhou entre as vazias. A coronha do revólver do marido de Amanda fazia volume em seu bolso.

— Para o sul? — perguntou ele, encontrando meus olhos.

— Sim, eu iria para o sul. Vá para o sul e tente sair do nevoeiro. Tente ir o mais longe que puder.

— Quanta gasolina você tem?

— Um tanque quase cheio.

— Já pensou que seria impossível sair?

Eu havia pensado. Supondo-se que o trabalho desenvolvido pelo Projeto Ponta de Flecha houvesse colocado toda aquela região em outra dimensão, tão facilmente quanto virar uma meia pelo avesso...

— Isso já me passou pela cabeça — respondi —, mas a alternativa parece ser ficarmos aqui, esperando, para ver quem a Sra. Carmody escolhe para o posto de honra.

— Esteve pensando nisso para hoje?

— Não. Já é tarde e aquelas coisas ficam ativas à noite. Imagino que amanhã cedo seja uma boa hora.

— Quem gostaria de levar?

— Eu, você e Billy. Hattie Turman. Amanda Dumfries. Aquele velhote Cornell e a Sra. Reppler. Talvez Bud Brown também. São oito pessoas, mas Billy pode sentar-se no colo de alguém e nos apertamos no carro.

Ele refletiu.

— Está bem — disse, por fim. — Vamos tentar. Já falou sobre isso a alguém mais?

— Não. Ainda não.

— Meu conselho seria para não falar, pelo menos até amanhã de manhã. Colocarei umas duas sacolas de mantimentos por baixo da registradora, no corredor mais perto da porta. Se tivermos sorte, conseguiremos dar o fora, antes que alguém perceba o que está acontecendo. — Seus olhos vagaram novamente até a Sra. Carmody. — Se ela souber, talvez tente impedir que saiamos.

— Você acha?

Ollie pegou outra cerveja.

— Acho — respondeu.

Naquela tarde — a tarde de ontem — o tempo passou em uma espécie de câmera lenta. A escuridão esgueirou-se para o interior do supermercado, transformando o nevoeiro novamente naquela fosca tonalidade cromo. Qualquer mundo que restasse lá fora dissolveu-se lentamente para negro, por volta das 20h30.

Os insetos rosados voltaram, depois as coisas-aves, mergulhando contra as vidraças e chocando-se contra elas. Alguma coisa rugia ocasionalmente na escuridão e uma vez, pouco antes da meia-noite, houve um prolongado e rascante *Aaaauuuuu!* que fez todos se voltarem amedrontados para o negrume exterior, com rostos inquisitivos. Era o tipo de som que se imaginaria proveniente de um gigantesco crocodilo em um pântano.

Tudo aconteceu justamente como Miller previra. Pela madrugada, a Sra. Carmody aliciara outra meia dúzia de almas. O açougueiro, Sr. McVey, estava entre elas, de pé, com os braços cruzados, olhando para a velha.

A Sra. Carmody estava com a corda toda. Parecia insensível ao sono. Seu sermão, uma firme corrente de horrores à maneira de Doré, Bosch e Jonathan Edwards, fluía e fluía, crescendo para algum clímax. Seu grupo começou a murmurar com ela, a oscilar inconscientemente de um lado para outro, como verdadeiros crentes em uma congregação. Os olhos deles estavam vagos e brilhantes. Eles estavam sob seu feitiço.

Mais ou menos às 3 horas da madrugada (o sermão prosseguia incessantemente e os não interessados haviam recuado para os fundos do supermercado, procurando dormir um pouco), vi Ollie colocar uma sacola de mantimentos em uma prateleira, debaixo do corredor das registradoras mais próximo da porta de saída. Meia hora mais tarde, ele colocou outra sacola ao lado da primeira. Ninguém pareceu perceber, exceto eu. Billy, Amanda e a Sra. Turman dormiam juntos, perto da esvaziada seção de frios. Juntei-me a eles e mergulhei em um cochilo inquieto.

Às 4h15, pelo meu relógio, Ollie veio me acordar. Cornell estava com ele, os olhos brilhando muito atrás dos óculos.

— Está na hora, David — avisou Ollie.

Uma cãibra nervosa envolveu meu estômago, depois passou. Acordei Amanda. Por minha mente passou a questão do que poderia acontecer, com Amanda e Stephanie juntas no carro, mas foi algo passageiro. Hoje, seria melhor aceitar as coisas como nos vinham. Aqueles notáveis olhos verdes se abriram e fitaram os meus.

— David?

— Vamos nos arriscar a sair daqui. Quer vir também?

— Do que está falando?

Comecei a explicar, mas então acordei a Sra. Turman, para ter que falar tudo apenas uma vez.

— Sua teoria sobre o cheiro — disse Amanda. — A esta altura, é apenas uma dedução erudita, não?

— Exatamente.

— Não faz diferença para mim — declarou Hattie.

Seu rosto estava pálido e, a despeito do sono que dormira, havia grandes manchas descoloridas sob seus olhos.

— Eu faria qualquer coisa — continuou ela —, assumiria quaisquer riscos, só para ver o sol outra vez.

Só para ver o sol outra vez. Fui percorrido por ligeiro calafrio. Ela colocara o dedo em um ponto muito perto do centro de meus próprios medos, sobre o senso de quase antecipada ruína que me invadira, desde que tinha visto Norm ser arrastado através da porta de descarga de mercadorias. Era possível vislumbrar-se o sol através do nevoeiro, como uma pequena moeda de prata. Parecia Vênus.

Não era tanto pelas criaturas monstruosas que cambaleavam no nevoeiro: minha defesa com a alavanca revelara que elas não eram nenhum horror lovecraftiano com vida imortal, mas sempre seres orgânicos, com suas próprias vulnerabilidades. Tratava-se do nevoeiro em si que sabotava a força e roubava a vontade. *Só para ver o sol outra vez.* Ela estava certa. Apenas isso merecia que se atravessasse não um, mas vários infernos.

Sorri para Hattie e ela tentou me devolver o sorriso.

— Muito bem — disse Amanda —, eu quero ir.

Comecei a despertar Billy, o mais delicadamente que pude.

— Estou com você — declarou brevemente a Sra. Reppler.

Estávamos todos juntos, perto do balcão de carnes, exceto pela ausência de Bud Brown. Ele nos agradecera o convite e o declinara. Não deixaria seu posto no supermercado, alegou, mas acrescentando, em um tom de voz extraordinariamente gentil, que não censurava Ollie por querer ir.

Um aroma desagradável e adocicado começava agora a irradiar-se do recipiente de esmalte branco, um cheiro que me fez recordar a época em que nosso freezer ficou avariado, quando passávamos uma semana no Cape. Achei que talvez o cheiro de carne se estragando é que atraíra o Sr. McVey para o time da Sra. Carmody.

— ... *expiação! É sobre a expiação que vamos pensar agora! Fomos flagelados com chicotes e escorpiões! Temos sido punidos por penetrarmos em segredos proibidos pelo Deus do passado! Vimos os lábios da Terra se abrirem! Vimos as obscenidades de pesadelo! A rocha não os esconderá, a árvore morta não lhes dará abrigo! E como isto terminará? Como será detido?*

— *Expiação!* — gritou o bom e velho Myron LaFleur.

— Expiação... expiação... — sussurraram eles, indecisos.

— *Quero ouvir vocês dizerem isso com toda a sinceridade!* — bradou a Sra. Carmody.

As veias sobressaíam em seu pescoço em cordões inchados. Sua voz agora era rouca e cacarejante, mas ainda cheia de vigor. Ocorreu-me que o nevoeiro é que lhe transmitia esse vigor — o poder para anuviar as mentes das pessoas, para fazer um jogo de palavras particularmente adequado —, assim como tinha tomado do restante de nós o poder do sol. Antes, ela não passava de uma velha mais ou menos excêntrica, com uma loja de antiguidades em uma cidade cheia de lojas de antiguidades. Nada mais que uma velha, com alguns animais empalhados no aposento dos fundos e uma reputação de

(aquela bruxa... aquela cadela)

entendida em medicina popular. Dizia-se que ela podia encontrar água com uma forquilha de macieira, que fazia verrugas caírem e vendia um creme capaz de transformar sardas em sombras do que tinham sido. Eu inclusive ouvira — seria do velho Bill Giosti? — que a Sra. Carmody podia ser procurada (mantendo o máximo sigilo) para conselhos sobre a vida amorosa de uma pessoa; que quando alguém estava tendo dificuldades no quarto de dormir, podia conseguir com ela uma beberagem e tudo voltava a funcionar a contento.

— *EXPIAÇÃO!* — gritavam todos, em uníssono.

— *Expiação, eis a palavra!* — gritou ela, delirantemente. — *É a expiação que fará esse nevoeiro desaparecer! A expiação que afastará esses monstros e abominações! A expiação fará com que as escamas do nevoeiro caiam de nossos olhos, permitindo que enxerguemos!* — Sua voz baixou um tom. — *E o que é a expiação, segundo a Bíblia? Qual é o único purificador do pecado, diante dos Olhos e da Mente de Deus?*

— *O sangue!*

Desta vez, o calafrio sacudiu-me o corpo inteiro, aninhando-se na nuca e me eriçando os cabelos. O Sr. McVey é que dissera aquilo, o Sr. McVey, o açougueiro que estivera cortando carne em Bridgton desde que eu era uma criança, segurando a mão talentosa de meu pai. O Sr. McVey, recebendo pedidos e cortando carnes, em suas roupas brancas, manchadas de sangue. O Sr. McVey, cuja intimidade com a faca era longa — sim, e também com a serra e o cutelo. O Sr. McVey que, melhor do que ninguém, compreenderia que a limpeza da alma flui dos ferimentos do corpo.

— *Sangue...* — sussurraram eles.

— Estou com medo, papai — disse Billy.

Estava apertando minha mão, tinha o rostinho tenso e pálido.

— Ollie — falei —, por que não damos o fora deste manicômio?

— É isso aí — disse ele. — Vamos.

Começamos a descer pelo segundo corredor, em um grupo disperso — Ollie, Amanda, Cornell, a Sra. Turman, a Sra. Reppler, Billy e eu. Faltavam 15 minutos para as 5h da manhã e o nevoeiro começava a clarear novamente.

— Você e Cornell, peguem as sacas de alimentos — disse Ollie.

— Está bem — respondi.

— Eu irei na frente. Seu Scout é um quatro portas, não?

— Isso mesmo.

— Está bem, vou abrir a porta do motorista e a traseira do mesmo lado. Pode carregar Billy, Sra. Dumfries?

Ela o pegou no colo.

— Sou muito pesado? — perguntou Billy.

— Não, meu bem.

— Que bom!

— A senhora e Billy vão no banco dianteiro — prosseguiu Ollie. — Abra caminho. A Sra. Turman também no dianteiro, no meio. David, você fica atrás do volante. E nós, os restantes...

— Aonde vocês pensam que vão?

Era a Sra. Carmody.

Estava parada à cabeceira do corredor da caixa registradora onde Ollie havia escondido as sacolas de mantimentos. Seu terninho era um berro amarelo na penumbra. Os cabelos frisados espalhavam-se desalinhadamente em todas as direções, por um momento fazendo-me recordar Elsa Lanchester em *A noiva de Frankenstein*. Seus olhos chamejavam. Dez ou 15 pessoas, postadas atrás dela, bloqueavam as portas de entrada e saída. Todas tinham a aparência de quem esteve em um acidente de carro, viu um disco voador pousar ou uma árvore arrancar as raízes do solo e sair andando.

Billy encolheu-se contra Amanda, enterrando o rosto em seu pescoço.

— Vamos sair, Sra. Carmody — disse Ollie, em voz curiosamente gentil. — Afaste-se, por favor.

— Vocês não podem sair! Se saírem, é morte certa! Já devia saber disso, não?

— Ninguém se meteu com a senhora — respondi. — Queremos apenas o mesmo privilégio.

Abaixando-se, ela descobriu os mantimentos, infalível. Devia saber o que planejávamos, o tempo todo. Puxou as sacolas da prateleira em que Ollie as colocara. Uma se rasgou, espalhando latas pelo solo. A Sra. Carmody atirou a outra ao chão e ela se escancarou, com o som de vidro se quebrando. Havia soda esguichando para todos os lados e sobre as partes cromadas do corredor seguinte de registradoras.

— Aqui temos o tipo de pessoas que atraíram isto — gritou ela. — Pessoas que não se dobram à vontade do Todo-poderoso! Pecadores orgulhosos, arrogantes que são, além de obstinados! É dentre eles que deve vir o sacrifício! *Dentre eles virá o sangue da expiação!*

Um crescente murmúrio de assentimento a espicaçou. Ela agora estava frenética. A saliva saltava de seus lábios, enquanto gritava para os que se amontoavam às suas costas:

— *É o menino que queremos! Peguem-no! É o menino que queremos!*

O grupo avançou, com Myron LaFleur liderando, os olhos opacamente jubilosos. O Sr. McVey estava logo atrás dele, o rosto inexpressivo e impassível.

Amanda recuou, cambaleante, apertando Billy ainda com mais força. Os braços dele estavam enrolados em seu pescoço. Ela olhou para mim, aterrorizada.

— David, o que eu...

— *Peguem os dois!* — gritou a Sra. Carmody. — *Peguem essa prostituta também!*

Ela era um apocalipse de amarelo e sombria alegria. Ainda mantinha a bolsa debaixo do braço. Começou a saltitar.

— *Peguem o menino, peguem a prostituta, peguem os dois, peguem-nos, peguem...*

Houve o clangor de um disparo.

Tudo se congelou, como se fôssemos uma classe de alunos bagunceiros e o professor tivesse acabado de chegar, batendo a porta com estrondo. Myron LaFleur e o Sr. McVey pararam de repente, a cerca de dez passos de distância. Myron se virou, olhando duvidosamente para seu companheiro. O açougueiro não o olhou de volta, nem parecia perceber a presença de LaFleur. O Sr. McVey tinha uma expressão que eu já vira em inúmeros outros rostos, naqueles últimos dois dias. Ele não era mais a mesma pessoa. Sua mente estalou.

Myron deu uns passos para trás, olhando para Ollie Weeks, com olhos arregalados e temerosos. Então, começou a correr. Dobrou a quina do corredor, escorregou em uma lata, caiu, conseguiu levantar-se e desapareceu de vista.

Ollie permanecia na clássica posição do atirador, com a arma de Amanda aferrada nas duas mãos. A Sra. Carmody continuava na cabeceira da registradora. Tinha as duas mãos, salivadas de manchas hepáticas, apertando o estômago. O sangue fluiu por entre seus dedos, manchando-lhe as calças compridas amarelas.

Ela abriu e fechou a boca. Uma vez. Duas vezes. Estava querendo falar. Por fim, conseguiu.

— *Todos vocês morrerão lá fora!* — disse, e então descambou lentamente para a frente.

A bolsa escorregou-lhe do braço, bateu no chão e espalhou o seu conteúdo. Um tubo com papel saiu rolando e veio se chocar contra um de meus sapatos. Sem pensar, abaixei-me e apanhei-o. Era um rolo de papel higiênico, já pela metade. Joguei-o ao chão outra vez. Não queria tocar em nada que houvesse pertencido a ela.

A "congregação" começava a debandar, dispersando-se, após eliminado o seu foco. Nenhum dos membros afastava os olhos da figura caída e do sangue escuro que começava a se espalhar debaixo de seu corpo.

— Vocês a assassinaram! — gritou alguém, com medo e raiva.

Entretanto, ninguém apontava que ela estivera planejando algo parecido contra meu filho. Ollie permanecia imóvel em sua posição de atirar, mas agora sua boca tremia. Toquei nele de leve.

— Vamos, Ollie. E obrigado.

— Eu a matei — disse ele, em voz rouca. — Não havia saída!

— Sim — assenti. — Foi isso que lhe agradeci. Agora, vamos!

Pusemo-nos em movimento novamente.

Sem mantimentos para levar — graças à Sra. Carmody —, fui capaz de carregar Billy. Paramos um instante à porta.

— Eu não atiraria nela — disse Ollie, em voz grave e contida. — Não se houvesse qualquer alternativa.

— Eu sei.

— Acredita em mim, não?

— Claro que acredito.

— Então vamos embora.

Saímos do supermercado.

11. O fim

Ollie se moveu depressa, empunhando a arma com a mão direita. Antes que eu e Billy tivéssemos cruzado a porta do supermercado, ele já estava em meu Scout, um Ollie insubstancial, como um fantasma em uma tela de televisão. Abriu a porta do motorista. Depois a traseira. Então, algo brotou do nevoeiro e quase o cortou pelo meio.

Não consegui ver bem o que seria e fico satisfeito por isso. Parecia algo vermelho, da irada tonalidade de uma lagosta cozida. Tinha garras. Emitiu um grunhido surdo, não muito diferente do som que ouvíramos após a saída de Norton e seu pequeno grupo de Terra Plana.

Ollie chegou a disparar um tiro, mas então as garras da coisa continuaram apertando como tesouras e o corpo dele pareceu desmantelar-se, em um terrível jato de sangue. A arma de Amanda escorregou das mãos de Ollie e caiu no pavimento, descarregada. Tive um demoníaco relance de enormes olhos negros e opacos, do tamanho de bagas marinhas, e então a coisa cambaleou de volta ao nevoeiro, com o que restara de Ollie Weeks em suas garras. Um corpo alongado e multissegmentado de escorpião rastejou pesadamente no pavimento.

Houve um instante de escolhas. Talvez sempre haja, por breve que seja. Metade de mim queria correr de volta ao supermercado, levando Billy apertado contra meu peito. A outra metade corria para o Scout, jogava Billy em seu interior e mergulhava em seguida. Então, Amanda gritou. Era um grito agudo, um som em crescendo, que parecia espiralar para o alto, até quase se tornar supersônico. Billy agarrou-se a mim, enterrando o rosto em meu peito.

Uma das aranhas pegou Hattie Turman. Aquela era das grandes, e a derrubara. O vestido foi puxado acima de seus joelhos escanifrados, quando a coisa se agachou sobre ela, as pernas espinhosas e eriçadas acariciando-lhe os ombros. Em seguida, a aranha começou a fiar sua teia.

A Sra. Carmody tinha razão. Vamos morrer aqui fora, vamos realmente morrer aqui fora.

— *Amanda!* — gritei.

Não houve resposta. Ela estava fora de si, a aranha cavalgou o que sobrara da babá de Billy, uma mulher que apreciava decifrar enigmas e quebra-cabeças, aquelas malditas charadas que nenhuma pessoa normal conseguia fazer, sem ficar doida. Os fios lhe entrecruzaram o corpo, os cordões alvos já se avermelhavam, à medida que o envoltório ácido afundava nela.

Cornell recuava lentamente para o supermercado, os olhos tão avantajados como pratos de jantar, atrás dos óculos. De repente, deu meia-volta e correu. Agarrou-se à porta de entrada, conseguiu abri-la e correu para dentro.

A cisão em minha mente se fechou, quando a Sra. Reppler avançou vivamente e esbofeteou Amanda, primeiro de mão aberta, depois com o dorso da mão. Amanda parou de gritar. Corri para ela, obriguei-a a se virar para onde estava o Scout e gritei "VAI!" em seu rosto.

Ela foi. A Sra. Reppler passou rente a mim. Empurrou Amanda para o assento traseiro do Scout, entrou depois dela e bateu a porta violentamente.

Desprendi-me de Billy e joguei-o dentro do carro. Quando entrei também, um daqueles fios de aranha esvoaçou e pousou em meu tornozelo. Queimava como uma linha de pesca puxada rapidamente por entre os dedos fechados. E era forte. Dei um puxão firme com o pé e o fio se quebrou. Deslizei para trás do volante.

— *Feche essa porta, pelo amor de Deus!* — gritou Amanda.

Bati a porta. Apenas um segundo depois, uma das aranhas se chocou maciçamente contra ela. Fiquei a centímetros apenas de seus olhos vermelhos, malevolamente estúpidos. Suas pernas, da grossura de meu punho, escorregavam de um lado para outro sobre o capô. Amanda gritava incessantemente, como uma sirene de incêndios.

— Cale essa boca, mulher! — disse a Sra. Reppler.

A aranha desistiu. Não sentia mais nosso cheiro; logo, não estávamos mais ali. Trotou de volta para o nevoeiro, sobre seu incrível número de pernas, transformou-se em fantasma e depois desapareceu.

Espiei pela janela, a fim de certificar-me de que ela se fora, e então abri a porta.

— *O que está fazendo?* — gritou Amanda.

Eu sabia o que fazia. Gostava de pensar que Ollie teria feito exatamente o mesmo. Dei um passo, inclinei-me para fora e apanhei a arma. Algo avançou a toda pressa na minha direção, mas nem cheguei a ver o que era. Joguei-me novamente dentro do carro e bati a porta.

Amanda começou a soluçar, a Sra. Reppler passou um braço em torno dela e a confortou animadamente.

— Nós vamos para casa, papai? — perguntou Billy.

— Tentaremos ir, Grande Bill.

— Está bem — disse ele, calmamente.

Examinei a arma, depois a coloquei no porta-luvas. Ollie a recarregara após a expedição à drogaria. O restante da munição se fora com ele, mas o que eu tinha era suficiente. Ele atirara na Sra. Carmody, depois atirara contra a coisa de garras e, ao se chocar no chão, a arma disparara uma vez. Éramos quatro no Scout, mas, se a situação chegasse a extremos, eu encontraria um meio de acabar comigo.

Passei por uns maus bocados, quando não conseguia encontrar meu chaveiro. Verifiquei todos os bolsos, fiquei de mãos vazias e então tornei a checá-los, forçando-me a agir devagar e com calma. Encontrei as chaves no bolso da calça: tinham ficado debaixo das moedas, como às vezes acontece. O Scout pegou sem dificuldade. Ao ouvir o confiante rugido do motor, Amanda tornou a desfazer-se em lágrimas.

Fiquei quieto, ouvindo o motor, querendo ver o que seria atraído por aquele som ou pelo cheiro expulso pelo cano de descarga. Cinco minutos, os cinco minutos mais longos da minha vida, escoaram-se lentamente. Nada aconteceu.

— Vamos ficar aqui parados ou vamos em frente? — perguntou a Sra. Reppler, afinal.

— Vamos em frente — respondi.

Manobrei para sair da vaga e deixei os faróis baixos. Algum impulso — provavelmente um impulso básico — me levou a passar o mais rente que pude pelo Supermercado Federal. O lado direito do para-choque do Scout empurrou o recipiente de lixo para um lado. Era impossível ver o que acontecia lá dentro, exceto através das vigias — todos aqueles sacos de fertilizante e adubo para jardim faziam o lugar dar a impressão de estar no auge de alguma louca liquidação de jardinagem —, mas em cada vigia havia dois ou três rostos pálidos, vigiando para nós.

Depois guinei para a esquerda e o nevoeiro se fechou impenetravelmente atrás de nós. E o que foi feito daquelas pessoas, eu não sei dizer.

Dirigi de volta à Estrada Kansas, a oito quilômetros por hora, tateando meu caminho. Mesmo com os faróis do Scout acesos, era impossível enxergar mais do que dois ou três metros à frente.

A terra havia sofrido alguma terrível contorção. Miller estivera certo quanto a isso. Em alguns pontos, a estrada estava apenas rachada, mas em outros, o chão parecia ter sido escavado, erguendo grandes lajes de pavimentação. Consegui ir em frente graças à tração nas quatro rodas. Graças a Deus por elas. Ainda assim, sentia um medo terrível de deparar com algum obstáculo que nem mesmo o Scout conseguisse transpor.

Levei 40 minutos para um trajeto que geralmente exigia sete ou oito. Por fim, o indicador apontando nossa estrada particular brotou do meio do nevoeiro. Despertado faltando 15 minutos para as 5h, Billy caíra profundamente adormecido dentro daquele carro que conhecia tão bem e que devia ter-lhe parecido o lar. Amanda olhava nervosamente.

— Vai mesmo descer até lá? — perguntou ela.

— Tentarei — respondi.

Contudo, era impossível. A tempestade que se desencadeara havia afrouxado as raízes de inúmeras árvores, e aquela ladeira íngreme, torcida, terminara o serviço de derrubá-las. Consegui rodar sobre as duas primeiras, razoavelmente pequenas. A seguir, cheguei a um robusto e velho pinheiro, atravessado na estrada, como uma barricada contra foragidos. Faltava quase meio quilômetro para chegar até a casa. Billy dormia a meu lado, e então deixei o Scout parado, de motor ligado, enquanto punha as mãos sobre os olhos e refletia no que fazer em seguida.

Agora, sentado no Howard Jonhson's, perto da saída 3 da autoestrada para o Maine, escrevendo tudo isto em papel de carta, desconfio que a Sra. Reppler, essa velhota durona e capaz, poderia ter registrado a futilidade essencial da situação em apenas alguns rabiscos rápidos. No entanto, ela teve a gentileza de permitir que eu mesmo cuidasse disso.

Eu não podia sair. Não podia abandoná-los. Nem podia tentar convencer-me de que todos os monstros de filme de terror haviam ficado para trás, junto ao Federal. Quando baixei o vidro da janela pude ouvi-los no matagal, andando de um lado para o outro e entrechocando-se pela íngreme faixa de terra a que, por estas bandas, dão o nome de recifes. A umidade gotejava das folhas mais altas, sem cessar. Acima de nós, o nevoeiro escurecia momentaneamente, quando algum monstro de pesadelo, semelhante a uma animada pipa, sobrevoava o Scout.

Tentei dizer a mim mesmo — lá e agora — que se ela agisse com a máxima rapidez, fechando a casa comigo mesmo no interior, teria alimentos suficientes para dez dias a duas semanas. Não é grande consolo. O que persiste em minha memória é a última lembrança dela, usando o frouxo chapéu contra o sol e suas luvas de jardinagem, a caminho de nossa pequena horta, com o nevoeiro rolando inexoravelmente através do lago às suas costas.

É em Billy que tenho de pensar agora. Billy, digo a mim mesmo. Grande Bill, Grande Bill... Eu devia escrever isto umas 100 vezes nesta folha de papel, como uma criança condenada a escrever *Não atirarei bolas de papel durante a aula*, enquanto a ensolarada quietude das 15 horas se derrama através das janelas e a professora corrige deveres de casa em sua mesa, e há somente o som de sua caneta, enquanto, em algum lugar, bem distante, garotos selecionam equipes para uma partida de beisebol.

De qualquer modo, por fim fiz a única coisa que podia fazer. Manobrei o Scout cautelosamente e retornei à Estrada Kansas. Então, chorei.

Amanda tocou meu ombro, timidamente.

— Ah, David, sinto tanto... — disse ela.

— É — respondi, tentando conter as lágrimas, sem muito êxito.

— É... eu também.

Dirigi para a Estrada 302 e dobrei à esquerda, em direção a Portland. Também essa estrada estava rachada e afundada em vários pontos, mas seu estado era melhor do que a de Kansas. Minha preocupação eram as pontes. A superfície do Maine é recortada por água corrente, de maneira que há pontes por toda parte, pequenas e grandes. Entretanto, o Dique Naples estava intato e, a partir de lá, seria fácil — embora lento — seguir todo o trajeto até Portland.

O nevoeiro continuava espesso. Precisei parar uma vez, pensando que havia árvores atravessadas na estrada. Então, as árvores começaram a mover-se e ondular, fazendo-me compreender que eram mais tentáculos. Parei, e, após algum tempo, eles recuaram. Em outra ocasião, uma enorme coisa verde, com um corpo iridescente e verdejante, provida de compridas asas transparentes, pousou no capô do carro. Parecia uma libélula incrivelmente disforme. Ficou ali um instante, depois tornou a alçar voo e se foi.

Billy acordou cerca de duas horas após termos deixado a Estrada Kansas, e perguntou se ainda não tínhamos apanhado sua mãe. Falei-lhe que eu não conseguira descer até a nossa estrada, por causa das árvores caídas.

— Ela está bem, papai?

— Não sei, Billy, mas vamos voltar lá e saber.

Ele não chorou. Em vez disso, tornou a dormir. Eu preferia vê-lo debulhar-se em lágrimas. Billy estava dormindo demais e isso não me agradava nem um pouco.

Comecei a ficar com dor de cabeça, devido à tensão. Continuava dirigindo através do nevoeiro, entre oito a 15 quilômetros por hora, e havia a tensão de saber que qualquer coisa podia brotar dele, tudo mesmo — uma erosão, desmoronamento ou Gidra, o monstro de três cabeças. Acho que rezei. Pedi a Deus que Stephanie estivesse viva e que Ele não lançasse meu adultério contra ela. Pedi a Deus que me permitisse levar Billy à segurança, porque ele já sofrera demais.

A maioria das pessoas estacionara no acostamento, o nevoeiro chegou e, por volta do meio-dia, estávamos em North Windham. Experimentei a Estrada do Rio, mas, cerca de seis quilômetros além, uma ponte cruzando um pequeno e ruidoso rio havia caído na água. Tive que voltar por quase um quilômetro e meio, em marcha a ré, antes de encontrar um lugar com espaço suficiente para manobrar. Afinal, seguimos para Portland pela Estrada 302.

Chegando lá, peguei o desvio para o pedágio. A ordenada fila de cabines guardando o acesso havia sido transformada em esqueletos de olhos vazados, em fibra de vidro amassada. Estavam todas vazias. Na porta deslizante de vidro de uma delas havia um blusão rasgado, com a inscrição *Jurisdição da Autoestrada Maine* pregada nas mangas. Estava encharcada de sangue seco. Desde que havíamos deixado o Federal, ainda não tínhamos visto uma única pessoa viva.

— Tente seu rádio, David — disse a Sra. Reppler.

Bati na testa, irado e frustrado comigo mesmo, perguntando-me como havia sido tão imbecil a ponto de esquecer o AM-FM do Scout por tanto tempo.

— Não fique assim — disse a Sra. Reppler, abruptamente. — Você não pode pensar em tudo. Se quiser fazer tudo, acabará doido, e isso não adiantaria nada.

Nada consegui, além de guinchos de estática em toda a faixa AM. A FM nada revelou, além de profundo e agourento silêncio.

— Isto significa que todas as estações estão fora do ar? — perguntou Amanda.

Eu sabia o que ela pensava. No momento, estávamos bem para o sul, deveríamos estar pegando uma seleção das grandes estações de Boston, como a WRKO, WBZ e WMEX. No entanto, se nada havia em Boston...

— Com certeza, isto não significa coisa alguma — falei. — Essa estática na faixa AM é pura interferência. O nevoeiro também está provocando um efeito amortecedor nos sinais de rádio.

— Tem certeza de que é só isso?

— Tenho — respondi, de maneira alguma convicto.

Seguimos para o sul. Os marcos rodoviários passavam por nós, em contagem decrescente a partir de 40. Quando chegássemos ao quilômetro 1, estaríamos na divisa de New Hampshire. O trajeto até o pedágio foi mais lento: muitos motoristas não tinham querido desistir, de modo que havia colisões em vários lugares. Foram inúmeras as vezes em que precisei usar a faixa central.

Mais ou menos às 13h20 — eu começava a ficar com fome —, Billy agarrou meu braço.

— Papai, o que é aquilo? *O que é aquilo?*

Uma sombra destacou-se do nevoeiro, manchando-o de escuro. Era alta como um penhasco e vinha direto para nós. Pisei nos freios. Amanda estivera cochilando e foi atirada para a frente.

Algo chegou. Novamente, é só o que posso afirmar com segurança. Talvez fosse porque o nevoeiro só permitia que víssemos coisas de relance, mas creio ser também provável a existência de certas coisas que nosso cérebro simplesmente rejeita. Existem coisas de tanta perversidade e horror — suponho que assim como existem coisas de tamanha beleza — que elas não conseguem cruzar as insignificantes portas da percepção humana.

Tinha seis pernas, disso estou certo; sua pele era cor de chumbo, salpicada de marrom-escuro. Aquelas manchas castanhas me faziam lembrar absurdamente as manchas hepáticas nas mãos da Sra. Carmody. A pele da coisa era profundamente enrugada e sulcada; pendentes e aderentes a ela havia multidões, centenas, daqueles "insetos" rosados, com olhos na ponta de talos. Não sei ao certo o quão grande ele era, porém passou diretamente sobre nós. Uma de suas pernas enrugadas e cinzentas bateu bem ao lado de minha janela. Mais tarde, a Sra. Reppler comentou que não conseguira ver a parte inferior do seu corpo, embora espichasse o pescoço para olhar. Viu apenas duas pernas ciclópicas, que subiam e se perdiam dentro do nevoeiro, como torres animadas, até desaparecerem.

No momento em que a coisa ficou acima do Scout, tive a impressão de algo tão grande que faria uma baleia azul parecer do tamanho de uma truta — em outras palavras, algo tão grande que desafiava a imaginação. Depois ela se foi, deixando em sua esteira uma série de baques sismológicos, cujos ecos chegavam até nós. A criatura deixou pegadas no asfalto da Interestadual, pegadas tão fundas que eu não conseguia ver o fundo. E cada pegada era quase grande o suficiente para que o Scout afundasse nela.

Por um momento, ninguém falou. Não havia outro som além de nossa respiração e do baque distanciado, indicando a passagem da grande Coisa.

— Era um dinossauro, papai? — perguntou Billy. — Como aquela ave que entrou no supermercado?

— Não acredito que fosse. Acho mesmo que nunca existiu um animal tão grande assim, Billy. Pelo menos aqui na Terra.

Tornei a pensar no Projeto Ponta de Flecha e novamente me perguntei que maldita loucura eles poderiam ter feito lá.

— Podemos continuar? — perguntou Amanda timidamente. — Essa coisa talvez volte.

Sim, e talvez houvesse outras à frente. Entretanto, de nada adiantava dizer isso. Tínhamos que ir a algum lugar. Segui em frente, rodando em ziguezague, esquivando-me daquelas terríveis pegadas, até elas abandonarem a estrada.

Foi o que aconteceu. Ou quase tudo o que aconteceu — há uma última coisa, à qual logo chegarei. Entretanto, não vá esperar alguma conclusão viável. Nada de *E eles escaparam do nevoeiro, penetrando no bom calor do sol de um novo dia;* ou *Quando acordamos, finalmente a Guarda Nacional havia chegado;* ou até mesmo o grande e velho chavão *Foi tudo um sonho.*

Suponho que seja o que meu pai costumava chamar, franzindo o cenho, "um final à Alfred Hitchcock", com isto querendo indicar uma conclusão ambígua, permitindo que o leitor ou espectador formule a própria opinião sobre como tudo terminou. Meu pai nutria apenas desdém por tais histórias, chamando-as de "golpe baixo".

Chegamos a um Howard Johnson's, perto da saída 3, quando o crepúsculo começou a cair, transformando o ato de dirigir um carro em um risco suicida. Antes disso, fizemos uma tentativa na ponte que cruza o rio Saco. Estava bastante retorcida e disforme, porém, em meio ao nevoeiro, era impossível dizer se o estrago era ou não total. Vencemos esse jogo em particular.

Contudo, há o amanhã para se pensar, não é?

Enquanto escrevo isto, faltam 15 minutos para a uma da madrugada de 23 de julho. A tempestade que parece ter indicado o início de tudo foi há apenas quatro dias. Billy está dormindo no saguão, em um colchão que arrastei até lá para ele. Amanda e a Sra. Reppler estão por perto. Escrevo à luz de uma grande lanterna Delco e, lá fora, os insetos cor-de-rosa roçam e se chocam contra as vidraças. De vez em quando ouvimos um baque mais alto, como quando uma das aves alça voo.

O Scout tem gasolina suficiente para carregar-nos por outros 150 quilômetros. A alternativa é tentar arranjar combustível aqui; há um posto Esso que serve à ilha e, embora não haja energia elétrica, acho que posso transferir um pouco para o tanque do carro, extraindo-o por meio de um sifão. Entretanto...

Entretanto isto significa ter de ir lá fora.

Se conseguirmos gasolina — aqui ou mais adiante —, continuaremos rodando. Agora tenho um destino em mente, entende. É a última coisa que eu lhe queria contar.

Eu não tinha certeza. Eis aí o problema, o maldito problema. Poderia ter sido imaginação minha, apenas um desejo. E, mesmo em caso contrário, é uma chance bem remota. Quantos quilômetros mais? Quantas pontes? Quantas coisas mais que adorariam dilacerar meu filho e devorá-lo, mesmo que ele grite de terror e agonia?

As chances são tão boas que não passavam de um devaneio, algo que não contei aos outros... pelo menos por enquanto.

No apartamento do gerente, encontrei um grande rádio de várias faixas, funcionando com bateria. De sua parte traseira sai uma antena achatada, que atravessa a janela. Liguei o rádio, virei o botão BAT., percorri o mostrador, girei várias vezes o botão seletor de faixas e ainda não consegui nada além de estática ou silêncio total.

Então, no último extremo da faixa AM, justamente quando já ia girar o botão de desligar, pensei ter ouvido — ou sonhei ter ouvido — uma única palavra.

Não houve mais nada. Fiquei ouvindo por uma hora, porém nada aconteceu. Se houvesse aquela única palavra, ela chegou através de alguma fenda mínima no nevoeiro úmido, uma passagem infinitesimal, que imediatamente se fechou outra vez.

Uma palavra.

Preciso dormir um pouco... se puder dormir, em vez de ser assombrado até o amanhecer pelos rostos de Ollie Weeks, da Sra. Carmody e de Norm, o empacotador... ou pelo rosto de Steff, meio sombreado pela aba larga de seu chapéu contra o sol.

Há um restaurante aqui, com refeitório e um comprido balcão para almoço, em forma de ferradura. Deixarei estas páginas em cima do balcão e, um dia, talvez alguém as encontre e leia.

Uma palavra.

Se ao menos eu a tivesse ouvido realmente... Se ao menos...

Vou agora para a cama. Mas primeiro quero beijar meu filho e sussurrar duas palavras em seu ouvido. Contra os sonhos que possam surgir, sabe como é.

Duas palavras que soam um pouco parecidas.

Uma delas é Hartford.

A outra é *hope.**

---

* Em português, esperança. (N.da E.)

Aqui há tigres

Charles precisava desesperadamente ir ao banheiro.

Não adiantava continuar se enganando que poderia esperar até a hora do recreio. Sua bexiga gritava para ele, e a Srta. Bird o surpreendeu contorcendo-se.

Havia três professoras de terceira série, na Escola Primária da Rua Acorn. A Srta. Kinney era jovem, loura, cheia de vitalidade e tinha um namorado que a vinha buscar depois das aulas, em um Camaro azul. A Srta. Trask tinha as formas de uma almofada mourisca, penteava o cabelo em tranças e ria com estardalhaço. E havia a Srta. Bird.

Charles sabia que ele ia acabar ficando com a Srta. Bird. Ele *sabia* disso. Era inevitável. Porque, obviamente, a Srta. Bird queria destruí-lo. Ela não permitia que crianças fossem ao porão. O porão, dizia a Srta. Bird, era onde ficavam as caldeiras, de modo que damas bem-comportadas e cavalheiros nunca desciam *lá*, porque porões eram coisas velhas, desagradáveis e ferruginosas. Mocinhas e mocinhos não vão ao porão, dissera ela. Eles vão ao *banheiro*.

Charles se contorceu novamente. A Srta. Bird o fitou de banda.

— Charles — disse ela calmamente, ainda dirigindo seu ponteiro para a Bolívia —, você precisa ir ao banheiro?

Cathy Scott, no assento à frente dele, deu uma risadinha, cobrindo a boca prudentemente.

Kenny Griffen abafou o riso e chutou Charles por baixo da carteira. Charles ficou vermelho vivo.

— Responda, Charles — disse animadamente a Srta. Bird. — Você precisa... (*urinar, ela vai dizer urinar, como sempre faz*)

— Sim, Srta. Bird.

— Sim, o quê?

— Eu tenho que ir ao po... ao banheiro.

A Srta. Bird sorriu.

— Muito bem, Charles. Pode ir ao banheiro e urinar. É o que precisa fazer lá? Urinar?

Charles baixou a cabeça, condenado.

— Muito bem, Charles. Pode ir. E, da próxima vez, por favor, não fique esperando que eu lhe pergunte.

As risadinhas encheram a sala. A Srta. Bird bateu no quadro com seu ponteiro.

Charles arrastou-se pelo corredor entre as carteiras, na direção da porta, sentindo 30 pares de olhos pousados em suas costas. E cada um daqueles colegas, incluindo Cathy Scott, sabia que ele ia ao banheiro para urinar. A porta ficava a uma distância de, pelo menos, um campo de futebol. A Srta. Bird não continuou a aula, ficou calada até ele abrir a porta, passar para o corredor abençoadamente vazio e fechar a porta suavemente.

Ele caminhou em direção ao banheiro dos meninos

(*porão porão porão* SE EU QUISER)

arrastando os dedos ao longo dos frios ladrilhos da parede, deixando que escalassem o quadro de avisos e escorregassem levemente através da

(QUEBRE O VIDRO EM CASO DE EMERGÊNCIA)

caixa vermelha de alarme contra incêndios.

A Srta. Bird *gostava* daquilo. Ela *gostava* de deixá-lo com o rosto vermelho. Na frente de Cathy Scott — que *nunca* precisava ir ao porão, isso era justo? — e de todos os outros.

Filha da p-u-t-a, pensou ele. Soletrou a expressão, porque no ano anterior decidira que Deus não a consideraria um pecado, se fosse soletrada.

Entrou no banheiro dos meninos. Estava muito frio lá dentro, com um cheiro fraco, mas não desagradável, de água sanitária pairando pungentemente no ar. Agora, pelo meio da manhã, o banheiro estava limpo e vazio, tranquilo e muitíssimo agradável, nada parecido com o cubículo enfumaçado e fedorento do Cinema Star, no centro da cidade.

O banheiro

(*porão!*)

era construído em forma de L, ficando a haste mais curta com uma fileira de pequenos espelhos quadrados e pias de porcelana branca, além de um recipiente com toalhas de papel,

(NIBROC)

e a haste mais comprida com dois mictórios e três cubículos com vaso sanitário.

Charles foi para o outro lado do banheiro, após olhar soturnamente para seu rosto fino e meio pálido em um dos espelhos.

O tigre estava deitado na extremidade mais adiante, logo abaixo da janela branco-pedregosa. Era um tigre grande, com listras amareladase escuras cruzando seu pelo. Ele ergueu os olhos alertas para Charles, apertando as pupilas esverdeadas. Uma espécie de ronronar sedoso escapou-lhe da boca. Músculos lisos flexionaram-se e o tigre se pôs sobre as patas. Sua cauda agitou-se, fazendo pequenos sons de batidas contra o lado de porcelana do último mictório.

O tigre parecia absolutamente faminto e muito perigoso.

Charles correu, percorrendo de volta o caminho já feito. A porta parece levar uma eternidade para resfolegar pneumaticamente atrás dele, mas, quando se fechou, Charles considerou-se a salvo. Aquela porta apenas oscilava, e ele não se lembrava de já ter lido ou ouvido dizer que tigres são inteligentes o bastante para abrir portas.

Passou o dorso da mão sobre o nariz. Seu coração batia tão forte, que era capaz de ouvi-lo. Ainda precisava ir ao porão, mais do que nunca.

Contorceu-se, pestanejou e apertou uma das mãos contra a barriga. *Realmente*, tinha que ir ao porão. Se, pelo menos, tivesse certeza de que não viria ninguém, usaria o das meninas. Ficava bem do outro lado do corredor. Charles olhou para lá ansiosamente, sabendo que nunca teria coragem, nem em um milhão de anos. E se Cathy Scott aparecesse? Ou — tremendo horror! — se a *Srta. Bird* aparecesse?

Talvez ele tivesse imaginado o tigre.

Abriu a porta, uma fresta suficiente para um olho, e espiou.

O tigre espiava de volta, junto ao ângulo L, seu olho era verde cintilante. Charles fantasiou que podia distinguir um pequenino cintilar azul naquele brilho profundo, como se o olho do tigre tivesse comido o seu próprio. Como se...

Uma mão deslizou em volta de seu pescoço.

Charles soltou um grito contido, enquanto sentia o coração e o estômago amontoarem-se em sua garganta. Por um terrível instante, pensou que ia se molhar todo.

Era Kenny Griffen, sorrindo complacentemente.

— A Srta. Bird me mandou atrás de você, porque saiu da sala há seis anos. Você está encrencado.

— Eu sei, mas não posso ir ao porão — disse Charles, ainda nervoso pelo susto que Kenny lhe dera.

— Está com prisão de ventre! — cantarolou Kenny alegremente. — Espere só até eu contar a *Caaathy!*

— Não tem nada que contar a ela! — exclamou Charles, prontamente. — Além disso, não estou com prisão de ventre. Há um tigre lá dentro.

— E o que ele está fazendo? — perguntou Kenny. — Mijando?

— Não sei — respondeu Charles, virando o rosto para a parede. — Eu só queria que ele fosse embora — acrescentou, começando a chorar.

— Ei! — disse Kenny, perplexo e um pouco amedrontado. — Ei!

— E se eu *tiver* que ir? E se não houver outro jeito? A Srta. Bird irá dizer que...

— Ora, vamos! — disse Kenny, agarrando seu braço com uma das mãos e abrindo a porta com um empurrão com a outra. — Você está inventando.

Já estavam dentro do banheiro antes que Charles, aterrorizado, pudesse libertar-se e encolher-se contra a porta.

— Um tigre — disse Kenny, enojado. — Rapaz, a Srta. Bird *vai matar* você!

— Ele está no outro lado.

Kenny começou a caminhar ao longo da fila de pias.

— Pss-pss-pss? Pss?

— Não faça isso! — sibilou Charles.

Kenny desapareceu atrás da quina da parede.

— Pss-pss? Pss-pss? Pss...

Charles disparou pela porta novamente e apertou-se contra a parede, esperando, as mãos cobrindo a boca e os olhos fortemente apertados, esperando, esperando o grito.

Não houve grito nenhum.

Ele não fazia ideia de quanto tempo permaneceu ali, congelado, a bexiga explodindo. Olhou para a porta do porão dos meninos. Ela nada lhe disse. Era apenas uma porta.

Não iria.

Não poderia ir.

No entanto, finalmente entrou.

As pias e espelhos continuavam em ordem, e o fraco cheiro de água sanitária não se modificara. Mas parecia haver um cheiro sob aquele. Um cheiro vago e desagradável, como o de cobre recém-cortado.

Com sofrida (mas silenciosa) apreensão, ele chegou até a quina do L e espiou.

O tigre estava estirado no chão, lambendo as enormes patas com uma comprida língua rosada. Olhou para Charles sem curiosidade. Em uma de suas presas, havia um pedaço rasgado de camisa.

Mas a necessidade de Charles já se tornara uma agonia e ele não tinha como esperar mais. *Tinha* que se aliviar. Na ponta dos pés, voltou até a pia de porcelana branca mais próxima da porta.

A Srta. Bird irrompeu no banheiro justamente quando ele puxava o zíper das calças.

— Ora, mas você, seu garotinho sujo, seu porco! — disse ela, quase ponderadamente.

Charles mantinha um olho vigilante no canto.

— Sinto muito, Srta. Bird... o tigre... eu vou limpar a pia... vou passar sabão... juro que vou...

— Onde está Kenneth? — perguntou calmamente a Srta. Bird.

— Não sei.

De fato, ele não sabia.

— Ele está aí dentro?

— *Não!* — gritou Charles.

A Srta. Bird estacou na quina do banheiro.

— Venha cá, Kenneth. Agora mesmo.

A Srta. Bird, entretanto, já tinha dobrado a quina. Ela queria surpreender. Charles pensou que a Srta. Bird estava prestes a descobrir o que realmente significava surpreender.

Tornou a cruzar a porta. Bebeu água no bebedouro. Olhou para a bandeira americana pendendo à entrada do ginásio. Olhou para o quadro de avisos. A Coruja Sábia dizia FIQUE ATENTO, NÃO POLUA. O Policial Amigo dizia NUNCA ACEITE CARONA DE ESTRANHOS. Charles leu tudo duas vezes.

Depois voltou para a sala de aula, seguiu por sua fila de carteiras até onde ficava a sua, sempre com os olhos baixos, deslizou para o seu banco. Faltavam 15 minutos para as 11 horas. Apanhou *Roads to Everywhere* [Estradas para toda parte] e começou a ler sobre Bill no rodeio.

O macaco

Quando Hal Shelburn o viu, no instante em que seu filho Dennis o tirou de uma caixa de ração para cães Ralston-Purina que havia sido empurrada para o canto mais distante, debaixo do beiral do sótão, foi tomado por tal sensação de horror e medo que, por um momento, julgou-se prestes a gritar. Colocou um punho sobre a boca, como para reter o grito... e então apenas tossiu sobre o punho. Terry e Dennis nada haviam percebido, mas Petey olhou em torno, momentaneamente curioso.

— Que barato! — exclamou Dennis, em tom respeitoso.

Agora, o próprio Hal raramente recebia o mesmo tom da parte do filho. Dennis tinha 12 anos.

— O que é isso? — perguntou Peter. Olhou novamente para o pai, antes de voltar os olhos para a coisa que o irmão mais velho havia descoberto. — O que é isso, papai?

— É um macaco, miolo mole — disse Dennis. — Será que nunca viu um macaco antes?

— Não chame seu irmão de miolo mole — disse Terry automaticamente, começando a examinar uma caixa cheia de cortinas. As cortinas estavam escorregadias de mofo e ela as largou bruscamente. — Eca!

— Posso ficar com ele, papai? — perguntou Petey.

Ele tinha nove anos.

— Ei, do que está falando? — exclamou Dennis. — *Eu* o achei!

— Meninos, por favor — disse Terry. — Estou ficando com dor de cabeça!

Hal parecia não ouvi-los. O macaco cintilou para ele, das mãos de seu filho mais velho, exibindo-lhe o velho e familiar sorriso. O mesmo sorriso que assombrara seus pesadelos em criança, assombrando-os até que ele...

Lá fora, levantou-se uma fria rajada de vento e, por um instante, lábios sem carne alguma sopraram uma prolongada nota, através da velha e enferrujada calha externa. Petey chegou mais para perto do pai, os olhos movendo-se inquietamente pelo áspero teto do sótão, através do qual se destacavam cabeças de pregos.

— O que foi isso, papai? — perguntou, quando o assobio passou para um zumbido gutural.

— Apenas o vento — respondeu Hal, ainda olhando para o macaco. Seus címbalos, luas crescentes de latão, em vez de círculos completos, à luminosidade fraca da única lâmpada nua, pareciam imóveis, talvez a 30 centímetros de distância, e ele acrescentou, automaticamente: — O vento pode assobiar, mas não consegue cantar. — Percebeu então que repetia uma frase do Tio Will e ficou arrepiado.

A nota se repetiu, o vento partindo do lago Cristal, em prolongada e sussurrante descida, para então tremular na calha. Meia dúzia de pequenas rajadas lançou o frio ar de outubro no rosto de Hal — Céus, aquele lugar era tão semelhante ao armário dos fundos, na casa de Hartford, que todos poderiam ter sido transportados 30 anos atrás no tempo.

Não quero pensar nisso.

Só que agora, naturalmente, era tudo em que ele *conseguia* pensar.

No armário dos fundos, onde encontrei esse maldito macaco, naquela mesma caixa.

Terry se distanciara, a fim de examinar um caixote cheio de bugigangas, caminhando agachada, porque a inclinação do beiral era muito acentuada.

— Não gosto dele — disse Petey, e procurou a mão de Hal. — Dennis que fique com ele, se quiser. Podemos ir embora, papai?

— Está com medo de fantasmas, seu frangote? — perguntou Dennis.

— Dennis, pare com isso! — exclamou Terry, com ar ausente. Apanhou uma xícara de porcelana finíssima, com motivo chinês. — Que linda! Que...

Hal viu que Dennis encontrara a chave de dar corda, nas costas do macaco. O terror voou através dele em asas soturnas.

— Não faça isso!

A frase lhe saiu mais brusca do que pretendia, e já arrancara o macaco das mãos de Dennis antes de realmente ter consciência do que fazia. Dennis olhou em torno, espantado. Terry também havia olhado por cima do ombro e Petey levantou a cabeça. Por um momento, ficaram todos em silêncio e o vento tornou a assobiar, em tom muito grave desta vez, como um desagradável convite.

— Quero dizer, provavelmente a corda está quebrada — disse Hal.

Ela costumava estar quebrada... exceto quando não queria estar.

— Bem, não precisava *arrancá-lo* da minha mão — disse Dennis.

— Cale a boca, Dennis!

Dennis pestanejou e, por um instante, pareceu nervoso. Fazia muito tempo que o pai não lhe falava naquele tom. Não, desde que perdera o emprego na National Aerodyne, na Califórnia, dois anos antes, e eles tinham se mudado para o Texas. Dennis resolveu não insistir... por enquanto. Virou-se para a caixa de ração para cães e começou a esmiuçá-la novamente, mas o resto de seu conteúdo era puro lixo. Brinquedos quebrados sangrando molas e estofo.

O vento agora ficara mais alto, ululando, em vez de assobiar. O sótão começou a estalar maciamente, produzindo um ruído semelhante ao de passos.

— Vamos, papai? — pediu Petey, alto apenas o suficiente para que o pai o ouvisse.

— Certo — disse Hal. — Vamos embora, Terry.

— Ainda não acabei com isto...

— Eu disse *vamos* embora.

Foi a vez de ela ficar espantada.

Eles tinham alugado dois quartos vizinhos em um motel. Às 22h daquela noite, os meninos dormiam em seu quarto e Terry dormia em outro. Ela tomara dois Valium, no trajeto de volta da casa, em Casco. Para evitar que os nervos a deixassem com enxaqueca. Ultimamente, ela vinha tomando muito Valium. Tudo começara mais ou menos na época em que a National Aerodyne havia despedido Hal. Nos últimos dois anos, ele vinha trabalhando na Texas Instruments — o que significava quatro mil dólares anuais a menos, mas era um emprego. Ele disse a Terry que eles tinham sorte. Ela concordou. Havia muitos arquitetos, programadores de software desempregados, explicara Hal. Ela concordou. A firma em Arnette era tão boa quanto a de Fresno, disse ele. Ela concordou, mas Hal pensou que a concordância de Terry em tudo era uma mentira.

Além do mais, estava perdendo Dennis. Podia sentir que o menino se distanciava, alcançando uma prematura velocidade de fuga. Até logo, Dennis, adeus, estranho, foi bom estar com você. Terry achava que o menino andava fumando maconha, porque algumas vezes tinha sentido o cheiro. Você precisa falar com ele, Hal. E *ele* concordara, só que até então não tinha falado.

Os meninos dormiam. Terry dormia. Hal foi para o banheiro, trancou a porta, sentou-se sobre a tampa abaixada da privada e olhou para o macaco.

Odiava a sensação que ele dava a seu tato, com aquele macio pelo espesso e castanho, já careca em alguns pontos. Odiava seu sorriso — *esse macaco sorri igualzinho a um crioulo*, dissera Tio Will certa vez, mas ele não sorria como um negro ou como qualquer coisa humana. Seu sorriso era com todos os dentes, e, quando se dava corda, os lábios mexiam, os dentes pareciam maiores, tornavam-se dentes de vampiro, os lábios repuxavam-se e os címbalos tocavam, macaco idiota, macaco de corda, idiota, idiota...

Deixou-o cair. Suas mãos estavam tremendo e ele o deixou cair.

A chave da corda produziu um estalido no banheiro ladrilhado, ao bater contra o chão. O som pareceu muito alto, em meio à quietude. O macaco sorria para ele, com seus densos olhos ambáricos, olhos de boneca, repletos de um brilho idiota, seus címbalos de latão como que prestes a tocar uma marcha para alguma banda do inferno. Embaixo estavam inscritas as palavras MADE IN HONG KONG.

— Você não pode estar aqui — sussurrou Hal. — Eu o joguei no fundo do poço quando tinha nove anos.

O macaco sorriu para ele.

Lá fora, na noite, uma soturna rajada de vento sacudiu o motel.

Bill, irmão de Hal, foi encontrá-los com sua esposa Collette na casa do Tio Will e da Tia Ida, no dia seguinte.

— Já lhe passou pela cabeça que uma morte na família é, de fato, uma terrível maneira de renovar o contato com os familiares? — perguntou Bill, com um sorrisinho irônico.

Havia recebido esse nome em homenagem ao Tio Will. Will e Bill, campeões do rodeio, costumava dizer Tio Will, desmanchando os cabelos de Bill. Aquele era um dos seus ditos... como o de que o vento pode assobiar, mas não consegue cantar. Tio Will falecera seis anos antes, e Tia Ida ficara morando ali, sozinha, até que um derrame a levara, logo na semana anterior. Uma morte súbita, dissera Bill, ao dar a notícia a Hal, em um telefonema interurbano. Como se ele pudesse saber, como se alguém pudesse saber... Ela morrera sozinha.

— É — respondeu Hal. — Já me passou pela cabeça.

Olharam juntos para a casa, o lar onde eles tinham crescido. O pai de ambos, um marujo mercante, simplesmente desaparecera da face da Terra quando eles eram jovens. Bill alegava recordar-se vagamente do pai, porém Hal não tinha a menor lembrança dele. A mãe morrera quando Bill tinha dez anos e Hal, oito. Então, Tia Ida os trouxera para lá, em um ônibus Greyhound que partia de Hartford, e eles haviam sido criados ali, e dali tinham ido para a universidade. Aquele era o lar do qual sentiam saudades. Bill continuara no Maine e agora era um próspero advogado em Portland.

Hal viu que Petey vagava na direção do emaranhado de amoras silvestres que ficava no lado leste da casa.

— Fique longe daí, Petey! — gritou.

Petey olhou para trás, questionando. Hal sentiu-se invadir por uma onda de puro amor pelo menino... e, de repente, tornou a pensar no macaco.

— Por quê, papai?

— O velho poço fica por aí, em algum lugar — Bill disse. — Mas não lembro onde de jeito nenhum. Seu pai tem razão, Petey, é um bom lugar para se estar longe. Os espinheiros podem te machucar feio. Não é mesmo, Hal?

— Correto — disse Hal, automaticamente.

Petey afastou-se, sem olhar para trás, começando a descer a rampa que ia dar na pequena faixa de praia, onde Dennis atirava pedras na água. Hal sentiu que algo em seu peito afrouxava-se um pouco.

Bill podia ter esquecido a localização do velho poço. Mas, no fim da tarde, Hal o encontrou sem vacilar, abrindo caminho com os ombros entre o espinheiro que rasgou seu velho blusão de flanela e quase lhe furava os olhos. Chegou ao poço e ficou perto dele, respirando forte, olhando para as tábuas empenadas e apodrecidas que o cobriam. Após um momento de hesitação, ajoelhou-se (seus joelhos estalaram como tiros de uma pistola de cano duplo) e moveu duas tábuas para um lado.

Do fundo daquela garganta molhada e forrada de pedras, um rosto afogado olhou para ele, com olhos esbugalhados, a boca carrancuda. Um gemido escapou de sua boca. Um gemido baixo, exceto no coração, onde se tornava alto como um grito.

Era o seu próprio rosto, na água escura do poço.

Não o do macaco. Por um momento, Hal pensou que fosse o do macaco.

Estava trêmulo. Todo o seu corpo tremia.

Eu o joguei dentro do poço. Eu o joguei dentro do poço, por favor, Deus, não me deixe ficar louco, eu o joguei dentro do poço.

O poço havia secado no verão em que Johnny McCabe morrera, um ano depois de Bill e Hal terem vindo morar com Tio Will e Tia Ida. Tio Will fizera um empréstimo no banco para mandar perfurar um poço artesiano, de maneira que as amoras silvestres vicejaram desordenadamente em torno do buraco do velho poço. O poço seco.

Exceto que a água voltara. Como o macaco.

Desta vez, a recordação não podia ser negada. Hal sentou-se ali, impotente, deixando a memória falar, tentando lidar com ela, controlá-la como um surfista, ao surfar uma onda monstro que o esmagará se ele cair fora da prancha, apenas tentando atravessá-la, para que ela fosse embora outra vez.

Ele se esgueirara até ali com o macaco, no final daquele verão, com as amoras silvestres maduras desprendendo um cheiro forte e enjoativo. Ninguém ia lá para colhê-las, embora a Tia Ida às vezes chegasse até a orla das amoreiras e colhesse um punhado delas em seu avental. Junto ao poço, as amoras silvestres tinham amadurecido e passado do ponto, algumas apodreciam, deixando fluir um líquido branco e grosso, como pus, enquanto os grilos cantavam alucinadamente na grama alta sob as amoreiras, soltando seu grito interminável: *Criiiii...*

Os espinhos o feriram, produziram pontos de sangue em suas bochechas e braços nus. Ele não fez qualquer esforço para fugir às espetadelas. Estivera cego de terror — tão cego, que por centímetros não tropeçou nas tábuas carcomidas que cobriam o poço, talvez por centímetros não despencou nove metros, até o fundo lodoso do poço. Havia girado os braços para recuperar o equilíbrio, e mais espinhos lhe marcaram seus antebraços. Essa lembrança é que o levou a chamar Petey de volta bruscamente.

Aquele era o dia em que Johnny McCabe morrera — seu melhor amigo. Johnny subira degraus da escada de mão para a sua casa da árvore em seu quintal. Eles dois haviam passado muitas horas daquele verão lá em cima, brincando de pirata, avistando galeões de faz de conta no lago, preparando os canhões para a ação, içando as velas auxiliares (o que quer que *aquilo* fosse), preparando-se para a partida. Johnny subia para a casa da árvore, como havia feito mil vezes antes, quando o degrau logo abaixo do alçapão, no fundo da casa, escapara de sua mão. Ele despencara nove metros até o solo, quebrara o pescoço e o macaco era o culpado disso, o macaco, o maldito e odioso macaco. Quando o telefone tocou, quando a boca de Tia Ida se entreabriu formando um O de horror, quando sua amiga Milly, que morava no final da rua, lhe deu a notícia, Tia Ida disse: "Venha à sacada, Hal, tenho que lhe dar uma notícia ruim...", ele havia pensado, com repugnante horror: *O macaco! O que foi que o macaco fez agora?*

Não houve reflexo de seu rosto capturado no fundo do poço, no dia em que jogou o macaco lá dentro, apenas cascalhos e o fedor da lama. Ele havia olhado para o macaco, deitado sobre a grama eriçada que crescia entre o labirinto das amoras silvestres, seus címbalos suspensos, os enormes dentes sorridentes, entre os lábios rasgados, o pelo faltando em faixas calvas e sarnentas, aqui e ali, seus olhos vidrados.

— Odeio você! — sibilou para o macaco.

Envolveu as mãos naquele corpo repugnante, sentindo o pelo espesso ranger. O macaco lhe sorriu, quando ele o ergueu diante do rosto.

— Vamos! — ordenou, começando a chorar, pela primeira vez naquele dia. Sacudiu-o. Os címbalos suspensos retiniram baixinho. O macaco estragava tudo que era bom. Tudo. — Vamos, toque-os! Toque-os!

O macaco apenas sorriu.

— Vamos, toque-os! — Sua voz elevou-se histericamente. — *Bicho nojento, bicho nojento, comece a tocá-los! Eu te desafio!* DESAFIO DUAS VEZES!

Seus olhos castanho-amarelados. Seus enormes dentes sorridentes.

Ele o jogou então no fundo do poço, louco de dor e terror. Viu-o dar dois volteios enquanto caía, um macaco de circo fazendo um truque, enquanto o sol brilhava uma última vez naqueles címbalos. Ele caiu no fundo com um baque, e isso deve ter feito seu mecanismo funcionar, porque repentinamente os címbalos *começaram* a bater. Suas batidas firmes, deliberadas e quase inaudíveis chegaram até seus ouvidos, ecoando e ricocheteando na garganta de pedra do poço morto: *jang-jang-jang-jang...*

Hal levou as duas mãos à boca e, por um momento, viu-o lá embaixo, talvez apenas com os olhos da imaginação... caído na lama, os olhos brilhando para o pequeno círculo de seu rosto de menino a espiar pela borda do poço (como que marcando aquele rosto para sempre), lábios se expandindo e se contraindo em torno dos dentes risonhos, os címbalos batendo, um engraçado macaco de corda.

Jang-jang-jang-jang, quem é que está morto? Jang-jang-jang-jang. É Johnny McCabe, caindo de olhos abertos, dando seu próprio salto acrobático, enquanto cai através do luminoso ar de férias de verão, com o degrau solto ainda nas mãos, até bater no chão com um único e amargo baque, o sangue escorrendo de seu nariz, da boca e dos olhos abertos? É Johnny, Hal? Ou é você?

Gemendo, Hal empurrou as tábuas sobre o buraco, com lascas de madeira penetrando em suas mãos, pouco se importando, só tomando consciência delas bem mais tarde. E, ainda assim, continuava a ouvi-lo, mesmo através das tábuas, um som agora sufocado e talvez ainda pior do que isso: o macaco estava lá embaixo, no escuro forrado de pedras, batendo seus címbalos e contorcendo o corpo repulsivo, o som subindo, como sons ouvidos em um sonho.

Jang-jang-jang-jang, quem está morto desta vez?

Lutando, ele abriu caminho através do matagal das amoras selvagens. Os espinhos traçaram novas linhas de sangue no seu rosto, enquanto as bardanas lhe aderiram às bainhas do jeans. Caiu estatelado uma vez, as orelhas ainda retinindo, como se o som o seguisse. Tio Will o encontrou mais tarde na garagem, soluçando e sentado em um pneu velho. O homem pensou que o menino chorava pelo amigo morto, claro que ele chorava por Johnny, mas também chorava por terror.

Hal atirara o macaco no fundo do poço, à tarde. Naquela noite, quando o crepúsculo irrompeu através de um brilhante manto de nevoeiro junto ao solo, um carro que corria rápido demais para a reduzida visibilidade da estrada atropelara o gato Manx da Tia Ida e seguira em frente. Havia tripas espalhadas por toda parte. Bill vomitara, mas Hal apenas tinha virado o rosto, um rosto pálido e tenso, ouvindo os soluços da Tia Ida (a perda do gato, aliada à notícia sobre o garoto McCabe, desencadeara nela um acesso de choro quase histérico, praticamente passando umas duas horas antes que o Tio Will conseguisse acalmá-la por completo), como que a quilômetros de distância. No fundo de seu coração havia uma gélida e exultante alegria. Aquela não fora sua vez. Tinha sido a vez do gato da Tia Ida, não a dele, nem de seu irmão Bill ou do Tio Will (apenas dois campeões de rodeio). E agora o macaco se fora, estava no fundo do poço, e um velho gato Manx, com micuins nos ouvidos, não era um preço muito alto a pagar. Se o macaco quisesse tocar seus címbalos infernais agora, que tocasse. Podia tocá-los e chocalhá-los para os besouros e insetos rastejantes, as coisas escuras que moravam na goela soturna do poço. Ele apodreceria lá embaixo. Suas engrenagens, rodas e molas odiosas enferrujariam lá no fundo. O macaco morreria lá. Na lama e na escuridão. As aranhas lhe teceriam uma mortalha.

Contudo... ele voltara.

Lentamente, Hal tornou a cobrir o poço, justamente como havia feito naquele dia, e, em seus ouvidos escutou o eco fantasma dos címbalos do macaco. *Jang-jang-jang-jang, quem morreu, Hal? É Terry? Dennis? É Petey, Hal? Ele é o seu favorito, não é? Não é ele? Jang-jang-jang...*

— Largue *isso!*

Petey sobressaltou-se e deixou o macaco cair. Por um momento de pesadelo, Hal pensou que iria acontecer, que a queda ativaria o mecanismo e que os címbalos começariam a tocar, a bater um contra o outro.

— Papai, você me assustou.

— Desculpe. Eu só... não queria que você brincasse com isso.

Os outros tinham ido a um cinema e ele pensou que seria o primeiro a chegar ao motel. Contudo, ficou mais tempo do que pretendia na casa que fora o seu lar: as velhas, detestáveis, memórias pareciam mover-se em seu próprio e eterno fuso horário.

Terry estava sentada perto de Dennis, vendo *A família Buscapé*. Ela fitava a velha e granulosa película com uma concentração fixa e bestificada, que dava pistas de uma dosagem recente de Valium. Dennis lia uma revista de rock, com o Culture Club na capa. Petey, sentado de pernas cruzadas no carpete, manipulava o macaco.

— Isto não funciona, de jeito nenhum — disse Petey.

Então está explicado por que Dennis o deixou ficar com o macaco, pensou Hal. Ficou envergonhado e irritado consigo mesmo. Sentia essa incontrolável hostilidade contra Dennis cada vez com maior frequência, mas como resultado ficava humilhado e vil... impotente.

— Não — falou. — Está muito velho. Vou jogá-lo fora. Vamos, dê-me esse macaco.

Estendeu a mão. Parecendo perturbado, Petey entregou-lhe o brinquedo.

— Papai está se transformando numa porra de um esquizofrênico — disse Dennis para a mãe.

Hal havia cruzado o aposento, antes mesmo de perceber o que tinha feito, o macaco em uma das mãos, parecendo sorrir em aprovação. Segurando Dennis pela camisa, arrancou-o da cadeira. Houve um som ronronado, quando uma costura se rasgou em alguma parte. Dennis ficou quase comicamente chocado. Sua revista *Rock Wave* caiu no chão.

— Ei!

— Você, venha comigo — disse Hal severamente, empurrando o filho para a porta de comunicação entre os dois aposentos.

— Hal! — Terry quase gritou.

Petey apenas esbugalhou os olhos. Hal empurrou Dennis para o outro quarto, bateu a porta e então pressionou o garoto contra ela. Dennis começava a parecer assustado.

— Você está ficando com um problema com sua língua — disse Hal.

— *Me larga!* Você rasgou minha camisa, você...

Hal tornou a apertar o garoto contra a porta.

— Sim, senhor — disse. — Um verdadeiro problema com essa língua. Aprendeu isso na escola? Ou lá nos fundos, onde os alunos fumam?

Dennis ficou vermelho, o rosto momentaneamente transformado pela culpa.

— Eu não estaria naquela escola de merda, se não tivessem te dado um pé na bunda! — explodiu ele.

Hal pressionou novamente o filho contra a porta.

— Não me deram um pé na bunda, eu fui dispensado, como sabe muito bem, e dispenso suas piadinhas a respeito! Você está com problemas? Bem-vindo ao mundo, Dennis. Apenas não jogue todos eles em cima de mim. Você tem o que comer. Está com seu traseiro aquecido. Tem 12 anos de idade e, com 12 anos, eu não preciso... não preciso engolir... nenhuma das suas merdas! — Hal pontuava cada frase trazendo o garoto para junto dele, até os narizes de ambos quase se tocarem. Então empurrou o garoto, batendo-o contra a porta. Hal não o empurrava com dureza suficiente para machucar, mas Dennis estava assustado — seu pai não lhe batera desde que tinham vindo para o Texas — e agora ele começou a chorar, em soluços fortes, altos e zurrados de criança pequena.

— Vamos, pode me bater! — gritou para Hal, o rosto retorcido e manchado. — Pode me bater se quiser, eu sei o quanto me odeia, caralho!

— Eu não te odeio. Eu te amo muito, Dennis. Mas sou seu pai e você tem que me respeitar ou terei de surrá-lo para que me respeite!

Dennis tentou libertar-se. Hal puxou o garoto para si e o abraçou. Dennis lutou por um momento, mas então encostou o rosto no peito do pai e chorou, como que exausto. Era o tipo de choro que Hal não ouvia em anos, de nenhum de seus filhos. Fechou os olhos, percebendo que também se sentia exausto.

Terry começou a esmurrar o outro lado da porta.

— Pare com isso, Hal! Seja lá o que for que estiver fazendo com ele, pare!

— Eu não o estou matando — disse Hal. — Vá embora, Terry.

— Não vá...

— Está tudo bem, mãe — disse Dennis, a voz abafada contra o peito de Hal.

Hal pôde sentir o silêncio perplexo da esposa por um momento e então ela se foi. Ele tornou a olhar para o filho.

— Sinto muito ter dito aquela coisa sobre você, papai — disse Dennis, com relutância.

— Está bem. Aceito e agradeço suas desculpas. Quando voltarmos para casa, semana que vem, vou esperar dois ou três dias, e então vasculhar todas as suas gavetas, Dennis. Se houver alguma coisa que não quer que eu veja, acho melhor livrar-se dela.

Aquele lampejo de culpa novamente. Dennis baixou os olhos e limpou as lágrimas com as costas das mãos.

— Posso ir agora? — perguntou, de novo soando taciturno.

— Claro — disse Hal, e o soltou.

Preciso levá-lo para acampar na primavera, só nós dois. Pescaremos um pouco, como o Tio Will costumava fazer comigo e com Bill. Tenho que me aproximar dele. Preciso tentar.

Hal sentou-se na cama, no quarto vazio, e olhou para o macaco. *Você nunca mais estará perto dele, Hal,* seu sorriso parecia dizer. *Fique certo disso. Voltei para cuidar da situação, como você sempre soube que eu voltaria — um dia.*

Hal largou o macaco e cobriu os olhos com uma das mãos.

Nessa noite, enquanto escovava os dentes no banheiro, Hal pensou. *Era a* mesma caixa. *Como é que ele podia estar na* mesma caixa?

A escova desviou-se para cima, machucando-lhe a gengiva. Ele recuou por reflexo.

Tinha quatro anos e Bill, seis, a primeira vez que viu o macaco. O pai desaparecido de ambos havia comprado uma casa em Hartford e ela fora deles, vazia e totalmente paga, antes que ele morresse ou caísse em um buraco no meio do mundo ou onde quer que fosse. A mãe dos dois trabalhara como secretária na Holmes Aircraft, a fábrica de helicópteros nas redondezas de Westville. Uma série de babás cuidava dos meninos, embora fosse principalmente com Hal que elas se preocupavam durante o dia — Bill estava no primeiro grau, na escola de gente grande. Nenhuma das babás ficava lá muito tempo. Quando não apareciam grávidas e casavam com os namorados, iam trabalhar na Holmes ou então a Sra. Shelburn descobria que elas davam em cima de sua garrafa de xerez ou de conhaque, guardadas no aparador para ocasiões especiais. Em sua maioria, eram garotas idiotas, que pareciam apenas querer comer ou dormir. Nenhuma delas se preocupava em ler para Hal, como sua mãe leria.

Naquele longo inverno, a babá era uma moça negra, corpulenta e polida chamada Beulah. Paparicava Hal quando a mãe dele estava nos arredores, beliscando-o às vezes quando ela não estava. Ainda assim, Hal sentira certa afeição por Beulah que, de vez em quando, lia para ele uma história horripilante de suas revistas de confissões ou de contos verídicos de detetives ("A Morte Chegou para a Ruiva Voluptuosa", entoava Beulah, ominosamente, no sonolento silêncio da sala de estar durante o dia, enquanto engolia outro copo de manteiga de amendoim e Hal estudava solenemente as fotos granuladas do tabloide, bebendo leite em sua Xícara dos Desejos). A afeição tornava pior o que havia acontecido.

Ele encontrou o macaco em um nublado e frio dia de março. A neve caía esporadicamente no outro lado das janelas e Beulah adormecera no sofá, com um exemplar de *Minha História* aberto sobre seus admiráveis peitos.

Hal se esgueirara até o armário dos fundos da casa, a fim de espiar as coisas de seu pai.

Aquele armário era um espaço de armazenagem que ocupava o comprimento do segundo andar, no lado esquerdo, um espaço extra, que nunca fora acabado. Entrava-se nele por uma portinhola — realmente uma portinha minúscula — que ficava do lado de Bill no quarto dos meninos. Ambos gostavam de ir lá, embora fosse gélido no inverno e, no verão, quente o bastante para extrair dos poros um balde de suor. Comprido e estreito, de certa forma aconchegante, o armário dos fundos era cheio de fascinantes quinquilharias. Pouco importava para quantas coisas se olhasse, tinha-se a impressão de que nunca se olhara para tudo. Ele e Bill haviam passado tardes inteiras de sábado ali, mal se falando, tirando coisas de caixas, examinando-as, revirando-as nas mãos, para poderem absorver sua realidade única, depois as deixando de lado. Agora, Hal se perguntava se ele e Bill não estariam tentando, da melhor maneira que podiam, de algum modo estabelecer contato com o pai desaparecido.

Ele havia sido marinheiro mercante, com certificado de navegador. Aquele armário guardava pilhas de cartas náuticas, algumas marcadas com círculos perfeitos (e a covinha da aguçada ponta do compasso no centro de cada um). Havia 20 volumes de algo intitulado *Guia de Barron para a Navegação*. Um par de binóculos tortos, que faziam os olhos ficarem quentes e esquisitos, quando se olhava por eles durante muito tempo. Havia coisas turísticas de uma dezena de portos — bonecas hu-la-hula de plástico, um chapéu-coco preto com uma fita que dizia YOU PICK A GIRL AND I'LL PICCADILLY, um globo de vidro com uma diminuta Torre Eiffel no interior. Havia envelopes com selos estrangeiros cuida-dosamente guardados e também moedas estrangeiras; havia amostras de rochas da ilha havaiana de Mauí, de um tom negro e aparência de vidro — pesadas e, de certa forma, amedrontadoras — e discos engraçados em língua estrangeira.

Naquele dia, com a neve caindo hipnoticamente do teto, logo aci-ma de sua cabeça, Hal abriu caminho até a extremidade mais distante do armário da parede dos fundos, moveu uma caixa para um lado e viu outra atrás dela — uma caixa de Ralston-Purina. Espiando sobre o topo, havia dois olhos vidrados cor de avelã. Ele se assustou e recuou um instante, o coração em disparada, como se tivesse descoberto um mortífero pigmeu. Então, viu seu silêncio, o vítreo daqueles olhos, e percebeu que era alguma espécie de brinquedo. Moveu-se novamente para frente e o tirou da caixa com cuidado.

O brinquedo sorriu seu sorriso imemorial à claridade amarelada, um sorriso cheio de dentes, seus címbalos distanciados.

Maravilhado, Hal o virou de um lado para outro, sentindo a aspereza de seu pelo enroscado. Aquele sorriso engraçado o alegrou. Contudo, não haveria algo mais? Um sentimento quase instintivo de repugnância, aparecendo e desaparecendo quase antes de ele percebê--lo? Talvez fosse isso, mas com uma recordação antiga, tão antiga como aquela, tinha-se que tomar cuidado, não acreditar muito na memória. Velhas lembranças podem mentir. Só que... não tinha visto a mesma expressão no rosto de Petey lá no sótão do antigo lar?

Hal descobrira a chave no fim das costas do brinquedo e a girara. Ela girara com demasiada facilidade, não havia estalidos da corda se enrolando. Quebrada, portanto. Quebrada, mas ainda girando.

Ele o tirou do armário para brincar com ele.

— O que é que tem aí, Hal? — perguntou Beulah, despertando de sua soneca.

— Nada — respondeu Hal. — Eu o achei.

Colocou-o na prateleira em seu lado do quarto. O brinquedo ficou em cima de seus livros de Lassie para colorir, sorrindo, fitando o espaço, címbalos imóveis. Estava quebrado, mas ria assim mesmo. Naquela noite, Hal acordou de um sonho inquieto, com a bexiga cheia, e levantou-se para ir ao banheiro no corredor. No outro lado do quarto, Bill era um monte de cobertas que respiravam.

Hal voltou, quase dormindo outra vez... e o macaco começou repentinamente a tocar os címbalos na escuridão.

Jang-jang-jang-jang...

Despertou de todo, como se lhe houvessem batido no rosto com uma toalha fria e molhada. Seu coração deu um trêmulo salto de surpresa, enquanto um guincho diminuto, como o de um camundongo, escapava-lhe da garganta. Virou-se para o macaco, de olhos arregalados, lábios tremendo.

Jang-jang-jang-jang...

O corpo do brinquedo girava e saltava na prateleira. Seus lábios se estiravam e fechavam, estiravam e fechavam, hediondamente jubilosos, revelando dentes enormes e carnívoros.

— Pare! — sussurrou Hal.

Seu irmão se virou e proferiu um único e sonoro ronco. Tudo o mais estava silencioso... exceto pelo macaco. Seus címbalos batiam um contra o outro e tocavam, certamente acordariam seu irmão, sua mãe, o mundo inteiro. Acordariam os mortos.

Jang-jang-jang-jang...

Hal caminhou para ele, querendo pará-lo de algum modo, talvez colocando a mão entre seus címbalos, até a corda terminar. Mas então o macaco parou sozinho. Os címbalos se juntaram uma última vez — *jang!* — e então se afastaram lentamente, para sua posição original. O latão cintilou nas sombras. Os dentes amarelo-sujo do macaco sorriram.

A casa tornou a ficar em silêncio. Sua mãe se virou na cama e ecoou o único ressonar de Bill. Hal voltou para sua cama e puxou as cobertas, o coração batendo depressa, enquanto pensava: *Amanhã vou levá-lo para o armário outra vez. Não quero esse macaco.*

Na manhã seguinte, entretanto, ele se esqueceu inteiramente de devolver o macaco ao armário, porque sua mãe não foi trabalhar. Beulah estava morta, a mãe não lhes contou exatamente o que ocorrera. "Foi um acidente, apenas um terrível acidente", foi tudo o que ela disse. Mas, naquela tarde, Bill comprou um jornal ao voltar da escola e contrabandeou a página quatro para seu quarto, debaixo da camisa. Bill leu vacilante a notícia para Hal, enquanto a mãe deles preparava o jantar na cozinha, mas Hal conseguiu ler o título sozinho — DUAS MORTES NO TIROTEIO DO APARTAMENTO. Beulah McCaffery, de 19 anos, e Sally Tremont, de 20, haviam sido mortas a tiros pelo namorado da Srta. McCaffery, Leonard White, de 25 anos, depois de uma discussão sobre quem sairia para ir apanhar um pedido de comida chinesa. A Srta. Tremont falecera no pronto-socorro de Hartford. Beulah McCaffery fora declarada morta no local.

Era como se Beulah simplesmente tivesse desaparecido para uma de suas revistas de detetives, pensou Hal Shelburn, enquanto um calafrio lhe percorria a espinha e depois rondava seu coração. Então, percebeu que o tiroteio acontecera ao mesmo tempo que o macaco...

— Hal? — era a voz sonolenta de Terry. — Não vem para a cama?

Ele cuspiu pasta de dentes na pia e enxaguou a boca.

— Já vou — respondeu.

Havia guardado o macaco em sua pasta, anteriormente, e a trancara. Dentro de dois ou três dias voariam de volta ao Texas. Só que, antes disso, ele se livraria para sempre da maldita coisa.

De algum modo.

— Você foi muito duro com Dennis esta tarde — disse Terry, no escuro.

— Acho que Dennis estava bem precisando disso já fazia tempo. Ele tem andado muito aéreo. Não quero que comece a desabar.

— Psicologicamente, bater no garoto não é uma maneira muito produtiva...

— Eu não *bati* nele, Terry, pelo amor de Deus!

— ... de afirmar a autoridade paterna...

— Ah, não me venha com essa merda de terapia em grupo — disse Hal, ainda irritado.

— Dá para ver que você não quer discutir o caso — respondeu ela, em tom frio.

— Falei a ele, também, para ir se drogar fora de casa.

— Falou? — Ela agora parecia apreensiva. — E como ele aceitou isso? O que respondeu?

— Ora, vamos, Terry! O que ele *poderia* dizer? Você está demitido?

— O que há com *você*, Hal? Não costuma ser assim, o que há de *errado*?

— Nada — disse ele, pensando no macaco trancado em sua pasta. Poderia ouvi-lo, se começasse a tocar seus címbalos? Sim, claro que ouviria. Um som abafado, mas audível, chocalhando a tragédia para alguém, como chocalhara para Beulah, Johnny McCabe e Daisy, a cadela do Tio Will. *Jang-jang-jang*, é você, Hal? — Tenho estado sob muita tensão.

— *Espero* que seja só isso, porque não gosto de você assim.

— Não? — As palavras então lhe escaparam, antes que pudesse detê-las; aliás, nem mesmo quis detê-las: — Sendo assim, engula um Valium e tudo ficará ótimo novamente.

Ouviu-a respirar fundo e exalar o ar tremulante. Depois, ela começou a chorar. Podia tê-la consolado (talvez), mas parecia não existir conforto nele. Havia muito terror. Tudo se arranjaria quando o macaco se fosse novamente, desta vez para sempre. Por favor, meu Deus, que ele se vá para sempre!

Ficou acordado até bem tarde, até a madrugada começar a acinzentar o ar lá fora. Contudo, achou que já sabia o que fazer.

Bill encontrara o macaco da segunda vez.

Isso foi cerca de um ano e meio após Beulah McCaffery haver sido declarada Morta no Local. Estavam no verão, Hal tinha acabado o jardim de infância.

Estava brincando quando a mãe o chamou.

— Vá lavar as mãos, *Señor*, você está sujo como um porquinho.

Ela estava na varanda, bebendo chá gelado e lendo um livro. Eram as suas férias: tivera duas semanas de folga.

Hal passou apenas ligeiramente as mãos na água fria e deixou sujeira na toalha de enxugar.

— Onde está Bill?

— Lá em cima. Diga a ele para arrumar seu lado do quarto. Está uma verdadeira bagunça.

Hal, que adorava ser o portador das más notícias nessas horas, subiu correndo. Bill estava sentado no chão. A portinhola que dava entrada ao armário dos fundos encontrava-se escancarada. Ele tinha o macaco nas mãos.

— Isso não funciona — disse Hal imediatamente.

Estava apreensivo, embora mal se lembrasse daquela noite em que, ao voltar do banheiro, o macaco de repente começara a bater seus címbalos. Quase uma semana depois disso, tivera um pesadelo com o macaco e Beulah — não recordava bem o que tinha sido — e despertara chorando, por um momento pensando que o peso macio em seu peito era o macaco, que ele abriria os olhos e o veria dando-lhe um sorriso. Naturalmente, o peso macio era apenas o seu travesseiro, agarrado com apavorada pressão. Sua mãe viera acalmá-lo com um gole de água e duas aspirinas infantis laranja-claro, o Valium para épocas perturbadas da infância. Ela achara que a notícia da morte de Beulah fora a causa do pesadelo. Estava certa, mas não da maneira como havia imaginado.

Hal pouco se lembrava disso agora, porém o macaco continuava a amedrontá-lo, particularmente seus címbalos. E seus dentes.

— Eu sei — respondeu Bill, jogando o macaco para um lado. — É idiota. — O brinquedo caiu em cima de Bill, olhando para o teto, com os címbalos afastados. Hal não gostou de vê-lo ali. — Vamos ao Teddy's comprar picolés?

— Já gastei minha mesada — disse Hal. — Além disso, mamãe mandou dizer para você arrumar seu lado do quarto.

— Posso fazer isso mais tarde — replicou Bill. — E te empresto um níquel, se quiser.

Bill costumava enganá-lo algumas vezes e, ocasionalmente, dava-lhe rasteiras ou pancadas, sem nenhum motivo em particular mas, na maioria das vezes, ele era legal.

— Claro — respondeu Hal, agradecido. — Só que, primeiro, vou botar esse macaco quebrado no armário, está bem?

— Nada disso — falou Bill, levantando-se. — Vamos logo!

Hal foi. Bill tinha um temperamento instável e, se ele perdesse tempo guardando o macaco, podia perder também seu picolé. Foram ao Teddy's e não apenas compraram os picolés, mas os mais raros, os de mirtilo. Depois foram até a Reitoria, onde alguns garotos jogavam uma partida de beisebol. Hal era pequeno demais para jogar, mas ficou sentado bem além do perímetro das faltas, chupando seu picolé de uva-do-monte e devolvendo bolas perdidas aos meninos maiores. Quando voltaram para casa estava quase escuro, e a mãe o censurou por deixar marcas de mãos sujas na toalha, também brigando com Bill por não ter arrumado seu lado do quarto. Depois do jantar, eles viram tevê e, quando tudo isso aconteceu, Hal esquecera inteiramente o macaco. De algum modo, o brinquedo chegou até a prateleira de Bill, onde ficou ao lado da foto autografada de Bill Boyd. Foi onde permaneceu por quase dois anos.

Quando Hal completou sete anos, as babás tinham-se tornado uma despesa desnecessária, de modo que a cada manhã a despedida de sua mãe era: "Bill, tome conta de seu irmão!"

Naquele dia, entretanto, Bill teve que ficar na escola depois da aula e Hal voltou para casa sozinho, parando em cada esquina até ver que não havia absolutamente trânsito nenhum vindo em uma ou outra direção, depois atravessando a rua depressa, com os ombros curvados, como um soldado de infantaria cruzando a terra de ninguém. Entrou em casa com a chave colocada debaixo do capacho e foi imediatamente à geladeira, beber um copo de leite. Pegou a garrafa, mas então ela lhe escorregou entre os dedos e estilhaçou-se em pedacinhos no chão, os fragmentos de vidro voando para todos os lados.

Jang-jang-jang-jang, soou no andar de cima, no quarto dele e de Bill. *Jang-jang-jang, oi, Hal! Bem-vindo ao lar! E, por falar nisso, Hal, é você? É a sua vez? Eles vão encontrá-lo Morto no Local?*

Ele ficou parado, imóvel, olhando para o vidro quebrado e a poça de leite, cheio de um terror a que não conseguia dar nome ou compreender. Um terror que simplesmente o dominava, parecendo fluir de seus poros.

Virou-se e correu ao andar de cima, ao quarto dos dois. O macaco estava na prateleira de Bill, parecia fitá-lo. Havia derrubado a foto autografada de Bill Boyd, agora caída com a frente para baixo, em cima da cama de Bill. O macaco saltitava, sorria e batia seus címbalos. Hal aproximou-se dele lentamente, não querendo ir, mas incapaz de ficar distante. Os címbalos afastavam-se, depois se chocavam e tornavam a afastar-se. À medida que se aproximava, podia ouvir a corda girando nas entranhas do brinquedo.

Abruptamente, com um grito de repugnância e terror, Hal deu-lhe um tapa, como se dá um tapa em um inseto, derrubando-o da prateleira. O macaco bateu no travesseiro de Bill e dali caiu no chão, os címbalos ainda chocalhando, *Jang-jang-jang*, os lábios flexionando-se e fechando-se, enquanto deitava de costas em um retalho ensolarado de fins de abril.

Hal o chutou com seu tênis, chutou-o com toda a força que pôde, desta vez o grito saído de sua garganta sendo de pura fúria. O macaco de corda deslizou através do piso, chocou-se contra a parede e ficou silencioso. Parado, Hal olhava para ele, os punhos fechados, o coração em disparada. O macaco lhe sorria descaradamente, com um pontinho de sol queimando em um olho de vidro. *Chute-me o quanto quiser*, ele parecia dizer. *Eu não passo de rodas dentadas, corda e uma ou duas engrenagens, chute-me o quanto quiser, eu não sou real, apenas um engraçado macaco de corda, é tudo o que sou, e quem está morto? Houve uma explosão na fábrica de helicópteros! O que é isso que sobe alto no céu, como uma enorme e sangrenta bola de boliche, com olhos onde deveriam estar os buracos para os dedos? É a cabeça de sua mãe, Hal?* Poxa! *Que passeio está dando a cabeça de sua mãe, Hal! Ou foi na esquina da Rua Brook? Escute aqui, cara! O carro está indo muito depressa! O motorista estava bêbado! Há um Bill a menos no mundo! Não ouviu o rangido, quando as rodas passaram em cima da cabeça dele e os miolos espirraram pelas orelhas? Ouviu? Não ouviu? Talvez? Não me pergunte, porque eu não sei, não posso saber, tudo quanto sei fazer é bater estes címbalos, jang-jang-jang, e quem está Morto no Local, Hal? Sua mãe? Seu irmão? Ou é você, Hal? É você?*

Hal precipitou-se novamente para o brinquedo, querendo pisoteá-lo, esmagá-lo, saltar sobre ele até rodas dentadas e engrenagens saírem voando, até seus horríveis olhos de vidro rolarem pelo chão. Só que, tão logo chegou perto, os címbalos se chocaram uma vez mais, muito suavemente... (*jang*)... como se alguma mola em qualquer ponto interior se expandisse em uma final e diminuta chanfradura... e uma lasca de gelo pareceu abrir um caminho sussurrante pelas paredes de seu coração, empalando-o, imobilizando sua fúria e tornando a deixá-lo nauseado de horror. O macaco quase parecia saber — como seu riso parecia jubiloso!

Hal o pegou por um dos braços, entre o polegar e o indicador da mão direita, a boca repuxada em um esgar de nojo, como se estivesse segurando um cadáver. O esfiapado pelo artificial parecia quente e febril contra sua pele. Conseguiu abrir a portinha que levava ao armário dos fundos e acendeu a lâmpada. O macaco lhe sorria enquanto ele engatinhava pelo comprimento da área de estocagem, entre caixas empilhadas sobre caixas, além do conjunto de livros de navegação, dos álbuns de fotos com manchas de antigos produtos químicos, das lembranças e das roupas velhas. Enquanto isso, Hal pensava: *Se ele começar a bater seus címbalos agora e se remexer em minha mão, eu vou gritar, mas se eu gritar, ele fará mais do que sorrir, começará a dar gargalhadas, a rir de mim, e então vou ficar maluco, eles vão me encontrar aqui, babando e rindo feito doido, eu ficarei doido, ai, meu Deus, por favor, por favor, querido Jesus, não me deixe ficar doido...*

Chegou à extremidade mais distante, arredou duas caixas, derrubando o conteúdo de uma delas, e tornou a enfiar o macaco na caixa de Ralston-Purina, no canto mais afastado, sorrindo seu sorriso simiesco, como se a piada ainda fosse em cima de Hal. Hal rastejou de volta, suando, quente e frio, todo fogo e gelo, esperando que os címbalos começassem a tocar. E quando começassem, o macaco saltaria da caixa, viria correndo para ele, em passinhos curtos como os de um besouro, a corda girando, os címbalos batendo loucamente, e...

...e nada disso aconteceu. Ele apagou a lâmpada, bateu a portinhola e ficou recostado contra ela, ofegante. Por fim, começou a sentir-se um pouco melhor. Desceu para o térreo com pernas bambas, pegou uma sacola vazia e começou a recolher os fragmentos de vidro da garrafa de leite quebrada, perguntando-se se ia se cortar e sangrar até morrer, se era isso o que os címbalos chocalhantes queriam dizer. Nada aconteceu também. Pegou uma toalha, enxugou o leite derramado e então se sentou, esperando para ver se a mãe ou o irmão chegavam em casa.

Ela chegou primeiro, perguntando:

— Onde está Bill?

Em voz baixa, destoada, agora certo de que Bill devia estar Morto em algum Local, Hal foi explicando sobre a reunião na escola e sabendo que, mesmo para uma reunião muito prolongada, Bill já deveria ter chegado uma meia hora antes.

A mãe o fitou com curiosidade, começou a perguntar o que havia de errado, mas então a porta se abriu e Bill entrou — só que não era o Bill de sempre, de maneira alguma. Aquele era um Bill-fantasma, pálido e silencioso.

— O que houve de errado? — exclamou a Sra. Shelburn. — Bill, o que aconteceu?

Bill começou a chorar e então souberam da história, através de suas lágrimas. Tinha sido um carro, disse. Ele e seu amigo Charlie Silverman vinham juntos para casa, depois da reunião, e o carro dobrara a esquina da Rua Brook, em alta velocidade. Charlie estacara, Bill lhe puxara a mão uma vez, mas ela lhe escapara, e o carro...

Bill começou a chorar ruidosamente, em soluços histéricos. Sua mãe o abraçou, acalentando-o, e Hal olhou para a varanda, viu dois policiais parados lá. O carro-patrulha em que haviam trazido Bill para casa ficara estacionado junto ao meio-fio. Então, foi ele que começou a chorar... mas suas lágrimas eram de alívio.

Agora, foi a vez de Bill ter pesadelos — sonhos nos quais Charlie Silverman morria e tornava a morrer, derrubado em suas botas de vaqueiro, depois jogado sobre o capô enferrujado do Hudson Hornet que o bêbado dirigia. A cabeça de Charlie Silverman e o para-brisa do Hudson haviam colidido com força explosiva. Ambos tinham-se estilhaçado. O motorista bêbado, dono de uma loja de doces em Milford, sofrera um ataque cardíaco logo após ser detido (talvez fosse a visão dos miolos de Charlie Silverman, secando em suas calças), e seu advogado tivera absoluto êxito durante o julgamento, com o tema de "este homem já foi punido o suficiente". O bêbado foi condenado a 60 dias (pena suspensa) e perdera o privilégio de operar um veículo a motor no estado de Connecticut por cinco anos... mais ou menos o mesmo tempo que duraram os pesadelos de Bill Shelburn. O macaco estava novamente recolhido ao armário dos fundos. Bill nunca percebeu que ele sumira de sua prateleira... ou, se percebeu, jamais falou nisso.

Hal sentiu-se seguro por algum tempo. Começou até novamente a esquecer o macaco ou a acreditar que fora apenas um sonho ruim. No entanto, quando voltou da escola para casa, na tarde em que sua mãe morreu, ele estava de volta à sua prateleira, os címbalos afastados, sorrindo para Hal.

Aproximou-se do macaco lentamente, como que se projetando para fora de si mesmo — como se ele próprio se houvesse tornado um brinquedo de corda à visão do macaco. Viu sua mão estender-se e apanhá-lo. Sentiu o pelo rijo ranger sob sua mão, porém a sensação era abafada, apenas uma pressão, como se alguém lhe tivesse injetado uma dose pura de Novocaína. Podia ouvir-se respirar, uma respiração rápida e seca, como o roçar do vento na palha.

Virou o macaco e agarrou a chave da corda. Anos mais tarde, pensaria que aquele fascínio de drogado era como o de um homem, ao colocar um revólver de seis balas com apenas uma câmara carregada contra um olho trêmulo e fechado, para em seguida puxar o gatilho.

Não faça isso — deixe-o em paz, jogue-o fora, não toque nele...

Girou a chave e, no silêncio, ouviu uma diminuta e perfeita série de cliques, quando a corda se enrolava. Depois soltou a chave, o macaco começou a bater os címbalos e Hal sentiu o corpo do brinquedo, contorcendo-se, encurvar-se-e-*saltar*, encurvar-se-e-*saltar*, como se estivesse vivo, ele *estava* vivo, retorcendo-se em suas mãos como um repugnante pigmeu. E a vibração que sentia através daquele pelo castanho e gasto não era a de engrenagens girando, mas a batida do coração do macaco.

Com um grunhido, Hal o deixou cair ao chão e fugiu, as unhas encravando-se na carne abaixo dos olhos, as palmas apertando a boca. Tropeçou em algo e quase perdeu o equilíbrio (se caísse, seria precisamente no chão, em cima do macaco, seus esbugalhados olhos azuis fitando aqueles olhos castanhos, cor de avelã). Correu aos tropeções para a porta, cruzou-a, bateu-a e recostou-se contra ela. De repente, saiu em disparada para o banheiro e vomitou.

Foi a Sra. Stukey, da fábrica de helicópteros, que trouxe a notícia. Foi também ela que os acompanhou naquelas duas primeiras noites intermináveis, até que Tia Ida viesse do Maine, para levá-los. Sua mãe havia morrido de uma embolia cerebral, no meio da tarde. Estava em pé, junto ao bebedouro, com um copo de água na mão, e tinha-se encolhido como que baleada, ainda segurando o copo de papel. Com a outra, agarrava-se ao bebedouro, e havia derrubado consigo a grande garrafa de água. A garrafa se estilhaçara... mas o médico da fábrica, que a acudiu em seguida, declarou mais tarde acreditar que a Sra. Shelburn já estava morta antes que a água lhe caísse sobre o vestido e as roupas de baixo, molhando-lhe a pele. Nada disso foi dito aos meninos, mas Hal sabia, de algum modo. Sonhou com isso incessantemente, nas longas noites seguintes à morte da mãe. *Ainda está com problemas para dormir, irmãozinho?*, Bill lhe perguntara. Hal supôs que o irmão achava que tanto os seus pesadelos quanto a maneira como ele se debatia na cama tinham algo a ver com a morte tão súbita da mãe — e estava certo... mas apenas parcialmente certo. Havia a culpa: o seguro, fatal, conhecimento de que matara a mãe ao dar corda no macaco, naquela tarde ensolarada, depois da escola.

Quando Hal finalmente adormeceu, seu sono deve ter sido profundo. Ao acordar, era quase meio-dia. Petey estava sentado de pernas cruzadas em uma cadeira, no outro lado do quarto, chupando uma laranja metodicamente, gomo por gomo, enquanto via um jogo na televisão.

Hal girou as pernas para fora da cama, com a sensação de que havia sido esmurrado enquanto dormia... e depois esmurrado para acordar. Sua cabeça latejava.

— Onde está sua mãe, Petey?

Petey olhou em torno.

— Ela e Dennis foram fazer compras. Eu disse que ia ficar aqui com você. Você sempre fala dormindo, papai?

Hal olhou cautelosamente para o filho.

— Não. O que foi que eu disse?

— Não pude entender. Fiquei um pouco assustado.

— Bem, pois aqui estou eu, com a cabeça no lugar outra vez.

Hal forçou um sorriso. Petey sorriu de volta e ele tornou a sentir uma onda de puro amor pelo menino, uma emoção que era viva, forte e sem complicações. Perguntou-se por que era capaz de sempre sentir-se tão bem em relação a Petey, sentir que podia compreendê-lo e ajudá-lo, enquanto Dennis lhe parecia uma janela escura demais para se olhar através dela, um mistério em suas maneiras e hábitos, o tipo de menino que ele não conseguia entender, porque nunca havia sido como ele. Era muito fácil dizer que a mudança da Califórnia modificara Dennis ou que...

Seus pensamentos congelaram-se. O macaco. O macaco estava no peitoril da janela, com os címbalos afastados. Hal sentiu o coração estacar dentro do peito, para subitamente começar a galopar. Sua visão oscilou e a cabeça latejante passou a doer ferozmente.

O macaco escapara de sua pasta e agora se postava no peitoril da janela, sorrindo para ele. *Pensou que se livraria de mim, não foi? Ora, você já pensou isso antes, não pensou?*

Sim, pensou, com repugnância. Sim, eu pensei.

— Foi você quem tirou o macaco de minha pasta, Pete? — perguntou, já sabendo a resposta.

Hal havia trancado a pasta e colocara a chave no bolso do sobretudo. Petey olhou para o macaco, e algo — Hal pensou que fosse inquietação — passou por seu rosto.

— Não — respondeu o menino. — A mamãe o botou ali.

— Mamãe fez isso?

— Fez. Ela tirou o macaco de você. E riu.

— Tirou-o de mim? Do que está falando?

— Você foi para a cama com ele. Eu estava escovando os dentes, mas Dennis viu. Ele também riu. Disse que você parecia um bebê com um ursinho.

Hal olhou para o macaco. Sua boca estava muito seca para poder engolir. Levara o macaco para a *cama*? Para a *cama*? Tivera aquele pelo nojento contra seu rosto, talvez contra sua *boca*, aqueles olhos brilhantes fitando seu rosto adormecido, aqueles dentes sorridentes encostados em seu pescoço? *Em* seu pescoço? Santo *Deus!*

Virou-se abruptamente e foi até o armário. Sua pasta continuava lá, ainda trancada. E a chave ainda estava no bolso do seu sobretudo.

Às suas costas, houve o clique da televisão sendo desligada. Hal saiu lentamente do armário. Peter o fitava sóbrio.

— Eu não gosto desse macaco, papai — disse, em voz quase baixa demais para ser audível.

— Nem eu — respondeu Hal.

Petey olhou fixamente para ele, querendo ver se brincava, mas o pai falava a sério. Aproximou-se e o abraçou com muita força. Hal podia senti-lo tremendo.

Petey então falou em seu ouvido, muito depressa, como que receando não ter coragem para repeti-lo... ou que o macaco pudesse ouvir.

— É como se ele olhasse para a gente. Como se me olhasse, em qualquer lugar do quarto que eu esteja. E, se vou para o outro quarto, parece que ele olha para mim, através da parede. Eu continuo a sentir que ele me olha... como se me quisesse para alguma coisa.

Petey estremeceu. Hal o apertou mais fortemente contra si.

— Como se quisesse que a gente lhe desse corda — disse Hal.

Petey assentiu violentamente.

— Ele não está com a corda quebrada de verdade, não é, papai?

— Só algumas vezes — disse Hal, fitando o macaco por cima do ombro do filho. — Em outras, ele ainda funciona.

— Eu fiquei querendo ir lá e dar corda nele. Estava tudo muito quieto, e então pensei, não posso, vou acordar papai, mas ainda estava querendo, e fui até lá e... *toquei* ele, e não gostei de tocar... mas gostei também... e era como se ele dissesse: "Me dê corda, Petey, vamos brincar, seu pai não vai acordar, ele nunca mais vai acordar, me dê corda, me dê corda..."

De repente, o menino desatou a chorar.

— Ele é ruim, eu sei que é. Tem alguma coisa errada com ele. Não podemos jogá-lo fora, papai? Por favor?

O macaco exibiu seu riso interminável para Hal, que sentia as lágrimas do filho entre eles. O sol da manhã avançada cintilou nos címbalos de latão do macaco — a luz refletia para o alto e desenhava manchas ensolaradas no teto simples do motel, caiado de branco.

— A que horas sua mãe achava que estaria de volta com Dennis, Petey?

— Lá pelas 13 horas. — Petey enxugou os olhos vermelhos com a manga da camisa, parecendo constrangido com suas lágrimas, mas não olhou para o macaco. — Eu liguei a televisão — sussurrou. — E liguei bem alto.

— Fez bem, Petey.

Como é que aconteceria?, perguntou-se Hal. *Ataque cardíaco? Uma embolia, como minha mãe? Como? Aliás, não importa muito, não é mesmo?*

E, emendando-se, outro pensamento mais frio: *Livre-se dele, como Petey disse. Jogue-o fora. Só que, como livrar-se dele? Para sempre?*

O macaco lhe sorriu zombeteiramente, os címbalos com 30 centímetros de separação entre si. Teria voltado à vida de repente, na noite em que a Tia Ida morreu?, perguntou-se Hal, subitamente. Seria aquele o último som ouvido por ela, o *jang-jang-jang* sufocado do macaco, batendo seus címbalos no sótão escuro, enquanto o vento assobiava ao longo da calha?

— Talvez não seja tanta loucura — disse Hal ao filho, lentamente.

— Vá pegar sua sacola de voo, Petey.

Petey olhou para ele, com ar incerto.

— O que é que vamos fazer?

Talvez eu possa livrar-me dele. Talvez permanentemente, talvez apenas por algum tempo... um longo ou curto período. Talvez ele fique voltando e voltando, irremediavelmente... mas talvez eu — nós — possamos ficar livres dele por muito tempo. Desta vez, ele levou 20 anos para voltar. Levou 20 anos para sair do poço...

— Vamos dar uma volta — disse Hal. Sentia-se razoavelmente calmo, porém, de algum modo, muito pesado por dentro. Seus próprios globos oculares pareciam ter ganhado peso. — Mas primeiro quero que você leve sua sacola de voo lá fora, até o fim do pátio de estacionamento, e encontre três ou quatro pedras de bom tamanho. Coloque-as dentro da sacola e traga para mim. Entendeu?

A compreensão tremulou nos olhos de Petey.

— Tudo bem, papai.

Hal consultou seu relógio. Quase 12h15.

— Depressa, filho. Quero já ter saído antes que sua mãe volte.

— Aonde a gente vai?

— À casa do Tio Will e da Tia Ida — disse Hal —, aquela onde morei.

Hal foi ao banheiro, olhou atrás do vaso sanitário e apanhou a vassourinha para limpá-lo, guardada ali. Levou-a até a janela e ficou parado com a vassourinha na mão, como se fosse uma varinha de condão com cabo curto. Olhou para fora e viu Petey, em seu blusão de lã, atravessando o pátio do estacionamento, com sua sacola de voo, a palavra DELTA destacando-se nitidamente em letras brancas contra o fundo azul. Uma mosca zumbiu em uma quina superior da janela, vagarosa e estúpida com o fim da estação calorenta. Hal sabia como ela se sentia.

Observou Petey escolhendo três pedras de bom tamanho e depois começando a andar de volta, cruzando o pátio do estacionamento. Um carro dobrou a esquina do motel, um carro que se movia muito rápido, rápido demais e, sem pensar, agindo com o tipo de reflexo mostrado por um bom *shortstop** indo para a direita, a mão que segurava a vassourinha desceu bruscamente, como em um golpe de caratê... e parou.

---

* No beisebol, jogador situado perto da segunda base. (N. da T.)

Os címbalos se fecharam sobre sua mão interposta, silenciosamente, e ele capturou algo no ar. Algo com raiva.

Os freios chiaram. Petey saltou para trás. O motorista acenou para ele, impacientemente, como se o que quase acontecera houvesse sido culpa do menino. Então, Petey cruzou o pátio de estacionamento em disparada, a gola agitando-se no ar, e entrou pela porta dos fundos do motel.

O suor escorria pelo peito de Hal — ele o sentiu na testa, como um filete de chuva oleosa. Os címbalos pressionavam-se friamente contra sua mão, entorpecendo-a.

Prossiga, pensou ele, ferozmente. *Prossiga, eu posso esperar o dia inteiro. Até que o inferno se congele, se for preciso.*

Os címbalos afastaram-se e ficaram imóveis. Hal ouviu um débil *clique!*, vindo das entranhas do macaco. Afastou a vassourinha e olhou para ela. Algumas das cerdas brancas tinham escurecido, como que chamuscadas.

A mosca esvoaçou e zumbiu, tentando encontrar o frio sol de outubro, que parecia tão próximo.

Petey irrompeu no quarto, respirando apressadamente, as bochechas rosadas.

— Consegui três pedras ótimas, papai, eu... — interrompeu-se. — Você está bem, papai?

— Estou ótimo — disse Hal. — Traga a sacola aqui.

Com o pé, Hal puxou a mesa junto ao sofá para baixo da janela. Até deixá-la sob o peitoril, e colocou a sacola em sua superfície. Arreganhou a boca da sacola, como se fossem lábios. Podia ver as pedras que Petey reunira brilhando no interior. Usou a vassourinha do banheiro, a fim de puxar o macaco para diante. Ele vacilou por um instante, depois caiu dentro da sacola. Houve um fraco *jaing!* quando um de seus címbalos se chocou em uma das pedras.

— Pai? Papai?

A voz de Petey parecia amedrontada. Hal olhou para ele. Algo estava diferente: alguma coisa mudara. O que era?

Então, viu a direção do olhar do menino e entendeu. O zumbido da mosca cessara. Ela jazia morta no peitoril.

— Foi o macaco que fez isso? — sussurrou Petey.

— Vamos — disse Hal, puxando o zíper da sacola para fechá-la. —
Eu lhe conto enquanto vamos até a casa.

— E como vamos até lá? Mamãe e Dennis levaram o carro.

— Não se preocupe — Hal disse, e desarrumou o cabelo de Petey.

Na portaria, ele mostrou ao recepcionista sua carteira de motorista
e uma nota de 20 dólares. Após ficar com o relógio digital da Texas
Instruments como garantia, o homem entregou-lhe as chaves de seu
próprio carro — um castigado Gremlin AMC. Enquanto rodavam para
leste pela Estrada 302, em direção a Casco, Hal começou a falar, algo
vacilante a princípio, depois um pouco mais rápido. Começou contando a Petey que seu pai provavelmente trouxera o macaco do estrangeiro,
como um presente para os filhos. Não era um brinquedo particularmente único — ele não tinha nada de estranho ou valioso. Talvez existissem centenas de milhares de macacos de corda no mundo, alguns
fabricados em Hong Kong, outros em Taiwan ou na Coreia. Entretanto, em algum ponto — talvez mesmo no escuro armário dos fundos da
casa em Connecticut, onde os dois meninos começavam a crescer —,
alguma coisa acontecera ao macaco. Alguma coisa ruim. Podia ser, disse
Hal, enquanto tentava forçar o Gremlin do atendente a passar dos 60
quilômetros, que algumas coisas ruins — talvez até coisas muito ruins
— nem mesmo estivessem despertas e cientes do que fossem. Parou por
aí, porque provavelmente seria o máximo que Petey poderia entender,
mas sua mente prosseguiu em um curso pessoal. Refletiu que a maior
parte do mal podia ser muito semelhante a um macaco repleto de mecanismos a que se dava corda: a corda funcionava, os címbalos começavam a tocar, os dentes riam, os idiotas olhos de vidro davam risadas...
ou pareciam dá-las...

Contou a Petey como encontrara o macaco, mas pouco mais além
disso — não queria aterrorizar seu garoto, deixando-o mais amedrontado do que já estava. Desta maneira, a história ficou desconexa, não
muito clara, porém Petey não fez perguntas: era possível que estivesse
preenchendo as lacunas sozinho, pensou Hal, mais ou menos como
acontecera com ele próprio, ao sonhar incessantemente com a morte da
mãe, embora não a tivesse presenciado.

Tio Will e Tia Ida haviam comparecido ao funeral. Depois disso,
Tio Will retornara ao Maine — era época da colheita —, e Tia Ida ficara

duas semanas com os meninos, a fim de regularizar os negócios da irmã, antes de levá-los para o Maine. Contudo, mais do que isso, ela passou todo o tempo fazendo com que os dois a conhecessem — estavam tão atordoados pela morte súbita da mãe que pareciam comatosos. Quando não conseguiam dormir, ela estava lá com um copo de leite morno. Hal acordava às 3 horas da madrugada com pesadelos (pesadelos em que sua mãe se aproximava do bebedouro, sem ver o macaco que flutuava e bamboleava em suas frias profundezas azul-safira, rindo e batendo os címbalos, cada par convergente de batidas deixando uma trilha de bolinhas de sabão); ela estava lá, quando Bill caiu doente, primeiro com febre, depois com uma erupção de dolorosas feridas na boca, seguida por urticária, três dias após o funeral; ela estava lá. Fez-se familiar aos meninos e, antes de tomarem o ônibus de Hartford para Portland com ela, tanto Bill como Hal a procuraram separadamente e choraram em seu colo, enquanto ela os abraçava e consolava, assim começando o elo entre eles.

Na véspera de deixarem Connecticut definitivamente e "descerem para o Maine" (era como se dizia naquele tempo), o trapeiro chegou em seu velho e chacoalhante caminhão e recolheu a enorme pilha de coisas inúteis que Bill e Hal haviam carregado para a calçada, coisas do armário dos fundos. Quando tudo aquilo ficou amontoado na calçada para ser recolhido, Tia Ida dissera aos dois que voltassem ao armário dos fundos e recolhessem quaisquer lembranças que quisessem guardar especialmente. Lá em casa não teremos lugar para tudo isso, meninos, ela disse a eles, e Hal supôs que Bill a entendera ao pé da letra, tendo então vasculhado todas aquelas caixas fascinantes que o pai deixara para trás uma última vez. Hal não se juntara ao irmão mais velho — perdera a atração pelo armário dos fundos. Uma ideia terrível lhe ocorrera durante aquelas duas primeiras semanas de luto: talvez seu pai não tivesse apenas desaparecido ou fugido, simplesmente porque os pés comichavam e descobrira que o casamento não era para ele.

Talvez o macaco o tivesse apanhado.

Ao ouvir o caminhão do catador de papel rugindo, pipocando e estourando no fim do quarteirão, Hal encheu-se de coragem, tirou o macaco da prateleira onde ficara desde o dia da morte de sua mãe (ele não ousara mais tocá-lo, nem mesmo para jogá-lo de volta no armário) e correu para baixo com o brinquedo. Nem Bill nem Tia Ida o viram. A caixa de papelão de Ralston-Purina estava no topo de uma barrica, repleta de lembrancinhas quebradas e livros mofados. Hal jogara o macaco na caixa já cheia, a mesma caixa onde estivera antes, desafiando-o histericamente a começar a tocar seus címbalos (*vá, vá, eu o desafio, estou desafiando,* DESAFIO DUAS VEZES), mas o macaco apenas ficou lá deitado de costas despreocupadamente, como se esperasse um ônibus, exibindo seu horrendo sorriso sabido.

Hal permaneceu ali, um menininho em velhas calças de brim e tênis surrados, enquanto o catador de papel, um italiano que usava um crucifixo e assobiava através de falhas entre os dentes, começava a colocar caixas e barricas em seu velho caminhão com carroceria com laterais de madeira. Hal viu quando ele colocou as barricas e a caixa de Purina no topo; ele viu o macaco desaparecer na carroceria do caminhão; viu quando o trapeiro subiu para a boleia, assoou vigorosamente o nariz na palma da mão, que depois limpou em um enorme lenço vermelho, e deu partida ao motor, com um rangido e uma explosão de fumaça azul cheirando a gasolina; viu o caminhão afastar-se. E um grande peso saiu do seu coração — chegou a senti-lo indo embora. Deu dois saltos, o mais alto que pôde saltar, os braços abertos, mãos espalmadas, e se algum vizinho o vira, certamente acharia aquela atitude estranha, talvez a ponto de blasfêmia — *por que aquele garoto está pulando de alegria* (porque, evidentemente assim era: um salto de alegria dificilmente pode ser disfarçado), eles sem dúvida se perguntariam, *se ainda nem faz um mês que sua mãe foi sepultada?*

Hal fazia aquilo porque o macaco se fora. Fora-se para sempre.

Ou, pelo menos, assim pensara ele.

Apenas três meses mais tarde Tia Ida o mandara ao sótão apanhar as caixas com enfeites de Natal. Enquanto engatinhava de um lado para outro, empoeirando os joelhos das calças, de repente se vira outra vez cara a cara com ele. Seu espanto e terror haviam sido tais que precisou morder rispidamente o lado da mão para não gritar... ou perder os sentidos. Lá estava ele, exibindo o sorriso dentuço, os címbalos distanciados 30 centímetros um do outro e prontos para chocalhar, reclinado despreocupadamente contra um canto da caixa de papelão de Ralston-Purina, como se esperasse um ônibus, parecendo dizer: *Pensou que ia ficar livre de mim? Só que não é tão fácil livrar-se de mim, Hal. Eu gosto de você, Hal. Fomos feitos um para o outro, apenas um menino e seu macaco de estimação, dois bons e velhos amigos. E, em alguma parte do sul daqui, há um catador de papel idiota, um velho italiano deitado em uma banheira, os olhos esbugalhados e as dentaduras quase caindo da boca, uma boca que dava gritos agudos, um catador de papel que fede como uma bateria pifada. Ele estava me guardando para seu neto, Hal. Ele me pôs na prateleira do banheiro, ao lado de seu sabonete, de sua navalha de barba, de seu creme de barbear e do rádio Philco em que ouvia os jogos dos Dodgers de Brooklyn. Então, comecei a chocalhar, um dos meus címbalos bateu no velho rádio e o derrubou dentro da banheira. Foi quando voltei para você, Hal, fui varando estradas à noite, com um luar se refletindo em meus dentes às 3 horas da madrugada: deixei muitas pessoas Mortas em muitos Locais. Vim para você, Hal, sou o seu presente de Natal. Dê-me corda, quem está morto? É Bill? É Tio Will? É você, Hal? É você?*

Hal tinha recuado, fazendo alucinadas caretas, os olhos revirando-se, e quase caiu escada abaixo. Contou para Tia Ida que não fora capaz de encontrar os enfeites de Natal — era a primeira mentira que lhe dizia e ela lera a mentira em seu rosto, mas não perguntou por que mentira, graças a Deus — e mais tarde, quando Bill chegara, ela *lhe* tinha pedido para procurar e ele encontrou os enfeites de Natal. Horas depois, quando estavam sozinhos, Bill o chamara de burro, incapaz de encontrar o próprio traseiro com as duas mãos e uma lanterna. Hal nada respondera. Estava pálido, apenas cutucando seu jantar. E, naquela noite, tornou a sonhar com o macaco, com um de seus címbalos atingindo o rádio Philco, que irradiava a voz de Dean Martin, cantando *Whenna da moon hitta you eye like a big pizza pie ats-a moray.* O rádio caía na banheira, enquanto o macaco ria e tocava seus címbalos, com um JANG, um JANG e um JANG — só que não era o catador de papel italiano que estava na banheira quando a água ficou eletrificada.

Era ele.

Hal e seu filho desceram pelo acidentado terreno até o aterro atrás da casa, em direção ao iate, que se projetava acima das águas sobre seus antigos pilares. Hal segurava a sacola de voo na mão direita. Tinha a garganta seca, os ouvidos aguçados para passos singularmente sutis. A sacola estava muito pesada.

Depositou a sacola no chão.

— Não toque nela — alertou.

Tateou no bolso, procurando o molho de chaves que Bill lhe dera e encontrou uma, nitidamente etiquetada IATE, com uma tira de esparadrapo.

O dia era límpido e frio, ventava, o céu exibia um brilhante azul. As folhas das árvores que se adensavam até a beira do lago estancavam cada viva tonalidade outonal, do vermelho-sangue ao amarelo-ônibus--escolar. Elas falavam ao vento. Folhas soltas redemoinharam em torno do tênis de Petey, enquanto o menino se mantinha ansiosamente imóvel, e Hal pôde captar o odor de novembro, logo abaixo do vento, com o inverno concentrando-se logo atrás.

A chave girou na fechadura e ele abriu as portas deslizantes. A lembrança era intensa; nem precisava olhar, para chutar o bloco de madeira que mantinha a porta aberta. O cheiro ali dentro era de pleno verão: lonas e madeiras resplandecentes, uma quentura luxuriante pairando no ar.

O bote a remo do Tio Will continuava ali, os remos cuidadosamente arrumados no interior, como se ainda na tarde de véspera ele o tivesse carregado com seus apetrechos de pesca e dois engradados de seis garrafas de Black Label. Tanto Bill como Hal haviam saído para pescar muitas vezes com o Tio Will, porém nunca iam juntos. Tio Will afirmava que o barco era pequeno demais para três pessoas. Os arremates vermelhos, que ele retocava a cada primavera, agora estavam desbotados e descascando. As aranhas haviam tecido suas teias na proa do barco.

Hal puxou o barco pela rampa abaixo, até a pequena faixa da praia. As excursões pesqueiras tinham sido uma das melhores partes da sua infância com Tio Will e Tia Ida. Sua impressão era de que Bill devia sentir o mesmo. Normalmente, Tio Will era o mais taciturno dos homens, porém, assim que tinha o bote posicionado a seu gosto, uns 60 ou 70 metros além da margem, com as linhas prontas, as boias de linha de pesca flutuando acima da água, ele abria uma cerveja para si e outra para Hal (que raramente bebia mais do que metade da única lata permitida pelo Tio Will, sempre com a ritual advertência do tio de que Tia Ida jamais deveria saber, porque "ela me daria um tiro, se soubesse que eu estou dando cerveja para vocês, meninos, beberem"), tornando-se expansivo como cera. Contava histórias, respondia perguntas, recolocava isca no anzol de Hal quando era preciso — e o barco vogava para onde o vento e a branda corrente o levavam.

— Por que nunca vai direto até o meio do lago, Tio Will? — perguntara Hal certa vez.

— Olhe pela borda do barco — respondera Tio Will.

Hal tinha olhado. Viu a água azul e sua linha de pesca afundando na escuridão.

— Está olhando para a parte mais funda do Lago Cristal — dissera Tio Will, amassando a lata vazia de cerveja em uma das mãos e pegando uma cheia com a outra. — Uns 100 metros, mais um, menos um, centímetro. O velho Studebaker de Amos Culligan está em algum lugar, aí embaixo. O imbecil trouxe o carro para o lago, em um começo de dezembro, antes que o gelo ficasse firme. Teve bastante sorte em escapar vivo, se teve! Nunca conseguiram recuperar aquele Stud e nunca mais o verão, até soprar a trombeta do Juízo Final. O lago é fundo pra caralho bem aqui, ora se é! Os peixes grandes estão bem aqui, Hal. Não precisamos ir mais longe. Vejamos como anda sua isca. Enrole logo essa carretilha filha da puta.

Hal obedeceu e, enquanto Tio Will colocava uma minhoca fresca, tirada da velha lata de azeite que servia como sua lata de iscas, ele espiou a água, fascinado, tentando ver o velho Studebaker de Amos Culligan, todo enferrujado, com algas escapando pela janela ao lado do motorista, através da qual Amos escapara no absolutamente último momento, algas engrinaldando o volante como um colar apodrecido, algas pendendo do espelho retrovisor e vogando de um lado para o outro ao sabor das correntes, como um estranho rosário. No entanto, só conseguiu ver azul, matizando-se para negro, e havia o formato da minhoca do Tio Will, o anzol escondido dentro de seus nós, pendendo ali no meio das coisas, sua própria versão da realidade, um ensolarado e comprido cabo. Hal teve uma breve e vertiginosa visão de estar suspenso acima de um espantoso abismo, e fechara os olhos por um momento, até a vertigem passar. Naquele dia, teve a impressão de recordar, havia bebido toda a sua lata de cerveja.

...a parte mais funda do Lago Cristal... uns 100 metros, mais um, menos um, centímetro.

Parou por um momento, sem fôlego, e ergueu os olhos para Petey, ainda olhando ansiosamente.

— Precisa de ajuda, papai?

— Daqui a pouco.

Recuperou a respiração e então ele empurrou o barco através da estreita faixa de areia até a água, deixando um rastro. A pintura descascara, mas o barco tinha sido coberto e parecia estar em bom estado.

Quando ele e Tio Will saíam, Tio Will empurrava o barco rampa abaixo e pulava para ele quando a proa flutuava. Então, agarrando um remo para empurrá-lo, gritava para Hal: "Empurre-me para fora, Hal... é aqui que você adquire confiança!"

— Dê-me essa sacola, Petey. Depois empurre o barco — disse ele. Sorrindo um pouco, acrescentou: — É aqui que você adquire confiança!

Petey não sorriu de volta.

— Eu vou também, papai?

— Agora não. Outra hora eu o levarei para pescar, mas... não agora.

Petey vacilava. O vento desmanchava seus cabelos castanhos e algumas folhas, leves e secas, passaram revoluteando por seus ombros, indo pousar no limite das águas, elas próprias boiando como barcos.

— Você devia tê-lo encoberto — disse ele, em voz baixa.

— O quê? — perguntou Hal, mas pensou ter entendido o que Petey queria dizer.

— Botar algodão em cima dos címbalos. Prender com fita adesiva. Assim, ele não poderia... fazer aquele barulho.

De repente, Hal se lembrou de Daisy vindo em sua direção — não caminhando, mas cambaleando — e como, subitamente, o sangue jorrara de ambos os olhos da cachorra, em uma torrente que lhe encharcou o pelo e pingou no piso do celeiro, como ela tombou sobre as patas dianteiras... e no ar imóvel do dia chuvoso de primavera em que ouvira o som, não amortecido, mas curiosamente claro, vindo do sótão da casa, a 15 metros de distância: *Jang-jang-jang-jang!*

Hal começara a gritar histericamente, deixando cair a braçada de lenha que levava para o fogo. Correu até a cozinha, ao encontro do Tio Will, que comia ovos estrelados e torradas, os suspensórios ainda nem puxados para cima dos ombros.

Ela já estava velha, Hal, dissera Tio Will, com o rosto abatido e infeliz — ele também parecendo velho. *Estava com 12 anos, o que é muita idade para um cão. Procure aceitar a realidade — a velha Daisy não gostaria de vê-lo assim.*

Velha, ecoara o veterinário, ao mesmo tempo que parecia perturbado, porque cães não morrem de hemorragias cerebrais explosivas, mesmo aos 12 anos ("Como se alguém houvesse colado uma bomba em sua cabeça", Hal o ouviu dizendo ao Tio Will, que cavava um buraco atrás do celeiro, não muito longe do lugar em que enterrara a mãe de Daisy, em 1950: "Nunca vi nada parecido, Will").

E mais tarde, quase fora de si pelo terror, mas incapaz de evitar, Hal subiu até o sótão.

Olá, Hal, como vai?, sorriu-lhe o macaco, de seu canto em penumbra. Os címbalos estavam imóveis, uns 30 ou mais centímetros distanciados entre si, a almofada do sofá, que Hal por fim colocara entre eles, agora estava jogada através do sótão. Algo — alguma força — a jogara lá com força bastante para rasgar-lhe a capa, e o recheio se espalhara. *Não se preocupe com Daisy*, sussurrou o macaco, dentro de sua cabeça, os olhos vidrados, cor de avelã, fixos nos azuis e esbugalhados de Hal Shelburn. *Não se preocupe com Daisy, ela era velha, Hal, o próprio veterinário disse isso, e já que estamos falando no assunto, viu o sangue jorrando dos olhos dela, Hal? Dê-me corda, Hal. Dê-me corda, vamos brincar, e quem está morto, Hal? É você?*

Quando caiu em si, percebeu que estivera engatinhando para o macaco, como que hipnotizado. Tinha uma das mãos estendida para tocar a chave da corda. Então, rastejou para trás, quase caindo pelos degraus do sótão em sua pressa — provavelmente teria caído, se o poço da escada não fosse tão estreito. Um leve som gemido brotava de sua garganta.

Agora, sentado no barco, olhava para Petey.

— Amortecer os címbalos não funciona — falou. — Já tentei isso uma vez.

Petey lançou um olhar nervoso para a sacola de voo.

— O que aconteceu, papai?

— Nada de que eu queira falar agora — respondeu Hal — e nada que você quisesse ouvir. Venha e dê-me um empurrão.

Petey inclinou-se para empurrar o barco e o leme riscou a areia. Hal ajudou com um remo. De repente, aquela sensação de estar amarrado à terra desapareceu e o barco se movia lentamente, uma embarcação outra vez, após anos de prisão no escuro ancoradouro, balouçando-se em ondas ligeiras. Hal libertou o outro remo e fechou as forquetas para sustentá-los.

— Tome cuidado, papai — disse Petey.

— Isto não vai demorar muito — prometeu Hal, mas olhou para a sacola de voo e interrogou-se.

Começou a remar, flexionando o corpo para impelir o barco. Passou a sentir a velha dor familiar no fim das costas e entre as omoplatas. A margem foi ficando para trás. Petey estava magicamente com oito anos de novo, seis, um garoto de quatro anos, em pé à beira da água. Colocou as mãos em cima dos olhos, de um modo infantil.

Hal olhou casualmente para a margem, mas não se permitiu realmente estudá-la. Fazia quase 15 anos e, se observasse a linha da praia com minúcias, veria mais as modificações do que as similaridades, e se perderia. O sol batia em seu pescoço e ele começou a suar. Olhou para a sacola de voo e, por um momento, perdeu o ritmo abaixar-e-puxar. A sacola de voo parecia... parecia avolumar-se. Hal passou a remar mais depressa.

O vento ganhou força, secando o suor e refrescando-lhe a pele. O barco subiu e a proa jogou água para os lados, quando ele desceu. Não teria o vento aumentado neste exato minuto que passou ou coisa assim? E Petey, não estava gritando algo? Sim, estava. Hal não podia ouvir por causa do vento. Não importava. Ia livrar-se do macaco, por mais outros 20 anos — ou talvez

(*para sempre, meu Deus, por favor*)

para sempre — isso era o que importava.

O barco empinou-se e desceu. Hal olhou para a esquerda e viu pequenas ondas coroadas de espuma. Tornou a observar a linha da praia, viu o recife do Caçador e um monte de destroços que deviam ter sido o iate dos Burdon, quando ele e Bill eram crianças. Estava quase lá agora. Quase sobre o ponto em que o fabuloso Studebaker de Amos Culligan afundara no gelo, em um longínquo dezembro. Quase acima da mais profunda zona do lago.

Petey gritava alguma coisa, gritava e apontava. Hal ainda não podia ouvi-lo. O barco a remo balançava e rolava, achatando nuvens de finos jatos d'água, em cada lado de sua proa de pele descascada. Um diminuto arco-íris cintilou em um deles e foi dividido ao meio. Sol e sombra percorriam o lago, intercalados, e agora as ondas não eram mais tão brandas, as coroadas de espuma estavam mais altas. Seu suor secara e sua pele arrepiava-se, os borrifos de água haviam molhado as costas de seu blusão. Remou carrancudamente, os olhos alternando-se entre a linha da praia e a sacola de voo. O barco tornou a subir, agora tão alto que por um momento o remo direito moveu-se no ar, em vez de na água.

Petey apontava para o céu, seu grito agora era apenas um fraco e brilhante fiapo de som.

Hal olhou por cima do ombro.

O lago era um frenesi de ondas. Passara para uma mortal e escura tonalidade de azul, pontilhado de espumas brancas. Uma sombra correu através da água em direção ao barco, e algo em sua forma era familiar, tão terrivelmente familiar, que Hal olhou para cima — e então o grito estava ali, lutando em sua garganta opressa.

O sol estava atrás da nuvem, transformando-a em uma forma corcovada. Com dois crescentes orlados de dourado, distanciados entre si. Havia dois buracos furados no final da nuvem, e a luz passava através deles, em duas colunas.

Quando a nuvem cruzou sobre o barco, os címbalos do macaco, mal amortecidos pela sacola de voo, começaram a bater. *Jang-jang-jang--jang, é você, Hal, finalmente é você, você está agora sobre a parte mais funda do lago e chegou a sua vez, sua vez, sua vez...*

Todos os elementos necessários da linha da margem encaixavam-se em seus lugares. A carcaça apodrecida do Studedaker de Amos Culligan jazia em algum ponto abaixo, era ali que ficavam os peixes grandes, aquele era o lugar.

Hal firmou os remos nas forquetas, em um gesto rápido, inclinou--se para frente, pouco ligando para o barco, que saltava loucamente, e então agarrou a sacola de voo. Os címbalos tocavam sua selvagem música pagã; as laterais da sacola bramiam como por efeito de tenebrosa respiração.

— *Bem aqui, seu filho da puta!* — gritou Hal. — BEM AQUI!

Jogou a sacola por cima da borda do barco.

Ela afundou depressa. Por um momento, ele a viu descendo, as laterais movendo-se — e naquele instante interminável, *ainda podia ouvir os címbalos batendo.* E também por um momento, as águas negras pareceram clarear, deixando-o ver o Studebaker de Amos Culligan, e a mãe de Hal se postava atrás de seu volante cheio de limo, um esqueleto sorridente, com um peixe de água doce espiando friamente por uma órbita ocular descarnada. Tio Will e Tia Ida reclinavam-se indolentemente ao lado dela, e os cabelos grisalhos da Tia Ida flutuaram para o alto quando a sacola caiu, girando e girando sobre si mesma, deixando para trás algumas bolhas prateadas: *jang-jang-jang-jang...*

Hal bateu com os remos na água outra vez, tirando sangue dos nós dos dedos esfolados (*e, ai, meu Deus, a traseira do Studebaker de Amos Culligan estava cheia de crianças mortas! Charlie Silverman... Johnny Mc-Cabe...*) e começou a trazer o barco de volta.

Houve um estalo entre seus pés, seco como um tiro de revólver e, de repente, água clara se infiltrava entre duas tábuas. O barco era velho; a madeira encolhera um pouco, sem dúvida; era apenas uma pequenina fenda. Contudo, não estava ali, quando remara para o lago. Hal podia jurar.

A margem e o lago trocaram de lugares, em sua visão. Petey agora ficava às suas costas. Acima dele, desfazia-se aquela terrível nuvem simiana. Hal começou a remar. Vinte segundos bastaram para convencê-lo de que remava para salvar a vida. Como nadador, era apenas regular, porém mesmo um ás da natação seria posto à prova, naquelas águas subitamente violentas.

Outras tábuas afastaram-se de repente, com aquele som de tiro de revólver. Mais água penetrou no barco, molhando seus sapatos. Havia pequeninos ruídos metálicos de algo partindo, e ele percebeu que eram pregos quebrando. Uma forqueta se soltou e voou para a água — o torniquete seria o seguinte?

O vento agora vinha de suas costas, como se tentasse retardá-lo ou mesmo impeli-lo para o meio do lago. Hal estava aterrorizado, mas sentia uma louca espécie de euforia, através do terror. Desta vez o macaco se fora para sempre. De certa forma, estava certo disso. O que quer que lhe acontecesse, o macaco não voltaria para lançar uma sombra sobre a vida de Dennis ou de Petey. O macaco se fora, agora talvez repousasse sobre o capô do Studebaker de Amos Culligan, no fundo do Lago Cristal. Fora-se para sempre.

Hal remou, abaixando-se para a frente e inclinando-se para trás. Aquele som de estalo, retalhado, voltou a repetir-se. Agora, a enferrujada lata de azeite, que jazia no fundo do barco, flutuava em sete centímetros de água. Os borrifos salpicaram o rosto de Hal. Houve um estalo mais alto quando o assento de proa caiu em dois pedaços e ficou flutuando perto da lata de iscas. Uma tábua se soltou no lado esquerdo do barco, depois outra, esta junto à linha-d'água, no lado direito. Hal remou. A respiração arranhava em sua boca, quente e seca, então foi sua garganta que se inchou, com o sabor de cobre da exaustão. Seus cabelos, molhados de suor, agitavam-se ao vento.

Então, um estalo percorreu a superfície diretamente acima do fundo do barco, ziguezagueou entre seus pés e correu até a proa. A água esguichou para dentro: ele tinha água até os tornozelos, depois até o início da panturrilha. Continuou remando, mas o movimento do barco em direção à margem ficara entorpecido. Não ousava olhar para trás, a fim de verificar em que altura estava.

Outra tábua se afrouxou. O estalo percorrendo o centro do barco adquiriu ramificações, como uma árvore. A água penetrava por todas as fendas possíveis.

Hal começou a usar os remos como em uma arrancada, a respiração lhe saindo em grandes aspirações ofegantes. Deu uma remada... duas... e na terceira, os dois torniquetes dos remos se soltaram. Ele perdeu um remo, agarrou-se ao outro. Levantando-se, pôs-se a golpear a água com ele. O barco oscilou, quase emborcou e tornou a jogá-lo no assento, com um baque seco.

Logo depois, afrouxaram-se outras tábuas, o assento afundou e ele se viu na água que enchia o fundo do barco, espantado com sua frialdade. Tentou ficar de joelhos, pensando em desespero: *Petey não deve ver isto, não pode ver o pai afogar-se diante de seus olhos, você vai nadar, nadar cachorrinho, se for preciso, mas faça, faça alguma coisa...*

Houve outro estalo estilhaçante — quase um rompimento — e ele se viu na água, nadando para a margem como jamais nadara em sua vida... e a margem estava maravilhosamente próxima. Um minuto depois, viu-se em pé, com a água pela cintura, a menos de cinco metros da praia.

Petey entrou de modo estabanado no lago, com os braços estendidos, gritando e chorando, ao mesmo tempo que ria. Hal correu para ele e caiu na água. Petey, com água pelo peito, caiu também.

Os dois agarraram-se.

Respirando em profundos haustos, Hal ainda assim ergueu o menino no colo e o carregou até a praia, onde os dois se jogaram, ofegantes.

— Papai? Ele se foi mesmo? Aquele macaco malvado?

— Sim, acho que se foi. Desta vez para sempre.

— O barco se desmanchou. Ele se... desmanchou todo, em volta de você.

Hal olhou para as tábuas, flutuando dispersas sobre a água 15 metros além. Elas não tinham semelhança com o ajustado barco feito à mão, que ele havia puxado do ancoradouro.

— Está tudo bem agora — disse Hal, reclinando-se sobre os cotovelos.

Fechou os olhos e deixou que o sol lhe aquecesse o rosto.

— Você viu a nuvem? — sussurrou Petey.

— Vi... mas não a vejo agora. E você?

Os dois olharam para o céu. Havia tufos brancos espalhados aqui e ali, mas nenhuma nuvem escura. Se fora, como ele dissera. Hal ajudou Petey a levantar-se.

— Há toalhas na casa. Vamos. — Então fez uma pausa e contemplou o filho. — Você foi louco, correndo daquele jeito.

Petey o fitou solenemente.

— Você foi corajoso, papai.

— Fui? — A ideia de coragem nunca lhe passara pela cabeça. Nela havia somente seu medo. Um medo grande demais para que pudesse ver qualquer outra coisa. Se é que algo mais existiria lá. — Vamos, Pete.

— O que vamos dizer à mamãe?

Hal sorriu.

— Não sei, garotão, mas pensaremos em algo.

Parou por um momento mais longo e olhou para as tábuas que boiavam sobre a água. O lago estava novamente calmo, cintilando com pequenas ondulações. De repente, Hal pensou nos veranistas que nem mesmo conhecia — um homem e seu filho, talvez, em excursão de pesca, procurando os peixes graúdos. *Acho que fisguei alguma coisa aqui, papai!*, grita o menino. *Muito bem, enrole essa carretilha e vamos ver*, responde o pai, e então, içado das profundezas, com algas pendendo em seus címbalos e exibindo seu terrível sorriso de acolhida... surge o macaco.

Hal estremeceu — aquelas eram apenas coisas que podiam acontecer.

— Vamos — tornou a dizer para Petey.

E os dois seguiram pela trilha acima, por entre a flamejante vegetação do outono, em direção à casa.

De The Bridgton News
24 de outubro de 1980

MISTÉRIO DA MORTANDADE DE PEIXES

por Betsy Moriarty

Centenas de peixes mortos foram encontrados boiando de ventre para cima, no Lago Cristal, na vizinha cidade de Casco, no fim da semana passada. As quantidades maiores parecem ter morrido nos arredores de Hunter's Point, embora isto seja de difícil determinação, em vista das correntes que existem no lago. Os peixes mortos incluem todos os tipos habitualmente encontrados naquelas águas: *pickerel, bluegills, sunnies,* carpas, *hornpotut,* truta castanha e arco-íris, e até mesmo um salmão ilhado. Autoridades de Caça e Pesca se dizem perplexas...

Caim rebelado

Garrish saiu do brilhante sol de maio para o frio dos dormitórios. Seus olhos demoraram um instante para se adaptar, de modo que Harry "o Castor" foi, a princípio, apenas uma voz incorpórea, vinda das sombras.

— Foi uma droga, hein? — perguntou o Castor. — Não foi mesmo uma verdadeira droga?

— Foi — respondeu Garrish. — Foi dureza.

Agora, seus olhos pousavam no Castor. Ele esfregava a mão nas espinhas da testa e havia suor sob seus olhos. Usava sandálias e uma camiseta 69, tendo à frente um broche que dizia "Howdy Doody era um pervertido". Seus enormes dentes protuberantes cintilavam na penumbra.

— Eu ia largar em janeiro — disse Castor. — Fiquei repetindo para mim: caia fora enquanto é tempo. Então, acabou o período de desistência e era continuar ou perder o ano. Acho que levei pau, Curt. Palavra.

A inspetora estava parada no canto, ao lado das caixas de correspondência. Era uma mulher extremamente alta, parecia vagamente com Rodolfo Valentino. Com uma das mãos, tentava endireitar uma alça por baixo da cava suada do vestido, enquanto com a outra pregava com percevejos uma lista com o nome dos que deixavam o dormitório.

— Dureza — repetiu Garrish.

— Tentei colar alguma coisa de você, mas não tive coragem, juro por Deus. Aquele cara tem olhos de águia! Acha que conseguiu seu A?

— Acho que talvez leve pau — respondeu Garrish.

— Acha que vai *levar pau*? *Você* acha que...

— Vou tomar uma ducha, certo?

— Sim, certo, Curt. Certo. Esta foi sua última prova?

— Foi — respondeu Garrish. — Esta foi minha última prova.

Garrish cruzou o saguão, atravessou as portas e começou a subir. O poço da escada cheirava como um suporte atlético. Os mesmos velhos degraus. Seu quarto ficava no quinto andar.

Quinn e aquele outro idiota do terceiro, o que tinha pernas cabeludas, cruzaram com ele, atirando uma bola de *softball* de um lado para outro. Um sujeitinho de óculos de aro e um cavanhaque que se esforçava valentemente para aparecer passou ao seu lado entre o quarto e o quinto andar, apertando um livro de cálculo contra o peito, como uma Bíblia, os lábios se movendo em um rosário de logaritmos. Seus olhos eram vazios como quadros-negros.

Garrish parou e o seguiu com o olhar, perguntando-se se não seria melhor ele estar morto, mas o sujeitinho era agora apenas uma sombra vacilante que desaparecia contra a parede. Ela oscilou uma vez mais e desapareceu. Garrish subiu para o quinto e desceu o corredor até seu quarto. Porcão havia partido dois dias antes. Quatro provas finais em três dias, um esforço dos diabos, e me dê o meu boné... Chiqueirinho sabia como fazer as coisas. Deixara para trás apenas os pôsteres de suas *pin-ups*, duas meias sem par, suadas e fedorentas, e uma paródia em cerâmica do *Pensador* de Rodin, empoleirada em um vaso sanitário.

Garrish enfiou sua chave na fechadura e a girou.

— Curt! Ei, Curt!

Rollins, o estúpido conselheiro daquele pavimento, que tinha enviado Jimmy Brody para conversar com o diretor, por infração alcoólica, vinha descendo o corredor e acenava para ele. Era alto, corpulento, de cabelos em corte rente, simétrico. Parecia envernizado.

— Você já encerrou? — perguntou Rollins.

— É.

— Não se esqueça de varrer o chão do quarto e preencher o relatório de danos, certo?

— Tudo bem.

— Enfiei um relatório de danos debaixo de sua porta quinta passada, certo?

— É.

— Se eu não estiver em meu quarto, basta enfiar o relatório de danos e a chave por baixo da porta.

— Certo.

Rollins agarrou a mão de Garrish e a apertou duas vezes, rapidamente, pump-pump. A palma da mão de Rollins era seca, a pele arenosa. Apertar a mão de Rollins era como apertar um punhado de sal.

— Tenha um bom verão, meu chapa.

— Certo.

— Não trabalhe demais.

— Não.

— Use, mas não abuse.

— Vou usar e não abusar.

Rollins pareceu momentaneamente intrigado, depois riu.

— Muito bem, cuide-se, rapaz.

Bateu no ombro de Garrish e continuou a descer o corredor, parando uma vez para dizer a Ron Frane que abaixasse o volume do som. Garrish podia ver Rollins jazendo morto em uma sarjeta com larvas nos olhos. Rollins não se importaria. Nem as larvas. A gente come o mundo ou o mundo nos come e tudo acaba bem, de um jeito ou de outro.

Garrish ficou parado e pensativo, olhando até Rollins desaparecer de vista. Só então entrou em seu quarto.

Sem a ciclônica bagunça de Chiqueirinho, o aposento parecia nu e estéril. A montanha desordenada, crescida e dispersa que havia sido a cama de Chiqueirinho, desaparecera por completo, restando apenas o colchão desnudo — embora ligeiramente manchado de esperma. Duas páginas duplas da *Playboy* olhavam para ele, exibindo frígidos convites bidimensionais.

Houvera pouca mudança na metade do quarto que pertencia a Garrish, que sempre estivera arrumada como um quartel. Você podia deixar cair uma moeda sobre a esticada coberta de sua cama e ela certamente ricochetearia. Toda aquela arrumação dava nos nervos de Chiqueirinho. Ele fazia especialização em inglês e tinha tendência para belas frases. Chamava Garrish de dono de pombal. A única coisa na parede, acima da cama de Garrish, era uma grande ampliação fotográfica de Humphrey Bogart, que adquirira na livraria da universidade. Bogie empunhava uma pistola automática em cada mão e usava suspensórios. Porção dizia que pistolas e braçadeiras eram símbolos de impotência. Garrish duvidava muito que Bogie tivesse sido impotente, mesmo nunca tendo lido nada sobre ele.

Chegou à porta do armário embutido, destrancou-a e tirou o enorme Magnum 352 com coronha de nogueira, que seu pai, um ministro metodista, lhe comprara de presente de Natal. Ele mesmo comprara o visor telescópico em março passado.

Não se podia ter armas nos quartos, nem mesmo rifles de caça, porém não tinha sido difícil. Ele o apanhou no dia anterior no depósito de armas da universidade, apresentando uma forjada papeleta de retirada. Colocou-a em seu estojo de couro à prova d'água e o deixou no bosque atrás do campo de futebol. Esta madrugada, por volta das três horas, deixou o dormitório e tinha ido apanhá-lo, trazendo-o de volta através dos corredores adormecidos.

Garrish sentou-se na cama, com o rifle cruzado sobre os joelhos, e chorou um pouquinho. O *Pensador* olhava para ele, sentado em seu vaso sanitário. Garrish largou a arma em cima da cama, cruzou o quarto e, com um tapa, jogou-o fora da mesa de Chiqueirinho. O *Pensador* de cerâmica caiu no chão, se estilhaçando. Houve uma batida à porta.

Garrish escondeu o rifle debaixo da cama.

— Entre!

Era Bailey, em roupas de baixo. Havia um rolo de fios de tecido em seu umbigo. Não existia futuro para Bailey. Ele se casaria com uma garota imbecil e os dois teriam filhos imbecis. Mais tarde, Bailey morreria de câncer ou talvez de insuficiência renal.

— Como foi na sua prova final de química, Curt?

— Tudo certo.

— Queria saber se podia me emprestar suas anotações. Tenho química amanhã.

— Queimei com meu lixo, esta manhã.

— Ah! Meu Deus! Chiqueirinho fez isso? — E ele apontou para os estilhaços do *Pensador*.

— Acho que fez.

— Por que tinha que fazer isso, se ia embora? Eu gostava daquela coisa. Ia comprar dele.

Bailey tinha feições miúdas e aguçadas, como as de um rato. Sua roupa de baixo era surrada, com fundilhos empapuçados. Garrish podia ver exatamente como ele ficaria, morrendo de enfizema ou coisa assim, em uma tenda de oxigênio. Como ficaria amarelo. Eu poderia ajudá-lo, pensou.

— Acha que ele se importaria se eu ficasse com as *pin-ups*?

— Acho que não.

— Ótimo. — Bailey cruzou o quarto, os pés nus pisando cautelosamente nos cacos de cerâmica, e tirou os percevejos que prendiam os pôsteres das coelhinhas. — Essa foto de Bogart também é um barato. Sem peitinhos, mas, puxa! Entende? — Bailey olhou de esguelha para Garrish, querendo ver se ele sorriria. Como ele não sorriu, acrescentou: — Está pretendendo se desfazer dele?

— Não. Só estava me preparando para uma ducha.

— Tudo bem. Se não tornar a vê-lo, tenha um bom verão, Curt.

— Obrigado.

Bailey caminhou até a porta, com os fundilhos bamboleando. Ali, parou e se virou.

— Outros quatro pontos este semestre, Curt?

— No mínimo.

— Boa! Até o ano que vem!

Saiu e fechou a porta. Garrish se sentou na cama por um momento, depois apanhou o rifle, desmontou-o e limpou-o. Levou a boca da arma até o olho e espiou para o pequeno círculo de luz na extremidade oposta. O cano estava limpo. Tornou a montar a arma. Na terceira gaveta de sua secretária havia três pesadas caixas de munição Winchester. Colocou-as sobre o peitoril. Passou a chave na porta do quarto e retornou à janela. Ergueu as persianas.

A alameda principal da universidade estava clara e verdejante, pontilhada de estudantes indo e vindo. Quinn e seu amigo idiota estavam entretidos com mais um grupo, jogando bola. Corriam de um lado para outro, como formigas aleijadas escapando de um buraco desnivelado.

— Vou te dizer uma coisa — falou Garrish para Bogie. — Deus ficou puto com Caim, porque Caim achava que Deus era vegetariano. O irmão dele é que sabia. Deus fez o mundo à Sua imagem e, se a gente não devora o mundo, ele nos devora. Foi então que Caim perguntou ao irmão: "Por que não me contou?" E o irmão respondeu: "Por que você não ouviu?" E Caim disse: "Certo, estou ouvindo agora." Então, ele dá cabo do irmão e diz: "Ei, Deus! Você quer carne? Aqui tem! Prefere assada, em bifes, grelhada, de que jeito?" E Deus botou ele para dançar. E então... o que você acha?

Não houve resposta de Bogie.

Harrish ergueu a janela e descansou os cotovelos no peitoril, sem deixar que o cano da arma se projetasse para fora, à luz do sol. Olhou pelo visor.

Mirou no dormitório feminino Carlton Memorial, no outro lado da alameda principal. O Carlton era mais popularmente conhecido como "os canis". Colocou a mira sobre uma grande caminhonete Ford. Uma aluna loura, em jeans e blusinha curta azul, conversava com a mãe, enquanto o pai, calvo e de rosto corado, enchia a traseira da caminhonete com malas.

Alguém bateu à porta.

Garrish esperou.

A batida se repetiu.

— Curt? Eu lhe darei meia prata pelo pôster de Bogart!

Bailey.

Garrish não disse nada. A garota e sua mãe riram de alguma coisa, ignorando que havia micróbios em seus intestinos, se alimentando, se dividindo, se multiplicando. O pai da garota se juntou a elas e ficaram reunidos ao sol, um retrato de família na mira da arma.

— Que se danem todos! — exclamou Bailey.

Seus pés se moveram corredor abaixo.

Garrish apertou o gatilho.

O rifle deu um tranco em seu ombro com força, o bom e acolchoado coice de quando se tem a arma apoiada exatamente no lugar certo. A cabeça loura da garota se espatifou.

Sua mãe continuou rindo por um momento, depois levou a mão à boca. Gritou por entre os dedos. Garrish atirou neles. Mão e cabeça desapareceram, em borrifos vermelhos. O homem que estivera colocando as malas no carro começou a correr desesperadamente.

Garrish o seguiu com a arma e o baleou nas costas. O homem levantou a cabeça, ficando fora do visor por um instante. Quinn segurava a bolsa de *softball* e olhava para os miolos da garota loura, salpicados sobre uma placa de PROIBIDO ESTACIONAR, atrás de seu corpo caído.

Quinn não se moveu. Por toda a alameda principal, as pessoas ficaram imóveis, como crianças brincando de estátua.

Alguém esmurrou a porta, depois sacudiu a maçaneta. Bailey novamente.

— Curt? Você está bem, Curt? Acho que alguém está...

— Boa bebida, boa carne, bom Deus, vamos comer! — exclamou Garrish, e atirou em Quinn.

Ele empurrou o gatilho ao invés de apertá-lo, de modo que o tiro se perdeu, Quinn agora corria. Sem problema. O segundo tiro o pegou no pescoço, fazendo-o voar por talvez uns seis metros.

— *Curt Garrish está se matando!* — gritava Bailey. — Rollins! Rollins! Venha depressa!

Suas pisadas se distanciaram, corredor abaixo.

Agora, eles começavam a correr. Garrish podia ouvir a gritaria geral. Podia ouvir o distante tap-tap de seus sapatos nas calçadas.

Ergueu os olhos para Bogie. Bogie empunhava suas duas armas e olhou através dele. Garrish contemplou os restos estilhaçados do *Pensador* de Chiqueirinho e se perguntou o que ele estaria fazendo naquele momento, se dormia, via televisão ou devorava alguma grande e bela refeição. Coma o mundo, Chiqueirinho, pensou Garrish. Engula este otário de uma vez.

— Garrish! — agora era Rollins que esmurrava a porta. — Abra, Garrish!

— Está trancada à chave! — ofegou Bailey. — Ele estava estranho, ele se matou, eu sei!

Garrish empurrou novamente o cano da arma para fora da janela. Um rapaz de camisa xadrez, agachado atrás de um arbusto, perscrutava as janelas do dormitório, com desesperada intensidade. Garrish percebeu que ele queria correr, mas estava com as pernas endurecidas.

— Vamos comer, bom Deus — murmurou Garrish e começou a puxar o gatilho de novo.

O atalho da Sra. Todd

— Aí vem a Sra. Todd — falei.

Homer Buckland ficou olhando o pequeno Jaguar se aproximar e assentiu. A mulher ergueu a mão para ele. Homer moveu a cabeça grande e desgrenhada em um cumprimento, mas não acenou em resposta. A família Todd possuía uma grande casa de verão em Castle Lake, e Homer fora seu caseiro desde que se podia lembrar. Eu tinha a impressão de que ele não gostava da segunda esposa de Worth Todd, na mesma medida em que gostara de 'Phelia Todd, a primeira.

Isto foi há apenas dois anos e estávamos sentados em um banco, à frente do Mercado Bell's, eu com um refrigerante de laranja, Homer com um copo de água mineral. Era outubro, uma época tranquila em Castle Rock. Muitas casas do lago continuavam sendo usadas nos fins de semana, porém a agressiva, alcoólica, socialização do verão já terminara e ainda não haviam chegado à cidade os caçadores com seus enormes rifles e caras licenças de não residentes presas em seus bonés alaranjados. A esta altura, já terminaram quase todas as colheitas. As noites são frescas, boas para dormir, e juntas velhas como as minhas ainda não começaram a se queixar. Em outubro, o céu acima do lago está límpido, com aquelas enormes nuvens que se movem tão devagar; gosto de ver como parecem tão achatadas no fundo, como ali ficam um pouco acinzentadas, como se tivessem uma sombra pressagiando o sol poente, e posso contemplar o sol cintilando na água, sem ficar entediado por alguns minutos. É em outubro, sentado no barco diante do Bell's contemplando o lago a distância, que eu desejaria ser ainda um fumante.

— Ela não dirige tão depressa como 'Phelia — disse Homer. — Juro que costumava pensar como uma mulher de nome tão antiquado era capaz de dirigir um carro naquela velocidade.

Os veranistas como os Todd não são, nem de longe, tão interessantes quanto os residentes fixos das cidadezinhas do Maine — como acreditam. Os locais preferem suas próprias histórias de amor e odeiam histórias de escândalos ou rumores de escândalos. Quando aquele tecelão de Amesbury se matou com uma bala, Estonia Corbridge descobriu que, após cerca de uma semana, nem mesmo era convidada para almoçar, por causa de sua história sobre como o encontrara, com a arma ainda em uma mão endurecida. E o pessoal ainda não parou de comentar a respeito de Joe Camber, que foi morto pelo próprio cão.

Bem, isso não vem ao caso. Apenas corremos em pistas diferentes. Os veranistas trotam; nós, os outros, que não usamos gravata para cumprir nossa semana de trabalho, apenas caminhamos. Mesmo assim, houve bastante interesse local quando Ophelia Todd desapareceu, em 1973. Ophelia era realmente uma mulher encantadora e tinha feito muitas coisas na cidade. Trabalhou levantando fundos para a Biblioteca Sloan, ajudou na reforma do memorial de guerra e esse tipo de coisa. Entretanto, *todos* os veranistas gostam da ideia de levantar fundos. Quando se fala em levantar fundos, os olhos deles se iluminam e começam a brilhar. Quando se fala em levantar fundos, eles logo formam um comitê, indicam uma secretária e mantêm uma agenda. Eles gostam disso. No entanto, fala-se em *tempo* (além de uma longa, gigantesca, combinação de coquetel e reunião do comitê) e não dá certo. Tempo parece ser o que a maioria dos veranistas prefere reservar. Eles o guardam e, se pudessem, colocariam o tempo em potes como os de conserva, claro que colocariam. 'Phelia Todd, no entanto, parecia querer *gastar* o tempo — não só ajudava na biblioteca como também levantava fundos para ela. Chegada a hora de o memorial de guerra ser esfregado, de o pessoal sujar as mãos para limpá-lo, 'Phelia estava lá, com mulheres da cidade que haviam perdido os filhos em três guerras diferentes, usando um macacão e com os cabelos presos debaixo de um lenço. E quando as crianças precisavam de transporte para um programa de natação no verão, era certo vê-la como qualquer um, descendo a Estrada Landing com a carroceria da grande e lustrosa picape de Worth Todd entulhada de crianças. Uma boa mulher. Não uma mulher da cidade, mas uma boa mulher. E quando ela desapareceu, houve preocupação. Não que fosse exatamente lamentada, porque um desaparecimento não é bem uma morte. Não é como decepar algo com um cutelo de açougueiro: é mais semelhante a qualquer coisa escorrendo pela pia, tão lentamente que só percebemos seu desaparecimento muito tempo depois.

— Era um Mercedes que ela dirigia — disse Homer, respondendo à pergunta que eu não tinha feito. — Um carro esporte de dois lugares. Todd o comprou para ela, em 1964 ou 1965, acho. Lembra-se dela, levando as crianças para o lago, todos aqueles anos em que havia concursos de Rãs e Girinos?

— Hum-hum.

— Com as crianças, ela não dirigia a mais de 60, sabendo que elas estavam ali atrás. Só que isso a deixava impaciente. Aquela mulher tinha chumbo no pé e uma bola de ferro presa no tornozelo.

Acontece que Homer nunca falava sobre os veranistas. Então, sua esposa morreu. Há cinco anos. Ela estava arando uma rampa, quando o trator tombou em cima dela, e Homer sentiu demais o que aconteceu. Lamentou a morte da esposa por mais uns dois anos e então pareceu se sentir melhor, só que não era mais o mesmo. Parecia aguardar algo que ia acontecer, esperando a próxima coisa. A gente às vezes passava por sua ordenada casinha ao crepúsculo e ele estava na varanda, fumando um cachimbo, com um copo de água mineral na balaustrada. A claridade do sol poente lhe batia em cheio nos olhos, a fumaça do cachimbo lhe contornava a cabeça e a gente pensava — eu, pelo menos, pensei: *Homer está esperando a próxima coisa.* Isto me deixava com a cabeça mais preocupada do que eu gostaria de admitir e, por fim, decidi que, se fosse eu, não estaria esperando a próxima coisa, como um noivo que veste o paletó de manhã e finalmente acerta o nó da gravata, mas tem que ficar sentado em uma cama, no andar de cima da casa, olhando-se primeiro ao espelho, depois consultando o relógio sobre a lareira, esperando que ele dê 11 horas, que é quando se casará. Se fosse eu, não ficaria esperando a próxima coisa: esperaria a coisa derradeira.

Contudo, nesse período de espera — que terminou quando Homer foi a Vermont, um ano mais tarde —, ele às vezes falava sobre aquela gente. Comigo e mais alguns poucos.

— Que eu saiba, ela nunca dirigiu depressa quando estava com o marido. Mas, quando eu estava com ela, ela fazia aquele Mercedes disparar.

Um sujeito parou na bomba de gasolina e começou a encher o carro. Tinha placa de Massachusetts.

— Não era um desses carros esporte modernos que correm com gasolina envenenada e saltam sempre que se aperta o acelerador: era um dos antigos, com o velocímetro todo calibrado, até 260. Tinha uma cor marrom esquisita. Uma vez perguntei que cor era aquela, e ela respondeu que era champanhe. Isso não é *bom*, falei, e ela quase morreu de rir. Gosto de uma mulher que sabe rir sem a gente apontar onde está a graça da piada, se é que me entende.

O homem na bomba terminara de colocar a gasolina.

— Tarde, senhores — disse ele, quando subiu os degraus.

— Um bom dia para o senhor — respondi, quando ele entrou.

— 'Phelia estava sempre procurando um atalho — prosseguiu Homer, como se não tivesse sido interrompido. — Aquela mulher era louca por um atalho. Nunca vi que diferença fazia. Ela falava que, quando poupamos distância suficiente, também poupamos tempo. Seu pai tinha jurado isso sobre as Escrituras. Era vendedor, estava sempre viajando, ela o acompanhava quando podia e ele sempre procurava o caminho mais curto. Então, ela ficou com o mesmo hábito.

"Certa vez, perguntei a ela se não achava um tanto curioso — isso de, por um lado, gastar seu tempo esfregando aquela velha estátua da praça e levando as crianças às aulas de natação, em vez de jogar tênis, nadar e ficar de pileque, como qualquer veranista, e, por outro lado, ficar tão empenhada em poupar 15 minutos entre aqui e Fryeburg e que pensar nisso talvez a fizesse perder o sono de noite. Parecia-me que as duas coisas se contradiziam, uma anulava a outra, está me entendendo? Ela apenas olhou para mim e disse: 'Eu gosto de ser útil, Homer. Também gosto de dirigir — pelo menos em certas ocasiões, quando se trata de um desafio — mas não gosto do *tempo* que leva. É como remendar roupas — às vezes se tem que franzir, em outras o pano não chega. Está me entendendo?'

"'Acho que sim, senhoras' — respondi, ainda em dúvida.

"'Se estar atrás do volante de um carro fosse minha ideia de uma diversão realmente boa o tempo *todo*, eu procuraria atalhos longos', disse ela, e achei tão curioso que acabei rindo."

O sujeito de Massachusetts saiu do mercado com um engradado de seis latas de cerveja em uma das mãos e alguns bilhetes de loteria na outra.

— Tenha um bom fim de semana — disse Homer.

— Eu sempre tenho — respondeu o cara de Massachusetts. — Só gostaria de ter dinheiro bastante para morar aqui o ano inteiro.

— Bem, manteremos tudo em boa ordem, para quando o senhor *puder* vir — disse Homer, e o sujeito riu.

Nós o vimos rodar com seu carro para algum lugar, exibindo aquela placa de Massachusetts. Era uma placa verde. A minha Marcy explicou que essas são dadas pelo cartório de Registros Motorizados de Massachusetts aos motoristas que, durante dois anos, ainda não sofreram nenhum acidente naquele estranho, irritado e enfurecido estado. Se o motorista sofrer um acidente, me disse ela, recebe uma chapa vermelha, para os outros tomarem cuidado com ele se o virem rodando.

— Eles eram gente do estado, sabe, eles dois — disse Homer, como se o sujeito de Massachusetts o tivesse feito recordar o fato.

— Eu acho que não sabia — falei.

— Os Todd devem ser as únicas aves que temos que voam para o norte durante o inverno. Quanto a essa dona nova, não acredito que goste muito de voar para o norte.

Homer bebericou sua água mineral e ficou um momento calado e pensativo.

— *Ela*, no entanto, não se importava — disse ele. — Pelo menos *acho* que não se importava, embora costumasse se queixar algumas vezes, um pouco aborrecida. A queixa era apenas uma forma de explicar por que estava sempre procurando um atalho.

— Quer dizer que o marido pouco ligava por ela viver perambulando por cada matagal, entre aqui e Bangor, apenas para verificar se aquela era nove décimos de quilômetros mais curta?

— Ele cagava e andava — disse Homer, brevemente.

Levantando-se, ele entrou no mercado. Escute aqui, Owens, falei para mim mesmo, sabe que não é seguro fazer perguntas quando ele está recordando. No entanto, teimou e fez a última, podendo ter estragado uma história que começava a parecer promissora.

Continuei ali sentado, levantei o rosto para o sol e, após uns dez minutos, ele apareceu trazendo um ovo cozido. Tornou a se sentar. Comeu o ovo e tomei cuidado para ficar calado. As águas do Castle Lake cintilavam, tão azuis como se poderia descrever em uma história de aventuras. Quando Homer terminou seu ovo e tomou um gole de água mineral, continuou falando. Fiquei surpreso, mas nada disse. Era o mais conveniente.

— Eles tinham duas ou três carangas diferentes — falou. — Havia o Cadillac, a caminhonete dele e o diabrete dela, o pequeno Mercedes. Em uns dois invernos, ele deixou a caminhonete, para o caso de quererem vir para esquiar um pouco. Em geral, terminado o verão, ele voltava com o Cadillac e ela se ia em seu diabrete.

Assenti, mas continuei calado. Na verdade, temia arriscar outro comentário. Mais tarde, pensei que seriam necessários muitos comentários para Homer Buckland calar a boca naquele dia. Havia muito ele aguardava uma oportunidade para contar a história do atalho da Sra. Todd.

— O diabrete dela tinha um odômetro especial, que poderia dizer quantos quilômetros havia em um trajeto. Sempre que ela partia de Castle Lake para Bangor, o ajeitava em 000-ponto-0 e deixava o mecanismo funcionar à vontade. Achava aquilo um jogo e costumava me irritar com isso.

Homer fez uma pausa, meditando sobre o assunto.

— Não, não era bem assim.

Fez nova pausa, e algumas linhas tênues surgiram em sua testa, como degraus em uma escada de biblioteca.

— Ela *fingia* que achava aquilo um jogo, mas para ela era coisa séria. Tão séria como qualquer outra coisa. — Homer fez um gesto com a mão e pensei que se referia ao marido. — O porta-luvas do diabrete era recheado de mapas, havendo mais alguns na traseira, onde ficaria o banco de trás, em um carro comum. Alguns eram mapas de postos de gasolina e outros eram páginas que ela arrancara do *Atlas de estradas Rand-McNally*; tinha alguns mapas de guias da Trilha Apalachiana, além de uma boa quantidade de outros com medições topográficas. Não foi o fato de ela ter tantos mapas que me fez pensar que aquilo não era um jogo; era a maneira como ela riscava linhas em todos eles, mostrando rotas que havia tomado ou, pelo menos, tentara tomar.

"Ela ficou atolada algumas vezes, também, precisando ser tirada do atoleiro com um trator e correntes de algum fazendeiro.

"Um dia, eu assentava ladrilhos no banheiro, estava lá com argamassa, tapando qualquer maldita brecha que se visse — não sonhei com mais nada, além de quadrados e rachaduras que sangravam argamassa naquela noite —, quando ela surgiu à porta e ficou falando sobre aquilo algum tempo. Eu costumava ficar irritado com ela por causa disso, mas também fiquei um pouco interessado, não apenas porque meu irmão Franklin vivia lá em Bangor e eu já percorrera todas aquelas estradas. Só fiquei interessado porque um homem como eu sempre se interessa em saber qual o trajeto mais curto, mesmo que nem sempre queira segui-lo. Você também é assim?"

— Hum-hum — falei.

Tem algo de poderoso em se saber o caminho mais curto, ainda que se tome o mais comprido, se sabemos que a sogra está nos visitando. Em geral, chegar depressa é para os pássaros, embora ninguém com uma carteira de motorista de Massachusetts pareça saber disso. Mas, *saber* como chegar lá rapidamente — ou pelo menos saber como chegar lá, de modo ignorado pela pessoa sentada ao nosso lado... Bem, isto tem poder.

— Ora, ela conhecia aquelas estradas como a palma da mão — disse Homer, exibindo seu largo e ensolarado sorriso. — Ela disse: "Espere um minuto, espere um minuto", como uma garotinha, e então a ouvi através da parede, remexendo na sua cômoda. Voltou logo depois, com uma caderneta de anotações parecendo muito antiga. A capa estava toda amarrotada, sabe como é, e algumas páginas haviam se soltado daquelas espirais na lombada.

"'A maneira de se chegar a Worth' — disse ela — 'é como faz a *maioria* das pessoas: seguindo pela Estrada 97 até Mechanic Falls, depois pela Estrada 11 até Lewiston e em seguida pela Interestadual para Bangor. Isto soma 261,70 quilômetros.'

"Eu assenti.

"'Se quisermos evitar a barreira de pedágio — poupando chão —, temos que seguir a Mechanic Falls, daí pegamos a Estrada 11 para Lewiston, Estrada 202 até Augusta, depois subimos a Estrada 9 pelo China Lake e a Unity and Haven até Bangor. Isso dá 233,19 quilômetros.'

"'Desse jeito a senhora não vai poupar tempo nenhum, madame' — falei —, 'se for através de Lewiston *e* Augusta. Contudo, admito que dirigir pela Velha Estrada Derry até Bangor é muito bonito.'

"'Poupa quilômetros suficientes e, portanto, você economizará tempo', disse ela. 'E não contei qual o meu trajeto, embora o tenha feito muitas vezes. Vou apenas seguir as estradas usadas pela maioria. Quer que eu continue?'

"'Não é preciso', respondi. 'Basta que me deixe neste maldito banheiro, sozinho, olhando para todas estas malditas rachaduras, até que eu fique furioso.'

"'Existem quatro estradas principais ao todo', disse ela. 'O trajeto pela Estrada 2 é de 262,91 quilômetros. Já o fiz uma vez. Longo demais.'

"'É o que eu faria, se minha esposa telefonasse, dizendo que havia sobras para o jantar', respondi, em voz um tanto baixa.

"'Como assim?', perguntou ela.

"'Nada', falei. 'Estou falando com as rachaduras.'

"'Ah, está bem. Quanto à quarta, não há muita gente que saiba sobre ela, embora todas sejam boas estradas, pavimentadas afinal, cruza a Montanha Specklede Bird, pela 219 até a 202, *além* de Lewiston. Então, tomando-se a Estrada 19, chega-se perto de Augusta. Depois, segue-se pela Velha Estrada Derry. Assim, cobre-se apenas 207,90 quilômetros.'

"Fiquei calado por um instante. Talvez ela achasse que eu duvidava do que me dizia, porque falou, um tanto sem jeito: 'Sei que é difícil acreditar, mas é verdade.'

"Respondi que achava que ela tinha razão quanto a isso e pensei — agora me lembro — que provavelmente ela tinha mesmo. Sim, porque é como eu geralmente fazia, quando ia a Bangor ver Franklin, quando ele ainda era vivo. Contudo, havia anos não fazia esse trajeto. Acha que um homem pode simplesmente — bem — esquecer uma estrada, Dave?"

Achei que podia. É fácil pensar na autoestrada com a barreira de pedágio. Após algum tempo, ela quase enche a mente de um homem e não pensamos em como se iria daqui até lá, mas como se iria daqui até a rampa da barreira de pedágio *mais próxima* de lá. Isso me fez pensar que talvez haja montes de estradas por todo canto, apenas vivendo de esmolas; estradas ladeadas por muralhas rochosas, verdadeiras estradas com matagais de amoras silvestres crescendo em suas margens, mas sem ninguém para comer as amoras, além dos pássaros, com cascalheiras tendo velhas correntes enferrujadas, pendendo em curvas baixas, diante de suas vias de acesso, as cascalheiras, em si tão esquecidas como velhos brinquedos de crianças, com capinzais emaranhados crescendo em suas margens desertas e obsoletas. Estradas que apenas ficaram esquecidas, exceto por aqueles que vivem em seus arredores e pensam na maneira mais rápida de afastar-se delas, chegar ao pedágio, onde a gente pode passar sobre uma montanha, e não subi-la. No Maine, gostamos de brincar dizendo que não se pode chegar lá saindo daqui, mas talvez a piada seja em cima da gente mesmo. De fato, há bem umas mil maneiras de se fazer isso, e ninguém se preocupa.

Homer continuou.

— Trabalhei nos ladrilhos a tarde inteira, naquele pequeno banheiro sufocante, com ela parada à porta o tempo todo, um pé cruzado por trás do outro, de pernas nuas, usando sapatos de lona, uma saia cáqui e uma suéter pouco mais escura. Os cabelos estavam puxados para trás, em um rabo de cavalo. Ela devia ter 34 ou 35 anos, mas seu rosto se iluminava com o que me dizia e juro que parecia uma universitária, vindo passar as férias em casa.

"Após algum tempo, deve ter percebido quanto tempo ficara ali, pensando na morte da bezerra, porque disse: 'Devo estar aborrecendo você terrivelmente, Homer.'

"'Sim, madame', respondi. 'Está mesmo. Gostaria que fosse embora e me deixasse falando com estas malditas rachaduras.'

"'Não banque o espertinho, Homer', disse ela.

"'Está bem, madame. Não está me aborrecendo', respondi.

"Ela sorriu e voltou ao assunto, folheando sua caderneta, como um vendedor conferindo seus pedidos. Ela contava com aquelas quatro vias principais — bem, de fato eram três, porque desistiu da Estrada 2 em seguida —, mas devia ter outras 40 vias diferentes, em compensação. Havia estradas com números estaduais, estradas sem eles, estradas com nomes, estradas sem nomes. Minha cabeça borbulhava delas. Finalmente, ela me perguntou: 'Está pronto para saber quem é o vencedor, Homer?'

"'Acho que sim', respondi.

"'Pelo menos, quem é o vencedor *até agora*', disse ela. 'Sabe de uma coisa, Homer? Em 1923, um homem escreveu um artigo na *Science Today*, provando que nenhum homem poderia correr um quilômetro e meio em menos de quatro minutos. Ele provou isto, com todo tipo de cálculo, baseando-se no comprimento máximo dos músculos das coxas masculinas, comprimento máximo da passada, capacidade pulmonar máxima, batimento cardíaco máximo e muitas outras coisas. Fiquei *fascinada* por aquele artigo! A tal ponto que o dei a Worth, pedindo que o entregasse ao professor Murray, no departamento de matemática da Universidade do Maine. Queria aqueles números checados, certa de que haviam sido baseados nos postulados errôneos ou algo assim. Worth provavelmente me achou idiota — Ophelia está com minhocas na cabeça, foi o que ele disse —, mas levou o artigo. Pois bem, o professor Murray checou minuciosamente os números daquele homem... e *sabe* de uma coisa, Homer?'

"'O que, madame?'

"'Aqueles números estavam *certos*. Os critérios do homem eram *sólidos*. Ainda em 1923, ele provou que um homem não podia correr meio quilômetro em menos de quatro minutos. Ele *provou* isso. No entanto, as pessoas fazem isso o tempo todo — e sabe o que isso significa?'

"'Não, madame', falei, embora eu pudesse imaginar.

"'Significa que nenhum vencedor é eterno', disse ela. 'Algum dia — se o mundo não explodir nesse meio-tempo — alguém correrá meio quilômetro em *dois* minutos, nas Olimpíadas. Pode levar 100 ou mil anos, mas vai acontecer. Porque não existe vencedor definitivo. Há o zero, como há a eternidade e a mortalidade, mas não há *definitivo.*'

"E lá estava ela, com o rosto lavado, limpo e reluzente, aqueles cabelos escuros puxados para trás da cabeça, como se dissesse: 'Vá em frente e discorde, se puder.' Só que eu não podia. Porque acredito em coisas assim. Bem parecidas com o que o pastor quer dizer, imagino, quando está falando sobre a graça.

"'Você está pronto para o vencedor, *por enquanto*?', perguntou ela.

"'Hum, hum', respondi, chegando a suspender um pouco o conserto das rachaduras. De qualquer modo, já chegara até onde ficava a banheira e pouco me restava a fazer além de endireitar suas pequenas quinas rachadas. Ela respirou fundo e então soltou a ladainha, tão depressa como aquele leiloeiro lá de Gates Falls, quando serve uísque para si mesmo. Não me lembro de tudo, porém foi mais ou menos assim..."

Homer Buckland fechou os olhos por um momento, com as enormes mãos repousando perfeitamente imóveis sobre as coxas compridas, o rosto erguido para o sol. Depois tornou a abrir os olhos e, por um segundo, juro que se parecia com ela, é, ele parecia, um sujeito de 70 anos parecendo uma mulher de 34 que, naquele momento de sua vida, tinha a aparência de uma universitária de 20. Não me lembro exatamente do que *ele* disse, como tampouco *ele* recordava exatamente o que *ela* dissera. Não que a coisa seja complicada, mas apenas por estar tão espantado com a aparência dele, enquanto dizia algo semelhante a isto:

"'Você vai pela Rota 97, entra na Rua Denton e sobe até a Estrada Velha Townhouse; evita-se, assim, o centro de Castle Rock e volta-se à 97. Uns quinze quilômetros depois, pega uma antiga estrada de madeireiros por 2,4 quilômetros até a Estrada Municipal 6, que te leva à Estrada Big Anderson, que fica próxima à Fábrica de Cidra de Sites. Há uma vereda que os veteranos chamam de Estrada do Urso, e ela vai até a 219. Uma vez do outro lado da Montanha Speckled Bird, siga pela Estrada Stanhouse, vire à esquerda na Estrada Bull Pine; tem um trecho pantanoso ali, mas você consegue passar se embalar bem o carro no pedregulho; e então sai na Rota 106. A 106 atravessa a Fazenda Alton e vai até a Estrada Velha de Derry; e aí tem duas ou três estradas de bosques que você segue e sai na Rota 3, logo depois do Hospital de Derry. De lá, são só 6,5 quilômetros até a Rota 2, em Etna, entrando assim em Bangor.'

"Ela fez uma pausa para recuperar o fôlego, então olhou para mim. 'Sabe o que dá isso tudo somado?'

"'Não, senhora', disse eu, pensando que parecia que a soma daria uns 305 quilômetros e quatro molas quebradas.

"'187 quilômetros', diz ela.'"

Eu ri. A risada saiu antes que eu refletisse que rir não me ajudaria a ouvir a história até o fim. Mas o próprio Homer abriu um sorriso e balançou a cabeça.

"Pois é. E você sabe que não gosto de discutir com ninguém, Dave. Mas há uma diferença entre tirarem sarro de você e te fazerem de palhaço.

"Ela então me disse:

"'Você não acredita em mim.'

"'Bem, é difícil acreditar, madame', respondi.

"'Deixe essas rachaduras secando e eu lhe mostrarei', ela disse. 'Pode terminar amanhã o conserto atrás da banheira. Vamos, Homer. Deixarei uma nota para Worth — afinal, talvez ele nem volte esta noite — e você pode ligar para sua esposa! Estaremos jantando no Pilot's Grille dentro de' — e ela consultou seu relógio — 'duas horas e 45 minutos, a partir de agora. E se demorar um minuto mais, eu lhe compro uma garrafa de Irish Mist, que levará para casa. Como vê, meu pai tinha razão. Poupe os quilômetros suficientes e economizará tempo, mesmo que precise cruzar cada maldito pântano e fossa no condado de Kennebec para consegui-lo. E agora, o que me diz?'

"Ela me fitava com seus olhos castanhos que pareciam duas lâmpadas. Havia neles uma expressão diabólica, dizendo: pegue o seu boné e vamos em frente, Homer: monte este cavalo, eu na frente, você atrás, e que o diabo siga na garupa. O sorriso em seu rosto dizia a mesma coisa e eu lhe confesso, Dave, senti vontade de *ir*. Nem mesmo quis tampar aquela maldita lata de argamassa. E, tenho absoluta *certeza*, não queria dirigir aquele diabrete dela. Bastava-me sentar no banco do passageiro e vê-la entrar, ver sua saia subir um pouquinho, vê-la puxá-la sobre os joelhos ou não, observar seus cabelos brilhando."

A voz dele extinguiu-se e, de repente, Homer deu uma risada sarcástica, abafada. Uma risada que soava como uma espingarda carregada com sal grosso.

"Apenas ligue para Megan e diga: 'Sabe a 'Phelia Todd, aquela mulher de quem começa a sentir tantos ciúmes que nem consegue enxergar direito nem encontra uma palavra boa para dizer sobre ela? Pois bem, nós dois vamos fazer uma viagem a jato até Bangor, naquele carrinho Mercedes dela, o cor de champanhe, portanto não me espere para jantar.'

"Apenas ligar para ela e dizer aquilo. Ah, *claro*. Ah, *hum-hum*."

Ele tornou a rir, com as mãos pousadas sobre as pernas, da maneira tão natural de sempre. Então, vi em seu rosto algo que era quase odioso, e, após um minuto, ele pegou seu copo de água mineral, em cima da balaustrada, derramando um pouco da água.

— Você não foi — falei.

— Não *daquela* vez.

Ele riu, um riso agora mais suave.

— Ela devia ter visto algo em meu rosto, porque foi como se caísse em si novamente. Não ficou mais parecendo uma mocinha da universidade, voltou a ser como 'Phelia Todd. Olhou para a caderneta de anotações, como se não soubesse por que a segurava, depois a escondeu do lado do corpo, quase atrás da saia.

"Eu disse: 'Gostaria de fazer isso, madame, mas tenho que terminar aqui. Além do mais, minha esposa fez um assado para o jantar.'

"Ela respondeu: 'Eu compreendo, Homer. Apenas exagerei em meu entusiasmo. Como sempre. Worth diz que sou assim o tempo todo.' Depois ela ajeitou o corpo e disse: 'De qualquer modo, o convite está de pé, para quando você quiser ir. Poderá até ajudar a empurrar o carro, se ficarmos atolados em algum lugar, o que me pouparia cinco dólares.' E ela riu.

"'Eu lhe cobrarei o convite, madame', respondi, e ela percebeu que eu falava a sério, não estava apenas querendo ser polido.

"'E antes de você acreditar que 187 quilômetros até Bangor estão fora de questão, pegue seu mapa e veja quantos quilômetros seriam, em linha reta.'

"Eu terminei com os ladrilhos, fui para casa e jantei as sobras do almoço — não havia assado nenhum —, mas creio que 'Phelia Todd sabia disso. Depois que Megan foi para a cama, peguei minha régua, uma caneta e meu mapa Mobil do estado. Fiz o que ela me disse... porque fiquei com aquilo na cabeça, sabe. Risquei uma linha reta e fiz os cálculos, segundo a escala de quilômetros. Fiquei um pouco surpreso. Pois se você fosse de Castle Rock a Bangor como um desses aviõezinhos Piper Cubs num dia claro; se você não tivesse que se preocupar com lagos, ou plantações de madeireiras de acesso proibido, ou pântanos, ou com rios que não têm pontes, ora, seriam só uns 127 quilômetros, mais ou menos."

Sobressaltei-me um pouco.

— Meça você mesmo, se não acredita em mim — disse Homer. — Só depois de verificar aquilo, percebi como o Maine é pequeno.

Ele bebeu um gole, depois se virou e olhou para mim.

— Na primavera seguinte, houve uma ocasião em que Megan foi até New Hampshire, visitar o irmão. Precisei ir até a casa dos Todd, retirar as portas contra tempestade e colocar as telas, e o carrinho Mercedes estava lá. Ela veio sozinha.

"Chegou até a porta e disse: 'Homer! Veio colocar as portas de tela?'

"E eu respondi prontamente: 'Não, madame, vim saber se quer me levar até Bangor, pelo caminho mais curto.'

"Pois bem', 'Phelia me olhou sem expressão nenhuma, e eu achei que ela tinha esquecido tudo aquilo. Senti meu rosto ficando vermelho, como sempre acontece quando dou uma enorme de uma mancada. Então, quando já ia me desculpar, o rosto dela se abriu em um sorriso outra vez, e ela disse: 'Espere aqui um instante, enquanto apanho minhas chaves. E não vá mudar de ideia, Homer!'

"Voltou logo depois, trazendo as chaves. 'Se ficarmos atolados, você verá mosquitos do tamanho de libélulas!'

"'Em Rangely, já os vi do tamanho de pardais, madame' — falei — 'mas acho que ambos somos pesados demais para que eles nos carreguem.'

"Ela riu. 'Está bem. De qualquer modo, eu avisei. Vamos, Homer.'

"'E se nós não chegarmos lá em duas horas e 45 minutos' — lembrei, um tanto acanhado — 'a senhora me comprará uma garrafa de Mist Irlandês.'

"Ela me fitou com certa surpresa, já tendo a porta do diabrete aberta e um pé no interior. 'Que diabo, Homer', disse, 'falei a você que era o vencedor *por enquanto*. Descobri uma forma de chegar lá que é *mais curta*. Chegaremos em duas horas e meia. Entre, Homer. Vamos disparar!'"

Ele tornou a fazer uma pausa, as mãos tranquilamente pousadas sobre as coxas, os olhos opacos, talvez vendo o dois-assentos cor de champanhe seguindo para a íngreme entrada de carros dos Todd.

— Ela parou o carro no fim da alameda e perguntou: 'Tem certeza?'

"'Pode disparar', respondi. A bola de ferro em seu tornozelo se soltou e ela pisou fundo com aquele pé de chumbo. Não lhe posso dizer muito sobre o que aconteceu depois disso, exceto que, após um momento, mal conseguia afastar os olhos dela. Havia algo selvagem transbordando em seu rosto, Dave — algo *selvagem* e também *livre*, que apavorou meu coração. 'Phelia era linda e eu caí de *amores* por ela, qualquer um cairia, qualquer homem, afinal, e talvez qualquer mulher também, mas o caso é que, ao mesmo tempo, eu a *temia*, porque se ela tirasse os olhos da estrada e resolvesse te amar em troca, acabaria matando a gente. Ela usava jeans e uma velha camisa branca, com as mangas enroladas — imaginei que talvez estivesse pensando em pintar alguma coisa no pátio dos fundos quando cheguei —, mas depois de estarmos rodando por algum tempo dava a impressão de estar vestida apenas com aquelas roupagens encapeladas e frouxas daqueles velhos livros de deuses e deusas."

Ele ficou pensativo, olhando através do lago, com o rosto muito sério.

— Como a caçadora que supostamente cavalgava a lua pelo céu.

— Diana?

— Há-há. A lua era o seu diabrete. 'Phelia parecia assim a meus olhos, e lhe digo francamente que estava doido de amor por ela e nunca tomaria uma iniciativa, mesmo que fosse, então, mais novo do que sou agora. Não tomaria nenhuma iniciativa, mesmo que tivesse 20 anos, embora suponha que a tomasse com 16 anos, mesmo sabendo que ia morrer por isso — se ela se sentisse do jeito que parecia que se sentia para mim.

"Ela era como aquela mulher cavalgando a lua através do céu, com metade do corpo acima do para-lama, suas estolas transparentes voando mais atrás em teias de aranha prateadas e seus cabelos agitando-se fora da nuca, para mostrar as escuras covinhas de suas têmporas, chicoteando aqueles cavalos e me dizendo para seguir mais depressa, jamais se importando com o quanto eles resfolegassem, apenas mais depressa, mais depressa, *mais depressa*.

"Rodamos por um bocado de estradas que cruzavam bosques — eu conhecia as primeiras duas ou três, mas, depois disso, todas me eram desconhecidas. Devíamos ser uma visão incrível para aquelas árvores que nunca tinham visto nada com motor antes, exceto grandes e velhos caminhões carregando polpa de madeira e veículos especiais para rodar na neve. E aquele diabrete, que provavelmente se sentiria mais à vontade no Sunset Boulevard do que disparando através daquelas florestas, seguia impetuosamente, abrindo caminho para subir uma colina e descendo a próxima sem ceder em sua voracidade, por entre aquelas poeirentas lâminas formadas pelo sol da tarde — estava com a capota arriada e podia-se sentir todos os cheiros naqueles bosques, e você sabe o quanto são deliciosos esses cheiros, como algo que ficou intocado por muito tempo e que a gente não mexe muito. Atravessamos estradas com leito em toras de madeira estendidas nas partes mais pantanosas, a lama negra espirrando entres alguns daqueles troncos cortados, enquanto ela ria como criança. Alguns troncos estavam velhos e apodrecidos, porque em cinco ou dez anos, digamos, ninguém havia passado por aquelas estradas — exceto ela, quero dizer. Estávamos *sozinhos*, a não ser pelos pássaros e quaisquer animais que nos vissem. O som do motor daquele diabrete, primeiro zumbindo, depois ganhando altura e potência, quando ela embreava e fazia a mudança... era o único som de motor que eu podia ouvir. E embora soubesse que tínhamos que estar perto de *algum lugar* o tempo todo — quero dizer, nestes dias, a gente sempre está — comecei a me sentir como se houvesse recuado no tempo e não houvesse *nada*. Isto é, se parássemos e eu subisse em uma árvore alta, não enxergaria nada em qualquer direção, além de matas cerradas, floresta e mais floresta. E, o tempo todo, ela apenas *martelando* aquela coisa adiante, os cabelos esvoaçando às suas costas, sorridente, os olhos cintilando. Então, deixamos para trás a Estrada da Montanha Speckled Bird e, por um momento, sabia onde estávamos novamente. Depois, quando abandonamos essa estrada, apenas por um instante *pensei* que sabia, mas então decidi não me preocupar mais com isso. Pegamos um atalho por outra estrada no meio do mato e saímos — juro — em uma bela via pavimentada. Com um indicador que dizia RODOVIA B. Já ouviu falar de alguma estrada no estado do Maine chamada RODOVIA B?"

— Não — respondi. — Parece inglês.

— Hum, hum. *Parecia* inglês. Havia árvores pendendo sobre a estrada, como salgueiros. 'Tome cuidado agora, Homer', disse ela, 'quase fui apanhada por uma delas há um mês e fiquei com a pele esfolada.'

"Sem entender do que ela falava, abri a boca para lhe dizer isso, mas então vi que, mesmo não havendo vento, os galhos daquelas árvores estendiam-se para baixo — e *agitavam-se*. Pareciam negros e molhados dentro de sua confusão verde. Eu mal acreditava no que via. Quando um deles arrancou o meu boné, percebi que eu não estava sonhando. 'Ei!', gritei. 'Devolva-me isso!'

"'Tarde demais, Homer', disse ela, rindo. 'Logo à frente teremos luz do dia... estamos indo bem.'

"Então, outro daqueles galhos desceu, agora do lado dela, avançando em sua direção — juro que foi assim. 'Phelia abaixou a cabeça, ele agarrou seus cabelos e arrancou um punhado de fios anelados. 'Droga, mas isso *dói!*', gritou ela, mas continuava rindo. A velocidade do carro diminuiu ligeiramente quando ela se agachou e pude ver o interior da floresta de relance. Por Deus, Dave! *Tudo* ali dentro se movia! Havia ervas oscilando e plantas tão enoveladas juntas que era como se fizessem caretas. Vi algo acocorado em cima de um tronco e parecia um sapo de árvore, só que era do tamanho de um gato adulto.

"Então, saímos da penumbra para o topo de uma colina. Ela disse: 'Pronto! Foi animado, não foi?', como se estivesse comentando nada mais que um passeio pela Casa Assombrada, na Feira de Fryeburg.

"Cinco minutos depois, deslizamos para outra de suas estradas entre bosques. Àquela altura eu não queria mais saber de árvores — posso lhe dizer com segurança —, mas aquelas eram apenas árvores comuns. Meia hora mais tarde, estávamos chegando ao pátio de estacionamento do Pilot's Grille, em Bangor. Ela apontou para aquele pequeno odômetro que marcava os trajetos, dizendo: 'Dê uma olhada, Homer.' Eu dei, e ele marcava 179,56 quilômetros. 'O que me diz agora? Acredita em meu atalho?'

"A expressão selvagem desaparecera quase de todo e ela voltara a ser 'Phelia Todd outra vez. A outra expressão, no entanto, ainda persistia. Como se fossem duas mulheres, 'Phelia e Diana — e sua parte Diana, que assumia o comando quando ela rodava por aquelas estradas secundárias, não deixara que sua parte 'Phelia percebesse como o atalho a levava por lugares... lugares que não existiam em nenhum mapa do Maine, nem mesmo naqueles topográficos.

"Ela repetiu: 'O que diz de meu atalho, Homer?'

"Finalmente respondi a primeira coisa que me veio à cabeça, algo que não se costuma dizer a uma dama como 'Phelia Todd. 'De fato, madame, é um atalho filho da mãe', respondi.

"Ela riu, muito feliz da vida, e então pude ver, transparente como vidro: ela não se lembrava de nenhuma daquelas coisas esquisitas. Não se lembrava dos galhos dos salgueiros — que de salgueiros nada tinham, absolutamente, nem de qualquer outra coisa — que tinham me arrancado o boné, daquela placa que dizia RODOVIA B ou daquela horrível coisa-sapo. *Ela não se lembrava de nenhuma daquelas coisas esquisitas!* Eu devia ter sonhado que aquilo estava lá ou então ela sonhou que não estava. Só sei que, Dave, rodamos apenas 179 quilômetros até Bangor, e isso não era sonho nenhum, porque estava bem ali, marcado no pequeno odômetro do carrinho, preto no branco.

"'Bem, é isso mesmo', disse ela. *É um atalho filho da mãe. Eu só queria que Worth o percorresse alguma vez... mas ele nunca larga seu carro, a menos que alguém o jogue para fora, como uma explosão, e precisaria ser um míssil Titan II para isso, porque acho que ele construiu um abrigo antiatômico no fundo daquele carro. Muito bem, Homer, vamos providenciar o seu jantar.'

"E ela me pagou um baita jantar, Dave, mas não consegui comer muito. Fiquei pensando em como seria a viagem de volta, agora que começava a escurecer. Então, mais ou menos pelo meio do jantar, ela pediu desculpa e foi dar um telefonema. Quando voltou, perguntou se eu não me incomodaria de dirigir o diabrete até Castle Rock para ela. Disse ter telefonado para uma mulher do mesmo comitê escolar que o seu e ficara sabendo que estavam com algum tipo de problema sobre qualquer coisa. Falou que alugaria um carro para voltar, caso Worth não pudesse levá-la. 'Você não se importa de dirigir no escuro?', perguntou.

"Olhava para mim, com uma espécie de sorriso. Percebi que ela recordava *alguma coisa* do que acontecera — só Deus sabe quanto, mas recordava o suficiente para saber que eu não pegaria seu atalho depois do escurecer, se é que o pegaria em dia claro... embora o brilho em seus olhos indicasse que isso não a incomodaria nem um pouco.

"Respondi que levaria o carro e terminei minha refeição melhor do que começara. Já estava bem escuro ao terminarmos e fomos no carro até a casa da mulher para quem ela telefonara. Ao descer, 'Phelia olhou para mim com aquele mesmo brilho no olhar e disse: 'Tem mesmo *certeza* de que não quer esperar, Homer? Ainda hoje reparei em umas duas estradas secundárias e, embora não as encontre em meus mapas, acho que elas nos encurtam alguns quilômetros.'

"Eu falei: 'Bem, madame, eu esperaria, mas eu, na minha idade, já descobri que a melhor cama para dormir é a minha. Vou levar o seu carro de volta, mas não vou fazer um amassadinho nele... embora provavelmente chegue com alguns quilômetros a mais do que a senhora.'

"Ela riu, meio suavemente, e me deu um beijo. Foi o melhor beijo que já recebi, em toda a minha vida, Dave. Bem no rosto, era o beijo casto de uma mulher casada, mas maduro como um pêssego ou como aquelas flores que desabrocham no escuro. Quando seus lábios me tocaram a pele, senti algo... não sei bem o que senti, porque um homem não se apega facilmente àquelas coisas que lhe acontecem com uma moça que estava madura quando o mundo era jovem ou à impressão deixada por essas coisas — estou falando sem dizer ao certo o que senti, mas acho que você compreende. São coisas que ficam marcadas em brasa na lembrança e não conseguimos ver nada através delas.

"'Você é um homem adorável, Homer, e eu gosto de você por me ouvir, por ter vindo no carro comigo', disse ela. 'Dirija com cuidado.'

"Depois ela entrou na casa da tal mulher. Eu voltei para casa."

— Por onde voltou? — perguntei.

Homer riu baixinho.

— Pela estrada de pedágio, seu imbecil! — exclamou, e nunca vi tantas rugas em seu rosto como nesse momento.

Ele ficou quieto, olhando para o céu.

— Chegado o verão, ela desapareceu. Eu não a tinha visto com frequência... foi o verão em que tivemos o incêndio, você se lembra, e depois aquela horrível tempestade que derrubou todas as árvores. Foi um período muito agitado para caseiros. Ah, eu *pensava* nela de quando em quando, pensava naquele dia, naquele beijo, e tudo começou a parecer como um sonho para mim. Como certa época, quando eu tinha uns 16 anos e não pensava em mais nada além de garotas. Estava arando o campo oeste de George Bascomb, o que dá para o lago, nas montanhas, sonhando o que rapazes adolescentes costumam sonhar. Então, bati em uma rocha com as lâminas do arado, ela se partiu e *sangrou*. Pelo menos, a mim pareceu que sangrava. Um negócio vermelho escorreu da fenda na rocha e encharcou o chão. Nunca contei para ninguém, a não ser minha mãe, e nunca disse a ela o que aquilo significava para mim ou o que acontecera comigo, embora ela lavasse minhas cuecas e devesse saber. De qualquer maneira, ela sugeriu que eu devia rezar por causa daquilo. Eu rezei, mas não tive qualquer revelação e, após algum tempo, sei lá o que começou a sugerir à minha mente que tudo fora um sonho. Algumas vezes funciona assim. Há buracos no *meio*, Dave. Você sabia?

— Sei — respondi.

Fiquei pensando em uma noite, quando vira algo. Era o ano de 1959, fora um ano ruim para nós, mas meus filhos ignoravam isso: sabiam apenas que queriam comer, como sempre comiam. Eu tinha visto um bando de coelhos rabo-branco no campo traseiro de Henry Brugger, e fui até lá, em um escurecer de agosto, levando uma candeia. Pode-se matar dois, quando eles estão com a gordura de verão — o segundo volta para farejar o primeiro, como se perguntasse: *Ora, que diabo, já é outono?* E então a gente o derruba, como se fosse um pino de boliche. Eles dão carne bastante para alimentar crianças durante seis semanas e enterra-se o que sobra. Aqueles dois eram rabos-brancos que não levam tiros dos caçadores chegados em novembro, mas crianças precisam comer. Como disse o homem de Massachusetts, ele gostaria de *poder* viver aqui o ano inteiro, mas eu digo é que, às vezes, temos que pagar pelo privilégio, depois que escurece. Pois então. Lá estava eu, quando vi aquela imensa luz alaranjada no céu; ela veio descendo, descendo, enquanto eu ficava parado e espiando, de boca caída no peito. Quando a luz bateu no lago, todo ele ficou aceso por um minuto, com uma claridade púrpura-alaranjada que parecia subir em raios, direta ao céu. Ninguém nunca me disse nada sobre aquela luz e eu também nunca disse nada a ninguém; em parte, porque tinha medo que rissem de mim, mas também porque, antes de mais nada, iam querer saber que diabo eu fazia naquele lugar, depois do escurecer. Após certo tempo, foi bem como Homer tinha dito — tudo parecia um sonho, mas sem qualquer significado para mim, porque não me daria proveito algum. Eu não podia usá-lo. Era como um raio de lua. Não tinha cabo nem lâminas. Já que eu não podia fazê-lo trabalhar, deixei-o para lá, como faz um homem, sabendo que o dia tem de nascer, apesar de tudo.

— Há *buracos* no meio de coisas — disse Homer, sentando-se empertigado, como se estivesse biruta. — Bem no maldito *meio* das coisas, não à direita ou à esquerda, onde fica a visão periférica e se pode dizer: "Bem, mas que diabo..." Eles estão lá e a gente os rodeia, como rodeia um buraco na estrada, capaz de nos quebrar um eixo do carro. Sabia disso? No entanto, a gente esquece. É como a gente estar arando e arar um buraco. Só que, se houver alguma *fenda* na terra, onde vemos escuridão, como se fosse uma caverna, dizemos: "Dê a volta, cavalo velho. Deixe isso sossegado! Tenho um bom palpite de que deve ir pela esquerda!"

Porque não era uma caverna que a gente queria, nem nenhum excitamento de colegial, mas arar bem a terra.

"*Buracos* no *meio* das coisas."

Ele ficou calado por muito tempo e deixei que se calasse. Não tinha pressa em atiçá-lo. Por fim, Homer disse:

— Ela desapareceu em agosto. Eu a tinha visto pela primeira vez no início de julho, e ela parecia... — Homer se virou para mim e pronunciou cada palavra com cuidadosa e espaçada ênfase. — Dave Owens, ela parecia *deslumbrante!* Deslumbrante, bravia e quase selvagem. As ruguinhas que eu vinha percebendo em volta de seus olhos haviam desaparecido por completo. Worth Todd estava em alguma conferência ou coisa assim, em Boston. E lá estava ela, na borda do ancoradouro — eu estava no meio, sem a camisa —, e então me disse: 'Homer, você não vai acreditar!'

"'Não, madame, mas tentarei', respondi.

"'Encontrei duas estradas novas', disse ela, 'e desta última vez fiz apenas 108 quilômetros até Bangor.'

"Recordei o que ela dissera antes e falei: 'Não é possível, madame. Peço que me desculpe, mas somei a quilometragem no mapa, eu mesmo, e 127 é o mínimo... em linha reta.'

"Ela riu, e parecia mais bonita do que nunca. Como uma deusa ao sol, em cima de uma daquelas montanhas, em uma história onde só existem relvados verdes e fontes, sem espinhos que arranhem os braços de um homem. 'Está bem', disse ela, 'e ninguém pode correr um quilômetro em menos de quatro minutos. Foi matematicamente *provado*.'

"'Não é a mesma coisa', respondi.

"'É a mesma coisa', disse ela. 'Dobre o mapa e veja quantos quilômetros são, Homer. Se dobrá-lo pouco, podem ser menos do que uma linha reta, mas se dobrá-lo muito, serão muito menos.'

"Recordei então aquele nosso passeio, da maneira como se recorda um sonho. Falei: 'Madame, a senhora pode dobrar um mapa no papel, mas não pode dobrar *terra*. Ou, pelo menos, não deveria tentar. Deve esquecer isso.'

"'Não, senhor', respondeu ela. 'Esta é a única coisa agora, em minha vida, que não vou esquecer, porque está *lá* e é *minha*.'

"Três semanas mais tarde — mais ou menos umas duas antes de ela desaparecer —, ligou para mim de Bangor. Disse: 'Worth foi a Nova

York e eu estou descendo para aí. Não sei onde deixei minha maldita chave, Homer. Gostaria que você abrisse a casa, para que eu possa entrar.'

"Bem, esse telefonema foi às 20 horas, justo quando começava a escurecer. Comi um sanduíche e tomei uma cerveja antes de sair — cerca de 20 minutos. Então desci até lá. No total, uns 45 minutos. Quando cheguei à casa dos Todd, ainda descendo a entrada para carros, vi que havia luz acesa na despensa, embora a tivesse deixado apagada. Estava olhando para aquilo, quando quase colidi com seu diabrete. Estava parado meio de banda, da maneira como um bêbado o estacionaria, emplastrado de lama até as janelas e, na lama ao longo da carroceria, havia coisas presas, coisas parecendo algas... e quando os faróis do meu carro bateram nelas, pareciam *mover-se*. Estacionei logo atrás e saí. Aquelas coisas não eram algas, mas *eram* ervas e estavam se movendo... de um jeito lerdo e apático, como que agonizando. Toquei em um pedaço de erva e ela quis enrolar-se em minha mão. Foi uma sensação repugnante e asquerosa. Puxei a mão e a enxuguei nas calças. Dei a volta pela frente do carro. Era como se ela tivesse percorrido uns 150 quilômetros de terrenos baixos e lamacentos. Tinha uma aparência de *cansaço*, se tinha! Havia insetos esmagados por todo o para-brisa — só que não se pareciam com nenhum que *eu* já tivesse visto antes. Vi uma mariposa que tinha mais ou menos o tamanho de um pardal, as asas ainda batendo um pouco, fracas, e morrendo. Vi coisas como mosquitos, mas eles tinham olhos de verdade, que se podia ver — e pareciam olhar para *mim*. Pude ouvir aquelas ervas arranhando a carroceria do diabrete, morrendo, procurando agarrar-se em alguma coisa. E tudo quanto eu podia pensar era: por onde diabos ela passou? E como conseguiu chegar aqui em apenas 45 minutos? Foi então que vi algo mais. Havia uma espécie de animal, meio amassado, na grade do radiador, bem abaixo de onde fica aquele enfeite do Mercedes — aquele que parece uma estrela, fechada dentro de um círculo. Ora, a maioria dos animais de pequeno porte que se matam na estrada fica presa debaixo do carro, porque eles se agacham ao serem atingidos, esperando que o carro passe acima deles e os deixe com o couro ainda preso à carne. Bem, de vez em quando, um deles salta, não para longe, mas diretamente contra o maldito carro, como se quisesse dar uma boa mordida em seja qual for aquele tipo de inseto gigantesco que quer matá-lo — eu sei que isso acontece. Pois aquela coisa havia feito isso. E parecia decidido o bastante para atacar um tanque Sherman. Dava a impressão de ser um cruzamento entre uma marmota e uma doninha, mas havia aqueles outros detalhes em seu corpo que eu nem mesmo queria olhar. Machucava os olhos, Dave — pior ainda, aquilo machucava a *mente*. O pelo do bicho estava misturado com sangue e havia garras brotando das solas de suas patas, como as de um gato, só que mais compridas. Ele tinha enormes olhos amarelados, mas estavam vidrados. Quando era criança, tive uma bola de gude de porcelana parecida com aqueles olhos. E os dentes! Dentes compridos e finos como agulhas, mais parecendo agulhas de costurar, projetando-se de sua boca. Alguns deles tinham-se fincado na grade de aço do radiador. Por isso é que continuava ali, ainda pendurado: ele tinha o corpo suspenso pelos *próprios* dentes. Olhando para ele, soube que continham um bocado de veneno, como uma cascavel. O bicho saltara para o diabrete ao ver que ia ser atropelado, queria matá-lo com uma dentada. E eu é que não tentaria arrancá-lo dali, porque tinha cortes nas mãos — cortes de feno — e pensei logo que cairia morto, duro como uma pedra, se algo daquele veneno vazasse para os cortes.

"Fui até o lado do motorista e abri a porta. A luz interna acendeu-se, e olhei para aquele odômetro especial que ela regulava para as viagens... o qual, pude ver, marcava 50,84.

"Fiquei olhando para ele por instantes, e então caminhei até a porta dos fundos. Ela havia forçado a tela e quebrado o vidro perto da fechadura para poder enfiar a mão e abrir. Havia um bilhete dizendo: 'Prezado Homer — cheguei aqui um pouco mais cedo do que pensava. Encontrei um atalho que é uma maravilha! Como você ainda não tinha vindo, entrei como assaltante. Worth chega depois de amanhã. Será que pode consertar a porta de tela e substituir o vidro quebrado até lá? Espero que sim. Essas coisas sempre o aborrecem. Se eu não sair para dizer olá, é porque estou dormindo. A viagem foi muito cansativa, mas cheguei aqui num piscar de olhos! Ophelia.'

"*Cansativa!* Dei outra espiada naquela coisa-bicho pendurada na grade do radiador de seu carro, enquanto pensava: Sim, senhor, *deve* mesmo ter sido cansativa. Por Deus como *foi*."

Homer fez outra pausa e estalou um inquieto nó do dedo.

— Só tornei a vê-la mais uma vez. Foi cerca de uma semana depois. Worth estava lá, mas nadava no lago, de um lado para outro, indo e vindo, como se estivesse serrando madeira ou assinando papéis. Era mais como se assinasse papéis, acho.

"'Madame', falei, 'não é da minha conta, mas acho que devia parar com isso. Naquela noite em que voltou e quebrou o vidro da porta para entrar, vi uma coisa pendurada na frente do seu carro e...'

"'Ah, a marmota? Eu dei um fim nela', respondeu 'Phelia.

"'Céus! Espero que tenha tomado cuidado!'

"'Usei as luvas de jardinagem de Worth', disse ela. 'Não foi nada de extraordinário, Homer, apenas uma marmota que saltou contra o carro, com certa dose de veneno.'

"'Mas, madame', falei, 'onde há marmotas, há ursos. E, se em seu atalho as marmotas são como aquele bicho, o que lhe acontecerá, se surgir um urso?'

"'Phelia olhou para mim e vi nela aquela outra mulher — aquela mulher-Diana. Ela disse: 'Se as coisas são diferentes ao longo dessas estradas, Homer, talvez eu também seja diferente. Veja isto.'

"Ela havia prendido os cabelos dobrados atrás da cabeça, parecendo uma espécie de borboleta, atravessados por um grampo. Soltou-os. Eram os cabelos que fariam um homem perguntar-se como seriam quando espalhados sobre um travesseiro. Ela disse: 'Estavam ficando grisalhos, Homer. Consegue ver algum fio grisalho?' E ela os espalhou com os dedos, para que o sol brilhasse neles.

"'Não, madame', respondi.

"Ela me fitou, seus olhos eram brilho puro. Então disse: 'Sua esposa é uma boa mulher, Homer Buckland, mas tem me visto no mercado e no correio e trocamos uma ou duas palavras. Eu a vi olhando para meu cabelo, com certa satisfação que só as mulheres conhecem. Eu sei o que ela diz, o que conta às amigas... que Ophelia Todd começou a pintar o cabelo. Pois não é verdade. Mais de uma vez, perdi o rumo, quando procurava um atalho... perdi o rumo... e perdi os cabelos grisalhos.' Ela riu, não como uma universitária, mas como uma garota de ginásio. Eu a admirei e ansiei por sua beleza, mas nesse momento vi também aquela outra beleza em seu rosto... e tornei a sentir medo. Medo *por ela* — e medo *dela*.

"'Madame', falei, 'a senhora se arrisca a perder mais do que alguns fios de cabelos brancos.'

"'Não', disse ela. 'Eu lhe digo que, lá, sou diferente... Lá, sou *eu mesma, inteiramente.* Quando sigo por aquela estrada em meu carrinho, deixo de ser Ophelia Todd, a esposa de Worth Todd, que nunca conseguiu levar uma gravidez adiante ou aquela mulher que tentou escrever poesia e fracassou, a mulher que fica tomando notas em reuniões de comitês, ou qualquer outra coisa, qualquer outra pessoa. Quando estou naquela estrada, estou dentro de mim mesma e me sinto como...'

"'*Diana*', falei.

"Ela me olhou, parecendo divertida e surpresa, depois riu. 'Ah, como alguma deusa, imagino', disse ela. 'Ela serviria mais, porque sou uma pessoa da noite — adoro ficar acordada até terminar de ler um livro ou até que a televisão encerre sua programação com o Hino Nacional, e porque sou muito pálida, como a lua... Worth está sempre dizendo que preciso de um tônico, de exames de sangue ou qualquer coisa parecida. Contudo, no fundo, o que toda mulher quer ser é uma espécie de deusa, creio... Os homens recolhem um eco arruinado dessa ideia e tentam colocá-las em pedestais (uma mulher que mijaria perna abaixo se não se agachasse! É engraçado, quando se para e pensa nisso) — mas o que um homem sente não é o que uma mulher quer. Uma mulher deseja estar à vontade, eis tudo. Ficar em pé, se quiser, ou caminhar...' Os olhos dela se voltaram para o diabrete na entrada de carros, e se apertaram. Então, ela sorriu. 'Ou *dirigir*, Homer. Um homem não vê isso. Ele acha que uma deusa quer refestelar-se em uma encosta qualquer no sopé do Olimpo e comer frutas, mas nisso não há deus nem deusa. Tudo o que uma mulher quer é o que o homem quer — uma mulher quer *dirigir*.'

"'Tudo que lhe digo, madame, é que tome cuidado por onde dirigir', falei.

"Ela riu e me deu um beijo rápido, no meio da testa.

"Depois disse: 'Tomarei cuidado, Homer', mas isso nada significava, e eu sabia, pois ela disse como um homem que diz à esposa ou namorada que tomará cuidado, quando ele sabe que não tomará... não poderia.

"Voltei ao meu caminhão e acenei para ela uma vez. Foi uma semana mais tarde que Worth deu parte de seu desaparecimento. Dela e daquele seu diabrete. Todd esperou sete anos para que a esposa fosse declarada legalmente morta, depois esperou mais outro por medida de prudência — concedo isso àquele otário —, e então se casou com a segunda Madame Todd, essa que acabou de passar. E não espero que você acredite em uma vírgula de toda esta lorota."

No céu, uma daquelas enormes nuvens de fundo achatado se moveu o suficiente para revelar o fantasma da lua — meio cheia e pálida como leite. Alguma coisa em meu coração saltou àquela visão, metade amedrontada e metade enamorada.

— Pois eu acredito — falei. — Em cada apavorante palavra dela, em cada vírgula. E mesmo que não seja verdade, Homer, deveria ser.

Ele me apertou em volta do pescoço com o braço. Pois é tudo que os homens podem fazer, já que o mundo só permite que beijem mulheres, depois riu e ficou em pé.

— Mesmo que não *devesse* ser, ela é — falou. Tirou o relógio do bolso da calça e o consultou. — Tenho que descer a estrada e checar a casa dos Scott. Quer vir comigo?

— Acho que vou ficar aqui, sentado mais um pouco — falei —, pensando.

Ele desceu os degraus, depois se virou e olhou para mim, com um meio sorriso.

— Acho que 'Phelia tinha razão — disse. — Ela *era* diferente, naquelas estradas que descobria... não havia coisa alguma que ousasse tocá-la. Você ou eu seríamos tocados, talvez, mas não ela.

"E acredito que ela esteja jovem."

Dito isto, ele subiu em seu caminhão, e partiu para checar a casa dos Scott.

Isto foi dois anos atrás e, desde então, Homer foi para Vermont, como acho que lhe contei. Certa noite, ele veio me ver. Tinha os cabelos penteados, fizera a barba e espalhava um cheiro bom de loção. Seu rosto era límpido, os olhos estavam vivazes. Naquela noite, ele parecia ter 60 anos, em vez de 70. Fiquei satisfeito por ele, invejei-o e também o odiei um pouco. A artrite tem muito de um velho pescador e, naquela noite, parecia que a artrite não tinha nenhum anzol fincado nas mãos de Homer, como fincara nas minhas.

— Estou indo — disse ele.

— Hum-hum?

— Hum-hum.

— Tudo bem. Providenciou para que lhe enviem sua correspondência?

— Não quero que me enviem nada — respondeu ele. — Minhas contas estão pagas. Não deixo nada para trás.

— Bem, dê-me seu endereço. Eu lhe escreverei uma linha de vez em quando, cavalo velho.

Eu já podia sentir a solidão me cobrindo como uma capa... e ao olhar para ele sabia que as coisas não eram bem como pareciam.

— Ainda não tenho nenhum — respondeu ele.

— Está bem — falei. — *É* para Vermont que você vai, Homer?

— Hum... — disse ele. — Será, para quem quiser saber.

Quase me calei, mas acabei fazendo a pergunta:

— Como ela se parece agora, Homer?

— Como Diana — respondeu. — Só que é mais meiga.

— Eu o invejo, Homer — falei, e era verdade.

Fiquei parado à porta. Era crepúsculo naquele final de verão, quando os campos se enchem de perfume e cenouras silvestres. Uma lua cheia traçava um risco prateado através do lago. Ele cruzou minha varanda e desceu os degraus. Havia um carro parado no acostamento da estrada, o motor roncando indolentemente, mas com toda a potência, da maneira como fazem os antigos que ainda correm com o conjunto de cavidades cilíndricas em linha reta, e os malditos torpedos. Agora que penso nisso, aquele carro *parecia* um torpedo. Estava um tanto castigado, mas parecia poder atingir o máximo sem grande esforço. Homer parou ao pé de minha escada e ergueu algo — era sua lata de gasolina, a grande, com capacidade para dez galões. Seguiu pela minha calçada até o lado do carro em que fica o passageiro. Ela se inclinou e abriu a porta. A luz interna acendeu-se e por um breve relance eu a vi, os longos cabelos ruivos em torno do rosto, a testa brilhando como uma lâmpada. Brilhando como a *lua*. Ele entrou e deu partida. Eu fiquei em meu alpendre e espiei as luzes traseiras de seu diabrete, piscando vermelho no escuro... ficando cada vez menores e menores. Eram como brasas, depois pareceram pirilampos e sumiram.

Vermont, é o que digo ao pessoal da cidade, e todos acreditam, porque fica tão longe quanto a maioria consegue imaginar. Às vezes, eu mesmo quase acredito nisso, principalmente quando estou cansado, esfalfado. Contudo, em outras penso neles — fiz isso todo este outubro, me parece, porque é principalmente em outubro que os homens pensam em lugares distantes e nas estradas que podem levá-los a tais lugares. Fico sentado no banco em frente ao Mercado Bell's e penso em Homer Buckland, na bela jovem que se inclinou para abrir-lhe a porta, quando ele desceu aquela calçada levando na mão direita a lata vermelha cheia de gasolina — ela parecia uma garota de seus 16 anos, uma garota com carteira provisória, e sua beleza era aterradora. Contudo, não creio mais que sua beleza mate o homem para quem ela se voltar: por um momento, seus olhos pousaram em mim e eu não morri, embora parte de mim tenha morrido a seus pés.

O Olimpo deve ser uma maravilha para os olhos e o coração, existindo aqueles que anseiam por ele, assim como os que encontram um caminho nítido para atingi-lo, talvez. No entanto, conheço Castle Rock como a palma da mão e jamais deixaria este lugar, por atalho algum onde existam estradas: em outubro, o céu acima do lago não é uma maravilha, mas eu o acho extraordinariamente belo, com aquelas enormes nuvens brancas que se movem tão devagar — sento-me aqui no banco, penso em 'Phelia Todd e Homer Buckland, mas sem necessariamente querer estar onde eles estão... porém ainda gostaria de ser um fumante.

A excursão

"Esta é a última chamada para a Excursão 701" — a agradável voz feminina ecoou através do Blue Concourse no Departamento Terminal Portuário de Nova York. O DTP não mudara muito nos últimos mais ou menos trezentos anos: continuava maltratado e um tanto amedrontador. A voz feminina automatizada talvez fosse o detalhe mais agradável do local. "Este é o serviço de Excursões para a cidade de Whitehead, Marte", a voz prosseguiu. — "Todos os passageiros munidos de passagem deverão estar agora no salão-dormitório do Blue Concourse. Verifique se seus papéis de confirmação estão em ordem. Obrigada." O salão-dormitório no andar de cima nada tinha de maltratado. Era atapetado de parede a parede em cinza-ostra. As paredes exibiam uma tonalidade branco-casca-de-ovo e dela pendiam agradáveis quadros abstratos. Uma permanente e calmante progressão de cores se encontrava e revoluteava no teto. Havia cem divãs no grande recinto, ordenadamente espaçados em fileiras de dez. Cinco atendentes da Excursão andavam por ali, falando em voz baixa e animada, enquanto ofereciam copos de leite. A entrada ficava em um lado da sala, protegida por guardas armados e outro atendente da Excursão, que no momento checava os papéis de confirmação de um passageiro retardatário, um homem de negócios com expressão atormentada e o *World-Times* de Nova York dobrado debaixo do braço. Na direção exatamente oposta, o piso descia em uma espécie de calha, com cerca de um metro e meio de largura e talvez uns três de comprimento — essa passagem insinuava-se através de uma abertura sem portas, tendo uma vaga semelhança com um escorrega para crianças.

A família Oates estava deitada lado a lado em quatro divãs-Excursão, perto do final da sala. Mark Oates e Marilys, sua esposa, rodeavam os dois filhos.

— Papai, vai me falar sobre a Excursão agora? — perguntou Ricky. — Você prometeu.

— Isso mesmo, pai, você prometeu — acrescentou Patricia, com um risinho agudo, sem motivo algum.

Um homem de negócios com o porte de um touro olhou para eles e depois voltou a se concentrar na pasta de papéis que examinava, enquanto jazia deitado de costas, os sapatos reluzentes ordenadamente juntos. De algum lugar, chegaram o murmúrio surdo de conversas e o rumor de passageiros se ajeitando nos divãs-Excursão.

Mark olhou para Marilys Oates e piscou. Ela piscou de volta, mas estava quase tão nervosa quanto Pat parecia. *Por que não?*, pensou Mark. Era a primeira Excursão para três deles. Ele e Marilys haviam discutido as vantagens e inconveniências de uma mudança da família inteira por seis meses — desde que ele fora notificado pela Texaco Water de que seria transferido para a cidade de Whitehead. Finalmente, decidiram que iriam todos e permaneceriam em Marte durante os dois anos em que Mark ficaria lá. Agora, observando a palidez de Marilys, ele se perguntou se ela lamentava a decisão.

Olhou para o relógio e viu que ainda faltava meia hora para a partida da Excursão. Havia tempo suficiente para contar a história... e imaginou que isso deixaria as crianças menos nervosas. Quem sabe, talvez até acalmasse Marilys um pouco.

— Muito bem — ele disse.

Ricky e Pat o encaravam com seriedade. Ricky tinha 12 anos e Pat, 9. Disse novamente para si mesmo que Ricky estaria atolado no pântano da puberdade e sua filha provavelmente teria seios em desenvolvimento quando retornassem à Terra. E, de novo, achou difícil de acreditar. As crianças frequentariam a pequena Escola Mista de Whitehead, juntamente com os cento e poucos filhos de engenheiros e pessoal da companhia de petróleo que lá estavam; seu filho bem poderia se engajar em uma viagem de campanha geológica a Fobos, a poucos meses de distância. Era difícil de acreditar... porém verdade.

Quem sabe?, pensou tortuosamente. *Talvez isso também me traga certas vantagens.*

— Até onde sabemos — começou ele —, a Excursão foi inventada há cerca de 320 anos, por volta de 1987, por um indivíduo chamado

Victor Carune. Ele fez isso como parte de um projeto privado de pesquisa, financiado por algum dinheiro do governo... e, eventualmente, o governo tomou as rédeas, é claro. Por fim, a coisa foi passada para o governo e também para as companhias de petróleo. O motivo de ignorarmos a data exata é porque Carune era um tanto excêntrico...

— Está querendo dizer que ele era maluco, papai? — perguntou Ricky.

— Excêntrico significa só um pouquinho maluco, meu bem — disse Marilys, enquanto sorria para Mark, por cima das crianças.

Ele notou que sua esposa agora parecia um pouco menos nervosa.

— Oh!

— De qualquer modo, ele fez experiências com o processo por bastante tempo, antes de informar ao governo o que descobrira — prosseguiu Mark —, mas só deu a informação porque estava ficando sem dinheiro e eles não pretendiam continuar a financiá-lo.

— Seu dinheiro prontamente devolvido — disse Pat, tornando a dar aquela risada aguda.

— Exato, querida — disse Mark e bagunçou-lhe os cabelos delicadamente.

No extremo oposto do recinto, ele viu uma porta deslizar silenciosamente, dando passagem a mais dois atendentes, trajando os vivos macacões vermelhos do Serviço de Excursão e empurrando uma mesa rolante. Sobre ela, havia um bocal de aço inoxidável preso a uma mangueira de borracha; debaixo da mesa, esteticamente escondidas, Mark sabia que havia duas garrafas de gás; na sacola de malhas presa ao lado, estavam 100 máscaras descartáveis. Mark continuou falando, não querendo que sua família visse os representantes do Lates antes do momento oportuno. E, se conseguisse tempo suficiente para relatar toda a história, eles acolheriam de braços abertos os aplicadores do gás.

A alternativa também devia ser considerada.

— Naturalmente, vocês sabem que a Excursão é teletransporte, nem mais, nem menos — disse ele. — Por vezes, na química e física das universidades dão-lhe o nome de Processo Carune, mas na realidade é teletransporte, tendo sido o próprio Carune, se acreditarmos no que dizem, que o denominou "a Excursão". Ele era um leitor de ficção científica e há uma história escrita por um homem chamado Alfred Bester, e intitulada *As estrelas são o meu destino*, na qual o autor empregava a palavra "excursão" como teletransporte. Só que, no livro, pode-se fazer a Excursão apenas pensando nela, o que evidentemente não podemos.

Os atendentes agora fixavam a máscara ao bocal de aço e a estendiam a uma mulher idosa, no extremo oposto do recinto. Ela a tomou, inalou uma vez e caiu em seu divã, imóvel e flácida. Sua saia subiu um pouco, revelando uma coxa bamba, semelhante a um mapa rodoviário de veias varicosas. Um atendente gentilmente ajeitou a saia para ela, enquanto o outro se desfazia da máscara usada e afixava uma nova. Era um processo que fazia Mark pensar nos copos plásticos dos quartos de motel.

Pedia a Deus que Pat se acalmasse um pouquinho: vira crianças que precisavam ser seguradas em seus divãs e que, às vezes, gritavam enquanto a máscara de borracha lhes cobria o rosto. Não era uma reação anormal em uma criança, pensou ele, porém era uma visão desagradável e não queria que acontecesse a Pat. No entanto, com relação a Ricky, sentia-se mais confiante.

— Creio que se poderia dizer que a Excursão surgiu no último momento possível — recomeçou. Falava para Ricky, mas estendeu o braço e segurou a mão da filha. Os dedos de Pat se fecharam sobre os dele, com imediata e amedrontada pressão. A palma dela estava fria, suando ligeiramente. — O mundo vinha ficando sem petróleo e a maioria do que sobrara pertencia aos povos dos desertos do Oriente Médio, que o usavam como arma política. Eles tinham formado um cartel petrolífero a que denominaram OPEP...

— O que é um cartel, papai? — perguntou Pat.

— Bem, é um monopólio — respondeu Mark.

— Como um clube, meu bem — disse Marilys —, e a pessoa só podia entrar nesse clube se tivesse muito petróleo.

— Ah!

— Não tenho tempo para explicar toda a confusão — disse Mark. — Vocês vão estudar alguma coisa disso na escola, mas *foi* uma confusão, e deixemos como está. Se você tinha um carro, só podia dirigi-lo dois dias por semana; além do quê, a gasolina custava 15 pratas antigas o galão...

— Puxa! — exclamou Ricky. — Ela hoje só custa quatro centavos o galão, não é, pai?

Mark sorriu.

— Aí está o motivo de estarmos indo para onde vamos, Ricky. Em Marte há petróleo bastante para durar quase oito mil anos, enquanto em Vênus há para outros 20 mil... enfim, o petróleo não é mais tão importante. Agora, de que mais precisamos é...

— *Água!* — gritou Pat.

O homem de negócios ergueu os olhos de sua papelada e sorriu por um instante.

— Exato — disse Mark. — Porque nos anos entre 1960 e 2030 envenenamos a maior parte da água que possuíamos. A primeira extração de água das calotas de gelo marcianas foi chamada...

— Operação Canudinho — disse Ricky.

— Certo. Em 2045, mais ou menos. Contudo, muito antes disso, a Excursão estava sendo usada para encontrar fontes de água potável aqui na Terra. Agora, a água é a principal exportação marciana... ficando o petróleo em posição estritamente secundária. Contudo, era importante naquela época.

As crianças assentiram.

— A questão é que essas coisas sempre estiveram lá, mas só conseguimos obtê-las por causa da Excursão. Quando Carune inventou este processo, o mundo descambava para uma nova Idade Média. No inverno anterior, mais de dez mil pessoas morreram congeladas só nos Estados Unidos, já que não havia energia suficiente para aquecê-las.

— Oh, puxa! — exclamou Pat, em tom prosaico.

Mark olhou para a direita e viu os atendentes falando com um homem de ar tímido, tentando convencê-lo. Por fim, ele aceitou a máscara e pareceu cair morto em seu divã, segundos mais tarde. *Marinheiro de primeira viagem*, pensou Mark. *A gente percebe logo.*

— Para Carune, a coisa começou com um lápis, algumas chaves, um relógio de pulso... e, então, alguns ratinhos. Os ratinhos lhe mostraram que havia um problema...

Victor Carune voltou a seu laboratório em uma vertiginosa febre de entusiasmo. Pensou que agora sabia como Morse, Alexander Graham Bell e Edison haviam se sentido... só que isto era maior do que todos eles e, por duas vezes, ele quase acabou com a caminhonete, ao retornar da loja de animais de estimação em New Paltz, onde gastara seus últimos 20 dólares na compra de nove ratinhos brancos. O que lhe restava no mundo eram os 93 centavos no bolso direito do paletó e os 18 dólares em sua conta de poupança, mas isto não lhe ocorreu. E, se ocorresse, certamente não o preocuparia.

O laboratório ficava em um celeiro restaurado, no final de uma estrada de terra batida com um quilômetro de comprimento, partindo da Rota 26. Foi ao manobrar para a estradinha que quase espatifou sua caminhonete pela segunda vez. O tanque de gasolina estava quase vazio e não haveria mais combustível por entre dez dias e duas semanas, porém isto tampouco o preocupava. Sua mente estava em delirante redemoinho.

O que acontecera não era totalmente inesperado, não.

Um dos motivos que levaram o governo a ajudá-lo com a mísera subvenção de 20 mil dólares anuais era porque a possibilidade irrealizada sempre estivera presente no campo da transmissão de partículas. No entanto, ter de acontecer assim, de repente, sem nenhum aviso e utilizando menos eletricidade do que a necessária ao funcionamento de uma tevê colorida... Deus! *Cristo!*

A caminhonete estacou com uma guinchada de freios à entrada de terra nos fundos do celeiro. Carune agarrou a caixa sobre o assento sujo ao seu lado pelas alças (na caixa havia cães, gatos, *hamsters* e peixinhos dourados, mais a inscrição EU VIM DA CASA DE ANIMAIS DE ESTIMAÇÃO STACKPOLE'S) e correu para as grandes portas duplas. Do interior da caixa brotavam rumores das corridinhas e movimentos de suas cobaias.

Ele tentou empurrar uma das enormes portas em seus trilhos corrediços, mas, quando ela não se moveu, recordou que a trancara. "Merda!", exclamou Carune em voz alta, enquanto procurava as chaves no bolso. O governo exigira que o laboratório ficasse sempre trancado — era uma das condições sob as quais liberava seu dinheiro —, mas Carune vivia esquecendo.

Encontrou as chaves e, por um momento, ficou apenas olhando para elas, sem ação, passando a polpa do polegar sobre as chanfraduras na chave de ignição da caminhonete. Tornou a pensar: *Deus! Cristo!* Depois, seus dedos percorreram as chaves no molho, até encontrarem a Yale que abria a porta do celeiro.

Assim como o primeiro telefone havia sido usado inadvertidamente — Bell, gritando nele, "Watson, venha cá!", ao derramar algum ácido em seus papéis e em si mesmo —, também o primeiro ato de teletransporte ocorrera por acidente. Victor Carune teletransportara os dois primeiros dedos de sua mão esquerda através dos 50 metros de largura do celeiro.

Carune havia instalado dois portais nos lados opostos do celeiro. Em seu final, havia uma arma elementar de íons, do tipo encontrado em qualquer loja de artigos eletrônicos, por menos de 500 dólares. Na outra extremidade, bem após o portal mais distante — ambos retangulares e do tamanho de um livro de bolso —, havia uma câmara fosca. Entre os dois portais ficava o que parecia uma cortina de chuveiro opaca, exceto que as cortinas de chuveiro não são feitas de chumbo. A ideia era disparar os íons através do Portal Um, contorná-lo e vê--los passando através da câmara fosca logo após o Portal Dois, com a cortina blindada entre os dois, para provar que os íons tinham sido realmente transmitidos. Só que, nos dois últimos anos, o processo funcionara apenas duas vezes — e Carune não tinha a menor ideia de por que isso ocorrera.

Enquanto ajustava a pistola de íons, seus dedos haviam deslizado através do portal — em geral não havia qualquer problema, mas, nessa manhã, seu quadril também roçara na cavilha interruptora, sobre o painel de controle à esquerda do portal. Carune não percebeu o que tinha acontecido — o mecanismo deixou escapar apenas o menos audível zumbido — até sentir um formigamento nos dedos.

"Não foi como um choque elétrico", escreveu em seu primeiro e último artigo a respeito, antes que o governo lhe fechasse a boca. O artigo logo foi publicado na revista *Mecânica Popular*. Carune o vendeu por 750 dólares em um desesperado esforço para manter a Excursão como um empreendimento privado. "Não aconteceu aquele desagradável formigamento de quando pegamos em um fio elétrico desencapado, por exemplo. Foi mais como a sensação de colocar a mão no corpo de uma pequena máquina que funcionasse a todo vapor. A vibração é tão rápida e leve que, literalmente, dá essa sensação de formigamento.

"Olhei então para o portal e vi que meu indicador sumira, cortado diagonalmente através da falange média. O segundo dedo desapareceu pouco acima disso. E mais, a parte em que fica a unha do terceiro dedo havia sumido."

Carune puxara a mão instintivamente, gritando. Escreveu mais tarde ser tamanha sua certeza de que o sangue jorraria, que chegou a vê-lo, em alucinação, por um ou dois segundos. Seu cotovelo bateu na pistola de íons e a derrubou da mesa.

Ficou parado com os dedos na boca, verificando que continuavam ali, e inteiros. O pensamento de que andara trabalhando demais lhe passou pela cabeça. Pensou também outra coisa: o último conjunto de alterações podia ter... podia ter provocado algo.

Não recolocou os dedos de volta. Aliás, em toda a sua vida, Carune só excursionou uma vez mais.

A princípio, ele não fez nada. Deu uma longa e errante caminhada em volta do celeiro, passando as mãos pelos cabelos e se perguntando se deveria ligar para Carson, em Nova Jersey, ou talvez para Buffington, em Charlotte. Carson não aceitaria um interurbano a cobrar, aquele sovina nojento, mas Buffington provavelmente aceitaria. Então, teve uma ideia súbita e correu até o Portal Dois, pensando que, se seus dedos realmente haviam cruzado o celeiro, poderia haver algum sinal disso.

Não havia sinal algum, claro. O Portal Dois ficava no alto de três caixotes de laranja empilhados, assemelhando-se a um daqueles brinquedos de guilhotina, sem a lâmina. Em um lado de sua moldura de aço inoxidável ficava uma tomada, com um fio que ia até o terminal de transmissão, este pouco mais do que um transformador de partículas, ligado a uma linha de alimentação de computador.

Isto lhe recordava...

Carune olhou para seu relógio e viu que eram 11h15. Seu envolvimento com o governo consistia em dinheiro curto mais tempo de computador, o qual era infinitamente valioso. Sua ligação com o computador durava até três horas daquela tarde e depois seria adeus, até a segunda-feira. Precisava mover-se, tinha que fazer alguma coisa...

"Tornei a olhar para a pilha de caixotes", escreveu ele, em seu artigo para *Mecânica Popular*, "e então olhei para as polpas de meus dedos, a prova estava ali. Contudo, pensei então, aquilo não convenceria ninguém, além de mim mesmo. Mas, no começo, é claro, é apenas a nós mesmos que temos de convencer."

— Qual era o problema, pai? — perguntou Ricky.

— Sim, pai, qual era? — acrescentou Pat.

Mark sorriu de leve. Estavam todos atentos agora, inclusive Marilys. Tinham quase esquecido onde estavam. Pelo canto do olho, ele podia ver os atendentes da Excursão empurrando silenciosa e lentamente seu carrinho por entre os Excursionistas, colocando-os para dormir. O processo nunca era tão rápido no setor civil como era no militar, ele havia descoberto: os civis ficavam nervosos e queriam discutir o assunto. O bocal e a máscara de borracha recordavam demais as salas de cirurgia dos hospitais, onde o cirurgião, com suas lâminas, espreitava de algum ponto atrás do anestesista com sua seleção de gases em recipientes de aço inoxidável. Por vezes havia pânico, histeria, sempre havendo alguns que, simplesmente, tinham crises nervosas. Mark observou dois destes, enquanto falava com os filhos: dois homens que simplesmente levantaram-se de seus divãs, caminharam até a entrada, sem o menor alvoroço, soltaram os papéis de confirmação espetados em suas lapelas, os devolveram e saíram, sem olhar para trás. Os atendentes da Excursão recebiam instruções estritas para evitar discussões com aqueles que iam embora. Sempre havia gente na fila de espera, às vezes quarenta ou cinquenta pessoas, torcendo contra a esperança. Quando aqueles que não podiam suportar a situação iam embora, permitia-se que as pessoas da fila entrassem, com suas próprias confirmações espetadas nas camisas.

— Carune encontrou duas lascas em seu dedo indicador — disse ele aos filhos. — Tirou-as e as deixou de lado. Uma se perdeu, mas a outra pode ainda ser vista no Anexo Smithsoniano, em Washington. Foi colocada em uma caixa de vidro hermeticamente lacrada, perto das rochas que os primeiros viajantes espaciais trouxeram da lua...

— A nossa lua ou uma de Marte, papai? — perguntou Ricky.

— A nossa — respondeu Mark, sorrindo de leve. — Foi lançado a Marte apenas um foguete tripulado por homens, Ricky. Tratava-se de uma expedição francesa, por volta de 2030. De qualquer modo, eis o porquê de um mero velho pedacinho de madeira, vindo de um caixote de laranjas, estar no Instituto Smithsoniano. Foi o primeiro objeto em nosso poder que foi realmente teletransportado, excursionou, através do espaço.

— O que aconteceu depois? — perguntou Patty.

— Bem, segundo a história, Carune correu...

Carune correu para o Portal Um e ficou lá um instante, o coração disparado, sem fôlego. *Preciso ficar calmo*, disse para si mesmo. *Tenho que refletir sobre o que houve. Não posso maximizar meu tempo se agir prematuramente*

Ignorando deliberadamente o lóbulo frontal de seu cérebro, que lhe gritava para apressar-se e fazer *alguma coisa*, ele pegou o cortador de unhas no bolso e usou a ponta da lixa para arrancar a lasca do dedo indicador. Deixou-o cair no papel branco da embalagem interna de uma barra de chocolate que havia comido, enquanto lidava com o transformador e tentava aumentar sua capacidade aferente (aparentemente, teve êxito nisso, além de seus sonhos mais loucos). Uma lasca rolou do papel e ficou perdida, mas a outra terminou no Instituto Smithsoniano, trancada em uma caixa de vidro, distanciada do público por uma barreira de grossa corda de veludo e observada, vigilante e atentamente, por uma câmera de tevê em circuito fechado, monitorada por computador.

Terminada a extração da lasca, ele ficou um pouco mais calmo. Um lápis. Era tão bom quanto qualquer outra coisa. Pegou um, ao lado do quadro de avisos sobre a prateleira acima dele e o passou delicadamente pelo Portal Um. O lápis desapareceu suavemente, centímetro por centímetro, como algo em uma ilusão de ótica ou em um truque de um excelente mágico. Havia a inscrição EBERHARD FABER Nº 2 em um dos seus lados, letras negras estampadas em madeira pintada de amarelo. Quando empurrou o lápis até tudo — exceto ERBERH — haver desaparecido, ele deu a volta para o outro lado do Portal Um. Olhou para dentro do portal.

Viu o lápis como que amputado, como se perfeitamente cortado por uma faca. Tateou o lugar onde deveria estar o resto do lápis e, naturalmente, nada havia. Correu através do celeiro até o Portal Dois e lá estava a parte que faltava, jazendo sobre o caixote superior. Com o coração batendo tão forte que parecia sacudir todo o seu peito, Carune agarrou o lápis pelo lado da ponta afiada e o puxou pelo restante do caminho.

Ergueu-o no ar, olhou para ele, apanhou-o e escreveu FUNCIONA! em um pedaço de tábua do celeiro. Escreveu com tanta força que a ponta do lápis se quebrou na última letra. Carune começou a rir estridentemente no celeiro vazio — ria tão alto que espantou as andorinhas adormecidas e elas começaram a voar por entre os altos caibros do teto.

— *Funciona!* — bradou, e correu de volta para o Portal Um. Agitava os braços, com o lápis quebrado preso no punho fechado. — Funciona! Funciona! *Está me ouvindo, Carson, seu filho da puta? Funciona* E EU CONSEGUI!

— Cuidado com o que diz às crianças, Mark — censurou Marilys.

Mark deu de ombros.

— Supõe-se que foi o que ele disse.

— Bem, não poderia ser mais seletivo na edição?

— Um urso caga na floresta? — disse Mark, logo em seguida tapando a boca com a mão.

As duas crianças riram freneticamente, e Mark ficou satisfeito ao notar que aquele tom agudo desaparecera da voz de Pat. Após um momento tentando ficar séria, Marilys começou a rir também.

Em seguida foram as chaves: Carune simplesmente as jogou através do portal. Estava começando a pensar com coerência de novo e pareceu-lhe que a primeira coisa a descobrir seria se o processo produziria coisas na outra extremidade, exatamente como haviam sido antes ou se, de algum modo, elas sofriam alterações na viagem.

Viu as chaves desaparecerem; exatamente no mesmo instante, ouviu-as tilintando no caixote do outro lado do celeiro. Correu até lá — agora, na realidade ia trotando — e, de passagem, fez uma pausa para jogar a cortina de chumbo de volta a seus trilhos. Agora não precisava dela nem da pistola de íons. Tudo bem, porque a pistola de íons estava irremediavelmente destroçada.

Apanhou as chaves, foi à fechadura que o governo o forçara a colocar na porta e experimentou a chave Yale. Funcionou perfeitamente. Experimentou a chave da casa. Também funcionou. O mesmo aconteceu com as chaves de seu fichário e a que dava partida à caminhonete.

Carune botou as chaves no bolso e tirou seu relógio. Era um Seiko LC de quartzo, com uma calculadora embutida abaixo do mostrador digital — 24 diminutos botões que lhe permitiam tudo, de adição a subtração, passando pela raiz quadrada. Uma delicada peça de mecanismo — e, com a mesma importância, também um cronômetro. Carune colocou o relógio diante do Portal Um e o empurrou com o lápis.

Correu através do celeiro e o apanhou. Antes de empurrar o relógio pela passagem, ele marcava 11h31min07. Agora, marcava 11h31min49. Muito bom. Na mosca, mas ele devia ter ali um assistente para confiar o fato de que não houvera nenhum tempo ganho, em absoluto. Bem, não importava. Logo o governo o cercaria de assistentes.

Experimentou a calculadora. Dois e dois continuavam sendo quatro, oito dividido por quatro ainda dava dois, a raiz quadrada de 11, como sempre, resultava ser 3,3166247... e assim por diante.

Foi quando ele decidiu que chegara a vez dos ratinhos.

— O que aconteceu com os ratinhos, papai? — perguntou Ricky.

Mark vacilou ligeiramente. Aqui, precisaria tomar certa cautela, se não quisesse amedrontar seus filhos (para não falar na esposa), tornando-os histéricos minutos antes de sua primeira Excursão. A questão principal era deixá-los com a certeza de que tudo agora estava bem, que o problema havia sido resolvido.

— Como falei, houve um pequeno problema...

Sim. Horror, loucura e morte. Que tal isso como pequeno problema, garotos?

Carune tirou da prateleira a caixa com a inscrição EU VIM DA CASA DE ANIMAIS DE ESTIMAÇÃO STACKPOLE'S e olhou para seu relógio. Droga, havia colocado o mostrador ao contrário. Virou-o para a posição correta e viu que eram 13h45. Dispunha ainda de uma hora e 15 minutos para o computador. *Como o tempo voa quando a gente se diverte*, pensou, e riu desatinadamente.

Abriu a caixa, esticou o braço e pegou um guinchante ratinho branco pela cauda. Colocou-o diante do Portal Um e disse: "Vá, ratinho." O ratinho correu prontamente para um lado do caixote de laranjas sobre o qual se situava o portal e disparou em desabalada corrida pelo chão.

Praguejando, Carune o caçou e chegou realmente a pegá-lo, antes que ele se espremesse por uma fenda entre duas tábuas e desaparecesse.

— *MERDA!* — gritou, tornando a correr para a caixa dos ratos.

Chegou a tempo de jogar para dentro dela dois fugitivos em potencial. Pegou um segundo rato, agora segurando-o pelo corpo (era um físico de profissão, ignorando a maneira de lidar com ratos) e bateu a tampa da caixa, trancando-a.

Com este, Carune não facilitou. O rato agarrou-se a sua palma, o que de nada adiantou; terminou caminhando com suas próprias patinhas e atravessou o Portal Um. Carune o ouviu aterrissar imediatamente sobre os caixotes no lado oposto do celeiro.

Desta vez ele correu velozmente, recordando com que facilidade o primeiro rato lhe fugira. Não precisava ter-se preocupado. O rato branco apenas se agarrava no caixote, os olhos opacos, os lados do corpo aspirando fracamente. Carune diminuiu a corrida, aproximando-se com cautela. Não era um homem acostumado a manipular ratos, porém não precisava ser um veterano de quarenta anos para ver que ali havia algo terrivelmente errado.

("O rato não se sentia muito bem após a travessia", disse Mark Oates aos filhos, com um amplo sorriso que somente sua esposa percebeu ser falso.)

Carune tocou o rato. Era como tocar algo inerte — talvez palha ensacada ou serragem —, exceto pelas laterais, que aspiravam. O rato não olhou para ele: seus olhos estavam fixos diretamente à frente. Carune empurrara um animalzinho vivo, esperto e guinchante pelo Portal Um — ali havia o que parecia um rato de museu de cera.

Então, estalou os dedos diante dos pequenos olhos rosados do rato. Ele piscou... e caiu morto, deitado de banda.

— Então, Carune decidiu experimentar com outro rato — disse Mark.

— O que aconteceu ao primeiro? — perguntou Ricky.

Mark exibiu novamente aquele vasto sorriso.

— Foi aposentado com todas as honras — respondeu.

Carune encontrou um saco de papel e dentro dele colocou o rato. Pretendia levá-lo para Mosconi, o veterinário, ainda naquela noite. Mosconi o dissecaria e lhe diria se os órgãos internos do bichinho tinham sofrido alterações. O governo desaprovaria a intromissão de uma pessoa física em um projeto que seria classificado como altamente secreto três vezes, assim que soubesse dele. Ruins de teta, como se dizia que a gata teria dito aos gatinhos que não conseguiam tomar o leite por causa de sua quentura. Carune decidira que o Grande Pai Branco em Washington só seria informado da brincadeira o mais tarde possível. Eles bem podiam esperar, por conta da insignificante ajuda que o Grande Pai Branco lhe dera. Ruins de teta.

Então, recordou que Mosconi morava onde o Judas perdeu as botas, do outro lado de New Paltz. Não havia gasolina suficiente no Brat para cruzar metade da cidade... menos ainda para a volta.

Contudo, já eram 14h03 — sobrava-lhe menos de uma hora para o computador. Decidiu preocupar-se mais tarde com a maldita dissecação.

Carune construiu uma rampa improvisada, levando-a à entrada do Portal Um (na realidade, o primeiro Escorrega-Excursão, disse Mark às crianças, e Pat achou deliciosamente divertida a ideia de um Escorrega-Excursão para ratos), e deixou cair nela um novo rato branco. Bloqueou a extremidade final com um livro grande e, após alguns momentos de farejar e sondar sem destino, o rato cruzou o portal e desapareceu.

Carune correu para o outro lado do celeiro.

O rato estava morto.

Não havia sangramento, nenhuma inchação no corpo indicando que uma mudança radical de pressão promovera a ruptura de algo interno. Carune supôs que a carência de oxigênio poderia...

Meneou a cabeça, impaciente. O rato branco levara apenas escassos segundos na travessia — seu próprio relógio informara que o tempo permanecia uma constante no processo, ou quase isso.

O segundo rato branco se juntou ao primeiro, no saco de papel. Carune apanhou um terceiro (um quarto, se contarmos o felizardo que escapara pela fenda entre as tábuas), perguntando-se pela primeira vez o que acabaria antes — seu tempo de computador ou seu suprimento de ratos.

Este, ele segurou firmemente em todo o corpo, forçando suas ancas através do portal. No outro lado do celeiro, viu as ancas reaparecerem... apenas as ancas. As patinhas desincorporadas arranhavam freneticamente a madeira rústica do caixote.

Carune puxou o rato de volta. Nada de catatonia agora; o rato mordeu a pele de ligação entre seu polegar e o indicador, com força bastante para tirar sangue. Rapidamente, deixou o rato na caixa EU VIM DA CASA DE ANIMAIS DE ESTIMAÇÃO STACKPOLE'S e usou o vidrinho de água oxigenada em seu estojo de pronto-socorro do laboratório, a fim de desinfetar a mordida.

Colocou um Band-Aid sobre ela, depois vasculhou o local até encontrar um par de grossas luvas de trabalho. Podia sentir o tempo se esgotar, se esgotar e se esgotar.. Agora eram 14h11.

Pegou outro rato e o empurrou de costas pela passagem — todo ele. Correu para o Portal Dois. Este rato viveu por quase dois minutos, chegando mesmo a caminhar um pouco. Depois cambaleou sobre o caixote de laranjas, caiu de banda, esforçou-se fracamente para ficar sobre os pés e terminou caindo agachado. Carune estalou os dedos perto da cabeça do animalzinho e ele conseguiu dar uns quatro passos, antes de tornar a cair de banda. A aspiração nos lados do corpo diminuiu... diminuiu... e parou. Ele estava morto.

Carune sentiu um calafrio.

Voltou, pegou outro rato e o empurrou pela metade do portal, a cabeça primeiro. Viu-o reaparecer no outro lado, apenas a cabeça... depois o pescoço e o peito. Cautelosamente, afrouxou a pressão no corpo do rato, pronto a agarrá-lo, se ficasse arisco. Não ficou. Apenas permaneceu ali, metade em um lado do celeiro, metade no outro.

Carune correu para o Portal Dois.

O rato estava vivo, porém seus olhos rosados haviam ficado vidrados e apáticos. Os bigodes não se moviam. Dando a volta ao portal, Carune teve uma visão espantosa: como viu o lápis cortado ao meio, assim via o rato. Via as vértebras de sua pequenina espinha terminarem abruptamente em redondos círculos brancos; viu seu sangue se movendo nos vasos; viu o tecido se movendo suavemente com a maré da vida, em torno de seu minúsculo esôfago. Se aquilo não servisse para nada mais, pensou (e escreveu mais tarde, em seu artigo para *Mecânica Popular*), pelo menos seria uma formidável ferramenta para diagnósticos.

Então, percebeu que o movimento de maré nos tecidos havia cessado. O rato tinha morrido.

Carune empurrou o rato pelo focinho, não gostando da sensação daquilo, e o deixou cair no saco de papel, com os companheiros. *Chega de ratos brancos*, decidiu. *Os ratos morrem. Morrem quando fazem a travessia de corpo inteiro, e morrem quando só fazem metade da travessia com a cabeça primeiro. Se fazem metade da travessia com as ancas primeiro, eles permanecem espertos.*

O que diabos há aqui?

Input *sensorial*, pensou, quase ao acaso. *Quando atravessam, eles veem alguma coisa... ouvem alguma coisa... tocam alguma coisa... Céus, talvez até cheirem alguma coisa... que literalmente os mata. O que será?*

Ele não fazia a menor ideia — mas pretendia descobrir.

Ainda dispunha de quarenta minutos, antes que a COMLINK lhe fechasse a fonte de dados básicos. Desatarraxou o termômetro da parede ao lado da porta de sua cozinha, trotou de volta ao celeiro com ele e o colocou através dos portais. O termômetro marcava 28ºC; chegou do outro lado marcando os mesmos 28ºC. Carune vasculhou o aposento sobressalente, onde guardava alguns brinquedos para distrair os netos. Entre eles, encontrou um pacote de bolas de gás. Soprou uma, amarrou--a e a passou pelo portal. Ela chegou inteira e perfeita — um começo de resposta a sua pergunta sobre uma mudança súbita de pressão, de algum modo causada pelo que já pensava como processo Excursional.

Faltando cinco minutos para a hora fatal, ele correu até sua casa e apanhou o aquário com seus peixes dourados (no interior, Percy e Patrick agitavam as caudas e nadavam inquietos). Correu de volta ao celeiro, e lá passou o aquário através do Portal Um.

Correu até o Portal Dois, onde seu aquário estava sobre o caixote. Patrick flutuava de ventre para cima; Percy nadava indolente perto do fundo do aquário, como que estonteado. Um momento depois, também boiava de barriga para cima. Carune estendia o braço para apanhar o aquário, quando Percy teve um leve movimento da cauda e reiniciou seu nadar lânguido. Lentamente, pareceu eliminar qualquer efeito havido e, quando Carune retornou da clínica veterinária de Mosconi, às nove daquela noite, Percy parecia tão animado como sempre.

Patrick estava morto.

Carune deu a Percy uma ração dupla de alimento para peixes e a Patrick um sepultamento de herói, no jardim.

Depois que o computador ficou inacessível para ele por aquele dia, Carune decidiu ir de carona ao encontro de Mosconi. Assim, às 16h15, estava parado no acostamento da Estrada 26, de calças jeans e um paletó esporte simples, com o polegar à mostra e um saco de papel na outra mão.

Por fim, um garoto dirigindo um Chevette não muito maior do que uma lata de sardinhas parou junto dele e Carune entrou.

— O que tem nesse saco, amigo?

— Um punhado de ratos mortos — respondeu Carune.

Depois, outro carro parou. Quando o fazendeiro atrás do volante o interrogou sobre o saco, ele lhe disse que levava dois sanduíches.

Mosconi dissecou um dos ratos imediatamente e concordou em dissecar os outros mais tarde, depois dizendo os resultados por telefone. A conclusão inicial não foi muito encorajadora: até onde o veterinário podia dizer, o rato que abrira estava perfeitamente saudável, exceto pelo fato de estar morto.

Deprimente.

— Victor Carune era excêntrico, mas não um tolo — disse Mark. Os atendentes da Excursão agora estavam bem perto e ele supôs que precisaria se apressar... ou terminaria sua história na Sala do Despertar, na cidade Whitehead. — Tomando carona ao voltar para casa naquela noite, e ele teve que fazer a pé a maioria do trajeto, segundo diz a história, percebeu que talvez houvesse resolvido um terço da crise de energia, em uma só cajadada. Todas as mercadorias que tinham sido transportadas por trem, caminhão, barco e avião até aquele dia podiam ser Excursionadas. Escrevia-se uma carta para um amigo em Londres, Roma ou Senegal, e ele a receberia logo no dia seguinte, sem que precisasse queimar dez gramas de petróleo. Nós temos isso de mão beijada, porém era uma grande coisa para Carune, acreditem. E para qualquer outra pessoa também.

— Sim, mas o que aconteceu com os ratos, papai? — perguntou Rick.

— Foi a pergunta que Carune se fez muitas vezes — disse Mark —, porque também percebeu que, se *pessoas* pudessem usar a Excursão, isso resolveria quase *toda* a crise de energia. Além disso, teríamos capacidade de conquistar o espaço. Em seu artigo na *Mecânica Popular*, ele declarou que até mesmo as estrelas finalmente poderiam ser nossas. E a metáfora que Carune usou foi de cruzar-se um riacho raso sem molhar os sapatos. Você pega uma pedra grande e a atira no riacho, depois pega uma segunda pedra, fica em pé na primeira, atira *a segunda* também dentro do riacho, volta e pega uma terceira pedra, volta até a segunda pedra, joga a terceira pedra no riacho, e repete o processo até conseguir uma trilha de pedras por todo o trajeto, através do riacho... ou, neste caso, através do sistema solar, talvez mesmo da galáxia.

— Não estou entendendo *nada* — disse Pat.

— É porque você tem miolos de galinha — disse Ricky, debochando.

— *Não tenho!* Papai, Ricky disse...

— Crianças, parem com isso — disse Marilys, gentilmente.

— Carune previu com acerto o que tem acontecido — disse Mark. — Foguetes por controle remoto, programados para pousar primeiro na Lua, depois em Marte, a seguir em Vênus e nas luas orbitando Júpiter... na realidade, programados para efetuarem apenas uma coisa após o pouso...

— Instalar uma Estação-Excursão para astronautas — disse Ricky.

Mark assentiu.

— E, atualmente, há postos científicos avançados por todo o sistema solar. Um dia, muito depois de havermos morrido, é possível, inclusive, que haja outro planeta para nós. Temos naves-Excursão a caminho de quatro diferentes sistemas estelares, com seus próprios sistemas solares, porém ainda vão demorar muito, muitíssimo tempo a chegar lá.

— Quero saber o que aconteceu com os *ratinhos* — disse Pat, impaciente.

— Bem, por fim o governo interveio na questão — continuou Mark. — Carune reteve as informações o mais que pode, mas finalmente eles farejaram o ocorrido e caíram em cima dele, com os dois pés. Carune passou a chefe nominal do projeto Excursão, até falecer dez anos mais tarde, porém a verdade é que nunca mais ficou encarregado dele novamente.

— Puxa! — exclamou Ricky. — Coitado dele!

— Pois virou um herói — disse Patrícia. — Está em *todos* os livros de história, como o presidente Lincoln e o presidente Hart.

Tenho certeza de que isso é um grande consolo para ele, onde quer que esteja, pensou Mark, e então prosseguiu, omitindo cuidadosamente as partes mais pesadas.

O governo, tendo sido encostado à parede pela crise energética em espiral ascendente, entrou realmente com os dois pés na questão. Eles queriam a Excursão funcionando em base rentável o mais breve possível, isto é, ontem. Enfrentando o caos econômico e um provável crescente quadro de anarquia e fome maciça na década de 90, somente um desesperado pedido de verba fez com que protelassem a proclamação da Excursão antes de ser concluída uma exaustiva análise espectrográfica dos artigos que haviam Excursionado. Encerradas as análises — que não revelaram modificações na estrutura dos artefatos Excursionados — foi anunciada a existência da Excursão, com aplausos internacionais. Demonstrando inteligência pela primeira vez (afinal de contas, a necessidade é mãe da invenção), o governo dos Estados Unidos incumbiu Young e Rubicam das relações públicas.

Foi aqui que começou o mito fabricado em torno de Victor Carune, um homem idoso e um tanto peculiar, que tomava banho talvez duas vezes na semana e só trocava de roupa quando se lembrava disso. Young e Rubicam, juntamente com as agências que os seguiam, transformaram Carune em uma mescla de Thomas Edison, Eli Whitney, Pecos Bill e Flash Gordon. O humor negro em tudo isto (e Mark Oates não transmitiu esta parte à família) era que Victor Carune podia, inclusive, estar morto ou insano — dizem que a arte imita a vida, e Carune estaria familiarizado com o romance de Robert Heinlein sobre os sósias de personalidades aparecendo aos olhos do público.

Victor Carune era um problema, um importuno problema que não acabava. Ele era um tagarela andarilho, um remanescente da Ecológica Década de 1960 — uma época em que ainda havia suficiente energia flutuando no ambiente, permitindo o luxo de caminhadas. Por outro lado, aquela era a Irritante Década de 1980, com nuvens de carvão tisnando o céu e uma longa faixa do litoral californiano destinada a ficar desabitada por talvez sessenta anos, devido a um "desvio" nuclear.

Victor Carune permaneceu um problema até cerca de 1991 — e então se tornou uma pessoa não questionadora, sorridente, tranquila, como um avô: uma figura que os noticiários mostravam acenando dos pódios. Em 1993, três anos antes de falecer oficialmente, ele desfilou no carro da Paz, na Parada do Torneio de Rosas.

Intrigante. E um tanto sinistro.

Os resultados da proclamação da Excursão — do funcionamento do teletransporte —, a 19 de outubro de 1988, foi um golpe de entusiasmo internacional e revolução econômica. Nos mercados financeiros mundiais, o surrado e velho dólar americano repentinamente disparou atravessando o teto. Pessoas que haviam comprado ouro a 806 dólares uma onça* viram subitamente que uma libra de ouro (mais ou menos meio quilo) lhes daria um pouco menos de 1.200 dólares. No ano entre a proclamação da Excursão e as primeiras Estações-Excursão em funcionamento, em Nova York e Los Angeles, o mercado de ações subiu pouco mais de mil pontos. O preço do petróleo caiu até somente setenta centavos por barril, mas por volta de 1994, com Estações-Excursão entrecruzando os Estados Unidos nos pontos de pressão em setenta cidades importantes, a OPEP deixou de existir e o preço do petróleo começou a cair. Em 1998, com Estações na maioria das cidades do mundo livre e com mercadorias Excursionadas rotineiramente entre Tóquio e Paris, Paris e Londres, Londres e Nova York, Nova York e Berlim, o petróleo caíra para 14 dólares o barril. Em 2006, quando as pessoas finalmente começaram a usar a Excursão regularmente, o mercado de ações se fixara em cinco mil pontos acima de seus níveis de 1987, o petróleo era vendido a seis dólares o barril e as companhias petrolíferas tinham começado a mudar de nome. A Texaco se tornou Texaco Petróleo/Água, enquanto a Mobil passou a ser Mobil Hidro-2-Ox.

Em 2045, a prospecção de água se tornou o grande jogo, ao passo que o petróleo recuara para o que havia sido em 1906: um brinquedo.

— E quanto aos *ratinhos*, papai? — perguntou Pat, impacientemente. — O que aconteceu com os *ratinhos*?

Mark decidiu que talvez agora não haveria problemas e chamou a atenção de seus filhos para os atendentes da Excursão, que aplicavam o gás a apenas três corredores deles. Ricky apenas assentiu, mas Pat pareceu perturbada, quando uma senhora de cabeça raspada e pintada, como ditava a moda, inalou a máscara de borracha e caiu inconsciente.

— Não podemos Excursionar acordados, não é, papai? — perguntou Ricky.

Mark assentiu e sorriu tranquilizando Patrícia.

— Carune percebeu isso, antes mesmo que o governo assumisse a situação — disse ele.

— E como foi que o governo assumiu a situação, Mark? — perguntou Marilys.

Mark sorriu.

---

* Uma onça equivale a 28,350 gramas. (N. da E.)

— Graças ao tempo do computador — disse. — Os dados básicos. Aquilo era a única coisa que Carune não podia pedir, tomar emprestado ou roubar. O computador manejava a real transmissão de partículas: bilhões de peças de informação. Ainda é o computador, você sabe, que garante a integridade física da pessoa, isto é, que ela não ficará com a cabeça em algum ponto no meio do estômago.

Marilys estremeceu.

— Não fique assustada — disse ele. — Nunca houve uma situação semelhante, Mare. *Nunca.*

— Sempre há uma primeira vez — murmurou ela.

Mark olhou para Ricky.

— Como é que ele soube? — perguntou ao filho. — Como é que Carune descobriu que as pessoas tinham que estar adormecidas, Rick?

— Quando colocou os ratos de costas — disse Rick lentamente — eles ficaram bem. Pelo menos enquanto não os atravessou de *todo*. Eles ficaram apenas... bem, confusos, quando Carune os colocou com a cabeça em primeiro lugar. Certo?

— Certo — respondeu Mark. Os atendentes da Excursão se moviam agora, empurrando sua silenciosa mesinha rolante do esquecimento. Não haveria tempo de contar tudo; talvez até fosse melhor assim. — Naturalmente, não foram necessárias muitas experiências para se esclarecer o que acontecia. A Excursão liquidou toda a atividade de transporte feita pelos caminhões de carga, crianças, mas pelo menos afastou a pressão de cima dos pesquisadores...

Sim. Caminhar se tornara um luxo novamente e os testes haviam prosseguido por mais de vinte anos, embora as primeiras experiências de Carune com ratos drogados o tivessem convencido de que animais inconscientes não estavam sujeitos ao que, depois disso, ficou conhecido para sempre como Efeito Orgânico ou, de forma mais simples, Efeito Excursão.

Ele e Mosconi tinham drogado vários ratos, que foram passados pelo Portal Um e recuperados no outro lado. Ansiosos, esperaram que suas cobaias acordassem de novo... ou morressem. Elas haviam acordado e, após um breve período de recuperação, retomaram suas vidas de camundongos — comendo, fodendo, brincando e cagando — sem quaisquer efeitos prejudiciais. Aqueles ratos foram os primeiros, em várias gerações, estudados com grande interesse. Não apresentaram nenhum efeito pernicioso a longo prazo. Tampouco morreram mais cedo, seus filhotes não nasceram com duas cabeças ou pelagem verde, também não apresentando nenhum efeito negativo a longo prazo.

— Quando foi que eles começaram com pessoas, papai? — perguntou Rick, embora certamente já houvesse aprendido isso na escola. — Conte essa parte!

— Eu quero saber o que aconteceu com os *ratinhos*! — insistiu Pat.

Embora os atendentes da Excursão agora tivessem atingido o início de seu corredor (eles se achavam quase no final), Mark Oates fez uma pausa momentânea para refletir. Sua filha, menos informada, assim mesmo seguiu seus instintos e fez a pergunta certa. Portanto, ele preferiu responder à pergunta do filho.

Os primeiros Excursionistas humanos não haviam sido astronautas nem pilotos de provas, mas prisioneiros tomados como voluntários, nem ao menos selecionados com qualquer interesse particular em sua estabilidade psicológica. De fato, foi opinião dos cientistas então encarregados (Carune não estava entre eles: transformara-se no que é habitualmente chamado de chefe titular) que quanto mais instáveis eles fossem, melhor; se um maníaco suportava a travessia e chegava perfeito — ou, pelo menos, não pior do que era antes —, então o processo provavelmente era seguro para executivos, políticos e modelos do mundo.

Meia dúzia desses voluntários foi levada a Province, em Vermont (um lugar que, desde então, ficou tão famoso quanto havia sido Kitty Hawk, na Carolina do Norte), onde eles receberam a aplicação do gás um por um e foram passados através dos portais, colocados exatamente a três quilômetros de distância entre si.

Mark contou isto aos filhos porque, naturalmente, todos os seis voluntários terminaram a prova sentindo-se bem, em ótima forma, obrigado. Ele não lhes falou do suposto *sétimo* voluntário. Essa figura, que poderia ter sido real, um mito ou (mais provavelmente) uma combinação dos dois, inclusive tinha nome: Rudy Foggia. Supunha-se que Foggia era um assassino confesso, condenado à morte no estado da Flórida, por haver assassinado quatro pessoas idosas, em um jogo de bridge em Sarasota. De acordo com relatos apócrifos, as forças combinadas da Central Intelligence Agency (CIA) e do Efe Bê I (FBI) fizeram a Foggia uma oferta única, pegar-ou-largar, não-se-repetirá-em-absoluto. Faça a Excursão plenamente desperto. Se você sair dela em perfeitas condições, receberá seu perdão, assinado pelo governador Thurgood.

Deixará a prisão, livre para seguir a Única e Verdadeira Cruz ou liquidar mais alguns velhos jogando bridge, em suas calças amarelas e sapatos brancos. Faça a travessia, saia dela morto ou doido, ruim de teta. Como se presume que a gata falou. O que me diz?

Sabendo que a Flórida era um estado que levava a sério a pena de morte e, tendo sabido por seu advogado que com toda a probabilidade ele seria o próximo a se sentar na Velha Cadeira, Foggia disse: tudo bem.

No Grande Dia, no verão de 2007, cientistas suficientes para lotar uma banca de jurados (com mais cinco ou seis sobressalentes) estavam presentes para testemunhar o que ocorreria, mas se a história de Foggia era real — e Mark Oates acreditava que provavelmente fosse —, ele duvidava que a notícia vazara de qualquer um dos cientistas. O mais provável é que tivesse sido algum dos guardas que tinham voado com Foggia de Raiford a Montpelier e depois o escoltado de Montpelier a Province, em um veículo blindado.

— Se eu sair disto vivo — parece que Foggia falou —, quero jantar um frango, antes de acabar com esta espelunca.

Ele então cruzou o Portal Um, reaparecendo imediatamente no Portal Dois.

Surgiu vivo, mas Rudy Foggia não estava em condições de jantar seu frango. No espaço de tempo em que fez a Excursão através dos três quilômetros (indicado como 0,00000000067 de segundo, por computador), o cabelo de Foggia ficou branco como neve. Seu rosto não mudara, em qualquer sentido físico — não mostrava rugas, papada, nem estava debilitado —, mas dava a impressão de uma avançada, quase incrível idade. Foggia saiu pelo portal arrastando os pés, os olhos arregalados e opacos, a boca torcendo-se, as mãos estendidas a sua frente. Dentro em pouco, ele começou a babar. Os cientistas que tinham se reunido em torno dele recuaram e, não, Mark duvidava se algum deles havia comentado o fato: eles sabiam sobre os ratos, afinal de contas, sabiam sobre os porquinhos-da-índia e os *hamsters* — na realidade, sobre qualquer animal com cérebro maior do que a minhoca mediana.

Deviam ter se sentido como aqueles cientistas alemães que tentaram engravidar mulheres judias com esperma de pastores alemães.

— O que aconteceu? — bradou um dos cientistas (dizem que ele bradou).

Foi a única pergunta a que Foggia teve chance de responder.

— Lá é a eternidade — disse ele, e caiu morto, vitimado pelo que foi diagnosticado como um ataque cardíaco fulminante.

Os cientistas lá reunidos ficaram com seu cadáver (o qual foi caprichosamente cuidado pela CIA e pelo Efe Bê I) e aquela estranha, terrível declaração agonizante: *Lá é a eternidade*.

— Papai, eu quero saber o que aconteceu com os ratos — repetiu Patty.

O único motivo que lhe permitira fazer novamente a pergunta era porque o homem do terno caro e os sapatos de brilho-eterno parecia ter se transformado em um problema para os atendentes da Excursão. Na realidade, ele não queria tomar o gás e procurava disfarçar a recusa com muita fanfarronice, com conversa de garoto mimado. Os atendentes cumpriam sua missão o melhor que podiam — sorrindo, adulando, persuadindo —, mas aquilo os retardava.

Mark suspirou. Ele iniciara o assunto — apenas como uma forma de distrair os filhos daquelas festividades pré-Excursão, sem dúvida, mas o *iniciara*. Agora, era de se supor que deveria encerrá-lo o mais verdadeiramente possível, sem alarmá-los ou perturbá-los.

Não lhes mencionaria, por exemplo, o livro de C. K. Summers, *A política da Excursão*, que continha um capítulo intitulado "A Excursão por baixo dos panos", um compêndio dos mais críveis rumores sobre a Excursão. Estava lá a história de Rudy Foggia, aquele dos assassinatos no clube de bridge e do frango não comido ao jantar. Também havia o histórico caso de outros trinta (ou mais, ou menos... quem sabe) voluntários, bodes expiatórios ou loucos, que haviam Excursionado inteiramente despertos, no correr dos últimos trezentos anos. Em sua maioria, chegaram mortos ao outro lado. Os restantes tinham ficado irremediavelmente loucos. Em certos casos, realmente morreram devido ao estado de choque causado pelo ato de reemergirem.

Aquela seção do livro de Summers, relatando rumores e histórias apócrifas sobre a Excursão, continha também outros perturbadores informes: aparentemente, a Excursão havia sido várias vezes usada como meio para o assassinato. No caso mais famoso (e único documentado), que ocorrera apenas trinta anos antes, um pesquisador da Excursão chamado Lester Michaelson havia amarrado a esposa com a corda mágica da *plexiplast* da filha de ambos, e a empurrara, com ela gritando, pelo portal da Excursão em Silver City, Nevada. Contudo, antes de fazer isso, Michaelson apertara o botão Nada, no painel de seu aparelho, apagando cada um dos centenas de milhares de portais possíveis, através dos quais a Sra. Michaelson poderia ter emergido — qualquer lugar, desde a vizinha cidade de Reno até a Estação-Excursão experimental em Io, uma das luas jupiterianas. Assim, a Sra. Michaelson permaneceria eternamente Excursionando em algum ponto além, lá fora, no ozônio. O advogado de Michaelson, depois que ele foi declarado sadio e capaz de enfrentar um julgamento pelo que havia feito (dentro dos estreitos limites da lei, talvez ele fosse são de espírito, mas, em qualquer sentido prático, Lester Michaelson era doido de pedra), apresentou uma nova modalidade de defesa: seu cliente não podia ser julgado por assassinato, porque ninguém podia provar, conclusivamente, que a Sra. Michaelson estava morta.

Isso havia evocado o terrível espectro da mulher desincorporada, mas de certo modo ainda consciente, gritando no limbo... para sempre. Michaelson foi condenado e executado.

Além disso, sugeria Summers, a Excursão tinha sido usada por vários ditadores baratos que queriam se livrar de dissidentes e adversários políticos; certas pessoas acreditavam que a máfia possuía suas próprias Estações-Excursão ilegais, ligadas ao computador central da Excursão, através de suas conexões com a CIA. Summers dava a entender que a máfia usara a capacidade Nada da Excursão, a fim de se livrar de corpos que já estavam mortos, ao contrário do da Sra. Michaelson. Vista sob este ponto de vista, a Excursão se tornara a máquina definitiva de Jimmy Hoffa, muito melhor do que a cascalheira ou pedreira locais.

Tudo isto levara às conclusões e teorias de Summers sobre a Excursão e, naturalmente, também à persistente pergunta de Patty sobre os camundongos.

— Bem — disse Mark lentamente, enquanto a esposa lhe fazia sinais com os olhos para que fosse cuidadoso —, até hoje ninguém sabe ao certo, Patty. Contudo, todas as experiências com animais, incluindo os ratinhos, pareciam levar à conclusão de que, embora a Excursão seja quase instantânea fisicamente, demora um longo, *longo* tempo mentalmente.

— Eu não entendo isso — replicou Pat, taciturnamente. — Sabia que não ia entender.

Ricky, no entanto, olhava pensativo para o pai.

— Eles continuaram pensando — disse ele. — Os animais usados como cobaias. E nós também pensaremos, se não ficarmos inconscientes.

— Certo — respondeu Mark. — É o que agora acreditamos.

Havia algo surgindo nos olhos de Ricky. Medo? Entusiasmo?

— Não é apenas um teletransporte, certo, papai? Deve ser alguma espécie de distorção do tempo.

Lá é a eternidade, pensou Mark.

— De certa forma — respondeu ele. — Contudo, essa é uma expressão de histórias em quadrinhos: parece correta, mas, na realidade, nada significa, Ricky. Parece se resolver em torno da ideia de consciência e do fato de que a consciência não se divide em partículas: ela permanece inteira e constante. Também encerra algum peculiar senso de tempo. Entretanto, ignoramos como a consciência pura mediria o tempo ou mesmo se tal conceito tem algum sentido para a mente pura. Aliás, nem mesmo podemos conceber o que seria mente pura.

Mark se calou, perturbado pelos olhos do filho, de repente tão aguçados e curiosos. *Ele entende, mas não compreende*, pensou. A mente pode ser nosso melhor amigo: ela nos mantém entretidos, mesmo nada havendo para ler, nada a fazer. Entretanto, também pode se voltar contra nós, se mantida sem estímulo por muito tempo. Pode se voltar contra nós, isto querendo dizer que se volta contra si mesma, barbariza-se, talvez se consuma a si própria, em um ato inconcebível de autofagia. Quanto tempo ficaria lá, em termos de anos? 0,000000000067 de segundo para o corpo Excursionar, mas quanto tempo para a consciência não dividida em partículas? Cem anos? Mil? Um milhão? Um bilhão? Quanto tempo a sós com seus pensamentos, em um interminável campo branco? E então, passando um bilhão de eternidades, o abrupto retorno à luz, à forma e ao corpo. Quem não enlouqueceria?

— Ricky... — começou ele, mas os atendentes da Excursão chegaram com sua mesinha rolante.

— Estão prontos? — perguntou um deles.

Mark assentiu.

— Estou com medo, papai — disse Patty, em um fio de voz. — Vai doer?

— Não, meu bem, é claro que não dói — falou Mark, em voz calma o suficiente, embora o coração batesse um pouco mais rápido. Era sempre assim, mesmo sendo aquela mais ou menos sua 25ª Excursão. — Serei o primeiro e assim você verá como é fácil.

O atendente da Excursão olhou inquisitivamente para ele. Mark assentiu e esboçou um sorriso. A máscara desceu. Mark a tomou nas próprias mãos e respirou fundo no escuro.

A primeira coisa de que teve consciência foi do negríssimo céu marciano, como visto através do topo da abóbada que circundava a cidade Whitehead. Era noite ali e as estrelas esparramavam-se com um brilho feroz, desconhecido na Terra.

A segunda coisa que percebeu foi uma espécie de rebuliço na sala de recuperação — murmúrios, depois gritos, então um uivo agudo. "Ai, meu Deus, foi Marilys!", pensou, enquanto saltava estonteado de seu divã, lutando contra as ondas da vertigem.

Houve outro grito, e viu atendentes da Excursão correndo para os divãs que eles ocupavam, seus vivos macacões vermelhos esvoaçando em torno dos joelhos. Marilys deu alguns passos cambaleantes em direção a ele, apontando. Depois tornou a gritar e caiu ao chão, empurrando o desocupado divã, que rolou lentamente corredor abaixo, quando ela tentou agarrar-se a ele com mão trêmula.

Mark, no entanto, já vira o que ela apontava. O que havia observado antes nos olhos de Ricky não tinha sido medo, mas entusiasmo. Devia ter sabido, porque conhecia bem o filho — Ricky, que caíra do galho mais alto da árvore em seu quintal de Schenectady, quando tinha apenas sete anos, tendo quebrado o braço (e tivera sorte, pois fora apenas o braço que quebrara); Ricky, que ousava ir mais depressa e mais longe em seu skate do que qualquer outro garoto da vizinhança; Ricky, que era sempre o primeiro a enfrentar qualquer desafio. Ricky e medo não se davam bem.

Até agora.

Ao lado de Ricky, sua irmã dormia placidamente. A coisa que havia sido seu filho saltou e se contorceu no divã-Excursão, um garoto de

12 anos de idade, de cabelos brancos como a neve e olhos incrivelmente velhos, as córneas apresentando um amarelo doentio. Ali estava uma criatura mais velha do que o tempo, mascarada como menino — e, no entanto, ela quicava e se torcia com horrendo, obsceno, regozijo. Seu riso chocante e lunático fizera com que os atendentes da Excursão recuassem, tomados de horror. Alguns deles fugiram dali, embora fossem treinados para lidar justamente com tal inconcebível eventualidade.

As pernas jovens-velhas estremeceram. Mãos em garras batiam, torciam e dançavam no ar — depois desceram repentinamente, e a coisa que havia sido seu filho começou a dilacerar o próprio rosto.

— É mais longa do que se pensa, papai! — cacarejou a criatura.

— Mais longa do que se pensa! Eu prendi a respiração, quando eles me aplicaram o gás! Eu queria ver! Eu vi! Eu vi! É mais longa do que se pensa!

Cacarejando e guinchando, a coisa sobre o divã-Excursão subitamente arrancou os olhos com as garras. O sangue jorrou. A sala de recuperação era agora um aviário de vozes gritando agudamente.

— Mais longa do que se pensa, papai! Eu vi! Eu vi! Longa Excursão! Mais longa do que se pensa...

A criatura ainda disse outras coisas, antes que os atendentes da Excursão finalmente conseguissem levá-la dali, rodando seu divã com toda a rapidez, enquanto ela gritava e fincava os dedos nas órbitas dos olhos que tinham visto o para sempre e eterno oculto. Ela disse outras coisas e então começou a gritar, mas Mark Oates não ouviu, porque a essa altura também estava gritando.

A festa de casamento

No ano de 1927, estávamos tocando jazz em um bar ao sul de Morgan, Illinois, uma cidadezinha a uns cem quilômetros de Chicago. Era uma zona absolutamente matuta, sem nenhuma cidade maior à distância de trinta quilômetros em qualquer direção. Mas havia por lá um bocado de rapazes que trabalhavam nas fazendas e ansiavam por algo mais forte do que refrigerante, depois de um dia calorento no campo, além de um bocado de garotas supostamente amantes de jazz saindo com seus namorados efeminados. Havia também alguns homens casados (a gente sempre os identifica, como se eles usassem algum indicador do estado civil) andando bem longe das trilhas costumeiras, passando por onde ninguém os conhecia, enquanto esfregavam coxas nas danças com suas nada legítimas parceiras.

Isso era quando o jazz era jazz, em vez de barulho. Tínhamos um conjunto de cinco homens — bateria, cornetim, trombone, piano, trompete — e éramos muito bons. Foi três anos antes de gravarmos nosso primeiro disco e quatro anos antes do cinema falado.

Estávamos tocando "Bamboo Bay" quando entrou aquele sujeito grandalhão, usando terno branco e fumando um cachimbo com mais voltas que uma trompa. A banda inteira estava um pouco alta nesse momento, mas todos ali dentro estavam absolutamente cegos e, de fato, sacudindo o ambiente. E estavam de bom humor também: não tinha havido uma só briga a noite inteira. Todos nós, os músicos, estávamos suando em bicas, e Tommy Englander, o sujeito que administrava o lugar, não parara de nos enviar uísque de centeio, tão suave como uma tábua envernizada. Englander era um bom sujeito para se trabalhar e gostava do nosso som. Naturalmente, isso lhe dava um bocado de pontos em meu caderninho.

O cara de terno branco sentou-se no bar e eu o esqueci. Encerramos aquela parte com "Aunt Hagar's Blues", uma música que, lá no meio do mato, naquela época, passava por imoral. Recebemos uma trovoada de aplausos. Manny tinha um enorme sorriso no rosto, quando afastou o trompete da boca, e eu lhe dei um tapinha nas costas, ao descermos do palco. Havia uma garota que parecia solitária, com um vestido de noite verde, que ficara de olho em mim a noite toda. Era ruiva e sempre tive uma queda por ruivas. Seus olhos e a cabeça ligeiramente de banda enviaram-me um sinal, de maneira que comecei a abrir caminho por entre a multidão, a fim de saber se ela queria um drinque.

Estava na metade do trajeto para a ruiva, quando o homem de terno branco se postou na minha frente. Visto de perto, parecia um cara bastante durão. Seu cabelo espetava em pontas atrás da cabeça, embora cheirasse como um vidro inteiro de creme Wildroot. Além disso, tinha olhos parados e estranhamente brilhantes, iguais aos de alguns peixes de alto-mar.

— Quero falar com você lá fora — disse.

A ruiva desviou os olhos, fazendo beicinho.

— Isso pode esperar — respondi. — Deixe-me passar.

— Meu nome é Scollay. Mike Scollay.

Eu conhecia o nome. Mike Scollay era um contrabandista de segunda em Shytown, que pagava suas cervejas e suas farrinhas contrabandeando bebida do Canadá. Aquele ofício de alta voltagem havia começado onde os homens usam saias e tocam gaitas de foles. Quando não estão enchendo a caveira, quero dizer. Seu retrato aparecera algumas vezes nos jornais. A última tinha sido quando outro salafrário de meia-tigela tentou meter umas azeitonas quentes nele.

— Está muito longe de Chicago, meu amigo — falei.

— Trouxe alguns companheiros — disse ele. — Não se preocupe. Estão lá fora.

A ruiva deu outra espiada. Apontei para Scollay e dei de ombros. Ela fungou e me virou as costas.

— Viu? — falei. — Você me estragou a jogada.

— Garotas iguais a essa tem aos montes lá em Chi — respondeu ele.

— Eu não *quero* aos montes.

— Lá fora.

Fui com ele para fora. O ar caiu fresco em minha pele, depois da atmosfera enfumaçada do clube, adocicado com o cheiro da alfafa recém-cortada. As estrelas se exibiam suaves e cintilantes. Os capangas também se exibiam, mas não pareciam suaves e as únicas coisas cintilando eram seus cigarros.

— Tenho um trampo para você — disse Scollay.

— Então é isso...

— Pago duzentas pratas. Pode dividi-la com a banda ou ficar com cem para você.

— De que se trata?

— De uma festa, o que mais poderia ser? Minha irmã está juntando os trapos. Quero que você toque na recepção. Ela gosta de jazz. Dois de meus rapazes disseram que vocês tocam um bom jazz.

Já falei que Englander é um bom sujeito com quem se trabalhar. Ele vinha nos pagando oitenta pratas por semana. O cara do terno branco oferecia mais de duas vezes aquilo, por uma única sessão.

— Vai das 17 horas às 20 horas, na próxima sexta-feira — disse Scollay. — No salão Sons of Erin, na Rua Grover.

— É um bocado de grana — falei. — Por quê?

— Há dois motivos — disse Scollay.

Ele deu uma baforada em seu cachimbo. Parecia deslocado, no meio daquela cara vigarista. Ele devia ter um Lucky Strike mentolado pendurado na boca ou talvez um Sweet Caporal. O Cigarro dos Vagabundos. Com cachimbo, ele não parecia um vagabundo. O cachimbo o fazia parecer triste e esquisito.

— Dois motivos — repetiu ele. — Talvez tenha ouvido que o Grego quis acabar comigo.

— Vi seu retrato no jornal — falei. — Você era o sujeito tentando engatinhar para a calçada.

— Muito espertinho — rosnou ele, mas sem periculosidade. — Estou crescendo demais para o Grego. Ele está ficando velho. Não tem visão das coisas. Devia voltar para o antigo continente, ficar bebendo azeite de oliva e olhando para o Pacífico.

— Acho que é o Egeu — falei.

— Estou cagando se for o Lago Huron — replicou ele. — A questão é que o Grego não quer envelhecer. E ainda quer acertar contas comigo. Ele não veria uma cobra nem se ela o picasse!

— Está se referindo a você, não?

— Você é um espertinho de merda.

— Em outras palavras, você está me pagando duzentas pratas, porque nosso último número poderia ter o acompanhamento de rifles Enfield.

A raiva se estampou no seu rosto, porém também havia algo mais. No momento, eu não sabia o que era, mas creio que agora sei. Me pareceu tristeza.

— Meu chapa, eu tenho a melhor proteção que o dinheiro pode comprar. Se um engraçadinho meter o nariz, não terá oportunidade de fungar duas vezes.

— Qual é o outro motivo?

A voz dele saiu suavemente.

— Minha irmá vai casar com um italiano.

— Um bom católico, como você — rosnei suavemente.

A raiva estampou-se outra vez, como ferro em brasa e, por um minuto, achei que fora longe demais.

— Um bom *irlandês*! Um bom e velho irlandês legítimo, filho, e é melhor que não esqueça! — A isto, ele acrescentou, quase em voz inaudível: — Mesmo que tenha perdido a maior parte do meu cabelo, fique sabendo que era ruivo!

Comecei a dizer alguma coisa, mas ele não me deu chance. Girou-me e baixou o rosto, até nossos narizes quase se tocarem. Eu nunca tinha visto tanta raiva, humilhação, fúria e determinação no rosto de um homem. Hoje em dia nunca se vê essa expressão em um rosto branco, tão dolorida e dando ideia de insignificância. Todo aquele amor e ódio. Contudo, eu a vi em seu rosto naquela noite e compreendi que, se bancasse o engraçadinho algumas vezes mais, estava morto.

— Ela é gorda — ele quase sussurrou, e pude sentir cheiro de pastilhas de hortelã em seu hálito. — Muita gente andou rindo de mim pelas costas. Eles não riem na minha cara, fique sabendo disto, Sr. Tocador de Cornetim. Afinal, esse carcamano talvez tenha sido tudo que ela pôde conseguir. Só que você não vai rir de mim, dela ou do carcamano. E mais ninguém rirá, eu lhe garanto. Porque vocês vão tocar bem alto. Ninguém vai rir da minha mana.

— Nós nunca rimos quando estamos tocando. É difícil fazer as duas coisas.

Aquilo aliviou a tensão. Ele riu — um riso curto, latido.

— Vocês estarão lá, às 17 horas, prontos para tocar. Sons of Erin, na Rua Grover. Também pagarei as despesas de ida e volta.

Ele não estava pedindo. Ele já dava largas passadas, e um de seus capangas mantinha aberta a porta traseira de um cupê Packard.

O carro afastou-se. Fiquei lá fora mais algum tempo e fumei um cigarro. A noite era bela e agradável, Scollay parecia, cada vez mais, algo que eu sonhara. Começava a desejar que pudéssemos trazer o palco da banda para o pátio de estacionamento e tocar, quando Biff me deu um tapinha no ombro.

— Está na hora — avisou.

— Certo.

Entramos. A ruiva tinha escolhido um marinheiro veterano que parecia ter o dobro de sua idade. Não sei o que um membro da marinha dos Estados Unidos fazia em Illinois, mas, no que me dizia respeito, que a ruiva ficasse com ele, já que tinha tão mau gosto. Eu não me sentia muito bem. O uísque barato me subira à cabeça e Scollay parecia muito mais real ali dentro, onde os vapores do que ele e sua gente vendiam eram fortes o bastante para flutuar no ar.

— Tivemos um pedido para "Camptown Races" — disse Charlie.

— Esqueça — respondi, lacônico. — Não tocamos essas coisas de crioulo depois da meia-noite.

Pude ver Billy-Boy retesar-se enquanto se sentava ao piano, mas depois seu rosto ficou normal outra vez. Eu devia me dar pontapés rodando o quarteirão, mas, droga, um homem não pode amordaçar a boca da noite para o dia em um ano ou talvez até em dez. E, naquela época, crioulo era uma palavra que eu odiava e estava sempre dizendo. Fui até ele.

— Desculpe, Bill... Não sei o que há comigo esta noite.

— Tudo bem — respondeu ele.

Contudo, ele me fitou sobre meu ombro e percebi que não aceitara minhas desculpas. Aquilo era ruim, mas eu digo o que era ainda pior — saber que ele se decepcionara comigo.

Em nosso intervalo seguinte falei a eles sobre a sessão de jazz, sendo direto quanto ao dinheiro e explicando que Scollay era um salafrário (embora não lhes falasse sobre o outro que pretendia liquidá-lo). Também disse que a irmã de Scollay era gorda e que ele era muito sensível em relação a isso. Quem quer que soltasse alguma piadinha sobre baleias poderia terminar com um terceiro buraco para respirar, em algum ponto acima dos outros dois.

Fiquei olhando para Billy-Boy Williams enquanto falava, mas era impossível ler alguma coisa naquela sua cara de gato andarilho. Seria mais fácil imaginar o que pensava uma noz lendo as fissuras na casca. Billy-Boy era o melhor pianista que jamais tivéramos e todos lamentávamos as pequenas humilhações que ele tinha passado, quando viajávamos de um lugar para outro. No sul era pior, naturalmente — relegado aos últimos bancos nos ônibus, às galerias superiores nos cinemas, coisas assim —, mas não era nenhuma maravilha no norte também. De qualquer modo, o que eu poderia fazer? Hein? Quem souber, me diga. Naquele tempo, a gente convivia com essas diferenças.

Às 16 horas da tarde de sexta-feira, uma hora antes do combinado, chegamos ao Salão Sons of Erin. Costumávamos usar um caminhão Ford muito especial, que eu, Biff e Manny havíamos reformado. A parte traseira era toda fechada com lona e havia duas camas, também de lona, pregadas ao piso. Tínhamos até um fogareiro elétrico que podia ser ligado à bateria e havíamos pintado o nome da banda no lado de fora.

O dia estava na medida certa — um presunto-e-ovos, se você já viu algum, com pequenas nuvens brancas de verão lançando sombras nos campos. Mas, mal chegamos à cidade, ela estava quente e fuliginosa, com a barulheira e movimentação a que a gente se desacostuma, em um lugar como Morgan. Quando chegamos ao salão, minhas roupas se colavam ao corpo e precisei ir ao banheiro público. Uma dose do uísque de Tommy Englander também não cairia mal.

Sons of Erin era um grande edifício de madeira, anexo à igreja onde a irmã de Scollay ia se casar. Imagino que vocês conheçam lugares como esse, se forem chegados numa hóstia — reuniões da Juventude Católica às terças-feiras, bingo às quartas e uma festinha para a moçada nas noites de sábado.

Trotamos pelo passadiço, cada um de nós carregando seu instrumento em uma das mãos e parte da bateria de Biff na outra. Uma senhora magra, sem busto digno de menção, dirigia o trânsito no interior. Dois homens suados penduravam guirlandas de papel crepom. Havia um tablado para a banda na frente do salão, tendo sobre ele um estandarte e dois enormes sinos matrimoniais em papel cor-de-rosa. A inscrição em ouropel, no estandarte, dizia: FELICIDADES PARA MAUREEN E RICO.

Maureen e Rico. Macacos me mordessem, agora eu via o motivo de Scollay ficar tão deprimido. Maureen e Rico. Francamente!

A dama magricela avançou em nossa direção. Parecia ter muito a dizer, de modo que falei primeiro.

— Somos a banda — anunciei.

— A banda? — Ela pestanejou, olhando desconfiadamente para nossos instrumentos. — Ah! Eu pensava que fossem os fornecedores.

Eu sorri, como se fornecedores estivessem sempre carregando tambores de parada e caixas de trombone.

— Vocês podem... — começou ela.

Foi interrompida pela chegada de um almofadinha magricela de uns 19 anos. Um cigarro lhe pendia do canto da boca, mas, que eu percebesse, aquilo nada acrescentava a sua imagem, exceto um olho esquerdo lacrimejando.

— Abram essa bosta — disse ele.

Charlie e Biff olharam para mim. Dei de ombros. Abrimos as nossas caixas e ele viu os instrumentos. Não encontrando nada que parecesse algo capaz de ser carregado e disparado, ele voltou para seu canto e sentou-se em uma cadeira dobrável.

— Podem levar suas coisas para lá — prosseguiu a dama de poucas carnes, como se nunca a tivessem interrompido. — Há um piano na outra sala. Mandarei meus homens levarem o piano para o palco, depois que acabarem de pendurar nossas decorações.

Bill já levava parte de seus tambores para o pequeno palco.

— Pensei que vocês fossem os fornecedores — repetiu ela, com ar confuso. — O Sr. Scollay encomendou um bolo de casamento e ainda estão para chegar também os *hors d'oeuvres*, os rosbifes e...

— Eles vão chegar, madame — falei. — Eles recebem seu pagamento por entrega.

— ... dois porcos assados, além de um peru. O Sr. Scollay ficará simplesmente *furioso* se... — Ela viu um de seus homens parando para acender um cigarro bem abaixo de uma guirlanda de crepom suspensa e gritou, em voz estridente: — *HENRY!*

O homem deu um salto, como se o tivessem baleado. Eu fugi para o tablado da orquestra.

Estávamos todos prontos, faltando 15 minutos para as 17 horas. Charlie, o trombonista, tocava seu instrumento com surdina, enquanto Biff exercitava os pulsos. Os fornecedores tinham chegado às 16h20, e a Srta. Gibson (era o nome da dama magricela — ela possuía um bem--sucedido negócio no ramo) quase se jogou sobre eles.

Tinham sido montadas quatro compridas mesas cobertas de toalhas brancas, onde quatro mulheres negras de touca e avental colocavam os lugares. O bolo fora conduzido em mesinha de rodas para o meio da sala, a fim de que todos pudessem vê-lo e ficar boquiabertos. Tinha seis camadas de altura, com a noiva e o noivo em miniatura postados no alto.

Saí para fumar um cigarro e estava a meio caminho, quando os vi chegando — tocando buzina, fazendo uma barulheira infernal. Fiquei onde estava, até ver o carro principal dobrando a esquina do quarteirão abaixo da igreja. Então terminei meu cigarro e voltei para dentro.

— Eles já estão vindo — anunciei à Srta. Gibson.

Ela ficou pálida e, realmente, balançou sobre os calcanhares. Ali estava uma dama que devia ter enveredado por uma profissão diferente — decoradora de interiores, talvez, ou bibliotecária científica.

— O suco de tomates! — gritou ela. — Tragam o suco de tomates!

Voltei para o tablado da banda e ficamos a postos. Já havíamos tocado em festas semelhantes — que banda não tocou? — e, quando as portas se abriram, iniciamos uma versão em *ragtime* da "Marcha Nupcial", em arranjo de minha autoria. Se alguém pensar que aquilo soava como uma espécie de coquetel de limonada, sou forçado a concordar. Contudo, na maioria das recepções em que a tocamos, todo mundo adorou, e ali não foi diferente. O pessoal batia palmas, gritava e assobiava, depois começaram a conversar fiado, uns com os outros. No entanto, a julgar pela maneira como alguns marcavam compassos com os pés, enquanto conversavam, posso dizer que estavam bem sintonizados em nossa música. Continuamos tocando — eu achava que ia ser uma festa e tanto. Sei de tudo o que se diz dos irlandeses e a maior parte é verdade, mas, droga!, eles sabem se divertir, quando estão a fim.

De qualquer modo, devo admitir que quase estraguei todo o número quando entraram o noivo e a enrubescida noiva. Trajando um paletó informal e calças listradas, Scollay atirou-me um olhar duro e, podem crer, eu o recebi em cheio. Consegui fazer uma cara impassível, e o resto de meus companheiros seguiu a dica — sem que ninguém errasse uma nota. Sorte nossa. Os convidados do casamento, todos parecendo camaradas de Scollay, e suas damas já estavam de sobreaviso. Tinham de estar, se tivessem ido à igreja. Mas podia-se dizer que só ouvi fracos murmúrios.

Vocês devem ter ouvido falar em Jack Sprat e sua esposa. Bem, esta era cem vezes pior. A irmã de Scollay tinha os cabelos ruivos que ele estava perdendo — eram compridos e anelados. Entretanto, não possuíam aquela tonalidade castanho-avermelhado que talvez imaginem. Não. A cor desses cabelos era de um vermelho vivo como uma cenoura e enrolado como molas de colchão. Sua compleição natural era de um branco-leite coalhado, porém eram tantas as sardas que nem dava para perceber. E Scollay dissera que era gorda? Irmão, era o mesmo que dizer que compramos algumas coisinhas na Macy's. Ela era um dinossauro humano — 160 quilos, no mínimo. Tudo tinha ido para o busto, traseiro e coxas, como geralmente acontece com moças gordas, tornando grotesco e um tanto amedrontador o que deveria ser sexy. Algumas moças gordas têm rostos pateticamente bonitos, mas a mana de Scollay nem isso tinha. Seus olhos eram demasiado juntos, a boca era grande demais e ela ainda tinha orelhas de abano. Sem falar nas sardas. Mesmo se fosse magra, ela ainda seria feia o bastante para parar um relógio — bem, uma vitrine inteira deles.

Tais detalhes, apenas, não fariam ninguém rir, a menos que a pessoa fosse uma débil mental ou simplesmente má como o diabo. O hilariante era quando se acrescentava o noivo ao quadro — Rico —, e então a gente tinha vontade de rir até chorar. Ele poderia usar cartola e ainda continuaria na metade da sombra dela. Devia pesar uns 45 quilos, por aí, e estava molhado de suor. Magro como um palito, tinha uma tonalidade de pele oliva-escuro. Quando sorriu nervosamente, seus dentes pareciam as estacas pontiagudas de uma cerca, nos arredores de uma favela.

Nós continuamos tocando.

— Aos noivos! — gritou Scollay. — Que Deus lhes dê toda a felicidade do mundo!

E se Deus não der, proclamou seu trovejante semblante, *vocês, os presentes aqui, é melhor que deem — pelo menos hoje.*

Todos gritaram sua aprovação e aplaudiram. Terminamos nosso número com um floreio e isso provocou novos aplausos. Maureen, irmã de Scollay, sorriu. Céus, como sua boca era grande! Rico sorriu afetadamente.

Por alguns momentos, todos vagaram de lá para cá, comendo queijo, salgadinhos e bebendo o melhor uísque contrabandeado de Scollay. Eu próprio entornei três doses entre os números, e aquela bebida colocava o uísque de centeio de Tommy Englander no chinelo.

Scollay também começou a parecer mais feliz — um pouco, afinal. Chegou até o tablado onde tocávamos e disse:

— Vocês tocam muito bem, caras.

Vindo de um amante da música como ele, admito que era um cumprimento e tanto.

Pouco antes de todos se sentarem para a refeição, Maureen se levantou. De perto era ainda mais feia, e seu vestido branco (ali havia cetim branco suficiente, enrolado em torno da criatura, para cobrir três camas) não ajudava nem um pouco. Ela perguntou se podíamos tocar "Roses of Picardy", como Red Nichols and His Five Pennies, porque, segundo ela, era sua canção favorita. Embora gorda e feia, ela nada tinha de esnobe ou presunçosa — ao contrário de alguns convidados insignificantes que apareciam para fazer seus pedidos de músicas. Tocamos, mas não muito bem. Ainda assim, ela nos deu um sorriso doce, que quase a tornava bonita, e aplaudiu quando encerramos.

Às 18h15 eles se acomodaram para comer, e os empregados contratados da Srta. Gibson colocaram comida para os convidados. O pessoal avançou como um bando de animais, o que não era de surpreender, entornando aquela bebida casca-grossa o tempo todo. Eu não podia deixar de observar a maneira como Maureen comia. Tentei desviar os olhos, mas eles continuavam voltando atrás, como que para se certificar de que viam realmente o que *pensavam* estar vendo. Os restantes empanturravam-se, mas ela fazia com que parecessem velhas damas em um salão de chá. Não tinha mais tempo para sorrisos doces, nem para ouvir "Roses of Picardy": podia-se colocar diante dela um cartaz dizendo MULHER TRABALHANDO. Aquela dama dispensava garfo e faca — precisava de uma pá e de uma correia deslizante. Era triste observá-la. E Rico (só se conseguia enxergar seu queixo acima da mesa em que se sentava a noiva, além de dois olhos castanhos, tímidos como os de uma corça) ficava passando coisas para ela o tempo todo, nunca alterando aquele sorriso nervoso.

Tivemos um intervalo de vinte minutos, enquanto transcorria a cerimônia de cortar o bolo, e a própria Srta. Gibson nos deu comida na cozinha. O forno ligado deixava o lugar quente como uma estufa e nenhum de nós sentia muita fome. A festa começara com a sensação de que ia dar tudo certo, mas agora parecia o contrário. Podia percebê-lo no rosto dos meus músicos... e, a propósito, também no da Srta. Gibson.

Quando retornamos ao palco, a bebedeira rolava solta. Indivíduos de ar durão cambaleavam por ali com sorrisos idiotas acima de suas canecas ou permaneciam parados nos cantos, discutindo programas de corridas de cavalos. Alguns casais queriam Charleston, de maneira que tocamos "Aunt Hagar's Blues" (aqueles imbecis adoraram) e "I'm Gonna Charleston Back to Charleston", bem como outros números parecidos. Coisas para jazzistas de primeira viagem. As garotas rebolavam no salão ao som da música, exibindo as meias enroladas e sacudindo os dedos junto ao rosto, enquanto gritavam vu-du-di-oh-du, uma frase que até hoje me dá vontade de colocar o jantar para fora. Lá fora estava ficando escuro. As telas haviam caído de algumas janelas, permitindo que entrassem mariposas e enxameassem em nuvens ao redor dos lustres. E, como diz a canção, a banda continuava tocando. Os noivos andavam por ali — nenhum deles parecendo interessado em ir embora cedo —, quase completamente negligenciados. O próprio Scollay parecia tê-los esquecido. Ele estava para lá de bêbado.

Eram quase 20 horas quando o sujeitinho apareceu. Localizei-o imediatamente, porque estava sóbrio e parecia assustado — assustado como um gato míope num canil. Ele caminhou até Scollay, que conversava com uma sirigaita bem junto ao tablado da banda, e lhe bateu de leve no ombro. Scollay deu meia-volta, e ouvi cada palavra que os dois trocaram. Acreditem, eu não gostaria de ter ouvido.

— Quem diabos é você? — perguntou Scollay, rudemente.

— Meu nome é Demetrius — disse o sujeito. — Demetrius Katzenos. Vim a mando do Grego.

O movimento no salão parou subitamente. Botões de paletó foram abertos e mãos desapareceram debaixo de lapelas. Vi que Manny ficara nervoso. Raios, eu mesmo não me sentia assim tão calmo. Mas nós continuamos tocando, pode apostar.

— Está bem — disse Scollay suavemente, quase reflexivamente.

O sujeito explodiu:

— Eu não queria vir, Sr. Scollay! O Grego está com minha esposa. Disse que a mataria, se eu não lhe desse seu recado.

— Que recado? — rosnou Scollay.

Sua fronte voltara a ficar anuviada.

— Ele disse... — O sujeitinho fez uma pausa, com expressão agoniada. Sua garganta funcionou como se as palavras fossem coisas sólidas, agarradas nela, sufocando-o. — Ele mandou dizer que sua irmã é uma porca gorda. Ele mandou dizer... mandou dizer... — Seus olhos reviraram-se descontroladamente, ante a expressão imóvel de Scollay. Olhei de esguelha para Maureen. Ela dava a impressão de ter sido esbofeteada. — Ele mandou dizer que ela está com uma comichão. Que quando uma mulher sente comichão nas costas, compra um coçador de costas. E que quando ela sente comichão nas partes, então compra um homem.

Maureen soltou um grito estrangulado e correu dali, chorando. O piso balançava. Rico disparou atrás dela, com ar perplexo e torcendo as mãos.

Scollay tinha ficado tão vermelho que suas bochechas estavam, na verdade, roxas. Eu quase esperava — talvez praticamente esperava — que seus miolos espirrassem pelos ouvidos. Vi aquele mesmo ar de louca agonia que vira na penumbra, fora do clube de Englander. Talvez ele fosse apenas um salafrário barato, mas tive pena. Vocês também teriam.

Quando falou, sua voz era muito calma — quase branda.

— Ainda há mais?

O pequeno grego acovardou-se. Sua voz estava trêmula de angústia.

— Por favor, não me mate, Sr. Scollay! Minha esposa... o Grego está com a minha esposa! Eu não quero dizer estas coisas! Ele está com minha esposa, minha mulher...

— Não vou te machucar — disse Scollay, ainda mais calmo. — Apenas diga-me o resto.

— Ele mandou dizer que a cidade inteira está rindo do senhor.

Nós havíamos parado de tocar e houve um silêncio mortal por um segundo. Então, Scollay voltou os olhos para o teto. Suas duas mãos tremiam e ele as crispou diante de si. Tinha os punhos tão apertados, que pude perceber os músculos sobressaindo debaixo de sua camisa.

— *ESTÁ BEM!* — gritou. — *ESTÁ BEM!*

Ele saiu correndo pela porta. Dois homens seus tentaram detê-lo, dizer-lhe que era suicídio, que o Grego não queria outra coisa, mas Scollay estava enlouquecido. Derrubou-os e correu para a negra noite de verão.

No silêncio que se seguiu, tudo quanto pude ouvir foi a torturada respiração do mensageiro e, em algum ponto ao fundo, o soluçar baixinho da noiva.

Nesse momento, o rapazinho que nos detivera ao chegarmos soltou um palavrão e correu para a porta. Foi o único.

Antes que ele pudesse passar por baixo do enorme trevo de papel pendurado no saguão, pneus de automóveis chiaram no pavimento e motores roncaram — um monte de motores. Aquilo soava como o Memorial Day,* no pátio de tijolos lá fora.

— Ai, meu Deus do céu! — gritou o rapazinho, da soleira. — É uma porra de uma caravana! *Abaixe-se, chefe! Abaixe-se! Abaixe-se...*

A noite explodiu em pipocar de armas. Lá fora foi como a Primeira Guerra Mundial, por um minuto, talvez dois. As balas zuniam pela porta aberta do saguão, e um dos globos de luz oscilando no alto explodiu. Lá fora, a noite brilhava com os fogos de artifícios das Winchester. Então, os carros partiram em disparada. Uma das garotas sacudia estilhaços de vidro dos cabelos cacheados.

Agora que o perigo terminara, os capangas restantes correram para fora. A porta para a cozinha escancarou-se e Maureen reapareceu. Tudo nela tremelicava. Seu rosto estava mais redondo do que nunca. Rico surgiu em sua esteira, como um atônito servente. Os dois desapareceram pela porta.

A Srta. Gibson apareceu no saguão vazio, de olhos arregalados e chocados. O homenzinho que começara toda a confusão, com seu telegrama cantado, àquela altura já se evaporara.

---

* Nos Estados Unidos, dia em memória dos soldados mortos na guerra. (N.da E.)

— Foi um tiroteio — murmurou a Srta. Gibson. — O que aconteceu?

— Acho que o Grego acabou de esfriar o pagador — disse Biff.

Ela olhou para mim, sem entender, mas, antes que eu pudesse traduzir, Billy-Boy falou, em sua voz macia e polida:

— Ele está querendo dizer que o Sr. Scollay acabou de ser liquidado, dona.

A Srta. Gibson se virou para ele, os olhos ficando mais e mais arregalados, e então desmaiou. Tive a impressão de que eu também acabaria desmaiando.

Foi quando, do lado de fora, chegou até nós o grito mais angustiado que já ouvi em toda a minha vida. Aquele miado profano sustentou-se indefinidamente. Não era preciso chegar à porta e espiar para saber quem dilacerava o próprio coração lá na rua, ajoelhada sobre o irmão morto, inclusive quando os tiras e jornalistas já estavam a caminho.

— Vamos cair fora — murmurei. — Depressa!

Antes de cinco minutos já tínhamos embalado tudo. Alguns dos capangas tornaram a entrar, mas estavam bêbados e assustados demais para se meterem conosco.

Saímos pelos fundos, cada um de nós carregando parte da bateria de Biff. Devíamos ter sido uma parada e tanto, subindo a rua, para quem quer que nos visse. Eu ia à frente, com o estojo de meu cornetim debaixo do braço e um címbalo em cada mão. Os rapazes esperaram na esquina do fim da quadra enquanto fui buscar nosso caminhão. Os tiras ainda não haviam chegado. A obesa garota continuava agachada junto ao corpo do irmão, no meio da rua, uivando como uma *banshee*,* enquanto o minúsculo noivo corria a sua volta, como uma lua orbitando um enorme planeta.

Rodei até a esquina e os rapazes atiraram tudo na traseira do caminhão, de qualquer jeito. Depois, nos afastamos dali a toda velocidade. Fizemos uma média de 60 quilômetros por hora por todo o trajeto até Morgan, por estradas secundárias ou não. Os capangas de Scollay não devem ter-se preocupado em nos dedurar aos policiais, ou então os policiais não nos deram importância, pois nunca vieram atrás de nós.

---

* Na Irlanda e na Escócia, espírito feminino do folclore gaélico que, com seus lamentos, anuncia morte iminente na família. (N. da E.)

Aliás, também não recebemos as duzentas pratas.

Ela chegou ao Tommy Englander's uns dez dias mais tarde, uma gorda jovem irlandesa em vestido de luto. O preto não lhe assentava melhor do que o cetim branco.

Englander devia saber quem era ela (sua foto saíra nos jornais de Chicago, junto à de Scollay), porque a levou pessoalmente até uma mesa e mandou dois bêbados do bar que estavam debochando dela calarem a boca.

Senti muita pena dela, como às vezes sentia pena de Billy-Boy. É duro ser marginalizado. Não é preciso ser um marginalizado para saber, embora eu concorde quanto a gente não saber exatamente como é. E ela havia sido muito simpática, nas poucas palavras trocadas comigo.

Chegado o intervalo, fui até sua mesa.

— Sinto muito por seu irmão — falei, meio sem jeito. — Sei que ele realmente gostava muito de você e...

— Eu mesma teria apertado aqueles gatilhos — respondeu ela. Olhava para as mãos e então percebi que eram o que ela tinha de mais bonito, pequenas e graciosas. — Tudo o que aquele homenzinho disse era verdade.

— Ah, não diga isso — repliquei.

Um verdadeiro *non sequitur*, mas o que mais poderia dizer? Eu lamentava ter ido até a mesa, ela falava de maneira tão estranha... Era como se estivesse absolutamente só e alucinada.

— De qualquer modo, não me divorciarei dele — prosseguiu Maureen. — Antes disso, eu me mataria e minha alma penaria no inferno.

— Não fale assim — disse-lhe.

— Nunca teve vontade de se matar? — perguntou ela, fitando-me apaixonadamente. — Nunca sentiu esse impulso, quando as pessoas o usam e depois se divertem à sua custa? Ou isso jamais lhe aconteceu? Você pode até *negar*, mas me desculpe se não acredito. Sabe o que se sente quando comemos sem parar odiando-nos por isso, para então comermos mais? Sabe como é matar o próprio irmão, pelo fato de ser *gorda*?

As pessoas se viravam para nos olhar e os bêbados recomeçavam as risadinhas.

— Sinto muito — sussurrou ela.

Quis lhe dizer que também sentia muito. Quis lhe dizer... ah, qualquer coisa, admito, qualquer coisa que a fizesse se sentir melhor. Gritar, até onde ela realmente estava, debaixo de toda aquela gordura. Entretanto, não conseguia formular uma única frase.

— Preciso ir agora — consegui dizer. — Temos que tocar mais um número.

— Ah, claro — respondeu ela, suavemente. — Claro que tem que ir... ou eles começarão a rir de *você*. Aliás, o motivo de minha vinda aqui... Você poderia tocar "Roses of Picardy"? Achei que tocaram muito bem, na recepção. Pode fazer isso?

— Naturalmente — respondi. — Será um prazer.

Tocamos. Contudo, ela foi embora na metade do número e, como canções do gênero são melosas demais para um lugar como o Englander's, nós a interrompemos e passamos para uma versão *ragtime* de "The Varsity Drag". Esta sempre é do agrado geral. Bebi muito naquele resto de noite e, pela hora de fechar, já esquecera tudo sobre Maureen. Bem, quase tudo.

Ao sair para a noite, ocorreu-me a ideia. O que eu devia ter dito a ela. A vida continua — era o que deveria ter-lhe dito. É o que dizemos a uma pessoa quando um ente querido morre. Enfim, pensando bem, fiquei satisfeito por não haver dito. Porque, talvez, era isso que ela temia ouvir.

Sem dúvida, agora todos sabem sobre Maureen Romano e seu marido Rico, que sobrevive a ela como o hóspede dos contribuintes, na Penitenciária Estadual de Illinois. Todos sabem como ela assumiu a medíocre organização de Scollay e a transformou em um império durante a Lei Seca, rivalizando com o de Capone. Como eliminou dois outros líderes de quadrilhas do norte, abocanhando suas operações. Como teve Grego trazido a sua presença e supostamente o matou, enfiando um pedaço de corda de piano por seu olho esquerdo até o cérebro, com ele ajoelhado a sua frente, babando, choramingando e suplicando misericórdia. Rico, o perplexo servente, se tornou seu braço direito, sendo responsável pessoal por uns 12 sucessos como gângster.

Da Costa Oeste, onde estávamos gravando alguns discos bem-sucedidos, segui as façanhas de Maureen. Estávamos sem Billy-Boy. Ele formara uma banda própria, não muito tempo depois de deixarmos o

Englander's, um conjunto só de negros, que tocava *dixieland* e *ragtime*. Eles se deram muito bem no sul e fiquei satisfeito com isso. Mereciam o sucesso. Para nós também foi boa a separação, porque muitos lugares não nos aceitariam tendo um negro no grupo.

Mas era de Maureen que eu falava. Ela vendeu muitos jornais, não apenas por ser uma espécie de Ma Barker* com cérebro, embora isso ajudasse. Ela era *terrivelmente* grande e *terrivelmente* má, mas os americanos de costa a costa dedicavam-lhe uma estranha espécie de afeição. Quando Maureen morreu, de ataque cardíaco, em 1933, alguns jornais disseram que pesava 250 quilos. Mas eu duvido. Ninguém pesa tanto, não é mesmo?

De qualquer modo, *seu* funeral ganhou as primeiras páginas. Era mais do que se poderia dizer sobre o irmão dela, que nunca passou da quarta página, em toda a sua mísera carreira. Foram necessários dez carregadores para o transporte do caixão. Havia enorme foto deles fazendo número, em um tabloide. Aliás, uma foto horrível de ver. O caixão era do tamanho de uma geladeira de carne nos açougues — o que, de certo modo, não deixava mesmo de ser.

Rico não teve inteligência suficiente para continuar liderando sozinho a situação e acabou acusado e condenado por assalto com tentativa de morte, logo no ano seguinte.

Jamais consegui tirá-la da lembrança, como nunca esqueci a maneira agonizante e humilde de Scollay naquela primeira noite, quando foi me falar sobre ela. Contudo, olhando para trás, não sinto mais pena dela. Pessoas gordas sempre podem parar de comer. Sujeitos como Billy-Boy Williams só podem parar de respirar. Até hoje não sei como poderia ajudar a qualquer dos dois, mas de vez em quando me sinto um pouco *mal* quanto a isso. Talvez seja porque fiquei muito mais velho e já não durma tão bem como quando era novo. Só pode ser por isso, não é?

Não é?

---

* Kate "Ma" Barker foi uma notória criminosa americana que viveu na época da chamada "Era dos Inimigos Públicos", fenômeno da Depressão americana e que teve lugar na região do Meio-Oeste do país. (N. da E.)

Paranoico: um canto

Não posso mais sair.
Há um homem junto à porta
com capa de chuva
fumando um cigarro.

Mas

eu registrei em meu diário
e os envelopes estão todos alinhados
sobre a cama, sangrando ao clarão
do letreiro luminoso do bar vizinho.
Ele sabe que se eu morrer
(ou mesmo desaparecer de vista)
o diário será remetido e todos saberão
que a CIA é na Virgínia.
500 envelopes comprados em
500 papelarias diferentes
e 500 cadernetas
com 500 páginas cada uma.
Estou preparado.

Posso vê-lo aqui de cima.
Seu cigarro faísca logo acima
da gola do seu sobretudo
e em algum ponto, no metrô há um homem
sentado sob um anúncio e pensando em meu nome.

Homens discutiram sobre mim em salas dos fundos.
Se toca o telefone, ouve-se apenas uma respiração.
No bar do outro lado da rua, um revólver cano curto
trocou de mãos no banheiro dos homens.
Cada bala sua leva meu nome.
Meu nome está em arquivos secretos
e sendo procurado em obituários de jornal.

Minha mãe tem sido investigada;
graças a Deus está morta.

Eles têm amostras caligráficas
e examinam a curva dos pês
e a haste dos tês.

Meu irmão está com eles, já lhes disse?
Sua esposa é russa e ele
vive me pedindo para preencher formulários.
Conto isso em meu diário.
Ouça...
        ouça
                ouça, por favor:
                        você tem que ouvir.

Na chuva, no ponto de ônibus,
corvos negros, de negros guarda-chuvas,
fingem olhar seus relógios, porém
não está chovendo. Seus olhos são dólares de prata.
Alguns são letrados, na folha do FBI,
mas em geral são estrangeiros, enxameando
em nossas ruas. Eu os enganei,
saltei do ônibus na Rua 25 com a Lex,
onde um motorista de táxi me espiou sobre seu jornal.

No quarto acima do meu, uma velha
colocou uma bomba de sucção elétrica no chão.

Ela envia raios através de meu lustre,
e agora escrevo no escuro,
ao clarão do letreiro luminoso do bar.
Eu lhe digo que *sei*.

Enviaram-me um cão de manchas castanhas
e uma antena de rádio no focinho.
Afoguei-o na pia e anotei
em minha pasta de papéis — GAMMA.

Não olho mais a caixa de correspondência.
Cartões de visita são cartas-bombas.

(Afastem-se! Malditos sejam!
Afastem-se, conheço gente importante!
Estou dizendo, conheço gente *muito* importante!)

A lanchonete foi feita com pisos falantes
e a garçonete disse que era sal, mas eu conheço arsênico
quando o põem à minha frente. E o sabor amarelo da mostarda
mascara o amargo odor de amêndoas.

Tenho visto luzes estranhas no céu.
Noite passada, um homem escuro sem rosto rastejou por 15 quilômetros
de esgoto e emergiu em minha privada, querendo ouvir
telefonemas através da madeira barata
com ouvidos cromados.
Estou lhe dizendo, cara, eu *ouço*.

Vi a marca enlameada de suas mãos
sujando a porcelana.

Não atendo mais o telefone,
já lhe contei isso?

Eles planejam inundar a terra de lama.
Estão planejando invasões.

Eles conseguiram médicos
que advogam estranhas posições sexuais.
Estão fazendo laxantes aditivados
e supositórios que queimam.

Sabem como apagar o sol
com zarabatanas.

Embalei-me em gelo — já lhe contei isso?
O gelo inutiliza o infravermelho deles.
Conheço cantos e uso amuletos.
Você talvez pense que me pegou, mas posso destruí-lo
agora, a qualquer momento.

Agora, a qualquer momento.

Agora, a qualquer momento.

Aceita um café, meu amor?

Já lhe disse que não posso mais sair?
Há um homem junto à porta
com capa de chuva.

A balsa

São uns 65 quilômetros da Universidade Horlicks, em Pittsburgh, até o Lago Cascade e, embora em outubro escureça cedo nessa parte do mundo e apesar de eles só terem partido às 18 horas, ainda havia uma ligeira claridade no céu quando chegaram lá. Tinham ido no Camaro de Deke. Deke não perdia tempo quando estava sóbrio. Após duas cervejas, fazia o Camaro caminhar e falar.

Ele mal havia parado o carro junto à cerca de estacas, entre o pátio de estacionamento e a praia, quando saiu e tirou a camisa. Seus olhos esquadrinhavam a água, à procura da balsa. Randy saiu do banco do carona, um pouco relutante. A ideia tinha sido sua, é verdade, porém não esperava que Deke o levasse a sério. As garotas se remexiam no banco traseiro, se preparando para descer.

Os olhos de Deke esquadrinhavam as águas incessantemente, de um lado para outro (*olhos de atirador de elite*, pensou Randy, desconfortavelmente), e então se fixaram em um ponto.

— Está lá! — gritou, dando um tapa no capô do Camaro. — Bem como você disse, Randy! Que barato! O último a chegar é a mulher do padre!

— Deke... — começou Randy, recolocando os óculos no nariz, mas isso era tudo com que ele se preocupava, porque Deke já pulava a cerca e descia correndo para a praia, sem olhar para Randy, para Rachel ou LaVerne, concentrado apenas na balsa, ancorada no lago, a uns 50 metros da margem.

Randy se virou, como se estivesse se desculpando com as garotas por envolvê-las naquilo, mas elas olhavam para Deke — que Rachel olhasse para ele, tudo bem, porque era a namorada de Deke, mas LaVerne também o olhava, de modo que Randy sentiu uma quente e momentânea fagulha de ciúme, que o obrigou a se movimentar.

Tirou sua camisa de malha, deixou-a cair ao lado da de Deke e saltou a cerca.

— Randy! — chamou LaVerne.

Ele apenas estirou o braço naquele cinzento ar de crepúsculo de outubro, em um gesto de "vamos", se odiando um pouco por agir assim — ela agora estava insegura, talvez pronta para discutir. A ideia de ir nadar em outubro, no lago deserto, não era mais parte de uma confortável reunião para conversa fiada no apartamento que ele e Deke dividiam. Randy gostava dela, porém Deke era mais forte. E o cacete que LaVerne não estava caída por Deke, e, droga, aquilo era irritante.

Deke abriu os botões de sua calça jeans, ainda correndo, deixando-a descer pelas coxas esguias. Conseguiu se livrar dela no trajeto, sem parar para isso, uma façanha que Rudy não conseguiria imitar nem em mil anos. Deke continuou correndo, agora apenas de sunga, os músculos das costas e nádegas funcionando harmoniosamente. Randy ficou mais do que consciente de suas canelas finas quando arriou sua Levi's e, desajeitadamente, a sacudiu dos pés. Com Deke, parecia balé; com ele, era burlesco.

Deke chegou à água e deu um berro.

— Está gelada! Deus do céu!

Randy hesitou, mas apenas em pensamento, onde as coisas demoravam mais — *aquela água deve estar a nove graus, dez no máximo*, disse sua mente. *Seu coração poderia parar.* Ele cursava medicina, sabia que isso era verdade, mas, no mundo físico, não vacilou, em absoluto. Saltou para a água e, por um momento, seu coração *parou*, ou assim pareceu: a respiração se congelou na garganta e ele precisou forçar a entrada de ar nos pulmões, enquanto sua pele submersa ficava dormente. *Isto é loucura*, pensou, e depois: *Bem, a ideia foi sua, Pancho*. Começou a nadar na esteira de Deke.

As duas garotas se entreolharam por um momento. LaVerne deu de ombros e sorriu.

— Se eles podem, nós também podemos! — exclamou, tirando sua blusa Lacoste e revelando um sutiã quase transparente. — Não dizem que as mulheres têm uma camada extra de gordura?

Em seguida, ela pulava a cerca e corria para a água, desabotoando as calças de brim. Rachel a seguiu um momento depois, mais ou menos como Randy havia seguido Deke.

As garotas tinham chegado ao apartamento pelo meio da tarde. Às terças-feiras, a aula de uma da tarde era a última para todos eles. Chegara a mesada de Deke — um dos ex-alunos, maníaco por futebol (os jogadores os chamavam de *anjos*), providenciava que ele recebesse duzentos dólares mensais em dinheiro —, havia uma embalagem de cerveja na geladeira e um álbum novo do Night Ranger no surrado estéreo de Randy. Os quatro ficaram batendo papo e bebendo alegremente. Após algum tempo, a conversa girou para o final do prolongado verão que estavam desfrutando. O rádio previa rajadas de vento para quarta-feira. LaVerne opinou que meteorologistas prevendo rajadas geladas em outubro deviam ser liquidados a tiros, e ninguém discordou.

Segundo Rachel, os verões pareciam durar para sempre quando ela era criança, mas agora que se tornara adulta ("uma trêmula senil de 19 anos", brincou Deke, e ela lhe chutou o tornozelo), eles ficavam mais curtos a cada ano.

— É como se eu tivesse passado a vida inteira no Lago Cascade — falou, cruzando o gasto linóleo da cozinha até a geladeira. Examinou o interior, encontrou uma lata de cerveja escondida atrás de uma pilha de caixas de plástico azul para guardar alimentos (a do meio continha um *chili* quase pré-histórico, agora espessamente coberto de mofo — Randy era um bom aluno e Deke um bom jogador de futebol, mas nenhum dos dois valia alguma coisa em se tratando de serviços domésticos) e se apoderou dela. — Ainda me lembro da primeira vez em que consegui nadar toda a distância até a balsa. Fiquei lá quase duas horas, apavorada, com medo de nadar para a margem.

Sentou-se junto a Deke, que passou o braço em torno dela. Rachel sorriu, recordando. De repente, Randy achou-a parecida com alguém famoso ou quase famoso. Não conseguia encaixar a semelhança. Ele iria se lembrar mais tarde, em circunstâncias menos agradáveis.

— Por fim, meu irmão teve que me rebocar com uma boia. Puxa, ele ficou louco da vida! E eu tive uma queimadura de sol que ninguém acreditaria...

— A balsa continua lá — falou Randy, mais pra dizer alguma coisa.

Percebia que LaVerne estava olhando outra vez para Deke — aliás, ultimamente ela vinha olhando bastante para ele. Agora, no entanto, era para Randy que olhava.

— Já é quase Dia das Bruxas, Randy. A praia do Cascade está fechada desde o Dia do Trabalho.

— Ainda assim, provavelmente a balsa continua lá — disse Randy. — Faz umas três semanas, estivemos na outra margem do lago, em uma pesquisa de campo de geologia, e eu a vi. Era como... — Ele deu de ombros. — Como algo no verão, que alguém esqueceu de limpar e guardar no armário, até o ano seguinte.

Randy pensou que ririam, mas ninguém o fez — nem mesmo Deke.

— Só porque a balsa estava lá no ano passado não significa que ainda esteja — disse LaVerne.

— Falei nisso com um cara — disse Randy, terminando sua cerveja. — Billy DeLois. Lembra-se dele, Deke?

Deke assentiu.

— Jogava como segundo reserva, até se machucar.

— Certo, acho que sim. De qualquer modo, ele era de lá e contou que os donos da praia só a tiravam de lá quando o lago estava quase congelado. Pura preguiça, pelo menos foi o que ele disse. Contou que certo ano esperaram tanto que a balsa ficou presa no gelo.

Randy se calou, recordando a aparência da balsa, ancorada no lago — um quadrado brilhante de madeira branca, em toda aquela brilhante água azul do outono. Lembrou-se do som das barricas debaixo dela, aquele som flutuante de *clonk-clonk* que havia chegado até eles. Era um som suave, mas os sons viajam bem no ar imóvel em torno do lago. Houve esse som e o de corvos grasnando sobre os restos da colheita na horta de algum fazendeiro.

— Vai nevar amanhã — disse Rachel, levantando-se, quando a mão de Deke deslizou, quase distraidamente, para a curvatura superior de seu busto. Foi até a janela e espiou para fora. — Que droga!

— Pois eu sugiro uma coisa — disse Randy. — Vamos até o Lago Cascade. Nadamos até a balsa, nos despedimos do verão e depois nadamos de volta.

Se não estivesse meio alto, jamais teria feito a sugestão e, certamente, não esperava que ninguém o levasse a sério. Deke, no entanto, exultou ao ouvi-lo.

— Boa pedida! Sinistro, Pancho! Pra lá de *sinistro*!

LaVerne levantou-se subitamente, derramando sua cerveja. Contudo, ela sorriu, o sorriso que deixava Rudy um pouco preocupado.

— Vamos lá!

— Deke, você é louco — disse Rachel, também sorrindo, mas o riso era hesitante e inquieto.

— Nada disso, nós vamos lá! — exclamou Deke.

Com uma mistura de excitação e medo, Randy reparou no sorriso de Deke — inquieto e um pouco louco. Já fazia três anos que eles dividiam o mesmo quarto — o Atleta e o Cérebro, Cisco e Pancho, Batman e Robin — e Randy identificava aquele sorriso. Deke não estava brincando: resolvera mesmo ir ao lago. Em sua cabeça, já estava quase lá.

Esquece isso, Cisco — comigo, não. As palavras lhe chegaram aos lábios, mas antes de pronunciá-las LaVerne já se levantara, com a mesma expressão prazerosa e amalucada nos olhos (ou talvez fosse só cerveja demais).

— Pois eu topo! — exclamou ela.

— Então vamos! — Deke olhou para Randy. — O que diz, Pancho?

Randy se virou para Rachel por um momento e viu qualquer coisa de quase frenético em seu olhar — no que lhe dizia respeito, Deke e LaVerne poderiam ir para o Lago Cascade e ficar transando a noite inteira: não se alegraria sabendo que os dois estariam trepando como loucos, mas tampouco se surpreenderia. Contudo, aquela expressão no olhar de Rachel, aquele ar obcecado...

— Ohhh, *Ciisco*! — exclamou.

— Ohhh, *Pancho*! — gritou Deke, maravilhado.

Eles bateram as mãos.

Randy estava a meio caminho da balsa, quando avistou a mancha negra na água. Ficava além da balsa, mais para a esquerda, na direção do meio do lago. Cinco minutos mais tarde, a claridade do entardecer não lhe teria deixado perceber se aquilo era mais que uma sombra... se é que chegaria a vê-la. *Mancha de óleo?*, pensou, ainda avançando com dificuldade na água, vagamente consciente das garotas dando braçadas atrás dele. De qualquer modo, o que estaria fazendo uma mancha de óleo em um lago deserto, naquele outubro? E ela era estranhamente circular, pequena, não tendo mais de um metro e meio de diâmetro...

— *Uaaaau!* — tornou a gritar Deke, e Randy olhou em sua direção. Ele subia a escada na lateral da balsa, sacudindo a água como um cão. — Como está se saindo, Pancho?

— Tudo bem! — gritou Randy, nadando com mais vigor.

Na verdade, a coisa não estava tão ruim como imaginara, pelo menos, depois de entrar na água e começar a se mover. Seu corpo formigava de calor e agora seu motor estava em alta velocidade. Podia sentir o coração batendo com força, aquecendo-o de dentro para fora. Seus pais tinham uma casa em Cape Cod e, lá, a água era mais fria do que essa, em meados de julho.

— Se acha que está ruim, Pancho, espere só até sair! — gritou Deke alegremente.

Estava pulando para cima e para baixo, fazendo a balsa balançar, esfregando o corpo com as mãos.

Randy esqueceu a mancha de óleo, até suas mãos tocarem a áspera madeira pintada de branco da escada virada para a praia. Então, tornou a vê-la. Estava um pouco mais perto. Uma mancha redonda e escura na água, como uma enorme verruga, subindo e descendo com as ondas mansas. Quando a vira pela primeira vez, a mancha estava a uns 40 metros da balsa. Agora, estava na metade dessa distância.

Como pode? Como...

Então saiu da água e o ar frio mordiscou sua pele, ainda com mais vigor do que a água, quando nela mergulhara.

— Ahhhhhh, *merda*! — gritou, rindo e tremendo em sua sunga.

— Pancho, *tu é* um moleirão! — exclamou Deke, satisfeito. Ajudou-o a subir para a balsa. — Está frio demais pra você? Já está sóbrio?

— Estou sóbrio! Estou sóbrio!

Randy começou a pular como Deke havia feito, cruzando os braços sobre o peito e estômago, em um X. Os dois se viraram para as garotas. Rachel ultrapassara LaVerne, que estava fazendo algo parecido com um nado cachorrinho executado por um cão com péssimo instinto.

— As senhoritas estão bem? — gritou Deke.

— Vá para o inferno, senhor Machão! — gritou LaVerne.

Deke começou a rir de novo. Randy olhou para o lado e viu que a curiosa mancha escura e circular estava agora mais próxima — agora a dez metros, e ainda se aproximando. Flutuava na água, redonda e circular, como o topo de um grande latão de aço, porém a maneira frouxa como se movia deixava perceber que não era a superfície de um objeto sólido. Um medo não direcionado, mas poderoso, tomou conta dele.

— Nadem! — gritou para as garotas.

Abaixou-se para agarrar a mão de Rachel que chegava. Ajudou-a a subir. Ela bateu o joelho na madeira com força — ele ouviu o baque distintamente.

— Ai! *Puxa*, o que...

LaVerne ainda estava a uns três metros de distância. Randy tornou a olhar para o lado e viu a coisa redonda colidir com a parte de trás da balsa. Era escura como petróleo, mas ele tinha certeza de que não era petróleo — era escura demais, espessa demais, *regular* demais.

— Randy, isso *doeu*! O que está fazendo, tirando um sarro...

— LaVerne! *Nade!* — gritou ele.

Agora não era apenas medo; era terror. LaVerne ergueu os olhos, talvez não captando o horror, mas ouvindo a pressa. Pareceu confusa, mas intensificou seu estilo cachorrinho, encurtando a distância para a escada.

— O que há com você, Randy? — perguntou Deke.

Randy olhou novamente para o lado e viu a coisa se dobrar em torno da quina da balsa. Por um instante ela pareceu a imagem do Pac-Man de boca aberta para comer biscoitos eletrônicos. Depois deslizou em volta de todo o canto e começou a escorregar ao longo da balsa, com uma de suas bordas agora reta.

— Ajude-me a puxá-la! — grunhiu Randy para Deke, estendendo o braço para LaVerne. — Depressa!

Deke deu de ombros despreocupadamente e pegou a outra mão da garota. Os dois a puxaram para cima, colocando-a na superfície de tábuas da balsa, apenas segundos antes de a coisa negra deslizar junto à escada, os lados encovando-se, como se deslizasse sobre os degraus.

— Você ficou louco, Randy? — perguntou LaVerne.

Estava sem fôlego, um pouco amedrontada. Seus mamilos estavam claramente visíveis através do sutiã, espetando o tecido em pontas duras e frias.

— Aquela coisa — disse Randy, apontando. — O que será, Deke?

Deke localizou-a. Tinha chegado ao canto esquerdo da balsa, de onde escorregara um pouco para um lado, reassumindo o formato redondo. Parecia apenas flutuar ali. Os quatro olharam para a mancha.

— Acho que é uma mancha de óleo — disse Deke.

— Você realmente machucou meu joelho — queixou-se Rachel, olhando a coisa escura sobre a água e depois virando para Randy. — Você...

— Não é uma mancha de óleo — disse Randy. — Já viu uma mancha de óleo redonda? Essa coisa parece uma peça de damas.

— Nunca vi uma mancha de óleo em minha vida — replicou Deke. Falava com Randy, mas olhava para LaVerne. A calcinha dela estavam quase tão transparente como o sutiã, o delta de seu sexo claramente esculpido em seda, cada nádega uma protuberância rija. — Eu nem mesmo acredito nelas. Eu sou do Missouri.

— Vai ficar roxo — disse Rachel.

A raiva, contudo, desaparecera de sua voz. Tinha visto Deke olhando para LaVerne.

— *Meu Deus,* estou com frio — disse LaVerne, e tremeu graciosamente.

— Essa coisa estava atrás das garotas — disse Randy.

— Ora, vamos, Pancho! Pensei que você tivesse dito que estava sóbrio.

— Ela queria as garotas — repetiu ele, teimosamente, e pensou: *Ninguém sabe que estamos aqui. Absolutamente ninguém.*

— *Você* já viu uma mancha de óleo, Pancho? — perguntou Deke.

Passara o braço pelos ombros nus de LaVerne, quase do mesmo jeito distraído com que tocara o seio de Rachel, horas antes. Não tocava o seio de LaVerne — quer dizer, ainda não —, porém sua mão estava próxima. Randy decidiu que pouco lhe importava, de um jeito ou de outro. Aquela mancha negra e circular na água. Aquilo, sim, o deixava preocupado.

— Vi uma no Cape, faz quatro anos — respondeu. — Todos nós retiramos aves das ondas e tentamos limpá-las...

— Ecológico, Pancho — disse Deke, em tom de aprovação. — *Mucho* ecológico, *yo creo.*

— Era uma coisa enorme, um negócio pegajoso, se estendendo por cima de toda a água. Em tiras e poças gordurosas. Nada tinha de parecido com isso aí. Não era *compacta.*

Parecia um acidente, ele quis dizer. *Esta coisa aqui não parece um acidente: parece proposital.*

— Quero voltar agora — disse Rachel.

Ainda olhava para Deke e LaVerne. Randy leu a mágoa em seu rosto. Ele duvidava que Rachel percebia a transparência de sua expressão.

— Pois então vá — disse LaVerne.

Havia um ar em seu rosto — *a clareza do triunfo absoluto*, pensou Randy, e se tal ideia parecia pretensiosa, também parecia exatamente correta. A expressão não era dirigida explicitamente a Rachel, mas tampouco LaVerne procurava escondê-la de outra garota.

Ela se moveu um passo para Deke, um simples passo. Agora, os quadris de ambos se tocaram ligeiramente. Por um breve momento, a atenção de Randy se desviou da coisa flutuante na água e se concentrou em LaVerne, com um ódio quase curioso. Embora nunca tivesse batido em uma garota, naquele momento a esbofetearia com verdadeiro prazer. Não porque a amasse (ele ficara um pouco caído por ela, sem dúvida, e com um pouco de tesão em relação a ela, sem dúvida, e bastante enciumado quando ela começou a ir com Deke para o apartamento, é claro, mas, em primeiro lugar, nunca levaria uma garota a quem realmente *amasse* a menos de 25 quilômetros de distância de Deke), mas por conhecer aquela expressão no rosto de Rachel — qual a sensação daquilo por dentro.

— Estou com medo — disse Rachel.

— Medo de uma *mancha de óleo*? — perguntou LaVerne, incrédula. Depois ela riu. A vontade de esbofeteá-la tornou a crescer dentro de Randy — apenas girar a palma aberta no ar e atingi-la, acabar com aquela expressão de nojenta grandiosidade em seu rosto e deixar-lhe na bochecha uma marca no formato de uma mão.

— Pois eu gostaria de vê-la nadar até a margem — disse Randy.

LaVerne sorriu incredulamente para ele.

— Ainda não estou com vontade — respondeu, como se falasse a uma criança. Olhou para o céu, depois para Deke. — Quero ver as estrelas saírem.

Rachel era uma jovem baixinha e bonita, mas para uma garota tinha um jeito ligeiramente inseguro, que fazia Randy pensar nas garotas de Nova York — a gente as vê se apressando para o trabalho pela manhã, usando suas elegantes saias com fendas na frente ou bem altas em um lado, com aquela mesma beleza levemente neurótica. Os olhos de Rachel estavam sempre brilhantes, mas era difícil definir se era animação que lhes emprestava aquela vivacidade ou apenas uma ansiedade flutuando livremente.

Em geral, Deke preferia garotas altas, de cabelos escuros e olhos amendoados. Randy percebeu que agora estava acabado entre Deke e Rachel, o que quer que tivesse havido — algo simples e talvez um pouco tedioso por parte dele, mas profundo, complicado e possivelmente doloroso para ela. Isto terminara, tão nítida e subitamente, que Randy quase ouviu o estalo: um som como um graveto seco, sendo quebrado com o joelho.

Ele era um rapaz tímido, mas decidiu se aproximar de Rachel e passou um braço em torno dela. Ela o fitou brevemente, o ar infeliz, mas grato por seu gesto. Randy ficou satisfeito por haver melhorado um pouco a situação dela. A similaridade flutuou de novo em sua mente. Algo no rosto de Rachel, em sua expressão...

Associou-o primeiro a programas de auditório na tevê, depois a comerciais para biscoitos, bolos, qualquer uma dessas porcarias. Então lhe ocorreu — ela parecia Sandy Duncan, a atriz que atuara na remontagem de *Peter Pan*, na Broadway.

— O que é aquela coisa? — perguntou ela. — O que é, Randy?

— Não sei.

Randy se virou para Deke e o viu fitando-o com aquele sorriso familiar no qual havia mais companheirismo do que desdém... mas o desdém estava lá também. Talvez Deke nem mesmo se desse conta disso, mas que estava, estava. A expressão dizia *Lá está o velho Rand, sempre preocupado com ninharias e estragando tudo outra vez.* Presumivelmente, isso faria Randy murmurar um acréscimo — *Vai ver, não é nada. Não se preocupe com isso. A coisa acabará indo embora daqui.* Qualquer coisa assim. Ele não a acrescentou. Que Deke sorrisse. A mancha negra na água o assustava. Essa era a verdade.

Rachel se afastou de Randy e se ajoelhou graciosamente no ângulo da balsa que estava mais próximo da coisa e, por um momento, ela provocou uma associação de lembranças ainda mais claras: a garota nos rótulos de White Rock. *Sandy Duncan nos rótulos de White Rock*, corrigiu sua mente. Seus cabelos, cortados curtos e de tonalidade ligeiramente alourada estavam assentados e molhados contra o crânio de belo formato. Podia ver arrepios em suas omoplatas, acima da faixa branca do sutiã.

— Não vá cair, Rache — disse LaVerne, com visível malícia.

— Pare com isso, LaVerne — disse Deke ainda sorrindo.

Randy desviou os olhos dos dois, em pé no meio da balsa, um com o braço frouxamente em torno da cintura do outro, os quadris se tocando de leve. Tornou a fitar Rachel. O alarme desceu velozmente por sua espinha e através de seus nervos como fogo. A mancha negra diminuíra em metade a distância entre ela e a quina da balsa onde Rachel, de joelhos, a observava. Antes, eram dois, dois metros e meio. Agora a distância era de um metro ou menos. Ele captou a expressão estranha nos olhos da garota, uma total opacidade circular, estranhamente semelhante à total opacidade circular daquela coisa na água.

Agora é Sandy Duncan sentada em um rótulo de White Rock, fingindo-se hipnotizada pelo suculento, delicioso, sabor dos Biscoitos de Mel Nabisco, pensou ele, idiotamente. Seu coração acelerou, como acontecera na água, e então ele gritou:

— Saia daí, Rachel!

Depois tudo aconteceu muito depressa — as coisas acontecendo com a rapidez de fogos de artifício explodindo. No entanto, ele viu e ouviu cada coisa, com perfeita e infernal clareza. Cada coisa parecia presa em sua própria e diminuta cápsula.

LaVerne riu. No pátio, em uma hora luminosa da tarde, soaria como o riso de qualquer garota universitária, mas ali, na crescente escuridão, mais parecia o árido cacarejo de uma feiticeira, remexendo poções no caldeirão.

— Rachel, talvez seja melhor você... — começou Deke.

Ela o interrompeu então, quase segura de si pela primeira vez na vida e, sem dúvida, pela última.

— Isso tem cores! — exclamou ela, em um tom de absoluta admiração. Seus olhos se fixavam na mancha negra em cima da água, com opaco êxtase, e, por um instante apenas, Randy julgou ter visto o que ela apontava — cores, isso mesmo, cores girando em vivas espirais que se contorciam para o centro. Desapareceram em seguida, restando apenas aquele negrume fosco e sem brilho. — Que cores mais lindas!

— *Rachel!*

Ela estendeu o braço para a coisa — esticando-o e abaixando-o —, seu braço alvo e arrepiado. Sua mão se estendeu, querendo tocá-lo, e Randy notou que Rachel roera as unhas até o sabugo.

— *Ra...!*

Sentiu a balsa oscilar na água quando Deke se moveu em direção a eles. Randy se inclinou para Rachel ao mesmo tempo, querendo puxá-la e com uma vaga consciência de que não queria que fosse Deke a fazê-lo.

A mão de Rachel já tocava a água — seu indicador apenas, formando delicados círculos concêntricos na superfície —, e a mancha negra se agitou naquele ponto. Ele ouviu Rachel engasgar e, de repente, a opacidade lhe abandonou os olhos, substituída por agonia.

A substância negra e viscosa subiu pelo braço dela como lodo e, por baixo, Randy viu a pele dela se dissolver. Ela abriu a boca e gritou. Ao mesmo tempo, se inclinou para frente. Agitou cegamente a outra mão para Randy, e ele tentou segurá-la. Os dedos de ambos se roçaram. Os olhos dela encontraram os dele, e ela ainda mostrava uma infernal semelhança com Sandy Duncan. Depois ela caiu para trás, estatelando-se na água.

A coisa negra fluiu para o ponto em que ela caíra.

— *O que aconteceu?* — gritava LaVerne, atrás deles. — *O que aconteceu? Ela caiu? O que houve com ela?*

Randy fez menção de mergulhar atrás dela, mas Deke o puxou para trás, quase sem esforço.

— Não! — exclamou ele, em uma voz amedrontada, que era totalmente estranha a Deke.

Os três a viram emergir. Seus braços levantaram-se, agitando-se — não, não braços. Um braço. O outro estava coberto por uma membrana negra, que pendia em fiapos e dobras de algo vermelho e emaranhado de tendões, algo que parecia um pedaço de rosbife.

— *Socorro!* — gritou Rachel.

Seus olhos arregalados se fixaram neles, se desviaram, se fixaram novamente, tornaram a se desviar... eram como lanternas agitadas desordenadamente no escuro. Ela bateu na água, formando espuma.

— *Socorro, como dói, por favor, socorro,* COMO DÓI, COMO DÓÓÓI...

Randy tinha caído quando Deke o puxou. Levantando-se das tábuas da balsa, caiu para frente outra vez, incapaz de ignorar aquela voz. Tentou saltar, e Deke o agarrou, passando seus braços musculosos pelo tórax magro do outro.

— Não, ela está morta — sussurrou rispidamente. — Meu Deus, será que não vê isso? Ela está *morta*, Pancho.

O negrume se espalhou subitamente pelo rosto de Rachel como um lençol, primeiro sufocando seus gritos, depois cortando-os inteiramente. Agora, a coisa negra começou a enrolá-la em cordas entrecruzadas. Randy pode vê-las, afundando na pele de Rachel como ácido. Quando sua jugular se rompeu, esguichando um jato escuro, ele viu a coisa enviar um pseudópodo em direção ao sangue que escapava. Não podia acreditar no que via, não podia entender, mas era a pura realidade, não havia nenhuma sensação de estar perdendo o juízo, nenhuma impressão de que estivesse sonhando ou alucinando.

LaVerne gritava. Randy se virou, a tempo de vê-la tapar os olhos melodramaticamente com uma das mãos, parecendo uma heroína de filme mudo. Pensou que ia rir e dizer-lhe isso, mas constatou que não conseguia emitir nenhum som.

Tornou a olhar para Rachel. Ela praticamente não estava mais lá.

Suas contorções haviam diminuído, a ponto de não passarem de espasmos. O negrume se espojou sobre ela — *agora maior*, pensou Randy, *está maior, não há a menor dúvida* — com silenciosa e muscular força. Viu a mão de Rachel se agitar contra aquilo; viu a mão começar a ficar presa, como que presa a melaço ou papel pega-moscas; a viu desaparecer. Agora havia apenas uma sugestão das formas dela, não na água, mas na coisa negra, não se virando, mas sendo virada, a forma se tornando menos e menos identificável, um lampejo branco — ossos, pensou nauseado, e virou o rosto, vomitando desamparadamente sobre uma borda da balsa.

LaVerne ainda gritava. Houve então um *plaft!* surdo, e ela parou de gritar, começando a se acalmar.

Ele a esbofeteou, pensou Randy. *Eu queria fazer isso, lembra-se?*

Recuou, limpando a boca, se sentindo fraco e nauseado. E com medo. Tão apavorado que só conseguia pensar com uma diminuta porção da mente. Em breve, começaria também a gritar. Então Deke precisaria esbofeteá-lo, Deke não entraria em pânico, oh, não, Deke era mesmo um herói, sem dúvida. *Você precisa ser um herói do futebol... para arranjar garotas bonitas*, cantarolava sua mente com alegria. Então, ouviu Deke falando com ele e ergueu o rosto para o céu, tentando clarear a cabeça, tentando desesperadamente afastar a visão de Rachel, se tornando disforme e inumana enquanto a coisa negra a devorava, não querendo que Deke o esbofeteasse como esbofeteara LaVerne.

Olhou para o céu e viu que brilhavam no alto as primeiras estrelas, o formato da Ursa Maior, já claro, enquanto a última luminosidade do dia desbotava no oeste. Eram quase 19h30.

— Ah, Ciiisco — balbuciou. — Acho que estamos com um grande problema desta vez...

— O que é aquilo? — Sentiu a mão de Deke em seu ombro, apertando e torcendo dolorosamente. — Aquela coisa a comeu, você viu? A coisa a *comeu*, a porra da coisa a *comeu toda*! O que é aquilo?

— Não sei — disse Randy. — Não lhe falei antes?

— Pois *devia* saber! Você é uma porra de um CDF, faz todos os cursos de ciências, caralho!

Agora era o próprio Deke que quase gritava, e aquilo permitia que Randy recuperasse um pouco mais de controle.

— Não existe nada como aquilo em nenhum dos livros científicos que já li — explicou. — A última vez que vi algo semelhante foi no Show de Horrores do Dia das Bruxas, no Rialto, quando tinha 12 anos.

A coisa agora recuperara seu formato redondo. Flutuava sobre a água, a três metros da balsa.

— Está maior — gemeu LaVerne.

Quando Randy a vira pela primeira vez, avaliara seu diâmetro em cerca de um metro e meio. Agora, tinha pelo menos dois e meio.

— *Está maior, porque comeu Rachel!* — soluçou LaVerne, começando a gritar novamente.

— Pare com isso ou eu lhe quebro o queixo — ameaçou Deke.

Ela parou — não imediatamente, mas pouco a pouco, como um disco, quando alguém desliga o aparelho sem levantar o braço da agulha. Os olhos dela estavam esbugalhados.

Deke se virou para Randy.

— Tudo bem com você, Pancho?

— Não sei. Acho que sim.

— Rapaz... — Deke tentou sorrir e, um pouco chocado, Randy viu que ele conseguia. Alguma parte de Deke estaria achando aquilo divertido? — Você não tem nenhuma ideia do que tudo isso possa ser?

Randy meneou a cabeça. Talvez fosse mesmo uma mancha de óleo... ou havia sido, até ter acontecido alguma coisa a ela. Poderia ter sido atingida por raios cósmicos, de algum modo. Quem sabe? Quem *poderia* saber?

— Será que podemos nadar contornando a coisa? — insistiu Deke, sacudindo o ombro de Randy.

— *Não!* — gritou LaVerne, em voz estridente.

— Pare com isso ou acabo com você, LaVerne — disse Deke, erguendo novamente a voz. — Não estou brincando!

— Você viu com que rapidez aquilo pegou Rachel — disse Randy.

— Talvez estivesse com fome — respondeu Deke —, é possível que agora esteja cheio.

Randy pensou em Rachel, de joelhos na quina da balsa, tão quieta e bonita em seu sutiã e sua calcinha. Seu pomo de adão tornou a subir.

— Tente você — falou para Deke.

Deke sorriu sem humor algum.

— Ah, Pancho!

— Ah, Ciisco!

— Quero ir para casa — disse LaVerne, em um sussurro furtivo. — Está bem?

Nenhum deles respondeu.

— Acho melhor esperarmos que a coisa vá — disse Deke. — Assim como veio, irá embora.

— Talvez — disse Randy.

Deke olhou para ele, o rosto tomado por uma forçada concentração, na penumbra ambiente.

— Talvez? Que merda é essa de talvez?

— Nós chegamos, a coisa chegou. Eu a vi chegar, como se nos farejasse. Se está satisfeita, como você disse, irá embora. Acho. Se ainda quiser comer...

Randy deu de ombros. Deke ficou parado pensativo, de cabeça baixa. Seus cabelos curtos ainda pingavam um pouco.

— Vamos esperar — decidiu. — Que essa coisa coma peixe!

Passaram-se 15 minutos. Eles não falaram. Esfriou. Estava aproximadamente dez graus, e os três estavam apenas com roupas de baixo. Após os primeiros dez minutos, Randy pôde ouvir o vivo, intermitente, bater de seus dentes. LaVerne tentara se encostar em Deke, mas ele a recusara — com delicadeza, mas firme.

— Deixe-me sozinho agora — disse ele.

Então ela ficou sentada, os braços cruzados sobre os seios, as mãos segurando os cotovelos, tremendo. Olhava para Randy, seus olhos dizendo que ele podia voltar, passar os braços em torno dela, que tudo estava bem agora.

Ele desviou os olhos, preferindo se concentrar no círculo escuro sobre a água. A coisa apenas flutuava ali, sem se aproximar e tampouco se afastando. Olhou para a margem e lá estava a praia, um crescente branco e fantasmagórico, que parecia flutuar. As árvores atrás dela formavam uma volumosa e escura linha do horizonte. Randy pensou que conseguia ver o Camaro de Deke, mas não tinha certeza.

— Nós apenas decidimos e viemos — falou Deke.

— Exato — disse Randy.

— Não contamos a ninguém.

— Não.

— Portanto, ninguém sabe que estamos aqui.

— Ninguém.

— Parem com isso! — gritou LaVerne. — Parem, estão me assustando!

— Feche essa matraca — disse Deke, com o pensamento em outro lugar, e Randy riu, a despeito de si mesmo, pouco importava quantas vezes Deke dissesse aquilo, ele sempre achava engraçado. — Se tivermos que passar a noite aqui, passaremos. Alguém ouvirá nossos gritos amanhã. Afinal, não estamos no meio do deserto australiano, não é mesmo, Randy?

Randy não respondeu.

— *Estamos?*

— Você sabe onde estamos — replicou Randy. — Sabe tão bem quanto eu. Saímos da estrada 41 e percorremos 13 quilômetros em uma estrada secundária...

— Com chalés a cada 15 metros...

— Chalés de *verão*. Estamos em outubro. Os chalés estão vazios, a maldita maioria deles. Chegamos aqui e você tinha que contornar o maldito portão, indicadores de PROIBIDA A ENTRADA a cada 15 metros...

— E daí? Algum caseiro...

Deke parecia um pouco sem jeito agora, algo desconfortável. Com certo medo, talvez? Pela primeira vez naquela noite, a primeira vez nesse mês, nesse ano, talvez a primeira vez em toda a sua vida? Ocorreu uma ideia cretina — Deke perdeu a virgindade de seu medo. Randy não tinha certeza se era isso que acontecia, mas achou que talvez fosse... e sentiu um perverso prazer nisso.

— Nada para roubar, nada para vandalizar — falou. — Se houver caseiros, talvez só apareçam por aqui duas vezes ao mês.

— Caçadores...

— No mês que vem, não duvido — disse Randy e se calou de repente, porque também estava conseguindo se assustar.

— Talvez essa coisa nos deixe em paz — disse LaVerne. Seus lábios esboçaram um leve e patético sorriso. — Talvez ela apenas... sabem como é... nos deixe em paz.

— Talvez porcos... — disse Deke.

— Está se movendo — disse Randy.

LaVerne ficou em pé bruscamente. Deke se aproximou de Randy e por um momento a balsa se inclinou. O coração de Randy galopou no peito, apavorado, enquanto LaVerne tornava a gritar. Deke recuou um pouco e a balsa se estabilizou com a quina frontal esquerda (enquanto eles ficavam de frente para a praia) ligeiramente mais mergulhada na água do que as restantes.

A coisa se aproximou com oleosa e aterradora rapidez. Enquanto se movia, Randy viu as cores que Rachel vira — fantásticos vermelhos, amarelos e azuis, espiralando sobre uma superfície de ébano semelhante a plástico frouxo ou escura como couro. Subia e descia com as ondas, o que modificava as cores, fazia com que se fundissem, girando. Randy percebeu que ia cair pela borda, diretamente sobre a coisa, podia sentir que se inclinava...

Com a última força que lhe restava, levou o punho direito ao nariz — o gesto de um homem amortecendo a tosse, só que um pouco mais alto e com muito mais força. Seu nariz explodiu em dor, ele sentiu o sangue quente escorrendo pelo rosto. Então, conseguiu recuar, gritando:

— Não olhem para aquilo! Deke! Não o encare diretamente, as cores o deixam zonzo!

— Está querendo passar para baixo da balsa — disse Deke, com ar sombrio. — Que merda é essa, Pancho?

Randy observou — observou com o máximo cuidado. Viu a coisa focinhando a lateral da balsa, se achatando no formato de meia pizza. Por um momento, pareceu se empilhar ali, se espessando, e ele teve uma alarmante visão daquilo ganhando consistência bastante para subir à superfície da balsa.

Então, a coisa negra se espremeu debaixo dela. Randy julgou ouvir um ruído por um momento — um ruído áspero, como uma cortina de lona, das de enrolar, sendo puxada através de uma janela estreita —, mas aquilo poderia ter sido apenas produto de seus nervos.

— Ela entrou debaixo da balsa? — perguntou LaVerne, e havia algo curiosamente despreocupado em seu tom, como se fizesse o máximo esforço para conversar, mas também estava gritando. — Está debaixo da balsa? Está debaixo de nós?

— Está — respondeu Deke. Olhou para Randy. — Vou nadar até a praia, agora mesmo. Se essa coisa está aqui embaixo, acho que tenho uma boa chance.

— Não! — gritou LaVerne. — Não nos deixe aqui, não...

— Eu sou rápido — disse Deke, olhando para Randy e ignorando LaVerne inteiramente. — Só que preciso ir enquanto ela estiver aqui embaixo.

Randy teve a sensação de que sua mente disparava com o dobro da velocidade — de uma forma ensebada e nauseante, aquilo era estimulante, como os últimos segundos antes de você vomitar num desses brinquedos de parques de diversão baratos. Havia tempo para ouvir as barricas se entrechocando ocamente debaixo da balsa, tempo para ouvir as folhas das árvores roçando secamente sob a pequena brisa, além da praia, tempo para se perguntar por que a coisa tinha ido para debaixo da balsa.

— Sim — disse a Deke —, mas não creio que você consiga.

— Eu vou conseguir — Deke disse, e caminhou até a beira da balsa. Deu dois passos, e então parou.

Sua respiração ganhara rapidez, o cérebro deixava o coração e os pulmões prontos para nadar os mais rápidos 50 metros de sua vida, e agora sua respiração havia parado, como todo ele, simplesmente cortada no meio de uma inalação. Virou a cabeça, e Randy viu se salientarem os tendões em seu pescoço.

— Panch... — disse ele, em voz perplexa e sufocada, para só então começar a gritar.

Ele gritou com espantosa força, vigorosos gritos de barítono, que foram descendo a fantásticos níveis de soprano. Eram altos o bastante para ecoarem na praia, voltando em espectrais mínimas. A princípio, Randy achou que ele apenas gritava, mas depois percebeu uma palavra, duas palavras, as mesmas duas palavras, repetidas sem cessar:

— *Meu pé! Meu pé! Meu pé! Meu pé!*

Randy olhou para baixo. O pé de Deke apresentava uma estranha aparência rebaixada. O motivo era óbvio, porém a mente de Randy se recusava a aceitá-lo de início — era impossível demais, insanamente grotesco demais. Enquanto observava, o pé de Deke foi sendo puxado para baixo, por entre duas das tábuas que compunham a superfície da balsa.

Então viu o brilho escuro da coisa negra, entre o calcanhar e os dedos do pé, um vivo brilho escuro, com malignas cores giratórias.

A coisa agarrara o pé dele. (*Meu pé!*, gritava Deke, como que confirmando esta elementar dedução. *Meu pé, oh, meu pé, meu PÉÉÉÉÉÉ!*) Ele havia pisado em uma das fendas entre as tábuas (*pise em uma fenda e sua mãe ofenda*, tagarelou a mente de Randy) e a coisa estava lá embaixo. A coisa tinha...

— *Puxe!* — gritou Randy, subitamente. — *Puxe, Deke, puta merda, PUXE!*

— O que está acontecendo? — bradou LaVerne.

Vagamente Randy percebeu que ela não sacudia os ombros apenas — afundara nele as unhas compridas como garras. LaVerne não seria de nenhuma ajuda, em absoluto. Deu-lhe uma cotovelada no estômago, ela emitiu um som semelhante a um latido, como que tossindo, e caiu sentada. Randy saltou para Deke e agarrou um de seus braços.

Era duro como mármore, cada músculo se projetando como a costela no esqueleto de um dinossauro esculpido. Puxar Deke era como tentar arrancar uma árvore enorme do chão pelas raízes. Os olhos de Deke se ergueram para o púrpura do céu pós-crepúsculo, arregalados e incrédulos, sem que ele parasse de gritar, gritar e gritar.

Randy olhou para baixo e então viu que o pé de Deke desaparecera na fenda entre as tábuas, até o tornozelo. Aquela fenda não teria mais do que meio centímetro de largura, certamente não mais que um centímetro, mas o pé penetrara por ela. O sangue escorria para as tábuas brancas, em espessos regatos escuros. A coisa negra, como plástico derretido, pulsava para cima e para baixo na fenda, para cima e para baixo, como um coração batendo.

Preciso livrá-lo. Preciso livrá-lo depressa ou nunca chegaremos a livrá-lo... Controle-se, Cisco, por favor, controle-se...

LaVerne se levantou e recuou para longe da árvore-Deke, que se contorcia e gritava no meio da balsa, uma balsa que flutuava ancorada, sob as estrelas de outubro, no Lago Cascade. Ela sacudia a cabeça aturdida, os braços cruzados sobre o estômago, onde levara a cotovelada de Randy.

Deke se inclinou pesadamente contra ele, os braços tateando às cegas. Tornando a olhar para baixo, Randy viu o sangue jorrando da canela de Deke, que agora tomava a forma da extremidade de um lápis bem apontado — só que a ponta era branca, não preta, a ponta era um osso, que quase não era visível.

A coisa negra impeliu-se para cima de novo, sugando, comendo.

Deke uivou de dor.

Nunca mais jogará futebol com esse pé. QUE pé? Há-há, ele puxou Deke com todas as forças, mas ainda era como tentar arrancar uma árvore, com raízes e tudo.

Deke pendeu novamente e agora proferiu um longo, estridente uivo, que fez Randy recuar, guinchando também, cobrindo os ouvidos. O sangue esguichava dos poros da perna de Deke, sua rótula tinha uma aparência purpúrea e intumescida, como se tentasse absorver a tremenda pressão colocada sobre ela, enquanto a coisa negra puxava a perna de Deke para baixo, através da estreita fenda, centímetro a centímetro.

Não posso ajudá-lo. Teria que ser muito forte! Não posso ajudá-lo agora. Deke, sinto muito, Deke, sinto tanto...

— Me abrace, Randy! — gritou LaVerne, se agarrando a ele por todo o corpo, enterrando o rosto em seu peito. O rosto dela estava tão quente que parecia chiar. — Me abrace, por favor, por que não me abraça...?

Desta vez, ele a abraçou.

Só mais tarde, Randy chegou à terrível constatação: eles dois, com quase certeza, teriam nadado até a margem, enquanto a coisa negra se ocupava com Deke — e se LaVerne não quisesse, ele o faria sozinho. As chaves do Camaro estavam no jeans de Deke, caído na praia. Teria conseguido, mas essa certeza só lhe chegou quando era tarde demais.

Deke morreu assim que sua coxa começou a desaparecer na estreita fenda entre as tábuas. Parara de gritar agudamente minutos antes disso. Desde então, emitira apenas grunhidos roucos. Então, isso parou também. Quando ele desmaiou, caído para frente, Randy ouviu o que quer que restava do fêmur em sua perna direita se estilhaçar como um graveto sendo partido.

Um momento depois, Deke ergueu a cabeça, olhou em torno atordoadamente e abriu a boca. Randy pensou que ele fosse gritar novamente. Só que, em vez disso, ele lançou um grande jato de sangue, tão espesso que era quase sólido. Randy e LaVerne foram salpicados com o calor do sangue e ela começou a gritar de novo, agora roucamente.

— *Uuuuq!* — gritou ela, o rosto contorcido em quase enlouquecida repugnância. — *Uuuuq!* Sangue! *Uuuuq*, sangue! Sangue!

Ela se esfregou, procurando se limpar, mas só conseguia espalhar mais o sangue.

O sangue fluía dos olhos de Deke, esguichando com tal força que eles se esbugalhavam quase comicamente, pela potência da hemorragia. Randy pensou: *Isso é que é vitalidade! Meu Deus,* OLHE *aquilo! Ele está parecendo um hidrante humano! Meu Deus! Meu Deus! Meu Deus!*

O sangue jorrou dos ouvidos de Deke. Seu rosto era um hediondo nabo purpúreo, inchado e deformado pela pressão hidrostática de alguma inacreditável inversão; era o rosto de um homem apertado pelas garras de um urso, dotado de monstruosa e desconhecida força.

E então, misericordiosamente, aquilo terminou.

Deke tornou a cair para frente, os cabelos pendendo acima das tábuas ensanguentadas da balsa. Com nauseado espanto, Randy viu que até mesmo o couro cabeludo de Deke sangrava.

Sons por baixo da balsa. Sons de coisa sugando.

Foi quando ocorreu a sua aturdida mente, seu cérebro sobrecarregado, que poderia ter escapado a nado, com boa chance de ter êxito. Contudo, LaVerne pesava demais em seus braços, pesava como chumbo. Olhou para o rosto descomposto, ergueu-lhe uma pálpebra e viu apenas o branco dos olhos. Compreendeu então que ela não desmaiara apenas, mas caíra inconsciente, em estado de choque.

Randy olhou para a superfície da balsa. Podia deitá-la, naturalmente, mas as tábuas só tinham uns 30 centímetros de largura. Havia uma plataforma para mergulho que era adaptada à balsa durante o verão, mas pelo menos isso fora desmontado e guardado em algum lugar. Nada mais restava senão o próprio piso da balsa, 14 tábuas, cada uma com 30 centímetros de largura e seis metros de comprimento. Não era possível deitá-la, sem deixar seu corpo inconsciente sobre alguma daquelas fendas.

Pise em uma fenda, e sua mãe ofenda.

Cale-se.

E então, tenebrosamente, sua mente sussurrou: *Vá, mesmo assim. Deite-a aí e nade para a salvação!*

Mas ele não fez isso, não podia. Um terrível sentimento de culpa cresceu nele, ante essa ideia. Abraçou-a, sentindo o peso macio e firme em seus braços e costas. Ela era uma garota grande.

Deke tombou de todo.

Randy segurava LaVerne nos braços doloridos e viu aquilo acontecer. Não queria olhar e, por longos segundos que lhe pareceram minutos, virou o rosto inteiramente. No entanto, seus olhos sempre se voltavam para aquela direção.

Com Deke morto, a coisa parecia se mover mais rápido.

O restante de sua perna direita desapareceu. A perna esquerda se estirou, mais e mais, até Deke se assemelhar a um dançarino de balé perneta, fazendo uma abertura impossível. Houve o estalar da fúrcula em sua pélvis e então, quando o estômago de Deke começou a inchar ominosamente sob nova pressão, Randy desviou os olhos por muito tempo, procurando não ouvir os sons líquidos, tentando se concentrar na dor em seus próprios braços. Pensou que talvez pudesse fazer LaVerne voltar a si, mas por enquanto era melhor sentir a dor latejante nos braços e ombros. Aquilo dava algo em que pensar.

Às suas costas houve um som como o de enormes dentes mastigando um punhado de balas quebra-queixo. Quando olhou para trás, as costelas de Deke penetravam pela fenda. Os braços dele estavam erguidos e distendidos. Ele parecia uma obscena paródia de Richard Nixon fazendo o V da vitória, o sinal que enlouquecera o público nas décadas de 1960 e 1970.

Ele tinha os olhos abertos. A língua se estirava para Randy.

Randy se virou de novo, ficou olhando através do lago. *Procure luzes,* disse a si mesmo. Sabia que por lá não haveria luzes, mas quis se convencer disso. *Procure por luzes nas margens, alguém deve estar passando a semana em seu chalé, apreciando a folhagem do outono, não iria perder o espetáculo, viria com sua Nikon, o pessoal em casa adoraria as fotos.*

Quando tornou a olhar para trás, os braços de Deke estavam erguidos em linha reta, não era mais Nixon; agora parecia um juiz de futebol indicando uma falta.

A cabeça de Deke dava a impressão de estar pousada nas tábuas.

Os olhos continuavam abertos.

A língua esticada para fora.

— Ah, Ciisco — murmurou Randy, tornando a olhar para outro lado.

Seus braços e ombros agora gritavam, mas permaneceu segurando LaVerne nos braços. Olhou para a margem mais distante do lago. Estava totalmente escura. Estrelas salpicavam o céu negro, se desenrolavam através dele, um filete de leite frio, de algum modo suspenso bem alto no ar.

Minutos se passaram. *Ele já deve ter ido agora. Você já pode olhar. Está bem, está bem, eu sei. Só que não vou olhar. Apenas por segurança, eu não vou olhar. Certo? Certo. Em definitivo. Assim dizemos todos e assim todos nós dizemos.*

Ele acabou olhando mesmo, apenas a tempo de ver os dedos de Deke serem puxados para baixo. Eles se moviam — provavelmente o movimento da água sob a balsa era transmitido à coisa desconhecida que agarrara Deke e esse mesmo movimento se transmitia aos dedos. Provavelmente, provavelmente. No entanto, a Randy parecia que Deke acenava. O Cisco Kid acenando *adiós.* Pela primeira vez, sentiu sua mente sofrer um doentio arrancão — ela pareceu se inclinar, da maneira como a balsa se inclinara, quando eles quatro haviam ficado em pé sobre o mesmo lado. Ela se endireitou mas Randy, de repente, compreendeu que a loucura — a verdadeira demência — talvez não estivesse muito distante.

O anel de futebol de Deke — Assembleia Geral, 1981 — escorregou lentamente do terceiro dedo de sua mão direita. A claridade das estrelas se refletiu no ouro e brincou nos minúsculos sulcos entre os números gravados — 19, em um lado da pedra avermelhada, 81, no outro lado. O anel lhe caiu do dedo. Era um pouco grande demais para se encaixar na fenda e, naturalmente, não se comprimiria.

Ficou caído ali. Era tudo que restava de Deke, agora. Deke se fora. Nada mais de garotas de cabelos negros, nada mais de bater no traseiro nu de Randy com uma toalha molhada, quando Randy saía do chuveiro, nada mais de corridas antes do jogo pelo meio do campo, com fãs se levantando na ponta dos pés nas arquibancadas e as chefes de torcida executando cambalhotas histéricas nas linhas laterais. Nada mais de escapadas após o escurecer, no Camaro, com Thin Lizzy gritando "The Boys Are Back in Town", no gravador do carro. Nada mais de Cisco Kid.

Houve aquele vago ruído arranhando novamente — uma lona enrolada, sendo lentamente puxada pela fenda de uma janela.

Randy estava em pé e descalço sobre as tábuas. Olhou para baixo e viu as fendas a cada lado dos dois pés subitamente cheias de pegajosa escuridão. Seus olhos se esbugalharam. Pensou na maneira como o sangue jorrara da boca de Deke, quase semelhante a uma corda sólida, na maneira como os olhos dele haviam saltado, como se tivessem molas, enquanto a hemorragia, provocada pela hidrostática, lhe esmagava o cérebro.

A coisa sente meu cheiro. Sabe que estou aqui. Conseguirá subir? Conseguirá subir pelas fendas? Conseguirá? Conseguirá?

Olhou para baixo, sem perceber o peso flácido de LaVerne, fascinado pela enormidade da questão, se perguntando o que sentiria a coisa ao fluir sobre seus pés, quando se escorasse neles.

O cintilar negro subiu quase até a borda das fendas (Randy ficou na ponta dos pés, sem mesmo perceber o que fazia) e depois desceu. Recomeçou o ruído de lona deslizando. De repente, Randy tornou a ver a coisa sobre a água, uma grande verruga escura, agora talvez a uns cinco metros de distância. Ela subia e descia com as pequeninas ondulações da superfície, subia e descia, subia e descia... e quando Randy começou a ver as cores pulsando uniformemente sobre ela, desviou os olhos para o outro lado.

Colocou LaVerne sobre o piso, e, tão logo ficou livre do peso, seus braços começaram a tremer loucamente. Deixou que tremessem. Ajoelhou-se ao lado dela, cujos cabelos se espalhavam sobre as tábuas brancas, em um irregular leque escuro. De joelhos, ele ficou espiando aquela verruga escura na água, pronto para levantá-la novamente, se percebesse sinais de movimento na coisa.

Começou a bater em suas faces de leve, primeiro em uma, depois na outra, repetindo a dose, como uma segunda tentativa de animar um boxeador. LaVerne não queria voltar a si. Ela não queria atender ao indicador Siga e ganhar 200 dólares ou dar uma volta no Trem fantasma. LaVerne já vira o suficiente. Mas Randy não podia segurá-la a noite inteira, levantando-a como um saco de lona, sempre que a coisa se movesse (e tampouco podia ficar olhando demais para a coisa; aí estava outro detalhe). Ele aprendera um truque, no entanto. Não o aprendera na universidade, mas com um amigo de seu irmão mais velho. Esse amigo fora paramédico no Vietnã e conhecia todos os tipos de truques — como catar piolhos em um couro cabeludo humano e fazê-los apostar corrida em uma caixa de fósforos, como diluir cocaína em laxativo infantil, como costurar cortes fundos com agulha e linha comuns. Certo dia, eles ficaram conversando sobre maneiras de despertar sujeitos abismalmente bêbados, para que esses sujeitos abismalmente bêbados não engasgassem no próprio vômito e não morressem, como Bon Scott, o vocalista do AC/DC, havia feito.

— Quer fazer alguém voltar a si rapidamente? — perguntou o amigo com o repertório de truques interessantes. — Experimente isto.

Então, ele ensinou o truque que Randy ia usar agora.

Inclinando-se para LaVerne, mordeu o lóbulo de sua orelha, o mais forte que pôde.

Sangue quente e acre espirrou em sua boca. As pálpebras de LaVerne se ergueram como persianas. Ela gritou, em uma voz rouca e uivante, depois o esmurrou com raiva. Randy olhou para cima e viu apenas a parte mais posterior da coisa: o restante já estava debaixo da balsa. Ela se movera com uma fantástica, terrível e silenciosa velocidade.

Randy tornou a içar LaVerne, seus músculos gritando em protesto tentando enovelar-se em cãibras. Ela lhe batia no rosto. Uma de suas mãos atingiu-lhe o nariz sensível e ele viu estrelas vermelhas.

— Pare com isso! — gritou, deslizando os pés para as tábuas. — Pare com isso, sua puta, a coisa está debaixo de nós novamente! Pare ou eu a deixo cair, caralho, juro por Deus que deixo!

Os braços dela pararam imediatamente de se agitar e se enrolaram quietamente em torno do pescoço de Randy, como os braços de uma pessoa se afogando. Os olhos de LaVerne pareciam brancos, à claridade das estrelas.

— Pare com isso! — Ela não parou. — Pare, LaVerne, está me sufocando!

Ela apertou com mais força. O pânico aflorou à mente de Randy. O entrechocar cavo das barricas assumira uma nota mais seca, mais abafada. Era a coisa lá embaixo, pensou ele.

— Não consigo respirar!

A pressão afrouxou um pouco.

— Agora, escute. Vou pôr você no chão. Tudo vai ficar bem se você...

Ela, no entanto, ouvira apenas *pôr você no chão*. Seus braços se enrolaram naquele aperto mortal novamente. Randy tinha a mão direita nas costas dela. Afundou os dedos nelas e arranhou-as. LaVerne agitou as pernas, ganindo roucamente e, por um momento, ele quase perdeu o equilíbrio. Ela o percebeu. O medo, maior que a dor, fez com que parasse de lutar.

— Fique em pé nas tábuas.

— Não!

A negativa saiu em um jato de ar no rosto dele, quente como um vento do deserto.

— A coisa não poderá pegá-la se você ficar nas tábuas.

— Não, não me ponha no chão! Ela vai me pegar, eu sei que vai, sei que vai...

Ele tornou a lhe arranhar as costas. LaVerne gritou de raiva, de dor e medo.

— Fique em pé ou eu te jogo, LaVerne.

Ele a abaixou, lenta e cuidadosamente, ambos respirando em haustos curtos, chiantes — flauta e oboé. Os pés dela tocaram as tábuas. La-Verne jogou as pernas para cima, como se as tábuas estivessem em brasa.

— Ponha os pés *no chão*! — sibilou Randy. — Eu não sou Deke, não aguento segurar você a noite inteira!

— Deke...

— Morto.

Os pés dela pousaram nas tábuas. Pouco a pouco ele a foi largando. Ficaram à frente um do outro, como dançarinos. Randy podia vê-la esperando o primeiro toque da coisa. A boca de LaVerne ofegou, como a de um peixe dourado.

— Randy — sussurrou ela. — Onde está a coisa?

— Embaixo. Olhe para baixo.

Ela olhou. Ele olhou também. Viram a escuridão que recheava as fendas, preenchendo-as agora por quase toda a extensão da balsa. Randy sentiu a ansiedade da coisa e pensou que LaVerne também sentira.

— Randy, por favor...

— Pssst!

Os dois ficaram quietos.

Randy esquecera de tirar o cronômetro do relógio ao entrar na água e agora ele marcava 15 minutos. Às 20h15, a coisa negra tornou a deslizar para fora da balsa. Afastou-se até uns quatro, cinco metros e então parou, como fizera antes.

— Vou me sentar — disse Randy.

— Não!

— Estou cansado. Vou me sentar e você ficará vigiando. Lembre-se apenas de ficar olhando para longe. Depois eu me levanto e você fica sentada. Faremos assim. Tome — ele lhe entregou o relógio. — Turnos de 15 minutos.

— Aquilo comeu Deke — sussurrou ela.

— É.

— O que é?

— Não sei.

— Estou com frio.

— Eu também.

— Então me abrace.

— Já fiz isso o suficiente.

Ela pareceu se conformar.

Sentar-se era o paraíso, não ter que vigiar a coisa era uma bênção. Em vez disso, ele vigiou LaVerne, se certificando de que ela continuava desviando os olhos da coisa sobre a água.

— O que vamos fazer, Randy?

Ele refletiu.

— Esperar — disse.

Ao final de 15 minutos, Randy se levantou e deixou que ela primeiro ficasse sentada e depois deitada, por meia hora. A seguir, fez com que LaVerne se levantasse novamente e ela permaneceu em pé por 15 minutos. Continuaram assim. Quinze para as 22 horas, uma fria crosta de lua subiu no céu e lançou uma trilha luminosa sobre a água. Às 22h30 ouviram um grito agudo e solitário ecoando através do lago. LaVerne soltou um grito estridente.

— Cale a boca — disse ele. — Foi apenas um mergulhão do norte.

— Estou gelando, Randy... Estou toda dormente.

— Nada posso fazer quanto a isso.

— Me abrace — pediu ela. — Você tem que me abraçar. Ficaremos abraçados, nos esquentando. Podemos nos sentar, os dois, vigiar a coisa juntos.

Ele resistiu à ideia, mas o frio penetrava em sua carne, agora atingia os ossos.

— Está bem — disse.

Sentaram-se juntos, os braços passados um em torno do outro, e algo aconteceu — natural ou perverso, mas aconteceu. Randy se sentiu enrijecer. Uma de suas mãos encontrou o seio de LaVerne, se comprimiu sobre o náilon úmido e apertou. Ela emitiu um suspiro e sua mão caminhou para a virilha da sunga.

Randy deslizou a outra mão para baixo e encontrou um lugar onde existia algum calor. Empurrou-a de leve, fez com que ela se deitasse.

— Não — disse LaVerne, mas as mãos na virilha dele começaram a se mover mais depressa.

— Posso ver a coisa — disse Randy. As batidas de seu coração aumentavam de velocidade novamente, impelindo o sangue com mais rapidez para a superfície de sua pele friorenta. — Posso vigiá-la.

LaVerne murmurou alguma coisa e ele sentiu o elástico descendo em seus quadris, até o alto das coxas. Vigiou a coisa. Randy deslizou para cima, depois para a frente. Penetrou-a. Calor. Céus, LaVerne era quente ali, pelo menos. Ela deixou escapar um ruído gutural e seus dedos aferraram as nádegas frias e comprimidas do companheiro.

Randy continuou vigiando. A coisa não se movia. Vigiou-a. Vigiou-a atentamente. As sensações táteis eram incríveis, fantásticas. Ele não era muito experiente, mas também não era virgem. Havia feito amor com três garotas, mas nunca havia sido assim. Ela gemeu e começou a erguer os quadris. A balsa balançava docemente, como o mais duro colchão d'água do mundo. Por baixo dela, as barricas murmuravam ocamente.

Randy vigiava a coisa. As cores começaram a girar — lentamente agora, sensualmente, não ameaçadoras —, ele ficou espiando e viu as cores. Tinha os olhos arregalados. As cores estavam em suas pupilas. Não sentia mais frio agora: sentia calor, o calor que sentimos no primeiro dia de volta à praia, no começo de junho, quando o sol nos espeta a pele branca do inverno, avermelhando-a, dando-lhe alguma

(*cores*)

cor, alguma tonalidade. O primeiro dia na praia, primeiro dia de verão, sugerindo antigas canções dos Beach Boys, sugerindo os Ramones. Os Ramones lhe diziam que "Sheena is a Punk Rocker", os Ramones lhe diziam que "you can hitch a a ride to Rockaway beach", para a areia, a praia, as cores

(*movendo-se, a coisa começava a mover-se*)

e a sensação do verão, sua textura; Gary U.S. Bonds, o período letivo acabou e eu posso torcer pelos Yankees das arquibancadas, garotas de biquíni na praia, a praia, a praia, ah, a gente ama, a gente ama

(*ama*)

a praia, você ama

(*amo, eu amo*)

seios firmes e fragrâncias de óleo Coppertone, e se o fundilho do biquíni fosse pequeno o bastante, era possível ver-se alguns

(*cabelos, seus cabelos, SEUS CABELOS ESTÃO NA, AH, CÉUS, NA ÁGUA, SEUS CABELOS*)

Ele recuou subitamente, tentando levantá-la, mas a coisa se movera com oleosa velocidade, enredando-se nos cabelos de LaVerne como uma espessa teia de cola negra. Quando Randy a ergueu, ela já estava gritando e estava pesada com a coisa; a coisa que saiu da água, em uma membrana contorcida e horripilante, que se enrolava em vívidas cores nucleares — vermelho-escarlate, esmeralda cintilante, ocre opaco.

A membrana fluiu para o rosto de LaVerne, cobrindo-o como uma maré, obliterando-o.

Ela sacudia os pés, tamborilando a madeira do piso. A coisa se torcia e movia onde estivera o rosto de LaVerne. O sangue escorreu pelo pescoço dela em borbotões, gritando, sem se ouvir gritar, Randy correu para ela, firmou o pé em sua anca e empurrou. Ela saiu rolando e caiu pela borda da balsa, as pernas como alabastro ao luar. Por alguns momentos intermináveis, a água agitou-se e bateu contra a lateral da balsa, como se alguém houvesse fisgado um peixe gigantesco, que se debatia como o diabo.

Randy gritou. Continuou gritando. E então, para variar, gritou ainda mais.

Uma meia hora mais tarde, muito depois de terminada a frenética agitação na água, os mergulhões do norte gritaram em resposta.

Aquela noite foi eterna.

O céu começou a clarear no leste, quando faltavam 15 para as cinco. Randy se sentiu um pouco mais animado. Foi uma animação momentânea apenas: era tão falsa como o amanhecer. Ficou em pé sobre as tábuas, de olhos semicerrados, o queixo fincado no peito. Estivera sentado nas tábuas até uma hora antes, tendo despertado subitamente — até então sem mesmo saber que adormecera, e esta era a parte assustadora —, por causa daquele indizível som sibilante de lona. Saltou em pé, apenas segundos antes de aquele negrume começar a sugar com ânsia por ele, nas fendas entre as tábuas. Sua respiração sibilava, entrando e saindo; ele mordeu o lábio, fazendo-o sangrar.

Dormindo, você estava dormindo, seu imbecil!

A coisa tornara a deslizar debaixo da balsa meia hora mais tarde, porém ele não tornou a se sentar. Receava se sentar, temia dormir novamente e sabia que, desta vez, sua mente não o faria acordar a tempo.

Seus pés continuavam firmemente plantados nas tábuas quando uma claridade mais forte, o verdadeiro amanhecer, encheu o leste, e os primeiros pássaros matinais começaram a cantar. O sol nasceu e, por volta das 6 horas, o dia estava claro o suficiente para permitir-lhe ver a praia. O Camaro de Deke, amarelo vivo, estava bem lá onde o seu dono o estacionara, encostado à estaca de cerca. Uma vívida fileira de camisas e suéteres, além de quatro jeans, se torcia em pequenas formas, na praia. Aquela visão o encheu de renovado horror, quando pensava que sua capacidade para o horror já se exaurira. Podia avistar o *seu* jeans, uma perna virada pelo avesso, o forro do bolso aparecendo. Seu *jeans* parecia a salvo, tão *a salvo*, jazendo lá na areia — apenas esperando que ele chegasse e virasse a perna de calça pelo lado direito, agarrando o bolso enquanto fazia isso, para que as moedas não caíssem. Quase podia ouvi-las sussurrando contra suas pernas, enquanto vestia as calças, podia se sentir fechando o botão de latão acima da braguilha...

(*você ama sim eu amo*)

Olhou para a esquerda e lá estava ela, negra, redonda, como uma peça de damas, flutuando levemente. As cores começaram a girar através de sua superfície e ele virou rapidamente o rosto.

— Vá embora — grasnou. — Vá embora ou vá para a Califórnia e faça um teste para um filme de Roger Corman!

Um avião roncou em algum lugar distante e ele mergulhou em sonolenta fantasia: *Fomos dados como desaparecidos, nós quatro. A busca se espalha, a partir de Horlicks. Um fazendeiro se lembra de ter visto passar um Camaro amarelo "voando como um morcego fugido do inferno". A busca se centraliza na área do Lago Cascade. Pilotos particulares se oferecem para uma rápida checagem da área, e um sujeito parado nu na balsa, um garoto, um sobrevivente, um...*

Randy se surpreendeu junto à borda novamente, quase caindo, e tornou a esmurrar o nariz, gritando com a dor.

A coisa negra partiu como flecha para a balsa, imediatamente, se apertando debaixo dela — talvez pudesse ouvir, sentir... ou *qualquer coisa.*

Randy esperou.

Desta vez, se passaram 45 minutos antes de a coisa surgir à vista.

A mente de Randy orbitava lentamente à claridade que ia aumentando.

(*você ama, sim, eu adoro torcer pelos Yankees e pelos Catfish você gosta dos Catfish sim eu gosto de*

(Rota 66, *lembra-se do Corvette de George Maharis, Martin Milner no Corvette no Corvette você gosta do Corvette*

(*sim, eu gosto do Corvette*

(*eu amo, você ama*

(*o sol está tão quente é como um vidro queimando estava nos cabelos dela é a luz que mais recordo a luz do verão luz*

(*a luz do verão ao*)

entardecer.

Randy estava chorando.

Ele chorava porque agora havia sido acrescentado algo novo... A cada vez que tentava se sentar, a coisa deslizava para baixo da balsa. Portanto, ela não era totalmente estúpida: pressentia ou entendia que podia agarrá-lo, enquanto estava sentado.

— Vá embora! — soluçou ele, se dirigindo à grande verruga negra que flutuava na água. A 50 metros de distância, zombeteiramente próximo, um esquilo saltitava de um lado para o outro, no capô do Camaro de Deke. — Vá embora, por favor, vá para qualquer lugar, mas me deixe em paz! Eu não te amo!

A coisa não se movia. As cores começaram a girar através de sua superfície visível.

(*você* me *ama, você* me *ama*)

Randy desviou os olhos e contemplou a praia, procurou socorro, mas lá não havia ninguém, absolutamente ninguém. Seu jeans continuava lá, uma perna virada pelo avesso, o forro branco do bolso aparecendo. Suas calças não davam mais a impressão de que seriam recolhidas por alguém. Pareciam relíquias.

Ele pensou: *Se eu tivesse uma arma agora, poderia me matar.*

Ficou em pé na balsa.

O sol se punha.

Horas mais tarde, a lua apareceu.

Não muito depois disso, os mergulhões do norte começaram a gritar.

Não muito depois *disso*, Randy se virou e olhou para a coisa negra na água. Não podia se matar, mas talvez a coisa desse um jeito, sem que houvesse dor alguma — talvez fosse para isso que havia as cores.

(*você me ama você me ama você me ama*)

Olhou para ela, e lá estava, flutuando, ao sabor das ondas.

— Cante comigo — grasnou Randy. — Posso torcer pelos Yankees das arquibancadas... Não tenho de me preocupar com professores... Estou tão alegre porque as aulas terminaram... Eu vou... cantar e gritar.

As cores começaram a tomar forma e se contorcer. Desta vez, Randy não desviou os olhos.

— Você ama? — sussurrou ele.

Em algum ponto bem distante, através do lago vazio, um mergulhão do norte grasnou.

O processador de palavras dos deuses

À primeira vista, aquilo parecia um processador de palavras Wang — possuía teclado Wang e revestimento Wang. Só após observar melhor, Richard Hagstrom viu que o revestimento havia sido cortado e aberto (e não cuidadosamente, pois lhe parecia que o serviço fora feito com um serrote), a fim de caber um tubo de raios catódicos IBM, ligeiramente maior. Os discos de arquivo que tinham vindo com aquele singular híbrido nada tinham de flexíveis: eram tão rígidos como os de 45 rotações, que Richard ouvira quando criança.

— Em nome de *Deus*, o que é isso?

Lina fizera a pergunta quando Richard e o Sr. Nordhoff o levaram para seu estúdio, peça por peça. O Sr. Nordhoff morava na casa vizinha à da família do irmão de Richard Hagstrom... Roger, Belinda e seu filho Jonathan.

— Uma coisa que Jon fabricou — disse Richard. — Segundo o Sr. Nordhoff, ele queria que eu ficasse com o aparelho. Parece um processador de palavras.

— Ah, sim — disse o Sr. Nordhoff. Ele já não era exatamente um garotinho e estava sem fôlego. — Foi o que ele disse, o pobre garoto... Será que podíamos largá-lo por um minuto, Sr. Hagstrom? Estou exausto.

— Claro — disse Richard.

Chamou seu filho, Seth, que dedilhava estranhos e atonais acordes de sua guitarra Fender, no andar de baixo — no aposento que Richard imaginara uma "sala da família", ao decorá-lo, mas que acabara se tornando a "sala de ensaios" de seu filho.

— Seth! — gritou. — Venha cá dar uma mãozinha!

No andar de baixo, Seth continuou tocando acordes na Fender. Richard olhou para o Sr. Nordhoff e deu de ombros, envergonhado e incapaz de disfarçá-lo. Nordhoff também deu de ombros, como se dissesse *Garotos! O que se pode esperar de melhor deles, hoje em dia?* Contudo, ambos sabiam que Jon — o pobre coitado Jon Hagstrom, filho de seu irmão louco — havia sido melhor.

— Foi muita bondade sua me ajudar com isto — disse Richard.

Nordhoff deu de ombros.

— O que mais um velho tem a fazer com seu tempo? E acho que foi a última coisa que podia, pelo menos, fazer por Johnny. Sabia que ele costumava cortar o meu gramado de graça? Eu queria pagar, mas ele nunca aceitava. Era um grande garoto. — Nordhoff ainda estava sem fôlego. — Poderia arranjar um copo d'água, Sr. Hagstrom?

— Naturalmente. — Ele mesmo apanhou a água, ao ver que sua esposa não se movia da mesa da cozinha, onde lia um livro de bolso caindo aos pedaços e comia um biscoito. — Seth! — ele gritou de novo. — Venha cá e nos ajude, está bem?

Mas Seth continuou tocando amortecidos e bem dissonantes acordes na Fender que Richard ainda estava pagando.

Richard convidou Nordhoff a ficar para o jantar, porém ele recusou educadamente. Richard assentiu, de novo embaraçado, talvez agora disfarçando um pouco melhor. *O que um cara legal como você está fazendo com uma família dessas?*, dissera certa vez seu amigo Bernie Epstein, e ele só conseguira abanar a cabeça, sentindo o mesmo estúpido constrangimento de agora. Ele *era* um cara legal. E, ainda assim, isso é o que ele conseguiu arranjar — uma esposa obesa e carrancuda, que se sentia lograda nas boas coisas da vida, como se tivesse apostado no cavalo perdedor (mas que nunca iria admitir isso) e um filho introspectivo de 15 anos, que vandalizava a mesma escola em que Richard lecionava... um filho que tocava acordes dissonantes na guitarra, dia e noite (principalmente à noite), e que parecia pensar que, de alguma forma, aquilo o levaria a algum lugar.

— Bem, e que tal uma cerveja? — sugeriu Richard.

Relutava em deixar Nordhoff ir embora — queria ouvir mais coisas sobre Jon.

— Uma cerveja seria ótimo — disse Nordhoff, e Richard assentiu gratamente.

— Excelente — concordou, e voltou em seguida com duas garrafas de Bud.

Seu estúdio ficava em um pequeno galpão, construído fora da casa — ajeitado por ele próprio, como fizera com a sala da família. No entanto, ao contrário da sala da família, ali era um lugar que ele considerava apenas seu — um lugar em que podia ficar trancado, deixando de fora a estranha com quem se casara e o estranho que ela colocara no mundo.

Naturalmente, Lina não aprovara o fato de ele ter seu próprio refúgio, mas não fora capaz de impedi-lo — aquela tinha sido uma das raras e pequenas vitórias de Richard contra ela. Ele supunha que, de certa forma, Lina havia apostado no cavalo perdedor — quando eles se casaram, 16 anos antes, ambos acreditavam que ele escreveria maravilhosos e lucrativos romances e que, em pouco tempo, estariam passeando em um Mercedes-Benz. No entanto, o único romance que ele publicara não havia sido lucrativo e os críticos rapidamente apontaram que tampouco era muito maravilhoso. Lina vira as coisas pelo ponto de vista dos críticos, de maneira que aquilo fora o início do afastamento de ambos.

Assim, o emprego de professor de ensino médio, que os dois tinham encarado como apenas um degrau em seu caminho para fama, glória e riquezas, havia sido sua principal fonte de renda nos últimos 15 anos — um degrau alto para cacete, como ele às vezes pensava. Escrevia contos, um artigo ocasional. Era membro em boa situação no Sindicato de Escritores. Produzia uma renda adicional de uns cinco mil dólares com sua máquina de escrever a cada ano e, pouco importando o quanto Lina reclamasse a respeito, isso lhe dava o direito de ter seu próprio estúdio... especialmente porque ela se recusava a trabalhar.

— Você tem um bom cantinho aqui — comentou Nordhoff, olhando em torno do pequeno aposento, com a mistura de antigas gravuras na parede.

O híbrido processador de palavras foi assentado em cima da mesa, a CPU embaixo. A antiga Olivetti elétrica de Richard foi momentaneamente deslocada para o topo de um dos fichários.

— Serve ao seu propósito — disse Richard. Apontou a cabeça para o processador de palavras. — Acha mesmo que isso funciona? Jon só tinha 14 anos.

— Parece meio esquisito, não?

— Sem dúvida — concordou Richard.

Nordhoff riu.

— Pois não sabe da metade — disse. — Dei uma espiada atrás da unidade de vídeo. Alguns fios estão marcados IBM e outros Artigos Eletrônicos. Há boa parte de um telefone Western Electric aí. E, acredite ou não, também há um pequeno motor de um carrinho de brinquedo. — Ele bebericou sua cerveja e disse, como se só então recordasse: — Quinze anos. Ele acabara de fazer 15 anos. Uns dois dias antes do acidente. — Fez uma pausa e repetiu, baixando os olhos para sua garrafa de cerveja: — Quinze anos. — Falou bem baixinho.

— *Erector* Set? — exclamou Richard, pestanejando.

— Exatamente. O Erector Set faz funcionar um kit elétrico. E Jon tinha um, desde que tinha... ah, talvez seis anos de idade. Dei-lhe como presente de Natal, certo ano. Já nesse tempo, ele era louco por mecanismos. Qualquer engenhoca servia e será que gostou daquela caixinha com os motores do Erector Set? Acho que sim. Ele os guardou por quase dez anos. Não há muitos garotos que façam isso, Sr. Hagstrom.

— Não, não há — disse Richard, pensando nas caixas de brinquedos de Seth que se acumulavam no correr dos anos, rejeitados, esquecidos ou apenas quebrados de propósito. Olhou para o processador de palavras: — Então, ele não funciona.

— Eu só diria isso após experimentá-lo — falou Nordhoff. — O garoto era quase um gênio em eletricidade.

— Você está exagerando um pouco, creio. Sei que Jon era bom para lidar com engenhocas e ganhou o prêmio da Feira Científica Estadual quando estava na sexta série...

— Competindo com garotos muito mais velhos, já nos últimos anos do fundamental alguns deles — disse Nordhoff. — Pelo menos, era o que sua mãe dizia.

— É verdade. Todos sentíamos muito orgulho dele. — Não era bem verdade. Richard se orgulhava e a mãe de Jon também. O pai do menino não ligava, em absoluto. — Mas entre projetos de Feira Científica e construir seu próprio mastigador de palavras híbrido...

Richard deu de ombros. Nordhoff pousou sua cerveja.

— Houve um garoto, nos anos 50 — disse —, que montou um desintegrador de átomos usando duas latas de sopa e equipamento elétrico no valor de cinco dólares. Jon me falou a respeito. Ele também disse que um garoto de uma cidadezinha matuta do Novo México, em 1954, descobriu os táquions: partículas negativas que se supõe viajar para trás, através do tempo. Em Waterbury, Connecticut, um garoto de 11 anos montou uma bomba tubular, com o celuloide que rapou das costas de cartas de baralho. Com essa bomba, ele explodiu um canil vazio. Crianças são curiosas, às vezes. Especialmente as muito inteligentes. Você ficaria surpreso.

— Talvez. Talvez eu ficasse.

— De qualquer modo, ele era um ótimo garoto.

— O senhor gostava um pouco dele, não?

— Sr. Hagstrom — disse Nordhoff —, eu gostava muito dele. Jon era realmente um garoto direito.

Richard não pensou em como era estranho aquilo — seu irmão, que tinha sido um merda irresponsável desde os seis anos, conseguira uma excelente esposa e um filho excepcional. Ele próprio, no entanto, que sempre procurara ser gentil e generoso (e o que quer que "generoso" significasse, neste mundo louco), acabara casando com Lina, que se transformara em uma mulher taciturna e suína, além de lhe dar Seth. Olhando para o rosto cansado e honesto de Nordhoff, ele se perguntava o que, exatamente, tinha acontecido, e que parte disto fora culpa sua, um resultado natural de sua própria fraqueza muda.

— Sim — disse Richard. — Um garoto direito, não é?

— Eu não me surpreenderia se isso funcionasse — falou Nordhoff. — Não me surpreenderia nem um pouco.

Depois que Nordhoff se foi, Richard Hagstrom conectou o processador de palavras à tomada na parede e ligou o aparelho. Houve um zumbido, e ele esperou para ver se as letras IBM surgiam na face da tela. Nada apareceu. Em vez disso, soturnamente, como uma voz vinda da sepultura, estas palavras brotaram das sombras, como fantasmas verdes:

FELIZ ANIVERSÁRIO, TIO RICHARD! JON.

— Meu Deus! — murmurou Richard, caindo sentado na cadeira.

O acidente que matara seu irmão, a esposa dele e seu filho acontecera duas semanas antes — os três voltavam de uma espécie de excursão que durara todo o dia e Roger estava embriagado. Estar embriagado era uma ocorrência perfeitamente comum na vida de Roger Hagstrom. Desta vez, no entanto, sua sorte se esgotara e a velha e empoeirada caminhonete despencou da borda de um abismo de 27 metros. O veículo se espatifou e ardeu em chamas. *Jon tinha 14 anos — não, 15. Fizera 15 anos apenas uns dias antes do acidente, segundo dissera o velho. Mais três anos e se livraria daquele estúpido brutamontes. O aniversário dele... e o meu estão chegando.*

Uma semana, a partir desse dia. O processador de palavras tinha sido o presente de aniversário que Jon lhe daria.

De algum modo, isso tornava as coisas piores. Richard não saberia dizer precisamente como ou por quê, mas assim era. Esticou a mão para desligar a tela, mas depois recuou.

Certo garoto montou um desintegrador de átomos com duas latas de sopa e partes elétricas de automóvel no valor de cinco dólares.

Sim, e na cidade de Nova York o sistema de esgoto está cheio de crocodilos. E a Força Aérea dos Estados Unidos tem o corpo de um alienígena preservado em gelo, em algum ponto de Nebraska. Conta outra. É besteira. No entanto, isso talvez seja algo que eu não queira saber com certeza.

Richard levantou-se, deu a volta atrás do monitor e espiou por entre as fendas. Era bem como Nordhoff tinha dito. Fios com a inscrição PEÇAS ELETRÔNICAS PARA RÁDIO — MADE IN TAIWAN. Fios com a inscrição WESTERN ELECTRIC e WESTREX e ERECTOR SET, com o pequeno ® de marca registrada. Ele também viu algo mais, algo que Nordhoff não vira ou não quisera mencionar. Havia um transformador de Trem Lionel ali dentro, preso com arames, como a Noiva de Frankenstein.

— Meu Deus! — exclamou, rindo, mas, de repente, perto das lágrimas. — Meu Deus, Jonny, o que você estava fazendo?

Esta resposta ele também sabia. Durante anos sonhara e falara em possuir um processador de palavras, mas, quando as risadas de Lina tinham ficado demasiado sarcásticas para que ele suportasse, conversara a respeito com Jon.

— Eu poderia escrever mais depressa, reescrever mais depressa e produzir mais — tinha dito a Jon, no final daquele verão. O menino o fitara seriamente, os olhos azul-claros, inteligentes, mas sempre tão cautelosamente circunspectos, amplificados por trás dos óculos. — Seria ótimo... realmente formidável.

— Então, por que não compra um, tio Rich?

— Eles não são muito baratos — respondera Richard, sorrindo. — O modelo mais barato custa uns três mil. A partir dele, pode-se chegar até os que estão numa faixa de 18 mil.

— Bem, qualquer dia eu lhe monto um — dissera Jon.

— Sim, talvez você monte — respondera Richard, dando-lhe um tapinha nas costas.

Então, até o telefonema de Nordhoff, ele não pensara mais nisso.

Fios de modelos elétricos comprados em lojas comuns.

Um transformador de Trem Lionel.

Meu Deus.

Retornou à frente do aparelho, querendo desligá-lo, como se realmente tentar escrever algo nele e falhar, de certa forma, profanasse o que seu ávido e frágil

(condenado)

sobrinho pretendera.

Em vez disso, ele apertou o botão EXECUTAR no teclado. Um curioso e leve arrepio percorreu-lhe a espinha quando fez isso. EXECUTAR era uma singular palavra para ser usada, se você pensar bem. Não era uma palavra que ele associasse à escrita, mas sim a câmaras de gás e cadeiras elétricas... talvez às velhas e poeirentas caminhonetes despencando de beiras de estrada.

EXECUTAR.

A CPU tinha um zumbido mais alto do que os escutados nas ocasiões em que vira processadores de palavras funcionando em vitrines. De fato, ele quase rugia. *O que está na caixa de memória, Jon?*, perguntou-se. *Molas de colchão? Transformadores de trem enfileirados? Latas de sopas?* Tornou a pensar nos olhos de Jon, em seu rosto quieto e delicado. Seria estranho, talvez mórbido, ter ciúmes do filho de outro homem?

Mas ele devia ter sido meu. Eu sei disso... e acho que ele também sabia. E havia Belinda, a esposa de Roger. Belinda, que usava óculos escuros com frequência, mesmo em dias nublados. Dos modelos de aros grandes, porque machucados em torno dos olhos têm o mau hábito de espalhar-se. Mas às vezes olhava para ela, sentada lá, imóvel e vigilante, sob o ruidoso guarda-sol das gargalhadas de Roger, e pensava quase exatamente a mesma coisa: *Ela devia ter sido minha.*

Era um pensamento aterrador, porque ambos tivessem conhecido Belinda no ginásio e ambos tivessem saído com ela. Havia uma diferença de dois anos entre ele e Roger, de modo que Belinda se situara perfeitamente entre os dois, um ano mais velha que Richard e um mais nova que Roger. De fato, Richard fora o primeiro a sair com a jovem que depois se tornaria a mãe de Jon. Então, surgira Roger. Roger, que era mais velho e mais forte; Roger, que sempre conseguia o que queria; Roger, que lhe machucaria se você ficasse em seu caminho.

Fiquei com medo. Fiquei com medo e a deixei escapar. Teria sido assim tão simples? Por Deus, acho que foi. Eu gostaria que fosse diferente, mas talvez seja melhor não mentir para nós mesmos sobre coisas como covardia. E vergonha.

E se aquelas coisas fossem verdade? Se, de algum modo, Lina e Seth pertencessem a seu imprestável irmão e se Belinda e Jon, de algum modo, pertencessem a ele, o que isso provaria? E como, exatamente, uma pessoa racional imaginaria lidar com tal confusão, tão absurdamente equilibrada? Era para rir? Para chorar? Alguém se mataria por um vira-lata?

Eu não me surpreenderia se isso funcionasse. Não me surpreenderia nem um pouco.

EXECUTAR.

Seus dedos moveram-se rapidamente sobre as teclas. Richard olhou para a tela e viu as letras, flutuando em verde:

MEU IRMÃO ERA UM BÊBADO IMPRESTÁVEL.

Elas flutuaram na tela e, subitamente, Richard pensou em um brinquedo que tivera quando criança. Era chamado Bola Oito Mágica. Fazia-se a ele uma pergunta que pudesse ter sim ou não como resposta e depois se girava a Bola Oito Mágica para saber o que ela diria a respeito do assunto — suas respostas bobas, mas ainda assim misteriosamente fascinantes, incluíam coisas como É QUASE CERTO, EU NÃO CONTARIA COM ISSO e TORNE A PERGUNTAR MAIS TARDE.

Roger sentira ciúmes do brinquedo e, finalmente, após obrigar Richard a entregá-lo certo dia, o atirou na calçada o mais forte que pudera, quebrando-o, e depois riu. Agora, sentado ali, ouvindo o estranhamente espasmódico rugido do gabinete da CPU que Jon improvisara, Richard recordou como se jogara à calçada, chorando e incapaz de acreditar que o irmão tivesse feito tal coisa.

— Bebê *chorão*, bebê *chorão*, vejam o bebê *chorão*! — zombara de Richard. — Isso não passava de um brinquedinho vagabundo, Richie. Dê uma olhada nele, são só umas frases e um montão de água.

— *EU VOU CONTAR!* — Richard havia gritado, com todo o vigor dos pulmões. Sua cabeça estava quente. Seu nariz se entupira com lágrimas do ultraje sofrido. — *VOU CONTAR O QUE VOCÊ FEZ, ROGER! VOU CONTAR PRA MAMÃE!*

— Se contar a ela, eu quebro seu braço — ameaçara Roger.

E, em seu gélido sorriso, Richard percebera que ele não estava brincando. Não contou à mamãe.

MEU IRMÃO ERA UM BÊBADO IMPRESTÁVEL.

Bem, estranhamente montado ou não, o aparelho imprimia letras na tela. Se estocava dados na CPU, ainda era um segredo, mas a combinação feita por seu sobrinho, unindo um painel Wang a uma tela IBM, de fato funcionara. Só por coincidência, aquilo evocara lembranças bastante cruéis, mas ele decidiu que Jon não tivera culpa disso.

Olhou em torno do estúdio e seus olhos pousaram em uma foto que não havia escolhido e da qual não gostava. Era uma foto de Lina, feita em retratista, que ela lhe dera no Natal, dois anos antes. *Quero que a pendure em seu estúdio,* tinha dito e, naturalmente, ele a pendurara. Imaginou que talvez fosse um meio de Lina vigiá-lo, mesmo não estando presente. *Não me esqueça, Richard. Eu estou aqui. Talvez tenha apostado no cavalo errado, mas continuo aqui. E é melhor não se esquecer disto.*

A foto de estúdio, com suas tonalidades pouco naturais, destoava curiosamente da amistosa mescla de gravuras de Whistler, Homer e N. C. Wyeth. Os olhos de Lina estavam semicerrados, o forte arco de cupido de sua boca composto em algo que não era bem um sorriso. *Eu continuo aqui, Richard,* aquela boca parecia dizer-lhe. *E não se esqueça disto.*

Ele digitou:

A FOTO DE MINHA ESPOSA ESTÁ PENDURADA NA PAREDE DIREITA DE MEU ESTÚDIO.

Contemplou as palavras e detestou-as tanto quanto a própria foto. Pressionou a tecla DELETE. As palavras desapareceram. Agora nada mais havia na tela, exceto o fixo tremular do cursor.

Richard olhou para a parede e viu que a foto de sua esposa também desaparecera.

Ficou sentado por muitíssimo tempo — pelo menos assim lhe pareceu — contemplando a parede onde a foto estivera. O que finalmente o despertou daquele torpor, provocado pelo choque do inacreditável, foi o cheiro emitido pela CPU — um cheiro que o lembrava de sua infância tão nitidamente como recordava a Bola Oito Mágica que Roger quebrara porque não era dele. O cheiro era essência de transformador de trem elétrico. Assim que se sentia tal cheiro, devia-se desligá-lo para que esfriasse.

Foi o que ele fez.

Em um instante.

Levantou-se e foi até a parede, caminhando sobre pernas entorpecidas. Passou os dedos pelo painel de compensado. A foto havia estado ali, *bem ali*. Só que agora sumira, como sumira a alça onde estava pendurada. Tampouco existia o buraco em que aparafusara a alça, no painel.

Desapareceram.

O mundo escureceu abruptamente e ele cambaleou para trás, pensando confusamente que ia desmaiar. Esforçou-se o mais que pôde, até o mundo entrar de novo em foco.

Seus olhos passaram do espaço vazio na parede, onde estivera o retrato de Lina, para o processador de palavras que seu sobrinho falecido havia montado.

Você ficaria surpreso — ele ouvia Nordhoff dizendo na sua mente — *ah, sim, se um garoto dos anos 50 descobria partículas que viajavam para trás no tempo, você ficaria surpreso se soubesse o que seu genial sobrinho era capaz de fazer com um punhado de elementos rejeitados de um processador de palavras, fios e componentes elétricos. Ficaria tão surpreso que julgaria estar enlouquecendo.*

O cheiro do transformador agora era mais forte e intenso. Ele pôde ver fiapos de fumaça subindo das fendas no arcabouço da tela. O ruído da CPU também era mais alto. Precisava desligar o aparelho — por mais esperto que Jon houvesse sido, aparentemente não tivera tempo de consertar todos os *bugs* daquela coisa maluca.

No entanto, Jon saberia que sua máquina fazia aquilo?

Sentindo-se uma invenção da sua própria imaginação, Richard tornou a sentar-se diante do teclado e digitou:

A FOTO DE MINHA ESPOSA ESTÁ NA PAREDE.

Olhou para a frase por um instante, tornou a olhar para o teclado e então apertou a tecla EXECUTAR.

Olhou para a parede.

O retrato de Lina estava lá, no lugar onde sempre estivera.

— Meu Deus! — sussurrou ele. — Meu Deus do céu!

Esfregou a mão contra a face, olhou para a tela (agora vazia, exceto pelo cursor) e então digitou:

NÃO HÁ NADA EM MEU PISO.

Tocou o botão INSERIR, depois datilografou:

EXCETO POR MIL DUZENTOS E VINTE DÓLARES EM MOEDAS DE OURO, EM UM PEQUENO SACO DE ALGODÃO.

Apertou EXECUTAR.

Olhou para o chão, onde agora havia uma pequena sacola branca de algodão, com a parte superior franzida por um cordão. As palavras WELLS FARGO estavam impressas na sacola, em desbotada tinta negra.

— Oh, Deus! — ouviu-se dizendo a si mesmo em uma voz que não era a dele. — Meu Deus, meu bom Deus...

Teria continuado invocando o nome do Salvador por minutos ou horas se o processador de palavras não começasse a emitir seu *bip* insistentemente para ele. No alto da tela, cintilava SOBRECARGA.

Richard desligou tudo apressadamente e saiu do estúdio como se os demônios do inferno o perseguissem.

Contudo, antes disso, ergueu o pequeno saco fechado por cordões e o enfiou no bolso da calça.

Quando ele ligou para Nordhoff naquela noite, um frio vento de novembro imitava o barulho de desafinadas gaitas de foles nas árvores do lado de fora. O grupo de Seth estava no andar de baixo, assassinando uma canção de Bob Seger. Lina havia saído, estava jogando bingo na Igreja de Nossa Senhora das Dores Perpétuas.

— A máquina funciona? — perguntou Nordhoff.

— Funciona muito bem — respondeu Richard. Enfiou a mão no bolso e pegou uma moeda. Era pesada, mais pesada do que um relógio Rolex. O severo perfil de uma águia salientava-se em um lado, juntamente com a data: 1871. — Funciona de uma forma que o senhor nem acreditaria.

— Eu acredito — replicou Nordhoff, tranquilo. — Ele era um garoto muito inteligente e gostava muito de você, Sr. Hagstrom. Mas seja cauteloso. Um garoto é somente um garoto, inteligente ou não, e o amor pode ser mal orientado. Entende o que quero dizer?

Richard não entendeu nada. Sentia-se acalorado e febril. O jornal do dia registrava o preço atual do ouro no mercado a 514 dólares a onça. As moedas haviam pesado uma média de 4,5 onças cada uma, em sua balança de correspondência. À taxa corrente do mercado, o total chegava a 27.756 dólares. E ele imaginava que isso fosse apenas um quarto do que poderia conseguir por aquelas moedas, se as vendesse *como* moedas.

— Poderia vir até aqui, Sr. Nordhoff? Agora? Esta noite?

— Não — respondeu Nordhoff. — Acho que não devo ir, Sr. Hagstrom. Acho que isto deve ficar entre você e Jon apenas.

— Mas...

— Lembre-se apenas do que eu lhe disse. Pelo amor de Deus, seja cauteloso.

Houve um ligeiro clique e a ligação foi interrompida.

Meia hora depois, Richard estava novamente em seu estúdio, olhando para o processador de palavras. Tocou o botão LIGA/DESLIGA, mas sem girá-lo. Ouvira o conselho de Nordhoff, da segunda vez em que o velho o dissera. *Pelo amor de Deus, seja cauteloso.* Sim. Uma máquina que podia fazer tais coisas...

Como *podia* uma máquina fazer tais coisas?

Ele não tinha ideia... mas, de algum modo, isso fazia com que toda aquela loucura pudesse ser aceita com mais facilidade. Ele era um professor de inglês e escritor nas horas vagas, não um técnico. Possuía um longo histórico de ignorar como coisas funcionavam: fonógrafos, motores a gasolina, telefones, televisões, o mecanismo de descarga de seu vaso sanitário. Sua vida tinha sido um histórico de entender operações, mais do que princípios. Haveria alguma diferença nisso, exceto em grau?

Richard ligou a máquina. Como antes, ela disse: FELIZ ANIVERSÁRIO, TIO RICHARD! JON. Ele apertou EXECUTAR e a mensagem de seu sobrinho desapareceu.

Esta máquina não funcionará por muito tempo, pensou subitamente. Tinha certeza de que Jon só estivera trabalhando nela pouco antes de morrer, confiando em que haveria tempo de sobra, porque o aniversário do tio Richard, afinal de contas, só seria comemorado em mais três semanas...

No entanto, o tempo se esgotara para Jon, de maneira que seu totalmente espantoso processador de palavras, que parecia inserir novas ou suprimir velhas coisas do mundo real, cheirava como um chamuscado transformador de trem começando a fumegar após poucos minutos. Jon não tivera chance de aperfeiçoá-lo. Ele estava...

Certo de que haveria tempo?

Isso, no entanto, era errado. Estava *tudo* errado. Richard sabia. O rosto quieto e vigilante de Jon, os olhos sóbrios por trás das espessas lentes dos óculos... ali não havia certeza, nenhuma crença na esperança do tempo. Que palavra lhe ocorrera, horas antes, nesse mesmo dia? *Condenado.* Esta não era simplesmente uma *boa* palavra para Jon: era a palavra certa. Aquele senso de predestinação pendera sobre o garoto, tão palpavelmente que por vezes Richard sentira vontade de abraçá-lo, de dizer-lhe para animar-se um pouquinho, que costumava haver finais felizes e que os bons nem sempre morriam jovens.

Pensou então em Roger atirando sua Bola Oito Mágica na calçada, atirando-a com toda a força que podia; ouviu o plástico rachar e viu o fluido mágico da Bola — apenas água, afinal de contas — escorrer calçada abaixo. Este quadro se fundiu ao da caminhonete recauchutada de Roger, com os dizeres HAGSTROM, ENTREGAS A GRANEL impressos em um lado, mergulhando sobre a borda de um poeirento precipício que desmoronava, batendo de frente no fundo do abismo, com um ruído que, como o próprio Roger, não era grande coisa. Ele viu — embora não quisesse ver — o rosto da cunhada desintegrando-se em ossos e sangue. Viu Jon sendo carbonizado entre os destroços, gritando, enegrecendo.

Nenhuma certeza, nenhuma esperança de verdade. Ele sempre transmitira uma sensação de tempo esgotando-se. E, no fim, provara que estava certo.

— O que significa isso? — murmurou Richard, olhando para a tela em branco.

Como Bola Mágica responderia à questão? TORNE A PERGUNTAR MAIS TARDE? A CONSEQUÊNCIA É OBSCURA? Ou talvez SERÁ MESMO?

O ruído saindo da CPU voltava a ficar mais forte, mais rapidamente do que à tarde. Ele já podia sentir o cheiro do transformador de trem que Jon instalara na maquinaria atrás da tela que começava a esquentar.

A máquina dos sonhos mágicos.

O processador de palavras dos deuses.

Seria isso? Isso mesmo que Jon pretendera dar ao tio como presente de aniversário? Na era espacial, o equivalente a uma lâmpada mágica ou a um poço dos desejos?

Ouviu a porta dos fundos de sua casa sendo aberta, depois as vozes de Seth e dos demais membros de sua banda. Vozes muito altas, estridentes. Certamente tinham bebido ou fumado maconha.

— Onde está seu velho, Seth? — ouviu um deles perguntar.

— Acho que fazendo bobagens em seu estúdio, como de costume — replicou Seth. — Acho que ele...

O vento ficou alto novamente, levando consigo o resto da frase, mas sem apagar as debochadas risadas tribais. Richard ficou a ouvi-los, a cabeça ligeiramente virada para um lado. De repente, digitou:

MEU FILHO É SETH ROBERT HAGSTROM.

Seu dedo pairou sobre o botão DELETE.

O que está fazendo?, sua mente gritou para ele. *Isto é sério? Pretende assassinar seu próprio filho?*

— Ele deve estar fazendo alguma coisa lá dentro — falou um dos outros.

— O velho é um maldito imbecil — respondeu Seth. — Pergunte a minha mãe, um dia desses. Ela lhe dirá. Ele...

Não vou assassiná-lo. Vou... DELETÁ-LO.

O seu dedo apertou o botão.

— ...nunca fez outra coisa senão...

As palavras MEU FILHO É SETH ROBERT HAGSTROM desapareceram do vídeo. No exterior, as palavras de Seth desapareceram com elas.

Lá fora, agora não havia outro som além do produzido pelo vento frio de novembro, soprando cruéis prognósticos para o inverno.

Richard desligou o processador de palavras e saiu do estúdio. A entrada para carros estava vazia. Norm qualquer-coisa, guitarrista do conjunto, dirigia uma monstruosa e, de certa forma, sinistra e velha caminhonete LTD, na qual o grupo transportava seu equipamento, quando tinham seus pouco frequentes shows. Naquele momento, não estava mais estacionada na entrada de carros. Talvez estivesse em alguma parte do mundo, viajando por alguma autoestrada ou parada no pátio de estacionamento de alguma sebosa lanchonete. Norm também estaria em algum ponto do mundo, como Davey, o baixista, cujos olhos eram assustadoramente apáticos e que usava um alfinete de segurança pendurado em um lóbulo de orelha, da mesma forma que o baterista, que não possuía os dentes da frente. Eles estavam em alguma parte do mundo, em algum lugar, porque Seth não estava lá, ele nunca esteve.

Seth havia sido DELETADO.

— Não tenho filho — murmurou Richard.

Quantas vezes lera essa melodramática frase em romances ruins? Cem? Duzentas? Aquelas palavras nunca lhe haviam soado verdadeiras. Aqui, no entanto, eram verdadeiras. Agora, eram verdadeiras. Oh, sim!

O vento soprou mais forte e, de súbito, Richard foi tomado por uma dolorosa cólica, que o fez dobrar-se em dois, ofegando. Expeliu uma explosiva baforada.

Quando a cólica passou, ele entrou em casa.

A primeira coisa percebida foi que os surrados tênis de Seth — seu filho possuía quatro pares e recusava-se a jogar fora qualquer deles — haviam desaparecido da entrada da casa. Foi até o corrimão da escada e passou o polegar por um trecho dele. Aos dez anos (já com idade bastante para distinguir entre certo e errado, mas Lina não permitira que o marido batesse no filho, apesar disso), Seth esculpira profundamente suas iniciais na madeira daquele corrimão, uma madeira na qual Richard trabalhara quase todo um verão. Ele havia lixado o lugar, emassara e tornara a envernizar, mas o fantasma daquelas iniciais permanecera.

Agora, elas haviam desaparecido.

Andar de cima. Quarto de Seth. Estava arrumado e limpo, desabitado, seco e desprovido de personalidade. Bem poderia ostentar um cartaz na maçaneta, dizendo QUARTO DE HÓSPEDES.

Andar de baixo. Foi onde Richard ficou mais tempo. O emaranhado de cabos elétricos tinha desaparecido: amplificadores e microfones tinham desaparecido, a bagunça de peças de gravador que Seth "ia consertar" havia desaparecido (ele não possuía as mãos, nem a paciência, de Jon). Em vez disto, o lugar apresentava a profunda (se não particularmente agradável) marca da personalidade de Lina — móveis pesados e cheios de floreados, melosas tapeçarias de veludo (uma delas representando a Última Ceia, na qual Cristo parecia Wayne Newton, outra mostrando um cervo contra o pôr do sol em um horizonte do Alasca), um tapete berrante, tão vívido quanto sangue arterial. Não havia mais o menor indício de que um garoto chamado Seth Hagstrom um dia houvesse ocupado aquele recinto. Aquele ou qualquer outro da casa.

Richard ainda estava parado ao pé da escada, olhando em torno, quando ouviu um carro parar diante da casa.

Lina, pensou, e sentiu uma onda de quase frenética culpa. *É Lina, voltando do bingo — e o que irá dizer quando vir que Seth desapareceu? O que... o que...*

Assassino!, ele a ouviu gritando. *Você assassinou o meu filho!*

Contudo, ele não assassinara Seth.

— Eu o DELETEI — murmurou, enquanto subia a escada do porão, para ir ao encontro dela na cozinha.

Lina estava mais gorda.

Enviara ao bingo uma mulher pesando uns 90 quilos. A mulher que voltou pesaria no mínimo 150, talvez mais: ela precisava virar-se ligeiramente de banda para entrar pela porta dos fundos. Ancas e coxas elefantinas ondulavam por baixo das calças compridas de poliéster, cor de azeitona passada. A pele de Lina, apenas pálida três horas antes, agora estava lívida e doentia. Embora não fosse médico, Richard achou que podia observar um sério risco de moléstia hepática ou incipiente doença cardíaca naquela pele. Os olhos empapuçados o fitaram com inflexível, sereno, desdém.

Ela carregava em uma das mãos rechonchudas o corpo congelado de um enorme peru. Ele se torcia e virava dentro de seu envoltório de celofane, como cadáver de um bizarro suicida.

— O que está olhando, Richard? — perguntou ela.

Você, Lina. É para você que eu estou olhando. Porque foi nisto que você se transformou, em um mundo onde não tivemos filhos. Nisto que você se transformou, em um mundo onde não havia nenhum sujeito para o seu amor — por mais envenenado que seja esse amor. É essa aparência de Lina, em um mundo onde tudo entra e absolutamente nada sai. Você, Lina. É você que estou olhando. Você.

— Esse peru, Lina — conseguiu finalmente dizer. — É um dos maiores que já vi.

— Não fique parado olhando para ele, idiota! Me ajude com isto!

Ele pegou o peru e o colocou sobre o balcão, sentindo suas ondas de lúgubre friagem. Dava a impressão de um bloco de madeira.

— Aí não! — gritou ela impacientemente, apontando para a despensa. — Não vai caber aí! Coloque no freezer!

— Desculpe — murmurou ele.

Nunca tiveram um freezer antes. Nunca, no mundo onde houvera um Seth. Richard levou o peru para a despensa, onde um comprido freezer jazia sob a fria luz branca de tubos fluorescentes, como um gélido ataúde branco. Colocou-o ao lado de corpos criogenicamente preservados de outras aves e animais, depois retornou à cozinha. Lina tirara do armário chocolates recheados com manteiga de amendoim e os estava comendo metodicamente, um após outro.

— Foi o bingo do Dia de Ação de Graças — explicou ela. — Foi antecipado para esta semana, em vez de na próxima, porque o padre Philipps será hospitalizado para tirar a vesícula. Eu ganhei o primeiro prêmio.

Ela sorriu. Uma mistura castanha de chocolate e manteiga de amendoim pingou e escorreu de seus dentes.

— Lina — disse ele. — Nunca lamentou não termos tido filho?

Ela o fitou como se ele houvesse ficado completamente maluco.

— Em nome de Deus, para que eu iria querer esses pentelhos? — exclamou ela. Enfiou no armário os chocolates recheados com manteiga de amendoim, agora reduzidos à metade. — Vou para a cama. Você vem também ou vai voltar lá para os fundos e ficar brincando um pouco mais com sua máquina de escrever?

— Vou lá fora um pouco mais — disse ele, em voz surpreendentemente firme. — Não me demorarei.

— Aquela engenhoca funciona?

— De que está...

Richard compreendeu e tornou a sentir outro acesso de culpa. Ela sabia sobre o processador de palavras, claro que sabia. O fato de Seth ter sido DELETADO não afetara Roger nem o curso natural de sua família.

— Ah, claro que não. Não funciona de jeito nenhum.

Ela assentiu, satisfeita.

— Aquele seu sobrinho! Sempre com a cabeça nas nuvens. Como você, Richard. Se você não fosse tão tímido, eu me perguntaria se não está se metendo onde não devia, 15 anos atrás.

Ela riu, um riso rouco, surpreendentemente forte — o riso de uma maluca cínica e envelhecida. Por um momento, Richard quase a esbofeteou. Então, sentiu um sorriso aflorar em seus próprios lábios — um sorriso tão leve, tão branco e frio como o freezer que havia substituído Seth neste novo trajeto.

— Não me demoro — falou. — Quero apenas anotar algumas coisas.

— Por que não escreve um conto que mereça um Prêmio Nobel ou coisa assim? — perguntou ela, com ar indiferente. As tábuas do corredor chiaram e resmungaram, quando Lina movimentou seu volume em direção à escada. — Ainda estamos devendo a conta do oftamologista que fez meus óculos de leitura e atrasados em uma prestação do Betamax. Por que não nos consegue alguma droga de dinheiro?

— Bem — disse Richard. — Não sei, Lina. Mas tenho algumas boas ideias esta noite. Tenho mesmo.

Ela se virou para fitá-lo, pareceu prestes a dizer algo sarcástico — algo sobre como nenhuma das boas ideias os tinha levado a uma vida fácil, mas que, assim mesmo, ela continuara ao seu lado —, porém não disse nada. Talvez fosse impedida por qualquer coisa no sorriso dele. Ela foi para o andar de cima. Richard ficou embaixo, ouvindo as passadas estrondosas da esposa. Sentia a testa suada. Estava nauseado e eufórico ao mesmo tempo.

Dando meia-volta, retornou a seu estúdio.

Desta vez, quando ligou a unidade, a CPU não zumbiu nem rugiu: começou a emitir um irregular som uivante. Aquele cheiro de transformador de trem aquecido chegou quase imediatamente, vindo da caixa atrás da tela, e assim que ele apertou o botão EXECUTAR, apagando o FELIZ ANIVERSÁRIO, TIO RICHARD! da mensagem de seu sobrinho, a unidade passou a fumegar.

Não resta muito tempo, pensou ele. *Não... estou enganado. Não há mais tempo nenhum. Jon sabia disso e agora eu também sei.*

As opções reduziam-se a duas: trazer Seth de volta, com o botão INSERIR (tinha certeza de que poderia fazê-lo — seria tão fácil como havia sido a criação dos dobrões de ouro espanhóis), ou terminar o trabalho.

O cheiro ficava mais forte, mais urgente. Em pouquíssimos momentos, nada mais que isso, a tela começaria a piscar sua mensagem de SOBRECARREGADO.

Digitou:

MINHA ESPOSA É ADELINA MABEL WARREN HAGSTROM.

Apertou o botão DELETE.

Digitou:

SOU UM HOMEM QUE VIVE SÓ.

Agora, a palavra começou a piscar regularmente no canto superior direito da tela: SOBRECARREGADO SOBRECARREGADO SOBRECARREGADO.

Por favor, deixe-me terminar. Por favor, por favor, por favor...

A fumaça que saía pelas frestas no gabinete do vídeo agora estava mais espessa e mais cinzenta. Richard baixou os olhos para a lamuriosa CPU e viu que também saía fumaça de suas fendas... e abaixo daquela fumaça pôde distinguir uma súbita faísca vermelha de fogo.

Bola Oito Mágica, serei saudável, rico ou sábio? Ou viverei sozinho e talvez me matarei de tristeza? Ainda há tempo o suficiente?

NÃO POSSO VER AGORA, TENTE MAIS TARDE.

Exceto que não haveria mais tarde.

Ele apertou o botão INSERIR e a tela escureceu, embora permanecesse a constante mensagem de SOBRECARREGADO, que agora piscava em ritmo frenético, soluçante.

Digitou:

EXCETO POR MINHA ESPOSA, BELINDA, E MEU FILHO, JONATHAN.

Por favor! Por favor!

Apertou o botão EXECUTAR.

A tela ficou vazia. Permaneceu vazia pelo que a ele pareceu uma eternidade, exceto pela palavra SOBRECARREGADO, agora piscando tão depressa que, não fosse uma ligeira sombra, dava a impressão de permanecer constante, como um computador executando um comando automático. Algo dentro da CPU pipocou, Richard grunhiu.

As letras verdes surgiram na tela, flutuando misticamente sobre o negro:

SOU UM HOMEM QUE VIVE SÓ. EXCETO POR MINHA ESPOSA BELINDA, E MEU FILHO, JONATHAN.

Ele apertou duas vezes o botão EXECUTAR.

Agora, pensou. *Agora vou digitar:* TODOS OS BUGS DESTE PROCESSADOR DE PALAVRAS FORAM TOTALMENTE ELIMINADOS ANTES QUE O SR. NORDHOFF O TROUXESSE PARA CÁ. *ou digitarei:* TENHO IDEIAS PARA 20

ROMANCES BEST-SELLERS NO MÍNIMO. *Ou digitarei*: EU E MINHA FAMÍLIA VIVEREMOS FELIZES PARA SEMPRE. *Ou digitarei...*

No entanto, ele nada digitou. Seus dedos pairaram estupidamente acima das teclas, enquanto Richard sentia — *sentia* literalmente — todos os circuitos de seu cérebro emperrados, como carros encostados uns nos outros, no pior congestionamento de trânsito de Manhattan em toda a história da combustão interna.

A tela se encheu repentinamente com a palavra:

GADOSOBRECARREGADOSOBRECARRECADOSOBRECARREGADOSOBRE-CARREGADOSOBRE

Houve outro estouro, depois uma explosão na CPU. Chamas saíram do gabinete, extinguindo-se em seguida. Richard recostou-se em sua cadeira, protegendo o rosto, para o caso de a tela implodir. Ela não implodiu. Apenas ficou escura.

Ele continuou sentado, fitando o negror da tela.

NÃO POSSO RESPONDER COM CERTEZA, PERGUNTE MAIS TARDE.

— Papai?

Girou em sua cadeira, o coração batendo tão forte que dava a impressão de realmente estar prestes a saltar do peito.

Jon estava ali, Jon Hagstrom, e seu rosto era o mesmo, porém de certo modo diferente — a diferença era sutil, mas perceptível. Talvez, pensou Richard, aquela fosse a diferença da paternidade entre os dois irmãos. Ou talvez fosse porque, simplesmente, desaparecera dos olhos do garoto aquela expressão cautelosa e vigilante. Olhos ligeiramente ampliados por lentes espessas (os óculos agora tinham armação metálica, ele percebeu, não aquela feia armação industrial de plástico, que Roger sempre comprava para o garoto, porque era 15 pratas mais barata).

Talvez fosse algo até mais simples: aquele ar de condenado desaparecera dos olhos de Jon.

— Jon? — disse ele roucamente, perguntando-se se, de fato, quisera algo mais que isto. Quisera? Pareceu ridículo, mas supôs que sim. Supôs que as pessoas sempre queriam. — Jon, é você, não é?

— Quem mais poderia ser? — Jon apontou a cabeça para o processador de palavras. — Não se machucou, quando esse bichinho se foi para o céu dos dados, machucou?

Richard sorriu.

— Não. Estou ótimo.

Jon assentiu.

— Sinto muito que ele não tenha funcionado. Não sei o que deu em mim, para usar todas essas peças desaparelhadas. — Balançou a cabeça. — Francamente, eu não sei. É como se *tivesse* que fazer isso. Coisas de criança.

— Bem — disse Richard, unindo-se ao filho e passando um braço em torno de seus ombros —, talvez você faça um melhor, da próxima vez.

— É, talvez faça. Ou talvez eu tente outra coisa.

— Também seria formidável.

— Mamãe disse que fez chocolate quente para você, se quiser ir tomar.

— Eu quero — disse Richard. Os dois caminharam juntos do estúdio para a casa, à qual não havia chegado nenhum peru congelado, ganhado como prêmio em um bingo. — Neste exato momento, acho que uma xícara de chocolate seria excelente.

— Amanhã vou retirar todas as peças daquela coisa que possam ser aproveitadas e jogar o resto fora — disse Jon.

Richard assentiu.

— Deletá-la de nossas vidas — disse.

Então os dois entraram na casa, acolhidos pelo cheiro de chocolate quente, rindo juntos.

O homem que não apertava mãos

Stevens serviu drinques e, pouco depois das 20h daquela amarga noite de inverno, quase todos o acompanhamos à biblioteca. Por algum tempo, ninguém disse nada; os únicos sons eram os do crepitar do fogo na lareira, o clique amortecido das bolas de bilhar e, vindos de fora, os uivos do vento. Ainda assim, estava quente o suficiente ali dentro, no 249B da rua 35 Leste.

Lembro que David Adley estava a minha direita naquela noite e Emlyn McCarron, que certa vez nos contara uma história aterrorizante sobre uma mulher que dera à luz em circunstâncias inteiramente incomuns, estava a minha esquerda. Além deles, estava Johanssen, com seu *Wall Street Journal* dobrado no colo.

Stevens aproximou-se com um pequeno embrulho branco e o estendeu a George Gregson, sem qualquer vacilação. Stevens é o mordomo perfeito, apesar de seu leve sotaque de Brooklyn (ou, talvez, *por causa* dele), porém seu maior atributo, ao que me conste, é sempre saber de quem é o embrulho sem que ninguém pergunte por ele.

George o pegou sem protestar e ficou imóvel por um instante em sua alta cadeira de rodas, olhando para o fogo na lareira, grande o bastante para assar um boi de bom tamanho. Vi seus olhos passarem momentaneamente pela inscrição detalhada na pedra angular: É A HISTÓRIA, NÃO QUEM A CONTA.

Ele abriu o embrulho com seus dedos velhos e trêmulos, atirando o conteúdo ao fogo. Por um instante, as chamas se transformaram em um arco-íris e houve um murmúrio de risos. Virando-me, vi que Stevens estava em pé bem atrás, junto às sombras ao lado da porta para o saguão. Ele tinha as mãos cruzadas atrás das costas. Seu rosto permanecia cautelosamente inexpressivo.

Suponho que todos nos sobressaltamos um pouco, quando sua voz áspera, quase rabugenta, rompeu o silêncio; sei que eu me assustei.

— Certa vez, vi um homem ser assassinado bem nesta sala — disse George Gregson —, embora nenhum júri fosse condenar o assassino. Mas no fim das contas ele próprio se condenou e foi seu próprio executor!

Houve uma pausa, enquanto ele acendia o cachimbo. A fumaça vagou em torno dele, seu rosto enrugado envolto em fumaça azul, e ele sacudiu o fósforo com os gestos lentos e declamatórios de um homem cujas articulações lhe doem terrivelmente. Jogou-o dentro da lareira, onde pousou sobre as reminiscências de cinzas do embrulho. George Gregson observou as chamas carbonizarem a madeira. Seus penetrantes olhos azuis ficaram pensativos, abaixo das espessas sobrancelhas grisalhas. Seu nariz era comprido e adunco, os lábios finos e firmes, os ombros encovados, quase até a parte traseira do crânio.

— Não faça suspense, George! — grunhiu Peter Andrews. — Conte de uma vez!

— Não tenha medo. Paciência.

Restou-nos apenas esperar, até que ele tivesse acendido seu cachimbo com plena satisfação. Quando o grande fornilho de urze apresentou um belo leito de brasas, George dobrou sobre um joelho as grandes mãos ligeiramente paralisadas, e disse:

— Pois muito bem. Estou com 85 anos e o que vou lhes contar aconteceu quando eu tinha vinte e poucos. De qualquer modo, foi em 1919 e eu acabara de voltar da Grande Guerra. Minha noiva havia morrido cinco meses antes, de *influenza*. Ela tinha apenas 19 anos, e receio ter bebido e jogado cartas mais do que deveria. Ela ficara esperando dois anos, compreendam, e durante esse período recebi fielmente uma carta a cada semana. Talvez possam entender por que sucumbi a tal ponto. Eu não tinha crenças religiosas, achava os dogmas e teorias gerais do cristianismo um tanto cômicos nas trincheiras, e não possuía uma família que me apoiasse. Assim, posso afirmar com segurança que os bons amigos que me acompanharam durante esse período de provação raramente me deixaram. Eram 53 amigos (mais do que possui a maioria das pessoas!): 52 cartas de baralho e uma garrafa de uísque Cutty Sark. Eu passara a morar nos mesmos aposentos em que hoje resido, na rua Brennan. Contudo, eles eram muito mais baratos e havia um número consideravelmente menor de vidros de remédios, pílulas e panaceias enchendo as prateleiras. A maior parte de meu tempo, no entanto, era passada aqui, no 249B, porque sempre podia encontrar um jogo de pôquer.

David Adley o interrompeu e, embora sorrisse, não creio que estivesse brincando, em absoluto.

— E Stevens já estava presente, George?

George se virou para o mordomo.

— Seria você ou seu pai, Stevens?

Stevens permitiu-se a ligeira sombra de um sorriso.

— Como 1919 foi há mais de 65 anos, acredito que fosse meu avô, senhor.

— Devemos então admitir que esse posto está no sangue — disse Adley, pensativo.

— Como quiser, senhor — replicou Stevens, delicadamente.

— Agora que penso nisso — falou George —, é notável a semelhança entre você e seu... seu avô, não, Stevens?

— É o que me dizem, senhor.

— Se os dois fossem colocados lado a lado, eu teria dificuldades em afirmar quem era quem... porém isso não é relevante, é?

— Não, senhor.

— Eu me encontrava na sala de jogos, bem depois daquela mesma portinha ali, jogando paciência, da primeira e única vez que vi Henry Brower. Éramos quatro, já dispostos a jogar pôquer: esperávamos apenas um quinto jogador para completar a mesa. Quando Jason Davidson me disse que George Oxley, nosso usual quinto companheiro, havia quebrado a perna e estava numa cama, com ela engessada e pendurada em uma engenhoca de polias, pareceu que não teríamos jogo naquela noite. Eu contemplava a perspectiva de encerrá-la sem mais nada para desviar meus pensamentos da mente, além da paciência e de uma cavalar quantidade de uísque, quando o sujeito no outro lado da sala disse, em voz clara e agradável: "Se os cavalheiros falavam de pôquer, eu apreciaria muito tomar parte, caso não façam objeção."

"Ele estivera enterrado atrás de um exemplar do *New York World* até então, de modo que, quando ergui os olhos, foi a primeira vez que o vi. Era um jovem de rosto velho, se é que vocês me entendem. Algumas das marcas que vi naquele rosto, começava a ver também no meu, desde a morte de Rosalie. Algumas, não todas elas. Embora o sujeito não devesse ter mais do que 28 anos, a julgar pelos cabelos, mãos e maneira de caminhar, seu rosto parecia marcado pela experiência, e os olhos, que eram muito escuros, pareciam mais que tristes: eram como que assombrados. Ele era bem-apessoado, com um pequeno bigode em ponta e cabelos louros-escuros. Usava um terno marrom de bom corte e afrouxara o botão do colarinho alto.

"'Meu nome é Henry Brower', apresentou-se ele.

"Davidson cruzou a sala imediatamente, a fim de apertar-lhe a mão. De fato, dava a impressão de que ia tomar a mão que Brower descansava no colo. Então, aconteceu algo estranho: Brower largou o jornal e ergueu as duas mãos, mantendo-as fora de alcance. A expressão em seu rosto era de puro horror.

"Davidson estacou, bastante confuso, mais perplexo do que zangado. Tinha apenas 22 anos. Céus, como éramos jovens naquele tempo! E ele era um tanto mimado.

"'Perdoem-me', disse Brower, com absoluta seriedade, 'mas nunca aperto mãos!'

"Davidson pestanejou.

"'Nunca?', perguntou. 'Ah, mas que singular! E por que não?'

"Bem, eu já lhes disse que ele era um tanto mimado. Brower recebeu a pergunta da melhor maneira possível, com um sorriso aberto, embora um tanto perturbado.

"'Acabo de voltar de Bombaim', explicou. 'É uma cidade com excesso de população, suja, cheia de doenças e pestilência. As aves de rapina se pavoneiam e passeiam pelas próprias muralhas da cidade aos milhares. Estive lá durante dois anos, em uma missão comercial, e pareço ter tomado horror ao nosso costume ocidental de apertar mãos. Sei que sou tolo e descortês, mas não consigo me controlar. Portanto, se tiver a bondade de me perdoar e não guardar rancor...'

"'Somente com uma condição', disse Davidson, sorrindo.

"'Qual seria?'

"'A de que viesse para a mesa e bebesse uma dose do uísque de George, enquanto vou convocar Baker, French e Jack Wilden.'

"Brower sorriu para ele, assentiu e deixou o jornal de lado. Davidson fez um gesto impetuoso, unindo o polegar e o indicador em círculo, e saiu para ir buscar os outros. Eu e Brower caminhávamos para a mesa forrada de feltro verde. Quando lhe ofereci um drinque, ele declinou com um agradecimento, pedindo sua própria garrafa. Desconfiei que aquilo tivesse algo a ver com o seu estranho fetiche, mas nada disse. Conheci homens cujo pavor de micróbios e doenças foram muito além disso... como muitos de vocês."

Houve assentimentos de concordância.

"'É bom estar aqui', disse-me Brower, com ar pensativo. 'Tenho sentido falta de companhia, desde que voltei de meu posto. Não é bom para um homem ficar sozinho, compreenda. Acredito que, mesmo para o indivíduo mais autossuficiente, ficar isolado dos semelhantes deve ser a pior forma de tortura!'

"Ele disse isso com uma ênfase toda peculiar e eu assenti, porque já experimentara essa solidão nas trincheiras, geralmente à noite. Tornara então a experimentá-la, ainda mais aguda, após saber da morte de Rosalie. Vi-me simpatizando com ele, a despeito de sua autoproclamada excentricidade.

"'Bombaim deve ser um lugar fascinante', falei.

"'Fascinante... e terrível! Lá existem coisas com que nem sonha a nossa filosofia. A reação deles aos veículos motorizados chega a ser engraçada: as crianças fogem quando eles se aproximam, para depois os seguirem durante quarteirões. Acham o avião aterrorizante e incompreensível. Naturalmente que nós, os americanos, encaramos tais engenhos com absoluta equanimidade — até mesmo complacência! —, mas afirmo que minha reação foi a mesma que a deles quando, pela primeira vez, observei um mendigo engolir todo um pacote de agulhas de aço para, em seguida, puxá-las de uma em uma, pelas feridas abertas na ponta de seus dedos. Isso, no entanto, é algo que os nativos daquela parte do mundo aceitam com toda naturalidade.'

"'Talvez' — acrescentou ele, com ar sombrio — 'as duas culturas nunca deveriam ter-se fundido, e sim, mantido para si mesmas suas maravilhas distintas. Para um americano, como eu ou o senhor, engolir um pacote de agulhas resultaria em morte lenta e terrível. No entanto, em relação a um automóvel...'

"Brower deixou a frase no ar, enquanto uma expressão triste e soturna lhe vinha ao rosto. Eu me dispunha a falar quando Stevens, o avô, apareceu com a garrafa de uísque para meu companheiro e, logo atrás dele, chegaram Davidson e os outros. Davidson iniciou as apresentações dizendo: 'Já falei a eles sobre seu pequeno fetiche, Henry, de modo que não há o que temer. Este é Darrel Baker, o barbudo de aparência amedontradora é Andrew French e, por último, embora não menos importante, Jack Wilden. George Gregson você já conhece.'

"Brower sorriu e balançou a cabeça para todos eles, em vez de lhes apertar as mãos. Foram trazidos três baralhos novos e fichas de pôquer, o dinheiro foi trocado por fichas e o jogo começou.

"Jogamos por umas seis horas e ganhei cerca de 200 dólares. Darrel Baker, que não jogava muito bem, perdeu cerca de 800 (e não que ele fosse *sentir* o prejuízo: seu pai era o dono de três das maiores fábricas de sapato na Nova Inglaterra), e os demais dividiram comigo, equitativamente, as perdas de Baker. Davidson ganhara uns dólares a mais e Brower uns a menos, mas para Brower aquilo foi uma façanha, já que suas cartas haviam sido excepcionalmente ruins, pela maior parte da noite. Ele era hábil, tanto na maneira tradicional de pedir cinco cartas como na variedade mais recente do jogo, com mãos de sete cartas. Cheguei a pensar que, por várias vezes, Brower ganhara dinheiro por meio de astutos blefes, que eu mesmo hesitaria em tentar.

"Percebi uma coisa: embora bebesse muito — quando French se preparou para dar a última rodada, ele já esvaziara quase uma garrafa de uísque —, sua fala não se alterava em absoluto, seu jogo nunca vacilou e persistiu sua curiosa fixação sobre o toque de mãos. Quando ganhava um bolo de apostas, ele jamais o tocava, caso alguém tivesse marcações ou troco, inclusive se 'ficara limpo' e ainda com fichas para contribuir. Certa vez, quando Davidson colocou o copo perto do cotovelo dele, Brower recuou abruptamente, quase derrubando a própria bebida. Baker pareceu surpreso, mas Davidson deixou aquilo passar sem fazer comentários.

"Momentos antes, Jack Wilden dissera que, horas mais tarde, naquela manhã, teria de ir até Albany, de maneira que só ficaria por mais uma rodada. Então, chegou a vez de French cartear e ele pagou para ver, com sete cartas.

"Posso recordar aquela mão final tão claramente como meu próprio nome, embora precise me concentrar para dizer o que almocei ontem ou quem me acompanhou na refeição. Suponho que sejam os mistérios da idade, mas acho que, se qualquer um de vocês estivesse lá, também recordaria como eu.

"Eu estava com duas cartas de copas viradas e uma descoberta. Não sei de Wilden ou French, mas o jovem Davidson tinha o ás de copas e Brower o dez de espadas. Davidson apostou dois dólares — cinco era o nosso limite — e as cartas rodaram novamente. Pedi copas para firmar uma quadra. Brower ficou com um valete de espadas, para combinar com seu dez. Davidson estava com um terno, que não pareceu melhorar sua mão, mas ainda assim apostou três dólares.

"'É a última rodada!', exclamou alegremente. 'Sejam generosos, rapazes! Há uma dama que gostaria de sair na cidade comigo amanhã à noite!'

"Acho que eu não acreditaria em um adivinho, se ele me dissesse com que frequência este comentário me perseguiria, nos momentos mais peculiares, até a data de hoje.

"French distribuiu nossa terceira rodada de cartas descobertas. Meu *flush* não me ajudou em absoluto, mas Baker, que era o pato, conseguiu casar alguma coisa — reis, eu acho. Brower conseguira um duque de ouros, mas isso não pareceu adiantar muito. Baker apostou o limite em seu par, e Davidson prontamente o aumentou em cinco sua aposta. Todos continuaram o jogo, sendo distribuída nossa última carta descoberta. Fiquei com o rei de copas, para completar meu *flush*, Baker recebeu uma terceira que combinou com seu par, e a Davidson coube um segundo ás, e seus olhos cintilaram. Brower conseguiu uma dama de paus e, juro para vocês, não entendi por que continuou jogando, pois suas cartas estavam tão ruins quanto todas as outras que obtivera naquela noite.

"As apostas começaram a ficar um pouco mais firmes. Baker apostou cinco, Davidson colocou mais cinco, Brower aceitou o desafio.

"'Não creio que meu jogo seja suficientemente bom', disse Jack Wilden e desistiu.

"Eu aceitei os dez e apostei outros cinco. Baker fez o mesmo.

"Bem, não vou cansá-los com uma descrição ponto por ponto, direi apenas que havia um limite de três apostas por homem. Eu, Baker e Davidson, cada um por sua vez, aceitamos cada aposta e as elevamos em cinco dólares. Brower apenas aceitava cada aposta e a elevava, tomando a cautela de esperar até que todas as mãos tivessem saído do bolo, antes de jogar seu dinheiro. E ali havia um bocado de dinheiro — pouco mais de 200 dólares — quando French distribuiu nossa última carta coberta.

"Houve uma pausa enquanto todos checávamos, embora de pouco valesse para mim: estava com minha mão e, pelo que podia ver na mesa, era boa. Baker apostou cinco, Davidson aumentou e esperamos para ver o que Brower faria. O rosto dele estava ligeiramente corado pelo álcool. Já tirara a gravata e desabotoara um segundo botão da camisa, mas parecia absolutamente calmo.

"'Cubro... e aposto cinco', disse ele.

"Pestanejei um pouco, pois tinha certeza de que ele iria desistir. No entanto, as cartas em minha mão me diziam que eu devia jogar para ganhar, de maneira que apostei cinco. Jogávamos sem qualquer limite para o número de apostas que um jogador podia fazer sobre a última carta, de maneira que o bolo cresceu maravilhosamente. Fui o primeiro a parar, satisfeito em apenas pagar para ver, em vista do *full house* que tinha, cada vez mais e mais seguro da mão que os outros possuiriam. Baker parou em seguida, pestanejando desconfiadamente, enquanto seus olhos iam do par de ases de Davidson até a mistificadora mão inútil de Brower. Baker não era o melhor jogador do mundo, mas era bom o suficiente para farejar algo no vento.

"Entre eles, Davidson e Brower apostaram pelo menos mais dez vezes, talvez até mais ainda. Eu e Baker continuamos no jogo, não querendo abandonar nossos grandes investimentos. Nós quatro havíamos ficado sem fichas, de maneira que agora, sobre elas, encontravam-se notas esverdeadas.

"'Bem', disse Davidson, depois da última aposta de Brower. 'Acho que pago para ver. Se esteve blefando, Henry, saiu-se muito bem. De qualquer modo, você estará por baixo e Jack tem uma longa viagem pela frente amanhã.'

"Com isto, ele colocou uma nota de cinco dólares sobre a pilha.

"'Estou pagando para ver', disse ele.

"Não sei quanto aos outros, mas eu senti um nítido alívio, que pouco tinha a ver com a grande soma de dinheiro que já arriscara. O jogo estava se tornando implacável e, embora eu e Baker pudéssemos suportar um prejuízo, se fosse o caso, Jason Davidson não podia. No momento, ele estava em dificuldades, vivendo dos rendimentos de ações — não uma grande quantidade — que uma tia lhe legara. E Brower — até onde suportaria o prejuízo? Lembrem-se, senhores, de que a essa altura havia mais de mil dólares sobre a mesa."

George fez uma pausa. Seu cachimbo se apagara.

— E então, o que aconteceu? — perguntou Adley, inclinando-se para frente. — Não nos torture, George! Estamos todos ansiosos. Conte logo ou não fale mais nada! — Tenha paciência — disse George, imperturbável.

Apanhou outro fósforo, riscou-o na sola do sapato e deu uma baforada em seu cachimbo. Esperamos ansiosamente, em silêncio. Lá fora, o vento guinchava e fustigava os beirais.

Quando o cachimbo acendeu-se e tudo pareceu em ordem, George prosseguiu:

— Como sabem, segundo as regras do pôquer, o homem que paga para ver deve ser o primeiro a mostrar suas cartas. Mas Baker estava ansioso para acabar com a tensão: virou uma de suas três cartas, com o que formou um *four* de reis.

"'Estou fora', falei. 'Um *flush*.'

"'Acabei com você', disse Davidson para Baker, enquanto mostrava duas de suas cartas viradas. Dois ases, formando um *four*. 'Muitíssimo bem jogado...'

"Davidson estendeu a mão para recolher a grana da mesa.

"'Um momento!', exclamou Brower.

"Ele não estendeu o braço para tocar a mão de Davidson, como a maioria teria feito, porém sua voz foi o bastante. Davidson fez uma pausa para olhar e sua boca caiu — realmente *caiu* aberta, como se todos os músculos houvessem virado água. Brower havia virado *todas as três* cartas que tinha cobertas, revelando um *straight flush*, do oito à dama.

"'Creio que isto derruba seus ases, não?', perguntou polidamente.

"Davidson ficou vermelho, depois pálido.

"'Derruba', disse lentamente, como se descobrisse o fato pela primeira vez. 'Sim, tem razão.'

"Eu daria tudo para saber qual a motivação de Davidson para o que houve em seguida. Ele estava a par da extrema aversão de Brower em ser tocado, o homem já dera a entender em cem maneiras diferentes naquela noite. Talvez Davidson houvesse simplesmente esquecido, em seu desejo de mostrar a Brower (e a todos nós) que podia suportar a perda e mesmo aceitar aquela grave reversão com esportividade. Já disse que ele era algo mimado, de modo que tal gesto poderia fazer parte de seu caráter. Enfim, era como um inofensivo cãozinho. Só que cãezinhos também agridem quando provocados. Não são matadores — um filhote não saltará para a garganta do adversário, mas muita gente já levou pontos nos dedos por irritar um cãozinho além das medidas, com um chinelo ou um osso de borracha. Da maneira como me lembro de Davidson, isto também devia ser parte de seu caráter.

"Eu daria, não sei como dizer, daria qualquer coisa para saber... mas acho que a única coisa importante são os resultados.

"Quando Davidson afastou as mãos do bolo de apostas, Brower estendeu as suas para apanhá-lo. Nesse instante o rosto de Davidson iluminou-se como uma espécie de rude simpatia e, pegando a mão de Brower em cima da mesa, sacudiu-a firmemente.

"'Brilhante jogada, Henry, foi simplesmente brilhante. Acredito que nunca teve...'

"Brower o interrompeu com um grito agudo, um grito feminino, que soou aterrador em meio ao silêncio da sala de jogos, enquanto puxava rapidamente a mão. Fichas e dinheiro cascatearam por todos os lados quando a mesa oscilou e quase emborcou.

"Ficamos todos imobilizados ante a súbita reviravolta dos fatos, incapazes de qualquer gesto. Brower afastou-se da mesa, cambaleando, com a mão estirada à sua frente, parecendo uma versão masculina de Lady Macbeth. Estava pálido como um cadáver, e o puro terror em seu rosto está além de meu poder de descrição. Senti uma corrente de pavor me tomar por inteiro, algo como jamais sentira antes, nem mesmo ao me entregarem o telegrama com a notícia da morte de Rosalie.

"Então ele começou a gemer. Era um som oco, terrível, enigmático. Recordo que pensei: *Ora, o homem está totalmente louco;* e depois ele disse a coisa mais estranha: 'A ignição... Deixei a ignição do carro ligada... Ai, Deus, sinto *tanto!*' A seguir Brower quase voou pelos degraus da escada que levava ao saguão principal.

"Fui o primeiro a me recompor. Saltei de minha cadeira e corri atrás dele, deixando Baker, Wilden e Davidson sentados em torno da grande quantia de dinheiro que Brower havia ganhado. Eles pareciam totens incas guardando um tesouro tribal.

"A porta da entrada principal ainda oscilava de um lado para o outro. Quando disparei para a rua, vi Brower em seguida parado à beira da calçada, procurando inutilmente por um táxi. Ao me ver, ele se encolheu tão miseravelmente que não pude deixar de sentir pena, misturada com espanto.

"'Ei!', chamei. 'Espere! Lamento o que Davidson fez e posso garantir que não foi de propósito. Enfim, se você quer ir embora por causa daquilo, tem todo o direito, mas deixou muito dinheiro para trás e deve levá-lo.'

"'Eu nunca deveria ter vindo', resmungou ele. 'Mas estava tão desesperado, tão necessitado de companhia humana que... que...'

"Sem refletir, estirei a mão para tocá-lo — o gesto mais elementar de um ser humano para outro que esteja angustiado —, mas Brower recuou, exclamando:

"'Não me toque! Um não é o bastante? Ai, Deus, por que eu simplesmente não morro?'

"De repente seus olhos se iluminaram, febris, ao avistar um vira-lata esquelético, de pelo sarnento e ralo, que procurava alcançar a calçada do outro lado da rua deserta, àquela hora da madrugada. A língua do animal pendia para fora da boca e ele caminhava alerta, mancando em três patas. Imagino que estivesse em busca de latas de lixo onde se alimentar.

"'Aquele lá podia ser eu', disse Brower pensativamente, como se para si mesmo. 'Rejeitado por todos, forçado a seguir sozinho, a se aventurar, quando qualquer outra criatura viva está em segurança, atrás de portas trancadas. Cão pária!'

"'Ora, vamos', falei, algo consternado, porque suas palavras tinham um toque melodramático. 'Você certamente sofreu algum choque e, sem dúvida, aconteceu algo que deixou seus nervos em mau estado, mas quando estive na Guerra, vi mil coisas que...'

"'Não acredita em mim, não é mesmo?', perguntou ele. 'Acha que estou tomado por algum tipo de histeria, não é?'

"'Escute, amigo, realmente não sei pelo que está tomado, mas *sei* que se continuarmos aqui fora, neste ar úmido da noite, ambos pegaremos uma gripe. Enfim, se não se importa em voltar para dentro comigo — pelo menos até o saguão, se quiser —, eu pediria a Stevens para...'

"Os olhos dele estavam alucinados o bastante para que eu ficasse francamente inquieto. Naquelas pupilas não restara qualquer sombra de lucidez, e ele me fez recordar dos psicóticos com neurose de combate que vira sempre serem removidos da linha de frente em carroças: invólucros de homens, com terríveis olhos apáticos, parecendo caldeirões do inferno, murmurando e tremendo.

"'Gostaria de ver como um excluído reage a outro?', perguntou ele, como se não tivesse ouvido uma palavra que eu dissera. 'Pois dê uma olhada e veja o que aprendi em portos de escala estrangeiros!'

"De repente ele levantou a voz e chamou, imperiosamente:

"'Cão!'

"O cão ergueu a cabeça, olhou para ele desconfiado, os olhos girando (um cintilou com furiosa selvageria, outro estava coberto por uma catarata), e subitamente mudou de direção e se aproximou coxeando, relutante, enquanto cruzava a rua ao encontro de Brower.

"Ele não queria vir, isso era bastante óbvio. Ganiu, rosnou e enfiou entre as patas a corda ensebada que era sua cauda. Entretanto, acabou vindo. Foi direto aos pés de Brower e então se deitou sobre o ventre, ganindo, encolhendo-se e tremendo. Seus lados emaciados afundavam e expandiam-se como um fole e seu olho sadio girava horrivelmente na órbita.

"Brower deu uma hedionda e desesperada gargalhada, que ainda ouço em meus sonhos, e se agachou junto ao cão.

"'Está vendo?', disse. 'Ele me reconhece como um de sua espécie... e sabe o que lhe trago!'

"Brower estendeu a mão para o animal, que deixou escapar um lúgubre e rosnado uivo, depois mostrando os dentes.

"'Não!', exclamei prontamente. 'Ele vai mordê-lo!'

"Brower não deu atenção. À claridade do poste de luz, seu rosto estava lívido, medonho, os olhos eram como buracos negros carbonizados.

"'Tolice', respondeu. 'Tolice. Só quero apertar as mãos com ele... como fez seu amigo comigo!'

"De repente, ele ergueu a pata do cão e a apertou. O animal emitiu um horrível ruído uivante, porém não fez qualquer gesto para mordê-lo.

"Brower levantou-se abruptamente. Seus olhos pareciam ter clareado de algum modo e, a não ser pela excessiva palidez, poderia ter sido novamente o homem que, da maneira mais cortês possível, oferecera-se para participar de nosso jogo, nas primeiras horas da noite.

"'Vou embora agora', disse, em voz calma. Por favor, peça desculpa a seus amigos, diga a eles que sinto muito ter agido como um tolo. Talvez tenha oportunidade para me redimir, em outra ocasião.'

"'Nós é que lhe devemos uma desculpa', falei. 'E esqueceu o dinheiro? Passa de mil dólares.'

"'Ah, sim! O dinheiro!', exclamou ele, enquanto a boca se curvara no sorriso mais amargo que já testemunhei.

"'Não precisa vir até o saguão', falei. 'Se prometer ficar esperando aqui, eu lhe trarei o dinheiro. Fará isso?'

"'Claro', respondeu ele. 'Esperarei, se é o seu desejo.' Ele fitou pensativamente o cão que gania aos seus pés. 'Talvez ele queira ir comigo e ter uma refeição decente, pelo menos uma vez em sua miserável vida...'

"Brower tornou a exibir aquele sorriso amargo. Afastei-me antes que ele mudasse de ideia e fui ao andar de baixo. Alguém, talvez Jack Wilden, que sempre fora uma pessoa metódica, trocara todas as fichas por notas e empilhara o dinheiro cuidadosamente, no centro do pano verde. Nenhum deles falou comigo quando apanhei o dinheiro. Baker e Jack Wilden fumavam em silêncio; Jason Davidson estava cabisbaixo, fitando os pés. Seu rosto era um quadro de desgosto e vergonha. Toquei-lhe o ombro ao voltar para a escada e ele me olhou com gratidão.

"Quando voltei à rua, encontrei-a absolutamente deserta. Brower já se fora. Fiquei lá, com um punhado de notas esverdeadas em cada mão, olhando inutilmente para os dois extremos da rua, mas nada se moveu. Chamei uma vez, para o caso de ele estar parado nas sombras perto dali, mas não houve resposta. Então, olhei casualmente para baixo. O vira-lata continuava ali, mas seus dias de virar latas de lixo haviam terminado. Estava morto. Pulgas e carrapatos abandonavam seu corpo, em colunas marchantes. Recuei, repugnado, mas também cheio de um estranho, fantástico, terror. Tive o pressentimento de que Henry Brower ainda não saíra da minha vida, e assim foi, embora nunca mais voltasse a vê-lo."

O fogo na lareira havia se reduzido a pequenas e frágeis chamas, enquanto o frio começava a se esgueirar das sombras, porém ninguém se moveu nem falou até George tornar a acender seu cachimbo. Ele suspirou, cruzou as pernas de novo, fazendo as velhas juntas estalarem, e recomeçou a falar.

— Nem preciso dizer que os outros participantes do jogo foram unânimes quanto a devermos encontrar Brower e lhe entregar o dinheiro. Penso que alguns talvez nos julguem insanos por agirmos assim, mas aquela era uma época de mais honorabilidade. Davidson estava muito abatido quando foi embora: tentei chamá-lo a um lado e oferecer-lhe algumas palavras de consolo, mas ele apenas balançou a cabeça e saiu arrastando os pés. Deixei que fosse. As coisas lhe pareceriam diferentes após uma noite de sono e iríamos procurar Brower, juntos. Wilden precisava sair da cidade e Baker tinha que fazer algumas 'excursões sociais'. Pensei que seria uma boa forma de Davidson recuperar parte do amor-próprio.

"Entretanto, ao voltar ao seu apartamento, na manhã seguinte, ele ainda não se levantara. Eu poderia tê-lo acordado, mas Davidson era um homem jovem e resolvi deixá-lo passar a manhã dormindo, enquanto eu descobria alguns fatos elementares.

"Vim aqui, antes de mais nada, e conversei com Stevens..."

George se virou para Stevens e ergueu uma sobrancelha.

— Com o meu avô, senhor — disse Stevens.

— Obrigado.

— Não tem de quê, senhor.

— Conversei com o avô de Stevens. Falei com ele no lugar exato em que Stevens se encontra agora, para ser franco. Ele disse que Raymond Greer, um sujeito que eu conhecia de vista, havia falado sobre Brower. Greer fazia parte da comissão mercantil da cidade e fui imediatamente a seu escritório, no edifício Flatiron. Encontrei-o lá e ele veio falar comigo imediatamente.

"Quando lhe contei o ocorrido na noite anterior, seu rosto se encheu de uma mescla de piedade, tristeza e medo.

"'O pobre e velho Henry!', exclamou. 'Eu sabia que isso acabaria acontecendo, mas nunca pensei que seria tão depressa.'

"'De que está falando?', perguntei.

"'De seu colapso', disse Greer. 'Tudo começou depois daquele ano que ele passou em Bombaim e suponho que ninguém jamais saberá de toda a história, além do próprio Henry. De qualquer modo, eu lhe contarei o que puder.'

"A história que Greer desenrolou para mim naquele dia, em seu escritório, só aumentou minha simpatia e compreensão. Tudo indicava que, infelizmente, Henry Brower se vira envolvido em uma verdadeira tragédia. E, como em todas as clássicas tragédias do palco, ela nasceu de um descuido fatal — no caso de Brower, do esquecimento.

"Como membro do grupo de comissão mercantil em Bombaim, ele desfrutava do uso de um automóvel, praticamente uma raridade no lugar. Greer comentou que Brower sentia um prazer quase infantil em dirigi-lo através das ruas estreitas e becos da cidade, assustando galinhas em enormes bandos cacarejantes e fazendo com que homens e mulheres caíssem de joelhos, apelando para seus deuses pagãos. Ele rodava com aquele carro por todos os cantos, atraindo grande atenção e grandes multidões de crianças maltrapilhas, que o seguiam, mas sempre recuavam timidamente ao lhes ser oferecida uma carona naquela máquina maravilhosa, o que ele constantemente fazia. O automóvel era um Ford modelo A, com carroceria de caminhonete, um dos primeiros veículos a dar partida ao motor não por manivela, mas ao toque de um botão. Peço-lhes que se lembrem disto.

"Certo dia, Brower partiu com seu carro para um lugar muito afastado da cidade, um dos altos *poobahs* locais, esperando conseguir possíveis consignações de corda de juta. Atraiu a atenção costumeira, quando a máquina Ford trovejava e rugia através das ruas, soando como uma barragem de artilharia em movimento — e, naturalmente, as crianças o seguiram.

"Brower jantaria com o fabricante de juta, uma ocasião de grande cerimônia e formalidade. Mal haviam chegado ao segundo prato, sentados em um terraço ao ar livre, acima da rua movimentada, quando o familiar barulho, o rugido do automóvel, soou abaixo deles, acompanhado por gritos e guinchos estridentes.

"Um dos garotos mais audaciosos — filho de um obscuro homem santo — tinha se esgueirado para o interior do carro, convencido de que, não importava qual fosse o dragão escondido debaixo do capô de ferro, não despertaria sem o homem branco sentado atrás do volante. E Brower, preocupado com as próximas negociações, deixara a ignição ligada e a faísca retardada.

"Pode-se imaginar o garoto ganhando audácia ante os olhos dos companheiros, quando tocou o espelho, segurou o volante e imitou o ruído do motor em movimento. A cada vez que ele zombava do dragão debaixo do capô, o temor respeitoso no rosto dos outros devia aumentar.

"Seu pé deve ter pisado no pedal da embreagem, talvez em busca de apoio, quando ele apertou o botão de partida. O motor estava quente, pegou imediatamente. Em seu extremo terror, o menino talvez reagisse afastando de imediato o pé da embreagem, pronto para pular do automóvel. Se o carro fosse mais velho ou estivesse em piores condições, o motor teria morrido. Contudo, Brower cuidava dele escrupulosamente, de maneira que o carro saltou para frente, em uma série de arremetidas e ruidosos sacolejos. Brower mal chegou a tempo de ver isto, ao correr para fora da casa do fabricante de juta.

"O erro fatal do menino poderia ter resultado em pouco mais do que um acidente. Talvez, em seu desespero para sair, um cotovelo tenha esbarrado acidentalmente no freio de mão. Ou talvez ele o tivesse puxado, com a apavorada esperança de ser assim que o homem branco asfixiava o dragão, pondo-o para dormir. Seja como for... aconteceu. O carro ganhou uma velocidade suicida e avançou pela rua congestionada e cheia de gente, saltando sobre trouxas e fardos, esmagando as gaiolas de vime do mascate de animais, estraçalhando uma carroça de flores até deixá-la em pedaços. O automóvel rugiu ladeira abaixo em direção à esquina da rua, saltou para cima da calçada, chocou-se com um muro de pedras e explodiu em uma bola de fogo."

George fez o cachimbo deslizar de um lado da boca para o outro.

— Foi tudo quanto Greer me contou, porque Brower não lhe havia dito mais nada que fizesse sentido. O restante foi uma espécie de discurso confuso sobre a loucura de suas culturas tão díspares, que jamais se mesclavam. Evidentemente, o pai do menino morto enfrentou Brower, antes que este fosse chamado de volta, e atirou nele uma galinha estrangulada. Houve uma praga... Neste ponto, Greer sorriu para mim. Seu sorriso dizia que ambos éramos homens do mundo. Acendendo um cigarro, ele comentou:

"'Sempre há uma praga, quando acontece uma coisa desse tipo. Os pagãos miseráveis precisam manter as aparências a todo custo. Trata-se do seu ganha-pão.'

"'Qual foi a praga?', perguntei.

"'Pensei que adivinharia', disse Greer. 'O *wallah* disse a ele que, quando um homem faz feitiçaria contra uma criança, deveria se tornar um pária, um excluído. Então, afirmou a Brower que qualquer coisa tocada por ele com as mãos morreria. Para sempre e eternamente, amém', finalizou Greer, com uma risadinha.

"'Brower acreditou nisso?'

"Greer achava que sim.

"'Lembre-se de que ele havia sofrido um choque terrível. E, agora, pelo que consta, sua obsessão aumentou, em vez de se curar.'

"'Poderia me dar seu endereço?'

"Greer verificou em seus arquivos e finalmente o encontrou.

"'Não garanto que o encontre aí', disse. 'As pessoas sentem uma relutância natural em empregá-lo e, que eu saiba, ele não anda muito bem de dinheiro.'

"Senti uma onda de culpa ao ouvir isto, porém nada falei. Greer parecia um pouco pomposo e presunçoso para meu gosto, não merecendo a menor informação que eu tivesse sobre Henry Brower. Entretanto, ao me levantar, algo me forçou a dizer:

"'Vi Brower apertar as patas de um vira-lata sarnento esta noite. Quinze minutos depois, o cão estava morto.'

"'É mesmo? Que interessante!'

"Ele ergueu as sobrancelhas, como se o comentário nada tivesse a ver com o que havíamos discutido.

"Eu me levantei para sair e ia apertar a mão de Greer quando a secretária abriu a porta de seu gabinete.

"'Perdão, mas é o Sr. Gregson?'

"Respondi que era.

"'Um homem chamado Baker acabou de telefonar. Pediu-lhe que vá ao número 23 da rua 19, imediatamente.'

"Aquilo me deixou assustado, porque já estivera nesse endereço uma vez nesse dia — era onde morava Jason Davidson. Quando deixei o gabinete de Greer, ele já estava se recostando em sua cadeira com seu cachimbo e o *The Wall Street Journal*. Nunca mais tornei a vê-lo e isso não significou perda alguma para mim. Eu me sentia tomado por um medo muito específico — do tipo que jamais se cristaliza inteiramente em um medo real, com um objeto fixo, porque é terrível demais, inacreditável demais para ser levado em consideração."

Aqui eu lhe interrompi a narrativa.

— Pelo amor de Deus, George! Não vai nos dizer que ele estava morto.

— Exatamente — replicou George. — Cheguei quase na mesma hora que a perícia policial. Sua morte foi registrada como uma trombose coronária. Faltavam 16 dias para ele completar 23 anos.

"Nos dias que se seguiram, tentei me convencer de que tudo havia sido uma perversa coincidência, que seria melhor esquecer. Não pude dormir bem, nem com a ajuda de meu bom amigo Sr. Cutty Sark. Dizia a mim mesmo que a coisa a fazer seria dividir o bolo de apostas da noite anterior entre nós três e esquecermos que Henry Brower um dia cruzara nossas vidas. No entanto, era impossível. Em vez disso, preenchi um cheque com aquela soma e fui ao endereço fornecido por Greer, que ficava no Harlem.

"Ele não morava mais lá. Ele fora em seguida para o East Side, em um bairro ligeiramente pior, embora de respeitáveis prédios com fachada em arenito pardo. Brower deixara aqueles alojamentos um mês antes do jogo de pôquer e agora vivia no East Village, uma área de edifícios arruinados.

"O zelador do prédio, um homem esquelético com um enorme cão de guarda negro rosnando em seus joelhos, informou que Brower se mudara em 3 de abril — um dia após o nosso jogo. Solicitei seu novo endereço. Ele jogou a cabeça para trás e emitiu um chiado que, aparentemente, funcionava como gargalhada.

"'O único endereço que eles dão quando saem daqui é o inferno, chefe. Mas algumas vezes fazem uma parada no Bowery, a caminho de lá.'

"Naquela época, o Bowery era algo que os que são de fora da cidade só podem imaginar: moradia dos sem-lar, a última parada para os homens sem rosto que só se preocupam com outra garrafa de vinho barato ou outra pitada do pó branco que traz longos sonhos. Fui lá. Naqueles dias, havia dezenas de pensões, alguns abrigos para indigentes que aceitavam bêbados para pernoitar e centenas de becos onde um homem poderia esconder um velho colchão cheio de piolhos. Vi punhados de homens, todos eles pouco mais do que meros casulos, carcomidos pela bebida e pelas drogas. Nomes não eram conhecidos nem usados. Quando um homem chega ao fundo do poço, com o fígado apodrecido pelo álcool metílico, o nariz uma ferida aberta e purulenta pelo cheirar constante de cocaína e potassa, os dedos ulcerados pelo frio, dentes apodrecidos até se tornarem tocos enegrecidos — o homem não precisa mais de nome. Contudo, descrevi Henry Brower a todos os homens que vi, sem obter resposta. Balconistas de bar abanavam a cabeça e davam de ombros. Os outros apenas olhavam para o chão e continuavam andando.

"Não o encontrei naquele dia, no seguinte, nem no outro. Duas semanas passaram e então falei com um homem que me informou sobre um indivíduo daquele jeito que estivera nos Quartos Devarney's, três noites antes.

"Fui até lá — ficava apenas a dois quarteirões da área que eu estava cobrindo. O homem na portaria era um ancião enrugado, com a cabeça calva soltando peles, olhos purulentos e brilhantes. Os quartos para alugar eram anunciados na vidraça cheia de moscas em uma janela dando para a rua, por dez centavos de dólar a noite. Repeti-lhe minha descrição de Brower, com o velho assentindo o tempo todo. Quando terminei, ele disse:

"'Eu o conheço, meu jovem. Conheço-o bem. Mas não consigo me lembrar... Minha memória fica bem mais lúcida quando vejo um dólar.'

"Dei-lhe um dólar, que ele fez desaparecer rapidamente, apesar de sua artrite.

"'Ele esteve aqui, meu jovem, mas já foi embora.'

"'Sabe para onde?'

"'Não me lembro bem', disse o velho, 'mas creio que minha cabeça ficaria melhor se eu visse um dólar.'

"Dei-lhe uma segunda nota, que desapareceu tão prontamente como a primeira. A essa altura algo pareceu ocorrer-lhe como sendo deliciosamente engraçado, de maneira que uma rangente tosse tuberculosa lhe saiu do peito.

"'Você já se divertiu o bastante', falei, 'e foi muito bem pago também. E então: sabe onde este homem se encontra?'

"O velho tornou a rir deliciadamente.

"'Sim, a vala dos indigentes é sua nova residência: seu contrato de aluguel tem duração da eternidade e o Diabo é seu companheiro de quarto. Como pode gostar *desses* tipos, meu jovem? Ele deve ter morrido a qualquer hora da manhã de ontem porque, quando o encontrei, ao meio-dia, ainda estava morno e tinha cores. Sentado empertigado junto à janela, era bem como estava. Fui até lá, para cobrar seus dez centavos por mais uma noite ou mostrar-lhe a porta da rua. No fim das contas, a cidade é que lhe mostrou sete palmos de terra.'

"Isto provocou-lhe outro acesso desagradável de alegria senil.

"'Havia alguma coisa fora do comum?', indaguei, sem ousar refletir bem a importância da pergunta. 'Algo anormal?'

"'Acho que me lembro de qualquer coisa assim... Vejamos...'

"Dei-lhe mais um dólar para ajudar sua memória, mas dessa vez o dinheiro não causou riso, embora tenha sumido à mesma velocidade anterior.

"'Sim, aconteceu algo muito estranho", afirmou o velho. 'Já tinha chamado os tiras vezes suficientes para saber disso. Deus do céu, como precisei chamá-los! Já encontrei esses sujeitos pendurados nos cabides da porta, encontrei-os mortos na cama, encontrei-os do lado de fora, na escada de incêndio, em janeiro, com uma garrafa entre os joelhos congelados e tão azuis como o Atlântico. Cheguei a encontrar um que se afogou na pia, embora tenha sido há uns 30 anos. Só que este de agora — sentado empertigado, com seu terno marrom, parecendo um endinheirado da cidade, os cabelos bem penteados... Bem, ele segurava o pulso direito com a mão esquerda, segurava sim. Já vi de tudo, porém ele foi o único que vi se cumprimentando, apertando a própria mão.'

"Saí de lá e caminhei todo o trajeto até as docas, enquanto as últimas palavras do velho pareciam girar em meu cérebro, como um disco agarrado em um arranhão. *Ele foi o único que vi apertando a própria mão.*

"Andei até o final de um dos embarcadouros, lá onde a água cinzenta e terrosa lambe os pilares incrustados. Então, piquei aquele cheque em mil pedacinhos, e os atirei à água."

George Gregson ajeitou-se na cadeira e pigarreou. O fogo se extinguira, restando apenas brasas relutantes, enquanto o frio se esgueirava para o interior da deserta sala de jogos. As mesas e cadeiras pareciam espectrais e irreais, como móveis vislumbrados em um sonho, onde passado e presente se fundiam. As chamas destacaram as letras entalhadas na pedra angular da lareira, com fosca luminosidade alaranjada: É A HISTÓRIA, NÃO QUEM A CONTA.

— Eu só o vi uma vez, mas foi o suficiente, porque nunca mais o esqueci. No entanto, serviu para que encerrasse meu próprio período de luto, pois qualquer homem que pode caminhar entre seus semelhantes não se encontra inteiramente só.

"Se trouxer meu casaco, Stevens, acho que vou para casa, há muito passou da minha hora de ir para a cama."

Quando Stevens lhe trouxe o casaco, George sorriu e apontou para a pequena verruga, logo abaixo do canto esquerdo da boca do mordomo.

— Francamente, a semelhança é *mesmo* notável: seu avô tinha uma verruga nesse exato lugar.

Stevens sorriu e nada disse. George saiu. E o restante de nós foi saindo logo depois dele.

Um mundo de praia

A nave Fed ASN/29 caiu do céu e estatelou-se. Após algum tempo, dois homens esgueiraram-se de seu crânio espatifado, como se fossem miolos. Caminharam um curto trecho e então pararam, com os capacetes debaixo do braço, e observaram o lugar onde estavam.

Era uma praia, sem qualquer necessidade de mar — ela era seu próprio mar, um mar esculpido em areia, um mar como um instantâneo em preto e branco, congelado para sempre em depressões e cristas e mais depressões e cristas.

Dunas.

Algumas rasas, outras íngremes, lisas ou enrugadas. Dunas com a crista como uma lâmina de faca, dunas de cristas planas, dunas de cristas irregulares que pareciam dunas empilhadas umas sobre as outras — dunas-dominós.

Dunas. Mas nenhum mar.

Os vales, que eram as depressões entre as dunas, serpenteavam em negros labirintos. Se alguém olhasse por tempo suficiente para aquelas linhas retorcidas, elas pareceriam escrever palavras — palavras negras, pairando acima das dunas brancas.

— Porra! — exclamou Shapiro.

— Calma — disse Rand.

Shapiro começou a cuspir, depois parou. Vendo toda aquela areia, pensou melhor. Aquele não era o momento de perder umidade. Sepultado até a metade na areia, o ASN/29 não parecia mais um pássaro agonizante: parecia uma abóbora aberta, exibindo a podridão interna. Tinha acontecido um incêndio. Todas as embocaduras de combustível a estibordo explodiram.

— Má sorte a de Grimes — disse Shapiro.

— É.

Os olhos de Rand ainda observavam o mar de areia, até o limite da linha do horizonte, e tornavam a voltar.

Era *mesmo* má sorte a de Grimes. Ele estava morto. Grimes agora não passava de grandes e pequenos pedaços no compartimento de armazenagem da popa. Shapiro estivera espiando e havia pensado: *É como se Deus tivesse decidido comer Grimes, mas, achando o sabor ruim, cuspiu fora.* Aquilo tinha sido demais para o estômago de Shapiro. Aquilo e a visão dos dentes de Grimes, espalhados pelo chão do compartimento de armazenagem.

Agora, ele esperava que Rand dissesse algo inteligente, mas Rand estava calado. Seus olhos seguiam as dunas, seguiam as linhas entre elas, profundas, enroladas como molas de relógio.

— Ei! — finalmente exclamou Shapiro. — O que faremos agora? Grimes está morto, você está no comando. O que faremos?

— O que faremos? — Seus olhos se moveram de um lado para outro, indo e vindo, acima da imobilidade das dunas. Um vento firme e seco abanou a gola emborrachada do traje de Proteção Ambiental. — Se você não tiver uma bola de vôlei, eu não sei.

— De que está falando?

— Não é o que se deve fazer na praia? — perguntou Rand. — Jogar vôlei?

Shapiro estivera muitas vezes assustado no espaço, e bem perto do pânico, quando o incêndio começara. Agora, olhando para Rand, ouvia um rumor de medo, grande demais para compreender.

— É grande — disse Rand, distraidamente. Por um momento, Shapiro pensou que se referia ao medo dele próprio, de Shapiro. — Uma praia grande para cacete. Um negócio como este pode continuar para sempre. A gente poderia andar duzentos quilômetros com a prancha de surfe debaixo do braço e ainda estar onde começou, praticamente, sem nada para trás, além de seis ou sete pegadas. E se ficarmos no mesmo lugar cinco minutos, as últimas seis ou sete também desaparecem.

— Fez uma varredura topográfica geral, antes de cairmos? — perguntou Shapiro. Decidiu que Rand estava em estado de choque. Rand estava em choque, porém não era louco. Poderia dar-lhe uma pílula, se fosse preciso e, se ele continuasse agindo como um idiota, poderia dar-lhe um tiro. — Você deu uma olhada nos...

Rand olhou brevemente para ele.

— O quê?

Nos lugares verdejantes. Era o que ia dizer. Soava como uma citação dos Salmos, e ele não conseguiria dizê-lo. O vento silvou harmoniosamente em sua boca.

— O quê? — Rand tornou a perguntar.

— Varredura topográfica! *Varredura topográfica!* — gritou Shapiro. — Nunca ouviu falar em varredura topográfica, seu cabeça de bagre? Como é este lugar? Onde está o mar, no fim desta porra de *praia*? Onde estão os lagos? Onde fica o cinturão verde mais próximo? Em que direção? Onde termina a praia?

— Onde termina? Ah, já entendi. Ela nunca termina. Não há cinturões verdes nem calotas geladas. Não há oceanos. Esta é uma praia em busca de mar, meu velho. Dunas, dunas e dunas, que nunca têm fim.

— E o que faremos quanto à água?

— Não há nada que possamos fazer.

— A nave... não tem conserto!

— Não me diga, Sherlock!

Shapiro ficou quieto. Agora era ficar quieto ou ficar histérico. Achava que — quase certamente — se ficasse histérico, seu companheiro ficaria contemplando as dunas, até ele dar um jeito na situação. Ou não dar jeito nenhum.

Que nome se dá a uma praia que não tem fim? Ora, nós a chamamos de deserto! O maior caralho de deserto do universo, não é mesmo?

Em sua cabeça, ouviu Rand responder: *Não me diga, Sherlock!*

Ficou algum tempo ao lado de Rand, esperando que ele despertasse, que *fizesse* alguma coisa. Depois de um tempo, sua paciência se esgotou. Começou a deslizar e tropeçar, descendo a duna à qual tinha subido para observar os arredores. Sentia a areia sugando suas botas. *Quero sugar você para baixo, Bill,* sua mente imaginou a areia dizendo. Em seu cérebro, aquela era a voz seca e árida de uma velha, mas ainda terrivelmente forte. *Quero sugar você, bem aqui, e dar-lhe um grande... abraço...*

Aquilo o fez recordar como costumavam se revezar, deixando que os outros os enterrassem até o pescoço na praia, quando criança. Naquele tempo, era divertido — agora, isso o assustava. Então, desligou aquela voz — aquele não era o momento para recordações, por Deus, não era mesmo — e caminhou através da areia em passadas curtas, vivas, chutando, inconscientemente tentando desfigurar a perfeita simetria daquela encosta, daquela superfície.

— Aonde é que vai? — pela primeira vez, a voz de Rand mostrava um toque de lucidez e preocupação.

— O sinalizador — disse Shapiro. — Vou ligá-lo. Estamos em uma faixa de viagem mapeada. Ele será captado, vetorizado. É uma questão de tempo. Sei que as chances são baixas, porém, talvez alguém apareça, antes que...

— O sinalizador foi destroçado — disse Rand. — Aconteceu quando caímos.

— Talvez possa ser consertado — replicou Shapiro, por cima do ombro.

Quando mergulhou pela escotilha, sentiu-se melhor, apesar dos odores — fios queimados e um jato de gás Freon. Disse para si mesmo que estava animado por ter pensado no sinalizador. Pouco importando o quão insignificante pudesse ser, o sinalizador oferecia algumas esperanças. Contudo, não era a lembrança do sinalizador que lhe erguera o moral; se Rand dissera que estava quebrado, provavelmente devia estar mesmo quebrado. Só que, ali, ele deixava de ver as dunas — não veria mais aquela enorme praia sem fim.

Era *isso* que o fazia se sentir melhor.

Quando chegou ao topo da primeira duna novamente, lutando e ofegando, as têmporas latejando com o calor seco, Rand continuava lá, ainda observando, observando e observando. Uma hora se passara. O sol estava diretamente acima deles. O rosto de Rand estava molhado de suor. Como joias, gotículas de transpiração aninhavam-se em suas sobrancelhas. Outras escorriam por suas faces, como lágrimas. Mais outras deslizavam pelos músculos de seu pescoço e penetravam pela gola do traje de Proteção Ambiental (PA), como gotas de óleo incolor, correndo nas entranhas de um androide em perfeito estado.

Eu o chamei de cabeça oca, pensou Shapiro, estremecendo um pouco. *Céus, pois ele não parecia outra coisa — não um androide, mas um cabeça oca, que acabou de levar uma injeção no pescoço, com uma agulha gigantesca.*

E, afinal de contas, Rand estava errado.

— Rand?

Nenhuma resposta.

— O sinalizador não estava quebrado.

Houve uma fagulha nos olhos de Rand. Depois eles ficaram novamente opacos, voltados para as montanhas de areia. Congeladas, foi o primeiro pensamento de Shapiro, mas supôs que se moviam. O vento era constante. Elas se moveriam. Em um período de décadas e séculos, elas acabariam se movendo... bem, *andariam*. Não era assim que chamavam às dunas sobre uma praia? Dunas errantes? Ele pareceu recordar isso de sua infância. Ou da escola. Ou de qualquer lugar, que diabo de importância tinha?

Então, viu um delicado estremecer de areia deslizar pelo flanco de uma delas. Como se ouvisse

(*ouvisse o que eu pensava*)

Suor fresco em sua nuca. Certo, ele estava ficando um tanto delirante. Quem não ficaria? Estavam em lugar difícil, muito difícil. E Rand parecia não saber disso... ou não se importar.

— Tinha alguma areia e o *warbler* estava rachado, mas na caixa de bugigangas de Grimes talvez tivesse uns sessenta deles.

Será que ele está me ouvindo?

— Não sei como a areia entrou lá; ele estava justamente onde devia, no compartimento de armazenagem, atrás do beliche, três postigos fechados até o exterior, mas...

— Ah, a areia se espalha. Penetra em tudo. Você se lembra de quando ia à praia quando era criança, Bill? Quando a gente voltava para casa, nossa mãe brigava conosco, porque havia areia por toda parte, hein? Areia no sofá, na mesa da cozinha, debaixo de nossa cama. A areia da praia é muito... — ele fez um gesto vago, e então um sorriso sonhador, perturbado, assomou-lhe aos lábios — onipresente.

— ...mas não estragou nada — prosseguiu Shapiro. — O sistema de energia de emergência está tiquetaqueando e liguei o sinalizador nele. Coloquei os fones de ouvido por um minuto e pedi uma leitura de equivalência a cinquenta parsecs. Soa como uma motosserra. É melhor do que podíamos esperar.

— Não virá ninguém. Nem mesmo os Beach Boys. Os Beach Boys estão mortos há oito mil anos. Bem-vindo à Cidade do Surfe, Bill. À Cidade do Surfe *sem* ondas.

Shapiro se virou para as dunas. Perguntou-se por quanto tempo aquela areia estivera ali. Um trilhão de anos? Um quintilhão? Ali houvera vida algum dia? Talvez algo com inteligência? Rios? Lugares com plantas? Oceanos, que tornariam o lugar uma praia de verdade em vez de um deserto?

Shapiro ficou parado ao lado de Rand e pensou a respeito. O vento firme agitou seus cabelos. E, de repente, teve certeza de que todas aquelas coisas tinham existido e podia imaginar como haviam terminado.

A lenta recuada das cidades, enquanto suas vias canalizadas e naveráveis eram primeiro pontilhadas, depois pulverizadas, finalmente desviadas e sufocadas pela areia rastejante.

Ele podia ver os cones aluviais de lama, em castanho brilhante, lisos como pele de foca a princípio, porém ficando mais opacos em tonalidade, à medida que se espalhavam a partir da embocadura dos rios — estendendo-se mais e mais, até se encontrarem. Podia ver a lama untuosa como pele de foca se tornando um pântano cheio de linguetas, ficando depois cinza, saibrosa para, finalmente, se tornar areia branca.

Podia ver montanhas encurtando-se como lápis de pontas refeitas, sua neve derretendo-se, enquanto a areia em ascensão jogava quentes rajadas térmicas contra elas. Podia ver os últimos penhascos apontando para o céu como pontas dos dedos de homens sepultados vivos. Podia vê-los cobertos e imediatamente esquecidos pelas dunas profundamente imbecis.

Do que Rand as tinha chamado?

Onipresentes.

Se você acabou de ter uma visão, garotão, foi uma visão terrível para cacete.

Ah, não, não era bem assim. Ela não era terrível: era pacífica. Tão quieta como uma soneca numa tarde de domingo. O que há de mais pacífico do que uma praia?

Procurou afastar tais pensamentos. Então, tornou a olhar para a nave.

— Não haverá nenhuma cavalaria — disse Rand. — A areia nos cobrirá. Depois de algum tempo, seremos areia e a areia será nós. A Cidade do Surfe sem ondas; consegue pegar aquela onda, Bill?

E Shapiro ficou assustado, porque *conseguira* pegá-la. Não se podia ver todas aquelas dunas sem ter essa sensação.

— Cabeça oca filho da puta — disse.

Voltou para a nave. E escondeu-se da praia.

Finalmente o sol se pôs. Era a hora em que, na praia — qualquer praia de *verdade* —, a gente vai encerrando o vôlei, vestindo os blusões e se preparando para as salsichas e cervejas. Ainda não é hora de transar com uma garota, mas quase. É hora de ficar pensando na transa.

Salsichas e cervejas não faziam parte do cardápio do ASN/29.

Shapiro passou a tarde engarrafando cuidadosamente toda a água da nave. Usava um vácuo portátil para sugar o que quer que houvesse escorrido das artérias do sistema de suprimentos da nave e empoçado no chão. Conseguiu capturar até mesmo o pouquinho que restara no fundo do estraçalhado sistema hidráulico do tanque d'água. Não esqueceu nem mesmo o pequeno cilindro nas entranhas do sistema de purificação do ar que fazia o ar circular nas áreas de armazenagem.

Por fim, foi até a cabine de Grimes.

Grimes mantinha peixes dourados em um tanque circular, construído especialmente para condições livres da ação da gravidade. O tanque havia sido construído em plástico transparente *polymer*, resistente ao impacto, e suportara a queda sem dificuldade. Os peixes dourados — como seu dono — não eram resistentes ao impacto. Flutuavam em um frouxo monte alaranjado no topo da bola, a qual fora pousar debaixo do beliche de Grimes, juntamente com três pares de roupa de baixo imundas e meia dúzia de cubos holográficos pornô.

Ele segurou o aquário-globo por um momento, olhando fixamente para seu interior.

— Lá se foi o pobre Yorick... eu o conhecia bem... — disse de repente e riu, uma risada estridente, angustiada.

Então, pegando a rede que Grimes guardava em seu armário na cabine, mergulhou-a no tanque. Removeu os peixes, perguntando-se o que fazer com eles. Após um momento, levou-os à cama de Grimes e ergueu seu travesseiro.

Havia areia debaixo deles.

Mesmo assim, deixou os peixes ali e, em seguida, despejou cautelosamente a água dentro do *jerrican* que usava como recipiente. Ela deveria ser totalmente esterilizada, mas, mesmo que os esterilizadores não estivessem funcionando, Shapiro refletiu que, em mais dois dias, pouco estaria ligando se precisasse beber água de aquário, só porque poderia conter algumas escamas soltas e vestígios de fezes de peixes dourados.

Ele esterilizou a água, dividiu-a e levou a parte que cabia a Rand até o alto, na encosta da duna. Rand continuava no mesmo lugar, como se não tivesse dado um só passo.

— Trouxe sua parte de água, Rand.

Shapiro abriu o zíper do bolso frontal no traje PA de Rand e enfiou em seu interior o frasco chato de plástico. Ia fechar o zíper, quando Rand empurrou sua mão e retirou o frasco. Na frente do frasco estava impresso: FRASCO CL — ESTOQUE DE SUPRIMENTOS DA NAVE CLASSE/ ASN — Nº 23196755. ESTÉRIL QUANDO O SELO ESTIVER INTACTO. O selo agora tinha sido rompido, é claro; Shapiro tivera que encher o frasco.

— Eu esterilizei...

Rand abriu os dedos. O frasco tombou na areia, com um *plaft* macio.

— Não quero.

— Não... Rand, qual é o seu problema? Céus, quer *parar* com isso?

Rand não deu resposta.

Abaixando-se, Shapiro recolheu o frasco nº 23196755. Limpou a areia que aderira aos lados como se fossem enormes e inchados micróbios.

— Qual é o seu *problema*? — repetiu Shapiro. — Está em estado de choque? Acha que é isso? Bem, eu posso lhe dar uma pílula... ou uma injeção. Só que você está começando a me irritar, se quer saber. Ver você aí parado, olhando para os próximos 60 quilômetros de nada! É só *areia*! Nada mais que *areia*!

— É uma praia — disse Rand, sonhadoramente. — Quer fazer um castelo de areia?

— Tudo bem — suspirou Shapiro. — Vou pegar uma agulha e uma ampola de *Yellowjack*. Se quer agir como um maldito cabeça oca, é assim que vou tratá-lo. Como um cabeça oca!

— Se tentar me injetar alguma coisa, é bom ficar quieto, quando se esgueirar por trás de mim — disse Rand, em voz tranquila. — Do contrário, vou quebrar seu braço.

Ele também era capaz de fazer isso. Shapiro, o astronavegador, pesava 70 quilos e media 1,62m. Combate físico não era sua especialidade. Grunhiu um xingamento e deu meia-volta, começando a caminhar para a nave, com o frasco de Rand na mão.

— Eu acho que está viva — disse Rand. — Tenho absoluta certeza.

Shapiro olhou para trás, para Rand, depois para as dunas. O sol poente lhes emprestara uma filigrana dourada, desenhando-se sobre seus topos lisos e ondulantes, uma filigrana que se matizava delicadamente para o ébano mais negro nas depressões; na duna seguinte, o ébano passava para dourado. De dourado a negro. De negro a dourado. De dourado a negro e de negro a dourado e de dourado a...

Shapiro piscou rapidamente e esfregou os olhos com a mão.

— Por várias vezes, senti esta duna se mover sob meus pés — disse-lhe Rand. — Ela se move com a maior graciosidade. É como sentir a maré. Posso farejar seu cheiro no ar e há sal nesse cheiro.

— Você está louco — disse Shapiro. Estava tão aterrorizado que tinha a sensação de que seus miolos haviam se transformado em vidro.

Rand não respondeu. Seus olhos continuavam perscrutando as dunas, que iam de dourado a negro e de negro a dourado, naquele pôr do sol.

Shapiro retornou à nave.

Rand permaneceu sobre a duna a noite inteira e todo o dia seguinte.

Ao olhar para fora, Shapiro o viu. Rand tirou seu traje PA e a areia quase cobriu a veste. Apenas uma manga havia ficado para fora, melancólica e suplicante. A areia acima e abaixo deu a Shapiro a impressão de dois lábios, sugando um bocado tenro com desdentada voracidade. Sentiu uma vontade louca de subir até o alto da duna e recolher o traje PA de Rand.

Acabou não indo.

Sentado em sua cabine, esperou pela nave de socorro. O cheiro de Freon já se dissipara, agora substituído pelo cheiro ainda menos desejável da decomposição de Grimes.

A nave de socorro não apareceu naquele dia, naquela noite, nem no terceiro dia.

De alguma forma, a areia conseguiu penetrar na cabine de Shapiro, embora a escotilha estivesse fechada e o selo ainda aparentemente intacto. Com o vácuo portátil, ele sugou os pequenos montes de areia, como havia sugado as poças de água espalhadas, naquele primeiro dia.

Estava sedento o tempo todo. Seu frasco já estava quase vazio.

Julgou começar a sentir o cheiro de sal no ar. Ao dormir, ouvia grasnido de gaivotas.

Também ouvia a areia.

O vento firme movia a primeira duna para mais perto da nave. Sua cabine continuava em ordem — graças ao váculo portátil —, mas a areia começava a tomar todo o resto. Dunas em miniatura haviam passado pelas fechaduras estouradas e invadiam a ASN/29. A areia despejava-se em gavinhas e membranas através de aberturas. Havia um monte depositado em um dos tanques explodidos.

O rosto de Shapiro ficou abatido e áspero com o sombreado da barba. Perto do pôr do sol do terceiro dia, ele subiu para observar Rand. Pensou em levar uma seringa hipodérmica, mas desistiu. Aquilo era muito mais do que choque, agora tinha certeza. Rand ficara louco. Seria melhor que ele morresse rapidamente, e tudo indicava que era isso mesmo o que ia acontecer.

Shapiro estava abatido, Rand ficara definhando. Seu corpo era um graveto esquelético. Suas pernas, antes fortes e grossas, com musculatura vigorosa, agora estavam frouxas e finas. A pele pendia delas como meias folgadas que estão sempre caindo. Ele usava apenas a cueca, de náilon vermelho, que tinha a absurda aparência de um frouxo calção de banho. Uma ligeira barba começara a surgir em seu rosto, cobrindo as faces encovadas e o queixo. A barba de Rand era cor de areia de praia. Seus cabelos, anteriormente exibindo um tom indefinido de castanho, haviam se desbotado para quase louros. Agora, pendiam-lhe sobre a testa. Somente os olhos, espiando através da franja com viva intensidade azul, ainda pareciam totalmente animados. Eles estudavam a praia

(*as dunas, as malditas* DUNAS)

incessantemente.

Nesse momento, Shapiro viu algo ruim. Aliás, muito ruim. Viu que o rosto de Rand se transformava em uma duna de areia. Sua barba e cabelos combinavam com a pele.

— Você vai morrer — disse Shapiro. — Se não vier para a nave e beber, vai acabar morrendo.

Rand nada disse.

— É isso que você *quer*?

Nada. Houve o sibiliar vazio do vento e nada mais. Shapiro observou que as dobras no pescoço de Rand estavam se enchendo de areia.

— A única coisa que eu *quero* — disse Rand, em voz fraca, distante como o vento — são as minhas fitas dos Beach Boys. Estão em minha cabine.

— Foda-se! — bufou Shapiro, furioso. — E quer saber o que eu espero? Espero que uma nave chegue antes de você morrer. Quero vê-lo esbravejar e gritar, quando o arrancarem para longe de sua preciosa e maldita praia. Quero ver então o que vai acontecer!

— A praia irá capturá-lo também — disse Rand. Sua voz era vazia e chocante, como vento dentro de uma abóbora partida, uma abóbora que fora deixada em um campo, no fim da última colheita de outubro. — Escute só, Bill. Escute a *onda*.

Rand virou a cabeça. Sua boca entreaberta mostrava a língua. Uma língua estorricada como esponja seca.

Shapiro ouviu algo.

Ouviu as dunas. Elas entoavam canções das tardes domingueiras na praia — sonecas na praia, sem sonhos. Longas sonecas. Uma paz absoluta. O som de gaivotas grasnando. Partículas impensadas, à deriva. Dunas errantes. Ele ouviu... e foi atraído. Atraído para as dunas.

— Você ouviu — disse Rand.

Shapiro levou a mão ao nariz e fincou dois dedos, até fazê-lo sangrar. Então, pode fechar os olhos: seus pensamentos voltaram, lentos e desajeitadamente ligados. Seu coração disparava.

Eu estava quase como Rand. Céus!... Quase fui apanhado!

Tornou a abrir os olhos e viu que Rand se transformara em uma concha, em uma praia havia muito deserta, espichando-se em direção a todos os mistérios de um mar morto-vivo, olhando fixamente para as dunas, dunas e dunas.

Já basta!, gemeu Shapiro para si mesmo.

Ah, mas ouça só o rumor desta onda, sussurraram as dunas.

Contra a vontade, Shapiro ouviu.

Posso ouvir melhor se eu me sentar, Saphiro pensou.

Acomodou-se aos pés de Rand, os calcanhares sob as coxas, como um índio *yaqui*, e ouviu.

Ouviu os Beach Boys e eles cantavam sobre se divertir, se divertir, se divertir. Ouviu-os cantar que as garotas da praia estavam todas ao alcance. Ouviu...

...um suspiro do vento, não em seus ouvidos, mas no desfiladeiro entre o cérebro direito e o esquerdo — ouviu aquele suspiro em algum ponto da escuridão cruzada apenas pela ponte suspensa do corpo cavernoso, que liga o pensamento consciente ao infinito. Shapiro não sentia qualquer fome, sede, calor ou medo. Ouvia apenas a voz no vazio.

Então, uma nave apareceu.

Ela surgiu mergulhando do céu, sua combustão riscando um comprido traço alaranjado, da direita para a esquerda. O estrondo contornou a topografia ondulada em delta e várias dunas desmoronaram, como um cérebro danificado pelo rastro de uma bala. Esse estrondo penetrou na cabeça de Billy Shapiro, fendeu-a e, por um momento, ele ficou dividido entre os dois lados, *partido*, cortado ao meio...

Então, estava de pé.

— *Uma nave* — gritou. — *Puta merda! Uma nave! Uma nave! UMA NAVE!*

Era uma nave mercante, suja e castigada por 500 anos — ou cinco mil —, a serviço do clã. Ondulou através do ar, estrondeou cruamente na vertical e derrapou. O capitão acionou os jatos, fundindo a areia em vidro negro. Shapiro comemorou o ferimento.

Rand olhou em torno, como se despertasse de um sono profundo.

— Diga a ela para ir embora, Billy.

— Você não compreende? — Shapiro andava tropegamente em círculos, sacudindo os punhos no ar. — Você vai ficar bem...

Depois começou a correr para a suja nave mercante, em grandes passadas saltadas, como um canguru fugindo de um tiroteio rasante. A areia quis agarrá-lo, Shapiro a chutou. Vá se foder, areia! Tenho uma garota lá em Hansonville. A areia nunca teve nenhuma garota. Praias nunca tiveram uma ereção.

A carcaça da nave mercante se abriu. Uma passarela saltou para fora, como uma língua. Um homem desceu por ela, atrás de três modelos de androides e de um sujeito formado por placas rolantes, que certamente era o capitão. De qualquer modo, usava uma boina com um símbolo de clã.

Um dos androides agitou um tipo de bastão para ele. Shapiro o afastou de seu caminho. Caiu de joelhos diante do capitão e abraçou os degraus rolantes que lhe substituíam as pernas mortas.

— As dunas... Rand... sem água... vivo... hipnotizaram-no... um mundo cabeça oca... Eu... graças a Deus...

Um tentáculo de aço chicoteou o ar a sua volta e o puxou, arrastando-o deitado, sobre a barriga. A areia seca cochichou debaixo dele, parecendo gargalhar.

— Tudo bem — disse o capitão. — *Bey-at shel! Me! Me! Gat!*

O androide soltou Shapiro e afastou-se rangendo distraidamente consigo mesmo.

— Tudo isto por uma porra de um Fed! — exclamou o capitão, amargurado.

Shapiro chorou. Não era apenas a sua cabeça que doía, mas também o fígado.

— *Dud! Gee-yat! Gat!* Água-para-o-que-chora!

O homem que viera à frente do grupo lhe arremessou uma espécie de mamadeira para baixa gravidade, provida de bico. Shapiro recolheu-a no ar e sugou vorazmente, derramando água fria como cristal dentro da boca e pelo queixo, escorrendo em filetes que lhe escureciam a túnica, desbotada para a cor de osso. Ele engasgou, vomitou, tornou a beber.

Dud e o capitão o observaram atentamente. Os androides rangeram.

Por fim, Shapiro enxugou a boca e se sentou. Agora, sentia-se indisposto e bem ao mesmo tempo.

— Você Shapiro? — perguntou o capitão.

Shapiro assentiu.

— Afiliação de clã?

— Nenhuma.

— Número da ASN?

— 29.

— Tripulação?

— Três. Um está morto. O outro, Rand, está lá em cima — disse Shapiro, apontando, mas sem olhar.

O rosto do capitão não se alterou, mas o de Dud sim.

— A praia o capturou — explicou Shapiro. Notou os olhares velados e questionadores. — Talvez... esteja em choque. Ele parece hipnotizado. Fica falando sobre os... os Beach Boys... ah, não importa, vocês não saberiam. Ele não quis comer nem beber. Está mal.

— Dud, leve um dos androides e traga-o para baixo. — O capitão abanou a cabeça. — Céus, nave da Federação! Sem resgate!

Dud assentiu. Momentos depois, ele subia com dificuldade uma encosta da duna, com um dos androides. O androide parecia um surfista de 20 anos, que poderia conseguir um dinheiro extra para drogas servindo a viúvas entediadas, porém seu andar o denunciava mais do que os tentáculos segmentados que lhe cresciam nas axilas. O andar, comum a todos os androides, era o caminhar lento, reflexivo e quase doloroso de um velho mordomo inglês com hemorroidas.

Houve um zumbido no painel de instrumentos do capitão.

— Estou aqui.

— Gomez falando, capitão. Estamos com um problema. A varredura topográfica e a telemetria de superfície indicam um solo muito instável. Não há leito rochoso para sustentar-nos. Estamos presos devido a nossas próprias reservas de empuxo e, neste exato momento, isso pode ser a coisa mais sólida em todo o planeta. O problema é que essas reservas começam a perigar.

— Recomendação?

— Devemos partir.

— Quando?

— Cinco minutos atrás.

— Você é uma piada, Gomez.

O capitão apertou um botão e a comunicação foi interrompida. Os olhos de Shapiro giravam nas órbitas.

— Ouça, não se incomode com Rand. Ele está perdido!

— Vou levar os dois de volta — disse o capitão. — Não receberei nenhum resgate, mas a Federação certamente pagará algo por vocês... não que qualquer dos dois valha grande coisa, pelo que posso ver. Ele está maluco e você é um covarde.

— Não... você não compreende. Você...

Os astutos olhos amarelos do capitão cintilaram.

— Tem algum contrabando? — perguntou.

— Capitão... ouça... por favor...

— Porque, se tem, não faz o menor sentido deixá-lo aqui. Diga-me o que é e onde está. Racharemos, 70-30. Honorário-padrão para aquele que o recolhe. Não podia ser melhor do que isso, hein? Você...

A reserva de empuxo inclinou-se subitamente. Foi bastante visível sua inclinação. Uma sirene, em algum ponto no interior da nave mercante, começou a soar com abafada regularidade. O comunicador no painel de instrumentos do capitão sofreu uma interrupção de novo.

— *Aí está!* — gritou Shapiro. — *Viu agora o que tem pela frente? Ainda quer falar em contrabando? NÓS TEMOS É QUE SAIR DAQUI IMEDIATA- MENTE, PORRA!*

— Cale a boca, bonitão, ou farei com que um desses sujeitos lhe dê um sedativo — disse o capitão.

Sua voz era serena, mas os olhos haviam mudado. Ele apertou o botão do comunicador.

— Capitão, estou com dez graus de inclinação e a coisa está aumentando. O elevador está descendo, mas na diagonal. Ainda temos tempo, só que muito pouco. A nave vai acabar caindo.

— Os suportes a manterão.

— Não, senhor. Peço desculpas, capitão, mas não vão.

— Comece a disparar sequências, Gomez.

— Obrigado, senhor. — O alívio na voz de Gomez era indisfarçável.

Dud e o androide vinham descendo a encosta da duna, porém Rand não estava com eles. O androide foi ficando mais e mais atrasado e, então, aconteceu algo estranho. Ele caiu de cara no chão. O capitão franziu o cenho. O androide não caiu como deveria cair, isto é, mais ou menos como um ser humano. Foi como se alguém empurrasse um manequim em uma loja de departamentos. Ele caiu de uma hora para outra. Ploft, e uma pequena nuvem de areia se elevou a sua volta.

Dud recuou e se ajoelhou perto dele. As pernas do androide continuavam a se agitar, como se ele — em seu milhão e meio de microcircuitos refrigerados a Freon que compunham sua mente — sonhasse que ainda caminhava. Contudo, os movimentos das pernas eram lentos e rangentes. Depois, pararam. A fumaça começou a brotar-lhe dos poros e seus tentáculos estremeceram na areia. Era tão horripilante quanto ver um humano morrer. Um profundo rangido brotou de suas entranhas: *Graaaagggg!*

— Está cheio de areia — sussurrou Shapiro. — Foi atacado pela religião dos Beach Boys.

O capitão olhou impacientemente para ele.

— Não seja ridículo, homem! Aquela coisa poderia caminhar através de uma tempestade de areia, sem que um só grão a penetrasse!

— Não *neste* mundo.

Os empuxos de reserva perigaram novamente. Agora, a nave mercante mostrava uma visível inclinação. Houve um ruído surdo, quando seus suportes receberam um peso maior.

— Deixe-o! — gritou o capitão para Dud. — Deixe-o, deixe-o! *Geeyat! Venha-para-o-que-chora!*

Dud aproximou-se, deixando que o androide caminhasse de rosto contra a areia.

— Que confusão! — murmurou o capitão.

Ele e Dud iniciaram uma conversa inteiramente em um rápido dialeto simplificado, que Shapiro conseguiu entender em parte. Dud contou ao capitão que Rand se recusara a vir. O androide tentara agarrá-lo, porém sem muita força, já que se movia espasmodicamente e estranhos chiados brotavam de seu interior. Além disso, ele começara a recitar uma combinação das coordenadas de extração de carvão galáctico e um catálogo das gravações de *folk-music* do capitão. Então, o próprio Dud se aproximara de Rand, agarrando-o. Os dois lutaram brevemente. O capitão respondeu que, se Dud permitira que um homem, parado ao sol quente durante três dias, levasse a melhor sobre ele, então talvez devesse arranjar um outro primeiro-comandante.

O rosto de Dud sombreou-se com seu constrangimento, mas sua expressão grave, preocupada, persistiu. Ele virou lentamente a cabeça, mostrando quatro profundas estrias em sua face. As estrias começavam a inchar.

— *Ele-tem grande indics* — disse Dud. — *Forte-por-chorar. Ele-tem por umby.*

— *Umby-ele por chorar?*

O capitão olhava consternado para Dud. Dud assentiu.

— *Umby, Beyat-shel. Umby-por-chorar.*

Shapiro estivera franzindo o cenho, espremendo sua mente fatigada e aterrorizada para entender aquela palavra. Então, recordou. *Umby.* Significava louco. *Por Deus, ele é forte. Forte, porque está louco. Ele tem muitos expedientes, muita força. Porque está louco.*

Muitos expedientes... ou talvez isso significasse muitas ondas. Shapiro não tinha certeza. De qualquer forma, dava tudo no mesmo.

Umby.

O solo deslizou sob eles novamente e a areia escorreu pelas botas de Shapiro.

Debaixo veio o surdo *ka-thud, ka-thud, ka-thud*, quando os tubos respiratórios se abriram. Shapiro o considerou um dos mais belos sons que já ouvira em sua vida.

O capitão parecia refletir intensamente, ele era como um estranho centauro cuja metade inferior se compunha de degraus e placas, em vez de um cavalo. Depois, olhando para cima, ele pressionou o comunicador.

— Gomez, faça Excelente Montoya descer aqui com uma pistola tranquilizante.

— Entendido.

O capitão olhou para Shapiro.

— E agora, para completar, perdi um androide no valor do seu salário pelos próximos dez anos! Estou puto. Quero levar o seu companheiro.

— Capitão...

Shapiro não pôde deixar de passar a língua pelos lábios. Sabia que era uma péssima coisa a se fazer. Não queria parecer louco, histérico ou covarde, mas, aparentemente, o capitão decidira que era as três coisas. Lamber os lábios daquela maneira apenas acentuaria a impressão... mas não conseguira conter-se.

— Capitão — repetiu —, não consigo convencê-lo da imperiosa necessidade de sair deste mundo o mais depressa poss...

— Consegue, sim, cabeça oca — disse o capitão, não sem gentileza.

Um grito fraco soou no alto da duna mais próxima.

— *Não me toquem! Não cheguem perto de mim! Deixem-me em paz! Todos vocês!*

— *Grande indics tem umby* — disse Dud, em tom grave.

— *Ma-ele, é-mon* — replicou o capitão, e então se virou para Shapiro: — Ele *está* mesmo ruim, não está?

Shapiro estremeceu.

— Você não entende. Você apenas...

As reservas de empuxo tornaram a oscilar. Os suportes grunhiam mais alto do que nunca. O comunicador estalou. A voz de Gomez parecia distante, um pouco irregular.

— Temos que sair daqui agora, capitão!

— Está bem. — Um homem moreno apareceu na passarela. Empunhava uma comprida pistola na mão enluvada. O capitão apontou para Rand: — *Ma-ele, por-Chorar. Pode?*

Excelente Montoya, inalterado pela terra inclinada que não era terra, mas apenas areia fundida em vidro (e Shapiro viu que agora havia profundas rachaduras cruzando aquele vidro), sem ligar para os suportes rangentes ou a visão fantástica de um androide que agora parecia cavar a própria sepultura com os pés, estudou a figura esquelética de Rand por um momento.

— *Pode* — respondeu ele.

— *Tem! Tem-por-Chorar!* — O capitão cuspiu para um lado. — Arranque-lhe o pau fora, que não me incomodo — disse. — Desde que continue respirando quando embarcarmos.

Excelente Montoya ergueu a pistola. O gesto era aparentemente dois terços causal e um terço descuidado, mas mesmo em seu estado de quase pânico Shapiro percebeu a maneira como Montoya inclinava a cabeça para um lado, ao erguer o cano da arma. Como acontecia a muitos nos clãs, a pistola quase fazia parte dele, assemelhando-se a um prolongamento de seu próprio dedo.

Houve um *fuh!* surdo quando ele apertou o gatilho e o dardo tranquilizante disparou pelo cano.

Uma mão se ergueu das dunas e agarrou o dardo.

Era uma grande mão marrom, ondulante, feita de areia. Ela simplesmente se ergueu, desafiando o vento e interrompendo o brilho momentâneo do dardo. Em seguida, a areia caiu de volta ao lugar, com um pesado *thrrrap*. Não houvera mão alguma. Era impossível acreditar que houvera. Contudo, todos a tinham visto.

— *Giddy-hump* — disse o capitão, quase como se conversasse.

Excelente Montoya caiu de joelhos.

— *Aidy-May-por-Chorar, grande-gat veio! Vi-hoh pega-dardo-gat-por-Chorar!...*

Entorpecido, Shapiro percebeu que Montoya rezava um rosário em pidgin.

No alto da duna, Rand dava saltos, sacudindo os punhos para o céu, guinchando fracamente um triunfo.

Uma mão. Era uma MÃO. Ele tem razão: a areia está viva, viva, viva....

— *Indic!* — disse bruscamente o capitão a Montoya. — *Nãopode! Por!*

Montoya se calou. Seus olhos focalizaram a figura saltadora de Rand e depois se desviaram. Seu rosto estava tomado por supersticioso horror, quase medieval em qualidade.

— Muito bem — declarou o capitão. — Já vi o bastante. Desisto! Vamos embora.

Apertou dois botões em seu painel de controle. O motor que deveria girá-lo perfeitamente, a fim de colocá-lo outra vez de frente para a passarela, não emitiu qualquer zumbido — apenas crepitou e chiou. O capitão praguejou. O empuxo de reserva tornou a oscilar.

— Capitão! — chamou Gomez, em pânico.

O capitão apertou rapidamente outro botão, e os degraus rolantes de suas pernas começaram a girar em marcha a ré, subindo a passarela.

— Me guie — disse ele a Shapiro. — Não tenho uma porra de um espelho retrovisor. Aquilo foi uma mão, não foi?

— Foi.

— Quero dar o fora daqui — disse o capitão. — Há 14 anos não tenho um pau, mas, neste exato momento, tenho a sensação de que estou me mijando.

Thrrrap! Uma duna se desfez subitamente, caindo sobre a passarela. Só que não era uma duna, mas um braço.

— Porra, ah, caralho! — exclamou o capitão.

Em sua duna, Rand saltava e guinchava.

Agora, a fiação da metade inferior do capitão começou a crepitar. O minitanque, do qual sua cabeça e ombros eram a pequena torre, pôs-se a rodar para trás.

— O que...

Os degraus rolantes emperraram. A areia saltava entre eles.

— *Levantem-me!* — berrou o capitão para os dois androides remanescentes. — *Agora! JÁ!*

Os tentáculos dos androides envolveram as rodas dentadas dos degraus que eram as pernas do capitão quando o ergueram no alto — ele mostrava uma ridícula semelhança com um calouro de universidade, prestes a ser arremessado em um lençol, por um bando de rudes veteranos. Ele apertava o comunicador.

— Gomez! Dispare a sequência final! Agora! Agora!

A duna aos pés da passarela se levantou. Transformou-se em uma mão. Uma grande mão marrom que começou a subir pela passarela inclinada.

Com um grito agudo, Shapiro saltou de perto daquela mão.

Praguejando, o capitão foi levado para longe dela.

A passarela foi içada. A mão desabou, virou areia novamente. A escotilha irisada se fechou. Os motores rugiam. Não havia tempo para descansar, nada parecido com isso. Shapiro caiu em posição agachada sobre o anteparo e foi imediatamente achatado pela aceleração. Antes que a inconsciência o subjugasse, teve a impressão de sentir a areia arranhando a nave mercante, com musculosos braços marrons, tentando puxá-los para baixo...

Então, se elevaram e se afastaram dali.

Rand os observou indo embora. Estava sentado. Quando a esteira dos jatos da nave mercante finalmente desapareceu no céu, ele voltou os olhos para o plácido infinito das dunas.

— *We got a '34 wagon and we call it a woody* — cantou para a areia vazia e móvel. — *It ain't very cherry; it's an oldy but a goody.*

Lenta, reflexivamente, ele começou a enfiar na boca punhado após punhado de areia. Engoliu... engoliu... engoliu. Em pouco seu ventre era uma barrica inchada, a areia começou a amontoar-se sobre suas pernas.

A imagem do Ceifeiro

— Nós o transportamos no ano passado, foi uma operação e tanto — disse o Sr. Carlin, enquanto subiam a escada. — A remoção teve que ser manual, claro. Não havia outro jeito. Fizemos um seguro contra acidentes, no Lloyd's, antes mesmo de tirá-lo de sua vitrine, na sala de visitas. Era a única firma que o seguraria pela soma que tínhamos em mente.

Spangler não disse nada. O homem era um imbecil. Johnson Spangler aprendera, havia muito e muito tempo, que a única maneira de lidar com um imbecil é ignorá-lo.

— Foi segurado por 250 mil dólares — prosseguiu o Sr. Carlin quando chegaram ao segundo andar. Sua boca contorceu-se em uma linha meio amarga e meio humorística. — Aliás, o prêmio nos custou um bom dinheiro...

Era um homem de baixa estatura, não muito gordo, com óculos sem aro e uma cabeça calva curtida de sol que brilhava como uma bola de vôlei envernizada. Uma armadura, guardando as sombras de mogno do corredor do segundo andar, fitou-os impassivelmente.

Era um longo corredor, e Spangler examinou as paredes e quadros com frio olho clínico. Samuel Claggert comprara em quantidades enormes, porém não soubera comprar. Como tantos outros imperadores autodidatas da indústria de fins do século XIX, ele fora pouco mais do que um vasculhador de casas de penhores, mascarando-se em roupagens de colecionador, um *connaisseur* de monstruosidades em telas, de coleções vulgares de poesia ou novelas em luxuosas encadernações de couro, bem como de atrozes esculturas que ele considerava como Arte.

Naquelas paredes estavam pendurados — engrinaldados seria o termo correto — imitações de tapetes marroquinos, inúmeras (e sem dúvida anônimas) madonas segurando inúmeros bebês com halos, enquanto inúmeros anjos pairavam em todos os pontos do fundo, grotescos candelabros em arabescos e um lustre monstruoso, obscenamente enfeitado e encimado por uma ninfeta sorrindo despudoradamente.

Sem dúvida, o velho pirata conseguira alguns artigos interessantes: a lei de proporcionalidade assim o exigia. E se o Museu Particular Memorial Samuel Claggert (Visitas com Guia, por Hora — Entrada: um dólar para adultos, 50 centavos para crianças — repugnante) se constituía de lixo gritante em 98%, sempre havia aqueles outros dois por cento, coisas como o longo rifle Coombs acima do fogão, na cozinha, a estranha e pequena *câmera obscura* na sala e, naturalmente, o...

— O espelho Delver foi removido do andar de baixo após um... um acidente um tanto infeliz — disse bruscamente o Sr. Carlin, aparentemente motivado pelo fantasmagórico e penetrante retrato de ninguém em particular, na base do segundo lance de escadas. — Houve outros, declarações rudes, comentários maldosos, porém, desta vez, foi realmente uma tentativa de *destruir* o espelho. A mulher, uma Srta. Sandra Bates, chegou com uma pedra no bolso. Por sorte, sua pontaria era ruim e ela só rachou um canto do revestimento. O espelho ficou intacto. Essa Srta. Bates tinha um irmão...

— Não é preciso me oferecer a visita de um dólar — disse Spangler em voz calma. — Estou a par da história do espelho Delver.

— Fascinante, não é mesmo? — Carlin atirou-lhe um curioso olhar enviesado. — Houve aquela duquesa inglesa em 1709... e o mercador de tapetes da Pensilvânia, em 1746... isso sem mencionarmos...

— Estou a par da história — repetiu Spangler, na mesma voz tranquila. — O que me interessa é o acabamento artesanal. Além disso, claro, existe a questão da autenticidade...

— Autenticidade? — O Sr. Carlin deu uma risadinha, um som seco, como o de ossos espreguiçando-se em um armário debaixo da escada. — Ele foi examinado por peritos, Sr. Spangler.

— O Stradivarius Lemlier também.

— É verdade — disse o Sr. Carlin, com um suspiro —, mas nenhum Stradivarius possui o... o efeito perturbador do espelho Delver.

— Sim, é verdade — disse Spangler, em sua voz suavemente contida. Agora percebia que era impossível calar Carlin; o velho possuía uma mente perfeitamente sintonizada com a idade. — É verdade.

Subiram o terceiro e quarto lances em silêncio. À medida que se aproximavam do teto da desconexa edificação, ficava opressivamente quente nas escuras galerias superiores. Com o calor, chegava um insinuante odor que Spangler conhecia bem, pois passara toda a sua vida adulta trabalhando nele — o cheiro de moscas mortas há muito nos cantos escuros, de decomposição úmida, e rastejantes cupins por trás do reboco. O cheiro da idade. Era um cheiro comum apenas aos museus e mausoléus. Ele imaginava que o mesmo cheiro podia provir da sepultura de uma jovem virgem, falecida 40 anos antes.

Ali em cima, as relíquias eram empilhadas a torto e a direito, na profusão de uma verdadeira loja de quinquilharias; o Sr. Carlin conduziu Spangler através de um labirinto de esculturas, telas com molduras estilhaçadas, pomposas gaiolas de pássaros dourado-prateadas, o esqueleto de uma antiga bicicleta de dois lugares. Levou-os até a parede mais afastada, onde uma escada de mão fora colocada abaixo de um alçapão no forro. Um cadeado enferrujado pendia do alçapão.

Mais para a esquerda, um Adônis falsificado os fitava impiedosamente com opacos olhos sem pupilas. Um braço estava estirado e do pulso pendia um cartão amarelo, com os dizeres: ENTRADA ABSOLUTAMENTE PROIBIDA.

O Sr. Carlin tirou um molho de chaves do bolso do casaco, selecionou uma delas e subiu a escada. Parou no terceiro degrau, a cabeça calva brilhando fracamente nas sombras.

— Não gosto desse espelho — comentou. — Aliás, jamais gostei dele. Não gosto de olhar nele. Tenho medo de, um dia, olhar e ver... o que o resto deles viu.

— Eles nada viram além de si mesmos — disse Spangler.

O Sr. Carlin começou a falar, parou, balançou a cabeça e remexeu acima dele, dobrando o pescoço para encaixar a chave na fechadura.

— Devia ser trocada — murmurou. — Ele está... droga!

A fechadura saltou de repente e o cadeado se soltou. O Sr. Carlin tentou apanhá-lo no ar e quase caiu da escada. Spangler agarrou o cadeado, antes que batesse no chão, depois ergueu os olhos para o homem. O Sr. Carlin agarrava-se tremulante no alto da escada, o rosto branco, brilhando na penumbra.

— Isso o deixa *nervoso*, não é? — perguntou Spangler, em um tom ligeiramente inquisitivo.

O Sr. Carlin não respondeu. Parecia paralisado.

— Desça — disse Spangler. — Por favor. Antes que caia.

Carlin desceu lentamente, agarrando-se a cada degrau, como um homem engatinhando acima de um abismo sem fundo. Quando seus pés tocaram o chão, começou a gaguejar, como se o piso fosse percorrido por alguma corrente que o ligara, como uma lâmpada elétrica.

— Duzentos e cinquenta mil — dizia ele. — Duzentos e cinquenta mil dólares como seguro, para trazer aquela... *coisa* de lá debaixo até aqui! Essa maldita coisa! Tiveram que montar uma forma especial e içá-la com guincho até o espigão do depósito lá em cima. E eu esperava, quase rezava, que os dedos de alguém ficassem escorregadios... que a corda não aguentasse... que a coisa despencasse e se estilhaçasse em mil pedaços...

— Fatos — disse Spangler. — O que interessa são fatos, Carlin, e não novelas em brochuras baratas, histórias baratas de tabloides ou filmes de terror igualmente baratos. *Fatos.* Número um: John Delver foi um artesão inglês, de ascendência normanda, fabricante de espelhos no que chamamos de período elisabetano da história da Inglaterra. Viveu e morreu obscuramente. Sem pentagramas riscados no chão para a criada apagar, sem documentos cheirando a enxofre com uma mancha de sangue na linha pontilhada. Número dois: seus espelhos se tornaram peças de colecionador graças, principalmente, ao acabamento artesanal e ao fato de que foi usada uma forma de cristal que dava um efeito levemente ampliador e de distorção para aquele que o observava: uma marca registrada um tanto característica. Número três: que saibamos, restam apenas cinco Delver, dois deles na América. São inestimáveis. Número quatro: este Delver e outro que foi destruído na blitz de Londres adquiriram uma reputação algo espúria, devido principalmente a falsidade, exagero e coincidência...

— Fato número cinco — disse o Sr. Carlin — você é um arrogante bastardo, não é?

Spangler fitou o Adônis cego, com leve irritação.

— Eu fui o guia na excursão da qual fazia parte o irmão de Sandra Bates, quando ele viu seu precioso espelho Delver, Spangler. Ele teria uns 16 anos, estava com um grupo de ginásio. Eu ia relatar a história do espelho e acabara de chegar à parte que *você* apreciaria, enaltecendo seu acabamento perfeito, a perfeição do espelho em si, quando o rapaz levantou a mão. "O que significa aquele borrão preto no canto superior esquerdo?", perguntou ele. "Parece que houve uma falha."

— Um amigo seu perguntou o que ele queria dizer. Bates começou a contar, depois se calou. Olhou para o espelho com profunda atenção, chegando bem junto da corda de veludo vermelho, em torno da vitrine que guardava o espelho — *então olhou para trás, como se o que tivesse visto fosse o reflexo de alguém — de alguém vestido de preto — de pé ao seu ombro*. "Parecia um homem", disse ele, "mas não pude ver seu rosto. Agora, desapareceu." E isso foi tudo.

— Continue — disse Spangler. — Está ardendo de vontade de me dizer que era o Ceifeiro: creio que esta é a explicação comum, não? A de que pessoas escolhidas ao acaso veem a imagem do Ceifeiro no espelho? Ora, esqueça, homem! O *National Enquirer* adoraria isso! Fale-me sobre as horríveis consequências e me desafie a explicá-las. Ele foi atropelado por um carro, mais tarde? Atirou-se de uma janela? O que foi?

O Sr. Carlin deu uma risadinha incrédula.

— Acho que devia saber melhor, Spangler. Não me disse duas vezes que está... hum... a par da história do espelho Delver? Não houve consequências horríveis. Nunca houve. Daí porque o espelho Delver não aparece nos suplementos dominicais, como o diamante Koh-i-noor ou a maldição da tumba do rei Tutancâmon. Ele é mundano, comparado ao resto. Acha que sou um imbecil, não?

— Exatamente — respondeu Splangler. — Podemos subir agora?

— Claro — disse o Sr. Carlin, ardoroso.

Subiu a escada e empurrou o alçapão. Houve um ruído de clique--claque quando ele foi puxado para as sombras por um contrapeso. O Sr. Carlin desapareceu na penumbra. Spangler o seguiu. O Adônis cego olhava indefinidamente para eles.

O aposento era explosivamente quente, iluminado apenas por uma janela de muitos ângulos, coberta de teias de aranha, que filtrava a claridade crua do exterior, transformando-a em suja luminosidade leitosa. O espelho estava inclinado em uma das quinas, de frente para a luz, captando a maior parte da claridade e refletindo-a em uma faixa perolada, na parede oposta. Havia sido pregado com firmeza em uma moldura de madeira. O Sr. Carlin não olhava para ele. Deliberadamente, evitava fitá-lo.

— Nem ao menos o protegeu com um pano velho! — exclamou Spangler, visivelmente irritado pela primeira vez.

— Eu penso nele como um olho — disse o Sr. Carlin. Sua voz continuava seca, absolutamente vazia. — Se for deixado aberto, sempre aberto, talvez acabe ficando cego.

Spangler não lhe deu atenção. Tirou o casaco, dobrou cuidadosamente com os botões para dentro e, com infinita delicadeza, limpou a poeira da superfície convexa do espelho. Depois, recuou e olhou para ele.

Era legítimo. De fato, não havia dúvidas quanto a isso, nunca houvera. Tratava-se de um perfeito exemplar do particular gênio de Delver. O recinto amontoado de quinquilharias atrás dele, seu próprio reflexo, a imagem meio virada de Carlin — tudo surgia claro, nítido, quase tridimensional. O ligeiro efeito amplificador do espelho dava a tudo uma qualidade levemente encurvada, que acrescentava uma distorção quase quadrimensional. Ele era...

Sua linha de raciocínio foi interrompida e ele sentiu outra onda de raiva.

— Carlin!

Carlin não disse nada.

— Carlin, seu maldito imbecil, pensei que você tinha dito que a moça não danificara o espelho!

Nenhuma resposta.

Spangler dirigiu-lhe um olhar gélido, através do espelho.

— Há um pedaço de fita isolante no canto superior esquerdo. Ela o rachou? Pelo amor de Deus, homem, diga alguma coisa!

— Você está vendo o Ceifeiro — disse Carlin. Sua voz era inexpressiva e sem paixão. — Não há nenhuma fita isolante no espelho. Passe a mão sobre o lugar... oh, Deus!

Spangler enrolou cuidadosamente a parte superior da manga do casaco em torno da mão, esticou o braço e fez uma leve pressão contra o espelho.

— Está vendo? Não há nada de sobrenatural. Desapareceu. Minha mão cobriu o que havia.

— Cobriu? Pode sentir a fita? Por que não a arranca?

Spangler afastou a mão cautelosamente e olhou para o espelho. Tudo nele parecia um pouco distorcido: os estranhos ângulos do aposento davam a impressão de bocejar loucamente, como se prestes a deslizarem para o âmago de alguma eternidade invisível. Não havia nenhuma mancha escura no espelho. Estava intacto. Spangler percebeu um medo súbito e doentio crescer dentro de si e desprezou-se por senti-lo.

— Parecia ele, não? — perguntou o Sr. Carlin. Seu rosto estava muito pálido e ele olhava diretamente para o chão. Um músculo saltou espasmodicamente em seu pescoço. — Confesse, Spangler, não parecia uma figura encapuzada, em pé às suas costas?

— Parecia uma fita isolante, tapando uma pequena rachadura — respondeu Spangler, em voz firme. — Nada mais, nada menos...

— Bates era muito robusto — disse Carlin rapidamente. Suas palavras pareciam cair na atmosfera quente e imóvel, como pedras atiradas em água escura. — Como um jogador de futebol. Usava um blusão com iniciais e calças verde-escuras. Estávamos a meio caminho para a exposição no andar de cima, quando...

— Este calor me faz mal — disse Spangler, em voz pouco firme.

Havia apanhado um lenço e enxugava o pescoço. Seus olhos examinavam a superfície convexa do espelho, em leves e abruptos movimentos.

— Quando ele disse que queria um gole d'água... um gole d'água, pelo amor de Deus! — Carlin se virou e olhou desvairadamente para Spangler. — Como eu podia saber? Como eu podia saber?

— Há algum lavatório por aqui? Acho que vou...

— O blusão dele... apenas tive um vislumbre de seu blusão, quando ele desceu a escada... e então...

— ... vomitar!

Carlin abanou a cabeça, como se quisesse arejá-la, e tornou a fitar o chão.

— Claro. Terceira porta a sua esquerda, no segundo andar, tomando a direção da escada. — Ergueu os olhos, suplicante. — Como eu podia *saber*?

Spangler, no entanto, já começava a descer a escada. Ela balançou sob seu peso e, por um momento, Carlin pensou — esperou — que ele fosse cair. Não caiu. Pela abertura quadrada no piso, Carlin o viu descer, tapando levemente a boca com uma das mãos.

— Spangler...?

Ele já se fora.

Carlin ouviu as pisadas dissolvendo-se em ecos, depois cessando. Quando deixou de ouvi-las, estremeceu violentamente. Tentou mover os pés para o alçapão, mas estavam gelados. Apenas aquele último e apressado vislumbre do blusão do rapaz... Meu Deus!...

Era como se enormes mãos invisíveis lhe puxassem a cabeça, forçando-a a erguer-se. Não querendo olhar, Carlin olhou para as cintilantes profundezas do espelho Delver.

Nada havia lá.

O aposento se refletia fielmente para ele, seus confins empoeirados transformados em difuso infinito. Ocorreu-lhe um trecho quase esquecido de um poema de Tennyson, e ele o recitou, em um murmúrio:

"As sombras deixam-me um tanto indisposta, disse a senhora de Shalott..."

E, ainda assim, ele não conseguia desviar os olhos, imobilizados pela quieta atmosfera. Perto de um canto do espelho, uma cabeça de búfalo roída de traças espiava-o com chatos olhos obsidianos.

O rapaz queria água e o bebedouro ficava no saguão do primeiro andar. Ele havia descido a escada e....

E nunca mais voltara.

Nunca mais.

Para nenhum lugar.

Como a duquesa, que fizera uma pausa após arrumar-se diante do espelho para uma *soirée* e voltara ao vestiário para apanhar suas pérolas. Como o mercador de tapetes, que saíra para um passeio de carruagem e deixara para trás apenas uma carruagem vazia e dois cavalos mudos.

E o espelho Delver estivera em Nova York de 1897 a 1920, estivera lá, quando o juiz Crater...

Carlin olhava fixamente, como que hipnotizado, para as rasas profundezas do espelho. Abaixo, o Adônis cego continuava vigilante.

Ele esperou por Spangler, da mesma forma como a família Bates devia ter esperado pelo filho, como o marido da duquesa devia ter esperado que sua esposa voltasse do vestiário. Ficou olhando para o espelho e esperou.

E esperou.

E esperou.

Nona

— *Você ama?*

Ouvi sua voz dizendo isto — algumas vezes ainda a ouço. Em meus sonhos.

— *Você ama?*

— *Sim* — respondo. — *Sim, e o verdadeiro amor jamais morrerá.*

Então acordo gritando.

Mesmo agora, não sei como explicar. Não posso explicar por que fiz aquelas coisas. Tampouco poderia fazê-lo em um julgamento. E aqui há um bando de gente que me pergunta a respeito. Há um psiquiatra que me faz perguntas. Mas fico calado. Meus lábios estão selados. Exceto aqui, em minha cela. Aqui não fico calado. Acordo gritando.

No sonho, eu a vejo caminhando em minha direção. Está usando um vestido branco, quase transparente, com uma expressão mesclada de desejo e triunfo. Ela caminha para mim através de um aposento escuro, com piso de pedra, e sinto cheiro de rosas secas de outubro. Seus braços estão abertos e me aproximo com os meus também abertos, a fim de abraçá-la.

Sinto medo, repulsa, uma ânsia indizível. Medo e repulsa, porque sei que lugar é aquele; ânsia, porque a amo. Sempre a amarei. Há vezes em que desejo que ainda houvesse pena de morte neste estado. Uma curta caminhada por um corredor sombrio, uma cadeira de espaldar reto, com um chapéu metálico, correias... depois um rápido solavanco, e eu estaria com ela.

À medida que nos aproximamos, no sonho, meu medo aumenta, mas é impossível me afastar dela. Minhas mãos pressionam a maciez plana de suas costas, a seda sendo apenas um pouco melhor que sua pele. Ela sorri, com aqueles olhos negros e profundos. Sua cabeça se ergue para a minha, os lábios se entreabrem, prontos para serem beijados.

É então que ela se modifica, se encolhe. Os cabelos ficam ásperos e embolados, dissolvendo-se do negro para um horroroso castanho, que cai sobre a brancura cremosa de suas faces. Os olhos se apertam e ficam vidrados como contas. O branco de seus olhos desaparece, e ela me fita com olhinhos semelhantes a duas bolas de azeviche polido. A boca se torna um papo, através do qual se destacam tortos dentes amarelos.

Eu tento gritar. Tento acordar.

Não posso. Sinto-me preso novamente, sempre ficarei preso.

Estou preso em um enorme, fétido, cemitério de ratos. Luzes oscilam diante de meus olhos. Rosas de outubro. Em algum lugar, um sino bimbalha surdamente.

— Você ama? — a coisa sussurra. — Você ama?

O cheiro das rosas é sua respiração, quando ela se precipita para mim; flores mortas em uma capela mortuária.

— Sim — respondo à coisa-rato. — Sim... e o verdadeiro amor jamais morrerá.

Então, começo a gritar e acordo.

Eles acham que o que fizemos me deixou louco. No entanto, minha mente continua funcionando, de um jeito ou de outro, e nunca parei de buscar as respostas. Ainda quero saber o que aconteceu e como aconteceu.

Eles me deram papel e uma caneta de ponta de feltro. Vou registrar tudo. Talvez responda a algumas de suas perguntas e, ao mesmo tempo, enquanto escrevo talvez possa responder a algumas das minhas. E quando terminar, há algo mais. Algo que eles *não sabem* que eu tenho. Algo que eu peguei. Está aqui, debaixo do meu colchão. Uma faca, do refeitório da prisão.

Tenho que começar falando a vocês sobre Augusta.

É noite enquanto escrevo isto, uma bela noite de agosto, pontilhada de estrelas cintilantes. Posso vê-las através das grades da minha janela, que dá para o pátio de exercícios e também para uma fatia de céu, que posso bloquear com dois dedos. Faz muito calor e estou apenas de sunga. Posso ouvir os suaves rumores típicos do verão de sapos e grilos. No entanto, consigo trazer o inverno de volta, apenas fechando os olhos. O frio amargo daquela noite, as desoladas, duras e hostis luzes de uma cidade que não era a minha. Era 14 de fevereiro.

Como veem, lembro-me de tudo.

E olhem para meus braços — cobertos de suor, ficaram arrepiados.

Augusta...

Quando cheguei a Augusta, estava mais morto do que vivo, por causa do frio. Escolhi um belo dia para me despedir da universidade e viajei de carona para o oeste; antes de sair do estado, parecia que ia morrer congelado.

Um tira me expulsara da interestadual, ameaçando me prender se tornasse a me pegar por ali, pedindo carona. Quase fiquei tentado a desacatá-lo e deixar que me levasse. A lisa autoestrada com quatro faixas parecia a pista de pouso de um aeroporto, com o vento ululando e empurrando membranas de neve pulverizada, em turbilhões ao longo do concreto. E, para os anônimos, por trás de seus seguros para-brisas, qualquer um em pé no acostamento, em uma noite escura, só pode ser um estuprador ou assassino. E se o sujeito tem cabelos compridos, você pode acrescentar molestador de crianças e bicha nesta lista.

Durante algum tempo, fiquei tentando na estrada de acesso, mas não adiantou. Faltando 15 minutos para as 20 horas, percebi que, se não chegasse logo a algum lugar aquecido, acabaria desmaiando.

Caminhei dois quilômetros antes de encontrar uma combinação de restaurante e posto de gasolina, na estrada 202, já dentro dos limites da cidade. A BOA COMIDA DO JOE, dizia o anúncio em néon. Havia três enormes ônibus estacionados no pátio e um sedan novo. Uma coroa de Natal, já surrada, estava pendurada à porta, sem que ninguém se preocupasse em retirá-la. Perto dela, um termômetro mostrava exatamente cinco graus de mercúrio acima do grande zero. Eu nada tinha para cobrir os ouvidos além dos cabelos, e minhas luvas de couro já estavam caindo aos pedaços. As pontas de meus dedos pareciam pedaços de móveis.

Abri a porta e entrei.

O calor foi a primeira coisa que me recebeu, quente e gostoso. Em seguida, foi uma canção caipira na vitrola automática, na voz indiscutível de Merle Haggard: "*We don't let our hair grow long and shaggy, like the hippies out in San Francisco do.*"

A terceira coisa foi O Olho. A gente passa a conhecer O Olho assim que deixa os cabelos crescerem abaixo dos lóbulos das orelhas. No mesmo instante, o pessoal sabe que não fazemos parte do Lions, Elks ou VFW — os Veteranos de Guerras no Estrangeiro. Identificamos O Olho, porém nunca nos acostumamos a ele.

Naquele exato momento, as pessoas que me dirigiam O Olho eram quatro motoristas de caminhão em uma mesa, dois mais no balcão, duas velhotas com casacos de pele baratos e cabelos pintados de azul, o cozinheiro e um moleque desajeitado, com espuma de sabão nas mãos. Havia uma garota sentada no extremo mais distante do balcão, porém ela se limitava a contemplar o fundo de sua xícara de café.

Foi ela a quarta coisa que me tocou.

Já tenho idade suficiente para saber que não existe isso de amor à primeira vista. Trata-se apenas de algo que Rodgers e Hammerstein pensaram um dia, para rimar com *moon* e *June*.* Esse negócio é para jovens de mãos dadas nos bailes escolares, certo?

No entanto, olhar para ela me fez sentir algo. Podem rir, mas aposto como não ririam se a tivessem visto. Ela era quase inacreditavelmente linda. Sem a menor sombra de dúvida, compreendi que todo mundo ali dentro tinha percebido o mesmo que eu. Como se eu soubesse que ela era o alvo do Olho, antes da minha chegada. Tinha cabelos cor de carvão, tão negros que pareciam quase azulados sob as luzes fluorescentes. Caíam livremente por seus ombros, cobertos por um casaco surrado, castanho-amarelado. Tinha a pele branca, com apenas um ligeiríssimo toque rosado abaixo da superfície — por causa do frio que sentia. Cílios negros e compridos. Olhos solenes, um pouquinho amendoados nos cantos. Uma boca cheia e movediça, abaixo de um nariz anguloso e empinado. Não pude reparar como era seu corpo. Não fazia diferença. Vocês não se importariam também. Ela precisava apenas daquele rosto, daqueles cabelos, daquele *ar*. Era refinada. Não conheço outra palavra que se ajuste melhor.

Nona.

Sentei a duas banquetas de distância dela, e o cozinheiro se aproximou, olhando para mim.

— O que vai querer?

— Café puro, por favor.

_____
* Lua e junho em português. (N. da E.)

Ele foi buscá-lo. Atrás de mim, alguém disse:

— Bem, acho que Cristo voltou, justamente como mamãe sempre disse que Ele voltaria.

O lavador de pratos desajeitado riu, emitindo um rápido som como iec-iec. Os motoristas do balcão riram também.

O cozinheiro trouxe meu café, atirou a xícara no balcão, um pouco dele espirrou na minha mão gelada. Eu recuei.

— Desculpe — disse ele, indiferente.

— Ele vai curar a si mesmo — disse um dos motoristas da cabine.

As gêmeas de cabelos pintados pagaram suas contas e apressaram-se em dar o fora. Um dos cavaleiros da estrada foi até a vitrola automática e enfiou nela outra moeda. Johnny Cash começou a cantar *A Boy Named Sue*. Soprei meu café.

Alguém puxou minha manga. Virei a cabeça e lá estava ela — tinha vindo para a banqueta vazia. Olhar de perto para aquele rosto era quase ofuscante. Entornei um pouco mais de meu café.

— Sinto muito — disse ela, em voz baixa, quase átona.

— A culpa foi minha. Ainda não estou sentindo minhas mãos direito.

— Eu...

Ela parou, como que constrangida. De repente, percebi que estava amedrontada. Senti novamente minha primeira reação por ela — a de protegê-la, cuidar dela, não deixá-la ter medo.

— Preciso de uma carona — terminou apressadamente. — Não tive coragem de pedir a nenhum deles — acrescentou, fazendo um gesto quase imperceptível para os motoristas de caminhão na mesa.

Não sei como fazê-los compreender que daria qualquer coisa — *tudo* — para ser capaz de dizer-lhe *Claro, termine seu café, meu carro está estacionado lá fora*. Parece loucura dizer que me sentia assim, após ouvir uma meia dúzia de palavras de sua boca e o mesmo número da minha, porém aconteceu. Olhar para ela era como ver a Mona Lisa ou a Vênus de Milo adquirirem vida. Havia ainda outra sensação. Era como se uma súbita e potente luz houvesse subitamente acendido na confusa escuridão de minha mente. Tudo ficaria mais fácil se eu pudesse dizer que ela era uma garota fácil e eu um homem de fala mansa, ágil em piadinhas e um bom papo, mas ela não era desse tipo, nem eu tampouco. Naquele momento, eu sabia apenas que não podia proporcionar o que ela queria, e isso me dilacerava.

— Estou viajando de carona — falei. — Um tira me expulsou da interestadual e só vim até aqui para fugir do frio. Sinto muito.

— Você é da universidade?

— Era. Saí antes que me mandassem embora.

— Está voltando para casa?

— Não tenho casa para onde ir. Fui tutelado pelo Estado. Estava na universidade com uma bolsa de estudos. Caí fora. Agora, não sei para onde ir.

Era a história de minha vida, em cinco frases. Acho que isso me deixou deprimido.

Ela riu — o som de seu riso me esquentou, depois esfriou.

— Acho que somos gatos do mesmo saco — disse.

Achei que ela tinha dito gatos. *Achei*, no momento. Naquele instante. Mas aqui tive tempo para refletir e cada vez tenho mais impressão de que ela teria dito *ratos*. *Ratos* do mesmo saco. Isso mesmo. E eles não são a mesma coisa, são?

Eu ia iniciar minha melhor tirada — algo inteligente como "É mesmo?" — quando uma mão caiu em meu ombro.

Virei-me. Era um dos motoristas da mesa. Uma barba loura começava a despontar em seu queixo e havia um fósforo pendurado em sua boca. Ele cheirava a óleo de motor e parecia algo saído de um desenho de Steve Ditko.

— Acho que você já acabou esse café — disse ele.

Seus lábios dividiram-se em torno do fósforo, exibindo um sorriso. O homem tinha um bocado de dentes muito alvos.

— Como?

— Você está deixando o lugar fedorento, cara. Você é um cara, não? Fica um tanto difícil adivinhar.

— Você também não é nenhuma rosa — repliquei. — Qual a sua loção de barbear, bonitão? *Eau de cárter?*

Ele me deu um tapa brutal em um lado do rosto, com a mão aberta. Vi pontinhos pretos.

— Nada de brigas aqui dentro — disse o cozinheiro. — Se está querendo acabar com ele, vá lá para fora.

— Vamos, sua bichinha de merda — o caminhoneiro disse.

É a esta altura que uma garota costuma dizer alguma coisa, como "Tire as mãos de cima dele" ou "Seu bruto". Ela não disse nada. Olhava para nós dois com febril intensidade. Chegava a ser assustador. Acho que aquela foi a primeira vez em que percebi como seus olhos eram enormes.

— Preciso bater em você de novo?

— Não. Vamos, seu bosta!

Não sei como aquilo saiu de mim. Não gosto de brigar. Não sou um bom lutador. Sou ainda pior para xingamentos. Mas eu estava zangado. No mesmo instante, senti vontade de matá-lo.

Talvez ele tivesse captado meu desejo. Por um segundo apenas, uma sombra de incerteza passou por seu rosto, a inconsciente dúvida se não teria escolhido o *hippie* errado. Então, desapareceu. Não, ele não ia recuar diante de um efeminado esnobe e elitista, de cabelos compridos, que usava a bandeira para limpar o traseiro — pelo menos, não na frente de seus companheiros. Não um motorista de caminhão, forte e machão como ele.

A raiva me tomou novamente. *Bicha? Bicha?* Perdi o controle e foi bom me sentir assim. A língua estava espessa em minha boca. Meu estômago parecia um pedaço de pedra.

Cruzamos a porta e os chapas do meu chapa quase torceram o pescoço, levantando para apreciar a diversão.

Nona? Pensei nela, mas apenas de maneira vaga, distante. Sabia que ela estaria lá. Nona cuidaria de mim. Sabia disso tão bem como sabia que lá fora estava frio. Era estranho saber isso de uma garota que eu havia conhecido apenas cinco minutos antes. É curioso, mas só mais tarde pensei nisso. Minha mente estava tomada — não, quase sobrecarregada — pela pesada nuvem de fúria. Eu me sentia homicida.

O frio estava tão cortante e sólido que dava a impressão de cortar nossos corpos como uma faca. O cascalho gelado do pátio de estacionamento rangeu cruamente sob as pesadas botas do motorista e sob os meus sapatos. A lua, cheia e intumescida, espiava para nós com um olho insosso. Estava rodeada de anéis desbotados, sugerindo mau tempo a caminho. O céu negro como uma noite no inferno. Deixávamos pequenas sombras miniaturizadas atrás de nossos pés, ao brilho monocrômico de uma única lâmpada de sódio, no alto de um poste, além dos veículos estacionados. Nossa respiração pairava no ar como pluma, em alentos curtos. O motorista se virou para mim comprimindo os punhos enluvados.

— Muito bem, seu filho da puta — disse ele.

Eu pareci inchar — todo o meu corpo parecia inchar. De algum modo, entorpecidamente, eu soube que meu intelecto ia ser eclipsado por algo invisível, que jamais suspeitara existir em mim. Era aterrorizante, porém ao mesmo tempo eu agradeci, desejei-o, ansiei por aquilo. Naquele último instante de pensamento coerente, parecia que meu corpo se tornara uma pirâmide de pedra ou um ciclone capaz de destruir tudo que tivesse pela frente, reduzindo a gravetos. O motorista parecia pequenino, reles, insignificante. Ri dele. Ri, e o som era tão negro e lúgubre como aquele céu manchado pela lua, acima de nós.

Ele investiu gingando os punhos. Eu o atingi na direita, levei a esquerda dele no rosto sem sentir, e dei um chute no seu estômago. O ar saiu dele em uma nuvem branca. Ele tentou recuar, com a mão segurando a barriga e tossindo.

Corri em sua direção, ainda rindo como um cão de fazendeiro latindo para a lua. Atingi-o três vezes, antes mesmo de ele poder fazer um quarto de volta — no pescoço, no ombro, em uma orelha vermelha.

Ele emitiu um grito uivado, e uma de suas mãos em movimento me roçou o nariz. A fúria que me tomara avolumou-se e tornei a chutá-lo, erguendo o pé alto e com força, como um remo. Ele gritou dentro da noite e ouvi uma costela estalar. O homem se dobrou e saltei sobre ele.

No julgamento, um dos outros motoristas de caminhão testemunhou que eu parecia um animal selvagem. E era mesmo. Não lembro bem como foi, porém lembro que grunhia e rosnava para ele como um cão danado.

Montei nele, agarrei punhados de seus cabelos gordurosos com as duas mãos e comecei a esfregar seu rosto no cascalho. À claridade monótona da luz de sódio, seu sangue parecia negro, como sangue de besouro.

— Jesus, para com isso! — alguém gritou.

Mãos agarraram meus ombros e me puxaram. Vi rostos rodopiando e avancei para eles.

O motorista tentava fugir dali. Seu rosto era uma horrenda máscara de sangue, de onde seus olhos alucinados espiavam. Comecei a chutá-lo, me afastando dos demais, rosnando de satisfação a cada vez que o atingia.

Ele não tinha mais condições de luta. Tudo o que queria era ir embora. A cada vez que eu o chutava, seus olhos se espremiam, semi-cerrando-se, como os de uma tartaruga, e então ele parava. Depois, recomeçava a engatinhar. Parecia embasbacado. Decidi que ia matá-lo. Ia chutá-lo até morrer. Depois mataria os outros — todos, exceto Nona.

Voltei a chutá-lo e ele rolou de costas, fitando-me aturdido.

— Meu tio — grasnou. — Vou chamar meu tio. Por favor, por favor!

Ajoelhei-me ao seu lado, sentindo o cascalho morder-me os joelhos, através do tecido fino de meu jeans.

— Aqui está, bonitão — cochichei. — Aqui está seu tio!

Engalfinhei as duas mãos em seu pescoço.

Três deles saltaram em cima de mim imediatamente e me tiraram de cima dele. Levantei-me, ainda sorrindo, comecei a caminhar na direção deles. Os três recuaram, três homens grandalhões, todos verdes de medo.

Então, a coisa desligou.

De uma hora para outra. Desligou e voltei a ser eu mesmo, parado no pátio de estacionamento do Boa Comida do Joe, respirando com dificuldade, sentindo-me nauseado e aterrorizado.

Virei-me e olhei para o bar. A garota estava lá: suas belas feições pareciam iluminadas pelo triunfo. Ela ergueu um punho fechado à altura do ombro, em saudação, como fez um daqueles caras negros nas Olimpíadas nessa época.

Virei-me agora para o homem no chão. Ele ainda tentava engatinhar para longe e, ao me aproximar, seus olhos giraram cheios de medo.

— Não toque nele! — gritou um de seus amigos.

Olhei para eles, confuso.

— Eu... sinto muito... não queria... machucá-lo tanto. Deixem-me ajudá-lo...

— O que você vai fazer é dar o fora daqui — disse o cozinheiro. Estava parado à frente de Nona, ao pé dos degraus, segurando uma espátula gordurosa. — Vou chamar os tiras.

— Ei, cara, foi ele que *começou*! Ele...

— Não me venha com sua conversa fiada, sua bicha piolhenta — disse ele, recuando até o alto dos degraus. — Só sei que você quase matou aquele sujeito. Vou chamar os tiras!

O cozinheiro voltou para dentro.

— Tudo bem — falei, para ninguém em particular. — Tudo bem, tudo bem...

Havia deixado minhas luvas de couro lá dentro, mas não me pareceu uma boa ideia tornar a entrar para pegá-las. Enfiei as mãos nos bolsos e comecei a caminhar de volta para a estrada interestadual. Imaginei minhas chances de pegar uma carona antes que os tiras me apanhassem. Uma em dez. Minhas orelhas congelavam e meu estômago doía. Que noite miserável!

— Espere! Ei, espere!

Virei-me. Era ela, correndo para alcançar-me, os cabelos voando às suas costas.

— Você foi maravilhoso! — exclamou. — Formidável!

— Eu o machuquei muito — falei, taciturnamente. — Nunca fiz nada assim antes.

— Pois eu gostaria que o tivesse matado!

Pestanejei para ela, na luminosidade gélida.

— Devia ter ouvido as coisas que diziam a meu respeito antes de você chegar. Riam, daquela maneira aberta, debochada e suja: "Ah, ah, ah, vejam só a garotinha, na rua até essa hora da noite. Para onde vai, meu bem? Quer uma carona? Eu lhe darei uma carona, se você me der outra. *Porra!*"

Ela olhou para trás sobre o ombro, como se pudesse liquidá-los com um súbito raio de seus olhos escuros. Depois me fitou e, novamente, era como uma lanterna, virada sobre minha mente.

— Meu nome é Nona. Vou com você.

— Para onde? Para a cadeia? — Passei as duas mãos nos cabelos. — Depois disso, o primeiro sujeito que nos der uma carona bem pode ser um tira estadual. Aquele cozinheiro falava sério, quando avisou que ia chamar a polícia.

— Eu peço a carona. Você fica atrás de mim. Quando me virem, eles vão parar. Sempre param para uma garota, se for bonita.

Não quis discutir com ela a respeito, nem podia. Amor à primeira vista? Talvez não. Mas era alguma coisa. Dá para entender?

— Tome — disse ela. — Você esqueceu lá dentro.

Eram as minhas luvas. Ela não tornara a entrar, de maneira que devia ter estado com as luvas o tempo todo. Sabia que viria comigo. Aquilo me deu uma sensação fantástica. Coloquei as luvas e subimos o acesso para a rampa de pedágio.

Ela estava certa sobre a carona. Tomamos o primeiro carro que apareceu na rampa.

Não falamos mais nada enquanto esperávamos, porém foi como se falássemos. Não vou enchê-los com uma conversa mole sobre telepatia e coisas do gênero, porque devem saber do que estou falando. Qualquer um sentiria o mesmo ao lado de alguém realmente íntimo ou tomando uma daquelas drogas que têm iniciais como nome. Não é preciso falar. A comunicação parece irradiar-se por alguma faixa emocional de alta frequência. Um gesto faz tudo. Éramos estranhos. Eu só a conhecia pelo primeiro nome; agora que penso nisto, não creio que lhe tenha dito o meu. Mesmo assim, estávamos sintonizados. Não era amor. Odeio ficar repetindo isso, mas sinto que é preciso. Eu não macularia essa palavra com o que quer que houvesse entre nós — não depois do que fizemos, não depois de Castle Rock, não depois dos sonhos.

Um uivo agudo, ululante, encheu o frio silêncio da noite, subindo e descendo.

— Parece uma ambulância — falei.

— É, parece.

Silêncio novamente. O luar se dissolvia por trás de uma espessa membrana de nuvem. Pensei que os anéis em torno da lua não haviam mentido: teríamos neve antes que a noite terminasse.

Luzes surgiram acima da colina.

Fiquei atrás dela, sem que ela mandasse. Ela jogou os cabelos para trás e ergueu aquele rosto maravilhoso. Enquanto observava o carro sinalizar para a rampa de entrada, fui tomado por um senso de irrealidade — era irreal que essa linda jovem tivesse preferido vir comigo, era irreal que eu tivesse espancado um homem, a ponto de chamarem uma ambulância para ele, era irreal pensar que eu poderia estar na cadeia pela manhã. Irreal. Senti-me preso em uma teia de aranha. Mas quem seria a aranha?

Nona mostrou o polegar. O carro, um Chevrolet sedan, passou por nós e pensei que fosse seguir em frente. Então, os faróis traseiros piscaram e Nona agarrou a minha mão.

— Vamos, conseguimos uma carona!

Ela sorriu para mim, com satisfação infantil, e eu lhe sorri de volta.

O sujeito inclinava-se entusiasticamente sobre o assento para abrir-lhe a porta. Quando a luz se acendeu, pude vê-lo — um homem razoavelmente corpulento, vestindo um caro sobretudo de pelo de camelo, os cabelos embranquecendo em torno das abas do chapéu, fisionomia próspera, amolecida por anos de boa comida. Um homem de negócios ou vendedor. Sozinho. Quando me viu, esboçou uma reação de surpresa, porém já era tarde demais, um ou dois segundos, para que pudesse engrenar o carro e ir embora. Aliás, assim foi mais fácil para ele. Mais tarde, poderia vangloriar-se, acreditando que vira nós dois e que realmente era uma boa alma, dando uma carona a um casal.

— Noite fria — disse, quando Nona deslizou ao seu lado e eu me sentei junto dela.

— Sem dúvida — disse ela, docemente. — Muito obrigada!

— É — falei. — Obrigado.

— Não foi nada.

Partimos, nos afastando de sirenes, deixando para trás motoristas espancados e o Boa Comida do Joe.

Eu tinha sido chutado para fora da interestadual às 19h30. Então eram apenas 20h30. É espantoso o quanto se pode fazer em um breve período ou quanto podem fazer conosco.

Estávamos nos aproximando das faiscantes luzes amarelas indicando o posto de pedágio de Augusta.

— Até onde vão? — perguntou o motorista.

Era uma pergunta difícil. Eu esperava chegar até Kittery e encontrar um conhecido, dono de uma escola local. Parecia uma resposta tão boa quanto qualquer outra e eu já abria minha boca para falar quando Nona disse:

— Estamos indo para Castle Rock. É uma cidadezinha logo a sudoeste de Lewinston-Auburn.

Castle Rock. Senti-me estranho ao ouvir o nome. Certa vez, tivera excelentes relações com Castle Rock, mas isso fora antes de Ace Merrill se meter comigo.

O sujeito parou o carro, pegou um tíquete de pedágio e seguimos viagem novamente.

— Quanto a mim, só vou até Gardiner — disse ele, recostando-se confortavelmente no assento. — Terei que tomar a saída número um. Já é um começo para vocês.

— Claro que é — disse Nona, em voz tão doce quanto antes. — Foi muita gentileza sua parar para nós em uma noite tão fria.

Enquanto ela falava, eu podia captar sua raiva, naquele comprimento de onda altamente emocional, uma raiva crua, cheia de veneno. Aquilo me assustou, da maneira como me assustaria o tiquetaquear de um pacote embrulhado.

— Meu nome é Blanchette — disse ele. — Norman Blanchette.

Estendeu a mão para nós, cumprimentando.

— Cheryl Craig — disse Nona, apertando-lhe a mão delicadamente.

Aceitei sua deixa e forneci a ele um nome falso.

— Muito prazer — murmurei.

A mão dele era lisa e frouxa. Como um saco de água quente no formato de mão. O pensamento nauseou-me. Repugnava-me saber que havíamos sido forçados a uma carona com aquele sujeito benevolente, que imaginava ter tido a sorte de dar carona a uma moça sozinha, uma moça que podia ou não concordar em uma hora passada em algum quarto de motel, em troca de dinheiro suficiente para comprar uma passagem de ônibus. Repugnava-me saber que, se eu estivesse sozinho, o homem que acabara de me oferecer sua mão frouxa e quente seguiria em frente sem mim e sem vacilar. Repugnava-me saber que ele nos deixaria na saída para Gardiner, faria o retorno e depois arremeteria novamente pela interestadual, passando por nós pela rampa que levava ao sul, sem um olhar, feliz consigo mesmo pela facilidade com que resolvera uma situação incômoda. Tudo a respeito dele me repugnava. As dobras por cima de sua papada, as ondas de cabelo alisadas para trás, o cheiro de sua colônia.

E que direito tinha ele? Que direito?

A repugnância azedou e as flores de raiva começaram a florescer novamente.

Os faróis de seu potente sedan Impala vararam a noite com tranquila facilidade, enquanto minha fúria queria estirar-se e estrangular tudo que dizia respeito a ele — o tipo de música que certamente ouvia, recostado em sua poltrona predileta, com o jornal da noite em suas mãos de bolsa de água quente, a tinta que sua mulher devia usar nos cabelos, a roupa de baixo que ela usava, os filhos sempre enviados aos cinemas, à escola ou ao acampamento — enquanto o casal saía para algum lugar —, os amigos esnobes daquele sujeito e as reuniões de bebedeira às quais compareceria com eles.

Sua colônia, no entanto, era pior. Enchia o carro com o cheiro adocicado e nauseante. Cheirava como o desinfetante perfumado que usam em um abatedouro ao fim de cada turno.

O carro disparou através da noite, com Norman Blanchette segurando o volante em suas mãos inchadas. As unhas bem-feitas brilhavam suavemente às luzes do painel de instrumentos. Eu queria quebrar o vidro de uma janela e fugir daquele cheiro enjoativo. Não, mais: eu queria abaixar todo o vidro da janela, espichar a cabeça para o ar frio, espojar-me na frescura gelada — mas estava congelado. Congelado nas mudas entranhas de meu ódio, silencioso e retraído.

Foi quando Nona colocou a lixa de unhas em minha mão.

Aos três anos de idade, peguei uma gripe forte e precisei ficar no hospital. Enquanto estava lá, meu pai adormeceu fumando na cama e a casa pegou fogo matando meus velhos e Drake, meu irmão mais velho. Tenho fotos deles. Parecem atores de um antigo filme de horror da American International, em 1958, rostos que você não reconhece como sendo os de grandes astros, mas como Elisha Cook Jr. e Mara Corday, bem como de um ator mirim que não deve recordar bem — Brandon de Wilde, talvez.

Não tinha parentes que ficassem comigo, então fui enviado para um orfanato em Portland, onde fiquei cinco anos. Depois, tornei-me tutelado pelo Estado. Isto significa que uma família toma conta da gente e o Estado lhe paga 30 dólares mensais pela guarda. Não creio que haja algum tutelado do Estado que tenha adquirido predileção por lagosta. Em geral, um casal aceita dois ou três tutelados — não porque o leite da bondade humana flui em suas veias, mas como um investimento. Eles nos alimentam. Pegam os 30 pagos pelo Estado e nos alimentam. Se uma criança é alimentada, pode pagar pela guarda fazendo tarefas variadas em casa. Isso transforma os 30 em 40, 50, talvez 65 pratas. É o capitalismo, aplicado ao sem-teto. O melhor país do mundo, certo?

Meus "velhos" tinham sobrenome Hollis e moravam em Harlow, do outro lado do rio de Castle Rock. A casa de fazenda em que viviam era de três andares e 14 cômodos. Havia uma lareira a carvão na cozinha, e o calor subia para os andares de cima da maneira como podia. Em janeiro, a gente ia para a cama com três cobertores, mas ainda assim sem ter certeza de que teria os pés no mesmo lugar quando acordasse na manhã seguinte. Era preciso colocá-los no chão, onde se podia olhar para eles e se certificar. A Sra. Hollis era gorda. O Sr. Hollis era sovina e raramente falava. A mobília da casa era uma confusão só. Objetos comprados em liquidações, colchões mofados, cachorros, gatos e peças automotivas encomendadas através dos jornais. Eu tinha três "irmãos", todos eles tutelados. Havia entre nós uma aceitação tácita, éramos como companheiros de uma viagem de ônibus durante três dias.

Eu tinha boas notas na escola e fui escalado para a equipe de beisebol da primavera, no segundo ano do ginásio. Hollis insistia comigo para largar aquilo, mas eu teimei, até acontecer a coisa com Ace Merrill. Então desisti de continuar, não quis mais, não com o rosto todo inchado e cortado, não com as histórias que Betsy Malenfant andava espalhando. Então, saí do time e Hollis me conseguiu um emprego para servir refrigerante na drogaria local.

Em fevereiro, no último ano letivo, enfrentei a Junta Examinadora, pagando com 12 pratas que tinha enfiado em meu colchão. Fui aceito na universidade, com uma bolsa de estudo e com um bom trabalho na biblioteca para pagar o curso. A expressão no rosto dos Hollis, quando lhes mostrei os documentos de ajuda de custo, é a melhor recordação de minha vida.

Curt, um de meus "irmãos", acabou fugindo. Eu não faria algo semelhante. Era passivo demais para uma coisa dessas. Estaria de volta depois de duas horas na estrada. A escola era a única saída para mim, de maneira que fui em frente.

A última coisa que a Sra. Hollis disse quando parti foi: "Quando puder, mande-nos alguma coisa." Nunca mais tornei a vê-los. Tive boas notas em meu primeiro ano e, naquele verão, consegui um emprego de tempo integral na biblioteca. Enviei para eles um cartão de Natal naquele primeiro ano, foi o único.

No primeiro semestre de meu segundo ano, fiquei apaixonado. Era a coisa mais importante que já me acontecera. Bonita? Ela faria vocês recuarem dois passos. Até hoje, não imagino o que teria visto em mim. Aliás, nem sei bem se me amava ou não. Creio que amou, a princípio. Depois disso, tornei-me apenas um hábito difícil de romper, como fumar ou dirigir com o cotovelo apoiado na janela do carro. Ela me prendeu por algum tempo, talvez não querendo quebrar o hábito. Possivelmente continuasse comigo por milagre ou então apenas por vaidade. Bom menino, role, sente-se, pegue o jornal. Tome um beijo de boa-noite. Não importa. Foi amor durante algum tempo, depois ficou parecido com amor, então terminou.

Dormi com ela duas vezes, em ambas após outras coisas que eram consideradas amor. Aquilo alimentou o hábito por um período. Então, ao voltar do feriado do Dia de Ação de Graças, ela anunciou estar apaixonada por um sujeito da sua cidade natal. Tentei reconquistá-la e quase consegui, mas agora ela possuía algo que não tinha antes — perspectiva.

O que quer que fosse que eu estivera construindo por todos aqueles anos, desde que o incêndio aniquilara os atores de filme B que haviam constituído minha família, esse episódio conseguiu derrubar. Isso e o broche do tal sujeito, pregado na blusa dela.

Em seguida, andei saindo com três ou quatro garotas que queriam dormir comigo. Eu podia colocar a culpa na minha infância, quero dizer, pelo fato de nunca haver tido bons modelos sexuais, porém não era esse o caso. Jamais tive problemas com uma garota. Só depois que elas me deixavam.

Comecei a sentir certo medo delas. Acontecia sempre, tanto com aquelas com quem eu brochava quanto com aquelas com quem eu não brochava, com as que eu conseguia transar. Acontece que garotas me deixavam inquieto. Ficava me perguntando onde elas teriam escondido os machados que gostariam de empunhar e quando iriam usá-los contra mim. Não que eu esteja sozinho nesse sentido. Mostrem-me um homem casado ou um homem com uma namorada fixa e eu lhes mostrarei alguém que pergunta a si mesmo (talvez somente nas primeiras horas da manhã ou na tarde de sexta-feira, quando ela sai para o supermercado): *O que ela andará fazendo em minha ausência? O que ela pensa realmente de mim?* E, talvez, acima de tudo: *Quanto de mim ela capturou? Quanto restou?* Quando eu começava a pensar estas coisas, ficava pensando nelas o tempo todo.

Comecei a beber e minhas notas mergulharam de cabeça. Durante as férias do semestre, recebi uma carta dizendo que, se as notas não melhorassem dentro de seis semanas, o meu cheque da bolsa de estudos do segundo semestre seria retido. Eu e alguns sujeitos com quem andava ficamos de porre e assim permanecemos por todo o período daquelas férias. No último dia, fomos a um puteiro e tive um desempenho excelente. Estava escuro demais para distinguir rostos.

Minhas notas continuaram baixas. Telefonei para a garota mais uma vez e chorei ao telefone. Ela chorou também e, de certo modo, creio que isso a envaideceu. Eu não a odiava então e não a odeio agora. Contudo, ela me assustava. Assustava muito.

Em 9 de fevereiro, recebi uma carta do diretor de artes e ciências comunicando que eu ficara reprovado em duas ou três matérias da minha especialização. No dia 13 de fevereiro, recebi uma carta algo vacilante da garota. Ela queria que tudo estivesse certo entre nós. Estava planejando casar com aquele tal sujeito em julho ou agosto e eu estava convidado, se quisesse. Chegava a ser divertido. O que dar a ela como presente de casamento? Meu coração, amarrado em uma fita vermelha? Minha cabeça? Meu pau?

No dia 14, Dia dos Namorados, decidi que era tempo para uma mudança de ares. Nona surgiu em seguida, mas isso vocês já sabem.

Precisam entender o que ela significava para mim, caso isso adiante alguma coisa. Ela era mais bonita do que a tal garota, porém não se tratava disso. Em um país rico, boa aparência é o que não falta. Era o seu interior. Ela era sexy, porém a sexualidade que emanava dela era como algo fixo — um sexo cego, uma espécie de sexo aderente, inegável e não tão importante, já que se tratava de algo tão instintivo como a fotossíntese. Não como um animal, mas como uma planta. Dá para entender? Eu sabia que faríamos amor, que o faríamos como homens e mulheres o fazem, mas que nossa união seria tão vaga, tão remota e sem significado como a hera abrindo seu caminho para o alto, em uma grade, ao sol de agosto.

O sexo só era importante porque era desimportante.

Eu creio — não, tenho certeza — que a violência era a verdadeira força motriz. A violência era real, não apenas um sonho. Tão grande, tão rápida e dura como o Ford 52 de Ace Merrill. A violência da Boa Comida do Joe, a violência de Norman Blanchette. Inclusive, havia algo de cego e vegetativo nisso. Talvez ela fosse apenas uma gavinha trepadeira, afinal de contas, porque a planta carnívora é uma espécie de gavinha, com a diferença de ser carnívora e de fazer movimentos animais, quando uma mosca ou um pedaço de carne crua é colocado em sua mandíbula. E isto era absolutamente real. A gavinha cheia de esporos pode apenas sonhar que fornica, mas tenho certeza de que a planta carnívora saboreia aquela mosca, sente prazer na diminuição de esforços do inseto, quando sua mandíbula se fecha em torno dele.

A última parte era minha passividade. Eu não conseguia tampar o buraco em minha vida. Não o buraco deixado pela garota ao dizer adeus — não quero atribuir-lhe isto —, mas aquele que sempre esteve lá, o escuro e confuso redemoinho que nunca cessava dentro de mim. Nona preencheu esse buraco. Fez com que eu me movesse e agisse.

Fez-me nobre.

Agora, vocês compreendem um pouquinho da situação. Por que eu sonho com ela. Por que permanece o fascínio, a despeito do remorso e da repulsa. Por que a odeio. Por que a temo. E por que, mesmo agora, eu ainda a amo.

Eram 12 quilômetros da rampa de Augusta até Gardiner e nós os cobrimos em escassos minutos. Agarrei firmemente a lixa de unhas do meu lado e vi a placa verde, iluminada por refletores — PARA A SAÍDA 14, MANTENHA A SUA DIREITA — piscando na noite. A lua se fora e a neve começara a cair.

— Eu gostaria de poder levá-los mais longe — disse Blanchette.

— Está tudo bem — respondeu Nona calorosamente, mas pude sentir sua fúria zumbindo e penetrando na carne sob meu crânio, como uma ferroada seca. — No topo da rampa está bom para nós.

Ele iniciou a subida, observando a velocidade de 50 quilômetros por hora, indicada para a rampa. Eu sabia o que ia fazer. Sentia as pernas transformadas em chumbo quente.

O topo da rampa era iluminado por uma luz no alto. À esquerda, eu podia divisar as luzes de Gardiner contra o céu de nuvens espessas. À direita, nada além da escuridão. Não havia trânsito algum, vindo de qualquer lado ao longo da estrada de acesso.

Desci do carro. Nona deslizou pelo assento, oferecendo a Norman Blanchette um último sorriso. Eu não estava preocupado. Ela dirigia a encenação.

Blanchette ofereceu um ofensivo sorriso suíno, aliviado por ficar livre de nós.

— Bem, boa noi...

— Ah, minha bolsa! Não vá embora com minha bolsa!

— Eu apanho — falei para ela.

Inclinei-me para o banco traseiro. Blanchette viu o que eu tinha na mão, e o sorriso suíno de seu rosto se congelou.

Agora, surgiram luzes na colina, porém era tarde demais para parar. Nada mais podia me impedir. Peguei a bolsa de Nona com a mão esquerda. Com a direita, mergulhei a lixa de aço na garganta de Blanchette. Ele gemeu uma vez.

Saí do carro. Nona acenava para o veículo que se aproximava. Eu não conseguia ver no escuro e na neve — via apenas os dois círculos brilhantes de seus faróis. Agachei-me atrás do carro de Blanchette, espiando pelos vidros traseiros.

As vozes quase se perdiam, na garganta cheia do vento.

— ...problema, dona?

— ...pai... vento... teve um ataque do coração! Poderiam...

Deslizei ao longo do porta-mala do Impala de Norman Blanchette, agachado. Podia vê-los agora. A silhueta esguia de Nona e outra mais alta.

Pareciam estar parados ao lado de uma caminhonete. Virando-se, aproximaram-se da janela do motorista do Chevrolet, onde Norman Blanchette escorregara para cima do volante, com a lixa de Nona em sua garganta. O motorista da caminhonete era um rapaz, vestindo o que parecia um blusão da Força Aérea. Inclinou-se para o interior. Eu apareci atrás dele.

— Meu Deus, dona! — exclamou ele. — Há sangue neste sujeito! O que...

Enganchei meu cotovelo direito à volta de seu pescoço e agarrei o punho direito com a mão esquerda. Apertei com força. A cabeça do rapaz bateu no topo da porta e houve um *toc!* surdo. Ele caiu flácido em meus braços.

Eu ainda podia ter parado. Ele não vira Nona direito e nem chegara a dar por mim. Eu podia ter parado ali. Mas ele era um intrometido, alguém em nosso caminho, tentando nos prejudicar. Eu estava cansado de ser prejudicado. Estrangulei-o.

Ao terminar, ergui os olhos e vi Nona focalizada pelas luzes conflitantes do sedan e da caminhonete, seu rosto um rito grotesco de ódio, amor, triunfo e alegria. Ela estendeu os braços e fui para eles. Nos beijamos. Sua boca estava fria, mas a língua, quente. Mergulhei as duas mãos nos vãos secretos de seus cabelos, enquanto o vento uivava a nossa volta.

— Agora, termine — disse ela. — Antes que apareça mais alguém.

Eu terminei. Era um trabalho sujo, mas eu sabia que era o que tínhamos que fazer. Só um tempinho a mais. Depois disso, não importava. Estaríamos salvos.

O corpo do rapaz era leve. Ergui-o nos braços, carreguei-o através da estrada e o atirei na ladeira, além das muretas. Seu corpo ricocheteou frouxamente por todo o trajeto até o fundo, rolando, cabeça acima dos calcanhares, como o espantalho que o Sr. Hollis me fazia colocar na plantação de trigo, todo julho. Voltei para apanhar o Sr. Blanchette.

Ele era mais pesado e sangrava como um porco ferido. Tentei carregá-lo, cambaleei três passos para trás e ele escorregou de meus braços, caindo na estrada. Virei-o para cima. A neve recente aderira ao seu rosto, transformando-o em uma máscara de esquiador.

Me abaixei, agarrei-o por baixo dos braços e o arrastei para a sarjeta. Seus pés desenhavam sulcos atrás dele. Joguei-o pela borda da estrada e o vi deslizar pela rampa, de costas, os braços acima da cabeça. Os olhos estavam arregalados, fitando como que fascinados os flocos de neve que caíam neles. Se a neve continuasse caindo, ambos seriam apenas vagos montinhos, assim que os limpadores de neve chegassem.

Cruzei a estrada de volta. Nona já se acomodara na caminhonete, sem que ninguém precisasse lhe dizer que veículo usaríamos. Pude ver a mancha pálida de seu rosto, os furos escuros dos olhos, mas apenas isso. Entrei no carro de Blanchette, sentei-me sobre as poças de sangue que tinham ficado sobre o assento acolchoado de vinil e o dirigi para o acostamento. Apaguei os faróis, liguei os quatro pisca-alertas e saí. Para quem passasse por perto, pareceria que o motorista tivera problemas com o motor e então caminhara até a cidade, em busca de um mecânico. Fiquei muito satisfeito com minha improvisação. Era como se tivesse assassinado pessoas a vida inteira. Trotei de volta à caminhonete, que ainda estava com o motor ligado, sentei-me ao volante e manobrei para a rampa de entrada do pedágio.

Ela se sentou ao meu lado, sem me tocar, mas bem perto. Quando se movia, às vezes eu sentia uma mecha de seus cabelos em meu pescoço. Era como ser tocado por um pequeno eletrodo. Em certo momento, tive que esticar a mão e pousá-la em sua perna, para certificar-me de que ela era real. Nona riu quietamente. Era tudo bem real. O vento rugia em torno das janelas, atirando neve em grandes e ríspidas rajadas.

Seguimos para o sul.

Logo depois da ponte de Harlow, quando se entra na 126 para Castle Heights, chega-se a uma enorme e reformada fazenda que tem o risível nome de Liga dos Jovens de Castle Rock. Eles possuem 12 pistas de boliche, com desengonçados levantadores automáticos de pinos, que geralmente tiram os três últimos dias da semana de folga, algumas antigas máquinas de fliperama, uma vitrola automática com os maiores sucessos de 1957, três mesas de bilhar e um balcão para a venda de Coca-e-fritas, onde também se alugavam sapatos para boliche, que pareciam recém-saídos dos pés de um defunto. O nome do lugar é hilariante, porque a maioria dos jovens de Castle Rock preferia o cinema *drive-in* de Jay Hill à noite ou as corridas de carros envenenados em Oxford Plains. Os que apareciam por ali eram, em sua maior parte, os desordeiros de Gretna, Harlow e da própria Rock. A média era de uma briga por noite, no pátio de estacionamento.

Comecei a aparecer por lá quando entrei para o ginásio. Um de meus conhecidos, Bill Kennedy, tinha um emprego na Liga dos Jovens três noites por semana e, não havendo ninguém à espera de mesa para o bilhar, ele me deixava jogar de graça por algum tempo. Não era grande coisa, porém era melhor do que voltar à casa dos Hollis.

Foi onde conheci Ace Merrill. Ninguém tinha dúvidas quanto a ele ser o maior valentão das três cidades. Dirigia um envenenado Ford 52 conversível. Corria o boato de que, quando preciso, chegava aos 210 quilômetros. Merrill entrava lá como um rei, os cabelos reluzindo de brilhantina, repuxados para trás, com um perfeito topete no alto da testa, disputava alguns jogos em *double-bank*, por dez centavos de dólar a bola (Se ele era bom nisso? Podem apostar), comprava uma Coca para Betsy quando ela chegava, e então iam embora. Quase se podia ouvir um relutante suspiro de alívio dos presentes, assim que a castigada porta da frente se fechava. Ninguém jamais fora ao pátio de estacionamento com Ace Merrill.

Ninguém, isto é, exceto eu.

Betsy Malenfant era namorada dele, a garota mais bonita de Castle Rock, eu acho. Não acredito que fosse das mais inteligentes, porém isso não importava, quando se olhava para ela. Tinha a pele mais imaculada que já vi e não era resultado de frascos de cosmético. Os cabelos eram negros como carvão, os olhos escuros, a boca generosa, um corpo de dar água na boca — e ela não se importava em exibi-lo. Quem iria pensar em assediá-la ou se engraçar com ela, com Ace por perto? Ninguém em seu juízo perfeito, isso sim.

Gamei nela. Não da maneira como aconteceu com a outra garota, não da maneira como aconteceu com Nona, embora Betsy parecesse uma versão mais nova dela, porém, ao seu modo, com o mesmo desespero, a mesma seriedade. Se vocês já sofreram o pior caso de amor juvenil, sabem como me senti. Ela tinha 17 anos, dois a mais do que eu.

Comecei a aparecer por lá cada vez com mais frequência, inclusive nas noites em que Billy não trabalhava, apenas para vê-la de relance. Eu me sentia como um observador de pássaros, exceto que aquele era um tipo de tarefa alucinada para mim. Voltava para casa, mentia aos Hollis sobre onde andara e subia para meu quarto. Escrevia longas e apaixonadas cartas para ela, contando-lhe tudo que gostaria de fazer com ela, depois as rasgava. Nas salas de estudo do colégio, sonhava em pedi-la em casamento, de modo que depois fugiríamos para o México.

Betsy deve ter percebido o que estava acontecendo e isso certamente a lisonjeou um pouco, porque era gentil comigo quando Ace não estava por perto. Aproximava-se e conversava, deixava que eu lhe comprasse uma Coca, sentava-se em uma banqueta e, disfarçadamente, esfregava a perna na minha. Aquilo me enlouquecia.

Certa noite, no começo de novembro, eu estava dando uma volta por lá, jogando um pouco de bilhar com Bill, enquanto esperava que ela chegasse. O lugar estava deserto, pois não eram nem 20 horas. Um vento solitário gemia lá fora, ameaçando inverno.

— É melhor você cair fora — disse Billy, atirando a nove direto na caçapa.

— Cair fora, como?

— Você sabe.

— Não, eu não sei.

Errei uma tacada e Billy acrescentou uma bola à mesa. Acertou a seis e, enquanto jogava, fui colocar uma moeda na vitrola automática.

— Betsy Malenfant. — Ele alinhou a bola cuidadosamente e a enviou contra a borda. — Charlie Hogan andou contando a Ace a maneira como você fica paquerando a garota. Charlie achou muito engraçado, isso de ela ser mais velha e tudo, porém Ace não achou graça nenhuma.

— Ela não significa nada para mim — falei, num fio de voz.

— É bom que não signifique mesmo.

Mal ele terminou de falar, chegaram dois sujeitos e então ele foi até o balcão, entregar-lhes um taco de bilhar.

Ace apareceu por volta das 21 horas e estava sozinho. Nunca me dera a mínima antes e eu já esquecera o comentário de Billy. Quando somos invisíveis, achamos que somos também invulneráveis. Eu jogava fliperama e estava absolutamente concentrado naquilo. Nem mesmo percebi que o lugar ficava silencioso enquanto todos paravam de jogar boliche ou bilhar. Quando dei por mim, alguém me jogara em cima do fliperama. Caí no chão, confuso. Me levantei, amedrontado e nauseado. A máquina tinha dado *tilt*, apagando minhas três bolas extras. Ele estava lá em pé, olhando para mim, e não havia um fio de cabelo fora do lugar, com o zíper puxado até a metade em seu blusão militar.

— Se não parar de se meter a besta — disse suavemente —, vou mudar sua cara.

Ele foi embora. Todos olhavam para mim e eu queria afundar no chão, até ver que havia uma espécie de relutante admiração na maioria dos rostos. Então, sacudi a roupa com ar despreocupado e enfiei outra moeda no fliperama. A luz piscando *TILT* se apagou. Dois sujeitos se aproximaram e bateram em minhas costas antes de irem embora, sem dizer nada.

Às 23 horas, quando o lugar fechou, Billy me ofereceu uma carona até em casa.

— Se não tomar cuidado, você vai acabar mal.

— Não se preocupe comigo — respondi.

Ele não disse nada.

Duas ou três noites mais tarde, Betsy apareceu sozinha, por volta das 19 horas. Havia outro cara lá, um sujeitinho esquisito de óculos, chamado Vern Tessio, que largara a escola uns dois anos antes. Mal percebi. Ele era ainda mais invisível do que eu.

Ela foi diretamente para onde eu jogava, chegou tão perto que pude sentir o cheiro limpo de sabonete em sua pele. Aquilo me deixou tonto.

— Ouvi sobre o que Ace fez com você — disse ela. — Sei que não devo falar mais com você e não falarei, mas tenho algo que vai fazer você se sentir melhor.

Ela me beijou. Depois se afastou, antes mesmo que eu pudesse baixar a língua do céu da boca. Voltei ao meu jogo, ainda atordoado. Nem mesmo vi quando Tessio saiu para espalhar a novidade. Aliás, eu não via mais nada, além dos olhos escuros, muito escuros, de Betsy.

Assim, mais tarde nessa noite, terminei no pátio de estacionamento com Ace Merrill. Ele me surrou para valer. Era uma noite fria, terrivelmente fria, e por fim comecei a soluçar, pouco ligando para quem estivesse vendo ou ouvindo — isto é, todos. A única lâmpada de sódio jogava sua claridade para baixo impiedosamente. Nem mesmo consegui acertar um soco nele.

— Muito bem — disse ele, se agachando perto de mim. O ritmo de sua respiração nem se alterara. Tirou um canivete de molas do bolso e apertou o botão cromado. Dezoito centímetros de reluzente lâmina prateada saltaram para o mundo. — É isto o que vai ganhar da próxima vez. Vou gravar o meu nome nas suas bolas.

426

Ele se levantou, me deu um último pontapé e foi embora. Fiquei no mesmo lugar por uns dez minutos, tremendo sobre a terra batida do piso. Ninguém veio me ajudar ou me bater nas costas, nem mesmo Billy. Betsy não apareceu para me fazer sentir melhor.

Finalmente, encontrei forças para me levantar e fui de carona até em casa. Contei à Sra. Hollis que pegara carona com um bêbado e ele jogara o carro fora da estrada. Nunca mais voltei ao boliche.

Fiquei sabendo que Ace largou Betsy, não muito tempo depois disso. A partir de então, ela foi descendo ladeira abaixo, cada vez mais rápido — como um caminhão de carga sem freios. Durante o trajeto, ela acabou pegando uma doença venérea. Billy me contou que a vira certa noite no Manoir, em Lewinston, assediando sujeitos para lhe pagarem uma bebida. Havia perdido a maioria dos dentes e lhe quebraram o nariz em algum ponto do caminho, segundo ele. Acrescentou que eu nem a reconheceria. Àquela altura, no entanto, aquilo pouco me importava.

A caminhonete não tinha pneus para neve, de modo que antes de chegarmos à saída para Lewinston eu começara a derrapar sobre a recente camada de neve. Levamos mais de 45 minutos para cobrir os 35 quilômetros.

O homem na saída de Lewinston ficou com meu cartão de pedágio e meus 60 centavos.

— Viagem escorregadia?

Nenhum de nós respondeu. Estávamos agora chegando perto de nosso destino. Se eu não tivesse sentido aquela curiosa espécie de contato sem palavras com ela, eu poderia dizê-lo, apenas pela forma como Nona se sentava no banco empoeirado da caminhonete, as mãos apertadamente dobradas em cima da bolsa, os olhos fixos diretamente na estrada, com feroz intensidade. Um estremecimento sacudiu meu corpo.

Tomamos a estrada 136. Não havia muitos carros à vista. O vento era refrescante e a neve estava ficando mais forte do que nunca. No outro lado de Harlow Village, passamos por um enorme Buick Riviera que havia patinado na neve e subido na calçada. Seus pisca-alertas estavam ligados, e tive uma fantasmagórica e dupla imagem do Impala de Norman Blanchette. Agora devia estar coberto de neve, nada mais que um monte espectral na escuridão.

O motorista do Buick tentou me parar, mas passei por ele sem diminuir a velocidade, atirando-lhe neve. Meus para-brisas estavam emperrados pela neve e, esticando o braço, consegui libertar o do meu lado. Parte da neve se soltou e pude enxergar um pouco melhor.

Harlow era uma cidade fantasma, com tudo escuro e fechado. Assinalei minha direita, a fim de entrar na ponte para Castle Rock. As rodas traseiras queriam ir para outro lado, porém consegui firmar a direção. À frente e do outro lado do rio, era possível divisar a sombra escura, formada pelo prédio da Liga dos Jovens de Castle Rock. Estava fechado e solitário. Senti uma súbita pena, pena por ter havido tanta dor. E morte. Foi quando Nona falou pela primeira vez, desde a saída de Gardiner.

— Há um policial atrás de você.

— Ele está...?

— Não. O pisca-pisca está desligado.

Mas aquilo me deixou nervoso, e o que aconteceu talvez tenha sido por isso. A estrada 136 faz uma curva de 90 graus no lado do rio que dá para Harlow e depois segue reta até a ponte para Castle Rock. Fiz a primeira curva, porém havia gelo no lado de Rock.

— *Merda...*

A traseira da caminhonete derrapou e, antes que eu pudesse controlar a direção, ela já batera em um dos maciços pilares de aço da ponte. Continuamos deslizando em ziguezague e vi em seguida os brilhantes faróis do carro policial atrás de nós. Ele freou — pude ver os reflexos vermelhos na neve que caía —, mas o gelo o apanhou também. Veio direto sobre nós. Houve uma batida metálica e violenta, quando tornamos a colidir com os pilares de suporte. Fui atirado ao colo de Nona e, mesmo naquela rápida fração de segundo, houve tempo para sentir a uniforme firmeza de sua coxa. Então, tudo parou. *Agora*, o policial havia ligado o pisca-pisca. Ele enviava giratórias sombras azuis que passavam sobre o capô da caminhonete e iluminavam as cruzadas vigas de aço da ponte Harlow-Castle Rock, cobertas de neve. Quando o policial saiu do carro, a luz do teto se acendeu.

Se ele não estivesse atrás de nós, nada teria acontecido. Esse pensamento vai e vem em minha mente, como agulha toca-discos presa em um arranhão. Eu exibia um sorriso tenso e gélido no escuro, quando apalpei o piso da boleia da caminhonete, em busca de algo com que atingi-lo.

Havia uma caixa de ferramentas aberta. Peguei uma chave de fenda e a deixei no banco, entre mim e Nona. O policial inclinou-se na janela, seu rosto modificando-se como o de um demônio à luz de seu pisca-pisca.

— Não acha que está viajando um pouco depressa para as condições do tempo?

— E você não estava me seguindo perto demais, para as condições do tempo?

— Está me desacatando, filho?

— Estou, se você pretende me responsabilizar pelo amassado em seu carro.

— Me mostre sua carteira de motorista e seu registro.

Peguei minha carteira e lhe entreguei minha licença.

— O registro?

— O carro é de meu irmão. O registro está na carteira dele.

— É mesmo? — Ele me fitou duramente, tentando me fazer baixar os olhos.

Quando viu que isso demoraria um pouco, fixou-se em Nona. Eu podia ter-lhe arrancado os olhos pelo que vi neles.

— Como se chama?

— Cheryl Craig, senhor.

— O que está fazendo, viajando na caminhonete do irmão dele, em meio a uma tempestade de neve, Cheryl?

— Estamos indo visitar meu tio.

— Em Rock?

— Exatamente.

— Não conheço nenhum Craig em Castle Rock.

— Seu sobrenome é Emonds. Em Bowen Hill.

— É mesmo? — O tira caminhou até a traseira da caminhonete, a fim de verificar a placa. Abri a porta e me inclinei para fora. Ele anotava o número. Voltou enquanto eu ainda me inclinava, iluminado pelo clarão de seus faróis, da cintura para cima. — Eu vou... O que houve com você, rapaz?

Não precisei olhar para baixo, a fim de saber o que houvera comigo. Eu costumara pensar que me inclinar para fora daquele jeito era apenas distração, mas ao escrever tudo isto mudei de ideia. Não creio que fosse nenhuma distração. Eu queria que ele visse o meu estado. Firmei os dedos em torno da chave de fenda.

— O que quer dizer?

Ele aproximou-se dois passos.

— Você está ferido, parece que se cortou. É melhor...

Saltei para cima dele. Seu chapéu havia caído com o choque do carro e ele estava com a cabeça descoberta. Atingi-o para matar, logo acima da testa. Nunca esquecerei aquele som, como o de meio quilo de manteiga caindo em um chão duro.

— Depressa — disse Nona.

Pousou uma mão tranquila em meu pescoço. Estava muito frio, como o ar em um porão subterrâneo. Minha mãe adotiva tinha um porão subterrâneo.

É curioso que me lembre disso. Ela me mandava ir lá embaixo apanhar verduras no inverno. Ela mesma as enlatava. Não em latas de verdade, claro, mas em grossos potes, com vedadores de borracha sob a tampa.

Desci lá um dia, para pegar um pote de feijão-manteiga que ela serviria no jantar. As conservas estavam todas em caixas, claramente marcadas pela mão da Sra. Hollis. Recordo que ela sempre escrevia framboesa errado, algo que me enchia de secreta superioridade.

Naquele dia, passei pelas caixas marcadas "frambeza" e cheguei ao canto onde ela guardava os feijões. Estava frio e escuro. As paredes eram de terra, lisa e escura, e quando chovia acumulavam umidade, em pequenos rios gotejantes e tortuosos. O cheiro era um secreto e obscuro eflúvio, composto de coisas vivas, terra e vegetais estocados, um cheiro extraordinariamente semelhante ao das partes íntimas de uma mulher. Em um canto havia uma velha prensa quebrada, que eu sempre vira ali, desde a minha chegada. Às vezes, eu brincava com ela, fingia que poderia botá-la funcionando novamente. Eu adorava aquele porão. Naquela época — eu tinha nove ou dez anos — o porão era meu local favorito. A Sra. Hollis recusava-se a pôr os pés lá embaixo, e era uma ofensa à dignidade de seu marido descer para apanhar verduras. Assim, quem ia era eu, e cheirava aquele peculiar odor secreto de terra, apreciava a privacidade de seu confinamento uterino. O porão tinha a claridade de uma lâmpada coberta de teias de aranha, posta lá pelo Sr. Hollis, provavelmente antes da Guerra dos Bôeres. Às vezes, movimentando as mãos, eu fazia enormes coelhos alongados na parede.

Apanhei o pote de feijão e já ia voltar, quando ouvi um movimento sussurrante debaixo de uma das caixas velhas. Fui até ela e a levantei.

Havia uma ratazana castanha debaixo dela, deitada de lado. Ela girou a cabeça para cima e me olhou. Seus lados estavam violentamente inchados e ela me arreganhou os dentes. Era a maior ratazana que eu já vira, e me inclinei um pouco mais para ela. Estava parindo. Dois filhotes, pelados e cegos, já mamavam em seu ventre. Outro estava a meio caminho para o mundo.

A mãe me fitou, impotente, mas pronta para morder. Eu queria matá-la, matar todos eles, esmagá-los, mas não pude. Era a coisa mais horrível que já vira. Enquanto observava, uma pequena aranha marrom — acho que uma pernalonga — rastejou rapidamente pelo chão. A ratazana a pegou e comeu.

Fugi dali correndo. No meio da escada, caí e quebrei o pote de feijão. A Sra. Hollis me bateu por isso e nunca mais voltei ao porão, a menos que houvesse absoluta necessidade.

Eu olhava para o tira caído, enquanto recordava.

— Depressa — repetiu Nona.

Ele era muito mais leve do que Norman Blanchette ou, talvez, a minha adrenalina é que fluía mais livremente. Levantei-o nos braços e fui com ele até a borda da ponte. Mal percebia as cascatas abaixo e, acima, o viaduto da ferrovia GS & WM era apenas uma sombra curiosa, como um cadafalso. O vento da noite fustigava e gemia, a neve me batia no rosto. Por um momento, mantive o tira contra meu peito, como um recém-nascido adormecido, depois lembrei quem ele realmente era e o joguei sobre a borda, para a escuridão lá embaixo.

Voltamos à caminhonete e entramos, mas o motor não pegava. Insisti até sentir o cheiro adocicado da gasolina, vindo do carburador engasgado. Então parei.

— Vamos — falei.

Fomos para o carro-patrulha. O banco dianteiro estava entulhado de multas, formulários, duas pranchetas. O rádio de ondas curtas, abaixo do painel, estalava e crepitava.

— Unidade Quatro, responda. Quatro, está ouvindo?

Estirei o braço e o desliguei, batendo em algo com os nós dos dedos, enquanto procurava o botão certo. Era uma espingarda de caça, provavelmente, uma arma de uso particular do tira. Tirei-a dali e a passei para Nona. Ela colocou a espingarda no colo. Fiz o carro-patrulha dar marcha a ré. Estava amassado, mas sem estragos maiores. Dispunha de pneus para neve, que mordiam o solo maravilhosamente tão logo começamos a rodar sobre o gelo que causara o estrago.

Logo depois estávamos em Castle Rock. As casas tinham desaparecido, exceto por um ocasional e castigado *trailer*, recuado da estrada. A estrada ainda não fora limpa, não havendo outras marcas no solo além das que deixávamos para trás. Pinheiros monolíticos, pesados de neve, nos rondavam, fazendo com que eu me sentisse pequeno e insignificante, apenas mais um minúsculo bocado que a garganta daquela noite tragava. Agora já passava das 22 horas.

Não tive grande participação na vida social estudantil durante meu primeiro ano de universidade. Estudei com afinco e trabalhei na biblioteca, pondo livro nas prateleiras, reparando encadernações e aprendendo a catalogar. Na primavera, teve o beisebol dos calouros.

Quando o ano letivo estava para terminar, pouco antes das provas finais, houve um baile no ginásio. Eu estava sem compromissos, estudei para as duas provas iniciais e desci. Tinha o dinheiro da entrada e então entrei.

O ambiente estava escuro, apinhado, suado e frenético como só pode estar uma atividade social universitária, antes das provas finais. Havia sexo no ar. Nem precisava farejá-lo: quase dava para apanhá-lo nas mãos, como uma peça grossa de roupa molhada.

Sabia-se que havia amor a ser feito mais tarde — ou o que se passa por amor. As pessoas iriam fazê-lo sob as arquibancadas, nas instalações de maquinaria a vapor do pátio de estacionamento, nos apartamentos e quartos dos dormitórios. Ia ser feito por rapazes/homens desesperados com o recrutamento militar em seus calcanhares e por lindas estudantes que encerrariam os estudos naquele ano, iriam para casa e iniciariam uma família. Seria feito com lágrimas e risos, entre bêbados e sóbrios, obstinadamente e sem inibição alguma. Mas, na maior parte dos casos, ia ser feito rapidamente.

Havia alguns rapazes desacompanhados, mas não muitos. Aquela era uma noite em que não seria preciso ir a nenhum lugar desacompanhado. Fui até o tablado do conjunto musical. Quando cheguei mais perto do som, o ritmo, a música, tornaram-se uma coisa palpável. O conjunto tinha às costas um grupo de amplificadores de um metro e meio, em forma de semicírculo, de maneira que se podia sentir os tímpanos indo e vindo, no compasso do contrabaixo.

Recostei-me a uma parede e observei. Os dançarinos movimentavam-se em padrões prescritos (como se fossem trios, em vez de casais, com a terceira pessoa invisível entre eles, empurrada pela frente e por trás), os pés se movendo sobre a serragem que fora espalhada sobre o piso encerado. Não vi nenhum conhecido e comecei a me sentir solitário, mas prazerosamente solitário. Me encontrava naquela fase da noite em que fantasiamos que todos olham para nós pelo canto dos olhos, apreciando o romântico estranho.

Meia hora mais tarde, saí e fui beber uma Coca no saguão. Quando voltei, alguém iniciara uma dança em círculo e me puxaram para lá, meus braços nos ombros de duas garotas que eu nunca tinha visto na vida. Giramos e giramos. Havia talvez umas 200 pessoas no círculo, que cobria metade do piso do ginásio. Então, parte dele se rompeu e 20 ou 30 pessoas formaram outro círculo dentro do primeiro, mas girando em sentido contrário. Aquilo me deixou tonto. Vi uma moça parecida com Betsy Malenfant, mas sabia que era fantasia minha. Quando tornei a procurá-la, não a vi mais, nem ninguém que se parecesse com ela.

Finalmente interromperam os círculos, mas eu me sentia fraco e nada bem. Caminhei até as arquibancadas e me sentei. A música era muito alta, o ar gorduroso demais. Minha mente ficava arfando e bocejando. Eu podia ouvir o coração bater em minha cabeça, do mesmo jeito que sentimos depois do maior porre da nossa vida.

Eu costumava achar que o que aconteceu em seguida aconteceu por eu estar cansado e um pouco nauseado de tanto girar e girar mas, como disse antes, ao escrever tudo isto, as coisas entraram em um foco mais nítido. Não acredito mais naquilo.

Tornei a olhar para eles, para todas aquelas pessoas, belas e apressadas, na penumbra. Tive a impressão de que todos os homens pareciam aterrorizados, com os rostos alongados em grotescas máscaras em câmera lenta. Era compreensível. As mulheres — estudantes em suas suéteres, saias curtas, calças boca de sino — estavam se transformando em ratos. A princípio, isso não me amedrontou. Até ri. Sabia que estava tendo alguma espécie de alucinação e, por alguns momentos, pude ficar observando de maneira quase clínica.

Então, uma garota ficou na ponta dos pés para beijar o parceiro e isso foi demais. Rosto peludo e contorcido, com olhos que eram bolas negras erguendo-se para o alto, boca revelando dentes...

Fui embora dali.

Fiquei um momento no saguão, meio distraído. Havia um banheiro no fim do corredor, mas passei por ele e subi a escada.

O vestiário ficava no terceiro andar e precisei subir correndo o último lance de escadas. Empurrei a porta e corri para um dos boxes de banho. Vomitei em meio aos cheiros mesclados de linimento, uniformes suados, couro engraxado. A música lá de baixo chegava distante, o silêncio ali em cima era virginal. Me senti confortável.

Tivemos que parar em um sinal da curva sudoeste. A recordação do baile me deixara agitado, por algum motivo que não entendia. Comecei a tremer.

Ela olhou para mim, sorrindo com as pupilas escuras.

— Vamos?

Não pude responder. Estava tremendo demais para falar. Ela assentiu lentamente, em meu lugar.

Manobrei para um ramal da estrada 7, que devia ter sido uma estrada de troncos, na época do verão. Não dirigi muito depressa porque estava com medo de ficar atolado. Desliguei os faróis, e flocos de neve começaram a se amontoar silenciosamente no para-brisa.

— Você ama? — perguntou ela, quase gentilmente.

Uma espécie de som escapava de mim, era puxado de dentro de mim. Acho que deve ter sido um equivalente oral muito próximo dos pensamentos de um coelho, apanhado em uma armadilha.

— Aqui — disse ela. — Bem aqui.

Era o êxtase.

* * *

Quase não conseguimos retornar à estrada principal. O limpa-neves havia passado, luzes alaranjadas piscando e cintilando na noite, atirando uma enorme muralha de neve em nosso caminho.

Havia uma pá no porta-malas do carro-patrulha. Precisei de meia hora para abrir passagem e, a essa altura, era quase meia-noite. Ela ligou o rádio da polícia enquanto eu estava limpando a neve, e ele nos disse o que precisávamos saber. Os corpos de Blanchette e do rapaz da caminhonete tinham sido encontrados. Eles suspeitavam de que nós tínhamos levado o carro-patrulha. O nome do policial era Essegian, era um nome curioso. Houve um jogador da primeira divisão chamado Essegian — creio que ele jogava para os Dodgers. Talvez eu tivesse matado um parente seu. Não me incomodei em saber o nome do policial. Ele estivera nos perseguindo perto demais, havia cruzado nosso caminho.

Dirigimos de volta à estrada principal.

Eu podia sentir a excitação de Nona, viva, quente, ardendo. Parei o tempo suficiente para limpar o para-brisa com o braço e recomeçarmos a rodar.

Seguimos pelo lado oeste de Castle Rock e, sem precisar que me dissessem, eu sabia onde virar. Uma placa incrustada de neve dizia que era a estrada Stackpole.

O limpador de neve não passara por ali, mas um veículo passara antes de nós. Os sulcos de seus pneus estavam recentes, no chão atapetado pela neve que caía.

Um quilômetro e meio, depois menos do que isso. A viva ansiedade de Nona, sua urgência, acabara me contagiando e comecei a ficar novamente apreensivo. Dobramos uma curva e lá estava o caminhão de força elétrica, com sua carroceria laranja vivo e pisca-alertas de aviso, pulsando na cor de sangue. Estava bloqueando a estrada.

Não dá para imaginar a raiva dela — na verdade, a nossa raiva — porque agora, depois de tudo que aconteceu, nós dois éramos um. Não dá para avaliar a devastadora sensação de intensa paranoia, a convicção de que todos agora se voltavam contra nós.

Eram dois homens. Um era uma sombra encurvada na escuridão à frente. O outro segurava uma lanterna. Ele caminhou na nossa direção, sua luz bamboleando como um olho sinistro. E havia mais do que ódio.

Havia medo — medo de que tudo desse errado para nós, no último momento.

O homem gritava, e então baixei o vidro de minha janela.

— Não pode passar por aqui! Dê a volta pela estrada Bowen! Houve uma queda de fio de alta-tensão aqui! Não pode...

Saí do carro, ergui a espingarda e dei dois tiros. Ele foi lançado contra o caminhão alaranjado e eu cambaleei para trás, contra o carro-patrulha. O homem escorregou, poucos centímetros de cada vez, os olhos fixos em mim incredulamente, depois caiu sobre a neve.

— Tem mais cartuchos? — perguntei a Nona.

— Tem.

Ela me deu os cartuchos. Dobrei a espingarda, ejetei os cartuchos gastos e coloquei novos.

O companheiro do sujeito se levantara e estava olhando o ocorrido, sem acreditar no que via. Gritou para mim algo que se perdeu no vento. Parecia uma pergunta, mas não fazia diferença. Eu ia matá-lo. Caminhei para ele e o homem apenas ficou ali parado, olhando para mim. Não se moveu, nem quando ergui a espingarda. Acho que não imaginava o que ia acontecer. Talvez tenha achado que tudo aquilo era um sonho.

Dei um tiro, mas muito baixo. Um grande jato de neve explodiu para o alto, cobrindo-o. Então, ele deu um berro aterrorizado e correu, dando um salto gigantesco sobre o cabo de força caído na estrada. Atirei novamente e errei novamente. Então, ele desapareceu na escuridão e eu já podia esquecê-lo. Não estava mais em nosso caminho. Retornei ao carro-patrulha.

— Vamos ter que caminhar — falei.

Passamos ao lado do corpo caído, saltamos sobre o crepitante cabo elétrico e seguimos pela estrada, acompanhando as pegadas largamente espaçadas do homem em fuga. Alguns montes de neve quase chegavam aos joelhos de Nona, porém ela permanecia sempre um pouco a minha frente. Ambos estávamos ofegando.

Subimos uma colina e descemos até uma estreita depressão. De um lado, havia um inclinado galpão abandonado, com janelas sem vidraças. Ela parou e agarrou meu braço.

— Lá — disse, apontando para o lado oposto. Sua pressão era forte e doía, mesmo através do meu casaco. Havia um rito de intenso triunfo em seu rosto. — Lá! Lá!

Era um cemitério.

Escorregamos e tropeçamos na subida da barragem, depois escalamos um muro de pedra coberto de neve. Eu também já estivera ali, claro. Minha mãe verdadeira era de Castle Rock e, embora ela e meu pai nunca tivessem morado lá, aquele era o seu pedaço de chão. Havia sido um presente para minha mãe, dos seus pais, que tinham vivido e morrido em Castle Rock. Durante minha paixonite por Betsy, eu tinha ido ali frequentemente para ler os poemas de John Keats e Percy Shelley. Talvez vocês achem que era uma coisa idiota a fazer, algo próprio de um calouro universitário, mas eu acho o contrário. Ainda agora, penso assim. Eu me sentia perto deles, consolado. Depois que Ace Merrill me surrou, nunca voltei ao cemitério. Até Nona me levar lá.

Escorreguei e caí na neve solta, torcendo o tornozelo. Me levantei e continuei caminhando, agora usando a espingarda como muleta. O silêncio era infinito, inacreditável. A neve caía em linhas retas e macias, amontoando-se sobre as lápides e as cruzes, sepultando tudo, exceto as pontas dos corroídos mastros de bandeira que só sustinham bandeiras no Dia de Finados e no Dia dos Veteranos. O silêncio era sacrílego em sua imensidão e, pela primeira vez, senti terror.

Ela me guiou para uma construção de pedra, ao pé da colina, nos fundos do cemitério. Um mausoléu. Um sepulcro embranquecido pela neve. Nona tinha uma chave. Eu sabia que ela teria uma chave — e tinha mesmo.

Ela soprou a neve da maçaneta da porta e encontrou a fechadura. O som de gonzos girando parecia arranhar, através da escuridão. Ela empurrou a porta, que se abriu para o interior.

O odor que escapou até nós era tão frio como o outono, tão frio quanto o ar no porão subterrâneo dos Hollis. Só consegui vislumbrar um pequeno trecho. Havia folhas mortas no chão de pedra. Ela entrou, parou e olhou para mim por cima do ombro.

— Não — falei.

— Você *ama*? — ela perguntou, e riu de mim.

Fiquei parado na escuridão, sentindo que tudo começava a caminhar junto — passado, presente, futuro. Eu queria correr dali, correr gritando, correr depressa o bastante para desfazer tudo o que havia feito.

Nona ficou lá, olhando para mim, a mais linda garota do mundo, a única coisa que já havia sido minha. Fez um gesto com as mãos sobre o corpo. Não lhes direi como era. Vocês saberiam, se também o vissem.

Entrei. Ela fechou a porta.

Estava escuro, mas eu podia ver perfeitamente. O lugar era iluminado por um fogo verde, que corria lentamente. Ele percorria as paredes e serpenteava em línguas, através do chão forrado de folhas. Havia um esquife no centro do mausoléu, porém estava vazio. Pétalas murchas de rosas espalhavam-se sobre ele, como uma antiga oferenda nupcial. Nona acenou para mim, depois apontou para a pequena porta nos fundos. Uma portinhola sem marcas. Tive medo dela. Acho que já sabia. Ela me usara e rira de mim. Agora, ia me destruir.

Ainda assim, não podia parar. Fui até aquela porta, porque tinha de ir. O telégrafo mental ainda funcionava no que eu sentia que era contentamento — um terrível e insano contentamento — e triunfo. Minha mão tremeu quando a estendi para a porta. Ela estava coberta de fogo verde.

Abri a porta e vi o que estava lá.

Era a garota, a minha garota. Morta. Seus olhos fitavam vazios de dentro daquele mausoléu de outubro, fitavam os meus olhos. Ela cheirava a beijos roubados. Estava nua e tinha sido estripada da garganta à virilha, seu corpo inteiro transformado em útero. E havia algo vivendo nele. Os ratos. Eu não podia vê-los, mas podia ouvi-los, correndo dentro dela. Tinha certeza de que, a qualquer momento, sua boca seca se abriria e ela me perguntaria se eu amava. Recuei, sentindo todo o corpo entorpecido, o cérebro flutuando em uma nuvem escura.

Virei-me para Nona. Ela ria, estendendo os braços para mim. Então, num súbito relance de compreensão, eu soube, soube. A última prova. A prova final. Eu passara por ela e *estava* livre!

Voltei para a porta de entrada e, naturalmente, tudo aquilo não passava de um quarto de pedra vazio, com folhas mortas no piso.

Fui para Nona. Fui para minha vida.

Seus braços enrolaram-se em meu pescoço e eu a puxei para mim. Foi quando ela começou a se tranformar, a encolher e se moldar como cera. Os enormes olhos escuros ficaram pequeninos, eram como contas negras. Os cabelos tornaram-se ásperos e marrons. O nariz encurtou, as narinas dilataram-se. Seu corpo ficou disforme, encurvado contra mim.

Eu estava sendo abraçado por um rato.

— Você ama? — guinchou ele. — Você ama, você ama?

Sua boca sem lábios estirou-se para cima, buscando a minha.

Não gritei. Não me sobravam mais gritos. Duvido que ainda torne a gritar um dia.

Está muito quente aqui.

O calor não me incomoda, de modo algum. Gosto de suar, quando posso tomar uma ducha. Sempre pensei no suor como uma coisa boa, uma coisa *masculina*, mas acontece que às vezes, quando faz calor, há insetos que picam — aranhas, por exemplo. Sabiam que as aranhas fêmeas ferroam e comem seus parceiros? Pois é, fazem assim, logo após a cópula. Além disso, ouvi passos apressados nas paredes. Não gosto disso.

Fiquei com cãibras de escritor, a ponta de feltro da caneta agora está toda mole e derretida. Mas eu terminei. E as coisas parecem diferentes. Não parecem mais as mesmas, em absoluto.

Sabem que, por um momento, eles quase me fizeram acreditar que eu havia feito todas aquelas coisas horríveis sozinho? Os homens na parada para caminhões, o sujeito da companhia elétrica que conseguiu fugir. Eles disseram que eu estava sozinho. Eu estava sozinho quando me encontraram, quase morto de frio, naquele cemitério, ao lado das lápides que marcam as sepulturas de meu pai, minha mãe e meu irmão Drake. Isso, no entanto, significa apenas que ela foi embora, vocês entendem. Qualquer idiota compreenderia. Mas fico satisfeito por ela ter ido embora. Fico, sinceramente. Só que vocês precisam entender que ela esteve comigo o tempo todo, a cada passo do caminho.

Vou me matar agora. Será muito melhor. Estou cansado de todo esse sentimento de culpa, da angústia e dos pesadelos. Além do mais, não suporto os ruídos nas paredes. Qualquer um poderia estar lá. Ou qualquer coisa.

Não estou louco. Tenho certeza disto e espero que vocês também tenham. Se você diz que *não* está louco, presume-se que você esteja, porém estou acima de todos esses joguinhos. Ela estava comigo, ela era real. Eu a amo. O verdadeiro amor jamais morrerá. Foi como assinei todas as minhas cartas para Betsy, aquelas que rasguei depois de escritas.

Nona, entretanto, foi a única a quem amei realmente.

Faz muito calor aqui. E não gosto dos ruídos nas paredes.

Você ama?

Sim, eu amo.

E o verdadeiro amor jamais morrerá.

Para Owen

A caminho da escola, você me pergunta
quais outras escolas têm notas.

Vou até a Rua das Frutas e seus olhos desviam-se.

Enquanto caminhamos sob aquelas árvores amarelas,
você está com sua lancheira do exército debaixo de um braço e suas
pernas curtas, vestidas em calças militares,
transformam sua sombra em uma tesoura
que não corta nada na calçada.

De repente, você me diz que todos os alunos são frutas.

Todos preferem os mirtilos, por serem tão pequenos.
As bananas, você diz, são rapazes bagunceiros.
Em seus olhos, vejo punhados de laranjas,
assembleias de maçãs.

Tudo, você diz, tem braços e pernas

e as melancias geralmente são lerdas.
Elas gingam, e são gordas.
"Como eu", diz você.

Eu poderia dizer-lhe umas coisas, mas é melhor não dizer.

As crianças melancias não sabem amarrar os próprios sapatos;
as ameixas o fazem por elas.

Ou o jeito como eu roubo o seu rosto...
roubá-lo, roubá-lo e usá-lo como meu.
Ele se gastaria logo sobre meu rosto.

É porque ele fica esticado.
Eu poderia dizer-lhe que morrer é uma arte
e estou aprendendo depressa.
Naquela escola, creio que você já
tenha pegado seu próprio lápis
e começado a escrever o seu nome.

Entre o agora e o então, acho que podíamos
um dia matar aula e irmos à Rua das Frutas
e eu estacionaria em uma chuva daquelas folhas de outubro
e veríamos uma banana acompanhar a última melancia lerda
por aquelas portas altas.

Sobrevivente

Cedo ou tarde, a pergunta se apresenta a todo estudante de Medicina. Até que ponto o paciente suporta um trauma? Instrutores diferentes respondem à pergunta de diferentes maneiras, mas, reduzida a seu nível básico, a resposta é sempre outra pergunta: Até que ponto o paciente deseja sobreviver?

26 de janeiro

Faz dois dias que a tempestade me derrotou. Esta manhã, medi a ilha a passos. Que ilha! São 190 passos em sua parte mais larga e 267 de ponta a ponta.

Que me conste, não existe nada para comer nela.

Meu nome é Richard Pine. Este é o meu diário. Se eu for encontrado (*quando*), poderei destruí-lo facilmente. Não há escassez de fósforo. De fósforos e de heroína. Há bastante de ambos. Nenhum deles vale nada por aqui, ha-ha! Então, vou escrever. De qualquer modo, vai servir para matar o tempo.

Se for para contar toda a verdade — E por que não? Sem dúvida, tempo não me falta! — devo começar dizendo que nasci Richard Pinzetti, em Little Italy de Nova York. Meu pai era um carcamano do Velho Mundo. Eu queria ser cirurgião. Meu pai riu, disse que eu era maluco e mandou que eu lhe trouxesse outro copo de vinho. Ele morreu de câncer, aos 46 anos. Fiquei contente.

Joguei futebol americano no ginásio. Fui o melhor jogador que minha escola já teve. *Quarterback*, o capitão do time. Nos meus dois últimos anos, fui o vencedor do torneio All-City. Eu odiava futebol americano. Entretanto, quando se é um pobre descendente de carcamano, querendo entrar em uma universidade, a única saída são os esportes. Assim, eu joguei e consegui minha bolsa de estudos por atletismo.

Na universidade, só joguei futebol até minhas notas serem boas o suficiente para me permitirem uma bolsa acadêmica integral. Preparatórios para Medicina. Meu pai morreu seis semanas antes de minha formatura. Uma boa coisa. Acham que eu queria cruzar aquele palco e receber meu diploma, depois olhar para baixo e ver aquela bola de gordura sentada lá? Também me associei a uma fraternidade. Não era das melhores — não com um nome como Pinzetti nela —, mas ainda assim era uma fraternidade.

Por que estou escrevendo isto? Chega a ser quase engraçado. Não, retiro o que eu disse. É engraçado. O grande Dr. Pine, sentado em uma pedra com suas calças de pijama e uma camiseta, em uma ilha quase do tamanho de uma cusparada, escrevendo a história da sua vida. E estou com fome! Ora, não importa, escreverei a maldita história da minha vida, se quiser. Pelo menos, desviará minha mente do estômago. Ou quase.

Mudei meu sobrenome para Pine antes de entrar para a faculdade de Medicina. Minha mãe disse que eu lhe partia o coração. Que coração? Um dia depois de o meu velho estar debaixo da terra, ela já se engraçava com o judeu da mercearia, no fim do quarteirão. Para alguém que tinha tanto amor ao nome, ela parecia com uma pressa dos diabos para trocá-lo por Steinbrunner.

Tudo o que eu queria era cirurgia. Desde o ginásio. Já naquela época, eu envolvia ataduras nas mãos antes de cada jogo e as lavava depois. Quem quer ser cirurgião precisa proteger as mãos. Alguns colegas costumavam implicar comigo por causa disso, me chamavam de covarde. Nunca briguei com eles. Jogar futebol já era risco suficiente. Mas havia outros meios. Quem mais pegava no meu pé era Howie Plotsky, um imigrante da Europa Central, grandalhão e idiota, com a cara coberta de espinhas. Eu entregava jornais e, juntamente com os jornais, também vendia jogos de azar. Havia sempre uma pequena renda, brotando de vários lugares. Acaba-se conhecendo gente, você ouve histórias, faz contatos. Não há outro jeito quando se vive pelas ruas. Qualquer filho da puta sabe como morrer. O negócio é aprender a sobreviver, entendem o que estou dizendo? Então, paguei dez pratas ao cara mais fortão da escola, Ricky Brazzi, para que ele fizesse a boca de Howie Plotsky desaparecer. Faça-a desaparecer, falei. Eu lhe pago um dólar para cada dente que me trouxer. Rico me trouxe três dentes, embrulhados em um guardanapo de papel. Ele deslocou duas articulações dos dedos fazendo o trabalho, o que dá para ver em que tipo de problema eu ia me meter.

Na faculdade de Medicina, enquanto os outros otários se matavam para continuar estudando, trabalhavam como garçons, vendiam gravatas ou limpavam assoalhos, eu me virava. Apostas de futebol e basquete, alguns seguros. Eu permanecia em bons termos com a antiga vizinhança. E tudo correu às mil maravilhas durante a faculdade.

Só entrei no negócio das drogas quando fazia minha residência. Eu trabalhava em um dos maiores hospitais da cidade de Nova York. A princípio foram apenas formulários de receitas em branco. Eu vendia um bloco com cem formulários a um sujeito da vizinhança e ele forjava os nomes de quarenta ou cinquenta médicos diferentes, usando amostras caligráficas que eu também lhe vendia. O cara dava meia-volta e distribuía os receituários na rua, a dez ou vinte dólares cada. Os viciados e adeptos das anfetaminas adoravam aquilo.

Depois de algum tempo, descobri a confusão que era a farmácia do hospital. Ninguém sabia o que entrava ou saía. Tinha gente que catava remédios aos lotes. Eu, não. Sempre tive o máximo cuidado. Nunca me envolvi em problemas até ficar descuidado — e sem sorte. Mas eu vou cair de pé. Sempre caio de pé.

Não posso continuar escrevendo. Meu pulso está cansado e gastei a ponta do lápis. Aliás, não sei por que me preocupo. Daqui a pouco alguém vai vir me resgatar.

27 de janeiro

O barco saiu à deriva esta noite e afundou uns três metros na água, ao norte da ilha. E daí? O fundo, afinal, estava mais furado do que queijo suíço, depois de bater nos recifes. Eu já tinha desembarcado tudo que valia a pena trazer. Quatro galões de água. Um estojo de costura. Um estojo de pronto-socorro. Este livro no qual escrevo, que deve ser um registro de inspeção de barco salva-vidas. Que piada. Onde já se ouviu falar em um barco salva-vidas sem nenhuma COMIDA a bordo? O último registro anotado aqui foi de 8 de agosto de 1970. Ah, sim, e duas facas, uma cega, a outra razoavelmente afiada, uma combinação de garfo e colher. Vou usá-los quando eu comer o meu jantar, esta noite. Pedra assada. Ha-ha! Bem, pelo menos consegui fazer a ponta em meu lápis.

Quando der o fora desta pilha de rochas salpicadas de guano, vou processar a Paradise Lines, Inc. Vale a pena viver, nem que seja só para isso. E eu vou sobreviver. Vou me livrar desta. Não tenham dúvidas quanto a isso. Vou sair dessa.

(mais tarde)

Quando estava fazendo meu inventário, esqueci uma coisa: dois quilos de heroína pura, valendo cerca de 350 mil dólares, preço da rua, em Nova York. Aqui, não vale absolutamente nada. Não é engraçado? Ha-ha!

28 de janeiro

Bem, consegui comer — se é que se pode chamar aquilo de comer. Havia uma gaivota empoleirada em uma das rochas no centro da ilha. Naquele ponto, as rochas ficam amontoadas, em uma espécie de montanha em miniatura — todas elas também cobertas de bosta de aves. Peguei uma pedra que se ajustava à minha mão e escalei as rochas o mais próximo que ousei. A gaivota continuou lá, em cima de sua rocha, fitando-me com brilhantes olhos negros. Fiquei surpreso por não assustá-la com os roncos de meu estômago.

Atirei a pedra o mais forte que pude e a atingi de lado. A gaivota soltou um grasnido alto e tentou fugir voando, mas eu lhe quebrara a asa direita. Escalei o resto das rochas, mas ela escapou. Pude ver o sangue pontilhando suas penas brancas. A filha da puta obrigou-me a uma verdadeira caçada: teve uma hora, no outro lado do monte central de rochas, que enfiei o pé na fenda entre duas pedras e quase fraturei o tornozelo.

A gaivota finalmente começou a ficar cansada e acabei agarrando-a no lado leste da ilha. Aliás, ela tentava entrar na água e ir embora nadando. Agarrei um punhado das penas de sua cauda e ela se virou e me bicou. Então, peguei-a pelo pé. Botei a outra mão em torno de seu miserável pescoço e o torci. O som da fratura me encheu de satisfação. O almoço está servido, ouviram? Ha-ha!

Levei-a para meu "acampamento", mas, antes de depená-la, passei iodo na ferida produzida por sua bicada. Aves possuem todo tipo de germes, e a última coisa de que preciso agora é uma infecção.

A operação na gaivota transcorreu normalmente. Não pude cozinhá-la, o que foi uma pena. Afinal, na ilha não existe qualquer tipo de vegetação ou madeira atirada pelas ondas; além do quê, o bote afundou. Assim, comi a carne crua. Meu estômago queria expulsá-la em seguida. Eu compreendi, mas não permiti que o fizesse. Contei em ordem regressiva, até passar a náusea. Isto quase sempre funciona.

Podem imaginar aquela ave, quase me quebrando o tornozelo e depois me bicando? Se pegar outra amanhã, vou torturá-la. Deixei barato com esta. Agora, enquanto escrevo, posso olhar para sua cabeça decepada, na areia. Os olhos negros, mesmo com o vidrado da morte, parecem zombar de mim.

Será que as gaivotas têm algum cérebro?

Elas são comestíveis?

29 de janeiro

Nada para mastigar hoje. Uma gaivota pousou perto do alto da pilha de rochas, mas fugiu voando, antes que eu chegasse perto o bastante para "passar a bola para ela", ha-ha! Minha barba começa a crescer e coça como o diabo. Se a gaivota voltar e eu conseguir pegá-la, vou arrancar-lhe os olhos antes de comê-la.

Fui um cirurgião do cacete, como creio já ter dito. Eles me botaram para fora. Francamente, chega a ser engraçado: eles fazem qualquer sujeira, mas ficam revoltados, hipocritamente revoltados, quando alguém é apanhado fazendo o mesmo. Dane-se, Jack, o meu já está no bolso! O Segundo Juramento de Hipócrates e Hipócritas.

Eu havia juntado o suficiente com minhas aventuras como estagiário e residente (presume-se que o cara então seja como um dignitário e cavalheiro, segundo o Juramento de Hipócritas, mas não acreditem nisso), para poder montar um consultório em Park Avenue. Foi também uma boa coisa para mim: eu não tinha nenhum papai rico ou patrocinador, como tantos de meus "colegas". Quando pude pregar minha tabuleta de profissional, fazia nove anos que meu pai estava na cova dos indigentes. Minha mãe faleceu um ano antes de ser cassada a minha licença para clinicar.

Aquilo foi um atraso de vida. Eu tinha um negócio com meia dúzia de farmacêuticos do East Side, com dois laboratórios e pelo menos vinte outros médicos. Os pacientes eram enviados para mim e eu enviava pacientes. Continuava operando e prescrevendo a correta medicação pós-operatória. Nem todas as cirurgias eram necessárias, porém jamais fiz uma só contra a vontade do paciente. E nunca tive um paciente que lesse o escrito no receituário e dissesse: "Não quero isto." Olhem só: se a gente permitir, eles fazem uma histerectomia em 1965 ou uma tireoide parcial em 1970 e, cinco ou dez anos mais tarde, continuam tomando analgésicos. Algumas vezes eu permitia. Não era o único, sabem. Eles podem sustentar o vício. E, às vezes, um paciente tem problemas para dormir, após uma cirurgia simples. Ou problemas para conseguir pílulas de dieta. Ou Librium. Tudo podia ser arranjado. Ha! Claro! E, se não arranjassem comigo, arranjariam com outra pessoa.

Então, os fiscais foram falar com Lowenthal. Aquele covarde. Jogaram-lhe cinco anos na cara e ele soltou meia dúzia de nomes. Um deles era o meu. Vigiaram-me por algum tempo e, quando deram as caras, eu valia muito mais do que cinco anos. Eu tinha alguns outros negócios, incluindo o dos formulários em branco, do qual eu não desistira por completo. É curioso, mas eu não precisava mais daquilo, porém se tornara um hábito. É difícil abrir mão de uma grana extra.

Bem, eu conhecia algumas pessoas. Mexi os pauzinhos. E atirei dois sujeitos aos lobos. Ninguém de que eu gostasse, contudo. Os que entreguei aos federais eram verdadeiros filhos da puta.

Meu Deus, estou faminto!

30 de janeiro

Hoje não havia gaivota. Isto me recorda os avisos que, às vezes, vemos nas carrocinhas lá no subúrbio: HOJE NÃO HÁ TOMATE. Entrei na água até a cintura, levando na mão a faca amolada. Fiquei absolutamente imóvel, no mesmo lugar, durante quatro horas, com o sol batendo em mim. Por duas vezes pensei que fosse desmaiar, mas contei de trás para a frente, até passar a sensação. Não vi peixe nenhum. Nenhum.

31 de janeiro

Matei outra gaivota, da mesma forma que a primeira. Estava tão faminto que não a torturei como havia premeditado. Eu a estripei e comi. Depois, espremi as tripas e comi também. É estranho como sentimos a vitalidade ressurgir. Comecei a ficar um pouco assustado. Deitado à sombra da grande pilha central de rochas, pensava ouvir vozes.

A do meu pai. Da minha mãe. Da minha ex-esposa. E, pior de tudo, também do chinês que me vendeu a heroína em Saigon. Ele tinha uma voz ciciante, possivelmente devido a uma fenda palatina parcial.

— Vamos — dizia sua voz, vinda do nada. — Vamos lá, cheire um pouco. Assim, não perceberá que está com tanta fome. É uma beleza...

Só que eu não tinha me drogado, nem mesmo com pílulas para dormir.

Lowenthal se matou, já contei isso? Aquele covarde. Enforcou-se no que era seu escritório. Do meu ponto de vista, prestou um favor ao mundo.

Eu queria minha licença de volta. Algumas das pessoas com quem falei achavam que seria possível — mas ia custar uma nota alta. Mais do que eu poderia imaginar. Eu tinha 40 mil dólares em um cofre no banco. Decidi que precisaria correr o risco e tentar virar a mesa. Dobrar ou triplicar aquela grana.

Então, procurei Ronnie Hanelli. Eu e Ronnie jogamos futebol juntos na universidade e, quando seu irmão mais novo optou por medicina, ajudei-o a conseguir uma residência hospitalar. O próprio Ronnie fazia preparatórios para Direito, não é engraçado? No quarteirão em que crescemos, costumávamos chamá-lo de Ronnie Legal, porque ele apitava todos os jogos de queimada e arbitrava o hóquei. Quem não gostasse de suas decisões podia escolher — ficar de boca fechada ou levar porrada. Os porto-riquenhos o chamavam de *Ronie-carcamano*. Isso o chateava. Pois esse cara fez faculdade, diplomou-se em leis e foi aprovado sem a menor dificuldade, da primeira vez em que se submeteu aos exames para advogar. Então, montou escritório na antiga vizinhança, bem em cima do bar Aquário. Fecho os olhos e ainda posso vê-lo cruzando o quarteirão naquele seu Continental branco. O maior agiota da cidade.

Eu sabia que Ronnie teria algo para mim.

— É perigoso — disse ele —, mas você sempre soube cuidar de si mesmo. E se conseguir a licença de volta, eu o apresentarei a uns sujeitos. Um deles é um deputado estadual.

Ele me forneceu dois nomes. Um deles era o china, Henry Li-Tsu. O outro era de um vietnamita chamado Solom Ngo. Um químico. Por um preço estipulado, testaria o produto do china. O china era conhecido por suas eventuais "brincadeiras". As "brincadeiras" eram sacos plásticos repletos de talco, de detergente em pó para limpar esgotos, de maisena. Ronnie dizia que, um dia, Li-Tsu ainda seria morto por causa de suas piadinhas.

1º de fevereiro

Passou um avião. Voou logo em cima da ilha. Tentei subir ao monte de rochas e acenar para ele. Meu pé enfiou-se em um buraco. Aquele mesmo maldito buraco que me prendeu no dia em que matei a primeira gaivota, eu acho. Fraturei o tornozelo, fratura composta. Foi como um tiro no pé. Uma dor indescritível. Gritei e perdi o equilíbrio, girando os braços como louco, mas acabei rolando até embaixo, bati com a cabeça e tudo ficou negro. Só acordei quando já era crepúsculo. Perdi algum sangue onde bati com a cabeça. Meu tornozelo havia inchado como um pneu e, de quebra, tive um sério caso de queimadura por exposição ao sol. Acho que se houvesse uma hora a mais de sol eu acabaria com bolhas na pele.

Arrastei-me até aqui e passei a última noite tremendo e chorando de frustração. Desinfetei o ferimento da cabeça, logo acima do lóbulo temporal direito. Coloquei ataduras, o melhor que pude. Foi apenas um ferimento superficial do couro cabeludo, mais uma concussão secundária, eu acho, porém meu tornozelo... Foi uma coisa feia, envolvendo dois lugares, talvez três.

Como vou poder perseguir as aves agora?

Só podia ser um avião em busca de sobreviventes do *Callas*. Com a escuridão e a tempestade, o barco salva-vidas pode ter sido levado para quilômetros e quilômetros de distância do local do naufrágio. É possível que nem voltem mais por aqui.

Meu Deus, meu tornozelo está doendo tanto!

2 de fevereiro

Fiz um sinal na pequena praia de areia branca no lado sul da ilha, onde o barco salva-vidas aportou. Levei o dia inteiro, com paradas para descansar na sombra. Mesmo assim, desmaiei duas vezes. Imagino que já tenha perdido uns 12, 13 quilos, em especial pela desidratação. Agora, contudo, de onde estou sentado, posso ver as quatro letras que levei o dia inteiro escrevendo: rochas escuras contra a areia branca, dizendo HELP (Socorro), em letras de um metro e meio de altura. Se outro avião passar, não vai deixar de me ver.

Se houver outro avião.

Meu pé lateja constantemente. Continua inchado e muito vermelho em torno da fratura dupla. A vermelhidão parece ter aumentado. Amarrando apertado com minha camisa, alivio o pior da dor, porém ela continua forte, a ponto de eu desmaiar em vez de dormir.

Comecei a pensar que talvez precise amputar.

3 de fevereiro

O inchaço e a vermelhidão estão piores. Vou esperar até amanhã. Se a operação se tornar necessária, acho que conseguirei levá-la a cabo. Tenho fósforos para esterilizar a faca amolada, além de agulha e linha do estojo de costura. Minha camisa servirá como atadura.

Eu tenho até dois quilos de "sedativo", embora dificilmente do tipo que eu receitaria. No entanto, as pessoas o tomariam, se pudessem consegui-lo. Podem apostar. Aquelas velhotas de cabelos azulados cheirariam até purificadores de ar, se achassem que isso as deixaria doidonas. Podem crer!

4 de fevereiro

Decidi amputar meu pé. Agora, não como há quatro dias. Se esperar mais tempo, corro o risco de desmaiar de choque e de fome no meio da operação, e sangrar até morrer. E mesmo estando um trapo, eu quero viver. Lembro-me do que Mockridge costumava dizer, em Anatomia Básica. Nós o chamávamos de Velho Mockie. Cedo ou tarde, a pergunta se apresenta a todo estudante de Medicina. Até que ponto o paciente suporta um trauma? Então, ele seguia o mapa do corpo humano com seu ponteiro, indicando o fígado, os rins, o coração, o baço, os intestinos. Reduzida a seu nível básico, senhores, a resposta é sempre outra pergunta: Até que ponto o paciente deseja sobreviver?

Acho que posso conseguir.

Tenho certeza.

Acho que estou escrevendo para adiar o inevitável, mas me ocorreu que ainda não terminei a história de como vim parar aqui. Talvez devesse preencher essa lacuna, para o caso de a operação dar errado. Levarei apenas alguns minutos e estou certo de que sobrará claridade suficiente para a operação, porque, segundo meu relógio de pulso, são apenas nove e nove da manhã. Ha!

Voei para Saigon como turista. Isso lhe parece estranho? Pois não devia. Ainda existem milhares de visitantes para lá todos os anos, a despeito da guerra de Nixon. Há pessoas que também gostam de ver destroços de veículos e brigas de galo.

Meu amigo chinês tinha a mercadoria. Levei-a a Ngo, que a declarou material de pureza máxima. Ele me contou que Li-Tsu tinha feito uma de suas brincadeiras quatro meses antes e que sua esposa voara em pedaços, ao ligar a ignição de seu Opel. Desde então, não houvera mais brincadeiras.

Fiquei três semanas em Saigon: havia comprado passagem de volta para São Francisco em um navio-cruzeiro, o *Callas*. Primeira classe. Não houve problemas para subir a bordo com a mercadoria. Por certa quantia, Ngo arranjou para que dois funcionários aduaneiros simplesmente me acenassem para ir em frente, após a vistoria em minhas malas. A mercadoria estava acondicionada em uma sacola de voo que eles nem se deram o trabalho de verificar.

— Vai ser mais difícil passar pela alfândega dos Estados Unidos — disse-me Ngo. — Mas isso é problema seu.

Eu não pretendia fazer a mercadoria passar pela alfândega americana. Ronnie Hanelli conseguira que um mergulhador fizesse um certo trabalhinho arriscado por três mil dólares. Eu deveria encontrá-lo (agora que penso nisso, seria há dois dias) em um cortiço de São Francisco, chamado Hotel São Regis. O plano era colocar a mercadoria em uma lata à prova d'água. Adaptados ao topo, haveria um cronômetro e um pacote de corante vermelho. Pouco antes de atracarmos, a lata seria atirada ao mar — mas não por mim, naturalmente.

Eu ainda procurava um cozinheiro ou camareiro que aceitasse uma nota extra e fosse esperto o bastante — ou estúpido o bastante — para ficar de boca fechada depois. Então o *Callas* afundou.

Não sei como nem por quê. Havia uma tempestade, mas o navio parecia enfrentá-la perfeitamente. Por volta das 20 horas do dia 23, houve uma explosão em algum lugar abaixo dos conveses. No momento, eu me encontrava no salão, e o *Callas* começou a adernar quase imediatamente. Para a esquerda... eles chamam de "bombordo" ou "estibordo"?

Pessoas gritavam e corriam para todos os lados. Garrafas caíam das prateleiras no fundo do bar e estilhaçavam-se no chão. Um homem irrompeu dos níveis mais baixos, cambaleando, com a camisa queimada e a pele transformada em churrasco. O alto-falante começou a dizer às pessoas que se encaminhassem para os postos de barcos salva-vidas que lhes tinham sido designados durante o treinamento contra incêndio, no início do cruzeiro. Os passageiros continuaram correndo de um lado para outro. Bem poucos se tinham dado o trabalho de comparecer ao treinamento. Eu não só compareci, como cheguei cedo — queria estar na primeira fila, percebem, de maneira a ter uma visão total de tudo. Sempre dedico a máxima atenção a tudo, quando se trata de salvar minha pele.

Fui a meu camarote, peguei as sacolas de heroína e coloquei cada uma em meus bolsos da frente. Depois segui para o Posto de Barcos Salva-vidas 8. Quando subia a escada para o convés principal, houve mais duas explosões e o barco passou a se inclinar ainda mais acentuadamente.

E, para completar, estava tudo uma confusão só. Vi uma mulher passar por mim, gritando e com um bebê nos braços. Então, ela escorregou no piso cada vez mais inclinado. Bateu com as coxas na amurada e caiu fora do barco. Ainda a vi girar duas vezes em pleno ar e iniciar um terceiro giro, antes de perdê-la de vista. Um homem de meia-idade, sentado no centro do jogo de amarelinha, no tombadilho, arrancava os cabelos. Outro homem, em trajes de cozinheiro, horrivelmente queimado no rosto e nas mãos, cambaleava de um lugar para outro, gritando AJUDEM-ME! EU NÃO CONSIGO ENXERGAR! AJUDEM-ME! NÃO CONSIGO ENXERGAR!.

O pânico era quase total! Transmitira-se dos passageiros à tripulação, como uma doença. Lembrem-se de que o tempo decorrido entre a primeira explosão e o real afundamento do *Callas* foi de somente 20 minutos. Alguns botes salva-vidas estavam apinhados de gente gritando, enquanto outros se encontravam absolutamente vazios. O meu, no lado do barco que adernava, estava quase deserto: apenas eu e um marinheiro comum, de rosto pálido e com espinhas.

— Vamos logo botar este filho da puta na água — disse ele, com os olhos girando loucamente nas órbitas. — Esta maldita banheira vai direto para o fundo.

Não há dificuldades em operar as engrenagens de um barco salva-vidas, mas, em seu crescente nervosismo, o marinheiro emaranhou todo o seu lado da cordoalha. O barco desceu dois metros, depois ficou pendurado, a proa meio metro mais baixa do que a popa.

Eu ia aproximar-me para ajudá-lo quando ele começou a gritar. Conseguiu desemaranhar a cordoalha e, ao mesmo tempo, ficar com a mão presa. A corda que se desenrolava raspou firme sobre sua mão aberta, arrancando a pele, e ele foi expelido sobre a borda.

Joguei a escada de cordas para baixo, desci por ela apressadamente e soltei o escaler da cordoalha que o abaixava. Depois remei, algo que havia feito ocasionalmente por prazer, quando ia às casas de veraneio dos amigos — agora fazia para salvar minha vida. Sabia que, se não me afastasse o suficiente do agonizante *Callas* antes que ele afundasse, a sucção me levaria para o fundo com ele.

Apenas cinco minutos mais tarde, o *Callas* afundou. Eu não escapara inteiramente à sucção: precisei remar como louco, apenas para ficar no mesmo lugar. O navio afundou rapidamente. Ainda havia pessoas agarradas à amurada da proa, aos gritos. Pareciam um bando de macacos.

A tempestade aumentou. Perdi um remo, porém consegui manter o outro. Passei toda aquela noite em uma espécie de sonho, primeiro esvaziando a água do fundo, depois agarrando o remo e remando furiosamente, para manter a proa do bote na direção da próxima onda que se avolumava.

Pouco antes do alvorecer do dia 24, as ondas começaram a ficar mais fortes atrás de mim. O barco foi jogado para a frente. Eu estava aterrorizado, mas eufórico ao mesmo tempo. De repente, a maioria das tábuas do fundo foi arrancada de sob os meus pés. Mas, antes que o bote pudesse afundar, foi atirado para este monte de rochas esquecido por Deus. Eu nem ao menos sabia onde estava: não tinha a menor ideia de minha localização. Navegar nunca foi minha especialidade, ha-ha!

Mas eu sei o que tenho que fazer. Este talvez seja o último registro neste livro, mas acho que vou conseguir, de algum modo. Não consegui sempre? E hoje em dia fazem coisas espetaculares, em matéria de próteses. Posso me virar muitíssimo bem com apenas um pé.

Chegou a hora de verificar se sou tão bom como imagino. Sorte.

5 de fevereiro

Já fiz.

A dor era a parte que mais me preocupava. Posso suportá-la, mas pensei que, em minha condição debilitada, uma mistura de fome e agonia poderia me fazer perder os sentidos, antes que conseguisse terminar.

A heroína, no entanto, resolveu isto completamente.

Abri uma das sacolas e aspirei duas pitadas sobre a superfície de uma rocha plana — primeiro a narina direita, depois a esquerda. Foi como aspirar algo gelado e maravilhosamente entorpecedor, que se espalhou pelo cérebro, de baixo para cima. Aspirei a heroína assim que terminei de escrever neste diário ontem — isso foi às 9h45. Quando tornei a consultar meu relógio, as sombras tinham se movido, deixando-me parcialmente ao sol, e já eram 12h41. Eu havia cochilado. Nunca imaginei que poderia ser tão belo, não entendo por que era tão desdenhoso antes. A dor, o terror, a infelicidade... tudo desaparece, deixando apenas uma calma euforia.

Foi neste estado que operei.

Naturalmente, houve muita dor, a maior parte dela no começo da cirurgia. Contudo, ela parecia desligada de mim, como se fosse em outra pessoa. Isso me perturbou, porém foi muito interessante. Dá para entender? Talvez vocês entendam, se usarem uma droga pesada à base de morfina. Ela faz muito mais do que apenas apaziguar a dor. Ela induz um estado de espírito. Uma serenidade. Posso compreender por que as pessoas ficam viciadas, embora "viciado" me pareça uma palavra demasiado forte, mais habitualmente usada por aqueles que nunca experimentaram.

Embora sentida pela metade, a dor começou a tornar-se uma coisa mais pessoal. Fui invadido por ondas de vertigem. Olhava ansiosamente para a sacola aberta do pó branco, mas me forçava a desviar os olhos. Se repetisse a dose, teria uma hemorragia fatal, tão certa como se perdesse os sentidos. Em vez disso, contei de trás para a frente, a partir de 100.

A perda de sangue era o fator mais crítico. Como cirurgião, eu estava totalmente consciente disso. Nem uma gota podia ser perdida desnecessariamente. Quando um paciente sofre uma hemorragia, durante uma cirurgia no hospital, podemos dar-lhe uma transfusão de sangue. Eu não dispunha de tais luxos. O que estava perdido — e quando terminei a areia debaixo de minha perna estava escura de sangue —, perdido estava, até que minha fábrica interna renovasse o suprimento. Eu não tinha pinças, hemostatos ou linha cirúrgica.

Iniciei a cirurgia exatamente às 12h45. Terminei-a às 13h50 e imediatamente mediquei-me com heroína, uma dose maior do que antes. Penetrei em um mundo cinza e indolor, lá permanecendo até quase as 17 horas. Quando saí dele, o sol aproximava-se do horizonte oeste, fazendo uma trilha dourada através do Pacífico azul, até onde me encontrava. Nunca vi nada mais belo... toda a dor valeu por apenas aquele instante. Uma hora depois, cheirei uma pitada mais, apenas para saborear e apreciar melhor o pôr do sol.

Logo depois de escurecer eu...

Eu...

Um momento. Já lhes contei que estou sem comer nada *há quatro dias*? E que a única ajuda de que me vali, na questão de reabastecer minha debilitada vitalidade, foi meu próprio corpo? Acima de tudo, não lhes disse, incessantemente, que a sobrevivência é uma atividade da mente? Da mente superior? Não vou me justificar alegando que vocês teriam feito o mesmo. Em primeiro lugar, o mais provável é que vocês não sejam cirurgiões. Mesmo que estivessem a par da mecânica da amputação, poderiam manejar tão mal a situação que de qualquer modo sangrariam até a morte. E, mesmo que suportassem a operação e o choque, talvez a ideia nunca passasse pelas suas mentes pré-condicionadas. Não faz diferença. Ninguém vai saber. Meu último ato, antes de deixar a ilha, será destruir este livro.

Fui muito cuidadoso.

Lavei-o minuciosamente, antes de comê-lo.

7 de fevereiro

A dor no coto foi terrível — lancinante de quando em quando. No entanto, creio que a arraigada comichão, à medida que se inicia o processo de cicatrização, tem sido o pior. Esta tarde, fiquei pensando em todos os pacientes que se queixavam de não suportarem a terrível e não coçável coceira da carne amputada. Eu sorria, dizia a eles que no dia seguinte se sentiriam melhor, pensando comigo mesmo como eram lamentosos e moleirões aqueles bebês ingratos. Agora posso compreender. Por várias vezes estive perto de rasgar e arrancar as ataduras feitas com minha camisa e coçar, cravar os dedos na carne viva e macia, puxar as suturas rudes, deixar o sangue esguichar para a areia, qualquer coisa, tudo enfim, para ficar livre dessa enlouquecedora, horrível *coceira*.

Nessas horas, eu contava de trás para a frente, começando em 100. E cheirava heroína.

Não faço ideia da quantidade que já lancei em meu organismo, porém sei que tenho ficado "chapado" quase continuamente, desde a operação. A heroína diminui a fome, como sabem. Mal tenho consciência de estar faminto. Existe um vago e distante vazio em meu estômago e isso é tudo. Poderia ser facilmente ignorado. Contudo, não posso fazer isso. A heroína não possui valor calórico mensurável. Estive me testando, rastejando de um lugar para outro, medindo minhas energias.

Estão acabando.

Oh, Deus, espero que não, mas... talvez seja necessária outra cirurgia.

(mais tarde)

Outro avião sobrevoou a ilha. Alto demais para me ser útil: tudo quanto pude ver foi a esteira de vapor do jato, espichando-se no céu. Mesmo assim, acenei para ele. Acenei e gritei para ele. Depois que desapareceu, eu chorei.

Está ficando muito escuro para enxergar. Comida. Estive pensando em todos os tipos de comida. A lasanha de minha mãe. Pão de alho. Lagosta. *Escargots*. Filé mignon. Pêssegos. Grelhado londrino. A enorme fatia de bolo inglês e a concha de sorvete de baunilha feito em casa que nos dão por sobremesa no Mother Crunch da First Avenue. Pãezinhos quentes, salmão defumado, presunto defumado com rodelas de abacaxi. Rodelas de cebola. Molho acebolado com batatas fritas, chá gelado em longos, longos goles, batatas fritas fazem a gente lamber os beiços.

100, 99, 98, 97, 96, 95, 94

Deus Deus Deus

8 de fevereiro

Outra gaivota pousou no monte de rochas esta manhã. Uma das gordas. Eu estava sentado à sombra de minha rocha, o que considero meu acampamento, com o coto envolvido nas ataduras e bem apoiado. Comecei a salivar assim que a gaivota pousou. Exatamente como um dos cães de Pavlov. Babando impotentemente, como um bebê. Igual a um bebê.

Peguei uma pedra, grande o bastante para ficar bem ajustada em minha mão, e comecei a engatinhar para a gaivota. Quarto *quarter*. Estamos agora reduzidos a três. Terceira e longa jarda. Pinzetti recua para o passe (Pine, quero dizer. *Pine*). Eu não tinha tanta esperança. Estava certo de que a gaivota voaria. Mas eu precisava tentar. Se pudesse apanhá-la, uma ave tão gorda e insolente como aquela, poderia adiar indefinidamente uma segunda operação. Rastejei para ela, com o coto batendo em uma rocha de quando em quando e enviando estrelas de dor por todo o meu corpo. Esperei que ela voasse.

Não voou. Apenas andou de um lado para outro, seu peito carnudo empinado, como o de algum general avícola passando tropas em revista. De vez em quando olhava para mim com seus olhinhos astutos e eu ficava rígido como uma pedra, contava de trás para a frente, começando de 100, até ela recomeçar a andar para cá e para lá. A cada vez que ela agitava as asas, meu estômago parecia encher-se de gelo. Continuei babando. Não conseguia evitar. Estava babando como um bebê.

Não sei por quanto tempo a fiquei espreitando. Uma hora? Duas? E quanto mais perto eu chegava, mais meu coração disparava e mais saborosa me parecia a gaivota. Ela dava a impressão de zombar de mim. Comecei a acreditar que, tão logo eu chegasse à distância de tiro, ela voaria para fora de meu alcance. Meus braços e pernas tinham começado a tremer. Eu sentia a boca seca. O coto latejava de modo lancinante. Agora, penso que devia estar sentindo dores por abstinência da droga. Bem, mas tão cedo? Fazia menos de uma semana que eu a vinha usando!

Não importa. Eu preciso dela. Há muita heroína ainda, bastante. Se tiver que me internar mais tarde, quando voltar aos Estados Unidos, interno-me na melhor clínica da Califórnia com um sorriso na cara. No momento, o problema não é este, certo?

Quando cheguei a uma boa distância, não quis atirar a pedra. Fiquei insanamente convicto de que erraria, provavelmente por mais de um metro. Precisava chegar mais perto. Assim, continuei a rastejar para o alto do monte de rochas, a cabeça jogada para trás, o suor escorrendo de meu debilitado corpo de espantalho. Meus dentes haviam começado a cariar, já lhes contei? Se fosse um cara supersticioso, diria que era porque tinha comido...

Ha! Nós sabemos o quê, não é mesmo?

Parei novamente. Estava muito mais perto dela do que estivera das outras gaivotas. No entanto, não conseguia forçar-me a jogar-lhe a pedra. Apertei-a na mão até os dedos doerem, mas continuava sem atirá-la. Porque sabia exatamente o que ia acontecer, caso falhasse a pontaria.

Pouco me importo se usar toda a mercadoria! Processarei todos eles, até o fim! Ficarei numa boa pelo resto da vida! *De minha longa vida!*

Acho que teria rastejado até a gaivota, sem jogar a pedra, se ela finalmente não voasse. Eu chegaria até o topo e a estrangularia. Mas ela bateu as asas e fugiu. Gritei para ela, ergui-me nos joelhos e atirei a pedra, com todas as forças. E acertei!

A enorme ave soltou um grasnido estrangulado e caiu no outro lado do monte de rochas. Rindo e falando incoerentemente, agora pouco ligando se batia com o coto em algum obstáculo ou abria a ferida, rastejei até o alto e para o outro lado. Perdi o equilíbrio e bati com a cabeça. Nem mesmo dei por isso, não no momento, embora houvesse se formado um galo enorme. Eu só conseguia pensar na gaivota e em como a tinha acertado, uma sorte fantástica, em pleno ar. Eu a acertei!

No outro lado da pilha de rochas, ela saltava desajeitadamente para a praia, uma asa quebrada, a parte inferior do corpo vermelha de sangue. Engatinhei o mais depressa que pude, porém ela era ainda mais rápida. Uma corrida de aleijados! Ha! Ha! Eu podia tê-la agarrado — a distância diminuía entre nós — se não fosse por minhas mãos. Preciso ser muito cuidadoso com elas. Posso vir a precisar das mãos novamente. A despeito de meus cuidados, as palmas estavam laceradas, quando alcancei a estreita faixa de praia, além de ter estilhaçado o mostrador de meu relógio de pulso contra a crista de uma pedra.

A gaivota saltou para a água, grasnindo repulsivamente, mas consegui alcançá-la. Agarrei um punhado de penas de sua cauda, que ficou entre meus dedos. Depois caí, inalando água, fungando e asfixiando-me.

Rastejei mais. Até tentei nadar atrás dela. As ataduras me caíram do coto. Comecei a afundar. Pude apenas retornar à praia, trêmulo de exaustão, dilacerado pela dor, chorando e gritando, amaldiçoando a gaivota. Ela ficou flutuando por muito tempo, sempre cada vez mais distante. Tenho a impressão de que, a certa altura, eu lhe pedia que voltasse. No entanto, quando passou pelo recife, acho que estava morta.

Não é justo.

Levei quase uma hora engatinhando para meu acampamento. Cheirei uma boa dose de heroína, mas, mesmo assim, continuo amargamente furioso com a gaivota. Se eu não ia pegá-la, por que ela havia de zombar de mim? Por que não se limitou a fugir voando?

9 de fevereiro

Amputei meu pé esquerdo e o envolvi em ataduras feitas com minhas calças. Curioso. Durante toda a cirurgia, eu fiquei babando. Babaaaaando. Do mesmo jeito que quando vi a gaivota. Babando irremediavelmente. Mas obriguei-me a esperar até depois do escurecer. Fiquei contando de trás para a frente, a partir de 100... 20 ou 30 vezes! Ha! Ha!

E então...

Fico repetindo para mim mesmo: rosbife frio. Rosbife frio. Rosbife frio.

11 (?) de fevereiro

Choveu nos dois últimos dias. Também ventou forte. Consegui mover algumas rochas da pilha central, suficientes para fazer um buraco onde pudesse abrigar-me. Encontrei uma pequena aranha. Apertei-a entre os dedos, antes que pudesse fugir, depois a comi. Muito gostosa. Suculenta. Refleti que as rochas acima de mim podem cair e sepultar-me vivo. Não me importo.

Fiquei chapado durante toda a tempestade. Talvez tenha chovido três dias, em vez de dois. Ou apenas um. Mas acho que escureceu duas vezes. Adoro desligar-me da realidade. Então, não sinto dores nem comichões. Sei que sobreviverei a isto. Uma pessoa não passa por uma coisa dessas a troco de nada.

Quando eu era criança, havia um padre na Igreja da Sagrada Família, um sujeito tampinha, que adorava discorrer sobre o inferno e pecados mortais. Na verdade, aquilo era um verdadeiro hobby para ele. Seu conceito era de que não se pode anular um pecado mortal. Sonhei com ele esta noite, com o padre Hailley em sua batina negra, seu nariz de beberrão, sacudindo o dedo para mim e dizendo: "Que vergonha, Richard Pinzetti... um pecado mortal... você vai para o inferno, garoto... vai para o inferno..."

Ri dele. Se este lugar não é o inferno, então o que é? E o único pecado mortal é desistir.

Metade do tempo estou delirando; na outra metade, meus cotos ficam coçando e a umidade faz com que doam terrivelmente.

Ainda assim, eu não desisto. Juro. Isto não acontece por nada. Tudo isto não é em vão.

12 de fevereiro

O sol saiu novamente, está um belo dia. Espero que eles estejam morrendo de frio lá pela minha vizinhança.

Foi um bom dia para mim, tão bom quanto possível nesta ilha. A febre que tive durante a tempestade parece ter caído. Eu estava fraco e tremendo quando rastejei para fora de meu abrigo, mas depois de jazer ao sol por duas ou três horas quase comecei a sentir-me humano novamente.

Engatinhei para o lado sul e encontrei vários pedaços de madeira, lançados aqui pela tempestade, incluindo várias tábuas de meu barco salva-vidas. Havia algas e plantas marinhas em algumas das tábuas. Eu as comi. Tinham um gosto horrível. Era como comer uma cortina de plástico de chuveiro. Contudo, senti-me bem mais forte esta tarde.

Arrastei a madeira até o mais longe que pude para que secasse. Ainda tenho uma caixa inteira de fósforos à prova d'água. A madeira dará um bom fogo para sinalização, caso alguém chegue logo. Ou talvez uma fogueira para cozinhar. Vou dar uma cheirada agora.

13 de fevereiro

Encontrei um caranguejo. Matei-o e o assei em uma pequena fogueira. Esta noite, quase voltei a acreditar em Deus.

14 fev

Só esta manhã percebi que a tempestade desarrumou a maioria das pedras que formavam o meu sinal de HELP. Ora, mas a tempestade terminou... há três dias? Será que eu tenho estado tão chapado assim? Preciso cuidar disto, baixar a dosagem. E se aparecer um navio enquanto eu estiver desligado?

Tornei a compor as letras, porém isso me tomou a maior parte do dia e agora estou exausto. Procurei um caranguejo onde encontrei o primeiro, mas nada. Cortei as mãos em várias rochas que usei para fazer o sinal, mas imediatamente as desinfetei com iodo, apesar de meu cansaço. Devo tomar cuidado com as mãos. Haja o que houver.

15 fev

Uma gaivota pousou no alto do monte de rochas, mas voou antes que eu chegasse perto o bastante para atirar. Desejei que ela fosse para o inferno, onde poderia bicar os olhinhos injetados de sangue do padre Hailley, por toda a eternidade.

Ha! Ha!

Ha! Ha!

Ha

17 (?) fev

Amputei minha perna esquerda na altura do joelho, mas perdi um bocado de sangue. A dor é lancinante, a despeito da heroína. O choque pelo traumatismo mataria um homem menor. Deixe-me responder com uma pergunta: Até que ponto o paciente deseja sobreviver? *Até que ponto o paciente deseja viver?*

Minhas mãos tremem. Se elas me traírem, estou acabado. Elas não têm o direito de trair-me. O menor direito. Afinal, cuidei bem delas por toda a sua vida. Paparriquei-as. É melhor que não me traiam. Ou se arrependerão.

Pelo menos, não estou com fome.

Uma das tábuas do barco salva-vidas partiu-se ao meio e uma de suas extremidades formou uma ponta. Usei-a. Estava babando, mas me forcei a esperar. E então, fiquei pensando em... ah, nos churrascos que fazíamos. Pensei na casa de Will Hammersmith em Long Island, com uma churrasqueira grande o bastante para assar um porco inteiro. Ficávamos sentados na varanda ao anoitecer, com generosos drinques nas mãos, falando sobre técnicas cirúrgicas, resultados de golfe ou qualquer outra coisa. Então, armava-se uma brisa que trazia até nós o doce aroma de porco se tostando. Judas Iscariotes, o doce aroma do porco se tostando...

Fev?

Tirei a outra perna à altura do joelho. Dormi o dia inteiro. "Esta operação era necessária, doutor?" Haha. Mãos trêmulas, como as de um velho. Eu as odeio. Sangue debaixo das unhas. Feridas. Alguém se lembra daquele modelo na faculdade de Medicina, com o ventre de vidro? É assim que me sinto. Só que não quero olhar. Nem me conte. Lembro que Dom costumava dizer isso. Vinha se bamboleando até a gente na esquina, com seu blusão do clube Proscritos da Rota. A gente perguntava: como se saiu com ela, Dom? E Dom respondia: nem me conte. O velho Dom. Eu gostaria de nunca ter saído de lá do subúrbio. Isto soa tão falso, que até Dom diria. Haha.

No entanto, fiquem sabendo que, com a terapia adequada e uma boa prótese, posso ficar novo em folha. Voltarei aqui e direi às pessoas: "Isto. Foi onde. Aconteceu."

Hahaha!

23 de fevereiro (?)

Encontrei um peixe morto. Apodrecido e fedorento. Comi assim mesmo. Quis vomitar, mas não me permiti. *Eu vou sobreviver.* Tão maravilhosamente chapado, o pôr do sol.

Fevereiro

Não tenho coragem, mas é preciso. Mas de que jeito vou suturar a artéria femoral, em um ponto tão alto? Nesta altura, ela é tão grande quanto uma porra de uma autoestrada.

Vai ser preciso, de algum modo. Fiz a marcação através do topo da coxa, na parte que ainda está carnuda. Fiz a marcação com este lápis.

Eu queria parar de babar.

Fe

Você... merece... uma folga hoje... portanto, levante-se e vá... até o McDonald's... dois hambúrgueres... alface... queijo... molho especial... cebola... picles... e um pão com gergelim...

Tra-la... la-la-la... la-ri-la...

Fevrei

Hoje olhei para meu rosto na água. Nada mais que um crânio coberto de pele. Já estarei insano? Devo estar. Agora sou um monstro, uma aberração. Não sobrou mais nada das virilhas para baixo. Apenas uma aberração. Uma cabeça presa a um torso, arrastando-se na areia, pelos cotovelos. Um caranguejo *chapado.* Não é como chamam a si mesmos agora? Ei, amigo, sou um pobre caranguejo chapado, pode me arranjar um níquel?

Hahahaha

Dizem que somos o que comemos e, se for verdade, EU NÃO MUDEI NEM UM POUCO! Santo Deus, o choque traumático, choque traumático NÃO EXISTE ISSO DE CHOQUE TRAUMÁTICO

HA

40 fev (?)

Sonhei com meu pai. Quando bebia, ele engrolava todo o seu inglês. Não que valesse grande coisa o que dizia. Seboso de merda. Fiquei tão feliz em ir embora de sua casa, papai, seu monte de toucinho seboso do caralho, nadinha, nadinha. Eu sabia que conseguiria. Fugi de você, não foi? Fugi caminhando sobre minhas próprias mãos.

Só que não há nada mais sobrando para eles cortarem fora. Ontem tirei o lóbulo de minhas orelhas

mão esquerda lava a direita não deixe sua mão esquerda saber o que faz a direita uma batata duas batatas três batatas quatro nós temos uma geladeira com porta de prateleiras hahaha.

E daí, quem se importa, esta mão ou aquela. boa comida boa carne bom Deus vamos comer.

dedos-de-dama ele tem exatamente o mesmo sabor que dedos-de-dama

O caminhão do tio Otto

É um grande alívio escrever isso.

Não tenho dormido bem desde que encontrei meu tio Otto morto e houve ocasiões em que cheguei a me perguntar se não ficara louco — ou se ficaria. De certo modo, tudo seria mais misericordioso se eu não estivesse com o objeto real aqui em meu estúdio, onde posso olhar para ele, pegá-lo e avaliar seu peso, se me der vontade. Contudo, não quero fazer isso: não quero tocar nessa coisa. Só que, às vezes, eu quero.

Se não a tivesse trazido da casinha de um só cômodo de meu tio, quando fugi de lá, começaria a me convencer de que tudo não passara de alucinação — uma ilusão de um cérebro sobrecarregado de trabalho e excessivamente estimulado. Contudo, ela está aqui. Tem peso. Pode ser apanhada na mão.

Tudo aconteceu mesmo.

A maioria dos que lerem este registro não acreditará, a não ser que algo parecido tenha acontecido a essas pessoas. Descobri que a questão da crença alheia e o meu alívio é algo mutuamente exclusivo, de maneira que ficarei satisfeito em contar a história, mesmo assim. Acreditem no que quiserem.

Qualquer história de horror deve ter uma origem ou um segredo. A minha tem as duas coisas. Deixem-me começar pela origem — contando como é que meu tio Otto, que era rico para os padrões do condado de Castle, passou seus últimos vinte anos de vida em uma casa de um só cômodo, sem água encanada, junto a uma estrada secundária, em uma cidadezinha.

Otto nasceu em 1905, sendo o mais velho das cinco crianças Schenck. Meu pai, nascido em 1920, era o mais novo. Eu fui caçula de meu pai e nasci em 1955, de maneira que o tio Otto sempre me pareceu muito velho.

Assim como muitos industriais alemães, meus avós vieram para a América com algum dinheiro. Meu avô instalou-se em Derry, por causa da indústria madeireira, um ramo sobre o qual ele entendia um pouco. Ele prosperou e seus filhos nasceram em situação confortável.

Meu avô morreu em 1925. Tio Otto, então com 20 anos, foi o único filho a herdar tudo. Mudou-se para Castle Rock e começou a especular na atividade imobiliária. Nos cinco anos seguintes, conseguiu juntar um bom dinheiro, lidando com madeiras e terras. Comprou uma grande casa em Castle Hill, tinha criados e desfrutou a sua condição de rapaz relativamente bonito (digo "relativamente" porque ele usava óculos) e excelente partido. Ninguém o achava esquisito. Isso aconteceu mais tarde.

Ele foi atingido pela quebra da Bolsa de 29 — não tanto como alguns, mas foi atingido. Permaneceu em sua grande casa de Castle Hill até 1933 e então a vendeu, porque uma grande área madeireira estava à venda por preço ínfimo e ele queria adquiri-la desesperadamente. A terra pertencia à Companhia de Papéis Nova Inglaterra.

A Papéis Nova Inglaterra existe até hoje e, se vocês quiserem comprar ações dela, vão em frente. Em 1933, no entanto, a firma oferecia enormes porções de terra a preços de liquidação, em um último esforço para se manter em funcionamento.

Quanta terra havia na área com que meu tio sonhava? A fabulosa escritura original desapareceu e os relatos diferem... mas, em *todos* eles, eram mais de quatro mil acres. A maioria situava-se em Castle Rock, porém espalhava-se até Waterford e Harlow também. Quando a notícia correu, a Papéis Nova Inglaterra pedia cerca de dois dólares e 50 por acre... *se* o comprador adquirisse toda a área.

O preço total chegava a dez mil dólares. Tio Otto não dispunha de toda a quantia, de maneira que arranjou um sócio — um ianque chamado George McCutcheon. Se residirem na Nova Inglaterra, vocês certamente conhecem os nomes Schenck e McCutcheon. A firma foi comprada há bastante tempo, mas ainda existem lojas de ferragens Schenck e McCutcheon em quarenta cidades da Nova Inglaterra, bem como serrarias Schenck e McCutcheon de Central Falls a Derry.

McCutcheon era um sujeito grandalhão, de barba negra cerrada. Como meu tio Otto, também usava óculos. E, também como o tio

Otto, herdara uma soma em dinheiro. Devia ser uma boa quantia, porque ele e tio Otto conseguiram comprar a terra juntos, sem maiores problemas. Ambos eram piratas por natureza e deram-se muito bem nos negócios. A sociedade durou 22 anos — de fato, até o ano de meu nascimento —, e prosperidade era tudo o que eles conheciam.

A história começa com a compra daqueles quatro mil acres que os dois passaram a explorar no caminhão de McCutcheon, cruzando as estradas entre as florestas e as trilhas dos madeireiros, andando em primeira quase todo o tempo, sacolejando em vias acidentadas e atolando-se em lamaçais. Eles se revezavam ao volante, dois jovens que tinham se tornado barões da terra na Nova Inglaterra, nas escuras profundezas da Grande Depressão.

Não sei onde McCutcheon conseguiu aquele caminhão. Tratava-se de um Cresswell, se é que isso importa — uma marca que não existe mais. Tinha uma boleia enorme, pintada de vermelho vivo, largos estribos e motor de arranque elétrico, mas se este falhasse podia-se usar a manivela — embora ela pudesse dar um coice para trás e quebrar o ombro de quem a manejasse, se o indivíduo não tomasse cuidado. A carroceria media seis metros de comprimento, com as laterais fechadas, porém do que mais me lembro naquele caminhão era de sua parte dianteira. Como a boleia, era pintada em vermelho-sangue. Para chegar ao motor, era preciso levantar dois painéis de aço, um de cada lado. O radiador chegava à altura do tórax de um homem. Era uma coisa feia, monstruosa.

O caminhão de McCutcheon quebrava e era consertado, tornava a quebrar e era novamente consertado. Quando finalmente entregou os pontos, foi de maneira espetacular. Mais ou menos como o cabriolé de um só cavalo, no poema de Holmes.

McCutcheon e tio Otto subiam a estrada Black Henry, certo dia de 1953, e, segundo admitiu meu tio, ambos estavam "bêbados pra caralho". Tio Otto engatou uma primeira, a fim de subir a colina Trinity. *Tudo* bem, mas, embriagado como estava, ele nem pensou em mudar a marcha, quando iniciou a descida no outro lado. O velho e cansado motor do Cresswell ficou superaquecido. Nem tio Otto nem McCutcheon viram o ponteiro aproximar-se da marcação vermelha com a letra H, no lado direito do mostrador. No final da descida da colina, houve uma explosão que estourou os lados dobráveis do compartimento do motor, como duas asas vermelhas de dragão. A tampa do radiador disparou para o céu de verão. O vapor esguichou em linha reta para o alto, como o gêiser Old Faithful. O óleo espirrou, enchendo o para-brisa. Tio Otto pisou no pedal do freio, mas no último ano o Cresswell pegara o mau hábito de vazar óleo do freio, de maneira que o pedal afundou. Não podendo enxergar para onde dirigia, tio Otto saiu da estrada, caindo primeiro em uma vala, depois saindo dela. Se o Cresswell tivesse parado, tudo ainda terminaria bem, mas o motor continuou trabalhando. Primeiro explodiu um pistão e em seguida mais dois, como fogos de artifícios no Quatro de Julho. Um deles, segundo tio Otto, veio diretamente contra sua porta, que ficara escancarada. O buraco era tão grande que dava para passar um punho por ele. Finalmente, viram-se todos repousando em um campo repleto das virgas-áureas de agosto. Dali, eles poderiam ter uma bela visão das White Mountains, se o para-brisa não estivesse coberto de óleo.

Aquele foi o último passeio para o Cresswell de McCutcheon: ele nunca mais saiu daquele campo. Não que houvesse qualquer irritação do proprietário, pois o terreno pertencia aos dois sócios, é claro. Consideravelmente sóbrios pela experiência, tio Otto e McCutcheon foram examinar o estrago. Nenhum deles era mecânico, mas nem precisariam ser, para constatar que o ferimento era mortal. Tio Otto ficou constrangido — pelo menos, foi o que contou a meu pai — e ofereceu-se para pagar o caminhão. George McCutcheton respondeu que não fosse idiota. Aliás, McCutcheon havia ficado em uma espécie de êxtase. Após dar uma olhada no campo e ver o panorama das montanhas, decidiu que aquele era o lugar onde construiria sua casa para quando se aposentasse. Confessou isso a tio Otto no tom geralmente reservado para conversações religiosas. Retornaram à estrada e conseguiram carona para Castle Rock no caminhão da Padaria Cushman, que ia passando por ali. McCutcheon contou a meu pai que ali trabalhara a mão de Deus — ele estivera justamente procurando o lugar ideal enquanto o lugar estava bem ali, o tempo todo, naquele campo pelo qual passavam três ou quatro vezes por semana, sem nunca lhe darem atenção. E a mão de Deus ignorava que ele morreria naquele campo dois anos mais tarde, esmagado pela parte dianteira de seu próprio caminhão — o caminhão que se tornou propriedade de tio Otto, quando seu sócio morreu.

McCutcheon providenciou para que Billy Dodd levasse seu guincho até o Cresswell e o girasse, de modo a deixá-lo com a frente para a estrada. Disse que assim poderia olhar para ele sempre que passasse por ali. Depois, quando Dodd voltasse a guinchar o caminhão e o rebocasse dali para sempre, aquele era o lugar onde os operários da construção lhe cavariam uma adega. McCutcheon tinha um toque de sentimentalismo, porém não era homem de permitir que os sentimentos o impedissem de ganhar um dólar. Quando um madeireiro chamado Baker apareceu lá um ano mais tarde, oferecendo-se para comprar as rodas do Cresswell, com pneus e tudo, porque eram do tamanho exato para seu veículo, McCutcheon aceitou seus 20 dólares em um piscar de olhos. E, lembrem-se, nessa época ele já era um homem que valia um milhão de dólares. McCutcheon também disse a Baker que calçasse o caminhão, de maneira a mantê-lo em posição elevada. Alegou que não queria passar por ali e vê-lo no campo quase coberto pelo feno, capim rabo de galo e virga-áurea, como se fosse uma carcaça. Baker fez como ele queria. Um ano mais tarde, o Cresswell rolou para fora de seus blocos de sustentação e esmagou McCutcheon, matando-o. Os antigos contavam a história com gosto, mas sempre a encerravam dizendo esperarem que o velho George McCutcheon tivesse aproveitado os 20 dólares conseguidos por aquelas rodas.

Fui criado em Castle Rock. Quando nasci, meu pai já tinha quase dez anos de trabalho para Schenck e McCutcheon, de modo que o caminhão de propriedade do tio Otto, juntamente com tudo o mais que McCutcheon possuía, se tornou um marco em minha vida. Minha mãe costumava fazer compras na casa Warren's, em Bridgton, sendo a estrada Black Henry a única via de acesso até lá. Assim, sempre que passávamos pela estrada, lá estava o caminhão pousado naquele campo, tendo as White Mountains como fundo. Não estava mais elevado sobre os blocos — tio Otto dizia que um acidente já bastava —, mas só a ideia do que ocorrera era suficiente para provocar arrepios em um garoto de calças curtas.

O Cresswell estava lá no verão; no outono, com os carvalhos e olmos brilhando como tochas, em três bordas do campo; no inverno, às vezes atolado em montes de neve, até sobre seus faróis semelhantes a olhos de besouro, como um mastodonte a se debater em branca areia movediça; e na primavera, em março, quando o campo era um lodaçal, fazendo a gente se perguntar como é que o caminhão não afundava na terra. Se não fosse pelo espinhaço subterrâneo de boa rocha do Maine, era bem possível que isso acontecesse. Através das estações e dos anos, ele estava lá.

Certa vez, até mesmo entrei nele. Meu pai estacionou à beira da estrada, no dia em que estávamos a caminho da feira de Fryeburg, tomou-me pela mão e me levou ao campo. Acho que foi em 1960 ou 61. Aquele caminhão me amedrontava. Eu ouvira a história de como saltara dos blocos e esmagara o sócio de meu tio. Ouvira essas histórias na barbearia, quieto como um ratinho, sentado atrás da revista *Life* que não conseguia ler, enquanto os homens falavam sobre como McCutcheon havia sido esmagado e como esperavam que o velho George tivesse aproveitado bem os 20 dólares pagos por aquelas rodas. Um deles — talvez fosse Billy Dodd, pai do louco Frank — dizia que McCutcheon ficara parecendo "uma abóbora esmagada por um trator". Isto atormentou meus pensamentos durante meses, mas meu pai, naturalmente, não sabia de nada.

Ele apenas achou que eu gostaria de me sentar na boleia daquele velho caminhão: vira a maneira como eu olhava para a carcaça, a cada vez que passávamos ali, e imagino que tomou meu medo por admiração.

Lembro-me das virgas-áureas, com seu amarelo vivo apagado pela friagem de outubro. Recordo o gosto tristonho do ar, um pouco amargo, um pouco pungente, assim como a aparência prateada da relva morta. Também recordo o *uissst-uissst* de nossas passadas. No entanto, o que mais recordo é do caminhão avolumando-se, ficando cada vez maior — o rosnado dentado de seu radiador, o vermelho-sangue de sua pintura, a aparência turva de seu para-brisa. Lembro-me de que o medo me invadiu em uma onda mais fria e cinzenta do que o gosto do ar, quando meu pai me ergueu pelas axilas e me colocou dentro da boleia dizendo: "Dirija-o até Portland, Quantin... dirija-o!" Lembro-me do ar passando em meu rosto, enquanto eu subia mais e mais, depois de seu gosto limpo sendo substituído pelos cheiros de óleo antigo, de couro rachado, de excremento de ratos e, juro, de sangue. Lembro-me de que tentei não chorar, enquanto meu pai ficava sorrindo para mim, certo de que me proporcionava um momento empolgante (e proporcionava mesmo, mas não da forma como ele imaginava). Naquela hora, tive absoluta certeza de que ele iria embora ou, pelo menos, viraria as costas, e o caminhão me comeria — comeria vivo. E o que depois cuspisse estaria mastigado, esmigalhado e... e como que explodido. Como uma abóbora amassada por um trator.

Comecei a chorar e meu pai, que era o melhor dos homens, me tirou da boleia, me consolou e me levou de volta ao carro.

Ele me levou sentado em seus ombros. Olhei para o caminhão que ia recuando, parado lá no campo, com seu enorme radiador agigantando-se, o escuro buraco redondo onde o guincho deve ter se firmado parecendo uma órbita horrendamente deslocada. Eu quis dizer a ele que sentira cheiro de sangue, por isso havia chorado. Só que não sabia como dizer-lhe. Acho que, de qualquer modo, ele não teria acreditado.

Como um menino de cinco anos, que ainda acreditava em Papai Noel, na Fada do Dente e no Bicho-papão, eu também acreditava que vinham do caminhão aquelas sensações de coisas ruins e amedrontadoras, quando meu pai me colocara naquela boleia. Levei 22 anos para decidir que não havia sido o Cresswell que assassinara George McCutcheon: meu tio Otto é que fizera isso.

O Cresswell era um marco em minha vida, mas também na dos moradores de toda a redondeza. Quando se explicava a alguém como ir de Bridgton a Castle Rock, dizia-se que a pessoa saberia estar na direção correta se visse um enorme e velho caminhão vermelho à esquerda da estrada, em um campo de feno, mais ou menos cinco quilômetros após ter deixado a estrada 11. Era comum vermos turistas estacionados na curva de terra macia (às vezes, ficavam atolados lá, o que sempre valia boas risadas), tirando fotos das White Mountains, com o caminhão do tio Otto em primeiro plano, para conseguirem uma perspectiva pitoresca — por muito tempo meu pai chamou o Cresswell de "Memorial Trinity Hill do Caminhão para Turistas", mas acabou parando. A essa altura, a obsessão de tio Otto pelo caminhão já ficara forte demais para ser engraçada.

Já falei demais sobre as origens. Agora, vamos ao segredo.

O fato de que ele matou McCutcheon é uma coisa da qual estou absolutamente convencido. "Amassado como uma abóbora", dizem os entendidos da barbearia. Um deles acrescentou:

— Aposto como ele estava agachado à frente daquele caminhão, rezando, como aqueles árabes sebosos rezam para Alá. Não posso imaginá-lo de outro jeito. Estavam pancados, sabe, todos os dois. Basta ver a maneira como Otto Schenck terminou, se não acreditam em mim. Bem no outro lado da estrada, naquela casinha que ele pensava que a cidade ia aproveitar como escola, e tão biruta como um rato de hospício.

Isto era acolhido com assentimentos e olhares entendidos, porque, *então*, eles achavam que o tio Otto era esquisito — ah, claro! —, porém entre os sabichões da barbearia não havia um só que considerasse aquela imagem — McCutcheon ajoelhado na frente do caminhão "como aqueles árabes sebosos rezando para Alá" — não apenas excêntrica, mas também suspeita.

Em cidades pequenas, os boatos sempre fervem: pessoas são condenadas como ladras, adúlteras e trapaceiras à mais leve evidência e graças às piores deduções. Creio que, muitas vezes, o falatório se origina, acima de tudo, do tédio. Em minha opinião, o que impede que isso seja realmente cruel — que é como a maioria dos romancistas pintou as cidadezinhas, de Nathaniel Hawthorne a Grace Metalious — é o fato de esses boatos serem estranhamente ingênuos: é como se essas pessoas esperassem alguma maldade e vileza, e passassem a inventá-las quando elas não existiam. Mas o mal consciente e real pode estar além de sua concepção, mesmo quando flutua bem diante de seus olhos, como um tapete mágico de um daqueles contos de fadas dos árabes sebosos.

Como sei que foi ele?, vocês perguntam. Só porque estava em companhia de McCutcheon naquele dia? Não. É por causa do caminhão. Do Cresswell. Quando a obsessão começou a dominar tio Otto, ele foi morar naquele casebre, bem do outro lado da estrada, embora nos últimos anos de sua vida tivesse um medo mortal de que o caminhão fosse até lá.

Acho que tio Otto atraiu McCutcheon ao campo onde estava o caminhão, elevado em cima de blocos, com a desculpa de ouvi-lo falar sobre os planos para sua casa. McCutcheon estava sempre disposto a falar na tal casa e em seu próximo afastamento dos negócios. Os sócios tinham recebido uma boa oferta de uma companhia muito maior — não mencionarei seu nome, mas se o fizesse todos saberiam qual é — e McCutcheon queria aceitá-la. Tio Otto era contrário à ideia. Houve um quieto desentendimento se desenvolvendo entre os dois, por causa daquela oferta, desde a primavera. Acho que esse desentendimento foi o motivo pelo qual tio Otto resolveu se livrar do sócio.

Creio que meu tio podia ter se preparado para o momento, fazendo duas coisas: primeiro, minando os blocos que sustinham o caminhão; e, segundo, deixando algo no chão, talvez um pouco enterrado nele, mas diretamente em frente ao caminhão, onde McCutcheon pudesse vê-lo.

O que colocaria lá? Não sei. Algo brilhante. Um diamante? Nada mais que um pedaço de vidro quebrado? Não vem ao caso. O objeto reflete o sol e brilha. Talvez McCutcheon o veja. Se não o vir, fiquem certos de que tio Otto lhe mostrará. *O que é aquilo?*, pergunta ele, apontando. *Não sei*, responde McCutcheon, se apressando para verificar bem de perto.

McCutcheon fica de joelhos em frente ao Cresswell, exatamente como um daqueles árabes sebosos rezando para Alá, tentando arrancar o objeto do chão, enquanto meu tio casualmente dá a volta até a traseira do caminhão. Um bom empurrão, e lá se vai ele abaixo, esmagando McCutcheon. Amassando-o como uma abóbora.

Desconfio que nele devia haver muito de pirata, para morrer tão facilmente. Em minha imaginação, eu o vejo preso debaixo do focinho inclinado do caminhão, o sangue escorrendo de seu nariz, sua boca e seus ouvidos, o rosto branco como papel, os olhos escuros, suplicando a ajuda de meu tio, pedindo-lhe que consiga um socorro rápido. Suplicando, depois implorando e finalmente xingando meu tio, ameaçando matá-lo, acabar com ele... e meu tio parado, observando, com as mãos nos bolsos, até tudo terminar.

Não se passou muito tempo da morte de McCutcheon para que meu tio começasse a fazer coisas que, a princípio, eram descritas pelos sabichões da barbearia como estranhas... depois como esquisitas... e, por fim, como "excêntricas pra cacete". As coisas que finalmente o levaram à condenação, no curioso palavreado da barbearia, sendo julgado "tão biruta como um rato de hospício" vieram com o tempo — mas na mente de todos parecia haver pouca dúvida de que suas peculiaridades começaram mais ou menos na época em que George McCutcheon morreu.

Em 1965, tio Otto construiu uma casinha junto à estrada, no lado oposto ao caminhão. Houve muito falatório sobre o que Otto Schenck pretendia fazer na estrada Black Henry, junto à colina Trinity. A surpresa foi total quando tio Otto chegou ao acabamento da pequena construção, fazendo Chuckie Barger pintá-la com uma brilhante demão de tinta vermelha, e então anunciou que era um presente à cidade — uma nova e bela escola, segundo disse, pedindo apenas que lhe dessem o nome de seu falecido sócio.

Os membros do conselho municipal de Castle Rock ficaram estupefatos. Como todo mundo nos arredores. Em Rock, a maioria frequenta aquelas escolas de uma sala só (ou achava que tinha frequentado, o que vem a dar quase no mesmo). No entanto, em 1965, todas as escolas de apenas uma sala haviam sido abolidas de Castle Rock. A última, a Castle Ridge School, fora fechada um ano antes. Hoje é uma pizzaria, a Steve's Pizzaville, ao lado da estrada 117. Naquela época, a cidade contava com uma escola primária, no lado mais distante da área comunitária, bem como uma moderna e excelente escola secundária na rua Carbine. Em decorrência de sua excêntrica oferta, tio Otto conseguira preencher, em uma só penada, todos os quesitos que iam de "estranho" a "excêntrico pra cacete".

Os conselheiros municipais lhe enviaram uma carta (nenhum deles parecendo com muita coragem de procurá-lo pessoalmente) agradecendo a gentileza e esperando que ele se lembrasse da cidade no futuro, mas declinando da escolinha, sob a alegação de que todas as necessidades educacionais das crianças da cidade já haviam sido providenciadas. Tio Otto ficou danado da vida. Lembrar-se da cidade no futuro?, esbravejou para meu pai. Claro que se lembraria, mas não da maneira como eles queriam. *Ele* não havia nascido ontem. E, se queriam disputar com ele um concurso de mijo à distância, iam ver quem podia mijar como uma doninha que tivesse acabado de beber um barril de cerveja.

— E agora? — perguntou-lhe meu pai.

Estavam sentados à mesa da cozinha, em nossa casa. Minha mãe fora costurar, no andar de cima. Ela dizia que não gostava do tio Otto. Dizia que ele cheirava como um homem que só tomava banho uma vez por mês, precisando ou não — "e logo ele, um homem rico", sempre acrescentava, com uma fungada. Acho que o cheiro dele realmente a irritava, mas também acho que minha mãe o temia. Por volta de 1965, tio Otto começara a *parecer* muito estranho, também agindo da mesma forma. Andava vestido com calças verdes de operário, seguras por suspensórios, uma camisa de baixo de inverno e enormes sapatos amarelos de trabalho. Seus olhos haviam começado a girar em direções estranhas, enquanto ele falava.

— Hum?

— O que vai fazer com a casa agora?

— Vou morar na filha da mãe — bufou tio Otto, e foi o que fez.

Não há muito a acrescentar à história de seus últimos anos. Ele sofria daquela triste espécie de loucura que costumamos ver relatada nos tabloides de jornais baratos. *Milionário Morre de Subnutrição em Quitinete. Registros Bancários Revelam: A Mendiga era Rica. Banqueiro Magnata Morre Esquecido e Abandonado.*

Ele se mudou para a casinha vermelha — em anos posteriores, sua pintura desbotou para um rosado fosco — logo na semana seguinte. Nada que meu pai dissesse conseguiu dissuadi-lo. Um ano mais tarde, ele vendeu o negócio para cuja conservação, acredito, ele tenha cometido o assassinato. Suas excentricidades multiplicaram-se, mas o senso de negócios não o abandonou e ele conseguiu um vistoso lucro — em realidade, *espantoso* seria uma palavra mais adequada.

Assim, lá estava meu tio Otto, valendo talvez uns sete milhões de dólares, morando naquela casinha junto à estrada Black Henry. Sua moradia na cidade foi abandonada e trancada. Então, ele progredira de "excêntrico pra cacete" para "biruta como um rato de hospício". A progressão seguinte é expressa em termos mais crus, menos coloridos, porém mais minuciosos: "talvez perigoso". Tais palavras são, frequentemente, seguidas pela reclusão.

A sua maneira, tio Otto se tornou parte da paisagem, tal qual o caminhão no outro lado da estrada, embora eu duvide que algum turista se interessasse em tirar o *seu* retrato. Ele deixou a barba crescer, uma barba que se revelou mais amarelada do que branca, como que infectada pela nicotina de seus cigarros. Também engordou muito. Sua papada pendia em dobras de carne, marcadas pela sujeira. Os moradores do lugar costumavam vê-lo parado à soleira de seu singular casebre, apenas parado e imóvel, observando a estrada e além dela.

Observando o caminhão — o *seu* caminhão.

Quando tio Otto parou de ir à cidade, meu pai procurou se certificar de que ele não morreria de fome. Levava-lhe mantimentos todas as semanas, pagando-os de seu próprio bolso, porque tio Otto nunca lhe devolvia o dinheiro — nunca pensava nisso, creio eu. Papai faleceu dois anos antes do tio Otto, cuja fortuna terminou indo para o Departamento Florestal da Universidade do Maine. Soube que eles ficaram satisfeitos. Considerando-se a quantia, devem ter ficado mesmo.

Em 1972, depois que consegui minha licença de motorista, eu costumava levar-lhe os mantimentos semanais. A princípio, ele me encarava com desconfiança, mas após certo tempo começou a se acostumar. Foi três anos mais tarde, em 1975, que me contou, pela primeira vez, que o caminhão estava rastejando em direção à casa.

Na época, eu cursava a Universidade do Maine, mas, sendo verão, estava em casa e retomei o velho hábito de levar-lhe os mantimentos semanais. Tio Otto ficava sentado a sua mesa, fumando, vendo-me separar os alimentos enlatados e me ouvindo tagarelar. Achei que ele poderia ter esquecido quem eu era. Ele às vezes esquecia, ou fingia esquecer. Em certa ocasião, deixou-me com o sangue gelado nas veias quando, da janela, perguntou: "É você, George?", ao me ver subir até a casa.

Naquele particular dia de julho, em 1975, tio Otto interrompeu uma conversa fiada minha para perguntar, rude e subitamente:

— O que acha daquele caminhão lá fora, Quentin?

Sua aspereza arrancou-me uma resposta sincera:

— Quando tinha cinco anos, molhei as calças na boleia dele. Acho que tornaria a molhá-las se voltasse lá agora.

Tio Otto riu, alta e demoradamente. Olhei para ele, surpreso, já que não me lembrava de tê-lo ouvido rir antes. Sua risada terminou em um prolongado acesso de tosse, deixando-o com as bochechas vivamente coradas. Então, virou-se para mim, com olhos cintilantes.

— Está chegando mais perto, Quent — disse.

— O que, tio Otto? — perguntei.

Pensei que, mais uma vez, ele saltava enigmaticamente de um assunto para outro — talvez quisesse dizer que o Natal estava mais próximo, talvez o milênio ou a volta de Cristo Rei.

— Aquela peste de caminhão — disse ele, fitando-me de modo enviesado e confidencial, o que não gostei muito. — Fica mais próximo a cada ano.

— É mesmo? — perguntei cautelosamente, pensando que ali havia uma nova e bastante desagradável ideia. Olhei para fora e vi o Cresswell no outro lado da estrada, cercado de feno por todos os lados, com as White Mountains ao fundo e, por um alucinado minuto, ele realmente *pareceu* mais próximo. Depois, quando pisquei, a ilusão se desfez. O caminhão continuava onde sempre estivera, é claro.

— Ah, sim — disse tio Otto. — Chega um pouco mais perto a cada ano que passa.

— Ora, talvez esteja precisando de óculos, tio Otto. Eu não vejo diferença alguma.

— Claro que não vê! — bufou ele. — Também não vê o ponteiro das horas se movendo em seu relógio de pulso, certo? Aquela peste de coisa se move devagar demais para que se veja, a menos que seja vigiada o tempo todo. Como vigio esse caminhão.

Ele piscou para mim e eu senti um calafrio.

— Por que ele se moveria? — perguntei.

— Ele quer a mim, eis o motivo — respondeu tio Otto. — Não pensa em outra coisa, o tempo todo. Um dia, vai irromper aqui dentro, e então será o fim. Ele acabará comigo, como fez com Mac, e será o fim.

Aquilo me deixou bastante assustado. Acho que seu tom perfeitamente lúcido foi o que mais me impressionou. E a maneira como os jovens costumam reagir ao medo é bancando os espertos ou ficando petulantes.

— Se isso o preocupa, devia se mudar para sua casa na cidade, tio Otto — falei.

Não dava para perceber pelo meu tom de voz que minhas costas estavam cobertas de suor frio.

Ele olhou para mim e para o caminhão do outro lado da estrada.

— Não posso, Quentin — ele disse. — Às vezes um homem tem que ficar em um lugar e esperar que ele venha.

— Esperar que o quê venha, tio Otto? — perguntei, embora imaginasse que ele se referisse ao caminhão.

— O destino — disse ele.

Tio Otto tornou a piscar... mas parecia amedrontado.

Meu pai caiu doente em 1979, com a doença renal que parecia estar melhorando apenas poucos dias antes de finalmente matá-lo. No outono daquele ano, em várias visitas ao hospital, eu e meu pai conversamos sobre o tio Otto. Meu pai tinha algumas suspeitas sobre o que podia ter de fato acontecido em 1955 — suspeitas leves, que se tornaram o fundamento para outras mais sérias. Meu pai não imaginava o quanto a obsessão de tio Otto com o caminhão se tornara grave ou profunda. Eu, no entanto, percebia. Ele ficava quase o dia inteiro parado à porta de sua casa, espiando o caminhão, como um homem observando o relógio de pulso, para ver o ponteiro das horas mover-se.

Por volta de 1981, tio Otto perdera o pouco que lhe restava de lucidez. Um homem mais pobre já teria sido internado anos antes, porém milhões no banco podem perdoar muita loucura em uma cidadezinha — em especial se há pessoas suficientes pensando que no testamento do sujeito louco pode existir algum legado para o município. Ainda assim, em 1981 já havia gente começando a falar seriamente na internação de tio Otto, para o bem dele. Aquela expressão "talvez perigoso", manifesta e implacável, começara a suplantar "biruta como um rato de hospício". Ele então passou a sair de casa e urinar à beira da estrada, em vez de sair pelos fundos e ir até a floresta, onde ficava sua privada. Por vezes, enquanto se aliviava, sacudia um punho fechado para o Cresswell, e várias pessoas, passando de carro, pensavam que o tio Otto sacudia o punho para *elas*.

Uma coisa era o caminhão com as cênicas White Mountains ao fundo; outra, totalmente diferente, era o tio Otto urinando à beira da estrada, com os suspensórios pendurados à altura dos joelhos. *Aquilo* não era atração turística.

Por essa época, eu usava com mais frequência um terno completo do que as blue jeans que me tinham acompanhado durante a faculdade, quando levava para meu tio mantimentos semanais — mas continuava a levar seus alimentos. Também procurei convencê-lo de que precisava parar de fazer suas necessidades à beira da estrada, pelo menos durante o verão, quando podia ser visto por gente de Michigan, Missouri ou Flórida que estivesse passando por lá.

Minhas palavras foram em vão. Ele não se dava ao luxo de preocupar-se com insignificâncias quando tinha o caminhão para incomodá-lo. Aquela obsessão com o Creeswell se tornara uma mania. Ele agora dizia que o caminhão passara para o seu lado da estrada — para ser mais exato, que estava bem no seu quintal.

— Acordei esta noite, lá para as 3 horas, e aí estava ele, bem junto da janela, Quentin — queixou-se tio Otto. — Eu o vi, com luar brilhando no para-brisa, a menos de dois metros de onde eu estava deitado, e meu coração quase parou. Ele quase *parou*, Quentin.

Levei-o ao lado de fora e apontei para o Cresswell, que continuava onde sempre estivera, do outro lado da estrada, no campo onde McCutcheon planejara construir sua casa. Não adiantou.

— Isso é o que *você* vê, rapaz — disse ele, com infinito desdém na voz, um cigarro tremendo em uma das mãos, os olhos rolando. — É só o que *você* vê!

— Tio Otto — falei, tentando ser espirituoso —, a gente vê aquilo que quer.

Foi como se ele não tivesse ouvido.

— O maldito quase me pegou — sussurrou.

Senti um arrepio. Ele *não* parecia louco. Infeliz, sim, e aterrorizado, sem dúvida, mas não louco. Por um momento, recordei meu pai, me levantando no ar e me colocando na boleia daquele caminhão. Recordei o cheiro de óleo, de couro... e de sangue.

— Ele quase me pegou — repetiu tio Otto.

E, três semanas mais tarde, ele o pegou.

Eu é que o encontrei. Era noite de quarta-feira, e saí com duas sacolas de mantimentos no banco traseiro do carro, como fazia quase todas as noites de quarta-feira. Era uma noite quente e úmida. De vez em quando, um trovão rugia a distância. Lembro-me de que estava nervoso, enquanto subia a estrada Black Henry no meu carro. Era como se estivesse certo de que algo ia acontecer, embora procurasse convencer-me de que tudo era apenas produto da baixa pressão atmosférica.

Dobrei a última curva e, no momento em que a casinha de meu tio surgiu à vista, tive a mais estranha alucinação — por um instante, achei que o maldito caminhão *estava* realmente a sua porta, grande e volumoso, com sua pintura vermelha e a carroceria com as laterais apodrecidas. Pensei em frear, mas, antes que meu pé pisasse no pedal, pisquei e a ilusão se desfez. No entanto, eu sabia que tio Otto estava morto. Sem nenhum estardalhaço ou luzes piscando: era apenas uma noção, da mesma maneira como sabemos a disposição dos móveis de um aposento familiar.

Parei apressadamente a sua porta e saí do carro, começando a caminhar para a casa sem me preocupar em levar os mantimentos.

A porta estava aberta — ele nunca a trancava. Perguntei-lhe o motivo disso certa vez e ele me explicou pacientemente, da maneira como se explicaria algo visivelmente óbvio a uma pessoa simplória, ele me disse que trancar a porta não manteria o Cresswell do lado de fora.

Ele estava deitado na cama, que ficava à esquerda do único aposento — a área da cozinha ocupando a direita. Jazia lá, com suas calças verdes e a camisa de baixo de inverno, os olhos abertos e vidrados. Acredito que teria morrido menos de duas horas antes. Não havia moscas nem cheiro algum, embora aquele houvesse sido um dia brutalmente quente.

— Tio Otto? — chamei quietamente, sem esperar resposta.

Ninguém vai para a cama e fica lá deitado, de olhos abertos e vidrados daquele jeito. Se senti alguma coisa, foi alívio. Tudo terminara.

— Tio Otto? — repeti, me aproximando. — Tio...

Interrompi-me ao notar pela primeira vez como a parte inferior de seu rosto parecia estranhamente deslocada — como se estivesse inchada e torcida. Pela primeira vez notei que suas pupilas não apenas olhavam, mas estavam, na realidade, fitando fixamente, em suas órbitas. Só que não se dirigiam para a porta ou para o teto. Estavam torcidas, em direção à pequena janela acima da cama.

Acordei esta noite, lá pelas 3 horas, e ali estava ele, bem junto da janela, Quentin. Ele quase me pegou.

Amassou-o como uma abóbora, ouvi um dos sabichões da barbearia dizendo, enquanto eu estava sentado lá, fingindo ler uma revista *Life* e aspirando os aromas de Vitalis e Óleo Cremoso Wildroot.

Quase me pegou, Quentin.

Aqui havia um cheiro — não de barbearia e não apenas o fedor de um velho sujo.

Era um cheiro oleoso, como de uma garagem.

— Tio Otto? — sussurrei.

Caminhei para a cama onde ele jazia e tive a sensação de encolher, não apenas em tamanho, mas em anos... voltando aos vinte novamente, 15, dez, oito, seis anos... e, por fim, cinco. Vi minha pequena mão se estender, trêmula, em direção a sua face inchada. Quando minha mão o tocou, pegando em seu rosto, ergui os olhos e a janela estava tomada pelo brilhante para-brisa do Cresswell — e, embora fosse apenas por um momento, poderia jurar sobre a Bíblia como aquilo *não* foi alucinação. O Cresswell estava ali, na janela, a menos de dois metros de mim.

Eu havia pousado os dedos em uma das bochechas de tio Otto, meu polegar sobre a outra, querendo investigar aquela curiosa inchação, imagino. Quando vi o caminhão na janela, minha mão tentou contrair-

-se em um punho fechado, esquecendo que a tinha ajustado frouxa-mente em torno da parte inferior do rosto do cadáver.

Naquele instante, o caminhão desapareceu da janela como fumaça ou como o fantasma que imagino que fosse. Simultaneamente, ouvi um ruído de algo *esguichando*. Minha mão se encheu de líquido quente. Olhei para ela, percebendo que não segurava apenas carne e umidade, mas também alguma coisa dura e angulosa. Olhei para baixo e vi. Foi então que comecei a gritar. Havia óleo escorrendo da boca e do nariz de tio Otto. Óleo fluindo dos cantos de seus olhos como lágrimas, óleo do tipo reciclado que se compra em um recipiente plástico de cinco galões, do mesmo tipo que McCutcheon sempre usara no Cresswell.

Mas não havia *apenas* óleo: vi algo mais, saindo da boca de tio Otto.

Continuei gritando, mas por um momento fui incapaz de me mo-ver, incapaz de afastar de seu rosto minha mão suja de óleo, incapaz de afastar os olhos daquela enorme coisa oleosa saída de sua boca — a coisa que deixara tão distorcido o formato de sua face.

Finalmente minha paralisia cessou e saí correndo da casa, ainda aos gritos. Cruzei a porta até meu carro, me enfiei nele e gritei de lá de dentro. Os mantimentos que trouxera para tio Otto escorregaram no banco traseiro para o chão. Os ovos se quebraram.

Foi por milagre que não me matei nos primeiros três quilômetros — olhei para o velocímetro e vi que estava a mais de 110. Parei na beira da estrada, respirei fundo algumas vezes e consegui recuperar parte do meu controle. Comecei então a perceber que, simplesmente, não podia deixar o tio Otto como o encontrara: aquilo levantaria muitas pergun-tas. Eu tinha que voltar lá.

Além disso, devo admitir que fora tomado por certa curiosidade infernal. Hoje, desejaria não tê-la sentido, ou tê-la ignorado — de fato, se acontecesse agora, eu deixaria tudo correr por si mesmo, que eles fizessem suas perguntas. Mas eu *voltei* lá. Fiquei alguns minutos parado diante da porta de tio Otto — mais ou menos no mesmo lugar e na mesmíssima posição de quando meu tio permanecia ali, tão frequen-temente e por tanto tempo, olhando para aquele caminhão. Fiquei ali e cheguei à seguinte conclusão: o caminhão do outro lado da estrada mudara de lugar, embora ligeiramente.

Entrei na casa.

As primeiras moscas estavam circulando e zumbindo em torno do rosto dele. Eu podia ver marcas oleosas de dedos em suas faces: o polegar na esquerda, três dedos na direita. Olhei nervosamente para a janela onde vira o Cresswell surgir e então me aproximei da cama. Peguei meu lenço e limpei aquelas marcas de dedos. Então, inclinando-me, abri a boca de tio Otto.

O que caiu de sua boca era uma vela de ignição Champion — uma do antigo tipo Maxi-Duty, quase tão grande quanto o punho de um homenzarrão de circo.

Levei-a comigo. Hoje, desejaria não ter feito isso, mas, naturalmente, naquele momento eu estava em choque. Tudo teria sido muito mais misericordioso, se eu não estivesse com o objeto real aqui em meu estúdio, onde posso olhar para ele, pegá-lo e avaliar seu peso, se me der vontade — a vela de ignição fabricada na década de 1920 que caiu da boca do tio Otto.

Se a vela não estivesse lá, eu não a teria trazido do casebre de um só cômodo de meu tio, quando fugi de lá às pressas, pela segunda vez. Então, talvez eu começasse a me convencer de que tudo aquilo — não apenas dobrar a curva e ver o Cresswell encostado ao lado do casebre, como um enorme cão vermelho, mas tudo o que aconteceu — foi apenas uma alucinação. Mas a vela está aqui; ela capta a luz. É real. Tem peso. *O caminhão está mais próximo a cada ano*, disse ele, e agora me parece que tinha razão, mas o próprio tio Otto jamais imaginaria o quão próximo aquele Cresswell podia chegar.

O veredicto da cidade foi de que meu tio se matara engolindo óleo, e isto gerou nove dias de espanto em Castle Rock. Carl Durkin, coveiro local e não o mais discreto dos homens, contou que, quando os médicos o abriram para a autópsia, encontraram mais de três litros de óleo nele, e não apenas em seu estômago. Havia óleo em todo o seu organismo. O que todos na cidade se perguntavam era: o que tinha ele feito com o recipiente plástico? Pois jamais foi encontrado recipiente algum.

Como falei, a maioria dos que lerem estas linhas não acreditará em nada, a menos que algo semelhante lhes tenha acontecido. O caminhão, entretanto, continua lá, em seu campo e, sejam quais forem os seus méritos, tudo isto *aconteceu*.

Entregas matinais (leiteiro nº 1)

O alvorecer espalhou-se lentamente pela rua Culver.

Para os que estavam acordados dentro de casa, a noite continuava escura, porém o alvorecer realmente já estivera espreitando por quase meia hora. Na grande árvore da esquina de Culver com a avenida Balfour, um esquilo vermelho pestanejou e voltou seu olhar sonolento para as casas adormecidas. Na metade do quarteirão, uma andorinha enfiou-se no pequeno chafariz para pássaros na residência dos Mackenzie e salpicou gotas peroladas sobre si mesma. Uma formiga caminhava a esmo pela sarjeta e deparou com um pedacinho de chocolate, grudado no alumínio que envolvera a barra inteira.

A brisa noturna, que roçara folhas e balançara cortinas, agora se aquietava. A árvore da esquina estremeceu sussurrantemente uma última vez, antes de ficar quieta, aguardando a abertura plena que se seguiria a este tranquilo prólogo.

Uma débil faixa de claridade tingiu o céu a leste. O obscuro curiango entrou de folga e os chapins fizeram uma tentativa de encarar a vida, ainda vacilantes, como que temerosos de dar as boas-vindas sozinhos ao dia.

O esquilo desapareceu em um buraco vincado na forquilha da árvore.

A andorinha agitou as asas na borda do chafariz e fez uma pausa.

A formiga também fez uma pausa diante de seu tesouro, como um bibliófilo ruminando sobre uma edição de formato in-fólio.

A rua Culver tremeu silenciosamente na borda do planeta que o sol iluminava — aquela régua móvel a que os astrônomos denominam círculo de iluminação.

Um som ganhou intensidade quietamente dentro do silêncio, intumescendo sem obstáculos até parecer que sempre estivera ali, oculto sob os ruídos maiores da noite que findava. Ele aumentou, ganhou clareza e transformou-se no decorosamente abafado som de um furgão leiteiro.

Ele dobrou da Balfour para a Culver. Era um belo furgão bege, com inscrições vermelhas nas laterais. O esquilo saltou como uma língua da boca de seu buraco vincado, observou o furgão e depois olhou para um provável pedacinho de forragem para seu ninho. Apressou-se em descer pelo tronco da árvore, de cabeça para baixo. A andorinha voou. A formiga apossou-se de todo chocolate que suas forças permitiam e encaminhou-se para o seu monte.

Os chapins começaram a cantar mais alto.

No outro quarteirão, um cão latiu.

Nas laterais do furgão de entrega do leite a inscrição dizia: LATICÍNIOS CRAMER'S. Havia a figura de uma garrafa de leite e, mais abaixo, o seguinte: NOSSA ESPECIALIDADE — ENTREGAS MATINAIS!

O leiteiro usava um uniforme cinza-azulado e um chapéu de bicos. Havia um nome escrito sobre o bolso, em fio dourado: SPIKE. Ele assobiava, acima do confortável sacolejo de garrafas no gelo, atrás dele.

Ele parou o furgão junto ao meio-fio, diante da casa dos Mackenzie, pegou o engradado com leite, no piso ao seu lado, depois o colocou na calçada. Parou um instante para cheirar o ar fresco, novo e infinitamente misterioso. Em seguida, em largas passadas, cruzou a calçada até a porta.

Um pequeno quadrado de papel branco estava preso à caixa de correspondência por um ímã em forma de tomate. Spike leu o que estava escrito ali, bem de perto e lentamente, como alguém leria uma mensagem encontrada em uma velha garrafa incrustada de sal.

1 l leite
1 creme econ
1 suc larnj

Obrigada

Nella M.

Spike, o leiteiro, olhou pensativamente para seu engradado, colocou-o no chão e tirou dele o leite e o creme. Tornou a examinar o papel, ergueu o ímã-tomate para certificar-se de que não perdera um ponto, vírgula ou traço que modificaria o estado de coisas, assentiu, recolocou o ímã, recolheu seu engradado e voltou ao furgão.

A parte traseira do furgão de leite era úmida, escura e fria. Havia um mofado cheiro de umidade em seu ar, misturando-se desconfortavelmente ao dos laticínios. O suco de laranja estava atrás da beladona. Spike tirou uma caixa de papelão do gelo, tornou a assentir e retornou à calçada. Deixou a caixa de suco ao lado do leite e do creme. Depois voltou a seu furgão.

Não muito longe dali, soou o apito das 5 horas na lavanderia industrial, onde trabalhava Rocky, o velho amigo de Spike. Ele pensou em Rocky, iniciando seu trabalho por entre nuvens de vapor, em meio a um calor sufocante, e sorriu. Talvez fosse ver Rocky mais tarde. Talvez essa noite... depois de feitas as entregas.

Spike deu partida ao motor e seguiu em frente. Um pequeno rádio transistorizado, com uma correia em imitação de couro, pendia de um gancho de açougue, manchado de sangue, que se encurvava do teto da cabine. Ele o ligou e a música sossegada funcionava como contraponto de seu motor, enquanto seguia para a casa dos McCarthy.

O bilhete da Sra. McCarthy estava no lugar de sempre, na fenda do depósito de cartas. Era concisa e direta:

Chocolate

Spike pegou sua caneta, escreveu *Entrega Feita* no papel e o empurrou de volta pela fenda. Depois voltou ao furgão. O leite achocolatado ficava estocado em dois refrigeradores, bem ao fundo, podendo ser facilmente alcançado pelas portas traseiras, porque era um produto de grande saída em junho. O leiteiro olhou para os refrigeradores, depois estendeu o braço sobre eles e apanhou uma das vazias caixas de papelão de leite achocolatado que ficavam no canto oposto. Naturalmente, a caixa era marrom, e uma alegre criança saltava sobre a matéria impressa informando ao consumidor que aquele era um PRODUTO DOS LATICÍNIOS CRAMER'S BEBA INTEGRAL E DELICIOSO PODE SER TOMADO QUENTE OU GELADO AS CRIANÇAS ADORAM!

Spike colocou a caixa de papelão vazia sobre um engradado de leite. Em seguida, limpou os fragmentos de gelo até poder ver o pote de maionese, apanhou-o e olhou para dentro dele. A tarântula se moveu, mas lentamente. O frio a dopara. Spike desenroscou a tampa do pote e o virou sobre a caixa de papelão aberta. A tarântula fez um débil esforço para engatinhar de volta, subindo pelo deslizante lado do pote de vidro, mas não foi bem-sucedida. Caiu dentro da vazia caixa de papelão do leite achocolatado, com um gordo *polp*. O leiteiro tornou a fechar a caixa cuidadosamente, colocou-a em seu suporte e subiu apressado a calçada dos McCarthy. Aranhas eram suas prediletas, *o máximo* em sua opinião. Para Spike, o dia em que podia entregar uma aranha era um dia feliz.

Enquanto subia a Culver lentamente, continuava a sinfonia do alvorecer. A faixa perolada do leste foi substituída por um crescente clarão rosado, a princípio quase imperceptível, depois abrilhantando-se rapidamente para um escarlate que, quase em seguida, começou a desbotar-se para o azul do verão. Os primeiros raios de sol, belos como um desenho infantil em um livro de exercícios da escola dominical, agora aguardavam nos bastidores.

Na casa dos Webber, Spike deixou uma garrafa de creme comum, repleta de gelatina ácida. Na dos Jenner, deixou cinco litros de leite. Ali havia meninos em fase de crescimento. Ele nunca os vira, porém havia uma casa de árvore nos fundos e, às vezes, bicicletas e bastões de beisebol esquecidos no quintal. Na dos Collins, dois litros de leite e uma embalagem de papelão com iogurte. Na da Srta. Ordway, uma caixa de papelão de gemada, que fora batizada com beladona.

Uma porta bateu no fim do quarteirão. O Sr. Webber, que fazia o trajeto inteiro até a cidade, abriu a porta cinza-azulada de sua garagem e entrou, balançando sua pasta. O leiteiro esperou que soasse o zumbido do seu carro, dando partida ao motor, e sorriu ao ouvi-lo. *A variedade é o tempero da vida*, gostava de dizer a mãe de Spike — que Deus a tenha! —, *porém nós somos irlandeses, e os irlandeses preferem comer suas batatas sem nada. Seja moderado em todos os sentidos, Spike, e você será feliz.* Isto era absolutamente verdadeiro, conforme ele próprio descobrira, enquanto descia a estrada da vida dirigindo seu belo furgão bege de leiteiro.

Agora, faltavam apenas três casas.

Na dos Kincaid, ele encontrou uma nota dizendo: "Nada hoje, obrigado", mas deixou uma garrafa de leite tampada, que *parecia* vazia, mas continha um mortífero gás de cianureto. Na casa dos Walker, deixou dois litros de leite e meio litro de creme batido.

Quando chegou à casa dos Merton, no fim do quarteirão, os raios de sol brilhavam por entre as árvores e mosqueavam as desbotadas linhas da amarelinha, na calçada em frente ao quintal.

Spike abaixou-se e apanhou o que parecia uma excelente pedra para jogar amarelinha — chata de um lado — e a atirou. A pedra caiu sobre uma linha. Ele balançou a cabeça, sorriu e subiu a calçada, assobiando.

A leve brisa lhe trouxe o cheiro de sabão da lavanderia industrial, fazendo-o pensar novamente em Rocky. A cada momento, crescia sua certeza de que veria Rocky. Naquela noite.

Havia um bilhete espetado no suporte de jornais dos Merton:

Cancelado

Spike abriu a porta e entrou.

A casa estava gelada como uma cripta e sem qualquer mobiliário. Não podia ficar mais vazia, com as paredes nuas. O próprio fogão da cozinha fora retirado: havia um quadrado brilhante no chão, mostrando onde estivera o linóleo.

Na sala de estar, todo o papel de parede tinha sido arrancado. Não havia lustre, a lâmpada estava pendurada por um fio. Ela queimara. Uma grande mancha de sangue seco cobria parte de uma parede. Parecia uma mancha daqueles testes psiquiátricos Rorschach. No centro dela, uma cratera aprofundava-se no reboco. Havia um punhado de cabelos emaranhados na cratera, além de algumas lascas de ossos.

O leiteiro assentiu, saiu e ficou parado na entrada por um instante. Aquele ia ser um lindo dia. O céu já estava mais azul do que um olho de bebê, salpicado de ingênuas nuvenzinhas precursoras do bom tempo... aquelas que os jogadores de beisebol chamam de "anjos".

Ele retirou o bilhete do suporte de jornais e o amassou em uma bola. Depois a enfiou no bolso dianteiro esquerdo, em sua calça branca de leiteiro.

Voltou ao furgão, chutando a pedra da amarelinha para a sarjeta. O furgão de entrega de leite chacoalhou ao dobrar a esquina e sumiu de vista.

O dia ficou ainda mais radiante.

Um menino irrompeu de uma casa, sorriu para o céu e levou o leite para dentro.

O carrão: uma história sobre o jogo da lavanderia (leiteiro nº 2)

Rocky e Leo, ambos bêbados como gambás, dirigiram lentamente pela rua Culver e depois ao longo da avenida Balfour, em direção a Crescent. Estavam acomodados no Chrysler 1957 de Rocky. Entre os dois, equilibrada com bêbado cuidado sobre o monstruoso painel do Chrysler, estava uma caixa de cerveja. Aquela era a segunda caixa deles na noite — uma noite que, na verdade, começara às 16 horas, quando se encerrara o expediente na lavanderia.

— Macacos me mordam! — exclamou Rocky, parando na oscilante luz vermelha do cruzamento da avenida Balfour com a autoestrada 99.

Não viu movimento de carro em nenhuma das duas direções, mas lançou um tímido olhar para trás. Entre suas pernas, descansava uma lata de cerveja pela metade. Ele tomou um gole e depois virou para a esquerda, entrando na 99. A junta universal emitiu um sonoro grunhido quando eles engataram a segunda. O Chrysler havia perdido sua primeira marcha uns dois meses antes.

— Me dê um macaco e eu o mordo — disse Leo, amavelmente.

— Que horas são?

Leo ergueu o pulso com o relógio bem perto da ponta do cigarro e então tragou furiosamente até conseguir ver as horas.

— Quase 20 horas — disse.

— Macacos me mordam!

Haviam passado por uma placa dizendo PITTSBURGH 44.

— Ninguém irá vistoriar esta gracinha de Detroit — disse Leo. — Pelo menos ninguém em seu juízo perfeito.

Rocky passou para terceira. A junta universal resmungou para si mesma, e o Chrysler começou a ter o equivalente sobre quatro rodas de um ataque epilético *petit mal*. O espasmo cessou enfim e o velocímetro subiu preguiçosamente para 65, onde permaneceu de forma precária.

Quando alcançaram o cruzamento da autoestrada 99 com a estrada Devon Stream (Devon Stream formava a fronteira entre as jurisdições de Crescent e Devon, durante uns 13 quilômetros), Rocky pegou a Devon, quase por impulso. Era possível que, naquilo que funcionava como seu subconsciente, muito lá no fundo, houvesse sido despertada alguma lembrança do velho Meia Suja.

Ele e Leo estavam dirigindo mais ou menos ao acaso, desde a saída do trabalho. Era o último dia de junho, e o cartão de inspeção do Chrysler de Rocky perderia a validade exatamente às 00h01 do dia seguinte. Quatro horas, a partir de agora. *Menos* de quatro horas, a partir daquele exato momento. Rocky achava esta eventualidade quase demasiado dolorosa para ser contemplada, e Leo pouco se importava. O carro não era dele. Além do mais, bebera cerveja o suficiente para alcançar um estado de profunda paralisia cerebral.

A estrada Devon serpenteava pela única área altamente arborizada de Crescent. Em ambos os lados da estrada amontoavam-se grandes ramos de olmos e carvalhos, exuberantes, vivos e repletos de sombras oscilantes, à medida que a noite se fechava no sudoeste da Pensilvânia. Na verdade, a área era conhecida como Os Bosques Devon. Conseguira suas letras maiúsculas após a tortura seguida de assassinato de uma jovem e seu namorado, em 1968. O casal estivera estacionado ali, sendo encontrado no Mercury 1959 do rapaz. O carro tinha assentos de couro legítimo e um grande enfeite cromado no capô. Os ocupantes estavam no assento traseiro. E também no dianteiro, no porta-malas e no porta-luvas. O assassino nunca foi encontrado.

— É melhor que o motor desta lata velha não afogue aqui — disse Rocky. — Estamos a 150 quilômetros de lugar nenhum.

— Cascata. — Esta interessante palavra ultimamente ocupava o primeiro lugar entre as quarenta que compunham o vocabulário de Leo. — Lá está uma cidade, bem à frente.

Rocky suspirou e tomou outro gole de sua lata de cerveja. O clarão à vista não era realmente o de uma cidade, porém o rapaz estava num estado que tornava inútil qualquer discussão. Era o novo shopping center. Aquelas lâmpadas fluorescentes de alta luminosidade realmente emitiam claridade. Enquanto olhava naquela direção, Rocky dirigiu o carro para o lado esquerdo, gingou de volta, quase foi para o acostamento da direita, mas finalmente tornou a se endireitar em sua faixa.

— Ops — disse ele.

Leo arrotou e deu uma golfada.

Eles trabalhavam juntos na Lavanderia New Adams desde setembro, quando Leo tinha sido contratado como ajudante de Rocky. Leo era um rapaz de 22 anos, com feições de roedor e parecendo ter em seu futuro um bocado de tempo na cadeia. Ele alegava estar economizando 20 dólares por semana de seu pagamento, a fim de comprar uma motocicleta Kawasaki usada. Dizia que viajaria na moto para o oeste, assim que chegasse o inverno. Leo já passara por uns 12 empregos diferentes, desde que se despedira do mundo acadêmico, à tenra idade de 16 anos. Estava gostando bastante de trabalhar na lavanderia. Rocky lhe ensinava os vários ciclos da lavagem de roupa, fazendo-o acreditar firmemente que aprenderia uma especialização, algo muito conveniente, quando chegasse a Flagstaff.

Empregado mais antigo, Rocky já estava havia 14 anos na New Adams. Prova disso eram suas mãos, espectrais e manchadas, ao volante. Ele já pegara quatro meses em 1970 por porte ilegal de arma. Sua esposa, então grávida do terceiro filho do casal, havia anunciado: 1) que a criança não era dele, mas do leiteiro; e 2) que queria o divórcio, sob a alegação de crueldade mental.

Dois aspectos dessa situação induziram Rocky a andar com aquela arma: 1) fora corneado; 2) fora corneado pelo imbecil do *leiteiro*, um infeliz com olhos de peixe morto e cabelos compridos, chamado Spike Milligan. Spike dirigia o furgão leiteiro da Laticínios Cramer's.

Logo o leiteiro, pelo amor de Deus! O *leiteiro*, não faltava mais nada! Não era para um homem atirar-se à sarjeta e *morrer*? Mesmo para Rocky, que nunca fora muito além da leitura dos *Fleer's Funnies*, histórias em quadrinhos que vinham enroladas em torno do chiclete que ele mascava incansavelmente no trabalho, a situação continha sonoras e clássicas implicações.

Em vista disso, comunicara à esposa, sombriamente, dois fatos: 1) nada de divórcio; e 2) ele ia fazer um monte de buracos nesse Spike Milligan. Uns dez anos antes, tinha comprado uma pistola calibre 32 que usava ocasionalmente para atirar em garrafas, latas vazias e cães de pequeno porte. Naquela manhã, saíra de sua casa na rua Oak e rumara para a leiteria, esperando pegar Spike, quando ele terminasse as entregas matinais.

Rocky parou na Taverna Four Corners, a fim de tomar algumas cervejas — seis, oito, talvez vinte. Era difícil lembrar. E, enquanto bebia, sua mulher chamou os tiras. Eles estavam à sua espera, na esquina de Oak com Balfour. Rocky foi revistado e um dos tiras encontrou a 32 em seu cinto.

— Acho que vai sumir por algum tempo, meu amigo — disse o tira que encontrou sua arma.

Foi exatamente o que Rocky fez. Passou os quatro meses seguintes lavando lençóis e fronhas para a Estadual da Pensilvânia. Durante esse período, sua esposa conseguira um divórcio em Nevada, de maneira que, quando Rocky saiu de trás das grades, ela vivia com Spike Milligan na rua Dakin, em um prédio de apartamentos com um flamingo cor-de-rosa no gramado da frente. Juntamente com os dois filhos mais velhos (Rocky ainda presumia mais ou menos que fossem seus), o casal agora possuía um bebê, tão olhos de peixe morto como seu pai. Também contava com uma pensão alimentícia semanal de 15 dólares.

— Andar tanto de carro está me deixando enjoado, Rocky — disse Leo. — Não podíamos parar um pouco e beber?

— Tenho que dar um jeito no meu carro — disse Rocky. — Isso é importante. Um homem não é nada sem seu carro.

— Ninguém em seu juízo perfeito vai vistoriar isto, já lhe disse. Seu carro não tem setas.

— Elas piscam a cada vez que piso no freio, e quem não pisa no freio quando faz uma curva está querendo capotar.

— O vidro da janela deste lado está rachado.

— Vou baixá-lo.

— E se quem for vistoriar pedir que você o levante, para que possa checá-lo?

— Bem, se chegar a este ponto, terei que tomar medidas drásticas — disse Rocky friamente.

Rocky jogou fora a lata de cerveja e pegou uma nova, abrindo o topo da lata. A cerveja esguichou para fora.

— Eu gostaria de ter uma mulher — disse Leo, olhando para o escuro e sorrindo estranhamente.

— Se tivesse uma, você nunca iria para o oeste. É isso que uma mulher faz, impede que um homem vá mais para o oeste. É assim que elas operam. É a missão delas. Você não me disse que queria ir para o oeste?

— Disse, e vou.

— Você *nunca* irá — replicou Rocky. — Em breve terá uma mulher. Logo depois estará ferrado. *Pensão alimentícia*. Entende? As mulheres estão sempre querendo a pensão alimentícia. Os carros são melhores. Fique com eles.

— É um pouco difícil transar com um carro.

— Você ficaria surpreso — disse Rocky, e deu uma risadinha.

O bosque começava a rarear, substituído por casas novas. Luzes piscaram à esquerda e Rocky subitamente pisou no freio. As luzes dos freios e as setas ligaram-se imediatamente. Leo foi atirado para frente, derramando cerveja no assento.

— O que foi? O que foi? — perguntou.

— Veja — disse Rocky. — Acho que conheço aquele cara.

No lado esquerdo da estrada havia uma garagem caindo aos pedaços e um posto de gasolina. Na fachada, um letreiro dizia:

GASOLINA E SERVIÇO BOB'S

BOB DRISCOLL, PROP.

ALINHAMENTO DIANTEIRO — NOSSA ESPECIALIDADE

DEFENDA SEU LEGÍTIMO DIREITO DE USAR ARMAS!

E, bem no final:

POSTO ESTADUAL DE INSPEÇÃO 72

— Ninguém em seu juízo perfeito... — recomeçou Leo.

— É Bobby Driscoll! — exclamou Rocky. — Eu e Bobby fomos colegas de escola! Fizemos miséria por lá, pode apostar!

Manobrou desajeitadamente para a garagem, os faróis iluminando a porta aberta.

Depois, pisando na embreagem, seguiu para lá. Um homem de ombros encurvados, vestindo macacão verde, correu para fora, gesticulando freneticamente para que ele parasse.

— Esse é Bob! — gritou Rocky, exultante. — *Oláááá, Meia Suja!*

Rasparam a lateral da garagem. O Chrysler teve outro ataque epilético, *grand mal* desta vez. Uma pequena chama amarela surgiu no final do tubo de aspiração da bomba, seguida por um jato de fumaça azul. O carro parou agradecido. Leo foi jogado para a frente, derramando mais cerveja. Rocky girou a chave do motor e deu ré, para tentar de novo.

Bob Driscoll correu na direção deles, os palavrões jorrando de sua boca em coloridas torrentes. Agitava os braços.

— ... *que merda pensa que está fazendo, seu filho da...*

— Bobby! — berrou Rocky, em euforia quase orgástica. — Ei, Meia Suja! O que há, meu chapa?

Bob olhou através da janela de Rocky. Tinha um rosto contorcido e cansado, em sua maior parte oculto pela sombra da pala do boné.

— Quem foi que me chamou de Meia Suja?

— *Eu* — Rocky quase trovejou. — Fui *eu*, seu velho punheteiro! O seu chapa dos velhos tempos!

— Quem, diabo...

— Johnny Rockwell! Ficou cego, além de imbecil?

A pergunta cautelosa:

— Rocky?

— Eu mesmo, seu filho da mãe!

— Deus do céu! — Uma alegria lenta, indesejada, espalhou-se pelo rosto de Bob. — Não vejo você desde... bem... acho que desde aquele jogo dos Catamounts...

— Ssshhhh! Aquele foi dureza, não foi?

Rocky bateu com força na coxa, soltando um esguicho de cerveja. Leo arrotou.

— Se foi! A única vez que ganhamos um torneio. Mesmo então, parecia que íamos perder... Ei, cara, você quase me acaba com a lateral da garagem! Você...

— Sim, o mesmo e velho Meia Suja! A mesma figura! Você não mudou nem um fio de cabelo! — Um pouco surpreso, Rocky espiou o mais que pôde abaixo da aba do boné de beisebol, esperando que fosse verdade. Mas parecia que o velho Meia Suja ficara parcial ou totalmente calvo. — Meu Deus! Não é incrível vir dar com você por aqui? Casou finalmente com Marcy Drew?

— Raios, casei. Lá por 70. Por onde você andou?

— Na cadeia, o mais provavelmente. Ei, chapa, dá pra vistoriar o bebê aqui?

De novo, a pergunta cautelosa:

— Está falando de seu carro?

Rocky deu uma risada estridente.

— Não, do meu cacete! *Claro* que é do meu carro! E então, dá pra ver?

Bob abriu a boca para dizer não.

— Este aqui é um velho amigo meu. Leo Edwards. Leo, quero que conheça o único jogador de basquete do Ginásio Crescent que não mudou suas meias suadas em quatro anos.

— Prazer em *ticonhecer* — disse Leo, fazendo a sua obrigação, como a mãe lhe ensinara, certa vez em que ela estava sóbria.

Rocky riu esganiçadamente.

— Vai uma cerveja, Suja?

Bob abriu a boca para dizer não.

— *Tome*, a pequena levanta-defunto! — exclamou Rocky.

Arrancou a abertura do topo. Sacudida pela colisão com o lado da garagem, a cerveja espumou acima da tampa e escorreu pelo pulso de Rocky. Ele enfiou a lata na mão de Bob. Bob bebeu rapidamente, para evitar que sua própria mão ficasse alagada.

— Escute, Rocky, nós fechamos às...

— Só um segundo, um segundinho, me deixe explicar. Tem uma coisa errada aqui.

Rocky puxou, deu uma marcha a ré, pisou no pedal da embreagem rapidamente, tirou um fino em uma bomba de gasolina e então levou o Chrysler para dentro, aos sacolejos. Saiu em um minuto, para apertar a mão livre de Bob como um político. Bob parecia aturdido. Sentado no carro, Leo abriu outra cerveja. Estava peidando, também. Muita cerveja sempre o deixava assim.

— Ei! — exclamou Rocky, cambaleando em torno de uma pilha de calotas enferrujadas. — Lembra-se de Diana Rucklehouse?

— Claro — disse Bob. Um sorriso forçado veio a sua boca. — Era aquela com os... — Ele colocou as mãos em concha, diante do peito.

Rocky uivou.

— *Essa* mesma! Você *sacou*, cara! Ela continua na cidade?

— Acho que se mudou para...

— Dá pra entender — disse Rocky. — Os que não ficam sempre se mudam. Pode dar um visto nesta banheira, não pode?

— Bem, minha mulher disse que ia me esperar para o jantar e nós fechamos às...

— Poxa, ia ser uma ajuda e tanto se me fizesse a vistoria. Eu apreciaria muito. Posso retribuir com uma lavagem de roupa para sua esposa. É o que faço. Lavar roupa. Na New Adams.

— E eu estou aprendendo — disse Leo, e tornou a peidar.

— Lavar as roupas de baixo, o que você quiser. E então, Bobby?

— Bem... acho que posso dar uma olhada.

— Boa! — exclamou, batendo nas costas de Bob e piscando para Leo. — O bom e velho Meia Suja. Grande sujeito!

— Hum-hum — disse Bob, com um suspiro. Deu um gole na cerveja, seus dedos sujos de óleo quase tapando o rosto do Grande Joe Green. — Você andou batendo um bocado com este para-choque, Rocky.

— Dá uma certa classe. A porra do carro *precisa* de um pouco de classe. Mesmo assim, é um carrão do caralho, entende o que quero dizer?

— Sim, acho que...

— Ei! Quero que conheça o sujeito com quem trabalho! Leo, este é o único jogador de basquete do...

— Você já nos apresentou — disse Bob, com um sorriso frouxo e desesperado.

— Beleza — disse Leo.

Pegou outra lata de cerveja. Linhas prateadas, como trilhos de ferrovia vistos ao meio-dia, em um dia quente e límpido, começavam a surgir diante de seu campo de visão.

— ...Ginásio Crescent que não trocou suas...

— Quer me mostrar os faróis, Rocky? — pediu Bob.

— Claro. Grandes faróis! De halogênio, nitrogênio ou qualquer outro gênio da porra. Eles têm classe. Ponha os olhos do bichão em funcionamento, Leo.

Leo ligou os limpadores de para-brisa.

— Estão bons — disse Bob, pacientemente. E bebeu um bom gole de cerveja. — E agora, que tal os faróis?

Leo ligou os faróis.

— Farol alto?

Com o pé esquerdo, Leo tateou em busca do interruptor. Tinha absoluta certeza de que ele estava em algum lugar lá embaixo, e finalmente o encontrou. Os faróis altos deixaram Rocky e Bob em nítido relevo, como suspeitos em uma fila de reconhecimento da polícia.

— Faróis de nitrogênio do caralho, não lhe disse? — exclamou Rocky, depois deu uma risadinha. — Poxa, Bobby! Ver você é melhor do que receber um cheque num envelope de correio!

— E agora, que tal as setas? — pediu Bob.

Leo sorriu vagamente para ele e não fez nada.

— É melhor eu ver isso — falou Rocky. Arranjou um bom galo na cabeça, quando foi para trás do volante. — Acho que o garoto não está se sentindo muito bem...

Apertou o freio, ao mesmo tempo que bateu de leve no botão da seta.

— Certo — disse Bob —, mas funciona sem o freio?

— O manual de inspeção de veículos a motor diz, em algum lugar, que *tem* que funcionar? — perguntou Rocky espertamente.

Bob suspirou. Sua esposa o esperava para jantar. Sua esposa tinha seios grandes e caídos, cabelos louros que eram negros nas raízes. Ela era adepta daqueles pacotes de 12 rosquinhas, vendidos nas lojas de conveniência. Quando ia à garagem nas noites de quinta-feira, pegar seu dinheiro para o bingo, ela em geral tinha os cabelos presos em grandes rolinhos verdes, sob um lenço verde de chiffon. Isto fazia com que sua cabeça parecesse um rádio AM/FM futurista. Certa ocasião, por volta das 3 horas da madrugada, ele acordara e tinha olhado para seu rosto pelancudo, cor de papel, à impiedosa claridade de cemitério da luz no poste da rua entrando pela janela do quarto do casal. Ele havia pensado em como seria fácil apenas montar em cima dela, apenas fincar um joelho em seu estômago para que ela ficasse sem ar e incapaz de gritar, apenas afundar as duas mãos em torno de seu pescoço... Depois, apenas colocá-la na banheira e esquartejá-la, cortá-la em pedacinhos e enviá-la a qualquer lugar pelo correio. Qualquer lugar. Lima, Indiana. Polo Norte, New Hampshire. Intercourse, Pensilvânia. Kunkle, Iowa. Qualquer lugar. Podia ser feito. Deus sabe que já foi feito antes.

— Não — respondeu ele a Rocky. — Creio que em nenhum lugar do manual diz que eles têm que funcionar sozinhos. Não literalmente. Em tantas palavras.

Erguendo a lata, ele deixou que o resto da cerveja descesse por sua garganta. Estava quente na garagem, e ele ainda não jantara. Podia sentir a cerveja subir-lhe direto para a cabeça.

— Ei, Meia Suja acabou de esvaziar a lata! — disse Rocky. — Mande mais uma, Leo!

— Não, Rocky, sinceramente...

Não enxergando muito bem, Leo finalmente conseguiu encontrar outra lata.

— Quer que mande tudo? — perguntou, e passou uma lata a Rocky.

Rocky a entregou a Bob, cujas negativas foram anuladas ao segurar a fria realidade da lata em sua mão. Esta exibia a face sorridente de Lynn Swann. Ele a abriu. Leo peidou sem cerimônia, fechando a transação.

Durante um momento, todos beberam das latas com jogadores de futebol.

— A buzina funciona? — perguntou Bob finalmente, quebrando o silêncio.

— Claro. — Rocky bateu no círculo com seu cotovelo. Ele emitiu um débil grasnido. — Mas acho que a bateria está um pouco fraca.

Os três beberam em silêncio.

— Aquele maldito rato era tão grande como um *cocker spaniel!* — exclamou Leo.

— O garoto está bem alto — explicou Rocky.

Bob meditou a respeito.

— Hum-hum — disse.

Isso pareceu despertar a hilaridade de Rocky, e ele gargalhou com a boca cheia de cerveja. Escorreu um pouco de seu nariz, e isso fez Bob rir. Rocky gostou de ouvi-lo, porque o antigo colega lhe parecera um cara tristonho, quando tinham entrado ali.

Beberam em silêncio por mais algum tempo.

— Diana Rucklehouse — disse Bob, em tom meditativo.

Rocky deu uma risadinha.

Bob o imitou e levou as mãos à frente do peito.

Rocky riu e levou as mãos ainda mais à frente do peito.

Bob gargalhou.

— Lembra-se daquela foto de Ursula Andress que Tinker Johnson pregou no quadro de avisos da velha Freemantle?

Rocky uivou.

— E ele desenhou aquelas tetas enormes...

— ...e ela quase teve um ataque cardíaco...

— Vocês dois sabem rir — disse Leo, morosamente, e peidou.

Bob pestanejou, olhando para ele.

— Como?

— Rir — disse Leo. — Falei que *vocês* dois sabem *rir*. Nenhum dos dois tem um *buraco* nas costas.

— Não *pres'tenção* nele, não — disse Rocky, algo inquieto. — O garoto está num tremendo pileque.

— Você tem um buraco nas costas? — perguntou Bob a Leo.

— A lavanderia — disse Leo, sorrindo. — Temos aquelas enormes máquinas de lavar, entende? Só que as chamamos de rodas. São as rodas da lavanderia. *Por isso* é que as chamamos de rodas. Eu as carrego, eu as esvazio, depois torno a carregá-las. A droga da roupa está suja; quando sai de lá, vem limpa. É isso que faço. E faço com categoria. — Olhou para Bob, com insana confiança. — Mas foi fazendo isso é que fiquei com um buraco nas costas.

— É mesmo?

Bob olhava fascinado para Leo. Rocky remexeu-se nervosamente.

— Tem um buraco no *teto* — disse Leo. — Bem acima da terceira roda. Elas são redondas, sabe, por isso as chamamos de rodas. Quando chove, a água cai por ali. Goteja, goteja, goteja. Cada pingo de chuva cai em cima de mim, plaft!, bem nas costas. Agora, estou com um buraco nas costas. Deste tamanho. — Leo fez uma curva rasa com uma das mãos. — Quer ver?

— Ele não quer ver nenhuma *deformidade* dessas! — gritou Rocky. — Estamos relembrando os velhos tempos e, *além do mais,* você não tem nenhuma merda de buraco nas costas!

— Eu quero ver o buraco — disse Bob.

— Elas são redondas, por isso damos o nome de lavanderia — disse Leo.

Rocky sorriu e bateu no ombro dele.

— Pare com essa conversa fiada ou você vai andando para casa, amiguinho. Agora, me dá mais uma dessas, se é que ainda sobrou alguma.

Leo olhou para o engradado de cerveja e, após um momento, entregou uma lata com Rocky Blier impresso.

— É isso aí! — exclamou Rocky, alegre novamente.

Uma hora mais tarde, a cerveja havia acabado, e Rocky enviou Leo cambaleando estrada acima até o mercado para comprar mais. Os olhos do rapaz estavam injetados de sangue a essa altura e sua camisa saía das calças. Com uma concentração de míope, ele tentava tirar seu maço de Camel das dobras enroladas da manga da camisa. Bob estava no banheiro, urinando e entoando uma canção escolar.

— Não quero ir andando até lá — murmurou Leo.

— Claro, mas está bêbado demais para dirigir!

Leo caminhou em um vacilante semicírculo, ainda tentando tirar os cigarros da manga da camisa.

— Tá escuro. E frio.

— Quer que este carro ganhe um certificado de vistoria ou não? — sibilou Rocky para ele.

Agora, começara a ver coisas estranhas nas bordas de seu campo de visão. A mais persistente era um enorme besouro, envolto em teias de aranha, no canto da vista. Leo o fitou com olhos escarlates.

— O carro não é meu — replicou, com falsa sagacidade.

— E você nunca mais andará nele se não for buscar essa cerveja — ameaçou Rocky. Olhou cheio de medo para o besouro morto no canto. — É só me provocar e você vai ver que eu não estou brincando!

— Está bem — gemeu Leo. — Não precisa ficar irritadinho por causa disso.

Caminhou duas vezes para fora da via, em seu trajeto até a esquina, e uma vez na volta. Ao finalmente retornar para o calor e a claridade da garagem, encontrou os dois homens entoando a canção escolar. De um jeito ou de outro, Bob conseguira erguer o Chrysler no elevador. Agora, examinava a parte do chassi, observando o enferrujado sistema de exaustão.

— Seu cano de descarga está com alguns buracos — disse ele.

— Não tem nenhuma descarga aí embaixo — respondeu Rocky.

Os dois acharam aquilo muito engraçado.

— Chegou a cerveja! — anunciou Leo.

Colocou o engradado no chão, sentou-se em um aro de roda e começou a cochilar imediatamente. Ele próprio tinha esvaziado três latas no trajeto de volta, a fim de aliviar a carga.

Rocky estendeu uma cerveja para Bob e pegou uma para si.

— Disputa? Como nos velhos tempos?

— Certo — disse Bob.

Sorriu com os lábios comprimidos. Mentalmente, via-se na cabine de um carro de corridas de Fórmula Um, rente ao solo, uma das mãos pousando de banda no volante, enquanto esperava que baixassem a bandeira, a outra tocando seu amuleto de sorte — o enfeite do capô de um Mercury 59. Esquecera o cano de descarga de Rocky e sua desgrenhada esposa, com transistorizados rolinhos de cabelo.

Os dois abriram suas cervejas e mandaram para dentro. Deu empate. Ambos deixaram as latas caírem no concreto rachado e ergueram o dedo médio ao mesmo tempo. Seus arrotos ecoaram nas paredes, como tiros de rifle.

— Como nos velhos tempos — disse Bob, parecendo melancólico. — *Nada* é como nos velhos tempos, Rocky.

— Eu sei — assentiu Rocky. Lutou por um perfeito e luminoso pensamento, até encontrá-lo. — Estamos envelhecendo a cada dia, Suja.

Bob suspirou e tornou a arrotar. Leo peidou no canto e começou a cantarolar "*Get Off My Cloud*".

— Mais uma vez? — perguntou Rocky, passando outra cerveja para Bob.

— Também acho — disse Bob, em resposta ao pensamento de Rocky. — Eu também acho, Rocky, meu chapa.

Por volta da meia-noite, o engradado que Leo trouxera estava vazio, e um certificado de inspeção fora afixado no lado esquerdo do para-brisa de Rocky, em um ângulo torto. O próprio Rocky havia anotado as informações pertinentes, antes de colar o certificado, copiando laboriosa e cuidadosamente os números do esfarrapado e ensebado registro que finalmente encontrara no porta-luvas. Era preciso copiar *com cuidado*, porque estava vendo tudo triplicado. Sentado de pernas cruzadas no chão, como um mestre de ioga, Bob tinha uma lata de cerveja meio vazia, pousada à frente. Seus olhos contemplavam fixamente o nada.

— Fique certo, você salvou minha vida, Bob — disse Rocky.

Chutou as costelas de Leo para acordá-lo. Leo grunhiu e bufou. Suas pálpebras tremularam brevemente, ainda fechadas, depois se abriram inteiramente quando Rocky tornou a chutá-lo.

— Já chegamos em casa, Rocky? Nós...

— Você fez um trabalho e tanto, Bobby! — exclamou Rocky alegremente.

Enfiou os dedos debaixo dos braços de Leo e puxou. Leo ficou de pé, gritando. Rocky quase o carregou até o Chrysler e depois o jogou no assento do passageiro.

— Ainda voltaremos aqui qualquer dia, para você dar uma geral nele.

— Que tempos eram aqueles! — suspirou Bob. Estava com os olhos úmidos. — De lá para cá, tudo ficou cada vez pior, sabia?

— É verdade — disse Rocky. — Tudo tem sido reparado e amerdalhado. Só que a gente apenas aponta os erros e não faz nada de nada...

— Minha esposa não quer saber de mim há um ano e meio — disse Bob, mas as palavras foram sufocadas pelos estouros do motor do Chrysler.

Bob se levantou e ficou observando o carro sair em ré da garagem, arrancando uma lasca de madeira do lado esquerdo da porta. Leo pendurou-se à janela, sorrindo como um debiloide.

— Apareça na lavanderia, caminhoneiro. Eu lhe mostrarei o buraco em minhas costas. Eu lhe mostrarei minhas rodas! Eu lhe mostr...

O braço de Rocky disparou subitamente, como um gancho de *vaudeville*, e puxou-o para o escuro.

— Adeus, chapa! — gritou.

O Chrysler executou uma volta embriagada em torno das três ilhotas das bombas de gasolina e disparou para dentro da noite. Bob o observou até as luzes traseiras ficarem apenas como vaga-lumes e então caminhou cautelosamente para dentro da garagem. Em sua apinhada bancada de trabalho, havia um enfeite cromado de algum carro antigo. Bob começou a brincar com ele e, em breve, estava chorando lágrimas de crocodilo pelos velhos tempos. Mais tarde, em algum momento depois das três da madrugada, ele estrangulou a esposa e incendiou a casa, para dar a tudo uma aparência de acidente.

— Santo Deus! — disse Rocky para Leo, quando a garagem de Bob se encolheu para um ponto de luz branca atrás deles. — Quem diria, hein? O velho Meia Suja!

Rocky atingira aquele estado de embriaguez em que cada parte de si mesmo parecia ter evaporado, à exceção de uma pequenina e cintilante brasa de sobriedade, em algum ponto bem enterrado no meio de sua mente.

Leo não respondeu. À pálida claridade esverdeada do painel do carro, ele parecia o rato do campo no chá de Alice.

— Ele estava mesmo chapado — prosseguiu Rocky. Dirigiu pelo lado esquerdo da estrada por algum tempo e depois o Chrysler vagueou de volta. — Aliás, foi até bom para você, o mais provável é que ele não se lembre do que você lhe disse. Outra hora, poderia ter sido diferente. Já lhe disse, não sei quantas vezes, para ficar calado sobre essa ideia de que tem uma porra de um buraco em suas costas.

— Você *sabe* que tenho um buraco nas costas.

— Bem, e daí?

— E daí que o buraco é *meu*. E vou falar sobre o *meu* buraco sempre que qui... — Leo interrompeu-se e olhou repentinamente a sua volta. — Tem um furgão atrás da gente. Acabou de sair daquela estrada lateral. Faróis apagados.

Rocky ergueu os olhos para o retrovisor. Era um furgão leiteiro. Nem precisava ler LATICÍNIOS CRAMER'S na lateral para saber que era ele.

— É o Spike — disse Rocky, temerosamente. — Spike Milligan! Meu Deus, pensei que ele só fizesse entregas *matinais*!

— Quem?

Rocky não respondeu. Um tenso sorriso bêbado espalhou-se pela parte inferior de seu rosto. Não chegou a tocar-lhe os olhos, que agora estavam esbugalhados e vermelhos, como faróis traseiros.

De repente, pisou fundo no acelerador do Chrysler, que expeliu uma fumaceira azul de óleo queimado e, relutantemente, entre rangidos, aumentou a velocidade para 90.

— Ei! Você está bêbado demais para ir tão depressa! Você está...

Leo parou de falar, com expressão vaga, como se houvesse perdido o fio da meada. As árvores e casas passavam em disparada por eles, apenas borrões difusos na escuridão de meia-noite e quinze. Avançaram sobre uma placa de PARE e a derrubaram, batendo em seguida em um calombo, saindo da estrada por um instante. Quando voltaram a ela, o silencioso estava arriado e arrancaram uma faísca do asfalto. Na traseira do carro, latas se chocavam e chocalhavam. Os rostos de jogadores do Steeler de Pittsburgh rolaram de um lado para outro, às vezes à luz, e outras à sombra.

— Eu estava *brincando*! — disse Leo, apavorado. — Não tem nenhum furgão!

— É ele, e ele mata gente! — gritou Rocky. — Eu vi o bicho dele, lá na garagem! Porra!

Subiram rugindo a Southern Hill pelo lado errado da estrada. Uma caminhonete, que vinha em direção contrária, derrapou loucamente na curva de cascalhos e foi parar no acostamento, saindo da frente deles. Leo olhou para trás. A estrada estava vazia.

— Rocky...

— *Venha me pegar, Spike!* — berrou Rocky. — *Venha me pegar!*

O Chrysler tinha chegado a quase 130, uma velocidade que, se estivesse mais sóbrio, Rocky não acreditaria possível. Fizeram a curva que leva à estrada Johnson Flat, com a fumaça saindo dos pneus carecas. O Chrysler uivou na noite como um fantasma, os faróis vasculhando a estrada vazia à frente.

De repente, um Mercury 1959 rugiu para eles, saindo do escuro pela linha central. Rocky gritou e ergueu as mãos, colocando-as à frente do rosto. Leo teve tempo apenas para ver que faltava o enfeite no capô do Mercury, antes que houvesse a colisão.

Meio quilômetro atrás, faróis brilhavam em uma estrada secundária, e um furgão leiteiro, com as palavras LATICÍNIOS CRAMER'S inscritas na lateral, entrou em movimento e começou a passar pela coluna de chamas e ferragens retorcidas que enegreciam no meio da estrada. Estava andando devagar. O radiotransístor, pendurado pela correia no gancho de açougue, tocava *rhythm and blues*.

— Muito bem — disse Spike. — Agora, vamos à casa de Bob Driscoll. Ele acha que tem gasolina na sua garagem, mas não estou bem certo disso. Este foi um dia bastante longo, não acha?

No entanto, quando ele se virou, a traseira do furgão estava vazia. Até o bicho se fora.

Vovó

A mãe de George foi até a porta, vacilou, voltou de novo e acariciou os cabelos do filho.

— Não quero que fique preocupado — disse. — Você vai ficar bem. Vovó também.

— Eu sei, vou ficar bem. Diga a Buddy para não esquentar.

— Como?

George sorriu.

— Para ficar frio.

— Ah! Muito engraçadinho. — A mãe sorriu para ele, um sorriso distraído, voltado para seis direções ao mesmo tempo. — George, você tem certeza de que...

— Eu vou ficar *ótimo.*

Está bem certo disso? Tem certeza de que não sentirá medo ao ficar sozinho com a vovó? Não era isso que ela ia perguntar?

Se era isso, a resposta é não. Afinal, já passara a época em que tinha seis anos, quando tinham ido para o Maine para cuidar da vovó. Então, ele chorava aterrorizado a cada vez que ela lhe estendia os braços pesados, sentada em sua poltrona de vinil branco, que sempre tinha o cheiro dos ovos cozidos que a vovó comia e do talco suave que a mãe de George lhe passava na pele frouxa e enrugada; ela estendia aqueles braços brancos e elefantinos, queria que ele se aproximasse para ser apertado contra aquele enorme, pesado, velho e elefantino corpo branco. Buddy fora até ela, tinha sido envolvido no cego abraço da vovó e escapara vivo... mas Buddy era dois anos mais velho.

Agora, Buddy quebrara a perna e estava no Hospital CMG, em Lewiston.

— Você tem o número do médico, caso alguma coisa dê *errado.* Só que nada vai acontecer. Certo?

— Certo — disse ele, e engoliu em seco.

George sorriu. Seu sorriso era tranquilizador? Claro. Claro que era. Não sentia mais medo da vovó. Afinal, não tinha mais *seis* anos. Mamãe ia ao hospital ver Buddy e ele ia ficar em casa, sem esquentar a cabeça. Acompanhar a vovó por algum tempo. Qual o problema?

Mamãe tornou a ir até a porta, vacilou de novo e voltou, exibindo o sorriso perturbado, voltado para seis direções ao mesmo tempo.

— Se ela acordar e quiser tomar chá...

— Eu já sei... — respondeu George, percebendo o quanto ela estava assustada e preocupada, por trás do sorriso perturbado.

Ela estava preocupada com Buddy, Buddy e sua idiota *Divisão Juvenil*, o treinador tinha ligado para dizer que Buddy se ferira em um jogo pela conquista da taça, e George só ficara sabendo (acabara de chegar da escola e estava sentado à mesa, comendo biscoitos com um copo de Quick, da Nestlé) quando viu sua mãe ofegar perguntando: *Machucado? Buddy? É grave?*

— Sei de *tudo* isso, mamãe. Estou no controle. Transpiração negativa. Pode ir agora.

— Você é um bom garoto, George. Não tenha medo. Não sente mais medo da vovó, não é mesmo?

— Claro que não — disse George.

Ele sorriu. Era um sorriso despreocupado. O sorriso de um cara que estava ficando frio, com transpiração negativa na testa, o sorriso de um cara que estava no controle, o sorriso de um cara que, decididamente, não tinha mais seis anos. George engoliu em seco. Era um grande sorriso, mas por baixo dele, na escuridão por baixo do sorriso, havia uma garganta muito seca. Como se sua garganta estivesse forrada com lá.

— Diga a Buddy que sinto muito por ele ter quebrado a perna.

— Eu direi — respondeu ela, e tornou a caminhar para a porta. O sol das 16 horas penetrou pela janela. — Graças a Deus, fizemos o seguro esportivo, Georgie. Não sei o que faríamos se não tivéssemos o seguro.

— Diga a ele que espero que tenha dado o troco no otário.

Ela sorriu seu sorriso distraído, uma mulher que mal completara 50, com dois filhos tardios, um de 13 e outro de 11 anos, sem nenhum homem. Desta vez, ela abriu a porta e uma fria brisa de outubro entrou na casa.

— E, lembre-se, o Dr. Arlinder...

— Está bem — disse ele. — É melhor ir logo ou a perna dele já estará boa quando chegar lá.

— O mais provável é que ela durma o tempo todo — disse mamãe. — Eu te amo, Georgie. Você é um bom filho.

Ela fechou a porta ao terminar de falar. George foi até a janela e a viu caminhar apressada para o velho Dodge 69, que queimava muito óleo e gasolina, tirando as chaves de dentro da bolsa. Agora que saíra da casa e não sabia que George espiava, o sorriso distraído desapareceu e ela apenas pareceu perturbada — perturbada e abatida pela preocupação com Buddy. George sentiu pena dela. Não desperdiçava quaisquer sentimentos similares com Buddy, que gostava de derrubá-lo e sentar em cima dele, com um joelho em cada um de seus ombros, batendo no meio de sua testa com uma colher até quase enlouquecê-lo (Buddy chamava a isso a Tortura da Colher dos Chinas Pagãos, e ria como um louco, às vezes continuando com aquilo até que George chorasse); Buddy que, às vezes, dava-lhe o tratamento da Queimadura de Corda Índia, amarrando-lhe uma corda no braço e o puxando com tanta força que pequeninas gotas de sangue surgiam na pele de George, pontilhando seus poros como orvalho em talos de grama ao amanhecer; Buddy, que ouvira compreensivamente quando certa noite George lhe sussurrara, no escuro do quarto de ambos, que gostava de Heather MacArdle, mas que, na manhã seguinte, cruzara o pátio da escola gritando GEORGE E HEATHER NAMORANDO, BÊ-É-I-JOTA-A-ENE--DÊ-Ó! PRIMEIRO O AMOR E DEPOIS CASAMENTINHO! LÁ VEM A HEATHER COM UM BEBÊ NO SEU CARRINHO!, como um carro do Corpo de Bombeiros. Pernas quebradas não derrubam irmãos mais velhos como Buddy, por muito tempo, mas George preferia ficar quieto no seu canto, desde que Buddy ficasse também. *Quero ver você me forçar à Tortura da Colher dos Chinas Pagãos com sua perna no gesso, Buddy. Isso mesmo, cara —* TODOS *os dias.*

O Dodge saiu em marcha a ré pela entrada de carros e parou, enquanto sua mãe olhava para os dois lados, embora nenhum carro estivesse à vista — eles nunca estavam. Sua mãe teria um trajeto de três quilômetros em estradas acidentadas e onduladas antes de chegar ao asfalto, e então mais 30 quilômetros até Lewiston.

Ela recuou por toda a entrada de carros e depois foi embora. Por um momento, a poeira ficou suspensa no brilhante ar da tarde de outubro, para depois começar a assentar-se.

Ele estava sozinho em casa.

Com a vovó.

George engoliu em seco.

Ei! Transpiração negativa! Basta não esquentar, certo?

— Certo — disse George, em voz baixa.

Cruzou a pequena cozinha banhada de sol. Era um garoto simpático, de cabelos claros, com sardas salpicando o nariz e as bochechas, uma expressão bem-humorada nos olhos cinza-escuro.

O acidente com Buddy ocorrera quando ele jogava pelo campeonato da Divisão Juvenil, naquele 5 de outubro. O time da Divisão Pee Wee (Dente de leite) em que George jogava — os Tigres — ficara fora do torneio logo no primeiro dia, dois sábados antes (*Que bando de bebês!*, exultava Buddy, ao ver George sair do campo em lágrimas. *Que bando de MARICAS!*)... e agora Buddy tinha quebrado a perna. Se a mamãe não estivesse tão preocupada e assustada, George ficaria quase feliz.

Havia um telefone de parede e, perto dele, um quadro para anotações com um lápis ensebado pendurado ao lado. Na parte superior do quadro via-se uma alegre vovó camponesa, de bochechas rosadas, os cabelos brancos penteados em coque: o desenho mostrava a avó fazendo anotações no quadro. Um balão de histórias em quadrinhos saía da boca da alegre vovó camponesa, e ela dizia: "LEMBRE-SE *DISTO*, FILHOTE!" Escrito no quadro, na letra espichada de sua mãe, estava o lembrete *Dr. Arlinder, 681-4330*. Mamãe não anotara o número nesse dia só porque tinha de ir ver Buddy. Agora já fazia quase três semanas que o número estava ali, pois a vovó vinha tendo seus "acessos" outra vez.

George tirou o telefone do gancho e ouviu.

— ...então, eu disse a ela: "Mabel, se ele a trata desse jeito..."

George recolocou o fone. Henrietta Dodd. Henrietta estava sempre ao telefone e, se fosse de tarde, podia-se ouvir uma novela de rádio soando ao fundo. Certa noite, após ter bebido um copo de vinho com a vovó (desde que ela começara a ter os "acessos" novamente, o Dr. Arlinder dissera que a vovó não devia tomar vinho ao jantar, de modo que a mamãe também deixara de tomá-lo — George lamentava, porque o vinho deixava a mamãe risonha e ela lhe contava histórias de quando era menina), a mamãe tinha dito que toda vez que Henrietta Dodd abria a boca, só saía besteira. Buddy e George tiveram ataques de riso, enquanto a mamãe tapava a boca com a mão dizendo NUNCA *contem a ninguém que eu disse isso*, e então *ela* começou a rir também, todos os três, sentados à mesa do jantar, riam sem parar e, por fim, a risadaria acordou a vovó, que cada vez dormia mais, e ela começou a gritar *Ruth! Ruth! RUU-UUUTHH!* naquela sua voz aguda e rabugenta, e a mamãe, parando de rir, fora ao quarto dela.

Hoje, por George, Henrietta Dodd podia falar o quanto quisesse. Ele só queria se certificar de que o telefone estava funcionando. Duas semanas antes houvera uma forte tempestade e, desde então, de vez em quando o aparelho emudecia.

George viu-se olhando novamente para o alegre desenho da avó e se perguntou como seria ter uma avó como aquela. A *sua* era grande, gorda e cega; além disso, a hipertensão a tornara senil. Às vezes, quando tinha seus "acessos", ela (segundo a mamãe) "agia como caduca", chamando por pessoas que não existiam, mantendo conversas vazias, murmurando estranhas palavras que não faziam sentido. Certa ocasião, quando ela fazia esta última coisa, a mamãe ficara pálida e lhe dissera: cale a boca, cale a boca, *cale a boca!* George se lembrava bem, não apenas por ser a única vez em que a mamãe realmente *gritara* com a vovó, mas também porque, no dia seguinte, alguém descobrira que o cemitério Birches, junto à estrada Maple Sugar, havia sido vandalizado — lápides derrubadas, arrombados os antigos portões do século XIX e uma ou duas das sepulturas tinham até sido escavadas —, ou algo assim. *Profanadas*, tinha sido o termo empregado pelo Sr. Burdon, o diretor da escola, quando, no dia seguinte, reuniu todas as oito séries em assembleia e palestrou para toda a escola, discutindo o tema Travessuras Maldosas e falando sobre como certas coisas Não Tinham Graça Alguma. Ao voltar para casa nessa noite, George perguntara a Buddy o significado de *profanar*. Buddy respondera que isso queria dizer escavar sepulturas e mijar nos caixões, mas George não acreditou nisso... pelo menos não até mais tarde. Quando estava escuro.

Vovó ficava barulhenta quando tinha seus "acessos", mas em geral apenas permanecia na cama que vinha ocupando durante os três últimos anos, uma velha gorda, usando calças de plástico e fraldas por baixo da camisola de flanela, o rosto percorrido por sulcos e rugas, os olhos vazios e cegos — as pupilas de um azul desbotado flutuando em córneas amareladas.

A princípio a vovó não era inteiramente cega. Contudo, estava *ficando* cega e precisava de uma pessoa de cada lado para ajudá-la a andar de sua poltrona de vinil branco, cheirando a ovo e talco para bebê, até a cama ou o banheiro. Naquela época, cinco anos antes, a vovó pesava bem mais de cem quilos.

Ela estendera os braços para Buddy, então com oito anos, e ele se aproximara. George havia recuado. E chorado.

Agora não tenho mais medo, disse para si mesmo, movendo-se pela cozinha, calçado com seus tênis. *Nem um pouquinho. Ela é apenas uma velha que de vez em quando tem "acessos".*

Encheu a chaleira com água e a pôs sobre uma boca apagada. Depois pegou uma xícara de chá e colocou dentro dela um dos sachês de ervas especiais para chá, da vovó. Era para o caso de ela querer uma xícara. Tinha a louca esperança de que ela não quisesse, porque então teria que erguer o estrado da cama hospitalar, sentar-se perto dela e dar-lhe o chá, um gole de cada vez, vendo a boca desdentada dobrar-se acima da borda da xícara, ouvindo os sons de sucção, enquanto ela empurrava o chá para suas tripas agonizantes e úmidas. Havia vezes em que ela escorregava, caía de lado na cama, sendo preciso colocá-la novamente na posição correta — e sua carne era *mole*, meio *bamba*, como se estivesse cheia de água quente. E os olhos cegos olhavam para a gente...

George umedeceu os lábios com a língua e caminhou novamente até a mesa da cozinha. Seu último biscoito e meio copo de Quick ainda estavam ali, porém não os queria mais. Olhou sem entusiasmo para seus livros escolares, encapados com plástico do time local de futebol americano, os Castle Rock Cougars.

Devia ir lá dentro e ver como ela estava.

Ele não queria ir.

Engoliu em seco e sua garganta dava a impressão de ainda estar forrada com lã.

Não tenho medo da vovó, pensou. *Se ela me estender os braços, eu me aproximarei e deixarei que me abrace, porque não passa de uma velha. Ela está senil, por isso é que tem "acessos". Só isso. Vou deixar que me abrace e não vou chorar. Vou ser como Buddy.*

Cruzou o pequeno corredor até o quarto da vovó, o rosto tenso, como se fosse tomar um remédio amargo, os lábios tão apertados que estavam brancos. Olhou para dentro e lá estava a vovó, com os cabelos branco-amarelados estendidos em torno da cabeça como uma coroa, adormecida, a boca desdentada aberta, o peito se elevando sob a coberta, mas tão lentamente que quase não se percebia, tão lentamente que era preciso ficar olhando para ela durante algum tempo, para ter certeza de que não estava morta.

Ai, Deus, e se ela morrer aqui comigo, enquanto a mamãe está no hospital?

Ela não vai morrer. Não vai.

Bem, mas e se morrer?

Ela não vai morrer, pare de ser medroso.

Uma das mãos amarelas da vovó, que parecia derreter, moveu-se vagarosamente sobre a coberta: suas unhas crescidas riscaram o tecido e emitiram um som de arranhado. George recuou rapidamente, com o coração disparado.

Fique frio, seu cabeça tonta. Fique frio.

Ele voltou à cozinha, a fim de ver se sua mãe tinha saído apenas uma hora antes, ou talvez hora e meia — nesta última hipótese, já poderia começar a esperar que ela voltasse. Olhou para o relógio e espantou-se ao constatar que não tinham passado nem 20 minutos. Mamãe nem ao menos tinha *chegado* à cidade, quanto mais saído dela! Ficou quieto, ouvindo o silêncio. Vagamente, percebeu o zumbido da geladeira e do relógio elétrico. O roçar da brisa da tarde pelos cantos da pequena casa. E depois — no limiar da audibilidade — os vagos sussurros farfalhantes de pele sobre tecido... da mão enrugada e sebosa da vovó, movendo-se sobre a coberta.

George rezou, em um só jato de fôlego mental:

OhmeuDeusnãodeixeelaacordaratémamãevoltarparacasapeloamorde-JesusAmém.

Sentou-se e terminou seu biscoito, bebeu seu Quick. Pensou em ligar a televisão e ver alguma coisa, mas temia que o som acordasse a avó e que a voz aguda, rabugenta, impossível de ignorar, começasse a chamar *RUUUUUTH! RUTH! TRAGA O MEU CHÁ! CHÁ! RUU-UUUUTH!*

Passou a língua ressequida pelos lábios ainda mais secos e disse a si mesmo para não ser tão medroso. Ela só era uma velha presa à cama, não havia o risco de sair de lá e machucá-lo. Além disso, estava com 83 anos, não ia morrer logo naquela tarde.

Levantando-se, foi até o telefone e o tirou do gancho novamente.

— ...nesse mesmo dia! E ela nem *sabia* que ele era casado! Francamente, eu odeio esses conquistadores baratos, que se acham tão espertos! Pois no Grange eu dizia...

George deduziu que Henrietta falava com Cora Simard. Henrietta pendurava-se ao telefone pela maior parte da tarde, da uma às seis, primeiro com *A Esperança de Ryan,* a seguir com *Uma Vida para Viver,* depois *Todos os Meus Filhos,* e então *Enquanto o Mundo Gira,* seguindo-se *Em Busca do Amanhã* e só Deus sabia mais que outras novelas ao fundo. E Cora Simard era uma de suas mais fiéis correspondentes telefônicas, e conversavam praticamente só sobre 1) quem estava para dar um chá de panela e quais seriam os refrescos que elas iam tomar, 2) conquistadores baratos e 3) o que elas haviam conversado com várias pessoas 3-a) no Grange ou 3-b) na feira mensal da igreja.

— ...que se eu tornasse a vê-la daquele jeito novamente, acho que bancaria a boa cidadã e chamaria...

Ele recolocou o fone no gancho. Ele e Buddy se divertiam à custa de Cora quando passavam diante de sua casa, como todos os outros garotos. Ela era gorda, piegas e fofoqueira. Eles cantarolavam *Cora-Cora, de Bora-Bora, comeu bosta de cachorro e nem pediu socorro!,* e mamãe mataria *eles dois* se soubesse disso, mas agora George estava contente por Cora e Henrietta Dodd estarem ao telefone. Que as duas conversassem a tarde inteira, ele pouco ligava. Aliás, ele não tinha nada contra Cora. Uma vez, perseguido por Buddy, caíra diante da casa dela e esfolara o joelho. Cora lhe pusera um Band-Aid no machucado e dera um biscoito a cada um, falando o tempo todo. George ficara envergonhado por todas as vezes em que havia cantarolado a rima sobre a bosta de cachorro etc.

George foi até a estante e pegou seu livro de leitura. Segurou-o por um momento, depois o largou. Já havia lido todas as histórias dele, embora só houvesse tido um mês de aulas. Lia melhor do que Buddy, ao passo que seu irmão era melhor nos esportes. *Não será melhor durante algum tempo,* pensou, com momentânea satisfação, *não com uma perna quebrada.*

Pegou seu livro de História, sentou-se à mesa da cozinha e começou a ler sobre como Cornwallis fora obrigado a entregar sua espada em Yorktown. Entretanto, seus pensamentos não se fixavam no que lia. Levantou-se, tornou a chegar ao corredor. A mão amarela continuava imóvel. Vovó dormia, seu rosto era um círculo bambo e acinzentado contra o travesseiro, um sol agonizante, circundado pela despenteada coroa branco-amarelada de seus cabelos. Para George, ela não tinha a menor semelhança com pessoas velhas e supostamente à beira da morte. Não tinha a tranquilidade de um pôr do sol. Ela parecia louca e...

(e perigosa)

...sim, isso mesmo, e *perigosa* — como uma ursa velhíssima, que pudesse ainda ter um bocado de força sobrando nas garras.

George se lembrava muito bem de como tinham vindo a Castle Rock para cuidar da vovó, quando o vovô morrera. Até então, a mamãe estivera trabalhando na Lavandeira Stratford, em Stratford, Connecticut. Vovô era três ou quatro anos mais novo que a vovó, era carpinteiro de profissão e trabalhara até o dia de sua morte. Ele sofrera um ataque cardíaco.

Já naquele tempo, a vovó estava ficando senil, tinha seus "acessos". Sempre tinha sido uma provação para a família. Ela fora uma mulher vulcânica, que lecionara durante 15 anos, entre ter bebês e disputas com a Igreja Congregacional, que frequentava com o vovô e os nove filhos. Mamãe costumava contar que vovô e vovó haviam abandonado a Igreja Congregacional de Scarborough na mesma época em que a vovó desistira de lecionar. Mas, um ano antes, quando a tia Flo viera de sua casa em Salt Lake City para visitá-los, George e Buddy ficaram ouvindo pelo cano condutor de calefação, enquanto mamãe e sua irmã conversavam, até altas horas da noite. O que ouviram foi uma história bem diferente. Vovô e vovó tinham sido expulsos da igreja e vovó despedida do emprego, porque ela fizera algo errado. Era qualquer coisa sobre *livros.* Por que ou como alguém podia ser mandado embora do emprego ou expulso da igreja apenas por causa de *livros* era uma coisa que George não entendia. Perguntou a Buddy, quando os dois se esgueiraram para seus beliches, debaixo do beiral.

Há todo tipo de livros, Señor El-Burro, sussurrou Buddy.

Certo, mas de que tipo?

Como é que vou saber? Vai dormir!

Silêncio. George pensou no assunto a fundo.

Buddy?

O que é? — Um assobio irritado.

Por que a mamãe nos disse que a vovó deixou a igreja e o emprego?

Porque é um esqueleto no armário,* entendeu? Agora vai dormir!

No entanto, ele não dormiu, permaneceu acordado muito tempo. Seus olhos ficavam observando a porta do armário, vagamente delineada ao luar. Perguntou-se o que faria, caso a porta se escancarasse, revelando um esqueleto lá dentro, com dentes risonhos e lápides de sepulturas, olhos que eram como poços nas órbitas e costelas como gaiolas — o luar esbranquiçado pareceria fantástico e quase azul sobre ossos ainda mais brancos. Ele gritaria? O que Buddy queria dizer com *um esqueleto no armário*? O que esqueletos tinham a ver com livros? Por fim, acabou dormindo sem ao menos perceber. Sonhou que tinha seis anos novamente e que a vovó lhe estendia os braços, com os olhos cegos procurando-o; a voz esganiçada da vovó dizia: *Onde está o pequenino, Ruth? Por que ele está chorando? Eu só queria botá-lo no armário... junto com o esqueleto.*

George ficou intrigado com tudo aquilo por muito e muito tempo. Finalmente, cerca de um mês depois da partida da tia Flo, contou à mãe que a tinha ouvido conversando com a irmã. Então, já sabia o que significava um esqueleto no armário, porque perguntara à Sra. Redenbacher, na escola. Ela lhe explicara que isso queria dizer a existência de um escândalo na família — e um escândalo era algo sobre o que as pessoas falavam bastante. *Igual a Cora Simard?*, perguntara George. O rosto da Sra. Redenbacher assumira um ar estranho, seus lábios haviam tremido e ela respondera: *Isso não é muito delicado, George, mas... bem, é algo semelhante.*

Quando ele perguntou à mãe, o rosto dela havia ficado imóvel e suas mãos interromperam a paciência que jogava.

---

* Tradução literal de *skeleton in the closet*, expressão idiomática do inglês que significa ter um segredo na família. (N. da E.)

Acha bonito o que você fez, George? Você e seu irmão agora costumam ficar ouvindo coisas no cano de calefação?

George, na época com apenas nove anos, baixara a cabeça.

Nós gostamos da tia Flo, mamãe. Queríamos ficar escutando o que ela dizia.

E era verdade.

Foi ideia de Buddy?

Tinha sido ideia de Buddy, mas George não contaria *isso* a ela. Não queria ficar caminhando com a cabeça virada para trás, algo que poderia acontecer, se Buddy descobrisse que o dedara.

Não, foi minha.

Mamãe ficara muito tempo calada, depois voltou a dispor suas cartas lentamente. *Talvez já seja hora de você ficar sabendo,* tinha dito. *Mentir é pior do que ouvir conversas alheias, eu acho, e todos nós mentimos a nossos filhos sobre a vovó. E creio que mentimos para nós também. É o que fazemos, a maior parte do tempo.* Então ela falara, com uma súbita e rancorosa amargura, que era como ácido esguichando dos seus dentes da frente — George sentiu que aquelas palavras eram tão quentes que poderiam queimar seu rosto, se não houvesse recuado. *Exceto por mim. Tenho que morar com ela, não posso mais me dar ao luxo de mentir.*

Assim, a mamãe lhe contou que, após se casarem, vovô e vovó tiveram um bebê que nascera morto. Um ano mais tarde, tiveram outro bebê, *também* nascido morto. Então, o médico disse à vovó que ela nunca poderia ter um bebê saudável, que tudo quanto podia fazer era continuar tendo natimortos ou que morreriam assim que respirassem. Ele disse que seria sempre assim, até que um bebê ficasse morto dentro dela por muito tempo, antes que seu corpo o expulsasse — e ele apodreceria lá e a mataria também.

O médico dissera isso a ela.

Logo depois, os *livros* começaram.

Livros sobre como ter bebês?

Mamãe, no entanto, não disse — ou não quis dizer — que tipo de livros eram aqueles, onde a vovó os conseguira ou como *sabia* consegui--los. O fato é que a vovó tornou a engravidar e, desta vez, o bebê não nasceu morto, nem morreu após uma ou duas respirações: desta vez, ele estava ótimo. Era o tio de George, Larson. E, depois disso, a vovó continuou engravidando e tendo bebês. Certa vez, contou mamãe, o vovô tentara convencê-la a se livrar dos livros, para ver se teriam filhos sem eles (ou se também não teriam mais porque, a essa altura, talvez ele achasse que já tinha filhos suficientes, e que não faria diferença), mas a vovó não quis. George perguntou a sua mãe por quê.

— Acho que, então, ter os livros era tão importante para ela como ter bebês — respondeu sua mãe.

— Não entendo — disse George.

— Bem — falou sua mãe —, acho que nem eu entendo bem... Lembre-se, eu era ainda muito pequena. Sei apenas que aqueles livros eram uma segurança para ela. Sua avó disse que não se falaria mais no assunto e assim foi. Porque era ela que usava as calças em nossa família.

George fechou seu livro de História com um golpe súbito. Olhou para o relógio e viu que eram quase 17 horas. Seu estômago roncava suavemente. De repente, com algo parecido ao puro horror, percebeu que se a mamãe não estivesse em casa às 18 horas, mais ou menos, a vovó acordaria e começaria a gritar por seu jantar. Mamãe esquecera de dar--lhe instruções sobre isso, talvez por estar tão preocupada com a perna de Buddy. George julgou poder fazer para a vovó um de seus jantares congelados especiais. Eram especiais, porque ela fazia uma dieta de sal. Também tomava mil espécies diferentes de pílulas.

Para ele, poderia esquentar o macarrão com queijo que sobrara da noite anterior. Se colocasse bastante *ketchup* em cima, ficaria legal.

Ele tirou da geladeira o macarrão com queijo, usou uma colher para colocá-lo em uma panela e pôs a panela na boca do fogão, perto da chaleira, que ainda estava esperando, para o caso de a vovó acordar e querer o que às vezes chamava de "uma xia de chá". George começou a servir-se de um copo de leite, parou, tornou a pegar o telefone.

— ...e nem pude acreditar no que meus olhos viam, quando... — a voz de Henrietta Dodds interrompeu-se, para depois soar estridentemente: — Eu gostaria de saber quem é que fica ouvindo nesta linha!

George recolocou apressadamente o fone no gancho, sentindo o rosto arder.

Ela não sabe que é você, seu burro. Há seis assinantes da linha!

Dava no mesmo, era errado escutar conversas alheias, inclusive quando apenas para ouvir outra voz, por estar sozinho em casa, sozinho, exceto pela vovó, aquela coisa gorda que dormia no outro quarto, em uma cama de hospital; mesmo quando parecia quase *necessário* ouvir outra voz humana, porque sua mãe estava em Lewinston, logo anoiteceria e a vovó estava no outro quarto e ela parecia

(sim, ah, sim, ela parecia)

uma ursa que, em suas velhas garras engalfinhadas, talvez só tivesse forças para mais uma patada assassina.

George foi para a cozinha e bebeu o leite.

Mamãe tinha nascido em 1930, seguida pela tia Flo em 1932 e pelo tio Franklin em 1934. Tio Franklin morrera em 1948, de apendicite supurada. Mamãe às vezes ainda chorava por causa disso e carregava o retrato dele. Ela gostara mais de Frank do que de todos os outros irmãos, dizia que não havia necessidade daquela morte estúpida por peritonite. Repetia que Deus jogou sujo quando levou Frank.

George olhou para fora pela janela acima da pia. A claridade estava mais dourada, baixando acima da colina. A sombra da cabana dos fundos estirava-se por todo o gramado. Se Buddy não tivesse quebrado aquela *perna* idiota, a mamãe agora estaria aqui, fazendo *chili* ou qualquer outra coisa (além do jantar sem sal da vovó), com todos eles conversando e rindo. Talvez, mais tarde, até jogassem cartas.

George acendeu a luz da cozinha, embora ainda não estivesse escuro bastante para isso. Depois girou o botão para FOGO BAIXO, sob seu macarrão. Os pensamentos continuavam voltando para a vovó, sentada em sua poltrona branca de vinil, como uma gorda e imensa minhoca em um vestido, a desgrenhada coroa dos cabelos despencando pelos ombros do quimono rosa, estendendo os braços para atraí-lo, ele encolhendo-se contra a mãe e chorando.

Mande o menino para mim, Ruth, eu quero abraçá-lo.

Ele está um pouco amedrontado, mamãe. Com o tempo, acabará indo.

Sua mãe, no entanto, também parecia amedrontada.

Amedrontada? Mamãe?

George parou, refletindo. Seria verdade? Buddy dizia que a memória costumava brincar com a gente. Teria ela realmente parecido amedrontada?

Sim, ela parecera amedrontada.

Então, a voz da avó se alteara peremptoriamente.

Não mime o garoto, Ruth! Mande-o vir aqui, quero abraçá-lo.

Não. Ele está chorando.

Vovó baixara os braços pesados, dos quais a carne pendia em grandes e pesados nacos. Um sorriso falso e senil espalhara-se em seu rosto e ela havia perguntado: *Ele é mesmo parecido com Franklin, Ruth? Lembro-me de ouvi-la dizer que o menino se parecia com Frank.*

Lentamente, George mexeu o macarrão com queijo e *ketchup*. Não se lembrava do incidente com tanta clareza antes. Talvez agora conseguisse lembrar bem por causa do silêncio. Do silêncio e por estar sozinho com a vovó.

Então, a vovó tivera seus bebês e lecionara na escola, os médicos ficaram adequadamente pasmos, o vovô fizera sua carpintaria e ficara cada vez mais próspero, encontrando trabalho mesmo nas piores épocas da Depressão. Por fim, disse mamãe, as pessoas começaram a falar.

O que elas falavam?, perguntou George.

Nada de importante, disse mamãe, mas de repente reuniu as cartas do baralho. *Elas diziam que seu avô e sua avó tinham sorte demais para pessoas comuns, eis tudo.* E foi logo depois disso que encontraram os livros. Mamãe não disse mais nada, exceto que a diretoria da escola encontrara alguns deles e que um homem contratado encontrara outros mais. Houve um grande escândalo. Vovô e vovó se mudaram para Buxton e isso encerrou a questão.

Os filhos haviam crescido e tiveram seus próprios filhos, tornando-se tios e tias entre si. Mamãe se casara, mudando-se para Nova York com papai (de quem George nem conseguia recordar). Depois do nascimento de Buddy, eles tinham se mudado para Stratford e, em 1969, nascia George. Em 1971, papai havia sido atropelado e morto por um carro dirigido pelo Bêbado que Tinha de Ir para a Cadeia.

Quando o vovô teve seu ataque do coração, tios e tias trocaram muitas cartas entre si. Não queriam colocar a avó em um asilo. E ela *não* queria ir para um. E se a vovó não queria fazer uma coisa dessas, melhor seria concordar com ela. Ela preferia ficar com algum filho e viver o resto de seus anos com ele. Mas estavam todos casados e nenhum deles tinha esposas ou maridos interessados em partilhar seu lar com uma velha senil e geralmente intratável. Estavam todos casados, exceto Ruth.

As cartas continuaram fluindo de um lado para outro e, por fim, a mãe de George cedera. Deixou o emprego e foi para o Maine, tomar conta da velha. Os outros se juntaram para comprar uma casinha nos arredores de Castle View, onde era baixo o preço dos imóveis. Enviavam-lhe um cheque a cada mês, a fim de que ela "cuidasse" da velha e dos próprios filhos.

O que aconteceu é que meus irmãos e irmãs me transformaram em uma meeira, George recordava tê-la ouvido dizer certa vez. Ele ignorava o que queria dizer aquilo, porém ela parecera amarga ao comentar, como alguma piada que não provocava risos, mas, em vez disso, ficava entalada na garganta, como um osso. George sabia (porque Buddy lhe contara) que a mamãe finalmente concordara, porque todos da grande e espalhada família lhe haviam assegurado que, com toda a certeza, a vovó não duraria muito. Havia tanta coisa errada com ela — pressão alta, uremia, obesidade, palpitações cardíacas — que não podia durar muito. Talvez ainda chegasse aos oito meses, disseram tia Flo, tia Stephanie e tio George (de quem George recebera seu nome): um ano, no máximo. Contudo, já tinham se passado cinco anos e, para George, isso significava durar muito.

Ela havia durado bastante, sem dúvida. Como uma ursa hibernando e esperando... o quê?

(*você é quem melhor sabe lidar com ela, Ruth, você sabe fazê-la calar a boca*)

Ao caminhar em direção à geladeira, para verificar as instruções impressas em um dos jantares sem sal da vovó, George parou. Estacou. De onde tinha vindo aquilo? Aquela voz falando dentro de sua cabeça?

De repente, seu ventre e o peito ficaram arrepiados. Ele enfiou a mão dentro da camisa e tocou um dos mamilos. Parecia uma pequena pedra, e então retirou apressadamente o dedo.

Tio George. O tio de quem levava o nome, que trabalhava para uma empresa de computação, em Nova York. Tinha sido a voz dele. Ele dissera aquilo, quando viera com sua família para o Natal, dois — não, três — anos antes.

Ela é mais perigosa agora, porque está senil.
Cale a boca, George. Os meninos estão por perto.

George havia parado junto à geladeira, com a mão pousada no puxador frio e cromado, pensando, recordando, observando a crescente escuridão lá fora. Buddy *não* estava por perto naquele dia. Buddy já estava lá fora, porque queria pegar o melhor trenó, foi por isso: os dois iam deslizar na colina de Joe Camber e o outro trenó tinha um patim empenado. Então, Buddy estava lá fora, enquanto George remexia na caixa de sapatos-e-meias da entrada, procurando um par de meias grossas que combinassem — e que culpa *tinha* se sua mãe e o tio George conversavam na cozinha? Ele não se sentia culpado. Era culpa sua que Deus não o tivesse ensurdecido ou, falhando essa medida extrema, pelo menos tivesse situado a conversa em outro lugar da casa? George também não acreditava nisso. Como sua mãe dissera, em várias oportunidades (geralmente após um ou dois copos de vinho), Deus jogava sujo às vezes.

Você sabe do que eu estou falando, tio George disse.

A esposa dele e as três filhas tinham ido até Gates Falls, para algumas compras natalinas de última hora. Tio George já estava bem alto, exatamente como o Bêbado que Tinha de Ir para a Cadeia. George podia perceber isso, pela maneira como o tio enrolava as palavras.

Você se lembra do que aconteceu a Franklin, quando ele a contrariou.
Cale a boca, George, ou jogo o resto de sua cerveja na pia!
Bem, é claro que ela não tinha intenção de fazer aquilo. Apenas falou o que não devia. A peritonite...
Cale a boca, George!
Talvez, recordou George, pensando vagamente, *Deus não seja o único que joga sujo.*

Agora, interrompendo aquelas antigas lembranças, ele olhou no freezer e apanhou um dos jantares da vovó. Vitela. Com ervilhas ao lado. O forno tinha que ser aquecido previamente e então a refeição permaneceria lá dentro por 40 minutos, a 160 graus. Moleza. Ele sabia como fazer. O chá já estava pronto, em cima do fogão, se a vovó o quisesse. Ele poderia prepará-lo ou aquecer o jantar em pouco tempo, caso a vovó acordasse e gritasse por eles. Chá ou jantar — qualquer coisa que ela quisesse. O número do Dr. Arlinder estava no quadro de anotações, para o caso de uma emergência. Tudo em ordem. Então, por que estava preocupado?

Ele nunca ficara sozinho com a vovó, era isso que o preocupava.

Mande o menino para mim, Ruth. Faça-o vir até aqui.

Não. Ele está chorando.

Ela está mais perigosa agora... você sabe do que estou falando.

Todos mentimos para nossos filhos sobre a vovó.

Nem ele, nem Buddy. Nenhum dos dois ficara sozinho com a vovó. Até agora.

De repente, George sentiu a boca seca. Foi até a pia e bebeu um copo d'água. Ele se sentia... esquisito. Aqueles pensamentos. Aquelas recordações. Por que seu cérebro os trazia à tona agora?

George se sentia como se alguém tivesse derrubado a sua frente todas as peças de um quebra-cabeça, que ele não conseguia pôr exatamente nos lugares certos. Aliás, talvez fosse *bom* não conseguir ajustá-los, porque, uma vez pronto, o quadro poderia ser, bem, algo desagradável. Poderia...

Do outro quarto, onde a vovó passava seus dias e noites, chegou até ele um repentino ruído sufocado, chocalhante, gorgolejante.

A respiração penetrou sibilante em seu peito, quando ele inalou. Virou-se para o quarto da vovó e descobriu que seus sapatos estavam como que firmemente pregados ao piso de linóleo. O coração virara uma pedra em seu peito. Os olhos estavam arregalados e salientes. *Vamos, andem,* dizia o cérebro aos pés. Os pés batiam continência e respondiam: *De maneira alguma, senhor!*

Vovó nunca tinha feito um barulho como aquele antes.

Vovó *nunca* tinha feito um barulho como aquele antes.

O barulho se repetiu, um som amortecido, baixo e decrescente, até se tornar como um zumbido de inseto, antes de desaparecer de todo. George finalmente conseguiu se mover. Caminhou até o pequeno corredor que separava a cozinha do quarto da vovó. Cruzou-o e olhou para dentro do quarto, com o coração em disparada. Agora, sua garganta estava *asfixiada* por uma luva de lã; seria impossível engolir através de todo aquele bolo.

Vovó ainda dormia e estava tudo certo, foi seu primeiro pensamento; afinal, fora apenas um *som* estranho; talvez ela o fizesse o tempo todo, quando ele e Buddy estavam na escola. Apenas um ronco. Vovó estava ótima. Dormindo.

Esse foi seu primeiro pensamento. Depois percebeu que a mão amarela que estivera sobre a coberta agora pendia flacidamente sobre a borda da cama, as compridas unhas quase tocando o chão. E ela estava com a boca aberta, como um buraco enrugado escavado em uma fruta podre.

Timidamente, vacilantemente, George aproximou-se dela.

Ficou ao lado da cama muito tempo, olhando para a velha, não ousando tocá-la. A subida e descida imperceptíveis da coberta pareciam ter cessado.

Pareciam.

Aquela era a palavra-chave. *Pareciam.*

Mas isto é só porque você está apavorado, Georgie. Está sendo apenas Señor El-Burro, como diz Buddy — é um jogo. Seu cérebro faz truques com seus olhos, a respiração dela está legal, ela está...

— Vovó? — perguntou, mas tudo que emitiu foi um sussurro. Pigarreou e saltou para trás, assustado com o som. Mas a sua voz soou um pouquinho mais alta. — Vovó? Vai querer seu chá agora? Vovó?

Nada.

Os olhos estavam fechados.

A boca estava aberta.

A mão pendurada.

Lá fora o sol que se punha brilhava em vermelho-dourado por entre as árvores.

George a viu então em toda sua plenitude; a viu com aquele olho infantil brilhantemente desalojado, de imaturo e deformado reflexo, não aqui, não agora, não na cama, mas sentada na poltrona branca de vinil, estendendo os braços, o rosto ao mesmo tempo estúpido e triunfante. Viu-se recordando um dos "acessos", quando a vovó começava a gritar, como em língua estrangeira — *Gyaagin! Gyaagin! Hastur degryon Yos-soth-oth!* — e a mamãe os mandava para fora, gritando *"Saiam já!"* para Buddy, quando ele parou junto à caixa da entrada, a fim de procurar suas luvas. Buddy olhara para trás, por cima do ombro, tão assustado que seus olhos se arregalaram, porque a mãe deles *nunca* havia gritado. Então, os dois saíram e ficaram na entrada de carros, sem falar, as mãos enfiadas nos bolsos em busca de calor, se perguntando o que estaria acontecendo.

Mais tarde, a mamãe os chamara para jantar, como se nada houvesse ocorrido.

(você sabe lidar com ela, Ruth, você sabe como fazê-la se calar)

Até agora, George não tornara a pensar mais naquele "acesso" em particular. Só agora, olhando para a vovó, que dormia tão estranhamente em sua cama de hospital, com a cabeceira elevada pela manivela, ocorria a ele, com crescente horror, que no dia seguinte haviam sabido que a Sra. Harham, que morava mais acima na estrada e que às vezes vinha visitar a vovó, tinha morrido naquela noite, durante o sono.

Os "acessos" da vovó.

Acessos. Esconjuros...

Bruxas é que podiam lançar esconjuros. Não era isso que as tornava bruxas? Maçãs envenenadas. Príncipes transformados em sapos. Casas de chocolate. Abracadabra. Abre-te sésamo. *Esconjuros.*

Eram peças soltas de um desconhecido quebra-cabeça que voavam pela mente de George, encaixando-se entre si, como por magia.

Magia, pensou ele, e grunhiu.

Qual era a figura que se formava? Vovó, naturalmente, vovó e seus *livros*, vovó que tinha sido expulsa da cidade, vovó que não podia ter bebês, mas que depois os tivera, vovó que fora expulsa da *igreja*, assim como da cidade. A figura representava vovó, amarela, gorda, enrugada e indolente, a boca desdentada encurvando-se em um sorriso afundado, seus olhos cegos e desbotados, de certo modo astutos e manhosos; e, em sua cabeça, havia um chapéu preto e cônico, salpicado de estrelas prateadas e cintilantes luas crescentes; a seus pés, enroscavam-se gatos pretos de olhos tão amarelos quanto urina, enquanto os cheiros eram de porco e cegueira, de porco e coisas queimadas, antigas estrelas e velas, tão escuras como a terra, na qual ataúdes jaziam; ele ouviu serem ditas palavras de livros antigos, e cada palavra era como uma pedra, cada sentença como uma cripta, criada em algum mausoléu fedorento, cada parágrafo como uma caravana de pesadelo, formada pelos que a praga matara e que foram levados a um local de cremação; seu olho era o olho de uma criança, mas, naquele momento, abriu-se desmesuradamente em uma assustada compreensão na escuridão.

Vovó tinha sido uma bruxa, exatamente como a Bruxa Má em *O Mágico de Oz*. E agora ela estava morta. Aquele som borbulhante, pensou George, com crescente horror. Aquele som ressonado e gargarejante tinha sido um... um... um *"último suspiro"*.

— Vovó? — chamou, em um sussurro.

Pensou, loucamente: *Ding-dong, a bruxa má está morta!*

Não houve resposta. Manteve a mão em concha diante da boca da vovó. Não havia a menor brisa vindo de dentro dela. Estava calma como a morte, velas murchas, sem esteiras alargando-se atrás da quilha. Um pouco de seu medo diminuiu e ele tentou refletir. Recordou o tio Fred, mostrando-lhe como molhar um dedo e testar o vento; então, lambeu a palma inteira e a manteve diante da boca da vovó.

Nada, mesmo assim.

Começou a caminhar para o telefone, a fim de chamar o Dr. Arlinder, mas então parou. E se chamasse o médico sem ela de fato estar morta? Ficaria em apuros, na certa.

Tome-lhe o pulso.

Parou na soleira, olhando vacilante para aquela mão pendurada. A manga da camisola da vovó ficara suspensa, expondo-lhe o pulso. Mas não ia adiantar nada. Certa vez, após uma visita do médico em que a enfermeira apertara os dedos em seu punho, para tomar-lhe o pulso, George a imitara, porém não fora capaz de encontrar nenhuma pulsação. Se ele se guiasse por seus dedos destreinados, se consideraria morto.

Por outro lado, não sentia a menor vontade de... bem... de *tocar* a vovó. Mesmo que ela estivesse morta. *Especialmente* se estivesse morta.

George parou no pequeno corredor diante da porta, olhando o corpo imóvel e deitado da vovó, depois o telefone na parede, ao lado do número do Dr. Arlinder. Tornou a olhar para a vovó. Teria que chamar o médico. Ele precisava... *arranjar um espelho!*

Claro! Quando a gente respira contra um espelho, ele fica embaçado. Vira um médico examinar uma pessoa sem sentidos dessa maneira, certa vez, em um filme. Havia um banheiro dando para o quarto da vovó. George correu para ele e pegou o espelho de mão dela. Uma das faces era normal, a outra aumentava as coisas, de modo que se podia arrancar pelos e coisas assim.

George levou o espelho à cama da vovó e segurou um lado dele até quase tocar a boca aberta, escancarada. Conservou-o na mesma posição enquanto contava até 60, observando a vovó o tempo todo. Nada mudou. Ele tinha certeza de que ela estava morta, antes mesmo de afastar-lhe o espelho da boca e observar a superfície, que estava perfeitamente clara e não embaçada.

Vovó estava morta.

Com alívio e alguma surpresa, George percebeu que agora conseguia lamentá-la. Talvez ela tivesse sido uma bruxa. Talvez não. Talvez ela tivesse apenas *achado* que era uma bruxa. Fosse como fosse, ela agora estava morta. Com um entendimento de adulto, ele percebeu que questões de realidade concreta, embora não perdessem a importância, ficam menos *vitais* se examinadas à muda face branda dos restos mortais. Percebeu isto com um entendimento de adulto e foi com um alívio de adulto que o aceitou. Essa era uma pegada, no formato de um sapato, que ficaria marcada em sua mente. Assim são todas as impressões adultas de uma criança; somente anos mais tarde a criança compreende que estava sendo *feita*, que estava sendo *formada*, moldada por experiências ocasionais; tudo quanto permanece *no instante*, além da pegada, é aquele acre cheiro de pólvora, que é a ignição de uma ideia além da compreensão de uma criança.

Ele tornou a levar o espelho para o banheiro, depois voltou ao quarto dela, observando o corpo enquanto isso. O sol poente pintara a velha face morta em bárbaros tons vermelho-alaranjados. George desviou a vista rapidamente.

Cruzou a porta e passou pela cozinha, em direção ao telefone, decidido a fazer tudo certo. Em sua mente, já via certa vantagem sobre Buddy — sempre que o irmão começasse a implicar, diria apenas: *Eu estava sozinho em casa quando a vovó morreu e fiz tudo certo.*

Ligar para o Dr. Arlinder era a primeira providência. Ligar para ele e dizer: "Minha avó acabou de morrer. Pode me dizer o que devo fazer? Cobri-la ou algo assim?"

Não.

— *Acho* que minha avó acabou de morrer.

Sim. Sim, assim era melhor. Afinal, ninguém achava que um garoto saberia alguma coisa, portanto assim era melhor.

Que tal:

— *Tenho absoluta certeza de que minha avó acabou de morrer...*

Claro! Esta era a melhor escolha.

Também falaria sobre o espelho, o último suspiro, e tudo o mais. E o médico viria em seguida, para dizer, enquanto examinasse a vovó: *"Eu a declaro morta, vovó."* Depois diria a George: *"Você foi extremamente calmo em uma situação difícil, George. Quero dar-lhe os meus parabéns."* E George responderia com algo apropriadamente modesto.

Ele olhou para o número do Dr. Arlinder e respirou fundo umas duas vezes, antes de pegar o telefone. Seu coração batia depressa, mas aquela dolorosa palpitação desaparecera. Vovó estava morta. Acontecera o pior, mas enfim não era tão ruim como esperar que ela começasse a gritar pela mamãe, para que lhe levasse o chá.

O telefone estava mudo.

Ele ouviu o vazio, sua boca ainda formada em torno das palavras *Sinto muito, Sra. Dodd, mas aqui é George Bruckner e preciso chamar o médico para minha avó.* Nada de vozes. Nada de sinal para discar. Apenas o vazio morto. Como aquele vazio morto na cama, lá no quarto.

Vovó está...

...está...

(ah, ela está)

Vovó está ficando fria.

Novamente a pele arrepiada, dolorida, entorpecida. Seus olhos se fixaram na chaleira Pyrex sobre o fogão, na xícara em cima do balcão, com o sachê de chá de ervas em seu interior. Nada de chá para a vovó. Nunca mais.

(ficando tão fria)

George estremeceu.

Seu dedo moveu para cima e para baixo o gancho do telefone, mas a linha estava morta. Tão morta como...

(e tão gelada como)

Bateu o gancho para baixo, com força, ouvindo a campainha tilintar fracamente no interior. Tornou a pegar rapidamente o fone, para ver se aquilo significava que ele voltara a funcionar, como por mágica. Mas não aconteceu nada e, desta vez, ele o colocou lentamente no gancho.

Seu coração começara a bater mais forte novamente.

Estou sozinho em casa, com o cadáver dela.

Cruzou a cozinha devagar, parou junto à mesa por um minuto e então acendeu a luz. Estava ficando escuro ali dentro. Logo o sol desapareceria e a noite estaria ali.

Esperar. É tudo que posso fazer. Apenas esperar, até que a mamãe volte. De fato, é a melhor solução. Se o telefone ficou mudo, é melhor que ela apenas tenha morrido, em vez de ter um ataque ou coisa assim, espumando pela boca, talvez caindo da cama...

Ah, isso sim seria terrível. Ele podia passar sem toda *essa* confusão.

Como ficar sozinho no escuro e pensar em coisas mortas que ainda estão vivas — ver formas nas sombras sobre as paredes e pensar na morte, pensar nos mortos, aquelas coisas, a maneira como federiam e a maneira como se moveriam em direção à gente, no escuro, pensando isto, pensando aquilo, pensando em insetos entrando na carne, se escondendo na carne, olhos que se moviam no escuro. Sim. Isso antes de tudo. Pensando em olhos que se moviam no escuro e no rangido de tábuas do assoalho, como se alguma coisa cruzasse o aposento, através das listras de sombras que vinham da luz lá de fora. Sim.

No escuro, os pensamentos tinham uma perfeita circularidade, pouco importando aquilo em que se tentasse pensar — flores, Jesus, beisebol ou ganhar a medalha de ouro nas Olimpíadas: de certo modo, isso reconduzia à forma nas sombras, com as garras e os olhos imóveis.

— *Droga!* — sibilou George.

Esbofeteou o próprio rosto subitamente. Com força. Estava se deixando dominar por aqueles pensamentos horríveis, estava na hora de parar com isso. Afinal, não tinha mais seis anos. Sua avó estava morta, isso era tudo. Morta. Dentro dela, agora, não havia mais pensamento do que em uma bola de gude, em uma tábua do assoalho, uma maçaneta, um dial de rádio, um...

Então, uma forte voz, estranha e súbita, talvez apenas a espontânea e inexorável voz da mais simples sobrevivência, exclamou dentro dele: *Cale-se, Georgie, e vá cuidar da sua vida!*

Sim, está bem. Está bem, mas...
Ele retornou à porta do quarto dela, para certificar-se.

Lá jazia a vovó, uma mão caída para fora da cama e tocando o chão, a boca escancarada. Vovó agora era parte do mobiliário. Podia-se colocar a mão dela na cama outra vez, puxar-lhe os cabelos, despejar um copo com água em sua boca ou colocar fones de ouvido em sua cabeça, tocando Chuck Berry a todo volume, que daria tudo no mesmo para ela. Como Buddy dizia às vezes, a vovó estava em outra. Tinha dado no pé.

Um ruído repentino, baixo e ritmado, como de algo batendo, começou não muito distante da esquerda de George, arrancando-lhe um pequeno grito assustado. Era a porta contra tempestades, que Buddy havia colocado apenas na semana anterior. Nada mais que a porta contra tempestades, destrancada e batendo de lá para cá, à brisa refrescante.

George abriu a porta interna, inclinou-se para fora e agarrou a porta contra tempestade quando ela bateu de volta. O vento — não era uma brisa, mas vento — passou por seus cabelos, desarrumando-os. Ele trancou a porta com firmeza e se perguntou como o vento surgira tão de repente. Na hora em que mamãe saíra, estava a mais absoluta calmaria. Mas, quando ela saíra, ainda era dia claro, agora estava quase anoitecendo.

George olhou para a vovó mais uma vez. Depois voltou a experimentar o telefone. Continuava mudo. Ele se sentou, levantou-se e começou a andar na cozinha, de um lado para outro, parando de quando em quando, procurando pensar.

Uma hora depois, era noite fechada.
O telefone continuava mudo. George supôs que o vento, agora adquirindo proporções de quase ventania, teria derrubado algumas linhas, talvez por perto do pântano de Beaver, onde as árvores cresciam por toda parte, em uma desordem de troncos abatidos e poças de água parada. O telefone tilintava ocasionalmente, fantasmagórico e distante, porém a linha permanecia muda. Lá fora, o vento uivava ao longo das calhas da pequena casa, e George admitiu que teria uma boa história para contar,

na próxima reunião local de escoteiros... sentado em casa, sozinho com a avó morta, o telefone mudo e o vento empurrando montes de nuvens apressadamente pelo céu, nuvens que eram negras no topo e, por baixo, tendo a palidez da morte, cor das mãos-garras da vovó.

Como Buddy também costumava dizer, isso era um Clássico.

George desejaria ouvi-lo dizendo isso agora, com a realidade da coisa seguramente no passado. Sentou-se à mesa da cozinha, tendo à frente o livro de História aberto, sobressaltando-se ao menor ruído... e agora que o vento se levantava, havia milhares de sons, quando a casa estalava em todas as suas juntas secretas, enferrujadas e esquecidas.

Ela vai chegar daqui a pouco. Vai chegar em casa e tudo ficará legal. Tudo

(você nem a cobriu)

tudo estará b

(nem cobriu o rosto dela)

George saltou, como se alguém tivesse falado em voz alta, e arregalou os olhos, olhando para o telefone inútil do outro lado da cozinha. Você devia estender o lençol sobre o rosto da pessoa morta. Era assim nos filmes.

Para o diabo com isso! Eu não vou entrar lá!

Não! E não havia motivo algum para que fosse lá! *Mamãe* podia cobrir-lhe o rosto, quando chegasse em casa! Ou o *Dr. Arlinder,* quando viesse! Ou o *agente funerário!*

Alguém, qualquer pessoa, menos ele.

Não havia motivo para que fizesse isso.

Não era da sua conta, nem da conta da vovó.

A voz de Buddy em sua cabeça:

Se não estava com medo, por que não teve coragem de cobrir o rosto dela?

Não era da minha conta.

Maricas!

Também não era da conta da vovó.

COVARDE! *Maricas!*

Sentado à mesa, diante do livro de História que não lia, considerando a situação, George começou a perceber que, se *não* puxasse a coberta para cima do rosto da vovó, não poderia alegar que fizera tudo certo e, assim, Buddy teria um motivo para implicar com ele.

Agora, ele se via contando a história mal-assombrada da morte da vovó, em torno da fogueira no acampamento escoteiro, antes do toque de recolher, mal chegando à confortadora conclusão em que os faróis da mamãe banham de luz a entrada para carros — o reaparecimento do adulto, não apenas restabelecendo, mas confirmando, o conceito de Ordem — e, de repente, do meio das sombras, eleva-se uma figura sombria, um cone de pinheiro explode na fogueira e George pode ver que é Buddy, lá nas sombras, dizendo: *Se você foi tão corajoso, seu maricas, como é que não teve peito para cobrir O ROSTO DELA?*

George se levantou, dizendo a si mesmo que a vovó *estava em outra*, que a vovó *dera no pé*, que a vovó estava *ficando gelada*. Podia recolocar-lhe a mão na cama, enfiar-lhe um sachê de chá pelo nariz, botar-lhe fones de ouvido, com Chuck Berry tocando a todo volume etc. etc., e nada disso faria a mínima diferença para a vovó, porque isso era o que *significava* estar morto, nada disso faria diferença para uma pessoa morta, uma pessoa morta era um defunto consumado e frio, o resto não passava de sonhos, sonhos inevitáveis, apocalípticos e febris sobre portas fechadas que se abriam sozinhas na calada da noite, apenas sonhos sobre o luar banhando delirantemente de azul os ossos de esqueletos desenterrados, apenas...

— Quer parar com isso? — sussurrou ele. — Pare de ser tão...

(nojento)

George se levantou. Iria lá dentro e puxaria a coberta sobre o rosto dela, e ia eliminar o último motivo para as implicações de Buddy. Levaria a cabo os poucos e simples rituais da morte da vovó com toda a perfeição. Cobriria seu rosto e então — seu rosto iluminou-se, ante o simbolismo daquilo — guardaria seu sachê de chá não usado e também sua xícara não usada. Isso mesmo.

Começou a andar, cada passo, um ato consciente. O quarto da vovó estava escuro, o corpo dela era uma vaga protuberância na cama, e ele tateou loucamente pelo interruptor de luz, não o encontrando pelo que lhe pareceu uma eternidade. Por fim, moveu-o e o quarto inundou-se com a claridade amarelada que vinha do lustre em vidro lapidado.

Vovó jazia lá, a mão pendurada, a boca aberta. George a observou, mal percebendo que pequeninas pérolas de suor agora lhe surgiam na testa. Perguntou-se se sua responsabilidade no assunto se estenderia possivelmente a recolher aquela mão fria e recolocá-la na cama, com o resto da vovó. Decidiu que não. A mão dela poderia ter escorregado a qualquer momento. Aquilo já era pedir demais. Ele não poderia tocá-la. Faria tudo, menos isso.

Lentamente, como que se movendo através de algum fluido espesso, em vez de ar, George aproximou-se da cama. Ficou parado junto dela, olhando para baixo. Vovó estava amarela. Parte do amarelado era devido à luz, filtrada através do velho lustre, mas não tudo.

Respirando pela boca, a respiração saindo audivelmente, ele agarrou a coberta e a puxou para cima do rosto da vovó. Soltou a coberta e ela escorregou ligeiramente, revelando a linha da raiz dos cabelos e o amarelado franzido pergaminho de sua testa. Preparou-se, tornou a pegar a coberta, mantendo as mãos bem afastadas da cabeça dela, a fim de não tocá-la, mesmo através do tecido. Deixou a coberta cair novamente e agora ela ficou no lugar certo. Estava satisfatório. Parte do medo evaporou-se. Ele a *sepultara*. Sim, era por isso que se cobria uma pessoa morta, porque era a coisa certa a se fazer: era como *sepultá-la*. Era uma confirmação da morte.

George olhou para a mão pendurada, insepulta, e descobriu agora que podia tocá-la, podia enfiá-la debaixo da coberta, sepultá-la com o resto da vovó.

Abaixou-se, agarrou a mão fria e a ergueu.

A mão contorceu-se na sua e agarrou-lhe o pulso.

George gritou. Cambaleou para trás, gritando na casa vazia, gritando contra o som do vento ululante nas calhas, gritando contra o som das juntas rangentes da casa. Recuou, puxando o corpo da vovó, que ficou enviesado debaixo da coberta, e a mão caiu com um baque surdo, contorcendo-se, girando, agarrando o ar... para então relaxar-se, ficar novamente flácida.

Eu estou bem, aquilo não foi nada, nada, apenas um reflexo.

George assentiu, entendendo perfeitamente. Então, tornou a recordar como a mão se virara, agarrando a sua, e se encolheu. Seus olhos saltaram das órbitas. Seu cabelo ficou em pé, perfeitamente ereto, formando um cone. Seu coração galopava desabaladamente dentro do peito. O mundo se inclinou loucamente, tornou a nivelar-se e depois continuou se movendo, até se inclinar para o outro lado. A cada vez que o pensamento racional começava a voltar, o pânico o invadia de novo. Ele deu meia-volta, desejando apenas sair dali para qualquer outro aposento — até mesmo correr três ou quatro quilômetros pela estrada, se fosse preciso —, onde poderia ter tudo sob controle. Assim, ele se virou para correr e chocou-se contra a parede, errando a porta aberta por quase meio metro.

Ricocheteou e caiu ao chão, sua cabeça zumbindo com uma dor aguda e lancinante através do pânico. Tocou o nariz, e a mão saiu suja de sangue. Novas gotas pingaram em sua camisa verde. Conseguiu ficar em pé e olhou em torno, desvairadamente.

A mão pendia contra o chão, como antes, mas o corpo da vovó não estava mais enviesado. Também ele se encontrava na posição anterior.

Ele havia imaginado a coisa toda. Entrara no quarto e tudo o que acontecera tinha sido apenas sua imaginação.

Não.

A dor, no entanto, lhe clareara a cabeça. Pessoas mortas não agarram o pulso da gente. Mortos estão mortos. Quando morremos, os outros podem nos usar como cabide para chapéus, nos enfiar dentro de um pneu de trator e nos empurrar ladeira abaixo ou etc. etc. etc. Se uma pessoa está morta, a gente poderia agir *sobre* ela (como, digamos, garotinhos que querem recolocar mãos mortas e penduradas em cima da cama), porém seus dias de *atuação* — por assim dizer — terminaram.

A menos que se trate de uma bruxa. A menos que a pessoa decida morrer quando não há mais ninguém por perto, além de um garotinho, porque esta é a melhor maneira de ela poder... poder...

Poder o quê?

Nada. Era idiotice. Ele imaginara a coisa toda porque estava com medo, e nada mais houvera além disso. George limpou o nariz com o braço e apertou os olhos com a dor. Havia uma mancha ensanguentada na pele, na parte interna de seu braço.

Ele não ia mais chegar perto dela, de jeito nenhum. Realidade ou alucinação, não queria se meter com a vovó. O brilhante lampejo do pânico se fora, mas ele continuava miseravelmente assustado, quase chorando, trêmulo à visão do próprio sangue, desejando apenas que sua mãe voltasse para casa e se incumbisse de tudo.

George saiu do quarto, cruzou o pequeno corredor e entrou na cozinha. Aspirou fundo e tremulamente, deixou o ar sair. Queria um trapo velho e molhado para o nariz, e de repente teve a impressão de que ia vomitar. Debruçou-se na pia e deixou a água fria escorrer da torneira. Inclinando-se, pegou um pano velho na bacia debaixo da pia — um pedaço de uma das velhas fraldas da vovó — e o botou debaixo da torneira de água fria, fungando o sangue enquanto isso. Encharcou o velho e macio quadrado da fralda de algodão até sentir as mãos entorpecidas, depois fechou a torneira e torceu o pano.

Estava aplicando-o ao nariz, quando a voz dela soou no quarto.

— Venha cá, menino — chamou a vovó, em voz monótona como um zumbido. — Venha cá, a *vovó quer abraçar você.*

George tentou gritar, mas não emitiu som algum. Nenhum som, em absoluto. Mas havia sons no outro quarto. Sons que ouvia quando a mamãe estava em casa, dando o banho de esponja na vovó, erguendo seu corpo volumoso, deixando-o cair, virando-o, deixando-o cair novamente.

Agora, no entanto, tais sons pareciam ter um significado ligeiramente diverso e totalmente específico — era como se a vovó estivesse tentando... sair da cama.

— *Menino! Venha cá, menino! Já! AGORA! Ande depressa!*

Com horror, ele viu que seus pés estavam respondendo àquela ordem. Disse a eles que parassem, mas ambos continuaram em frente, pé esquerdo, pé direito, arrastando-se como em uma dança, sobre o linóleo; seu cérebro era um prisioneiro aterrorizado dentro de seu corpo — um refém em uma torre.

Ela É uma bruxa, ela é uma bruxa e está tendo um de seus "acessos", ah, sim, é bem um "esconjuro", uma coisa ruim, é REALMENTE ruim, ah, Deus, ah, Jesus, ajudem-me, ajudem-me, ajudem-me...

George caminhou através da cozinha, seguiu pelo pequeno corredor e, sim, ela não havia apenas *tentado* sair da cama, ela já *saíra,* agora estava sentada na poltrona branca de vinil, onde havia quatro anos não se sentava mais, desde que ficara muito pesada para andar e caduca demais para saber onde se encontrava.

Agora, no entanto, a vovó não parecia caduca.

Seu rosto continuava bambo e pastoso, mas a caduquice desaparecera — se é que um dia chegara a aparecer, não passando de uma máscara que ela procurava usar para tranquilizar garotinhos e mulheres cansadas e sem marido. Agora, o rosto da vovó irradiava absoluta inteligência — brilhava como uma velha e fedorenta vela de cera. Os olhos decaíam no rosto, mortos e sem brilho. Seu peito não se movia. A camisola subira, exibindo coxas elefantinas. A coberta de seu leito de morte tinha sido atirada para o lado.

Vovó estendeu para ele os braços volumosos.

— *Quero abraçar você, Georgie* — disse aquela voz monótona e zumbida. — *Não fique aí, como um bebezinho assustado. Deixe a vovó abraçá-lo.*

George recuou, tentando resistir àquele quase insuperável fascínio. Lá fora, o vento esganiçou-se e rugiu. O rosto de George estava espichado e contorcido, ante a enormidade de seu pavor; era uma face esculpida em madeira, capturada e trancada em um livro antigo.

Começou a caminhar para ela. Não conseguia resistir. Arrastou-se passo a passo, na direção daqueles braços estendidos. *Mostraria a Buddy que também não tinha medo da vovó. Iria até ela e seria abraçado, porque não era um bebê chorão covarde. Iria agora até vovó. Agora.*

Estava quase dentro do círculo dos braços dela, quando a janela a sua esquerda se abriu para dentro e, subitamente, um galho atirado pelo vento estava no quarto com eles, tendo ainda presas suas folhas outonais. O rio de vento inundou o aposento, batendo sobre os quadros da vovó, fustigando-lhe a camisola e os cabelos.

Agora, George conseguiu gritar. Cambaleou para trás, se afastando do alcance dela. Vovó emitiu um decepcionado som sibilante, seus lábios arreganhando-se sobre velhas e macias gengivas; suas mãos gordas e enrugadas encontraram-se inutilmente sobre o ar que se movia.

Os pés de George emaranharam-se e ele caiu. Vovó começou a se levantar da poltrona branca de vinil, uma vacilante pilha de carne; ela cambaleou em sua direção. George percebeu que não podia se levantar, que a força fugira de suas pernas. Começou a engatinhar para trás, choramingando. Vovó se aproximou, lenta, mas incessantemente, morta, mas viva ao mesmo tempo e, de repente, George compreendeu o que significaria o abraço; o quebra-cabeça ficou completo em sua mente e, de algum modo, seus pés recobraram as forças no exato momento em que a mão da vovó se fechou em sua camisa. O tecido se rasgou no lado e, por um momento, George sentiu a carne fria contra sua pele, antes de fugir novamente para a cozinha.

Poderia correr para fora de casa, dentro da noite. Faria tudo menos ser agarrado pela bruxa, por sua avó. Porque, quando sua mãe voltasse, encontraria vovó morta e ele vivo, ah, sim... mas George teria adquirido uma súbita predileção por chá de ervas.

Olhou para trás, por cima do ombro, e viu a sombra grotesca, deformada, da vovó, deslizando pela parede, quando ele chegou ao pequeno corredor.

E, nesse momento, o telefone tocou, aguda e estridentemente.

George pegou o fone sem mesmo pensar e gritou nele; gritou para que viesse alguém, por favor, que viesse. Gritou essas coisas silenciosamente, porque nenhum som escapou de sua garganta bloqueada.

Vovó entrou na cozinha em passos vacilantes, vestida com sua camisola rosa. Os cabelos branco-amarelados esvoaçavam selvagemente em volta de seu rosto, e um de seus pentes de chifre pendia de banda, contra o pescoço franzido.

Vovó estava sorrindo.

— Ruth? — era a voz da tia Flo, quase perdida no assobiante túnel de vento de uma péssima ligação interurbana. — É você, Ruth?

Era tia Flo, em Minnesota, a mais de três mil quilômetros de distância.

— *Socorro!* — berrou George ao telefone.

No entanto, o que saiu foi um débil, sibilante assobio, como se houvesse soprado em uma gaita de boca, cheia de palhetas avariadas.

Vovó cambaleou através do linóleo, os braços estendidos para ele. Suas mãos encontravam-se, uma batia na outra, tornavam a afastar-se, encontravam-se novamente. Vovó queria o seu abraço; estava esperando aquele abraço por cinco anos.

— Ruth, está me ouvindo? Há uma terrível tempestade aqui, começou há pouco, e eu... eu fiquei assustada. Ruth, não consigo ouvi-la...

— Vovó — gemeu George ao telefone.

Agora, ela já estava quase em cima dele.

— George? — a voz da tia Flo ficou subitamente aguda, era quase um guincho. — É *você*, George?

Ele começou a recuar da vovó e, de repente, percebeu que havia recuado estupidamente da porta, prestes a encurralar-se no canto formado pelos armários da cozinha e a pia. O horror foi completo. Quando a sombra dela caiu sobre ele, a paralisia acabou e George gritou ao fone, gritou para ele, vezes e vezes incessantemente:

— *Vovó! Vovó! Vovó!*

As mãos frias da vovó tocaram sua garganta. Seus olhos lodosos e velhos se fixaram nos seus, drenando-lhe a vontade.

Fracamente, indistintamente, como se através de muitos anos e através de muitíssimos quilômetros, ele ouvia a tia Flo dizer:

— Diga a ela para se deitar, George, diga a ela para se deitar e ficar quieta. Diga-lhe para fazer isso, em seu nome e no nome do pai dela. O nome do falecido pai dela é *Hastur*. Esse nome tem poder nos ouvidos dela, George, diga-lhe: *Deite-se, em Nome de Hastur... diga a ela...*

A mão velha e enrugada arrancou o fone do pulso inerte de George. Houve um estouro retesado quando o fio se soltou do telefone. George deixou-se cair no canto e vovó se inclinou, uma enorme montanha de carne acima dele, eclipsando a luz.

— *Deite-se!* — gritou George. — *Fique quieta! Em nome de Hastur! Hastur! Deite-se! Fique quieta!*

As mãos dela se fecharam em torno de seu pescoço...

— Você tem que obedecer! A tia Flo disse que obedeceria! Em *meu* nome! Pelo nome de seu *Pai!* Deite-se! Fique quie...

...e apertaram.

Quando as luzes finalmente banharam a entrada de carros, uma hora mais tarde, George estava sentado à mesa, diante do livro de História que não lera. Levantou-se, foi até a porta dos fundos e a abriu. A sua esquerda, o telefone pendia no gancho, com o fio inútil enrolado em torno dele.

Sua mãe entrou, trazendo uma folha colada à gola do casaco.

— Que ventania — disse ela. — Correu tudo bem, George? *George, o que aconteceu?*

O sangue fugiu do rosto de mamãe em um único e chocante jato, deixando-a com uma horrível brancura de palhaço.

— Vovó — disse ele. — Vovó morreu. Vovó morreu, mamãe.

E começou a chorar. Ela o enlaçou nos braços e então recostou-se contra a parede, como se este ato de abraçar lhe houvesse roubado as últimas forças.

536

— Aconteceu... aconteceu alguma coisa? — perguntou ela. — *Diga, George, aconteceu mais alguma coisa?*

— O vento derrubou um galho de árvore e o jogou pela janela da vovó — disse George.

Ela o afastou, olhou seu rosto chocado e inexpressivo por um momento, e então correu para o quarto da vovó. Ficou lá talvez uns quatro minutos. Quando voltou, segurava um retalho de pano manchado de sangue. Era um pedaço da camisa de George.

— Eu tirei isto da mão dela — sussurrou mamãe.

— Não quero falar nisso — respondeu George. — Ligue para a tia Flo, se quiser. Estou cansado. Quero ir para a cama.

Ela pareceu querer detê-lo, mas não o fez. George subiu para o quarto que dividia com Buddy e abriu o registro do cano de calefação, para poder ouvir o que sua mãe faria em seguida. Ela não iria ligar para a tia Flo, não naquela noite, porque o fio do telefone fora arrancado; também não amanhã, porque pouco antes de mamãe chegar em casa, George pronunciara uma curta série de palavras, algumas delas em latim espúrio, algumas apenas grunhidos pré-druídicos, e, a mais de três mil quilômetros de distância, tia Flo caíra morta, com uma hemorragia cerebral maciça. Era espantoso como aquelas palavras voltavam. Como *tudo* voltava.

George se despiu e se deitou nu em sua cama. Colocou as mãos atrás da cabeça e ficou olhando a escuridão. Lenta, muito lentamente, um cavado e um tanto horrível sorriso emergiu em seu rosto.

De agora em diante, as coisas ali iam ser diferentes.

Muito diferentes.

Buddy, por exemplo, George mal podia esperar, até que Buddy voltasse do hospital para casa e recomeçasse a Tortura da Colher dos Chinas Pagãos ou uma Queimadura de Corda Índia, ou qualquer coisa semelhante. George decidiu que deixaria Buddy levar a melhor naquilo — pelo menos durante o dia, quando os outros podiam ver —, mas quando a noite chegasse e os dois ficassem sozinhos naquele quarto, no escuro, com a porta fechada...

George começou a rir silenciosamente.

Como Buddy sempre dizia, ia ser um Clássico.

A balada do projétil flexível

O churrasco havia terminado. Tinha sido excelente; bebidas, a carne malpassada, tostada nas brasas, uma salada de verduras e o molho especial de Meg. Começara às 17 horas. Agora eram 20h30, já quase noite — a hora em que as festanças começam a gerar desordem. Só que aquela não era uma festança. Os reunidos eram apenas cinco: o agente e sua esposa, o prestigiado jovem escritor e *sua* esposa e o editor da revista, de sessenta e poucos anos, porém parecendo mais velho. O editor tinha ficado só no refrigerante. Antes que ele chegasse, o agente havia contado ao jovem escritor que ele tivera problemas com a bebida no passado. O problema desaparecera, bem como a esposa do editor... motivo pelo qual eles eram cinco, em vez de seis.

Ao invés de surgir qualquer desordem, caiu sobre eles um ânimo introspectivo, quando começou a escurecer no pátio dos fundos da casa do jovem escritor, com vista para o lago. O primeiro livro do jovem escritor tinha recebido uma crítica excelente e vendera uma boa quantidade de exemplares. Ele era um rapaz de sorte e, por sua vez, sabia disso.

Com divertida morbidez, a conversa passara do precoce sucesso do jovem escritor para outros escritores também prematuramente bem-sucedidos e que, então, cometeram suicídio. Falou-se em Ross Lockridge, depois em Tom Hagen. A esposa do agente mencionou Sylvia Plath e Anne Sexton. O jovem escritor disse que não achava Sylvia Plath uma escritora *bem-sucedida*. Ela não se suicidara por causa do sucesso, disse ele, ela obtivera sucesso por ter-se suicidado. O agente sorriu.

— Por favor, não podíamos falar de outras coisas? — perguntou a esposa do jovem escritor, um pouco nervosa.

Ignorando-a, o agente disse:

— Também há a loucura. Houve os que enlouqueceram devido ao sucesso.

O agente falava nos tons suaves, mas declamados, de um ator nos bastidores.

A esposa do escritor ia protestar novamente — ela sabia que o marido não de gostava de falar sobre o assunto só para fazer piadas a respeito, e fazia piadas porque pensava demais naquilo —, quando o editor da revista começou a falar. E ele disse algo tão estranho que ela esqueceu o protesto.

— A loucura é um projétil flexível.

A esposa do agente olhou para ele, intrigada. O jovem escritor inclinou-se para frente, com ar inquisitivo.

— Isso me soa familiar... — disse ele.

— Sem dúvida — replicou o editor. — Essa expressão, a imagem, "projétil flexível", é de Marianne Moore. Ela a usou para descrever um ou outro tipo de carro. Eu sempre pensei que descrevia perfeitamente a condição da loucura. A loucura é uma espécie de suicídio mental. Hoje em dia, os médicos não afirmam que a única maneira de realmente constatar a morte é através da morte da mente? Pois a loucura é uma espécie de projétil flexível para o cérebro.

A esposa do jovem escritor procurou mudar de assunto.

— Alguém quer outra bebida?

Ninguém se manifestou.

— Pois eu quero, já que iremos falar dessas coisas — disse ela, e saiu para preparar seu drinque.

— Apresentaram-me um conto certa vez, quando eu trabalhava na *Logan's*, que, naturalmente, já fechou suas portas, da mesma forma que *Collier's* e agora *The Saturday Evening Post*, porém sobrevivemos a ambos. — Ele declarou isto com um toque de orgulho na voz. — Publicávamos 36 contos por ano, talvez mais, e, a cada ano, quatro ou cinco deles figuravam na coleção de alguém como melhores do ano. E as pessoas os *liam*. De qualquer modo, o nome da história era "A Balada do Projétil Flexível", e foi escrita por um homem chamado Reg Thorpe. Um rapaz da idade deste jovem aqui e também um sucesso.

— Não foi ele que escreveu *Figuras do Submundo?* — perguntou a esposa do agente.

— Sim, foi ele. Uma carreira espantosa para um primeiro romance... Críticas espetaculares, vendas formidáveis em brochura e capa dura, Associação Literária, tudo. Até o filme foi bom, embora não tanto quanto o livro. Não chegou nem aos pés.

— Eu adorei aquele livro — disse a esposa do autor, novamente atraída à conversa, embora a contragosto. Tinha a surpresa e agradável expressão de quem acaba de recordar algo esquecido por muito tempo. — Ele escreveu mais alguma coisa em seguida? Li *Figuras do Submundo* quando estava na faculdade, e isso foi... bem, há muito tempo.

— Você não envelheceu um dia desde então — disse a esposa do agente, em tom simpático, embora achando que a esposa do jovem escritor usava um corpete pequeno demais e short muito apertado.

— Não, ele não tornou a escrever — disse o editor. — Exceto por este único conto de que falei. Ele se matou. Ficou louco e se suicidou.

— Ah! — exclamou desoladamente a esposa do escritor. Eles voltavam ao *tema*.

— E o conto foi publicado? — perguntou o jovem escritor.

— Não, mas não porque o autor enlouqueceu e se suicidou. Ele jamais foi para as prensas porque o *editor* ficou *louco e quase* se suicidou.

O agente levantou-se de súbito para renovar seu drinque, que dificilmente precisava ser renovado. Ele sabia que o editor tivera um colapso nervoso no verão de 1969, não muito antes de *Logan's* ter afundado em um mar de tinta vermelha.

— Eu era o editor — informou o editor aos restantes. — Em certo sentido, ficamos loucos juntos, Reg Thorpe e eu, embora eu estivesse em Nova York, ele em Omaha e nem mesmo nos conhecêssemos. Seu livro havia sido publicado seis meses antes, e ele se mudara para lá, a fim de "ordenar as ideias", como se dizia na época. Só sei este lado da história, porque vejo ocasionalmente a esposa dele, quando ela vem a Nova York. É uma pintora muito talentosa. É uma moça de sorte. Ele quase a levou consigo.

O agente voltou e se sentou.

— Estou começando a lembrar um pouco, agora — falou. — E não foi apenas a esposa, certo? Ele baleou duas outras pessoas, uma delas uma criança.

— Exatamente — confirmou o editor. — E foi a criança que finalmente o levou à loucura.

— A *criança* o levou à loucura? — perguntou a esposa do agente. — O que quer dizer com isso?

O rosto do editor, no entanto, dizia que não ia ser forçado a falar; falaria, mas sem que o questionassem.

— Conheço o meu lado da história, porque o vivi — disse o editor da revista. — Também sou um sujeito de sorte. Sortudo pra cacete. Tem uma coisa interessante, sobre as pessoas que tentam se matar apontando uma arma para a cabeça e puxando o gatilho. Qualquer um pensaria que é um método certeiro, melhor do que pílulas ou cortar os pulsos, mas não é. Quando uma pessoa dá um tiro na cabeça, não dá para saber o que vai acontecer. A bala pode ricochetear no crânio e matar outra pessoa. Pode seguir a curvatura craniana toda e sair do outro lado. Pode se alojar no cérebro e cegar a pessoa, sem matá-la. Um homem pode meter na testa uma bala de um 38 e acordar no hospital. Outro pode meter na testa uma bala de 22 e acordar no inferno... se é que existe tal lugar. Sou propenso a crer que está aqui mesmo, na Terra, possivelmente em Nova Jersey.

A mulher do escritor riu de forma estridente.

— O único método infalível de suicídio é se atirar de um prédio bem alto, porém esta é uma saída tomada apenas pelas pessoas realmente interessadas em morrer. Mas faz uma lambança e tanto, não é mesmo?

— Meu ponto, contudo, é simplesmente este: quando você mete um projétil flexível na cabeça, na verdade você não sabe o que pode acontecer. No meu caso, saltei de uma ponte e acordei em um aterro entulhado de lixo, com um motorista de caminhão batendo nas minhas costas e bombeando meus braços, para cima e para baixo, como se tivesse apenas 24 horas para ficar em forma e ele tivesse me confundido com um aparelho de ginástica. Para Reg, o projétil foi letal. Ele... mas já estou eu contando uma história que nem sei se vocês querem ouvir.

Ele olhou inquisitivamente em torno, a penumbra cada vez maior. O agente e sua esposa entreolharam-se, hesitantes. A esposa do escritor ia falar que já haviam tido uma dose suficiente de assuntos lúgubres, quando seu marido disse:

— Eu gostaria de ouvi-la. Caso não se importe de contá-la, por motivos pessoais, quero dizer.

— Nunca a contei — disse o editor —, porém não por motivos pessoais. Talvez nunca tenha encontrado os ouvintes certos.

— Pois então, conte! — convidou o escritor.

— Paul... — sua esposa lhe pôs a mão no ombro. — Não acha que...

— Agora não, Meg.

O editor disse:

— O conto chegou de bandeja, e, nessa época, a *Logan's* havia muito deixara de ler textos não solicitados. Quando eles chegavam, uma moça se limitava a enfiá-los em envelopes de devolução, anexando uma nota: "Devido à crescente despesa e à crescente impossibilidade de o corpo editorial dar conta do crescente número de textos recebidos, a *Logan's* deixou de ler manuscritos não solicitados. Desejamos-lhe sorte ao submeter sua obra a outra editora." Não é um formidável punhado de conversa fiada? Não é fácil usar a palavra "crescente" três vezes em uma só frase, mas eles conseguiram.

— E, se não houvesse selos para a devolução, a história ia para a lata de lixo — disse o escritor. — Não é?

— Ah, certamente! Não há piedade na selva de pedra.

Uma estranha expressão de desconforto pairou no rosto do escritor. Era a expressão do homem que está em uma cova de tigres, onde dezenas de homens melhores já foram rasgados em pedaços. Até então, este homem não viu tigre algum. No entanto, ele pressente que os tigres estão lá e que suas garras continuam afiadas.

— De qualquer modo — disse o editor, pegando sua cigarreira —, este conto chegou e a moça da sala de correspondência o pegou, grampeou o formulário de rejeição à primeira página e já ia enfiá-la no envelope de devolução, quando viu o nome do autor. Bem, ela havia lido *Figuras do Submundo*. Todos tinham lido naquele outono ou estavam lendo, quando não estavam na lista de espera da livraria ou revirando as prateleiras das drogarias atrás da edição em brochura.

A esposa do escritor, que percebera a momentânea inquietude no rosto do marido, segurou sua mão. Ele sorriu para ela. O editor acendeu o cigarro com um isqueiro de ouro e, na crescente escuridão, todos puderam ver quão desfigurado estava seu rosto — as bolsas frouxas abaixo dos olhos, com uma pele semelhante à dos crocodilos, as faces marcadas por sulcos, a ponta do queixo do velho emergindo daquele rosto de avançada meia-idade, como a proa de um navio. Um navio, pensou o escritor, que se chama velhice. Ninguém quer viajar nesse cruzeiro, porém os camarotes estão cheios. Os porões também, para falar a verdade.

O isqueiro se apagou e o editor tragou o cigarro pensativamente.

— A moça da sala de correspondência que leu aquele conto e o passou adiante, em vez de devolvê-lo ao autor, é hoje editora-chefe na G. P. Putnam's Sons. Seu nome não vem ao caso: importa é que, no grande gráfico da vida, o vetor dessa jovem se cruzou com o de Reg Thorpe, na sala de correspondência da revista *Logan's*. Seu vetor subia, o dele descia. Ela entregou o conto a seu chefe e esse chefe o passou para mim. Eu o li e adorei. Na verdade, era um pouco longo, mas pude perceber onde daria para ele cortar umas quinhentas palavras, sem deturpar o sentido. Então, ficaria uma beleza.

— Sobre o que era? — perguntou o escritor.

— Você nem precisava perguntar — replicou o editor. — Ele se ajusta maravilhosamente ao contexto total.

— É sobre enlouquecer?

— Sim, de fato. Qual é a primeira coisa que lhe ensinam, em sua primeira disciplina de escrita criativa? Escreva sobre o que você sabe. Reg Thorpe sabia sobre ficar louco, porque estava envolvido nisso. A história provavelmente me seduzira porque eu também ia pelo mesmo caminho. Agora você diria — se fosse editor — que a única coisa que não precisa ser impingida ao público leitor americano é outra história a respeito de Enlouquecer Elegantemente na América, tema secundário: Não Existe mais Diálogo. Um tema popular, na literatura do século XX. Todos os grandes escreveram a respeito e todos os escritores parecem obcecados por isso. Mas aquela história era engraçada. Quero dizer, era de fato hilariante.

"Eu não havia lido nada igual antes e não li até hoje. O mais próximo seriam alguns dos contos de F. Scott Fitzgerald e *Gatsby*. O personagem na história de Thorpe estava enlouquecendo, mas enlouquecia de maneira muito divertida. A gente ri o tempo todo e havia duas passagens — aquela em que o herói despeja a gelatina de limão na cabeça da moça gorda é a melhor — em que se davam gargalhadas. Só que são gargalhadas nervosas, sabe. Rimos e depois queremos olhar por cima do ombro, para saber quem ouviu. As linhas opostas de tensão nessa história são realmente extraordinárias. Quanto mais se ri, mais nervoso se fica. E quanto mais nervoso, mais se ri... até o ponto em que o herói sai da festa dada em sua homenagem e volta para casa, onde mata a esposa e a filhinha."

— Qual é a trama? — perguntou o agente.

— Ora, isso não vem ao caso — replicou o editor. — Tratava-se apenas de uma história sobre um rapaz que, aos poucos, ia perdendo o controle e não conseguia mais enfrentar o sucesso. É melhor que tudo fique vago. Uma detalhada sinopse da trama seria apenas tediosa. É sempre assim.

"De qualquer modo, escrevi-lhe uma carta. Dizia o seguinte: 'Caro Reg Thorpe, acabei de ler "A Balada do Projétil Flexível" e achei excelente. Gostaria de publicá-la na *Logan's*, no início do próximo ano, se lhe convier. Acha que oitocentos dólares soam bem? Pagamento na aceitação. Mais ou menos.' Ponto parágrafo."

O editor pontilhou o ar noturno com seu cigarro.

— "O conto está um pouco longo e gostaria que você o encurtasse em cerca de quinhentas palavras, se for possível. Eu estabeleceria um corte mínimo de duzentas palavras. Podemos fazer uma ilustração." Ponto parágrafo. "Telefone, se interessar." Minha assinatura. E lá se foi a carta para Omaha.

— E ainda se lembra dela, palavra por palavra, como disse? — perguntou a esposa do escritor.

— Mantenho toda a correspondência em um arquivo especial — disse o editor. — As cartas dele, as cópias das minhas. No fim, havia uma boa pilha, incluindo três ou quatro cartas de Jane Thorpe, sua esposa. De vez em quando leio tudo aquilo. Não é muito bom, claro. Querer tentar compreender o projétil flexível é tentar compreender como uma fita de Möbius só pode ter uma superfície. É assim que são as coisas, neste melhor-de-todos-os-mundos. Sim, sei a carta palavra por palavra, ou quase isso. Algumas pessoas sabem a Declaração da Independência de cor.

— Aposto como ele telefonou no dia seguinte — disse o agente, sorrindo. — A cobrar.

— Não, ele não telefonou. Logo depois de *Figuras do Submundo*, Thorpe deixou completamente de usar o telefone. Foi sua esposa que me contou. Quando se mudaram de Nova York para Omaha, eles nem mesmo mandaram instalar um aparelho na casa nova. Ele havia decidido que o sistema telefônico não funcionava realmente à base de eletricidade, mas do elemento rádio. Thorpe achava que este era um dos dois ou três mais bem-guardados segredos do mundo moderno. Afirmou, para sua esposa, que era o rádio o único responsável pela porcentagem crescente de câncer, não os cigarros, as emissões de automóveis ou a poluição industrial. Cada telefone tinha um pequeno cristal de rádio no receptor, de modo que, todas as vezes que uma pessoa usa o telefone, ela injeta radiação na cabeça.

— Nossa, o cara era mesmo louco — disse o escritor, e todos riram.

— Ele escreveu, em vez de telefonar — disse o editor, atirando seu cigarro na direção do lago. — Sua carta dizia o seguinte: "Caro Henry Wilson (ou apenas Henry, se você me permite), sua carta foi não apenas estimulante, mas também gratificante. Minha esposa ficou ainda mais satisfeita do que eu. O dinheiro está ótimo, embora eu deva dizer, com toda a sinceridade, que a ideia de ver o conto publicado na *Logan's* me pareceu uma compensação mais do que adequada (contudo, eu o aceito, vou aceitá-lo). Estive examinando os cortes que indicou e parecem oportunos. Acredito que melhorarão a história, além de deixarem espaço para aquelas ilustrações. Atenciosamente, Reg Thorpe."

"Sob sua assinatura havia um pequeno e curioso desenho... mais como um rabisco. Um olho em uma pirâmide, como aquele no verso da nota de um dólar. Contudo, em vez de *Novus Ordo Seclorum*, na faixa abaixo, havia estas palavras: *Fornit Some Fornus*."

— Deve ser latim ou Groucho Marx — disse a esposa do agente.

— Era apenas parte da crescente excentricidade de Reg Thorpe — respondeu o editor. — Sua esposa me disse que ele começara a acreditar nas "pessoas miúdas", algo assim como elfos e fadas. Os Fornits. Eram os elfos da sorte, e Reg achava que um deles morava em sua máquina de escrever.

— Ai, meu Deus! — exclamou a esposa do escritor.

— Segundo Thorpe, cada Fornit possuía um pequeno dispositivo, como um pulverizador, cheio de... pó-da-sorte, acho que dá para chamá-lo assim. E o pó-da-sorte...

— ...tinha o nome de fornus — completou o escritor, sorrindo abertamente.

— Exato. A esposa dele achava isso muito divertido também. A princípio. De fato, Thorpe havia concebido os Fornits dois anos antes, enquanto rascunhava *Figuras do Submundo*, e ela achava que era só uma brincadeira de Reg para cima dela. Talvez, no começo, fosse mesmo. A coisa parece ter progredido de fantasia a superstição e de superstição a crença absoluta. Era uma... uma fantasia flexível. Só que rígida no fim. Muito rígida.

Todos ficaram calados. Os sorrisos morreram.

— Os Fornits tinham seu lado engraçado — disse o editor. — A máquina de escrever de Thorpe começou a ir regularmente para o conserto, no final da permanência do casal em Nova York, idas que se tornaram ainda mais frequentes quando se mudaram para Omaha. Thorpe escrevia em uma máquina emprestada, quando a sua foi consertada a primeira vez, já em Omaha. O gerente da firma ligou dias depois de Reg receber sua máquina de volta, para comunicar que lhe mandaria uma conta, pela limpeza não só da máquina de empréstimo, como da que pertencia a ele.

— Qual era o problema? — quis saber a esposa do agente.

— Acho que sei — disse a esposa do escritor.

— Ela estava cheia de comida — disse o editor. — Pedacinhos de bolo e biscoitos. Havia também manteiga de amendoim nas teclas. Reg estava alimentando o Fornit que vivia em sua máquina de escrever. Também colocara comida na máquina de empréstimo, na hipótese de que o Fornit se tivesse mudado para ela.

— Nossa! — exclamou o escritor.

— Eu não sabia de nada disso então, compreendam. Dessa vez, escrevi em resposta, dizendo-lhe o quanto estava satisfeito. Minha secretária datilografou a carta e a trouxe para que eu a assinasse, mas então precisou sair para fazer qualquer coisa. Assinei, e ela ainda não tinha voltado. Foi quando, sem a menor razão em particular, fiz o mesmo desenho abaixo de meu nome. Pirâmide. Olho. E "Fornit Some Fornus". Loucura. A secretária viu aquilo e perguntou se eu ia mandar a carta assim mesmo. Dei de ombros, e pedi que a enviasse.

"Dois dias mais tarde Jane Thorpe me telefonou. Disse que minha carta deixara Reg muitíssimo animado. Ele pensava que achara uma alma gêmea... outra pessoa que também sabia sobre os Fornits. Percebem a situação maluca que isso estava se tornando? Que me conste, àquela altura um Fornit poderia ser qualquer coisa, desde uma chave inglesa para canhotos até uma faca polaca de carne. O mesmo servia para fornus. Expliquei a Jane que me limitara a copiar o desenho de Reg. Ela quis saber por quê. Esquivei-me da pergunta, embora a resposta pudesse ser que eu estava muito bêbado quando assinei a carta."

Ele fez uma pausa, e um silêncio incômodo caiu sobre o pátio dos fundos. As pessoas olharam para o céu, para o lago, as árvores, embora não estivessem mais interessantes agora do que tinham estado um ou dois minutos antes.

— Eu bebi durante toda a minha vida adulta, sendo-me impossível dizer quando a situação me escapou ao controle. No sentido profissional, eu ia do topo da garrafa até quase o próprio final. Começava a beber no almoço e voltava *calibrado* para o escritório. No entanto, funcionava perfeitamente bem. Era a bebida depois do trabalho, primeiro no metrô e depois em casa, que me levava para além do ponto funcional.

"Eu e minha esposa vínhamos tendo problemas não relacionados à bebida, mas ela os piorava ainda mais. Ela vinha se preparando para me deixar havia muito tempo. Uma semana antes de a história de Reg Thorpe chegar, ela se foi.

"Eu estava tentando lidar com a situação, quando me deparei com a história dele. Eu estava bebendo demais. E, para completar, estava tendo — bem, acho que agora é moda chamar de crise da meia-idade. Na época, sabia apenas que estava tão deprimido por causa de minha vida profissional quanto estava por conta da minha vida pessoal. Procurava, ou tentava, lutar contra uma crescente sensação de que editar livros em massa para o mercado, histórias que terminariam sendo lidas por pacientes nervosos no dentista, donas de casa na hora do almoço e um ocasional universitário entediado, não era propriamente uma atividade nobre. Procurava também lutar contra a ideia — novamente, tentava, aliás, era o que todos fazíamos na *Logan's*, nessa época — de que em mais seis meses, dez ou 14, talvez não houvesse mais nenhuma *Logan's*.

"Então, nessa monótona paisagem outonal da meia-idade angustiada, surge uma boa história, de autoria de um bom escritor — um olhar enérgico e divertido sobre a mecânica do enlouquecer. Foi como um brilhante raio de sol. Sei que parece estranho dizer isso sobre uma história que termina com o personagem matando a esposa e a filha pequena, porém perguntem a qualquer editor o que ele considera a verdadeira alegria, e ele lhes dirá que é o grande romance ou o conto inesperado, caindo em sua mesa de trabalho como um grande presente de Natal. Bem, vocês todos conhecem aquela história de Shirley Jackson, 'A Loteria'. Ela termina da maneira mais deprimente que se possa imaginar. Quero dizer, uma bela dama é apedrejada até morrer. Seu filho e sua filha participam de seu assassinato, pelo amor de Deus! Contudo, foi uma história e tanto... e aposto como o editor na *New Yorker,* que leu o livro primeiro, naquela noite voltou assobiando para casa.

"O que estou tentando dizer é que a história de Thorpe foi a melhor coisa em minha vida, naquele momento. A única coisa boa. E, segundo o que a esposa dele me disse ao telefone, nesse dia, minha aceitação da história foi a única coisa boa que tinha acontecido a Thorpe ultimamente. O relacionamento escritor-editor é sempre de mútuo parasitismo, porém no meu caso e de Reg esse parasitismo foi elevado a um grau incomum.

— Voltemos a Jane Thorpe — pediu a esposa do escritor.

— Certo. Acho que a deixei de lado um pouco, não é? Ela ficou zangada no que se refere aos Fornits. A princípio, contei-lhe que apenas rabisquei aquele símbolo olho-e-pirâmide, sem saber ao certo seu significado, e me desculpei pelo que quer que houvesse feito.

"Ela dominou sua raiva e despejou tudo em mim. Tinha ficado cada vez mais ansiosa, sem ter com quem desabafar. Seus pais estavam mortos e todos os seus amigos viviam em Nova York. Reg não permitia a presença de ninguém em casa, além deles dois, alegando que os outros eram gente do Imposto de Renda, do FBI ou da CIA. Logo depois de se mudarem para Omaha, uma garotinha chegou à porta, vendendo biscoitos para as escoteiras. Reg gritou com ela, disse-lhe que fosse vender aquilo no inferno, que sabia perfeitamente por que estava ali, e daí por diante. Jane tentou argumentar com ele. Disse que a menina só tinha dez anos. Reg respondeu que os fiscais do imposto não tinham alma nem consciência. Além do mais, disse ele, a menininha podia ser algum android. Androides não estariam sujeitos às leis sobre o trabalho infantil. Talvez os fiscais do imposto tivessem mandado uma escoteira androide, cheia de cristais de rádio, para descobrir se ele estava guardando segredos... e, nesse meio-tempo, iria impregná-lo com raios cancerosos."

— Santo Deus! — exclamou a esposa do agente.

— Ela havia esperado uma voz amistosa e a minha foi a primeira. Fiquei sabendo da história da menina escoteira, da preocupação de Reg com os Fornits e sua alimentação, do fornus e de como ele se recusara a ter um telefone em casa ou a usar um. Ela falava comigo de um telefone público, em uma cabine numa drogaria, cinco quarteirões além de sua casa. Disse estar com medo de que Reg não estivesse realmente preocupado com os fiscais do imposto, homens do FBI ou da CIA. Em sua opinião, o que seu marido realmente temia era que *Eles* — algum maciço e anônimo grupo que o odiava, que o invejava, que não descansaria até apanhá-lo — tivessem ficado sabendo de seu Fornit e quisessem matá-lo. Se o Fornit morresse, não haveria mais romances, mais contos, nada. Entendem? A essência da insanidade. *Eles* estavam decididos a liquidá-lo. No fim das contas, nem mesmo o Imposto de Renda, que o fizera comer o pão que o diabo amassou, por conta da renda gerada por *Figuras do Submundo*, serviria como pretexto. No fim, eram apenas *Eles*. A perfeita fantasia paranoica. *Eles* queriam matar o seu Fornit.

— Meu Deus, e o que você disse a ela? — perguntou o agente.

— Procurei tranquilizá-la — disse o editor. — Lá estava eu, tendo retornado pouco antes de um almoço regado a cinco martínis, falando com aquela mulher aterrorizada que me ligava de uma cabine telefônica em uma drogaria de Omaha, procurando convencê-la de que tudo estava bem, de que não devia se preocupar com o marido que acreditava que os telefones estavam repletos de cristais de rádio, imaginando que um bando de pessoas anônimas enviava escoteiras androides para liquidá-lo. Para ela não se preocupar se seu marido havia desconectado seu próprio talento de sua mentalidade a tal ponto que acreditava haver um elfo morando em sua máquina de escrever.

"Não acho que tenha sido muito convincente.

"Ela me pediu... não, suplicou, para ajudar Reg no seu conto, para providenciar sua publicação. Ela fez tudo, exceto dizer que 'O Projétil Flexível' era o último contato do marido com o que, zombeteiramente, chamamos de realidade.

"Perguntei-lhe como agir, caso Reg tornasse a mencionar os Fornits. 'Seja indulgente com ele', disse ela. Foram suas exatas palavras — seja indulgente com ele. E então desligou.

"No dia seguinte, havia uma carta de Reg na correspondência — cinco páginas, datilografadas, espaço simples. O primeiro parágrafo era sobre o conto. Ele dizia que o segundo rascunho estava indo bem. Achava-se capaz de cortar 700 palavras das originais 10.500, reduzindo o conto definitivo a 9.800 palavras.

"O restante da carta era sobre Fornits e fornus. Suas próprias observações e perguntas, dezenas de perguntas."

— Observações? — o escritor inclinou-se para frente. — Quer dizer que ele os via realmente?

— Não — disse o editor. — Reg não os via, em um sentido real, porém, de outra maneira... suponho que sim. Sabem como é, os astrônomos sabiam que Plutão estava lá muito antes de contarem com um telescópio bastante potente para vê-lo. Sabiam tudo sobre ele, estudando a órbita do planeta Netuno. Era dessa maneira que Reg observava os Fornits. Eles gostavam de comer à noite, segundo escreveu. Será que ele já percebera isso? Ele os alimentava durante todas as horas do dia, porém havia notado que a maior parte da comida desaparecia após as 20 horas.

— Alucinação? — perguntou o escritor.

— Não — respondeu o editor. — Sua esposa, simplesmente, limpava o máximo daquela comida na máquina de escrever, quando Reg saía para sua caminhada noturna. E ele saía todas as noites, às 21 horas.

— Eu diria que ela teve coragem ligando para você — grunhiu o agente, ajeitando o corpo volumoso na cadeira de jardim. — Ela própria alimentava a fantasia do homem.

— Acho que não entendeu por que ela me telefonou e por que estava tão perturbada — respondeu calmamente o editor. Olhou para a esposa do escritor. — Mas aposto que você entendeu, Meg.

— Talvez — disse Meg, e dirigiu ao marido um desconfortável olhar de esguelha. — Ela não se irritou por você incentivar a fantasia do marido. Apenas tinha medo de que você a perturbasse.

— Bravo! — exclamou o editor, acendendo outro cigarro. — E ela removia o alimento pelo mesmo motivo. Se a comida continuasse a se acumular na máquina de escrever, Reg faria a dedução lógica, partindo diretamente de sua própria e decididamente ilógica premissa. Ou seja, que seu Fornit morrera ou tinha ido embora. Portanto, não haveria mais fornus. Em resultado, não haveria mais escritos. Daí...

O editor deixou a frase em suspenso na fumaça do cigarro, depois prosseguiu:

— Reg imaginou que os Fornits deviam ser criaturas notívagas. Elas detestavam barulho, ele já percebera que não conseguia escrever pela manhã, após festas barulhentas; odiavam a televisão, a luz elétrica e o rádio. Reg vendera sua tevê para a caridade por vinte dólares, segundo afirmava, e havia muito se fora o seu relógio de pulso com mostrador de rádio. Depois, as perguntas. Como eu ficara sabendo sobre os Fornits? Seria possível que tivesse um morando comigo? Em caso afirmativo, o que eu pensava disto, disso ou daquilo? Acho que não preciso ser mais específico. Se vocês já possuíram um cão de determinada raça e se lembram das perguntas feitas sobre cuidados com ele e alimentação, conhecem a maioria das perguntas que Reg me fez. Um pequeno rabisco abaixo de minha assinatura, foi tudo quanto se precisou, para que se abrisse a caixa de Pandora.

— O que escreveu em resposta? — perguntou o agente.

— Foi aí que realmente começou o problema — respondeu lentamente o editor. — Para nós dois. Jane tinha dito "Seja indulgente com ele", e foi o que fiz. Infelizmente, acho que exagerei. Quando respondi à carta, estava em casa e muito bêbado. O apartamento me parecia vazio demais. Tinha um cheiro rançoso: muita fumaça de cigarro e pouca ventilação. As coisas tinham piorado muito, sem Sandra por ali. As cobertas em cima do sofá estavam todas amarrotadas. Havia pratos sujos na pia, esse tipo de coisa. Eu era um homem de meia-idade, despreparado para a domesticidade.

"Enfiei uma folha de papel de minha correspondência pessoal na máquina de escrever e pensei: *Preciso de um Fornit. De fato, eu precisava de uma dúzia deles, para espalhar fornus de ponta a ponta nesta maldita solitária casa.* Naquele instante, estava realmente bêbado o bastante para invejar a fantasia de Reg Thorpe.

"Naturalmente, escrevi para ele que tinha um Fornit. Disse-lhe que o meu tinha incríveis características em comum com o dele. Era notívago. Odiava barulho, mas parecia apreciar Bach e Brahms... Falei que era comum trabalhar muito melhor após uma noite ouvindo-os. Descobrira que meu Fornit mostrava uma decidida predileção por mortadela Kirschner's... Reg já fizera essa experiência? Eu simplesmente deixava pequenas migalhas perto do Scripto que sempre carregava — meu lápis editorial azul, caso não saibam — e, quase toda manhã, tinha sumido. A menos que, como dizia Reg, tivesse havido barulho na noite anterior. Eu lhe disse que ficara satisfeito em saber do detalhe sobre o rádio, embora não possuísse um relógio de pulso com mostrador fosforescente. Acrescentei que meu Fornit estava comigo desde a universidade. Fiquei tão entusiasmado com minha invenção que escrevi quase seis páginas. No final, acrescentei um parágrafo sobre a história, algo bastante superficial, e assinei."

— E abaixo de sua assinatura...? — perguntou a esposa do agente.

— Claro. *Fornit Some Fornus*. — O editor fez uma pausa. — Não podem enxergar no escuro, mas fiquei vermelho. Eu estava tão bêbado, tão *cheio de mim*... É possível que mudasse de ideia à fria luz do dia, mas então já era muito tarde.

— Colocou a carta no correio à noite? — murmurou o escritor.

— Exatamente. E então, por uma semana e meia, contive o fôlego, enquanto esperava. Certo dia, chegou o manuscrito, endereçado a mim, sem nenhuma carta. Os cortes estavam como havíamos discutido e pensei que a história tivesse ficado perfeita, mas o manuscrito estava... bem, eu o coloquei em minha pasta, levei-o para casa e o redatilografei eu mesmo. Estava coberto de manchas amarelas e estranhas. Imaginei...

— Urina? — perguntou a esposa do agente.

— Sim, foi o que imaginei. Mas não era. Quando cheguei em casa, havia uma carta de Reg em minha caixa de correspondência. Agora, dez páginas. Naturalmente, ali vinha a explicação para as manchas amarelas. Ele não conseguira encontrar a mortadela Kirschner's, de maneira que tentara a Jordan's.

"Acrescentou que ele a tinha adorado. Em especial com mostarda.

"Naquele dia, eu estava absolutamente sóbrio. No entanto, sua carta, acrescida daquelas lamentáveis manchas de mostarda através das páginas de seu manuscrito, fez com que eu caminhasse diretamente para o armário de bebidas. Não bebi só um ou dois drinques. Enchi a cara."

— O que mais dizia a carta? — quis saber a esposa do agente.

Ela se mostrara cada vez mais fascinada pelo relato e agora, inclinada sobre o ventre algo avolumado, exibia uma postura que fazia a esposa do escritor parecer o Snoopy, no teto de sua casa de cachorro, fingindo ser um abutre.

— Desta vez, continha apenas duas linhas sobre a história. Todo o crédito era atribuído ao Fornit... e a mim. A mortadela tinha sido, de fato, uma ideia fantástica. Rackne o adorara e, em decorrência...

— Rackne? — perguntou o escritor.

— Era o nome do Fornit — disse o editor. — Rackne. Então, em decorrência da mortadela, Rackne é que, na realidade, estava por trás do texto reescrito. O restante da carta era uma ladainha paranoica. Nunca vi nada parecido na vida.

— Reg e Rackne... um casamento traçado no céu — disse a esposa do escritor, com uma risadinha nervosa.

— Ah, de maneira alguma — replicou o editor. — O relacionamento deles era puramente de trabalho. Afinal, Rackne era macho.

— Bem, fale-nos sobre a carta.

— Essa é uma que não sei de cor. Tanto melhor para vocês. Mesmo anormalidades, após algum tempo, tornam-se tediosas. O carteiro era da CIA. O entregador de jornais era do FBI; Reg tinha visto um revólver provido de silenciador no saco de jornais que o menino carregava. Os vizinhos eram espiões de alguma espécie; possuíam um equipamento de vigilância em seu furgão. Ele não ousava mais ir à mercearia da esquina para fazer compras, porque o proprietário era um androide. Disse que já desconfiava disso antes, porém que agora tinha certeza. Ele vira os fios que se entrecruzavam sob o couro cabeludo do homem, nas partes que começavam a ficar calvas. Além do mais, estava alta a contagem do rádio em sua casa; à noite, podia ver uma amorfa claridade esverdeada nos aposentos.

"A carta terminava assim: 'Espero que responda a esta e me ponha a par de sua situação (e do seu Fornit), no que diz respeito a *inimigos*, Henry. Acredito que este nosso relacionamento tenha sido uma ocorrência que transcende a coincidência. Poderíamos dar a ele o nome de alerta-vital (De Deus? Da Providência? Do Destino? Inclua o termo que desejar.) no último instante possível.

"'Não é possível que um homem fique sozinho por tanto tempo, contra mil *inimigos*. E descobrir, finalmente, que *não* se está só... seria exagero dizer que a similaridade de nossa experiência se levanta entre a minha pessoa e a destruição total? Talvez não. Eu preciso saber: *os inimigos* estão atrás de seu Fornit, como estão de Rackne? Em caso afirmativo, como você lida com a situação? Em caso negativo, tem alguma ideia de *por que não estão*? Repito, *eu preciso* saber.'

"A carta continha o desenho do *Fornit Some Fornus* abaixo da assinatura e, em seguida, vinha um *P.S.*, constando de apenas uma frase. Contudo, uma frase letal. O *P.S.* dizia: 'Às vezes, desconfio de minha esposa.'

"Li a carta do começo ao fim três vezes. No processo, entornei uma garrafa inteira de Black Velvet. Comecei a considerar opções sobre como responder àquela carta. Era um grito de socorro de um homem se afogando, sem qualquer dúvida. O conto o mantivera lúcido por algum tempo, mas agora ele ficara pronto. E agora ele dependia de mim para continuar lúcido. Era algo perfeitamente razoável, já que eu tinha procurado aquilo.

"Andei de um lado para outro dentro de casa, por todos os aposentos vazios. Então, comecei a desligar coisas. Estava muito bêbado, lembrem-se, e uma forte bebedeira abre inesperadas vias de sugestibilidade. Daí o motivo de editores e advogados optarem por três drinques, antes de falarem sobre contratos, à hora do almoço."

O agente deu uma risada ruidosa, mas os ânimos permaneceram rígidos, tensos e incômodos.

— Por favor, tenham em mente que Reg Thorpe era um senhor escritor. Estava absolutamente convicto do que dizia. FBI. CIA. IR. *Eles. Os inimigos.* Certos escritores possuem o dom muito raro de arejar mais sua prosa quanto mais apaixonadamente sentem o seu tema. Steinbeck fazia isso e também Hemingway. Reg Thorpe tinha o mesmo talento. Quando alguém penetrava em seu mundo, tudo começava a parecer muito lógico. Achava muito provável, uma vez aceita a premissa básica do Fornit, que o menino entregador de jornais tivesse um 38 com silenciador em sua bolsa de jornais. Que os universitários da casa ao lado, donos do furgão, poderiam realmente ser agentes da KGB, com cápsulas mortíferas em molares de cera, empenhados em uma missão para matar ou capturar Rackne.

"Naturalmente, não aceitei a premissa básica. No entanto, eu sentia grande dificuldade em raciocinar. E desligava coisas. Primeiro foi a televisão colorida, porque todos sabem que realmente emitem grande radiação. Na *Logan's*, publicamos certa vez um artigo da autoria de um cientista de excelente reputação, sugerindo que a radiação emitida pela tevê em cores doméstica estava interrompendo as ondas cerebrais humanas o suficiente para alterá-las, minuciosa mas permanentemente. Esse cientista sugeria que talvez fosse este o motivo do declínio geral das notas dos estudantes, dos testes literários e do desenvolvimento de especialização matemática na escola primária. Afinal, quem fica sentado mais perto de um aparelho de tevê do que uma criança?

"Então, desliguei a tevê, e isso pareceu realmente arejar meus pensamentos. De fato, me senti tão melhor que desliguei o rádio, a torradeira, a máquina de lavar e a secadora de roupas. Lembrei-me então do forno de micro-ondas e o desliguei da parede. Senti um verdadeiro alívio, quando arranquei a tomada daquela porra. Era um dos primeiros modelos no mercado, mais ou menos do tamanho de uma casa e, provavelmente, *realmente* perigoso. Hoje em dia, eles os fazem mais protegidos.

"Ocorreu-me quantas coisas possuímos em uma residência comum de classe média, ligadas à parede. Uma imagem me veio desses ridículos polvos elétricos, seus tentáculos consistindo em cabos elétricos, todos serpenteando pelas paredes, todos ligados a cabos externos, e todos os cabos seguindo para estações de energia elétrica, dirigidas pelo governo."

— Quando fiz aquelas coisas, havia uma curiosa duplicidade em minha mente — prosseguiu o editor, após uma pausa para um gole de refrigerante. — Essencialmente, eu reagia a impulsos supersticiosos. Há muitas pessoas que não passam debaixo de escadas ou não abrem um guarda-chuva dentro de casa. Há jogadores de basquete que se benzem antes de um lance livre e jogadores de beisebol que trocam as meias quando estão perdendo. Creio que seja a mente racional tocando uma trilha sonora em um estéreo ruim com o subconsciente irracional. Se fosse obrigado a definir "subconsciente irracional", eu diria que se trata de um pequeno aposento acolchoado, dentro de todos nós, onde o único mobiliário é uma pequena mesa dobrável de jogo, sendo a única coisa sobre a mesa um revólver carregado com projéteis flexíveis.

"Quando trocamos de calçada para evitar a escada ou saímos do nosso apartamento para a chuva com um guarda-chuva fechado, parte de nosso eu integral se despe e penetra naquele aposento, onde pega a arma em cima da mesa. Talvez estejamos conscientes de dois pensamentos conflitantes: *Passar debaixo da escada é inofensivo* e *Não passar debaixo de uma escada também é inofensivo*. Contudo, assim que a escada está atrás de nós — ou assim que o guarda-chuva é aberto — voltamos ao ponto de partida."

— Isso é muito interessante — disse o escritor. — Avance um pouco mais para mim, caso não se importe. Quando é que a parte irracional para realmente de brincar com a arma e a aponta para a têmpora?

O editor respondeu:

— Quando a pessoa em questão começa a escrever para a seção de leitores dos jornais exigindo que todas as escadas sejam retiradas das calçadas, porque passar debaixo delas é perigoso.

Houve risos.

— Já que fomos tão longe, creio que devemos terminar. O eu irracional dispara realmente o projétil flexível no cérebro quando a pessoa começa a vandalizar a cidade, derrubando escadas e talvez machucando os que nelas trabalham. Dar a volta em torno de escadas ou passar debaixo delas não é, certamente, um comportamento repreensível. Tampouco é repreensível alguém escrever cartas ao jornal, dizendo que a cidade de Nova York entrou em colapso, porque todos passam atrevidamente debaixo das escadas dos operários. Contudo, é repreensível começar a derrubar escadas.

— Porque é premeditado — murmurou o escritor.

O agente disse:

— Você acertou o alvo aí, Henry. Pessoalmente, sou contra acender três cigarros com um só fósforo. Não sei como adquiri a mania, mas eu adquiri. Aliás, li em algum lugar que isso começou nas trincheiras da Primeira Guerra Mundial. Parece que os atiradores alemães esperavam que os Tommies começassem a acender os cigarros uns dos outros. No primeiro clarão, consegue-se o alcance de tiro. No segundo, avalia-se o desvio da bala. E, no terceiro, estoura-se a cabeça do sujeito. Contudo, mesmo saber disso não fez qualquer diferença. Ainda continuo sem acender três cigarros com um fósforo. Uma parte de mim diz que pouco importa se acendo uma dúzia de cigarros com um fósforo. A outra, no entanto, esta, uma voz lúgubre e soturna, como um Boris Karloff interior, diz: *"Ohhhh, se você fizer iiisso..."*

— Mas nem toda loucura é supersticiosa, certo? — perguntou timidamente a esposa do escritor.

— Será? — replicou o editor. — Joana d'Arc ouvia vozes do céu. Algumas pessoas se julgam possuídas por demônios. Outras veem gremlins... ou diabos... ou Fornits. Os termos que usamos para a loucura sugerem superstição, de uma forma ou de outra. Mania... anormalidade... irracionalidade... demência... insanidade... Para a pessoa louca, a realidade é que se entortou. Como um todo, a pessoa começa a se reintegrar naquele quartinho onde está a pistola.

"Mas a minha parte racional ainda estava bem presente. Ensanguentada, esfolada, indignada e talvez amedrontada, mas ainda funcionando. Dizendo: 'Ah, está tudo bem. Amanhã, quando você ficar sóbrio, poderá ligar tudo outra vez, graças a Deus. Faça as brincadeirinhas que quiser, mas não passe daí. Não vá além disso.'

"Aquela voz racional tinha o direito de estar amedrontada. Em nós, existe algo que é muito atraído para a loucura. Todos que olham pela borda de um edifício alto já sentiram pelo menos uma fraca, mórbida, vontade de saltar. E quem quer que já tenha encostado uma arma carregada à cabeça..."

— Ai, pare! — disse a esposa do escritor. — Por favor!

— Está bem — disse o editor. — Meu ponto é apenas este: mesmo a pessoa mais bem-ajustada tem sua lucidez pendendo de uma corda escorregadia. Acredito realmente nisso. Os circuitos da racionalidade são fracamente construídos dentro do animal humano.

"Com as tomadas desligadas, fui para meu estúdio escrever uma carta para Reg Thorpe. Depois a coloquei em um envelope, selei-a, saí e a postei. Não me recordo de ter feito nada disso. Estava bêbado demais para lembrar. No entanto deduzi que fiz porque, quando me levantei, na manhã seguinte, o carbono ainda estava sobre minha máquina de escrever, juntamente com os selos e a caixa de envelopes. A carta dizia o que se pode esperar de um bêbado. Seu conteúdo explicava mais ou menos isto: os inimigos eram atraídos pela eletricidade, tanto quanto pelos próprios Fornits. Livre-se da eletricidade e estará livre dos inimigos. No fim, eu tinha escrito: 'A eletricidade está fodendo com suas ideias sobre estas coisas, Reg. Interferência nas ondas cerebrais. Sua esposa tem um liquidificador?'"

— Na verdade, você estava começando a escrever cartas para o jornal — comentou o escritor.

— Sem dúvida. Escrevi aquela carta em uma noite de sexta-feira. Na manhã de sábado, levantei por volta das 11 horas, com ressaca e apenas vagamente consciente da besteira que havia feito na véspera. Senti ondas de vergonha, quando comecei a religar os aparelhos elétricos. A vergonha maior... e medo... foi quando vi o que tinha escrito a Reg. Revirei toda a casa em busca do original daquela carta, rezando para não a ter enviado. Mas eu a enviei. E só consegui passar aquele dia tomando a decisão de carregar minha cruz como homem e seguir em frente. Foi o que fiz.

"Na quarta-feira seguinte, recebi uma carta de Reg. Uma página, manuscrita. Toda desenhada com *Fornit Some Fornus*. No meio, apenas isto: 'Você tinha razão. Obrigado, obrigado, obrigado, Reg. Você tinha razão. Tudo está ótimo agora, Reg. Muitíssimo obrigado, Reg. O Fornit está ótimo, Reg. Obrigado, Reg.'"

— Ai, meu Deus! — exclamou a esposa do escritor.

— Aposto como a mulher dele ficou louca — disse a esposa do agente.

— Nada disso. Porque a coisa funcionou.

— Funcionou? — perguntou o agente.

— Ele recebeu minha carta na correspondência da manhã de segunda-feira. Na tarde desse dia, Reg foi ao escritório local da companhia de eletricidade e disse a eles que cortassem a energia de sua casa. Jane Thorpe, naturalmente, ficou histérica. Seu fogão era elétrico e, de fato, ela possuía um liquidificador, máquina de costura, uma lavadora-secadora de roupas... bem, vocês entendem. Na noite de segunda-feira, tenho certeza de que ela estava pronta para receber minha cabeça em uma bandeja.

"No entanto, foi o comportamento de Reg que a levou a me considerar um fazedor de milagres, em vez de lunático. Ele a fez se sentar na sala de estar e conversou com ela, demonstrando a maior racionalidade. Disse saber que estivera agindo de maneira muito singular. Sabia que ela estava preocupada com isso. Disse-lhe que se sentia bastante melhor com a eletricidade cortada e que ficaria satisfeito em ajudá-la em qualquer inconveniência produzida por aquele corte de energia. Depois sugeriu que fossem até a casa vizinha dizer olá."

— Não era a resistência dos agentes da KGB, com rádio em seu furgão? — perguntou o escritor.

— Exatamente. Jane não teve saída. Concordou em ir lá com ele, segundo me disse, mas já preparada para uma cena desagradável. Acusações, ameaças, histeria. Começara a pensar em abandonar Reg, se ele não concordasse em procurar ajuda para seu problema. Contou-me naquela manhã de quarta-feira, ao telefone, que fizera a si mesma uma promessa: a questão da eletricidade era quase a gota d'água. Se ele aprontasse mais uma, ela voltaria para Nova York. Ela estava ficando com medo. A situação havia piorado aos poucos, em graus quase imperceptíveis, e ela o amava, mas já havia feito tudo ao seu alcance. Decidira que, se Reg dissesse uma só palavra estranha aos estudantes vizinhos, sairia de casa. Muito mais tarde, fiquei sabendo que ela já recolhera algumas discretas informações sobre o procedimento para internação involuntária de um doente mental em Nebraska.

— Pobre mulher! — murmurou a esposa do escritor.

— A noite, no entanto, foi um estrondoso sucesso — disse o editor. — Reg não podia estar mais fascinante... e, segundo Jane, ele estava realmente fascinante. Nunca o vira assim, nos últimos três anos. A rabugice, a insociabilidade, tudo desaparecera. Os tiques nervosos. O salto involuntário e o olhar por cima do ombro, sempre que uma porta era aberta. Ele tomou uma cerveja e discorreu sobre todos os sombrios tópicos da atualidade naquela época: a guerra, as possibilidades de um exército de voluntários, as desordens nas cidades, as leis decadentes.

"O fato de ele haver escrito *Figuras do Submundo* veio à tona, e eles ficaram... 'atordoados com o escritor', foi como disse Jane. Três dos quatro já o tinham lido, e não havia dúvida de que o outro não perderia muito tempo, antes de correr para a biblioteca."

O escritor riu e assentiu. Já passara por isso também.

— Assim — prosseguiu o editor — deixaremos Reg Thorpe e sua esposa apenas por um momento, sem energia elétrica, porém mais felizes do que nunca...

— Ainda bem que ele não possuía uma máquina de escrever elétrica da IBM — disse o agente.

— ...e voltaremos ao Senhor Editor. Duas semanas passaram. O verão chegava ao fim. O Senhor Editor tinha, é claro, recaído na bebedeira várias vezes, mas no geral conseguia permanecer bastante respeitável. Os dias passaram conforme o esperado. Em Cape Kennedy, estavam nos últimos preparativos para colocar um homem na Lua. A nova edição da *Logan's*, com John Lindsay na capa, já estava nas bancas, vendendo miseravelmente, como de costume. Eu havia apresentado um pedido para compra de um conto chamado "A Balada do Projétil Flexível", da autoria de Reg Thorpe, direitos para a primeira tiragem, publicação proposta para janeiro de 1970 e preço proposto de compra de 800 dólares, que era o padrão, para uma história principal na *Logan's*.

"Fui chamado pelo meu superior, Jim Dohegan. Eu poderia subir para falar com ele? Corri até seu gabinete às 10 horas, com minha melhor aparência e me sentindo ótimo. Só mais tarde me ocorreu que Janey Morrison, sua secretária, parecia com cara de velório.

"Sentei-me e perguntei a Jim o que podia fazer por ele ou vice-versa. Evidentemente, estava com o nome de Reg Thorpe na cabeça: ter seu conto era uma tremenda vitória para a *Logan's* e desconfiei que havia algumas felicitações a caminho. Assim, podem imaginar qual o meu aturdimento, quando ele empurrou duas ordens de compra sobre a mesa, em minha direção. O conto de Thorpe e uma novela de John Updike, que havíamos programado como a ficção principal para fevereiro. A palavra DEVOLUÇÃO tinha sido carimbada em ambas.

"Olhei para as ordens de compra revogadas. Olhei para Jimmy. Não conseguia entender nada. De fato, não conseguia pôr meu cérebro em funcionamento para desvendar aquilo. Eu estava com um bloqueio mental. Olhei em torno e vi sua cafeteira elétrica. Janey a levava todas as manhãs, quando vinha trabalhar, e então ligava a cafeteira, a fim de que Jimmy tivesse café fresco, sempre que quisesse. Aquele tinha sido um rigoroso costume na *Logan's*, durante três anos ou mais. E, naquela manhã, eu só conseguia pensar que *se aquela coisa estivesse desligada, eu poderia raciocinar. Sei que, se aquela coisa estivesse desligada, eu compreenderia esta questão.*

"Perguntei: 'O que significa isto, Jim?'

"'Lamento como o diabo ter que lhe dizer isto, Henry', respondeu ele, 'mas a *Logan's* não publicará mais trabalhos de ficção a partir de janeiro de 1970.'"

O editor fez uma pausa para acender um cigarro, mas seu maço estava vazio.

— Alguém tem um cigarro? — perguntou.

A esposa do escritor lhe passou um maço de Salem.

— Obrigado, Meg.

Ele acendeu o cigarro, jogou fora o fósforo e tragou profundamente. A brasa brilhou suavemente no escuro.

— Bem — disse ele —, Jim deve ter pensado que eu estava doido. Perguntei a ele: "Você se importa?", e então, me inclinando, puxei a tomada de sua cafeteira elétrica.

"'Ele ficou boquiaberto. 'Que porra é essa, Henry?', perguntou.

"'Sinto dificuldades em pensar com uma coisa dessas ligada', respondi. 'Dá interferência.' E parecia ser isso mesmo, porque sem a tomada na parede eu conseguia encarar a situação com muito mais clareza. 'Quer dizer que eu estou despedido?', perguntei a ele.

"'Não sei', respondeu ele. 'Isso é com Sam e a diretoria. Sinceramente, não sei de nada, Henry.'

"Havia muitas coisas que eu podia ter dito. Acho que Jimmy esperava uma súplica ardente por meu emprego. Sabem aquele ditado 'Ele estava no mato sem cachorro'?... Pois eu digo que só compreenderão o sentido desta frase quando forem chefes de um departamento que, de uma hora para outra, não existe mais.

"No entanto, não supliquei por minha causa ou pela causa da ficção na *Logan's*. Minha súplica foi pelo conto de Reg Thorpe. Primeiro, falei que poderíamos mudar sua programação — colocá-lo no número de dezembro.

"'Ora, vamos, Henry', disse Jimmy. 'O número de dezembro já está fechado e você sabe disso. Além do mais, estamos lidando aqui com dez mil palavras!'

"'Nove mil e oitocentas', falei.

"'Mais uma página inteira com ilustração', disse ele. 'Pode esquecer.'

"'Bem, tiramos a ilustração', argumentei. 'Olhe, Jimmy, este é um ótimo conto, talvez a melhor ficção que já tivemos nos últimos cinco anos.'

"'Eu o li, Henry', disse Jimmy. 'Sei que é um ótimo conto. Mas não podemos publicá-lo. Não em dezembro. É o mês do Natal, pelo amor de Deus! Você quer colocar uma história sobre um sujeito que mata a esposa e a filha debaixo das árvores de Natal da América? Ora, você deve estar...', ele se interrompeu, mas vi o olhar que lançou para sua cafeteira elétrica. Era o mesmo que ter dito em voz alta, entendem?"

O escritor assentiu lentamente, seus olhos nunca se afastando da sombra escura que era o rosto do editor.

— Comecei a ficar com dor de cabeça. Primeiro, só uma dorzinha. Foi ficando mais difícil me concentrar. Lembrei que Janey Morrison tinha um apontador elétrico em sua mesa. Havia todas aquelas lâmpadas fluorescentes no escritório de Jim. Os aquecedores. As máquinas de venda automáticas na concessão, no final do corredor. Se parasse para pensar, concluiria que toda a porra do prédio funcionava à base de eletricidade: era um milagre que alguém conseguisse fazer qualquer coisa. Foi quando a ideia começou a surgir, imagino. A ideia de que a *Logan's* ia falir porque ninguém conseguia pensar direito. E o motivo de não se conseguir pensar direito era estarmos todos trabalhando juntos naquele arranha-céu funcionando eletricamente. Nossas ondas cerebrais estavam em total confusão. Lembro-me de ter pensado que, se um médico aparecesse lá com um desses aparelhos de eletroencefalograma, obteria alguns gráficos incrivelmente estranhos. Repletos daquelas enormes e agudas ondas alfa que caracterizam tumores malignos no cérebro.

"Só pensar nessas coisas aumentava minha dor de cabeça. Mesmo assim, fiz mais uma tentativa. Perguntei a ele se, pelo menos, falaria com Sam Vadar, o editor-chefe, para deixar a história sair no número de janeiro. Como a ficção de encerramento na revista, se fosse preciso. O último conto a ser publicado na *Logan's*.

"Jimmy brincava com um lápis e assentiu. Disse: 'Vou mencionar o assunto, mas não garanto nada. Temos a história de um romancista de um livro só e a história de John Updike, também muito boa... talvez até melhor... e...'

"'*A história de Updike não é melhor!*', exclamei.

"'Meu Deus, Henry, por favor, não precisa gritar...'

"'*Eu não estou gritando!*', gritei.

"Ele ficou um bom tempo olhando para mim. Minha dor de cabeça estava lancinante naquele momento. Eu podia ouvir o zumbido das lâmpadas fluorescentes. Eram como um punhado de moscas capturadas em uma garrafa. Um som realmente odioso. Achei então que podia ouvir Janey usando seu apontador elétrico. *Estão fazendo isso de propósito*, pensei. *Querem me confundir. Sabem que não posso pensar e falar com clareza enquanto essas coisas estiverem funcionando, e assim... e assim...*

"Jim falava algo sobre levar o assunto à próxima reunião editorial, sugerindo que, em vez de uma data arbitrária para a exclusão de ficção na revista, eles poderiam publicar todas as histórias com que eu já me comprometera verbalmente... embora...

"Me levantei, cruzei a sala e apaguei as luzes.

"'Por que fez isso?', perguntou Jimmy.

"'Você sabe o porquê', respondi: 'Você devia sair daqui, Jimmy, antes que nada mais reste de você!'

"Ele se levantou e caminhou para mim. 'Acho que devia tirar uma folga pelo resto do dia, Henry', disse. 'Vá para casa. Descanse. Sei que tem vivido sob tensão ultimamente. Fique sabendo que farei o melhor ao meu alcance quanto a este assunto. Lamento tanto quanto você... bem, quase tanto quanto você. Mas você devia ir para casa, pôr os pés para o alto e ver um pouco de televisão.'

"'Televisão!', disse, e dei uma risada. Era a coisa mais engraçada que já ouvira. 'Ouça, Jimmy, quero que diga outra coisa a Sam Vadar para mim.'

"'O que é, Henry?'

"'Diga a ele que está precisando de um Fornit. Ele e toda a equipe. Um Fornit? Não. Uma dúzia deles.'

"'Um Fornit', assentiu Jimmy. 'Está bem, Henry. Fique certo de que direi isso a ele.'

"Minha dor de cabeça era terrível. Eu mal conseguia enxergar. Em alguma parte, no fundo de minha mente, eu já me perguntava como dar a notícia a Reg, imaginando como ele aceitaria isso.

"'Eu mesmo providenciarei o pedido de compra, se descobrir a quem enviá-lo', falei. 'Reg talvez tenha algumas ideias. Uma dúzia de Fornits. Eles iriam espalhar o fornus por todo lado. Iriam desligar essa porra de energia, toda ela.' Eu caminhava pelo gabinete de Jimmy e ele olhava para mim, boquiaberto. 'Devem cortar toda a energia elétrica, Jimmy, diga a eles que façam isso. Diga isso a Sam. Ninguém consegue pensar direito com toda essa interferência elétrica, estou certo?'

"'Você está certo, Henry, cem por cento certo. Agora, vá para casa e descanse um pouco, está bem? Tire uma soneca ou coisa assim.'

"'E os Fornits. Eles não gostam de toda essa interferência. Rádio, eletricidade, é tudo a mesma coisa. Alimente-os com mortadela. Bolo. Manteiga de amendoim. Será que podemos conseguir requisições para essa compra?' Minha dor de cabeça era como uma bola negra de dor, por trás dos olhos. Eu via dois Jimmy, tudo duplicado. Então, de repente, senti necessidade de um drinque. Se não havia fornus, e o lado racional de minha mente afirmava que não havia, então um drinque era a única coisa no mundo que me deixaria certo.

"'Claro, podemos conseguir as requisições', ele disse.

"'Não acredita em nada disto, não é, Jimmy?', perguntei.

"'É claro que acredito. Está tudo bem. Agora, vá para casa e procure descansar um pouco.'

"'Você não está acreditando', insisti, 'mas talvez passe a acreditar quando este circo for à falência. Como, em nome de Deus, uma pessoa pode achar que está tomando decisões racionais se fica sentado a menos de 15 metros de um punhado de máquinas de Coca, máquinas de doces e de sanduíches?' Foi quando tive um pensamento realmente terrível. *É um forno de micro-ondas!*, gritei para ele. *Elas têm um forno de micro--ondas embutido, para esquentar os sanduíches!*'

"Ele começou a dizer qualquer coisa, mas não prestei muita atenção. Corri para fora. A ideia daquele forno de micro-ondas explicava tudo. Eu tinha que ir embora dali. Era isso que tornava a minha dor de cabeça tão terrível. Lembro-me de ter visto Janey e Kate Younger, do departamento de anúncios, bem como Mert Strong, da publicidade, no gabinete externo, todas olhando para mim, com os olhos esbugalhados. Deviam ter me ouvido gritar.

"Meu escritório ficava logo no andar de baixo. Fui pela escada. Entrei em minha sala, apaguei todas as luzes e peguei minha pasta. Fui de elevador até o saguão do prédio, coloquei a pasta entre meus pés e enfiei os dedos nos ouvidos. Também recordo que as outras três ou quatro pessoas que estavam no elevador olhavam para mim com estranheza. — O editor deu uma risadinha seca. — Estavam com medo. Por assim dizer. Se estivessem confinados em uma pequena caixa móvel, em companhia de um sujeito obviamente maluco, vocês também teriam medo."

— Ah, sem dúvida! *Isto* é um pouco demais — comentou a esposa do agente.

— Nem tanto. A loucura tem que começar em *algum lugar*. Se esta é uma história *sobre* alguma coisa, se os eventos na vida de uma pessoa podem ser considerados como sendo *sobre* alguma coisa, então esta é uma história sobre a gênese da loucura. A loucura tem que começar em algum lugar e também tem que ir para algum lugar. Como uma estrada. Ou um projétil do cano de uma arma. Eu ainda estava quilômetros atrás de Reg Thorpe, mas já perdera a linha. Podem apostar.

"Eu tinha que ir para algum lugar; portanto, fui ao Four Fathers, um bar na rua 49. Lembro-me de ter escolhido esse bar em especial porque lá não havia vitrola automática, tevê em cores ou luzes demais. Lembro-me de ter pedido o primeiro drinque. Depois disso, não consigo recordar mais nada, até acordar no dia seguinte, em casa, na minha cama. Havia vômito no chão e uma enorme queimadura de cigarro no lençol que me cobria. Em meu estupor, aparentemente eu escapara da morte de duas das mais extremamente desagradáveis formas — engasgado no próprio vômito ou queimado. Não que eu fosse sentir nenhum dos dois."

— Meu Deus! — exclamou o agente, quase com respeito.

— Eu apaguei — disse o editor. — O primeiro real e legítimo apagão da minha vida: mas eles são sempre um sinal do fim e a gente nunca passa por muitos. De um modo ou de outro, nunca há muitos. Contudo, um alcoólatra lhes dirá que um apagão não é o mesmo que ficar *inconsciente*. Se fosse, muitos problemas seriam evitados. Quando um alcoólatra apaga, ele continua *fazendo* coisas. Um alcoólatra apagado é um pequeno demônio em atividade. Uma espécie de Fornit maligno. Ele liga para a ex-esposa e lhe fala horrores ao telefone, quando não dirige seu carro pelo lado errado no pedágio e não acaba batendo em outro carro, lotado de crianças. Ele abandona o emprego, rouba um supermercado, se livra de sua aliança de casamento. São demoninhos ativos.

"Aparentemente, o que *eu* fiz foi ir para casa e escrever uma carta. Só que não era dirigida a Reg. Era para mim mesmo. E *eu* não a escrevi — pelo menos, segundo a *carta*, não fui eu."

— Quem a escreveu? — perguntou a esposa do escritor.

— Bellis.

— E quem é Bellis?

— O Fornit dele — respondeu o escritor, quase distraidamente, com olhar sombrio e distante.

— Exato — disse o editor.

Não parecia nem um pouco surpreso. A seguir, repetiu a carta para seus ouvintes, ao doce ar da noite, acentuando com o dedo os pontos adequados.

— "Olá, da parte de Bellis. Sinto muito por seus problemas, meu amigo, porém gostaria de indicar, desde o princípio, que você não é o único a tê-los. Esta não é uma tarefa fácil para mim. Posso encher sua máquina de fornus, desde agora até a eternidade, porém, apertar as TECLAS é responsabilidade sua. PARA isso é que Deus fez as pessoas grandes. Assim, me solidarizo com você, mas é tudo que posso fazer.

"'Compreendo sua preocupação com Reg Thorpe. Eu não me preocupo com ele, mas com Rackne, meu irmão. Thorpe fica preocupado com o que lhe acontecerá, se Rackne for embora, mas somente por ser egoísta. A maldição de servir a escritores é que eles são *todos* egoístas. Ele não se preocupa com o que acontecerá a Rackne, se THORPE for embora. Ou se for *el bonzo seco*. Parece que tais coisas jamais cruzaram sua mente, oh, tão sensível. No entanto, felizmente para nós, todos os nossos problemas lastimáveis têm a mesma solução a curto prazo, de modo que estendo meus braços e meu diminuto corpo para dá-los a você, meu embriagado amigo. VOCÊ pode querer saber sobre soluções a longo prazo: eu lhe garanto que elas não existem. Todos os ferimentos são mortais. Aceite o que é dado a você. Às vezes, você fica um pouco bambo na corda, porém ela sempre tem um fim. E daí? Abençoe a corda bamba e não desperdice fôlego, amaldiçoando a queda. Um coração agradecido sabe que, no fim, todos balançamos.

"'Você deve lhe pagar a história, de seu bolso, mas não com um cheque pessoal. Os problemas mentais de Thorpe são sérios, talvez perigosos, porém isto, de maneira alguma, indica burrice.'"

Neste ponto o editor soletrou a palavra: *b-u-r-r-i-c-e*. Então, prosseguiu:

— "Se você lhe enviar um cheque pessoal, a loucura dele explodirá, em uns nove segundos.

"'Saque oitocentos e poucos dólares de sua conta bancária e faça seu banco abrir uma nova conta para você, em nome de Arvin Publishing, Inc. Faça-os compreender que precisa de cheques com aparência comercial — nada de cachorros bonitinhos ou paisagens de desfiladeiros neles. Encontre um amigo, alguém de sua confiança, e o coloque como cossacador. Assim que estiver de posse do talão, preencha um cheque com oitocentos dólares e peça a essa outra pessoa que o assine. Então, envie o cheque a Reg Thorpe. Isso vai te deixar safo, futuramente.

"'Câmbio e desligo.'

"Estava assinado 'Bellis'. Não em holograma. Datilografado.

— Uau! — exclamou o escritor.

— Quando levantei, a primeira coisa que notei foi a máquina de escrever. Parecia que alguém a caracterizara como máquina de escrever fantasma em algum filme barato. Na véspera, ela havia sido uma Underwood preta. Ao me levantar, com uma cabeça que parecia do tamanho de Dakota do Norte, ela estava com um tom acinzentado. As últimas frases da carta estavam atropeladas e desbotadas. Dei uma olhada e imaginei que minha fiel e antiga Underwood, provavelmente, chegara ao fim da linha. Senti um gosto ruim na boca e fui até a cozinha. Havia um saco de açúcar de confeiteiro aberto, em cima do balcão, com uma colher medidora em seu interior. Também havia açúcar de confeiteiro espalhado por todo canto, entre a cozinha e o pequeno gabinete onde eu trabalhava, naquela época.

— Você estava alimentando seu Fornit — disse o escritor. — Bellis gostava de coisas doces. Pelo menos, você pensou assim.

— Sem dúvida. No entanto, embora indisposto e de ressaca como estava, eu sabia perfeitamente quem era o Fornit.

O editor enumerou nos dedos.

— Primeiro, Bellis era o sobrenome de solteira de minha mãe.

"Segundo, aquela expressão, *el bonzo seco*, era uma expressão particular que eu e meu irmão costumávamos usar, querendo dizer 'maluco'. Isso quando éramos crianças.

"Terceiro, e mais execrável, foi o soletrar da palavra 'burrice'. Trata-se de uma palavra que geralmente escrevo errado. Certa vez, tive um escritor gritantemente letrado que costumava escrever 'refrigerador' com um j — 'refrijerador' — pouco importando quantas vezes os revisores o corrigissem. E, para esse mesmo sujeito, diplomado em Princeton, sempre seria 'sobracelha', em vez de 'sobrancelha'."

A esposa do escritor deu uma risada súbita — tanto constrangida como alegre.

— Eu faço isso — disse ela.

— Tudo que estou tentando dizer é que os erros ortográficos de um homem, ou de uma mulher, são suas impressões digitais literárias. Perguntem a qualquer copidesque que tenha revisado algumas vezes trabalhos do mesmo escritor.

"Não, Bellis era eu e eu era Bellis. No entanto, seu conselho era bom pra cacete. De fato, achei um *ótimo* conselho. No entanto aqui vai algo mais: o subconsciente deixa suas impressões digitais, mas lá embaixo também existe um ser estranho. Uma porra de sujeito esquisito, que entende de coisas pra cacete. Eu jamais vira aquele termo 'cossacador', apesar de todo o meu conhecimento... mas lá estava ele, era muito bom e, tempos depois, fiquei sabendo que realmente os bancos o usam.

"Peguei o telefone para ligar para um amigo, e então senti aquela pontada de dor — incrível! — varando-me a cabeça. Pensei em Red Thorpe, em seu rádio, e precipitadamente tornei a colocar o fone no gancho. Procurei esse amigo pessoalmente, após tomar uma ducha, fazer a barba e me examinar umas nove vezes ao espelho, para ter certeza de que minha aparência correspondia aproximadamente à de um ser humano racional. Ainda assim, ele me fez um monte de perguntas e me olhou minusciosamente. Creio existirem, então, indícios que uma ducha, barba feita e uma boa dose de Listerine não consigam esconder. Esse amigo não era do meu ramo, o que já significava algo. As notícias costumam voar, como sabem. Nos negócios. Por assim dizer. Aliás, se ele fosse do ramo, saberia que Arvin Publishing, Inc. era responsável pela *Logan's* e gostaria de saber que tipo de tramoia eu estava querendo armar. Como não era, não perguntou nada e pude lhe falar de um empreendimento de autoeditoração em que estava interessado, uma vez que, aparentemente, a *Logan's* decidira eliminar o departamento de ficção."

— Ele perguntou por que lhe dava o nome de Arvin Publishing? — quis saber o escritor.

— Perguntou.

— E o que você respondeu?

— Respondi — disse o editor, com um sorriso frio — que Arvin era o sobrenome de solteira de minha mãe.

Houve uma breve pausa e depois o editor recomeçou a falar. Então, falou até o fim, quase sem ser interrompido.

— Assim, comecei a esperar pelos cheques impressos, dos quais eu precisava de um só. Para passar o tempo, eu me exercitava. Sabem como é: levantar o copo, flexionar o cotovelo, esvaziar o copo, flexionar o cotovelo novamente. Até que, por fim, o exercício nos cansa e acabamos caindo para frente, com a cabeça em cima da mesa. Aconteceram outras coisas, mas estas eram as únicas que realmente me ocupavam a mente: a espera e o exercício. Que eu me lembre. Devo acentuar isto, porque eu estava bêbado a maior parte do tempo e então, para cada coisa que eu lembre, devem existir talvez cinquenta ou sessenta que nem me passam pela cabeça.

"Larguei o emprego — o que provocou um suspiro de alívio geral, disto estou certo. Alívio deles, porque não precisaram executar a tarefa existencial de me demitirem por loucura de um departamento que não existia mais; e meu, porque eu achava que não conseguiria enfrentar novamente aquele edifício — o elevador, as lâmpadas fluorescentes, os telefones, a ideia de que tudo recebia eletricidade.

"Escrevi a Reg Thorpe e sua esposa duas cartas, uma a cada um, durante aquele período de três semanas. Lembro-me de ter escrito a dela, mas não a dele — como aconteceu com a carta de Bellis, escrevi aquelas em momentos de apagão. Contudo, eu continuava com os meus velhos hábitos de trabalho quando estava alto, assim como persistia em minha velha ortografia errada. Nunca deixava de usar um carbono... e, quando chegava a manhã seguinte, as cópias de carbono estavam por ali. Era como ler cartas de um estranho.

"Não que as cartas fossem loucas. De maneira alguma. Aquela que terminei com o *P.S.* sobre o liquidificador foi muito pior. Aquelas cartas pareciam... quase razoáveis."

Ele parou e balançou a cabeça, lenta e cansadamente.

— Pobre Jane Thorpe! Não que as coisas *parecessem* tão ruins no final. Ela deve ter achado que o editor de seu marido estava fazendo um altamente especializado e humano trabalho, ao ser indulgente com ele, arrancando-o de uma depressão cada vez mais profunda. A questão de ser ou não uma boa ideia alguém se mostrar indulgente com uma pessoa que está acalentando todos os tipos de fantasias paranoicas — fantasias que, em um caso, quase levaram a um ataque contra uma menininha — provavelmente já teria ocorrido a ela. Se sim, então ela preferiu ignorar os aspectos negativos, uma vez que também estava sendo indulgente com o marido. Jamais a censurei por isso: Thorpe não era nenhum debiloide que precisasse ser cuidado e papricado, papricado e cuidado; ela amava o cara. A sua maneira, Jane Thorpe era uma mulher sensacional. Assim, após ter vivido com Reg desde o começo até o auge e finalmente até a loucura, creio que ela concordaria com Bellis, ao abençoar a corda bamba, sem desperdiçar o fôlego amaldiçoando a queda. Naturalmente, quanto mais bambos nos sentimos, mais difícil se torna nos equilibrar no final, mas mesmo aquele breve equilíbrio pode ser uma bênção, admito, pois quem prefere cair?

"Naquele curto período, recebi respostas de ambos — cartas extraordinariamente otimistas... embora houvesse uma qualidade estranha e quase derradeira naquele otimismo. Era como se... bem, esqueçamos a filosofia de botequim. Se eu conseguir atinar com o significado, falarei. Deixemos isso por ora.

"Reg passou a jogar copas com os rapazes da casa ao lado, todas as noites. Quando o outono chegou, eles já achavam que Reg Thorpe era o próprio Deus na Terra. Se não jogavam cartas ou disputavam uma partida de *frisbee*, discutiam literatura, com Reg estimulando-os delicadamente em seus passos futuros. Ele arranjara um cachorrinho no abrigo de animais local e passeava com ele, de manhã e à noite, enquanto isso conhecia outros moradores do quarteirão, como acontece conosco, se levamos nosso cão para passear. Quem tinha achado que os Thorpe eram pessoas excêntricas agora começava a pensar diferente. Quando Jane sugeriu que, sem aparelhagem elétrica, ela ia precisar dos serviços de uma faxineira, Reg concordou imediatamente. Ela ficou pasma com o alegre assentimento dele. Não se tratava de uma questão de dinheiro — após *Figuras do Submundo*, eles nadavam em grana —, tratava-se *de-*

les, deduziu Jane. *Eles* estavam em toda parte, tal era o decreto de Reg, e que melhor agente para *eles* do que uma faxineira, que andava por todos os cantos da casa, olhava debaixo das camas e armários, talvez até dentro das gavetas também, caso elas não estivessem trancadas e pregadas, por medida de segurança?

"No entanto, ele lhe disse que contratasse a mulher, acrescentou que se sentia um sujeito insensível, por não haver pensado nisso mais cedo, mesmo que — ela insistiu em me contar o detalhe — Reg estivesse fazendo a maioria dos serviços pesados, como a lavagem de roupa, por exemplo. Reg só impunha uma pequena condição: que a faxineira não tivesse permissão de entrar em seu estúdio.

"O melhor de tudo, o mais encorajador, na opinião de Jane, era o fato de que seu marido voltara a trabalhar, agora em um novo romance. Ela lera os três primeiros capítulos e os achou maravilhosos. Tudo isto, segundo me escreveu, começara quando eu havia aceitado 'A Balada do Projétil Flexível' para a *Logan's* — antes disso, tinha sido um período de produtividade zero. E ela me abençoava por isso.

"Tenho certeza de que o agradecimento de Jane era sincero, embora sua gratidão não parecesse conter muito calor, e o otimismo de sua carta se mostrasse algo turvo — pronto, voltamos novamente a *isso*. Naquela carta, seu otimismo se assemelhava a um dia ensolarado, mas com aquelas nuvens de bordas carregadas, prenunciando um temporal para breve.

"Todas essas boas notícias — jogos de cartas, o cachorro e a faxineira, além do novo romance —, e, no entanto, ela era inteligente demais para acreditar que o marido estivesse ficando bom novamente... ou assim acreditei, apesar de estar em meu próprio nevoeiro. Reg viera exibindo sintomas de psicose. A psicose é como câncer pulmonar, em um sentido — nenhum dos dois se cura espontaneamente, embora tanto os pacientes de câncer como os lunáticos possam ter seus bons dias."

— Pode me dar outro cigarro, querida?

A esposa do escritor lhe deu o cigarro.

— Afinal de contas — prosseguiu o editor, puxando seu isqueiro Ronson — os sinais da *idée fixe* do marido estavam por toda parte, em volta dela. Nada de telefone; nada de eletricidade. Ele afixara plástico de embalar em todos os interruptores. Continuava colocando comida na máquina de escrever, tão regularmente como a punha na bacia de seu novo cãozinho. Os universitários que moravam ao lado o julgavam um grande sujeito, mas não o viam calçar luvas de borracha para recolher o jornal na varanda pela manhã, devido a seus temores sobre a radiação. Eles não o ouviam gemer enquanto dormia nem tinham que consolá-lo, quando ele acordava gritando, com terríveis pesadelos que não conseguia recordar.

— Você, minha querida — disse ele, virando-se para a esposa do escritor —, deve estar se perguntando por que Jane continuou com ele. Embora não tenha dito, a ideia está na sua cabeça. Estou certo?

Ela assentiu.

— Exato. E não pretendo oferecer uma longa tese motivacional: a melhor coisa sobre histórias reais é que só precisamos dizer *foi assim que aconteceu,* deixando que os outros se preocupem sobre o motivo. Em geral, ninguém jamais sabe por que coisas acontecem... em particular, as pessoas que dizem saber.

"Em termos de Jane Thorpe e sua percepção seletiva, as coisas *estavam* muito melhores. Contratou uma mulher negra de meia-idade para fazer a faxina e se dispôs a lhe explicar francamente as idiossincrasias do marido. A mulher, de nome Gertrude Rulin, riu e disse que tinha trabalhado para pessoas muito mais estranhas. Jane passou a primeira semana do serviço de Gertrude mais ou menos como se sentiu durante aquela primeira visita aos jovens vizinhos do lado — esperando alguma explosão de loucura. Mas Reg encantou a faxineira tão completamente como encantara os rapazes, conversando sobre o trabalho dela na igreja, seu marido e o filho caçula, Jimmy, que, segundo Gertrude, fazia Dennis, o Terrível, parecer o próprio tédio na primeira série. Gertrude tinha 11 filhos ao todo, mas havia um período de nove anos entre Jimmy e o imediatamente mais velho. Esse filho temporão tornava sua vida difícil.

"Reg parecia estar melhorando, pelo menos se você olhasse as coisas de determinado ponto de vista. Mas estava tão louco como sempre, é claro, assim como eu. A loucura bem pode ser uma espécie de projétil flexível, mas qualquer perito em balística que entenda do ofício dirá que duas balas jamais são iguais. A carta de Reg para mim falava ligeiramente sobre seu novo romance, para então passar de imediato para os Fornits. Os Fornits em geral, Rackne em particular. Ele especulava sobre se *eles* realmente queriam matar Fornits ou — achava mais provável — capturá-los vivos e estudá-los. Fechava a carta dizendo: 'Tanto meu apetite como minha postura melhoraram imensuravelmente depois que começamos nossa correspondência, Henry. Fico-lhe muito grato. Afetuosamente, Reg.' Um *P.S.*, mais abaixo, perguntava casualmente se fora designado algum ilustrador para sua história. Aquilo me provocou uma ou duas pontadas de culpa, bem como uma rápida viagem ao armário de bebidas.

"Reg estava às voltas com os Fornits; eu, com o álcool.

"Minha carta de resposta mencionava os Fornits apenas de passagem — a essa altura eu *estava* realmente paparicando o homem, pelo menos nessa questão: um elfo com o sobrenome de solteira de minha mãe e meus hábitos ortográficos pessoais estavam pouco me importando.

"O que passara a me interessar, cada vez mais e mais, era o tema da eletricidade, micro-ondas, ondas radiofônicas e interferência do rádio se irradiando de pequenos aparelhos eletrodomésticos, bem como um baixo nível de radiação e só Deus sabe o que mais. Fui à biblioteca e apanhei livros sobre o assunto, também comprei livros que falavam disso. Neles, havia muita coisa assustadora e, naturalmente, era bem aquilo que eu procurava.

"Tomei providências para que meu telefone fosse desligado e a eletricidade cortada. Isso ajudou durante algum tempo, mas certa noite, quando eu cambaleava pela porta, bêbado, com uma garrafa de Black Velvet em uma das mãos, a outra enfiada no bolso do sobretudo, vi aquele olhinho vermelho no teto, espiando na minha direção. Meu Deus, por um minuto, pensei que ia ter um ataque cardíaco. A princípio, ele parecia um besouro... um grande besouro escuro, com um olho cintilante.

"Eu tinha uma lanterna a gás, e a acendi. Imediatamente vi o que era. Só que, em vez de ficar aliviado, aquilo me fez sentir pior. Assim que dei uma boa olhada na coisa, tive a impressão de que podia sentir vastos e nítidos acessos de dor varando-me a cabeça — como ondas de rádio. Por um momento, foi como se meus olhos tivessem girado nas órbitas, de maneira a permitirem que eu olhasse meu próprio cérebro e, lá dentro, visse células fumegando, ficando negras, morrendo. Era um detector de fumaça — um dispositivo ainda mais recente do que os fornos de micro-ondas, em 1969.

"Saí correndo do apartamento e fui até o térreo — eu morava no quinto andar, mas estava sempre usando as escadas —, e martelei a porta do zelador. Disse-lhe que queria aquela coisa fora de minha casa, a queria fora de lá *agora mesmo*, a queria fora de lá ainda *naquela noite*, a queria fora de lá *dentro de uma hora*. Ele me fitou como se eu tivesse ficado — perdoe-me a expressão — *bonzo seco*, e hoje posso entender o motivo. Aquele detector de fumaça deveria fazer com que me sentisse *bem*, devia me fazer sentir *seguro*. Hoje, é claro, eles são previstos em lei, mas naquela época constituíam um Grande Avanço, pago pelos condôminos.

"O zelador o removeu — não demorou muito —, mas não me perdia de vista e, de certo modo, eu podia entender o que sentia. Eu precisava me barbear, fedia a uísque, tinha os cabelos pra cima e meu sobretudo estava sujo. Ele certamente sabia que eu não estava mais trabalhando; que minha televisão fora levada embora, que meu telefone e a energia elétrica haviam sido voluntariamente cortados. O zelador achava que eu era louco.

"Podia estar louco, mas — como Reg — não era burro. Apelei para o charme. Editores precisam ter certa dose de charme, vocês sabem. Então, contornei a situação, que parecia lamentável, com uma nota de dez dólares. Por fim, fui capaz de ajeitar as coisas, mas, da maneira como todos olhavam para mim, nas duas semanas seguintes — minhas duas últimas semanas no prédio —, a história sem dúvida vazou. O fato de nenhum dos condôminos me procurar, desgostoso com minha atitude ingrata, era particularmente revelador. Talvez pensassem que eu poderia atacá-los com uma faca de carne.

"De qualquer modo, naquela noite tudo isso ocupava um segundo plano nos meus pensamentos. Sentei-me à luz da lanterna, a única luz nos três aposentos, à exceção de toda a eletricidade que, em Manhattan, passava pelas janelas. Eu tinha uma garrafa em uma mão e um cigarro na outra. Fiquei olhando para a chapa no teto, onde estivera o detector de fumaça com seu único olho vermelho — um olho tão imperceptível à luz do dia que eu nem o notara. Considerei o fato inegável de que, embora estivesse com toda a energia elétrica desligada em meu apartamento, existira aquele item isolado e vivo... e onde havia um, poderia haver outros.

"Mesmo não havendo, todo o edifício estava cheio de fios — tinha tantos fios quanto haviam células malignas e órgãos deteriorados no organismo de um moribundo de câncer. Fechando os olhos, eu podia ver todos eles na escuridão de seus condutos, cintilando como uma espécie de luz verde inferior. E, mais além, a cidade inteira. Um fio, quase inofensivo em si, ligado a um interruptor... o fio além do interruptor, um pouco mais grosso, levando ao porão, através de um conduto, onde se unia a outro fio ainda mais grosso... este descendo até embaixo da rua, de encontro a um volumoso *punhado* de fios, estes últimos tão grossos que na realidade eram cabos.

"Quando recebi a carta de Jane Thorpe, falando sobre o plástico de embalar, parte de minha mente reconhecia que ela encarava isso como um sinal da loucura de Reg — e essa parte sabia que eu teria de reagir como se *toda* a minha mente achasse que ela estava com razão. A outra parte de minha mente — de longe agora a preponderante — pensou: 'Que ideia maravilhosa!', e então cobri todos os interruptores do apartamento da mesma forma que Reg havia feito, já no dia seguinte. Lembrem-se: eu era o homem que, supostamente, estava ajudando Reg Thorpe. De um modo um tanto desesperador, era muito engraçado.

"Naquela noite, decidi ir embora de Manhattan. Havia uma velha casa da família, em Adirondacks, para onde eu poderia ir. A ideia me pareceu excelente. A única coisa que me mantinha na cidade era o conto de Reg Thorpe. Se 'A Balada do Projétil Flexível' era o salva-vidas de Reg em um mar de loucura, também era o meu — eu queria colocar aquele conto em uma boa revista. Feito isto, eu poderia dar no pé.

"Foi aí que parou a não-tão-famosa correspondência Wilson-Thorpe, pouco antes de a merda bater no ventilador. Éramos como dois moribundos viciados em drogas, comparando os méritos relativos da heroína e das anfetaminas. Reg tinha Fornits em sua máquina de escrever. Eu tinha Fornits nas paredes, e ambos tínhamos Fornits em nossas cabeças.

"Ainda havia *eles*. Não esqueçam: *eles*. Não fazia muito tempo que eu andava oferecendo o conto, quando decidi que *eles* incluíam todos os editores de ficção das revistas em Nova York — embora não existissem muitos no outono de 1969. Se fossem todos reunidos, poderiam ser mortos com um só cartucho de espingarda, algo que, não demorou muito, comecei a achar uma ideia boa pra cacete.

"Foram precisos cinco anos antes que eu pudesse ver a situação pela perspectiva deles. Eu me indispusera com o zelador, um sujeito que só me via quando o aquecedor dava problemas e quando era época de sua gratificação natalina. Quanto aos outros sujeitos... bem, ironicamente, muitos deles *eram* realmente meus amigos. Na época, Jared Baker era o editor-assistente de ficção na *Esquire* e ambos havíamos estado na mesma companhia de fuzileiros, na Segunda Guerra Mundial, por exemplo. Esses caras não ficavam apenas inquietos, após verem o novo e melhorado Henry Wilson. Ficavam abismados. Se eu apenas enviasse o conto aos possíveis interessados, com uma carta agradável de apresentação, explicando a situação — de qualquer modo, a versão que eu tinha —, eu talvez houvesse vendido a história de Thorpe quase em seguida. Mas, oh, de maneira alguma, isso não era o suficiente. Não para aquele conto. Eu precisava cuidar para que ele recebesse o *tratamento pessoal*. Assim, andei de porta em porta com ele, um fedorento e grisalho ex-editor, de mãos trêmulas, olhos vermelhos e um grande hematoma na face esquerda, produto de um choque contra a porta do banheiro quando eu me encaminhava para o vaso, no escuro, duas noites antes. Eu bem podia estar usando um letreiro com a inscrição FUGITIVO DO HOSPÍCIO.

"Eu tampouco queria falar com eles em seus escritórios. Na realidade, era impossível para mim. Já fazia tempo que eu não podia entrar em um elevador e subir quarenta andares. Então, eu os encontrava como os traficantes encontram os viciados — em parques, escadas ou, no caso de Jared Baker, numa lanchonete, na rua 49. Jared, pelo menos, ficaria satisfeito em me pagar uma refeição decente, mas já se fora o tempo, vocês compreendem, em que qualquer *maître,* com o mínimo de amor-próprio, permitiria minha entrada em um restaurante frequentado por pessoas do mundo dos negócios."

O agente pestanejou.

— Recebi promessas negligentes de que a história seria lida, depois perguntas sobre como eu estava, quanto andava bebendo. Lembro-me, vagamente, de ter tentado dizer a uns dois deles que vazamentos de eletricidade e radiação estavam fodendo com o pensamento de todo mundo. Lembro-me também de que quando Andy Rivers, que editava ficção para a *American Crossings*, me aconselhou a procurar ajuda profissional para meu estado, respondi que era ele quem precisava dessa ajuda.

"'Está vendo aquelas pessoas na rua?', lhe perguntei. Estávamos no Parque Washington Square. 'Metade delas, talvez até mesmo três quartos delas, tem tumores cerebrais. Eu não lhe venderia a história de Thorpe por nada, Andy. Diabos, você não a entenderia nesta cidade. Seu cérebro está na cadeira elétrica e você nem sabe disso.'

"Eu tinha uma cópia do conto em minha mão, enrolada como um jornal. Sacudi-a diante do nariz dele, da maneira como se faz com um cão, para que fique quieto em um canto. Depois fui embora. Lembro-me dele gritando para que eu voltasse, qualquer coisa sobre uma xícara de café e conversarmos mais um pouco, mas então passei por uma loja vendendo discos com desconto, seus alto-falantes estrondeando *heavy metal* para a calçada, e filas de luzes fluorescentes, frias como gelo, brilhando do lado de dentro. Perdi a voz dele, em uma espécie de profundo zumbido dentro de minha cabeça. Lembro-me de ter pensado duas coisas: eu precisava sair logo da cidade, o mais depressa possível, ou estaria carregando meu próprio tumor cerebral, e eu tinha que tomar um drinque, imediatamente.

"Naquela noite, voltando ao meu apartamento, encontrei um bilhete debaixo da porta. Dizia: *'Queremos você fora daqui, seu maluco.'* Joguei-o fora, sem lhe dar a menor importância. Nós, malucos veteranos, temos coisas mais importantes com que nos preocupar do que com bilhetes anônimos de inquilinos vizinhos.

"Eu refletia no que dissera a Andy Rivers sobre a história de Reg. Quanto mais pensava nisso — e quanto mais drinques tomava —, mais sentido fazia. O 'Projétil Flexível' era engraçado e, superficialmente, fácil de ser seguido, mas abaixo da superfície era surpreendentemente complexo. Estaria eu imaginando que outro editor na cidade conseguiria apreender a história em todos os seus níveis? Talvez em outra época, mas eu ainda acharia isso, agora que meus olhos tinham sido abertos? Teria eu realmente pensado que havia espaço para apreciação e compreensão, em um local entupido de fios como uma bomba de terrorista? Meu Deus, havia alta voltagem vazando por todos os lados!

"Li o jornal, enquanto ainda havia luz do dia suficiente para isto, procurando esquecer todo o maldito negócio por um momento e, ali, na primeira página do *Times,* havia um artigo sobre como o material radioativo de usinas de força nuclear continuava desaparecendo — o artigo prosseguia, teorizando que, se houvesse nas mãos certas uma quantidade suficiente desse material, ele podia ser facilmente usado para uma arma nuclear muito perigosa.

"Continuei sentado à mesa da cozinha enquanto o sol se punha e, em minha mente, podia vê-*los* separando pó de plutônio, como os mineiros de 1849 separavam ouro. Só que *eles* não queriam explodir a cidade com aquilo, ah, não! *Eles* o queriam apenas para salpicá-lo por aí e foder com a mente de todo mundo. Eles eram os Fornits do mal, e toda aquela poeira radioativa era fornus de má sorte. O pior fornus de má sorte de todos os tempos.

"Decidi que, afinal de contas, não queria vender a história de Reg — pelo menos, não em Nova York. Sairia da cidade, assim que chegassem os cheques que eu pedira. Quando estivesse no interior do estado, poderia começar a enviá-la para as revistas literárias de fora da cidade. *Sewanee Review* seria um bom lugar para começar, calculei, ou talvez *Iowa Review*. Eu poderia explicar a Reg mais tarde. Ele compreenderia. Aquilo parecia resolver todo o problema, de modo que tomei um drinque para comemorar. E o drinque tomou um drinque. E o drinque tomou o homem. Por assim dizer. Apaguei. Ao que parece, só me restava mais um apagão.

"No dia seguinte, chegaram os talões de cheque de minha Companhia Arvin. Preenchi um deles à máquina e fui ver meu amigo, o 'cossacador'. Houve outro daqueles aborrecidos interrogatórios, mas, dessa vez, mantive a calma. Eu queria aquela assinatura. Consegui, finalmente. Fui a um estabelecimento que fornecia material impresso e providenciei para que me fizessem papel de correspondência com o timbre da Companhia Arvin, enquanto eu esperava. Carimbei um endereço de devolução em um envelope comercial, datilografei o endereço de Reg (o açúcar de confeiteiro já tinha sido removido de minha máquina de escrever, porém as teclas ainda tinham uma tendência a colar-se umas nas outras) e acrescentei uma breve nota pessoal, dizendo que nenhum cheque a um escritor já me dera mais prazer pessoal... e estava sendo sincero. Isso ainda é verdade. Passou-se quase uma hora, antes que eu decidisse colocá-lo no correio — simplesmente, não conseguia saber até que ponto ele parecia *oficial*. Era muito difícil, para um bêbado fedorento que já fazia cerca de dez dias que não trocava a roupa de baixo, chegar a *essa* vital conclusão."

O editor fez uma pausa, esmagou o cigarro no cinzeiro e olhou para seu relógio. Então, curiosamente, como o chefe do trem anunciando a chegada a alguma cidade importante, falou:

— Chegamos ao inexplicável.

"Este é o ponto de minha história que mais tem interessado aos dois psiquiatras e vários analistas com quem estive associado nos meus subsequentes 30 meses de vida. Foi a única parte que me forçavam a desdizer, como sinal de que eu estava melhorando. Segundo um deles declarou: 'Esta é a única parte de sua história que não pode ser explicada como indução censurável... uma vez que seu sentido de lógica tenha sido recuperado.' Finalmente, eu a *desmenti*, porque tinha certeza — mesmo eles não tendo — de que *estava* melhorando e sentia uma maldita vontade de sair do sanatório. Achava que, se não desse o fora de lá em pouco tempo, acabaria maluco novamente. Assim, voltei atrás — Galileu também fez isso, quando seguraram seus pés sobre o fogo —, mas nunca desmenti nada para mim mesmo. Não afirmo que o que vou dizer tenha realmente acontecido: apenas digo que é isso que eu *acredito* que aconteceu. Trata-se de uma pequena ressalva, mas é crucial para mim.

"Portanto, meus amigos, vamos ao inexplicável.

"Passei os dois dias seguintes me preparando para uma mudança da cidade. Por falar nisso, a ideia de dirigir o carro não me perturbava em absoluto. Quando eu era criança, havia lido que o interior de um carro é um dos lugares mais seguros para se ficar durante uma tempestade elétrica, já que os pneus de borracha funcionam como isoladores quase perfeitos. Na realidade, eu ansiava por entrar em meu velho Chevrolet, levantar os vidros de todas as janelas e dirigir para fora daquela cidade, que já começara a considerar um poço de raios. Não obstante, meus preparativos incluíam a remoção da lâmpada do teto, cuja tomada seria vedada com plástico de embalagem, além de girar o botão da luz inteiramente para a esquerda, a fim de eliminar a iluminação do painel.

"Quando entrei em meu apartamento, pretendendo passar nele a última noite, o lugar estava vazio, exceto pela mesa da cozinha, a cama e minha máquina de escrever no estúdio. A máquina estava no chão. Não tinha intenção de levá-la comigo — havia muitas más associações ligadas a ela e, além do mais, as teclas iam ficar grudando para sempre. Que o próximo inquilino fique com ela, pensei — e com Bellis também.

"O sol estava se pondo e o lugar tinha uma coloração esquisita. Eu estava totalmente bêbado e tinha outra garrafa no bolso do sobretudo, contra as vigílias noturnas. Passei pelo estúdio, acho que querendo ir até o quarto. Lá eu me sentaria na cama, pensaria sobre fios, eletricidade, radiação livre e beberia até ficar embriagado o suficiente para dormir.

"O que eu chamava de estúdio era, na realidade, a sala de estar. Eu a tornara meu local de trabalho, porque tinha a melhor iluminação de todo o apartamento — uma grande janela dando para oeste, com uma vista que parecia se estender até o horizonte. Era algo próximo do Milagre dos Pães e dos Peixes, em um apartamento de quinto andar em Manhattan, mas a linha de visão estava lá. Eu não a questionava: apenas a apreciava. Aquele cômodo era cheio de uma claridade límpida, adorável, mesmo nos dias chuvosos.

"A qualidade da luz noturna, contudo, era espectral. O sol poente inundara a sala com um clarão avermelhado. Claridade de fornalha. Vazio, o cômodo parecia grande demais. Os saltos dos meus sapatos faziam ecos uniformes no assoalho de madeira.

"A máquina de escrever estava no meio do piso e eu já ia passar por ela, quando vi que havia um pedaço de papel rasgado, enfiado debaixo do rolo — o que me sobressaltou, pois sabia que não havia papel algum na máquina, quando saíra da última vez para comprar uma nova garrafa.

"Olhei em torno, procurando se havia alguém — algum invasor — ali dentro comigo. Contudo, não era bem em invasores, assaltantes ou drogados que eu pensava, mas em... fantasmas.

"Notei um espaço rasgado no papel de parede, à esquerda da porta do quarto. Pelo menos sabia de onde vinha o papel na máquina de escrever. Alguém havia simplesmente arrancado um pedaço do papel de parede.

"Eu ainda olhava para aquilo, quando ouvi um único, mas distinto ruído — *claque!* —, embora quase imperceptível, atrás de mim. Dei um salto e girei, com o coração em disparada na garganta. Estava aterrorizado, mas sabia perfeitamente que som era aquele — quanto a isso, não havia dúvida nenhuma. A gente trabalha com palavras a vida inteira e conhece bem o som de uma tecla da máquina de escrever batendo contra o papel, mesmo em um quarto vazio ao crepúsculo, onde não há ninguém batendo a tecla."

Todos olharam para ele no escuro, as faces como borrados círculos brancos. Ninguém disse nada, mas uns se aproximaram mais dos outros. A esposa do escritor segurava firmemente uma das mãos do marido.

— Eu me senti... fora de mim. Irreal. Talvez seja sempre assim que nos sentimos, ao atingirmos o ponto do inexplicável. Caminhei lentamente até a máquina de escrever. Meu coração batia como louco em minha garganta, mas mentalmente eu estava calmo... inclusive, indiferente.

"*Claque!* Outra tecla saltou. Dessa vez, eu a vi — a tecla ficava na terceira fileira, a partir do topo, do lado esquerdo.

"Agachei-me lentamente sobre os joelhos. Então, todos os músculos em minhas pernas ficaram bambos de repente e quase encolhi até o chão, até cair sentado diante da máquina de escrever, com meu sujo sobretudo espalhado a minha volta, como a saia de uma jovem, ao fazer sua mais profunda reverência. A máquina de escrever emitiu aquele ruído mais duas vezes, rapidamente, pausou, tornou a emiti-lo. Cada *claque* produzia a mesma espécie de eco surdo que meus pés haviam feito no assoalho.

"O papel de parede havia sido colocado no rolo da máquina, de maneira que a parte com a cola seca ficasse para fora. As letras estavam onduladas e empastadas, mas pude lê-las: *rackn,* diziam. Depois, houve mais um *claque!* E a palavra era *rackne.*"

— Então... — ele pigarreou e sorriu de leve. — Mesmo após tantos anos, é difícil dizer isto... apenas falar o que houve. Tudo bem. O simples fato, sem qualquer enfeite, é o seguinte: eu vi uma mão saindo da máquina de escrever. Uma mão incrivelmente pequenina. Saiu de entre as teclas B e N, na última fileira, fechou-se em si como um punho, para movimentar a barra de espaço. A máquina saltou um espaço, muito depressa, como um soluço, e a mão recuou para de onde viera.

A esposa do agente riu com estridência.

— Ria à vontade, Marsha — disse suavemente o agente, e ela riu.

— As batidas de teclas começaram a soar um pouco mais rápido — prosseguiu o editor — e, após algum tempo, pude ouvir ofegar a criatura que movia as teclas, da maneira como alguém ofega, ao trabalhar duro, chegando mais e mais perto de seu limite físico. Após algum tempo, a máquina mal imprimia alguma coisa. A maioria das teclas se enchera com aquela velha matéria viscosa, mas eu podia ler as letras. Estava escrito *Rackne está morr*, e então a tecla do *e* ficou presa à cola. Olhei para aquilo por um momento e então, estirando um dedo, libertei-a. Não sei se a criatura, Bellis, conseguiria libertar-se sozinha. Acho que não. Contudo, eu não queria ver... vê-la... tentar. Apenas a visão daquele punho já era suficiente para me deixar à beira do desequilíbrio. Se visse o elfo inteiro, por assim dizer, creio que ficaria realmente louco. E não havia a possibilidade de fugir dali, porque toda a força das pernas me abandonara.

"*Claque-claque-claque*, aqueles pequenos grunhidos e soluços de esforço e, após cada palavra, aquele punho pálido, sujo e oleoso de graxa, saindo entre o B e o N para martelar a barra do espaço. Não sei ao certo quanto isso durou. Sete minutos, talvez. Talvez dez. Ou talvez para sempre.

"Por fim, os claques pararam e percebi que não o ouvia mais respirar. Talvez ele tivesse demaiado... talvez apenas tivesse desistido e ido embora... ou talvez tivesse morrido. Podia ter tido um ataque do coração ou coisa parecida. Minha única certeza é de que a mensagem não havia sido completada. Ao todo, ela dizia, em caixa-baixa: *rackne está morrendo é o garotinho jimmy thorpe que não sabe diga a thorpe que rackne está morrendo garotinho jimmy está matando rackne e...* isso era tudo.

"Encontrei forças para me levantar e então saí dali. Caminhei em largas passadas na ponta dos pés, como se a criatura tivesse ido dormir e, se eu tornasse a produzir aqueles ecos surdos no assoalho, ela talvez acordasse, para começar novamente a datilografar... Acho que se isso acontecesse o primeiro *claque* me deixaria gritando. E continuaria gritando, até que meu coração ou cabeça explodissem.

"Meu Chevrolet estava no pátio do estacionamento, no fim da rua, cheio de gasolina, já carregado e pronto para a partida. Fui para trás do volante, e então me lembrei da garrafa no bolso do sobretudo. Minhas mãos tremiam tanto que eu a deixei cair, mas ela aterrissou em cima do banco e não se quebrou.

"Lembrei-me dos apagões e, meus amigos, naquele exato momento um apagão era exatamente do que eu precisava — e foi exatamente o que consegui. Lembro-me de ter tomado o primeiro e segundo goles do gargalo da garrafa. Lembro-me de ter ligado a chave do carro e depois de ouvir Sinatra no rádio, cantando 'That Old Black Magic', o que parecia bem adequado à situação. Dadas as circunstâncias. Por assim dizer. Lembro-me de ter cantado junto a canção com o rádio e de beber mais alguns goles. Eu estava na última fila do estacionamento e podia ver a luz do tráfego na esquina seguindo seu ritmo. Fiquei pensando naquelas batidas de teclas na sala vazia e no clarão avermelhado que ia diminuindo em meu estúdio. Pensei naqueles sons arquejantes, como se algum elfo halterofilista tivesse pendurado anzóis nas extremidades de um cotonete e fizesse exercícios de levantamento, dentro da minha velha máquina de escrever. Pensei também na superfície áspera do avesso daquele retalho de papel de parede. Minha mente insistiu em querer examinar o que poderia ter acontecido antes que eu chegasse ao apartamento... insistia em ver a coisa — ele, Bellis — saltando, agarrando o pedaço frouxo do papel de parede junto à porta do quarto, por ser a única coisa no local que era próximo a um papel, pendurando-se nele, e finalmente o rasgando, carregando-o em sua cabeça para a máquina de escrever, como a uma folha de palmeira. Fiquei procurando imaginar como é que ele, a criatura, conseguira colocar o pedaço de papel em torno do rolo da máquina. Como nada disso estava se apagando da minha cabeça, continuei bebendo, Frank Sinatra parou de cantar, houve uma publicidade para o Crazy Eddie's e depois Sarah Vaughan passou a cantar 'I'm Gonna Sit Right Down and Write Myself a Letter',* e isso era *mais* uma coisa que podia se relacionar com a situação. Afinal, eu havia escrito para mim recentemente ou, pelo menos, *pensava* que tinha escrito, até essa noite, quando aconteceu algo que me dava motivo para reconsiderar minha postura naquela questão, por assim dizer. Cantei com a boa e velha Sarah Soul, e foi quando devo ter adquirido velocidade de escape, pois, em meio ao segundo refrão, sem a menor pausa em absoluto, eu estava botando as tripas para fora, enquanto alguém primeiro me dava tapas nas costas, em seguida erguia os meus cotovelos,

---

* No português: "Vou me sentar bem aqui e escrever uma carta para mim mesma." (N. da E.)

atrás de mim, depois os baixando e tornando a me dar tapinhas. Era um motorista de caminhão. A cada palmada sua, eu sentia um enorme jato de líquido subir em minha garganta e quase voltar novamente para dentro do corpo, exceto que o homem me erguia os cotovelos e, quando fazia isso, eu tornava a vomitar. A maior parte de meu vômito não se compunha de Black Velvet, mas de água do rio. Quando finalmente tive forças para erguer a cabeça o suficiente e observar em torno, eram 18 horas e três dias depois: eu jazia na rampa do rio Jackson, no oeste da Pensilvânia, cerca de 150 quilômetros ao norte de Pittsburgh. Meu Chevrolet caíra no rio e dava para ver sua traseira apontando para o alto. Eu ainda conseguia ler o adesivo de McCarthy colado no para-choque.

"Você pode me arranjar outro refrigerante, meu bem? Minha garganta está seca pra cacete."

A esposa do escritor foi buscar o refrigerante, silenciosamente. Quando o entregou a ele, abaixou-se impulsivamente e beijou sua face enrugada, como couro de crocodilo. Ele sorriu, e seus olhos cintilaram na claridade turva. Ela era uma mulher bondosa e delicada, e, no entanto, ela não se deixou enganar, em absoluto, por aquele cintilar. Jamais era a alegria que punha olhos brilhantes daquela maneira.

— Obrigado, Meg.

Ele bebeu avidamente, tossiu, rejeitou com um aceno a oferta de um cigarro.

— Já fumei o bastante por hoje. Vou parar de fumar totalmente. Na minha próxima encarnação. Por assim dizer.

"Nem preciso contar o resto da minha história. Ela teria contra si o único pecado de que qualquer história pode ser realmente culpada — é previsível. Eles pescaram cerca de quarenta garrafas de Black Velvet de meu carro, muitas delas vazias. Eu balbuciava sobre elfos e eletricidade, sobre Fornits, mineradores de plutônio e fornus. Decidiram que eu estava totalmente louco, e é claro que estava.

"Agora, temos aqui o que aconteceu em Omaha, enquanto eu dirigia por lá — segundo os talões de crédito para gasolina, encontrados no porta-luvas do Chevrolet enquanto eu dirigia por cinco estados do norte. Tudo isto, compreendam, foi informação que obtive de Jane Thorpe, durante um longo e penoso período de correspondência que culminou com um encontro cara a cara em New Haven, onde ela hoje reside, pouco depois de eu receber alta do sanatório — uma recompensa por, finalmente, voltar atrás em minha história. Ao final daquele encontro, choramos nos braços um do outro, e foi quando acreditei ser possível haver ainda uma vida de verdade para mim, talvez mesmo a felicidade.

"Naquele dia, por volta das 15 horas, bateram à porta da residência dos Thorpe. Era um garoto mensageiro do telégrafo. O telegrama tinha sido enviado por mim, última peça de nossa infortunada correspondência. Dizia o seguinte: REG TENHO INFORMAÇÃO CONFIANÇA DE QUE RACKNE ESTÁ MORRENDO É O GAROTINHO SEGUNDO BELLIS BELLIS DIZ NOME DELE É JIMMY FORNIT SOME FORNUS HENRY.

"Caso tenha passado pelas suas cabeças aquela maravilhosa pergunta de Howard Baker — *O que ele sabia e quando ele soube?* —, direi isto: eu sabia que Jane contratara uma faxineira e não sabia — exceto através de Bellis — que essa faxineira tinha por filho um garotinho endiabrado chamado Jimmy. Terão de aceitar minha palavra nisso, embora eu deva acrescentar, com toda a sinceridade, que os psiquiatras ocupados com meu caso nos dois anos e meio que se seguiram não me deram o menor crédito.

"Jane estava na mercearia quando o telegrama chegou. Ela o encontrou, após a morte de Reg, em um dos bolsos traseiros da sua calça. A hora da transmissão e da entrega estava anotada nele, juntamente com a frase informando *Sem telefone/Entrega pessoal*. Jane disse que, embora o telegrama tivesse apenas um dia, havia sido tão manuseado que dava a impressão de ter sido recebido um mês antes.

"De certa maneira, esse telegrama, aquelas 24 palavras, foi o verdadeiro projétil flexível, e eu o disparei bem no cérebro de Reg Thorpe, em Paterson, Nova Jersey. Eu estava tão bêbado que nem mesmo me lembrava de tê-lo feito.

"Durante suas duas últimas semanas de vida, Reg se ajustara a um padrão que parecia a própria normalidade. Levantava-se às 6 horas. Preparava o desjejum para si mesmo e a esposa, depois escrevia por uma hora. Por volta das 8 horas, trancava seu estúdio e levava o cão para um longo e despreocupado passeio na vizinhança. Mostrava-se sempre acessível em tais passeios, parando para conversar com quem quisesse falar com ele, amarrando o cachorro do lado de fora de um café próximo e tomando uma xícara de café no meio da manhã. Depois, recomeçava a caminhada. Raramente voltava para casa antes do meio-dia. Na maioria dos dias, chegava ao meio-dia e meia ou às 13 horas. Parte disso era um esforço para escapar da tagarela Gertrude Rulin, segundo acreditava Jane, porque o padrão de seu marido só começara a se solidificar uns dois dias depois de a faxineira começar a trabalhar para eles.

"Reg fazia um almoço leve, deitava-se por cerca de uma hora, depois se levantava e escrevia por duas ou três horas. Ao anoitecer, às vezes visitava os rapazes vizinhos, com Jane ou sozinho; em outras ocasiões, ele e Jane alugavam um filme ou apenas ficavam lendo na sala de estar. Deitavam-se cedo, Reg geralmente um pouco antes de Jane. Ela escreveu que havia muito pouco sexo entre eles e que, quando havia, era sem êxito para ambos. 'Mas o sexo não é tão importante para a maioria das mulheres', disse ela, 'e Reg vinha trabalhando bem novamente, o que era um substituto razoável para ele. Eu diria que, naquelas circunstâncias, essas duas últimas semanas foram as mais felizes nos últimos cinco anos.' Eu quase chorei ao ler isto.

"Eu não sabia nada sobre Jimmy, mas Reg sabia. Ele estava a par de tudo, exceto do fato mais importante — que Jimmy passara a ir com sua mãe para o trabalho.

"Como deve ter ficado furioso ao receber meu telegrama e começar a perceber tudo! Ali estavam *eles*, afinal. E, aparentemente, sua própria esposa era um *deles*, porque *ela* estava na casa quando Gertrude e Jimmy estavam lá. E ela nunca contara a Reg sobre Jimmy. O que ele tinha escrito em uma carta anterior mesmo? 'Às vezes, desconfio de minha esposa.'

"Quando ela voltou para casa, no dia em que o telegrama chegou, Reg tinha saído. Havia um bilhete, em cima da mesa da cozinha, dizendo: 'Meu bem — fui à livraria. Volto para jantar.' O bilhete pareceu perfeitamente normal para Jane, mas, se ela soubesse de meu telegrama, a própria normalidade daquelas palavras a teria deixado terrivelmente amedrontada, eu acho. Jane compreenderia que Reg achava que ela mudara de lado.

"Reg nem chegou perto de uma livraria. Foi ao Empório de Armas Littlejohn's, no centro da cidade. Comprou uma automática 45 e dois mil cartuchos. Teria comprado uma AK-70 se Littlejohn's possuísse permissão para vendê-las. Reg queria proteger seu Fornit. De Jimmy, de Gertrude, de Jane. *Deles*.

"Na manhã seguinte, tudo transcorreu dentro da rotina estabelecida. Jane se lembra de ter pensado que seu marido usava uma suéter muito grossa para um dia de outono tão quente, mas isso foi tudo. A suéter, naturalmente, era por causa da arma. Ele saiu para passear com o cão, levando a 45 enfiada no cinto.

"Reg seguiu diretamente para o restaurante onde costumava tomar seu café do meio da manhã, sem paradas ou conversas durante o trajeto. Levou o cãozinho até a área de descarga de mercadorias, amarrou sua correia a um trilho e voltou para casa, entrando pelo quintal dos fundos.

"Estava a par dos horários dos rapazes vizinhos, sabia que eles não estariam em casa. Sabia também onde eles guardavam uma duplicata da chave. Entrou na casa, foi para o andar de cima e ficou vigiando sua própria casa.

"Às 8h40, viu Gertrude Rulin chegar. Ela não estava sozinha. Em sua companhia havia realmente um menino pequeno. O comportamento turbulento de Jimmy Rulin, na primeira série, convenceu a professora e o conselheiro-chefe, quase imediatamente, de que todos (exceto talvez a mãe de Jimmy, que descansaria com a ausência do filho) passariam melhor caso o menino esperasse mais um ano, antes de frequentar a escola. Jimmy estava farto de repetir o jardim de infância e, durante a primeira metade do ano, ia para a escola no período da tarde. As duas creches existentes na zona de Gertrude estavam lotadas, e ela não podia trabalhar à tarde para os Thorpe porque já tinha outro compromisso como faxineira, das 14 às 16 horas, do outro lado da cidade.

"O desfecho de tudo foi o consentimento relutante de Jane quanto a Gertrude poder levar Jimmy consigo, até que conseguisse arrumar outro esquema. Ou até Reg descobrir, como estava prestes a ocorrer.

"Jane achava que *talvez* Reg não se incomodasse, já que, ultimamente, vinha sendo muito docemente razoável com tudo. Por outro lado, ele poderia ter um ataque de nervos. Se isso acontecesse, *teriam* que ser feitos outros arranjos. Gertrude disse que compreendia. E, acima de tudo, estipulou Jane, o garoto não devia tocar em nada que pertencesse a Reg. Gertrude garantiu que assim seria; a porta do estúdio estava trancada, e trancada ficaria.

"Thorpe deve ter cruzado os dois jardins como um atirador de tocaia, cruzando a terra de ninguém. Ele viu Gertrude e Jane lavando roupa na área. Ainda não vira o menino. Moveu-se ao longo da lateral da casa. Ninguém na sala de jantar. Ninguém no quarto. E então, no estúdio — onde Reg morbidamente esperava vê-lo —, lá estava ele. O rosto do garoto parecia afogueado de excitamento e, sem dúvida, Reg deve ter acreditado que, finalmente, ali estava um legítimo agente *deles*.

"O garoto empunhava uma espécie de arma de raios X e a apontava para a mesa de trabalho... e Reg podia ouvir Rackne gritando, do interior de sua máquina de escrever.

"Talvez julguem que eu esteja atribuindo dados subjetivos a um homem que agora está morto. Ou, em palavras mais rudes, inventando coisas. Pois não estou. Na cozinha, tanto Jane como Gertrude ouviam o nítido som trinado da pistola espacial de plástico que Jimmy empunhava. Ele a estivera usando pela casa inteira, desde que começara a vir com a mãe e, a cada dia, Jane tinha esperanças de que as pilhas do brinquedo acabassem. Não havia dúvida quanto ao som. Tampouco havia dúvida sobre o lugar de onde ele vinha — o estúdio de Reg.

"O garoto *era* realmente do tipo de Dennis, o Pimentinha: se havia um lugar na casa aonde ele não deveria ir, era justamente esse o lugar aonde *tinha* que ir para não morrer de curiosidade. Ele não demorou muito a descobrir que Jane tinha uma chave do estúdio de Reg debaixo da abóbada da lareira na sala de jantar. Jimmy já teria entrado antes no estúdio? Creio que sim. Jane disse recordar haver dado uma laranja a ele, três ou quatro dias antes; mais tarde, quando limpava a casa, encontrou cascas da laranja debaixo do pequeno sofá do estúdio. Reg não gostava de laranjas — dizia que era alérgico a elas.

"Jane deixou cair no tanque o lençol que lavava e correu para o quarto. Ouvia o ruidoso *uá-uá-uá* da pistola espacial e também ouvia Jimmy gritando: *'Eu vou te pegar! Você não pode fugir! Posso ver você pelo VIDRO!'* E... ela disse... disse ter ouvido alguém gritando. Um som agudo e desesperado, segundo afirmou, tão cheio de dor que era quase insuportável.

"'Quando ouvi aquilo', ela disse, 'compreendi que teria de abandonar Reg, pouco importando *o que* acontecesse, porque os contos da carochinha eram verdadeiros... a loucura era contagiosa. Sim, pois quem eu ouvia era Rackne; de algum modo, aquele garotinho levado estava atirando em Rackne, matando-o com os disparos de uma arma espacial, comprada por dois dólares numa loja de brinquedos.

"'A porta do estúdio estava escancarada, com a chave na fechadura. Mais tarde, nesse mesmo dia, vi uma das cadeiras da sala de jantar encostada junto à lareira, com o assento todo marcado pelos tênis de Jimmy. O menino estava inclinado sobre a mesa da máquina de escrever de Reg. Ele — Reg — possuía um antigo modelo de máquina de escrever, do tipo para escritório, com partes de vidro nas laterais. Jimmy tinha o cano de sua pistola espacial encostado a uma daquelas partes de vidro e disparava para o interior da máquina de escrever. *Uá-uá-uá,* e impulsos púrpuras de luz eram disparados contra a máquina de escrever. De repente, pude compreender tudo que Reg dissera sobre eletricidade, porque, embora aquele brinquedo fosse apenas movido por pilhas elétricas inofensivas, realmente dava a impressão de expelir ondas venenosas, que me varavam a cabeça e carbonizavam meu cérebro.'

"'*Eu vi você aí!*', gritava Jimmy, e seu rosto estava tomado de alegria infantil — era algo belo e terrível ao mesmo tempo. '*Você não vai poder fugir, Capitão Futuro! Você está morto, alienígena!*' E aqueles gritos... ficando mais fracos... menos intensos...

"'*Pare com isso, Jimmy!*', gritei.

"'Ele saltou. Eu o assustara. Virou-se... olhou para mim... mostrou-me a língua... e tornou a encostar o cano da pistola no painel de vidro, recomeçando a atirar — *uá-uá-uá* — e expelindo aquela nojenta luz púrpura.'

"'Gertrude vinha chegando pelo corredor, gritava que ele parasse, que saísse dali, que ia levar a maior surra de sua vida... quando então a porta da frente se escancarou com ímpeto e Reg surgiu no corredor, berrando. Bastou-me um olhar para ele e compreendi que estava louco. A arma estava em sua mão.'

"'*Não mate o meu filhinho!*', gritou Gertrude quando o viu, avançando para contê-lo. Reg simplesmente a empurrou para um lado.'

"'Jimmy nem parecia perceber o que acontecia — apenas continuou disparando sua pistola espacial para dentro da máquina de escrever. Eu podia ver aquela luz púrpura pulsando na escuridão entre as teclas, uma luz semelhante à produzida por aqueles arcos elétricos, que nos aconselham a não olhar sem óculos protetores especiais, porque ela poderia cozinhar suas retinas e cegá-lo.'

"'Reg entrou, me empurrando violentamente, me derrubando.'

"'RACKNE!', gritou ele. 'VOCÊ ESTÁ MATANDO RACKNE!'

"'E mesmo enquanto Reg cruzava o estúdio com rapidez, aparentemente pretendendo matar aquela criança', disse-me Jane, 'tive tempo de pensar nas muitas vezes em que Jimmy *estivera* ali, disparando sua arma contra a máquina de escrever, enquanto eu e sua mãe estávamos no andar de cima, trocando a roupa de cama, ou no pátio dos fundos, pendurando a roupa para secar, sem ouvirmos o *uá-uá-uá...* sem ouvirmos aquela coisa... o Fornit... lá dentro, gritando.'

"'Jimmy não parou, nem mesmo quando Reg irrompeu no estúdio — apenas ficou disparando contra a máquina de escrever, como se soubesse que aquela era sua última chance. Desde então, tenho me perguntado se Reg não estaria certo também sobre *eles*. Talvez *eles* fiquem meio que flutuando por aí, de vez em quando penetrando na cabeça de uma pessoa, como alguém mergulhando em uma piscina. Em seguida, *eles* fazem esse alguém executar o trabalho sujo, depois saem novamente e o sujeito em que *eles* estiveram pergunta: Como? Eu? Fiz *o quê*?'

"'Um segundo antes de Reg chegar lá o grito no interior da máquina de escrever tornou-se um breve guincho esganiçado — e vi sangue se espalhar por todo o interior daquela placa de vidro, como se o que quer que existisse lá finalmente acabasse de explodir, como dizem que um animal vivo explode, se colocado em um forno de micro-ondas. Sei que isto pode parecer loucura, mas eu *vi* aquele sangue — ele bateu no vidro em um jato, antes de começar a escorrer.'

"'Peguei ele!', exclamou Jimmy, altamente satisfeito. 'Peguei...'

"'Então, Reg o jogou através do estúdio. Jimmy se chocou contra a parede. A pistola foi arrancada de sua mão, bateu no chão e se quebrou. Nada mais era além de plástico e pilhas Eveready, naturalmente.'

"'Reg olhou dentro da máquina de escrever e deu um grito. Não foi um grito de dor ou de fúria, embora nele houvesse fúria — era, principalmente, um grito de pesar. Virou-se então para o menino. Jimmy tinha escorregado para o chão e o que quer que *houvesse* sido — se é que *fora* algo mais do que apenas um garotinho travesso — agora era apenas uma criança de seis anos aterrorizada. Reg apontou a arma para ele e isso é tudo que lembro.'"

O editor terminou seu refrigerante e colocou a lata de lado, cuidadosamente.

— Gertrude e Jimmy Rulin recordam o suficiente para preencher a lacuna — disse ele. — Jane gritou: *"Reg, NÃO!"* Quando Reg se virou para fitá-la, ela conseguiu se levantar e atracou-se com o marido. Ele a baleou, estilhaçando-lhe o cotovelo esquerdo, mas Jane não o soltou. Enquanto continuava atracada a ele, Gertrude chamou o filho e Jimmy correu para ela.

"Reg empurrou Jane e tornou a baleá-la. Agora, a bala passou raspando pelo lado esquerdo de seu crânio. Menos de meio centímetro para a direita, e a bala a teria matado. Há pouca dúvida quanto a isso e nenhuma de que, se não fosse a intervenção de Jane Thorpe, Reg certamente mataria Jimmy Rulin e talvez também sua mãe.

"Ele *baleou* o garoto — quando Jimmy correu para os braços da mãe, logo depois da porta do estúdio. A bala penetrou na nádega esquerda do garoto e desceu. Saiu pela parte superior da coxa esquerda, sem danificar o osso, passando através da canela de Gertrude Rulin. Houve muito sangue, porém nenhum dano grave a qualquer dos dois.

"Gertrude bateu a porta do estúdio e carregou seu filho que chorava e sangrava corredor abaixo, até deixar a casa pela porta da frente."

O editor tornou a fazer uma pausa, pensativo.

— Jane ou estava sem sentidos na ocasião, ou deliberadamente preferiu esquecer o que aconteceu em seguida. Reg sentou-se em sua poltrona de escritório e encostou o cano da 45 no meio da testa. Apertou o gatilho. O projétil não lhe varou o cérebro o transformando em um vegetal, nem viajou em semicírculo pelo crânio, saindo inofensivamente por trás. A fantasia era flexível, mas o projétil final foi o mais rígido possível. Reg caiu para a frente, em cima da máquina de escrever, morto.

"Quando a polícia chegou, o encontraram desse jeito. Jane estava sentada em um canto afastado, semi-inconsciente.

"A máquina de escrever estava coberta de sangue e, presumivelmente, também cheia dele: ferimentos na cabeça fazem muita, muita bagunça.

"Todo o sangue era tipo O.

"O tipo do sangue de Reg Thorpe.

"E esta, senhoras e senhores, é a minha história. Não posso dizer mais nada."

De fato, a voz do editor se fora reduzindo, até não passar de um rouco sussurro.

Não houve a costumeira tagarelice pós-festa, nem mesmo a desajeitadamente inteligente conversa que as pessoas às vezes usam para cobrir a imprudência momentânea em algum coquetel ou, pelo menos, para disfarçar o fato de que a situação, em algum ponto, ficou muito mais séria do que o necessário numa festa.

No entanto, quando o escritor acompanhou o editor até seu carro, foi incapaz de conter uma pergunta final.

— A história — ele disse. — O que aconteceu à história?

— Está se referindo à...

— À "Balada do Projétil Flexível", exatamente. À história de Reg Thorpe, que provocou tudo isso. *Aquele* foi o verdadeiro projétil flexível, para você, se não para ele. Que diabo aconteceu a uma história que era tão espetacular?

O editor abriu a porta de seu carro — era um pequeno Chevette azul, tendo no para-choque traseiro um adesivo que dizia: AMIGOS NÃO DEIXAM QUE AMIGOS DIRIJAM EMBRIAGADOS.

— Bem, ela jamais foi publicada. Se Reg possuía uma cópia a carbono, deve tê-la destruído após estar de posse do meu recibo de aceitação da história, considerando seus sentimentos paranoicos sobre *eles*, o que seria bem condizente com a situação.

"Eu tinha comigo seu original mais três fotocópias, quando mergulhei no rio Jackson. Os quatro estavam em uma pasta de papelão. Se houvesse colocado essa pasta no porta-malas, hoje ainda teria a história, uma vez que a traseira de meu carro não chegou a afundar — e, mesmo que tivesse afundado, as folhas teriam secado. No entanto, eu a queria perto de mim, de modo que coloquei a pasta no banco dianteiro, ao lado do motorista. As janelas estavam abaixadas, quando bati na água. As laudas... presumo que apenas tenham sido levadas pela correnteza, chegando até o mar. Prefiro acreditar nisso e não que elas tenham apodrecido com o resto do lixo no fundo daquele rio, ou que tenham sido comidas pelos peixes locais ou algo ainda menos agradável esteticamente. Acreditar que foram levadas para o mar é mais romântico e ligeiramente mais improvável; porém, quando se trata daquilo em que prefiro crer, acho que ainda posso ser flexível.

"Por assim dizer."

O editor entrou em seu pequeno carro e se afastou. O escritor ficou parado, observando até as luzes traseiras piscarem e desaparecem. Então se virou. Meg estava ali, parada à borda da calçada, no escuro, sorrindo um pouco incertamente para ele. Tinha os braços apertadamente cruzados sobre o busto, embora a noite fosse cálida.

— Só restamos nós dois — disse ela. — Quer entrar?

— Claro.

A meio caminho, na calçada, ela parou e perguntou:

— Não há Fornits em sua máquina de escrever, há, Paul?

E o escritor que, por vezes — com frequência —, perguntava-se de onde, exatamente, *vinham* as palavras, respondeu, em tom corajoso:

— É claro que não!

Os dois entraram em casa, de braços dados, e fecharam a porta contra a noite.

O Braço de Mar

— *Naquele tempo, o Braço de Mar era mais largo* — *contou Stella Flanders a seus bisnetos, no último verão de sua vida, aquele antes de ela começar a ver fantasmas. As crianças a fitaram com olhos calados e esbugalhados, enquanto seu filho Alden se virava no assento da varanda, onde talhava um pedaço de madeira. Era domingo, e Alden não saía com seu barco aos domingos, pouco importando o quão caras estavam as lagostas.*

— *O que quer dizer, vó?* — *perguntou Tommy.*

Mas a velha não respondeu. Limitou-se a ficar em sua cadeira de balanço junto ao fogão frio, com os chinelos batendo placidamente contra o chão.

Tommy perguntou para sua mãe:

— *O que ela quer dizer?*

Lois apenas abanou a cabeça, sorriu, entregou-lhes potes e disse que fossem colher frutinhas.

Stella pensou: ela esqueceu. Ou será que soube algum dia?

O Braço de Mar tinha sido mais largo naquele tempo. E, se alguém sabia disso, essa pessoa era Stella Flanders. Ela nascera em 1884, era a mais velha moradora de Goat Island e, em toda a sua vida, jamais tinha ido ao continente.

Você ama? Esta pergunta começara a assombrá-la e ela nem mesmo sabia o que significava.

O outono chegou, um outono frio, sem a chuva necessária para propiciar um colorido realmente belo às árvores, fosse em Goat ou em Raccoon Head, do outro lado do Braço de Mar. O vento soprou longas e frias notas naquele outono, e Stella sentia que cada nota ressoava em seu coração.

No dia 19 de novembro, quando os primeiros flocos de neve caíram rodopiando de um céu cor de cromo branco, Stella comemorou seu aniversário. A maioria dos moradores da aldeia compareceu. Estava presente Hattie Stoddard, cuja mãe morreu de pleurisia em 1954 e cujo pai fora dado como perdido com o *Dancer*, em 1941. Estiveram presentes Richard e Mary Dodge, ele subindo a trilha lentamente, apoiado em sua bengala, carregando a artrite como um passageiro invisível. Estava presente Sarah Havelock, naturalmente; a mãe de Sarah, Annabelle, tinha sido a melhor amiga de Stella. As duas haviam frequentado juntas a escola da ilha, da primeira à oitava série. Annabelle se casara com Tommy Frane, que tinha puxado seus cabelos na quinta série e a fizera chorar, assim como Stella se casara com Bill Flanders, que certa vez derrubara na lama todos os livros escolares que ela carregava (mas Stella conseguiu não chorar). Agora, Annabelle e Tommy tinham morrido e Sarah era a única, entre seus sete filhos, que continuava na ilha. George Havelock, o marido *dela*, conhecido por todos como Grande George, tivera uma morte infeliz no continente, em 1967, o ano em que não houvera pesca. Um machado escorregara na mão de Grande George, houvera sangue — sangue demais! — e um funeral na ilha, três dias depois. Então, quando Sarah foi à festa de Stella e exclamou "Feliz aniversário, vó!", Stella abraçou-a com força e fechou os olhos

(*você, você ama?*)

porém não chorou.

Houvera um formidável bolo de aniversário. Hattie o tinha feito, juntamente com Vera Spruce, sua melhor amiga. Os reunidos cantaram ruidosamente *Parabéns pra você*, em um coro alto o suficiente para suplantar o vento... pelo menos durante um instante. O próprio Alden cantou, ele que, em geral, só cantava *Avante, Soldados de Cristo* e a doxologia da igreja, declamando todo o resto de cabeça baixa, suas enormes orelhas de abano vermelhas como tomates. O bolo de Stella tinha 95 velas e, mesmo acima da cantoria, ela pudera ouvir o vento, embora sua audição não fosse mais como antigamente.

Ela achou que o vento chamava seu nome.

— *Eu não fui a única* — se pudesse ela contaria aos filhos de Lois. — *No meu tempo, muitos viveram e morreram na ilha. Naquela época, a gente não tinha o barco do correio: Bull Symes é que costumava trazer a correspondência, quando* havia *correspondência. Tampouco tínhamos barca de passageiros. Quando uma mulher precisava fazer algo em Head, seu marido a levava no barco lagosteiro. Que eu saiba, até 1946 não havia privadas com descarga na ilha. Foi Harold, o rapaz de Bull, que instalou a primeira, um ano depois de o ataque do coração levar Bull, enquanto ele colocava armadilhas. Lembro-me de ver quando trouxeram Bull para casa. Lembro-me de que o levaram à presença da autoridade embrulhado em um oleado e que uma de suas botas verdes estava aparecendo. Lembro-me...*

E eles perguntariam:

— De quê, vó? De que você se lembra?

Como podia responder a eles? Havia mais?

No primeiro dia de inverno, mais ou menos um mês após a festa de aniversário, Stella abriu a porta dos fundos, a fim de ir pegar lenha para o fogão, e descobriu um pardal morto na varanda atrás da casa. Abaixando-se cautelosamente, ela o ergueu por um pé e olhou para ele.

— Congelado — anunciou, e algo dentro dela pronunciou outra palavra.

Havia quarenta anos Stella não via um pássaro congelado — desde 1938. O ano em que o Braço de Mar congelara.

Tiritando, ajeitou o casaco e atirou o pardal morto no velho incinerador enferrujado ao passar perto dele. O dia estava frio. O céu era de um cristalino e profundo azul. Na noite de seu aniversário, tinham caído dez centímetros de neve, uma neve que se derretera, sem que outra voltasse a cair desde então. "Vai cair logo", tinha dito sabiamente Larry McKeen, no armazém de Goat Island, como que desafiando o inverno a ficar longe.

Stella chegou à pilha de lenha, pegou uma braçada e a carregou de volta à casa. Sua sombra a seguiu, franzida e nítida.

Quando chegou à porta dos fundos, onde o pardal tinha caído, Bill falou com ela — mas o câncer já levara Bill, 12 anos antes.

— Stella — disse ele.

Stella viu a sombra de Bill cair ao lado da sua, mais comprida, porém com a mesma nitidez, o bico-sombra de seu gorro-sombra torcido elegantemente para um lado, como ele sempre o usara. Stella sentiu um grito sufocar em sua garganta. Um grito demasiado grande para lhe tocar os lábios.

— Stella — repetiu ele —, quando é que irá ao continente? Pegaremos o velho Ford de Norm Jolley e iremos até a casa de Bean, em Freeport, só por diversão. O que você acha?

Ela girou, quase deixando a lenha cair. Não havia ninguém. Apenas o pátio junto à porta de entrada, descendo a encosta, depois a branca relva silvestre e, além de tudo, na orla de tudo, nítido e de certa forma amplificado, o Braço de Mar... e o continente depois dele.

"O que é o Braço de Mar, vó?", Lona teria perguntado... embora nunca tivesse feito a pergunta. Ela poderia dar a todos uma resposta sabida por todo pescador, através da repetição: um Braço de Mar é uma porção de água entre duas porções de terra, uma porção de água aberta em cada extremidade. A velha piada dos lagosteiros era a seguinte: saibam ler uma bússola quando o nevoeiro chegar, rapazes; entre Jonesport e Londres há um Braço de Mar bem longo.

"Braço de Mar é a água entre a ilha e o continente", ela poderia ter ampliado a explicação, dando a eles biscoitos de melaço e chá quente adoçado com açúcar. "Sei disso muito bem. Sei tão bem quanto o nome de meu marido... e como ele costumava usar seu gorro."

"Por que é que você nunca atravessou o Braço de Mar, vó?", perguntaria Lona.

"Meu bem", responderia ela, "nunca vi motivo nenhum para ir lá."

Em janeiro, dois meses após a festa de aniversário, o Braço congelou pela primeira vez, desde 1938. O rádio avisou, tanto aos moradores da ilha como aos do continente, para não confiarem no gelo. Mas Stewie McClelland e Russell Bowie, no Bombardier* "Skiddoo" de Stewie, resolveram arriscar assim mesmo, após uma longa tarde bebendo vinho de maçã. Como era de esperar, o "Skiddoo" afundou no Braço de Mar. Stewie conseguiu rastejar para fora (embora perdesse um pé por ulceração causada pelo frio). O Braço pegou Russell Bowie e o levou para longe.

Naquele 25 de janeiro aconteceu o funeral de Russell. Stella compareceu, acompanhada de seu filho Alden, e ele pronunciou as palavras dos hinos, trovejando a doxologia em seu vozeirão desafinado, antes da bênção. Depois disso, Stella ficou sentada com Sarah Havelock, Hattie Stoddard e Vera Spruce, ao clarão de uma fogueira, no porão da prefeitura. Estava acontecendo uma reunião de despedida para Russell, com ponche

---

* No Canadá, um tipo de veículo automotriz para neve, assim chamado em homenagem a seu inventor, Armand Bombadier, de Quebec. (N. da E.)

e deliciosos sanduichinhos de cream cheese cortados em triângulo. Os homens, naturalmente, ficavam indo e vindo, em busca de algo mais forte do que ponche. A recente viúva de Bowie estava sentada ao lado do pastor Ewell McCracken, de olhos vermelhos e aturdida. Estava grávida de sete meses — seria seu quinto filho — e Stella, quase cochilando ao calor do fogo, pensou: *Acho que dentro em pouco ela estará cruzando o Braço de Mar. Ela irá para Freeport ou Lewinston, trabalhar como garçonete, eu acho.*

Olhou para Vera e Hattie, querendo saber do que falavam.

— Não, eu não fiquei sabendo — dizia Hattie. — O que *disse* Freddy?

Estavam falando sobre Freddy Dinsmore, o homem mais idoso da ilha (ainda assim, é dois anos mais novo que eu, pensou Stella, com certa satisfação), que vendera sua loja para Larry McKeen em 1960 e agora vivia da aposentadoria.

— Ele disse que nunca viu um inverno igual — respondeu Vera, tirando seu tricô da bolsa. — Freddy acha que as pessoas ficarão doentes.

Sarah Havelock olhou para Stella e lhe perguntou se já vira um inverno igual. Não caíra mais neve, após aquela primeira e breve nevasca; o solo estava seco, nu e castanho. Na véspera, Stella caminhara 30 passos no quintal dos fundos, mantendo a mão direita à altura da coxa, e, naquele ponto, a relva se quebrara em uma nítida fileira, com um som semelhante ao de vidro quebrado.

— Não — replicou Stella. — O Braço congelou em 38, mas naquele ano nevou forte. Lembra-se de Bull Symes, Hattie?

Hattie riu.

— Acho que ainda tenho a mancha roxa que ele fez no meu bumbum, na festa do Ano-Novo, em 53. Ele beliscou com *muita* força. O que tem Bull Symes?

— Bull e o meu marido caminharam pelo Braço até o continente, naquele ano — disse Stella. — Foi em fevereiro de 1938. Puseram sapatos para neve, cruzaram o Braço até a Taverna de Dorrit, em Head, e cada um bebeu um gole de uísque e depois os dois voltaram. Me convidaram para ir também. Eram como dois garotinhos, prontos para sair andando de tobogá.

As duas ficaram olhando para ela, capturadas pela maravilha daquilo. A própria Vera a fitava de olhos arregalados e, certamente, já tinha ouvido aquela história antes. E, se alguém acreditava em histórias, Bull e Vera certa vez haviam brincado de casinha juntos, embora fosse difícil, olhando para ela agora, acreditar que um dia fora tão jovem.

— E você não foi? — perguntou Sarah.

Talvez ela agora visse mentalmente o alcance do Braço, sua extensão, tão branco que era quase azul, ao sol sem calor do inverno, com os flocos de neve faiscando, a terra do continente ficando cada vez mais perto, caminhando através, sim, caminhando através do oceano, justamente como Jesus caminhara sobre as águas, deixando a ilha, pela primeira e única vez na vida *a pé...*

— Não — disse Stella. De repente, desejou haver trazido seu tricô também. — Eu não fui com eles.

— Por que *não*? — perguntou Hattie, quase com indignação.

— Era dia de lavar roupa — Stella quase bufou.

Então, Missy Bowie, a viúva de Russell, começou a dar altos e doridos soluços. Stella olhou naquela direção, e lá estava Bill Flanders, sentado com seu casaco xadrez vermelho e preto, o chapéu puxado de banda, fumando um cigarro de palha, com outro enfiado atrás da orelha, para mais tarde. Ela sentiu seu coração saltar no peito e ficou sufocada entre cada batida.

Stella emitiu um ruído, mas então um tronco estalou no fogo como um tiro de rifle, de modo que as outras senhoras nada ouviram.

— *Pobrezinha* — Sarah quase gemeu.

— Ainda bem que se livrou daquele inútil — grunhiu Hattie. Procurou a cruel profundidade da verdade, em relação ao falecido Russell Bowie, e a encontrou: — Pouco mais do que um caçador de armadilhas, aquele homem. Ela vai ficar melhor sem *aquele* vadio.

Stella mal ouvia essas coisas. Lá estava Bill, tão perto do reverendo McCracken que poderia lhe beliscar o nariz, se quisesse: não parecia ter mais do que 40 anos, quase não se viam os pés de galinha marcando os olhos, os mesmos que mais tarde ficariam tão fundos, usando suas calças de flanela e suas botas de borracha, com as meias de lã cinzas perfeitamente dobradas acima das canelas.

— Estamos te esperando, Stel — ele disse. — Faça a travessia e conheça o continente. Neste ano não precisará de sapatos para neve.

Lá estava ele, sentado no porão da prefeitura, grandalhão como sempre. Então, outro nó de tronco estourou no fogo e ele sumiu. O reverendo McCracken continuou confortando Missy Bowie, como se nada houvesse acontecido.

Naquela noite, Vera falou com Annie Philips ao telefone e, de passagem, comentou que Stella Flanders não parecia bem, nada bem.

— Alden terá uma trabalheira e tanto para tirá-la da ilha, se ela adoecer — disse Annie.

Annie gostava de Alden, porque seu filho Toby lhe contara que ele não bebia nada mais forte do que cerveja. E Annie era a própria imagem da temperança.

— Ninguém vai tirá-la daqui, a menos que ela entre em coma — assegurou Vera, pronunciando a palavra "coma" com um sotaque esquisito. — Quando Stella diz "sapo", Alden salta. Ele não é muito inteligente, convenhamos. E Stella manda no filho.

— Ah, é mesmo? — exclamou Annie.

Nesse exato momento houve um estalo metálico na linha. Vera pôde ouvir Annie Phillips por mais um instante — não as palavras, apenas o som de sua voz, prosseguindo por trás daquele ruído crepitante — e então não ouviu mais nada. O vento ganhara força e os cabos telefônicos haviam caído, talvez dentro do Reservatório Godlin ou mais abaixo, nos arredores da Enseada Borrow, onde penetravam no Braço de Mar, embalados em cabos de borracha. Também era possível que tivessem caído no outro lado, em Head... e algumas pessoas até poderiam dizer (meio de brincadeira) que Russell Bowie espichara um braço gelado para arrancar o cabo, só de brincadeira.

A menos de 200 metros de distância, Stella Flanders estava deitada debaixo de sua colcha de retalhos, ouvindo a ambígua música dos roncos de Alden, no quarto vizinho. Ela procurava ouvir Alden, para não ter de ouvir o vento, mas acabava ouvindo o vento assim mesmo, ah, se ouvia, chegando através da expansão gelada do Braço, dois quilômetros e meio de água, agora chapada de gelo, gelo com lagostas embaixo, bem como garoupas e, talvez, o corpo gingando, dançante, de Russell Bowie, que a cada abril costumava aparecer com seu velho trator, para arar seu jardim.

Quem irá arar meu jardim este abril?, perguntou-se ela, encolhida e com frio sob a colcha de retalhos. E, como um sonho dentro de outro, sua voz respondeu a sua: *Você ama?* O vento se elevou em uma rajada que sacudiu a janela contra tempestade. Parecia que a janela estava falando com ela, porém Stella não quis ouvir suas palavras. E não chorou.

— *Mas, vó* — *insistiria Lona (ela nunca desistia, não essa pequena, que era como a mãe e a avó, antes dela)* —, *você ainda não contou por que nunca fez a travessia.*

— *Ora, criança, aqui em Goat eu sempre tive tudo o que queria.*

— *Mas a ilha é tão pequena! Nós moramos em Portland. Lá tem ônibus, vó!*

— *Já vi na televisão tudo o que tem nas cidades. Acho que vou ficar onde já estou.*

Hal era mais jovem, porém, de certa forma, mais intuitivo: não insistia como a irmã, embora suas perguntas fossem mais direto ao ponto: "Você nunca quis fazer a travessia, vó? Nunca?"

E Stella se inclinava para ele, tomava suas mãozinhas e lhe contava como os pais dela tinham ido morar na ilha, logo depois de se casarem, e como o avô de Bull Symes contratou o pai dela como aprendiz em seu barco. Stella lhe contaria como sua mãe engravidara quatro vezes, tendo sofrido um aborto e um bebê morrera uma semana após ter nascido. Seus pais deixariam a ilha se pudessem salvar o bebê em um hospital do continente, mas ele morrera antes que pudessem pensar nisso.

Ela lhes contaria que Bill fizera o parto de Jane, avó deles, mas não diria que, terminado o parto, ele fora ao banheiro e primeiro vomitara, depois chorara como uma mulher histérica com terríveis cólicas menstruais. Jane, naturalmente, deixara a ilha aos 14 anos para frequentar o ginásio: mocinhas não se casavam mais aos 14 anos. E, quando Stella a viu partir no barco com Bradley Maxwell, cujo trabalho tinha sido transportar as crianças de um lado para outro na barca aquele mês, no fundo sabia que Jane estava indo para sempre, embora voltasse de vez em quando. Ela lhes contaria que Alden nascera dez anos mais tarde, quando eles já tinham desistido, e que, como para compensar esse nascimento tardio, ali estava ele, ainda solteirão e, de certo modo, Stella era grata por isso, já que Alden não era muito inteligente, e havia bandos de mulheres querendo tirar proveito de um homem de cabeça lenta e bom coração (embora esta última parte ela também não contasse às crianças).

Ela diria: "Louis e Margaret Godlin tiveram Stella Godlin, que se tornou Stella Flanders, Bill e Stella Flanders tiveram Jane e Alden Flanders, Jane Flanders se tornou Jane Wakefield; Richard e Jane Wakefield tiveram Lois Wakefield, que se tornou Lois Perrault; David e Lois Perrault tiveram Lona e Hal. Estes são seus nomes, crianças: vocês são Godlin-Flanders- -Wakefield-Perrault. Seu sangue está nas pedras desta ilha e eu fico aqui, porque o continente é muito longe. Sim, eu amo; eu amei, *afinal, ou pelo menos tentei amar, porém a memória é tão ampla e tão profunda que não posso fazer a travessia. Godlin-Flanders-Wakefield-Perrault...*

Aquele foi o fevereiro mais frio desde que o Serviço Nacional de Previsão do Tempo começou a manter registros. Até meados do mês, o gelo que cobria o Braço de Mar já estava firme. Veículos próprios para neve zumbiam e ganiam, às vezes capotando, quando subiam de mau jeito as ondulações geladas. Crianças tentaram patinar, mas acharam o gelo acidentado demais para ser divertido e voltaram para o Reservatório Godlin, no lado mais distante da montanha, mas não antes de o pequeno Justin McCraken, filho do pastor, ficar com o patim preso em uma fissura e fraturar o tornozelo. Levaram-no para o hospital no continente, onde um doutor que tinha um Corvette disse a ele: "Filho, isto vai sarar logo."

Freddy Dinsmore morreu subitamente, apenas três dias depois de Justin McCracken quebrar o tornozelo. Pegou a gripe em janeiro, não quis ir ao médico e dizia a todos que aquilo era "apenas um resfriado, por pegar a correspondência sem a minha echarpe". Então, ficou de cama e morreu antes que alguém pudesse transportá-lo para o continente e ligá-lo a todas aquelas máquinas que eles têm, esperando por sujeitos como Freddy. Seu filho George, um beberrão de primeira, mesmo na avançada idade (para beberrões, quer dizer) de 68 anos, encontrou Freddy com um exemplar do *Bangor Daily News* em uma das mãos e sua Remington, descarregada, perto da outra. Aparentemente, ele estivera pensando em limpá-la, pouco antes de morrer. George Dinsmore tomou um porre de três semanas, o tal porre financiado por alguém que sabia do dinheiro seguro de seu pai que George logo receberia. Hattie Stoddard falava em toda parte, para quem quisesse ouvir, que o velho George Dinsmore era um pecador e uma desgraça, em nada melhor do que um vadio caçador de armadilhas.

Houve muita gripe no ar. A escola fechou por duas semanas naquele fevereiro, em vez de uma só, como de costume, pois havia muitos alunos doentes. "Nenhuma neve gera micróbios", declarou Sarah Havelock.

Perto do fim do mês, quando as pessoas já começavam a ansiar pelo falso consolo de março, Alden Flanders é que pegou a gripe. Andou com ela por toda parte durante quase uma semana, e depois ficou de cama, com uma febre de quase quarenta graus. Como Freddy, ele se recusou a ir ao médico, de modo que Stella ficou aflita, atormentada e preocupada. Alden não era tão velho como Freddy, mas faria 60 nesse maio.

Finalmente, a neve chegou. No Dia de São Valentim, 15 centímetros, mais 15 no dia 20, e 30 mais ao norte, no bissexto 29 de fevereiro. A neve jazia branca e estranha, entre a enseada e o continente, como um rebanho de ovelhas, onde houvera apenas água cinzenta e afluente naquela época do ano, desde tempos imemoriais. Várias pessoas foram e voltaram do continente andando. Não houve necessidade de sapatos para a neve nesse ano, porque a neve se congelara em uma crosta firme e cintilante. Essas pessoas poderiam também ter tomado uma dose de uísque lá, pensou Stella, mas não seria no Dorrit's. O Dorrit's pegara fogo em 1958.

E ela viu Bill, todas as quatro vezes. Em uma delas, ele lhe disse: "Você deve vir logo, Stella. Iremos andando. O que acha?"

Ela nada podia dizer. Tinha a boca cheia com seu punho fechado.

— *Tudo que eu já quis ou precisei estava aqui* — ela diria a eles. — *Tínhamos o rádio e agora temos a televisão. Isso é tudo o que quero do mundo que existe além do Braço de Mar. Tive meu jardim, entrava ano e saía ano. E lagosta? Ora, sempre costumávamos ter uma panela de ensopado de lagosta no canto do fogão. Quando o pastor vinha de visita, nós levávamos a panela para trás da porta da despensa, para ele não ver que estávamos comendo a sopa do "pobre".*

"Já vi o bom e o mau tempo. Se houve vezes em que realmente me perguntei como seria estar na Sears, em vez de fazer encomendas pelo catálogo, ou ir a um daqueles supermercados que vi na televisão, em vez de comprar na mercearia daqui ou mandar Alden ao continente, para algo especial como um peru de Natal ou um presunto de Páscoa... ou se já desejei, pelo

menos uma vez, ir à rua do Congresso em Portland e ver toda aquela gente em seus carros e nas calçadas, mais pessoas em uma só olhada, do que as que moram em toda a ilha hoje em dia... se já desejei estas coisas, então desejei isto aqui mais. Não sou estranha. Não sou peculiar, nem mesmo muito excêntrica, para uma mulher da minha idade. Minha mãe às vezes dizia que 'toda a diferença no mundo está entre trabalhar e querer', e eu acredito nisso de todo o coração. Acredito que é melhor arar fundo do que largo.

"Este é o meu lugar, e eu o amo."

Um dia, em meados de março, com o céu tão branco e baixo como uma perda de memória, Stella Flanders sentou-se em sua cozinha pela última vez, amarrou o cordão de suas botas sobre as panturrilhas magricelas pela última vez e passou em torno do pescoço sua viva echarpe de lá vermelha (presente de Hattie, três Natais passados) pela última vez. Ela usava um conjunto da comprida roupa de baixo de Alden, sob o vestido. A cintura das calças chegava logo abaixo dos flácidos vestígios de seus seios, a camisa ia quase até abaixo dos joelhos.

Lá fora o vento aumentava novamente e o rádio anunciara que haveria neve à tarde. Ela vestiu seu casaco e calçou as luvas. Após um momento de indecisão, enfiou um par de luvas de Alden sobre as suas. Alden já se recuperara da gripe e, nessa manhã, ele e Harley Blood estavam consertando uma porta contra tempestades para Missy Bowie, que tivera uma menina. Stella vira o bebê, e a infeliz coisinha era a cara do pai.

Ela ficou parada à janela por um momento, olhando o Braço de Mar, e Bill estava lá, como ela desconfiava que estaria, em pé, mais ou menos a meio caminho entre a ilha e Head, em pé no Braço, exatamente como Jesus sobre as águas, acenando para ela, parecendo lhe dizer, com o gesto, que estava ficando tarde, caso ela pretendesse pôr um pé no continente ainda nesta vida.

— Se é o que você quer, Bill — murmurou ela, no silêncio. — Deus sabe que eu não quero.

O vento, no entanto, falou outras palavras. Ela queria ir. Queria ter esta aventura. Aquele fora um inverno penoso para ela — a artrite, que ia e vinha irregularmente, retornara vingativamente, castigando as juntas de seus dedos e seus joelhos com fogo e gelo. Um de seus olhos havia ficado escuro e embaçado (ainda dias antes, Sarah tinha mencionado — um tanto desconcertada — que o ponto vermelho, ali presente desde que Stella estava com uns 60 anos, agora parecia aumentar a cada dia). Pior de tudo, a dor profunda e lancinante em seu estômago tinha voltado e, duas manhãs antes, ela acordara às 5 horas, caminhara com dificuldade pelo corredor singularmente frio até o banheiro e havia cuspido uma grande porção de sangue vermelho vivo, dentro da privada. Nessa manhã houvera mais um pouco de sangue, uma coisa de gosto esquisito, acobreada e nojenta.

A dor de estômago estivera indo e vindo nos últimos cinco anos, às vezes melhor, em outras pior, mas, desde quase o início, ela soubera que devia ser câncer. O câncer já levara sua mãe, seu pai e seu avô materno também. Nenhum deles vivera além dos 70. Isso a fazia desconfiar que de longe tinha superado as expectativas daqueles sujeitos do seguro.

— Você come como um cavalo — disse-lhe Alden, sorrindo, não muito depois de as dores começarem e ela observar, pela primeira vez, o sangue em suas fezes matinais. — Não sabe que gente velha como você precisa comer pouco?

— Retire o que disse ou apanha! — respondeu Stella, erguendo a mão para o filho de cabelos grisalhos.

Ele se abaixou, agachado zombeteiramente, exclamando:

— Está bem, mãe! Eu retiro!

Sim, ela havia comido muito, não porque quisesse, mas por acreditar (como muitos de sua geração) que, alimentando o câncer, ele a deixaria em paz. Talvez isso tivesse funcionado, pelo menos por algum tempo; o sangue em suas fezes ia e vinha, havendo longos períodos em que nem aparecia. Alden se acostumou a vê-la repetir a refeição (por vezes, repetindo mais uma vez, quando a dor era particularmente forte), mas Stella jamais ganhou um quilo sequer.

Agora, parecia que o câncer tinha chegado ao ponto que os franceses chamam de *pièce de résistance*.

Ela cruzou a porta e viu o chapéu de Alden, aquele com os protetores de ouvido forrados de pele, pendurado em um dos cabides do vestíbulo. Colocou-o na cabeça — ele lhe caiu até as flácidas sobrancelhas grisalhas — e depois se virou uma última vez, para verificar se não esquecera alguma coisa. A chama do fogão estava baixa. Alden tornara a deixar a válvula de gás aberta demais — ela já lhe dissera isso inúmeras vezes, porém aí estava uma coisa que ele nunca ia fazer direito.

— Alden, você vai queimar uma medida extra de lenha a cada inverno, depois que eu morrer — murmurou ela, e abriu o forno.

Olhou para o interior e uma exclamação surda lhe escapou da garganta. Bateu a porta com força, ajustando a tiragem com dedos trêmulos. Durante um instante — apenas um instante — tinha visto sua velha amiga Annabelle Frane nas brasas. Era a sua imagem viva, mostrava até a verruga no queixo.

E Annabelle não lhe piscara um olho?

Stella pensou em deixar um bilhete para Alden, explicando aonde tinha ido, mas achou que o filho compreenderia, à sua maneira vagarosa.

Ainda escrevendo bilhetes na cabeça — *Desde o primeiro dia de inverno eu tenho visto seu pai e ele diz que morrer não é tão ruim; pelo menos, creio que seja isso que diz* — e Stella saiu para o dia branco.

O vento a sacudiu e ela precisou firmar o chapéu de Alden na cabeça, antes que lhe fosse arrebatado pelas rajadas e levado para longe, como uma brincadeira de mau gosto. O frio pareceu encontrar cada fresta em suas roupas, a fim de atingi-la — o frio úmido de março, cheio de neve molhada.

Stella começou a descer a colina em direção à enseada, tomando cuidado para caminhar sobre as cinzas e escórias de carvão que George Dinsmore havia espalhado. Certa vez, George conseguira emprego dirigindo um limpa-neve para a cidade em Racoon Head, mas durante o grande vendaval de 77 ele enchera a cara de uísque de centeio e acabara fazendo o limpa-neve colidir contra não um ou dois, mas três postes de força elétrica. Head ficara cinco dias sem luz. Stella recordava como tinha sido estranho olhar através do Braço de Mar e enxergar apenas escuridão. Uma pessoa se acostumava a ver aquele bravo e pequeno ninho de luzes. Agora, George trabalhava na ilha e, como não havia limpa-neve, ele não arranjava muita encrenca.

Ao passar pela casa de Russell Bowie, ela viu Missy, pálida como leite, observando-a caminhar. Stella acenou. Missy acenou de volta.

Ela contaria isto a eles:

— *Na ilha, sempre cuidamos uns dos outros. Quando Gerd Henreid teve a ruptura da veia no peito, aquela vez, economizamos no jantar por todo um verão, para pagar por sua operação em Boston, e Gerd voltou vivo, graças a Deus. Quando George Dinsmore derrubou aqueles postes de energia elétrica e a Hydro jogou uma hipoteca em sua casa, tomamos providências para que a Hydro recebesse seu dinheiro e George tivesse trabalho bastante para pagar por seus cigarros e bebida... por que não? Ele não servia para mais nada, depois que acabava seu dia de trabalho, embora trabalhasse como um cavalo, durante o expediente. A única vez que ele se meteu em encrenca foi porque era noite e à noite era que George bebia. Seu pai o manteve alimentado, pelo menos. Agora, temos Missy Bowie, sozinha com outro bebê. Talvez ela fique por aqui e por aqui receba seu dinheiro da Previdência Social e do seguro. O mais provável é que isso não baste, mas ela terá a ajuda de que precisar. É possível que vá embora, mas, se ficar, não irá morrer de fome... e, ouçam, Lona e Hal: se Missy Bowie ficar, acho que conseguirá conservar algo deste pequeno mundo, com o pequeno Braço de um lado e o grande Braço do outro. Seria muito fácil perder esse algo, matando-se de trabalhar para servir guisado em Lewiston, biscoitos em Portland ou bebidas no Nashville North, em Bangor. Já sou velha o bastante para não ficar com rodeios sobre o que poderia ser esse algo: uma maneira de ser e uma maneira de viver — um* sentimento.

Na ilha, eles cuidavam uns dos outros também de outras maneiras, porém Stella não lhes contaria isso. As crianças não entenderiam, nem Lois e David, embora Jane soubesse a verdade. Houvera o bebê de Norman e Ettie Wilson, nascido mongoloide, seus pobres pezinhos virados para dentro, a cabeça pelada cheia de caroços e afundamentos, os dedos unidos por peles, como se a criança tivesse sonhado por tempo demais e profundo demais enquanto nadava naquele Braço de Mar interior; o reverendo McCracken viera e tinha batizado o bebê. Um dia mais tarde, chegou Mary Dodge, que já naquela época tinha posto no mundo mais de cem bebês. E Norman levou Ettie colina abaixo, para ver o barco novo de Frank Child mesmo que ela mal pudesse caminhar. Ettie foi sem se queixar, embora tivesse parado à porta e olhado para Mary Dodge, que estava calmamente sentada junto ao berço do débil bebê, fazendo tricô. Mary tinha olhado para ela e, quando os olhos das duas se encontraram, Ettie debulhou-se em lágrimas. "Vamos", dissera Norman, perturbado. "Vamos, Ettie, vamos." E quando eles voltaram, uma hora mais tarde, o bebê estava morto, tinha sido uma daquelas mortes de recém-nascidos, no berço, uma morte que, se não fora misericordiosa, lhe evitaria sofrimentos. E muitos anos antes disso, antes da guerra, durante a Depressão, três garotinhas tinham sido molestadas quan-

do voltavam da escola para casa, não horrivelmente molestadas, pelo menos não onde se pudesse ver a cicatriz do ferimento, e elas contaram sobre um homem que se oferecera a lhes mostrar um baralho de cartas que ele tinha, com um tipo diferente de cachorro em cada carta. Ele lhes mostraria esse maravilhoso baralho, tinha dito o homem, se as garotinhas entrassem no mato com ele, e quando estavam no mato, o homem disse: "Mas, primeiro, vocês têm que tocar isto." Uma das meninas era Gert Symes, que seria eleita a Professora do Ano do Maine, em 1978, por seu trabalho no Ginásio Brunswick. E Gert, então com apenas cinco anos de idade, contou a seu pai que o homem tinha alguns dedos faltando em uma das mãos. Outra das garotinhas também concordou com isso. A terceira não se lembrava de nada. Stella recordava que Alden tinha saído de casa em um dia tempestuoso daquele verão, sem lhe dizer aonde ia, embora ela tivesse perguntado. Espiando pela janela, vira Alden encontrar Bull Symes no fim da trilha. Freddy Dinsmore depois se juntou a eles e, lá embaixo, na enseada, ela viu seu próprio marido, a quem despachara nessa manhã para o trabalho, como sempre, levando a marmita do almoço debaixo do braço. Mais homens se juntaram a eles e, quando finalmente se moveram, Stella os contou, e faltava apenas um para uma dúzia. O antecessor do reverendo McCracken estava entre eles. Então, nessa noite, um homem chamado Daniels tinha sido encontrado ao pé da Ponta de Slyder, onde as rochas furam as ondas como as presas de um dragão que morreu afogado, com a boca aberta. Esse Daniels era um indivíduo que Grande George Havelock tinha contratado para ajudá-lo a colocar novos peitoris e soleiras em sua casa, bem como um motor novo em seu caminhão modelo A. Viera de New Hampshire, e era um homem de boa conversa, que encontrara outros biscates para fazer, quando terminado o trabalho na casa dos Havelock... e que voz afinada, ao cantar na igreja! Disseram eles que, aparentemente, Daniels estivera caminhando no topo da Ponta de Slyder e escorregara, caindo do alto até o fundo. Ele estava com o pescoço quebrado e a cabeça esmagada. Como esse homem não tinha ninguém que se conhecesse, foi enterrado na ilha. O antecessor do reverendo McCracken fez o louvor na hora do sepultamento, dizendo como este Daniels tinha sido um trabalhador duro e um bom empregado, embora lhe faltassem dois dedos na mão direita. Depois ele deu a bênção e o grupo presente ao enterro voltou para o porão da prefeitura, onde todos beberam ponche e comeram sanduíches de requeijão. Stella nunca *perguntou a seus homens aonde tinham ido no dia em que Daniels caiu do topo da Ponta de Slyder.*

— Crianças — ela lhes diria —, sempre cuidamos uns dos outros na ilha. Era preciso, porque o Braço era mais largo naquele tempo e, quando o vento rugia, quando as ondas se agitavam e a escuridão chegava cedo, bem, nós nos sentíamos muito pequenos, não mais do que grãos de areia na mente de Deus. Assim, era natural que déssemos as mãos, uns aos outros.

"Dávamos as mãos, crianças, e se houve horas em que nos perguntávamos por que fazíamos isso ou se, afinal, havia algo chamado amor, foi apenas por ouvirmos o vento e as águas nas longas noites de inverno e sentirmos medo.

"Não, eu nunca achei que precisasse deixar a ilha. Minha vida estava aqui. Naquela época, o Braço de Mar era mais largo."

Stella chegou à enseada. Olhou para a direita e para a esquerda, o vento tremulando o vestido atrás dela como uma bandeira. Se ali houvesse alguém, ela caminharia um pouco mais para baixo e iria se aventurar pelas rochas caídas, embora estivessem vidradas de gelo. Contudo, não havia ninguém ali e ela seguiu ao longo do ancoradouro, além da velha casa de barcos de Symes. Chegou ao final e ficou parada lá um instante, de cabeça erguida, o vento soprando pelas abas acolchoadas do chapéu de Alden, em amortecida inundação.

Bill estava lá fora, acenando. Além dele, além do Braço, Stella podia avistar a igreja de Congo, em Head, seu pináculo quase invisível contra o céu branco.

Resmungando, ela se sentou na extremidade do ancoradouro e então passou para a neve amontoada abaixo. Suas botas afundaram um pouco; não muito. Stella tornou a firmar o gorro de Alden — como o vento queria arrancá-lo! — e começou a caminhar em direção a Bill. Nesse momento, pensou que olharia para trás, mas não olhou. Achava que seu coração não aguentaria isso.

Stella caminhou, as botas rangendo na crosta de neve, ouviu o baque surdo e leve, o gelo cedendo. Lá estava Bill, mais distante agora, porém ainda acenando. Ela tossiu, cuspiu sangue sobre a neve branca que cobria o gelo. Agora, o Braço ampliava-se, alargava-se em cada lado e, pela primeira vez na vida, ela pôde ler a placa "Isca e Bote Stanton", colocada lá, sem os binóculos de Alden. Podia ver os carros indo e vindo pela rua principal de Head e pensou, com verdadeira admiração: *Eles podem ir tão longe quanto quiserem... Portland... Boston... Nova York. Imagine!* E ela quase pôde fazer isso, quase pôde imaginar uma estrada que simplesmente continuasse sempre e sempre, escancaradas as fronteiras do mundo.

Um floco de neve serpenteou diante de seus olhos. Mais outro. Um terceiro. Logo nevava ligeiramente e ela caminhou por entre um agradável mundo de brilhante neve em movimento; avistou Raccoon Head através de uma cortina de gaze que, por vezes, quase ficava límpida. Ergueu as mãos para firmar novamente o gorro de Alden, e a neve saltou da aba para seus olhos. O vento jogou mais neve, em laminados formatos. Em um deles, Stella viu Carl Abersham, que afundara no *Dancer* com o marido de Hattie Stoddard.

Em pouco tempo, no entanto, o brilho começou a ficar opaco, à medida que a neve caía mais forte. A rua principal de Head foi se ofuscando, ofuscando, até por fim desaparecer. Por algum tempo mais, Stella ainda conseguiu divisar a cruz no topo da igreja, mas então ela também se dissolveu, como um falso sonho. O último a desaparecer foi o vivo indicador amarelo e preto, anunciando "Isca e Bote Stanton", onde também era possível adquirir óleo para motor, papel pega-moscas, sanduíches italianos e cerveja para viagem.

A seguir, Stella caminhou em um mundo que era absolutamente incolor, um sonho cinza-esbranquiçado de neve. *Exatamente como Jesus caminhando sobre as águas,* pensou e, afinal, olhou para trás, mas agora a ilha se fora, com tudo o mais. Ela podia ver suas últimas pegadas, perdendo contornos, até que somente os vagos semicírculos dos calcanhares eram discerníveis... e depois nada. Absolutamente nada.

Ela pensou: *Isto é um espaço branco. Precisa tomar cuidado, Stella, ou nunca chegará ao continente. Ficará caminhando em círculos, até se cansar, e então morrerá congelada, aqui mesmo.*

Lembrou-se de como Bill lhe dissera, certa vez, que, quando nos perdemos na floresta, devemos fingir que a perna no mesmo lado do corpo que a mão boa ficou manca. Do contrário, aquela perna boa começaria a nos guiar fazendo-nos caminhar em círculo sem que se perceba, só quando voltamos ao ponto de partida. Stella achava que não aguentaria, caso lhe acontecesse algo assim. O rádio havia previsto neve para hoje, esta noite e amanhã. Dentro de um espaço branco como aquele, ela nem ao menos saberia se retornara ao ponto de partida, porque o vento e a neve recente apagariam suas pegadas, muito antes de voltar a encontrá-las.

Suas mãos estavam ficando insensíveis, apesar dos dois pares de luva que calçava. Os pés já tinham ficado havia algum tempo. De certo modo, isso era quase um alívio. A dormência pelo menos fechava a boca de sua vociferante artrite.

Stella passou a mancar então, fazendo a perna esquerda trabalhar mais firme. A artrite em seus joelhos não fora dormir, de maneira que logo ambos gritavam para ela. Seus cabelos brancos esvoaçam às costas. Os lábios estavam repuxados sobre os dentes (Stella ainda possuía dentes naturais, todos menos quatro) e ela olhava para frente, esperando que aquele indicador amarelo e preto se materializasse no meio da esvoaçante brancura.

Não se materializou.

Algum tempo depois, ela percebeu que a cintilante alvura do dia começava a esmorecer para um cinza mais uniforme. A neve agora caía mais forte e espessa do que nunca. Seus pés continuavam plantados sobre a crosta, porém ela passara a caminhar através de dez centímetros de neve fresca. Stella olhou para seu relógio de pulso, mas ele havia parado. Percebeu que talvez tivesse se esquecido de lhe dar corda naquela manhã, pela primeira vez em vinte ou trinta anos. Ou teria ele parado para sempre? Tinha sido de sua mãe e ela o enviara com Alden duas vezes a Head, onde o Sr. Dostie primeiro se maravilhara com o relógio e depois o limpara. Seu relógio, pelo menos, tinha ido ao continente.

Ela caiu pela primeira vez uns 15 minutos após perceber a crescente tonalidade acinzentada do dia. Ficou um momento apoiada sobre as mãos e os joelhos, pensando em como seria fácil continuar ali, se encolher e ouvir o vento. A seguir, a determinação que a impelira até ali fez com que se levantasse, esboçando uma careta. Ficou de pé ao vento, olhando direto para a frente, querendo que seus olhos vissem... mas eles nada viram.

Logo estará escuro.

Bem, ela errara o trajeto. Caminhara em diagonal, para um ou outro lado. Caso contrário, àquela altura já teria alcançado o continente. De qualquer modo, não acreditava que se tivesse desviado tanto, a ponto de caminhar paralelamente ao continente ou mesmo retornando na direção de Goat. Uma bússola interna em sua cabeça sussurrava que ela tinha desviado para a esquerda. Stella achava que continuava a se aproximar do continente, mas agora em diagonal com a linha da costa.

Aquela bússola queria que ela virasse para a direita, porém Stella não fez isso. Preferiu se mover em linha reta novamente, mas interrompeu o mancar artificial. Um espasmo de tosse a sufocou e ela cuspiu um jato vermelho vivo sobre a neve.

Dez minutos mais tarde (o cinza era agora muito escuro e ela se encontrava no espectral crepúsculo de uma violenta nevasca), Stella tornou a cair, tentou se levantar, falhou da primeira vez, mas por fim conseguiu se firmar nos pés. Ficou oscilando na neve, mal conseguindo permanecer ereta naquela ventania, enquanto ondas de debilidade lhe varavam a cabeça, fazendo-a se sentir alternadamente leve e pesada.

Talvez nem todo o rugido soando em seus ouvidos fosse produzido pelo vento, mas, certamente, foi o vento que afinal teve êxito em arrancar o gorro de Alden de sua cabeça. Stella ainda tentou agarrá-lo, mas a ventania o fez dançar, facilmente o levando para fora de seu alcance. Ela o viu por apenas um instante, subindo alegremente mais e mais para o interior das sombras crescentes, como uma viva mancha alaranjada. A neve o derrubou, o gorro rolou pelo chão, tornou a subir, desapareceu. Agora, os cabelos de Stella esvoaçavam livremente em torno de sua cabeça.

— Está tudo bem, Stella — disse Bill. — Pode usar o meu.

Ela ofegou de espanto e olhou para a brancura. As mãos enluvadas tinham subido instintivamente para o busto, e Stella sentiu que unhas afiadas arranhavam seu coração.

Nada viu, além de esvoaçantes membranas de neve — e, então, escapando para fora daquela garganta cinza do anoitecer, com o vento rugindo através dela como a voz de um demônio em um túnel nevado, surgiu seu marido. A princípio, ele era apenas cores que se moviam na neve: vermelho, preto, verde-escuro, verde mais claro. Depois, essas cores resultaram em um casaco de flanela com gola virada, calças de flanela e botas verdes. Ele lhe estendia o gorro, em um gesto que parecia quase absurdamente cortês. O rosto era o mesmo de Bill, ainda não marcado pelo câncer que o tinha levado (seria disso que Stella tinha medo? Que uma desgastada sombra de seu marido se aproximasse, uma figura esquelética de campo de concentração, com a pele tão estirada que reluzia sobre os molares, os olhos afundados nas órbitas?) e ela sentiu uma onda de alívio.

— Bill? É você mesmo?

— Claro que sou eu!

— Bill — repetiu Stella, e deu um passo contente na direção dele.

As pernas a traíram e ela pensou que ia cair, cair certeiramente através dele — afinal Bill era um fantasma —, porém ele a tomou nos braços, tão fortes e competentes como aqueles que a tinham carregado pela soleira da casa que, naqueles últimos anos, ela partilhara apenas com Alden. Ele a sustentou e, um momento mais tarde, Stella sentiu o gorro enfiado em sua cabeça com firmeza.

— É você mesmo? — ela tornou a perguntar.

Ergueu os olhos para o rosto dele, para os pequeninos pés de galinha em torno dos olhos de Bill, ainda não esculpidos a fundo, para os salpicos de neve nos ombros de seu casaco xadrez de caça, para seus intensos cabelos castanhos.

— Sou eu — disse ele. — Somos todos nós.

Bill deu meia-volta com ela, e Stella viu os outros emergindo da neve que o vento jogava através do Braço, na escuridão que se espessava. Um grito, misto de alegria e medo, escapou de sua boca ao ver Madeline Stoddard, mãe de Hattie, em um vestido azul que balançava ao vento como um sino. Segurando-lhe a mão, estava o pai de Hattie, não um esqueleto se desfazendo em alguma parte do fundo do mar, com o *Dancer*, mas inteiro e jovem. E lá, atrás deles dois...

— Annabelle! — exclamou. — Annabelle Frane, é você?

Era Annabelle. Mesmo àquela turva claridade nevada, era visível o vestido amarelo que ela havia usado no casamento de Stella. E, enquanto se esforçava para chegar junto da querida amiga, segurando o braço de Bill, Stella teve a impressão de que sentia cheiro de rosas.

— *Annabelle!*

— Estamos quase chegando lá, querida — disse Annabelle, tomando-a pelo outro braço. O vestido amarelo, que fora considerado Ousado na época (mas, para crédito de Annabelle e alívio de todos, sem chegar a Escandaloso), deixava-lhe os ombros nus, mas ela não parecia sentir o frio. Seus cabelos, em suave e concentrado tom castanho-avermelhado, voavam compridos ao vento. — Falta apenas um pouco mais.

Annabelle tomou o outro braço de Stella e eles seguiram novamente adiante. Outras figuras emergiram da noite nevada (porque *agora* era noite). Stella reconheceu muitas delas, mas não todas. Tommy Frane se juntara a Annabelle; Grande George Havelock, que tivera uma morte de cão na floresta, caminhava atrás de Bill; ali estava também o homem que cuidara do farol, em Head, por mais de vinte anos, e que costumava ir à ilha durante o torneio de jogo de cartas promovido por Freddy Dinsmore a cada fevereiro — Stella não conseguia recordar seu nome. E lá estava também o próprio Freddy! Aproximando-se de um lado de Freddy, sozinho e parecendo aparvalhado, estava Russell Bowie.

— Veja, Stella — disse Bill.

Ela viu formas negras destacando-se na obscuridade, parecendo proas esfaceladas de muitos navios. No entanto, não eram navios, mas rochas estilhaçadas, cheias de fissuras. Tinham chegado a Head. Haviam cruzado o Braço de Mar.

Stella ouviu vozes, mas não tinha certeza de que realmente falavam:

Segure minha mão, Stella...

(você)

Segure minha mão, Bill...

(ah, você, você)

Annabelle... Freddy... Russell... John... Ettie... Frank... segurem minha mão, segurem minha mão... minha mão...

(você ama)

— Você aceita minha mão, Stella? — perguntou uma nova voz.

Ela se virou e viu Bull Symes. Ele lhe sorria ternamente, porém, ainda assim, Stella sentiu uma espécie de terror ante o que havia nos olhos dele. Recuou por um instante, apertando a mão de Bill com mais força.

— Está...

— Na hora? — perguntou Bull. — Ah, sim, Stella, acho que está. Não é doloroso. Pelo menos, nunca ouvi dizer que fosse. O doloroso foi antes.

Ela desatou a chorar, de repente — todas as lágrimas que nunca havia chorado — e colocou sua mão na de Bull.

— Sim — falou. — Sim, vou aceitar; sim, eu aceitei; sim, eu aceito.

Formaram um círculo no meio da tempestade, o círculo dos mortos de Goat Island, e o vento uivou ao redor deles, empurrando sua carga de neve. Então, uma espécie de canto irradiou-se dela. Um canto que subiu no vento, e que o vento levou para longe. Todos eles cantaram então, como cantam as crianças, com suas vozes doces e agudas quando, no verão, o anoitecer transforma-se em noite. Eles cantaram e, por fim, Stella sentiu-se ir para eles e com eles, através do Braço de Mar. Houve uma dor ligeira, mas não muita: perder sua virgindade havia sido pior. Ficaram em círculo na noite. A neve soprava à volta deles e eles cantaram. Cantaram, cantaram e...

... e Alden não poderia contar a David e Lois, mas no verão após a morte de Stella, quando as crianças chegaram para suas duas semanas de férias anuais, contou a Lona e Hal. Contou a eles que, durante as grandes tempestades de inverno, o vento parece cantar com vozes quase humanas e que, por vezes, ele tinha a impressão de quase adivinhar as palavras: "Louvem a Deus, de quem fluem todas as bênçãos/ Louvem o Senhor, oh, criaturas aqui de baixo..."

Ele não lhes contou, entretanto (imaginem, o lento e prosaico Alden Flanders dizendo tais coisas em voz alta, mesmo a crianças!), que às vezes ouvia aquele som e sentia frio, mesmo junto ao fogo; que deixava de lado sua madeira de lascar ou a armadilha que pretendia consertar, julgando que o vento cantava em nome daqueles que tinham morrido e partido... que eles estavam em algum lugar, lá no Braço de Mar, e cantavam como cantam as crianças. Ele tinha a sensação de ouvir suas vozes e, nessas noites, costumava dormir e sonhar que cantava a doxologia, sem ser visto nem ouvido, em seu próprio funeral.

Há coisas que nunca podem ser ditas, como há coisas que, embora não precisamente secretas, nunca devem ser discutidas. Eles haviam encontrado Stella, congelada e morta no continente, um dia depois de a tempestade amainar. Ela estava sentada em uma cadeira natural de rocha, cerca de cem metros ao sul dos limites da cidade de Raccoon Head. Congelada, mas tão bem-arrumada como qualquer um gostaria. O médico dono do Corvette se disse francamente admirado. Devia ter sido uma caminhada de mais de seis quilômetros, e a autópsia requerida por lei, no caso de uma morte inesperada e incomum, revelara uma avançada condição cancerosa — de fato, a velha senhora estava tomada pelo câncer. Poderia Alden contar a David e Lois que o gorro na cabeça dela não era o dele? Larry McKeen reconhecera aquele gorro. John Bensohn também o reconhecera. Alden vira isso nos olhos deles e supôs que ambos tinham visto o mesmo nos seus. Por mais que vivesse, jamais esqueceria o gorro de seu pai, a aparência do bico ou os lugares onde o visor estivera quebrado.

"Coisas assim devem ser pensadas com cuidado", diria ele às crianças se soubesse como. "Tais coisas precisam ser longamente meditadas, enquanto as mãos trabalham e o café espera ao lado, em uma sólida caneca de porcelana. Talvez sejam perguntas envolvendo o Braço: os mortos cantam? E eles amam os vivos?"

Nas noites depois de Lona e Hal voltarem para o continente com seus pais, no barco de Al Curry, com as crianças dando adeus, em pé na popa, Alden considerou essa questão, além de outras e do assunto sobre o gorro do seu pai.

Os mortos cantam? Eles amam?

Naquelas longas noites solitárias, com sua mãe Stella Flanders finalmente na sepultura, muitas vezes Alden achava que eles faziam as duas coisas.

Notas

Nem todos se interessam pela origem de um conto e isso é perfeitamente natural — ninguém precisa conhecer o motor de combustão interna para dirigir um carro e ninguém precisa conhecer as circunstâncias envolvendo a criação de uma história, para dela extrair alguma dose de prazer. Motores interessam a mecânicos; a criação de histórias interessa a acadêmicos, fãs e bisbilhoteiros (o primeiro e o último são praticamente sinônimos, mas não importa). Incluí aqui algumas notas relacionadas a algumas das histórias — tais como elementos que, no meu entender, pudessem interessar ao leitor casual. Entretanto, se você for ainda mais casual do que isso, eu lhe asseguro que pode fechar o livro sem medo — não estará perdendo grande coisa.

"O Nevoeiro" — Foi escrito no verão de 1976, para uma antologia de novas histórias compiladas por meu agente, Kirby McCauley. Já dois ou três anos antes, McCauley havia criado um livro semelhante, que recebeu o título de *Frights* ("Horrores"), publicado como brochura. O de agora seria em capa dura e muito mais ambicioso. Seria intitulado *Dark Forces* ("Forças obscuras"). Kirby queria que eu produzisse uma história e insistiu nisso com teimosia, determinação... e aquela gentil diplomacia que, creio eu, é o indicador de um agente realmente bom.

Eu não conseguia pensar em nada. Quanto mais me esforçava, menos ideias me vinham. Comecei a imaginar que a máquina de contos em minha cabeça tivesse emperrado, temporária ou permanentemente. Então, aconteceu a tempestade, bem semelhante à descrita nesta história. No apogeu da tormenta, houve de fato uma tromba d'água sobre o Long Lake, Bridgton, onde morávamos na época, tendo eu insistido com minha família para ficar comigo no andar de baixo por algum tempo (embora o nome de minha esposa seja Tabitha — Stephanie é o nome de sua irmã). A ida ao supermercado, no dia seguinte, também foi mais ou menos como o descrito na história, embora me fosse poupada a companhia de uma criatura tão odiosa como Norton — no mundo real, os moradores do chalé de veraneio de Norton são um médico muito agradável — o Dr. Ralph Drews — e sua esposa.

No supermercado, minha musa subitamente caiu no meu colo — como sempre acontece, de repente, sem aviso prévio. Eu estava a meio caminho no corredor central, procurando pãezinhos para cachorro--quente, quando imaginei um enorme pássaro pré-histórico, voando para a seção de carnes ao fundo, enquanto isso derrubando latas de aba-caxi em conserva e de molho de tomate. Quando eu e meu filho Joe nos achávamos na fila da caixa registradora, já me divertia com uma história sobre todas aquelas pessoas encurraladas em um supermercado e cerca-das de animais pré-históricos. Achei que aquilo seria loucamente diverti-do — o que teria sido *O Álamo* se dirigido por Bert I. Gordon. Naquela noite, escrevi metade do conto; o restante foi escrito na semana seguinte.

Ficou um pouco longo, porém Kirby aprovou e ele foi incluído no livro. Não gostei muito do texto, até revisá-lo — particularmente, não aprovei David Drayton dormindo com Amanda, sem jamais descobrir o que aconteceu com sua esposa. A mim, pareceu covardia. Contudo, na revisão, descobri um ritmo de linguagem que apreciei — e, manten-do em mente esse ritmo, consegui despir a história até seus elementos básicos, nisto tendo mais êxito do que em outros de meus contos longos ("O Aprendiz", em *Quatro Estações*, é um bom exemplo da doença que me acomete — elefantíase literária).

A verdadeira chave para esse ritmo está no uso deliberado da pri-meira linha da história, que simplesmente roubei do brilhante romance *Shoot*, de Douglas Fairbairn. Para mim, a linha é a essência de toda história, uma espécie de encantamento zen.

Devo dizer a você que também gostei da metáfora implicada na descoberta de David Drayton acerca das próprias limitações, e gostei do quê de filme B do conto — presume-se que você o veja em preto e branco, com o braço em torno dos ombros de sua namorada (ou na-morado), havendo um grande alto-falante embutido na janela. Imagine *você* o outro filme da sessão dupla.

"Aqui Há Tigres" — Minha professora da primeira série em Strat-ford, Connecticut, foi a Sra. Van Buren. Ela era assustadora. Acho que, se aparecesse um tigre e a devorasse, eu estaria por trás disso. Sabemos como são as crianças.

"O Macaco" — Há cerca de quatro anos, estive em Nova York a negócios. Caminhava de volta ao hotel, após visitar meu pessoal na New American Library, quando vi um sujeito vendendo macacos de corda na rua. Havia um pelotão deles, alinhados em um pano cinzento que ele estendera na calçada, esquina da 5 com a 44, todos agachados, sorridentes e batendo seus címbalos. Me pareceram realmente assustadores e levei o resto do trajeto para o hotel perguntando-me por quê. Decidi que era por me recordarem a dama com a tesoura, aquela que corta o fio da vida da gente, um dia. Assim, com essa ideia em mente, escrevi a história, a maior parte à mão, em um quarto de hotel.

"O Atalho da Sra. Todd" — Minha esposa é a Sra. Todd, na vida real: de fato, ela *é* louca por um atalho e muito do que se encontra na história realmente existe. Ela também o encontrou. E Tabby *parece* ficar mais jovem às vezes, embora eu espere não ser parecido com Worth Todd. Pelo menos, tento não ser.

Gostei muito deste conto: ele me encanta. Além disso, a voz do velho é sedativa. De vez em quando, escreve-se algo que traz de volta os velhos tempos, quando *tudo* que se escrevia parecia fresco e inventivo. "Sra. Todd" teve estes ingredientes para mim, quando o escrevi.

Uma nota final a respeito — três revistas femininas a recusaram, duas por causa daquela passagem sobre como uma mulher urina perna abaixo, caso não se agache. Aparentemente, essas revistas achavam que mulheres não urinam ou então não querem que lhes recordem tal fato. A terceira revista a recusá-la, *Cosmopolitan*, considerou que a personagem principal era velha demais para interessar seu público-alvo.

Sem comentários — exceto para acrescentar que *Redbook* finalmente a aceitou. Que Deus os abençoe.

"A Excursão" — Destinava-se originalmente a *Omni*, que justificadamente a rejeitou, por ser a ciência nele tão frágil. Foi de Ben Bova a ideia de os colonizadores da história se dedicarem à mineração da água, a qual foi incorporada a esta versão.

"A Balsa" — Escrevi esta história no ano de 1968, como "O Flutuador". Em fins de 1969, eu a vendi à revista *Adam,* que — como a maioria das revistas dedicadas ao público feminino — não paga na aceitação, mas na publicação. A quantia prometida foi de 250 dólares.

Na primavera de 1970, enquanto rastejava para casa em minha caminhonete Ford branca, vindo da University Motor Inn à meia-noite e meia, deparei com inúmeros cones de trânsito, protegendo um cruzamento que fora pintado naquele dia. A pintura já havia secado, porém ninguém se dera o trabalho de retirar os cones quando escurecera. Um deles ricocheteou e soltou meu silencioso dos enferrujados restos do tubo de aspiração da bomba. Fui imediatamente tomado pela arrebatada e justificada fúria que somente podem sentir os universitários bêbados. Decidi circular pela cidade de Orono, recolhendo cones de trânsito. Pretendia deixar todos eles diante do posto policial, na manhã seguinte, com um bilhete explicando que eu salvara da extinção inúmeros silenciosos e sistemas exaustores, e que deveria receber uma medalha por isso.

Consegui recolher uns 150, antes que luzes azuis começassem a girar, refletidas em meu espelho retrovisor.

Jamais esquecerei o policial de Orono, virando-se para mim após um longo, demorado, olhar à traseira de minha caminhonete, e perguntando: "Esses cones de trânsito são seus, filho?"

Os cones foram confiscados e eu também: passei aquela noite como hóspede da cidade de Orono, a cidade dos adeptos das palavras cruzadas. Cerca de um mês mais tarde, fui levado a julgamento no Tribunal Distrital de Bangor, acusado de furto de pouca monta. Fui meu próprio advogado e tinha, com certeza, um imbecil como cliente. Multaram-me em 250 dólares, soma que, evidentemente, eu não possuía. Me deram sete dias para aparecer com o dinheiro, caso contrário ficaria *mais* 30 dias como hóspede do condado de Penobscot. Talvez eu conseguisse a quantia emprestada com minha mãe, porém não era fácil entender as circunstâncias (a menos que você esteja de porre).

Embora não se deva *jamais* usar um *deus ex machina* em sua ficção, porque esses deuses não são verossímeis, percebo que, na vida real, eles aparecem o tempo todo. Os meus chegaram três dias depois que o juiz estipulou minha fiança, sob a forma de um cheque da revista *Adam*, no valor de 250 dólares. Era o preço de minha história "O Flutuador". Foi como se alguém enviasse um cartão de Fique Livre da Cadeia. Descontei o cheque imediatamente e paguei minha fiança. Depois disso, decidi me comportar e me manter o mais distante possível dos cones de trânsito. Não posso afirmar que meu comportamento tenha sido perfeito, mas, quando digo que estou quite com os cones, podem acreditar.

Mas agora é que vem o mais estranho: a revista *Adam* paga apenas na *publicação*, droga, e uma vez que eu tinha o dinheiro em meu poder, a história devia ter sido publicada. Entretanto, nenhum exemplar me foi enviado e jamais vi um nas bancas, embora fizesse uma checagem regular — eu simplesmente abria caminho entre velhos manuseando pináculos literários como *Peitões e Bundas* e *Lésbicas Sadomasoquistas*, para folhear cada revista editada pela Knight Publishing Company. Jamais encontrei esse conto em qualquer delas.

Em algum ponto ao longo do caminho, perdi também o manuscrito original. Voltei a pensar na história novamente em 1981, uns 13 anos depois. Eu estava em Pittsburgh, onde estava em andamento a edição final de *Creepshow*, e bastante entediado. Assim, resolvi recriar aquela história, e o resultado foi "A Balsa". Em termos de eventos, é a mesma coisa que o original, mas acredito que seja muito mais horripilante nas minúcias.

Seja como for, se alguém por aí *chegou* a ver "O Flutuador" ou até mesmo possua um *exemplar*, poderia me enviar uma cópia ou coisa assim? Pelo menos um cartão-postal, confirmando o fato de que não estou maluco? A história deveria ter saído em *Adam*, em *Adam Quarterly* ou (mais provavelmente) em *Adam Bedside Reader* (como nome, não é lá essas coisas, eu sei, eu sei, mas naquela época eu só possuía duas calças e três mudas de roupa de baixo; além do quê, pobretões não podem ser seletivos e, me permitam dizer, eram publicações muito melhores do que *Lésbicas Sadomasoquistas*). Eu apenas gostaria de ter certeza de que a história foi publicada em outro lugar que não Além da Imaginação.

"Sobrevivente" — Eu estava pensando em canibalismo certo dia — porque é nesse tipo de coisa que sujeitos como eu às vezes pensam — e minha musa, uma vez mais, esvaziou seus mágicos intestinos no meu colo. Sei que isto pode parecer grosseiro, porém é a melhor metáfora que conheço, deselegante ou não, e podem crer quando digo que lhe daria uma pequena dose de laxante, se ela quisesse. De qualquer modo, comecei a me perguntar se uma pessoa poderia *se comer* e, podendo, até que ponto chegaria, antes que o inevitável acontecesse. Era uma ideia tão absoluta e perfeitamente revoltante, que fiquei bastante intimidado, ante o deleite de fazer algo mais do que apenas pensar nela durante dias — relutava em escrevê-la, achando que eu só poderia estragá-la. Por fim, quando certo dia minha esposa perguntou por que eu estava rindo, enquanto comíamos hambúrgueres, decidi que, pelo menos, podia tomar aquilo como incentivo para seguir em frente.

Morávamos em Bridgton nessa época e levei cerca de uma hora conversando com Ralph Drews, o médico aposentado que vivia ao lado. Embora ele ficasse receoso a princípio (no ano anterior, querendo escrever outra história, eu lhe perguntara se achava possível um homem engolir um gato), finalmente concordou que um indivíduo poderia subsistir durante um bom período, vivendo à custa do próprio corpo. Como tudo o mais que é material, observou ele, o corpo humano é apenas energia armazenada. Ah, perguntei, e quanto ao choque repetido das amputações? A resposta que ele deu, com bem poucas alterações, é o primeiro parágrafo da história.

Imagino que Faulkner jamais escreveria algo semelhante, hein? Ah, bem...

"O Caminhão do Tio Otto" — O caminhão é real, assim como a casa: imaginei a história que transcorre em torno de ambos, certo dia em que dava um longo passeio de carro, para passar o tempo. Gostei, então levei alguns dias para escrevê-la.

"O Braço de Mar" — Tommy, irmão mais novo de Tabby, era da Guarda Costeira. Fora designado para a área Jonesport-Beals, na longa e denteada costa do Maine, onde as tarefas principais da Guarda consistem em trocar as baterias das grandes boias e salvar contrabandistas de drogas idiotas que se perdem no nevoeiro ou se chocam contra as rochas.

Há uma infinidade de ilhas por lá e uma infinidade de comunidades de ilhéus estreitamente ligadas. Ele me contou a história autêntica de uma réplica de Stella Flanders, que vivera e morrera em sua ilha. Seria a Pig Island (Ilha do Porco)? Cow Island (Ilha da Vaca)? Não consigo lembrar. De qualquer modo, era a ilha de *algum* animal.

Eu mal pude acreditar.

— Ela nem ao menos *quis* vir ao continente? — perguntei.

— Não. Ela disse que não queria cruzar o Braço de Mar, até morrer — respondeu Tommy.

A expressão Braço de Mar não me era familiar, de maneira que Tommy explicou seu significado. Também me contou a piada dos lagosteiros, sobre existir um longuíssimo Braço de Mar entre Jonesport e Londres, que coloquei na história. Originalmente, ela foi publicada em *Yankee* com o título "Os Mortos Cantam?". Era um título perfeitamente adequado, mas, após refletir um pouco, retornei ao original, como está aqui.

Bem, aí está. Não sei se com você se passa o mesmo, porém comigo, sempre que chego ao fim, é como se acordasse. Acho um pouco triste abandonar o sonho, mas tudo a·nossa volta — a realidade — parece tão bom quanto antes. Obrigado por me acompanhar — eu gostei. Eu sempre gosto. Espero que tenha chegado são e salvo e que volte — porque, como diz aquele curioso mordomo, naquele singular clube de Nova York, há sempre mais histórias.

STEPHEN KING
Bangor, Maine

2ª EDIÇÃO [2013] 7 reimpressões

ESTA OBRA FOI COMPOSTA PELA ABREU'S SYSTEM EM ADOBE GARAMOND
E IMPRESSA EM OFSETE PELA GEOGRÁFICA SOBRE PAPEL PÓLEN DA
SUZANO S.A. PARA A EDITORA SCHWARCZ EM FEVEREIRO DE 2025

A marca FSC® é a garantia de que a madeira utilizada na fabricação do papel deste livro provém de florestas que foram gerenciadas de maneira ambientalmente correta, socialmente justa e economicamente viável, além de outras fontes de origem controlada.